Das Buch

Als Karl Schmidt, Opfer eines depressiven Nervenzusammenbruchs am Tag der Maueröffnung, nach Jahren der Versenkung von alten Kumpels zufällig in Hamburg als Bewohner einer drogentherapeutischen Einrichtung wiedergefunden wird, ist das der Anfang einer seltsamen Zusammenarbeit: Die alten Freunde, mittlerweile zu Ruhm und Reichtum gelangt, wollen mit ihrem Plattenlabel auf einer Tour durch Deutschland den Rave der 90er Jahre mit dem Hippiegeist der 60er versöhnen und brauchen dazu einen, der immer nüchtern bleiben muss. Das kommt Karl Schmidt gerade recht, denn der hat keine Lust mehr, sich in einer Parallelwelt aus Drogen-WG, Hilfshausmeisterjob und gruppendynamischen Wochenendausflügen zu verschanzen.

Und so beginnt eine Reise durch ein Land und eine Zeit im Umbruch, unternommen von einer Handvoll Techno-Freaks, betreut von einem psychisch labilen Ex-Künstler, für den dies der Weg zurück in ein unabhängiges Leben sein soll.

Der Autor

Sven Regener wurde 1961 in Bremen geboren, ist Sänger und Texter der Band *Element of Crime*. Ihm gelangen mit seinen Büchern *Herr Lehmann* (2001), *Neue Vahr Süd* (2005) und *Der kleine Bruder* (2009) sensationelle Erfolge. Alle drei Romane standen monatelang auf den Bestsellerlisten. Zuletzt erschien sein Logbuch *Meine Jahre mit Hamburg-Heiner* (KiWi 1309). Sein aktueller Roman heißt *Wiener Straße* (2017).

1402

Sven Regener

Magical Mystery
oder:
Die Rückkehr
des Karl Schmidt

Roman

Kiepenheuer & Witsch

Verlag Kiepenheuer & Witsch, FSC® N001512

3. Auflage 2017

Verlag Galiani Berlin 2013

Umschlaggestaltung: Rike Weiger, Berlin
Lektorat: Esther Kormann
Gesetzt aus der Stempel Garamond
Satz: Buch-Werkstatt GmbH, Bad Aibling
Druck und Bindung: CPI books GmbH, Leck
ISBN: 978-3-462-04689-2

Für Charlotte

1. Teil
Altona

1. La Romantica

Ich sah Raimund Schulte lange bevor er mich sah. Ich hatte gerade Paranoia und die Tür fest im Blick, weil Werner nicht wollte, dass wir ins Eiscafé gingen, und ich hatte die Pillen abgesetzt und Angst davor, dass Werner beim nächsten Plenum aus einem Eisbecher »Monteverdi« ein großes Ding machen würde, da hätte ich kaum für mich garantieren können ohne Pillen. Aber Werner kam nicht und auch nicht Klaus-Dieter, der mich sofort aus Angst davor, von mir an Werner verpetzt zu werden, an Werner verpetzt hätte, der arme Willi. Stattdessen kam Raimund Schulte rein und sah sich um wie einer, dem der Laden gehört. Daran erkannte ich ihn sofort, obwohl er eine Vollglatze hatte statt der nach hinten gekämmten Kokserfrisur, die bis Ende der achtziger Jahre sein ganzer Stolz gewesen war. Damals hatte ich ihn aus den Augen verloren, so will ich das jetzt mal nennen, und jetzt war es Mitte der Neunziger und ich saß in Hamburg-Altona im Eiscafé »La Romantica« mit einem Eisbecher »Monteverdi« ohne Eierlikör und ohne Maraschino-Kirsche und war paranoiamäßig so sehr auf entweder Werner oder Klaus-Dieter gepolt, dass ich, als ich Raimund Schulte sah, gar nicht erst auf die Idee kam, mich hinter dem Eisbecher zu verstecken, wie ich es bei Werner oder Klaus-Dieter sofort getan hätte, im Gegenteil, ich glotzte ihn unverhohlen an, und dann sah er mich und kam zu mir rüber.

»Charlie? Bist du das?«

Ich hatte den Namen Charlie seit Jahren nicht mehr gehört und war auf eine Begegnung mit Raimund Schulte auch sonst nicht vorbereitet, und ich hätte gerne »Nein« gesagt, aber ich kriegte so schnell kein Wort raus.

»Charlie … Charlie …«

»Schmidt.«

»Schmidt, klar, Charlie Schmidt, ich bin nicht gut mit Nachnamen, aber das weißt du ja, Charlie!«

Er sah sich wieder im Laden um und trommelte dabei mit den Fingern auf die Stehtischplatte, an der ich auf meinem Hocker hockte mit dem Eisbecher »Monteverdi« und dem langen Löffel und der Zigarette, an der ich schon einige Zeit zu ziehen vergessen hatte.

»Was machst du denn in Hamburg? Ich dachte, sie hätten dich damals nach Bielefeld gebracht«, sagte er schließlich.

»Wer hat das denn gesagt?«

»Wurde so geredet. Weil du da herkommst. Oder deine Eltern da wohnen oder was!«

»Meine Mutter wohnt in Hamburg.«

»Ach so. Logisch. Kommen die hier eigentlich auch an den Tisch und bringen einem was?«

»Ja, aber du musst am Tresen bestellen.«

»Ach so.«

Er ging weg und ich bekam etwas Bedenkzeit und die hatte ich auch bitter nötig, denn ich war nicht vorbereitet und Vorbereitung war alles, da hatte Werner recht, das war einer von Werners Überlebenstipps, »Vorbereitet sein ist alles!«, das kam bei ihm noch vor »Nur dahin gehen, wo ihr's im Griff habt!« und »Einmal ist jedesmal, nur keinmal ist keinmal!« und was er sonst noch so an Altonaer Drogen-WG-Bauernregeln auf der Pfanne hatte. Aber Werner war nicht hier und eine Weisheit für den Fall, dass ein alter Bekannter aus einer anderen Stadt und einem anderen Leben einen wiederentdeckte, hatte ich von ihm noch nicht gehört, höchstens »Zur Not weglaufen!«, das passte natürlich immer, aber zum Weglaufen war es zu spät.

»Grottige Gastro, mein lieber Schwan«, sagte Raimund, als er mit einem Bier zurückkam. »Bin eigentlich nur hier, weil ich noch fast eine Stunde auf meinen Zug nach Berlin warten muss, was ist das überhaupt für 'ne Gegend?«

»Das ist Altona.«

»Schon klar, der Bahnhof heißt ja Hamburg-Altona, aber was ist das denn für 'ne Gegend??!!«

»Weiß ich nicht, ich wohn hier.«

»Ja, bei deiner Mutter, irgendwie stark! Ich könnte das nicht mehr!«

»Nein, nicht bei meiner Mutter! Ich wohne nicht bei meiner Mutter!«

»Ach so, ist ja auch egal.« Er blickte sich zufrieden um und nuckelte an seiner Bierflasche.

»Was machst du denn hier?«, fragte ich schließlich.

»Ich war im Studio, bei Big Boom, da mastern wir jetzt immer, die sind hier um die Ecke.«

»Wer ist wir?«

»Kratzbombe, das Label. Oder BummBumm, wir haben ja mehrere Label, eigentlich ist BummBumm natürlich das Label und Kratzbombe nur das Sublabel, aber das jetzt war für Kratzbombe, das mach ich, bei BummBumm ist meist Ferdi am Start.«

Ich musste wohl etwas doof aus der Wäsche geschaut haben.

»Wie lange bist du jetzt weg?«, sagte er.

»Seit Ende neunundachtzig.«

»O Mann«, sagte Raimund Schulte in einem mitleidigen Ton, »klar, so lange ist das schon her, kein Wunder, dann hast du ja alles verpasst!«

»Natürlich habe ich alles verpasst«, platzte es aus mir heraus, bevor ich richtig nachdenken konnte, das ging noch nicht so schnell damals, ich hatte das noch nicht so gut im Griff, den Ärger, den Zorn, die ganze Gefühlssause, »was denkst du denn?! Das war doch die Idee davon, ich bin ja nicht hierhergekommen, weil hier der Bär steppt, das ist Hamburg-Altona, Mann, hier kommt man her, um ...« – mir fehlten die Worte, ja, warum kam man hierher? Um zu überleben? Das klang mir zu dramatisch. Um zu wohnen? Als ob es woanders keine Drogen-WGs gäbe, als ob nicht eigentlich sogar eine Drogen-WG in der Nähe des Altonaer Bahnhofs eine ziemlich dumme Idee war, »... um alles zu verpassen«, brachte ich schließlich den freudlosen Satz zu Ende.

»Ja, ja, schon gut«, sagte Raimund. »Ich hol mir noch ein Bier, du auch eins?«

»Kaffee. Filterkaffee, groß, schwarz.« Ich hatte keine Lust mehr zu reden. Und ich hatte keine Lust mehr auf den Eisbecher. Ich wollte aber auch nicht gehen. Dass es ausgerechnet Raimund sein musste, der mich hier aufspürte! Hätte es nicht Frankie sein können oder sonst jemand Nettes, Heidi oder Isabella oder wegen mir auch Erwin Kächele oder wie sie alle geheißen hatten, jedenfalls jemand von der warmen Seite, denn meine Vergangenheit hatte zwei Seiten gehabt, eine warme und eine kalte, so sah ich das damals, so wie es warme und kalte Drogen gab, Klaus-Dieter, der alte Multitox, hatte mir das mal erklärt, kalt Speed, warm Heroin oder so, »die warmen sind gefährlicher«, hatte er noch gesagt, aber als ich ihn gefragt hatte, ob Alkohol zu den warmen oder den kalten gehört, hatte er »beides« gesagt, der alte Quatschkopf.

Raimund kam wieder und stellte mir einen Kaffee hin, es war der falsche Kaffee, eine verlängerte Plörre aus dem Espressovollautomaten, ein Quatschkaffee, den man als solchen gleich an den vielen sinnlosen Schaumbläschen erkannte, die darauf herumschwammen. Raimund hatte recht, das Eiscafé »La Romantica« war grottig, ein Musterbeispiel für die Talentlosigkeit der Altonaer Gastronomie, die einen irgendwie immer an Schultheateraufführungen erinnerte.

»Wahrscheinlich darfst du überhaupt kein Bier«, sagte Raimund und prostete mir dabei zu. Er schluckte und schluckte, während ich pro forma die Kaffeetasse hob und gleich wieder abstellte. Draußen hatte es zu regnen begonnen und durch die Tür, die der Letzte, der gegangen war, offen gelassen hatte, drang das Wischgeräusch von Autoreifen auf nasser Straße herein.

»Muss hart sein«, sagte er, und plötzlich erinnerte ich mich, warum ich ihn immer so gern gehabt hatte: Bei Raimund Schulte wurde nicht drumherum geredet, bei ihm war immer alles eins zu eins, keine Hintergedanken, keine Anspielungen, kein Subtext, keine Metaphern, keine Rücksichten. Natürlich war das kalt, aber auch toll.

»Nicht so schlimm«, sagte ich. »Solange man rauchen kann, geht's.«

»Rauchen hab ich mir abgewöhnt«, sagte er, »aber kein Bier, das ist hart. Darfst du denn kiffen? Ich dachte, das war bei dir wegen dem Koks gewesen oder Speed oder was?«

»Schwer zu sagen«, sagte ich. »Ich darf gar nichts mehr.«

»Aber ihr kriegt doch immer so Pillen«, ließ Raimund nicht locker. »Was gibt's denn da so?«

»Kommt drauf an, was man hat«, sagte ich.

»Was hast du denn gekriegt?«

»Die waren nicht so toll«, sagte ich. »Ich hab sie abgesetzt.«

»Wieso nicht so toll?«

Ich hatte schon zu viel gesagt. Ich hatte keine Lust, Raimund Schulte zu erzählen, wie fett ich von den Pillen geworden und wie grau alles gewesen war und dass die Dinger mich impotent gemacht hatten und wie ich mich über nichts mehr hatte aufregen oder freuen können. Jetzt war zwar immer noch alles grau, aber das hatte mehr mit Hamburg-Altona zu tun, und es gab nicht viel zu freuen, aber das hatte mit Werner und der WG und dem Job zu tun, und das war irgendwie besser und ich konnte mich wenigstens wieder darüber aufregen.

»Es ist nicht die Art von Pillen, an denen du Freude hättest, Raimund.«

»Ja, wahrscheinlich, sonst würde man sowas ja wohl mal angeboten kriegen. Und du darfst gar nichts mehr nehmen? Kein Bier, kein Hasch, gar nichts?«

»Nur Kaffee und Zigaretten.«

»Und ist das schwer?«

»Ja, manchmal.«

»Sag ich doch!« Raimund nahm sich eine meiner Zigaretten. »Ich nehm mir mal eine.«

»Klar. Ich dachte, du rauchst nicht mehr«, sagte ich und gab ihm Feuer.

»Nur noch ganz selten«, sagte er nach dem ersten Zug. »Nur noch bei Gelegenheit.«

Also rauchten wir einige Zeit nebeneinanderher und sagten nichts, und das war eine ganz einfache Sache, sitzen, rauchen, nichts sagen, es war fast wie beim Frühstück mit Henning, nur dass bei Henning die Sache einen schwarzen Anstrich hatte, man wusste nie, ob er nicht gleich tot umfallen würde, nur um einem ein schlechtes Gewissen zu machen, Henning war unberechenbar, nicht aber Raimund, bei Raimund war alles easy going, daran erinnerte ich mich jetzt wieder, easy going, das war mal seine Lieblingsantwort auf alles gewesen, easy going, aber bis jetzt hatte er das noch nicht gesagt, vielleicht hatte er etwas Neues, fünf Jahre sind eine lange Zeit.

»Und sonst, Raimund? Wie läuft's denn immer so?«

»O Mann!« Raimund saugte gierig an seiner Zigarette, »alles tippitoppi Mann, I love it!«

»Tippitoppi?«

»I love it, Mann, Charlie, ich sag dir, du glaubst es nicht, BummBumm, weißt du noch, wie ich dir davon erzählt hatte?«

»Wieso erzählt? So hieß doch der Club von dir und Ferdi, was gab's denn da zu erzählen?«

»Ja, das Label auch, das mach ich auch mit Ferdi!«

»Ja, damals doch auch schon.«

»Der ist immer noch dabei, der gute alte Ferdi, der ist jetzt schon fünfzig oder so, du glaubst ja nicht, wie das in den letzten Jahren gelaufen ist, ich glaube, das ging alles erst nach deiner Zeit los.«

»Sieht so aus.« Ich wusste das Wichtigste. Ich meine, okay, ich war in Altona und wohnte mit Leuten wie Klaus-Dieter und Astrid zusammen, denn es war eine gemischtgeschlechtliche Drogen-WG, »damit ihr gleich mal nichts verlernt, so sozialkompetenz- und gendermäßig«, wie Werner immer sagte, und so eine Drogen-WG war zu Recht nicht der große Nachrichtenumschlagplatz, die Entwicklung in den Clubs betreffend, aber »einmal Junkie, immer Junkie«, wie Werner sagte, und das galt natürlich auch für den deutschen Dance, und so wie ein Junkie immer wusste, wo es etwas gab, auch wenn er nichts mehr nahm, so wusste ich natürlich, was BummBumm als Label in jenen Tagen bedeutete und in welchen Sphären Raimund und Ferdi jetzt unterwegs waren.

»Du glaubst es nicht, da kam ein Arsch aus dem Himmel und hat uns mit Geld zugeschissen, I love it, Charlie, das hätte ich nie gedacht, ich meine, wir waren ja Idealisten, oder? Wir waren doch Idealisten oder?«

»*Ich* ja nicht so«, sagte ich und musste lachen. Das Gespräch fing mir an Spaß zu machen.

»Dir geht's aber ganz gut, was?«, sagte Raimund. »Scheint dir gut zu bekommen, das ohne Bier und so!«

»Ich bin noch fetter geworden«, sagte ich. »Ich rauch schon dauernd, damit ich schlanker werde.«

»Ich hab ja aufgehört«, sagte Raimund und wie zum Beweis drückte er die Zigarette aus, nachdem er noch einen letzten, tiefen Zug genommen hatte. »Ich rauch nur noch bei Gelegenheit. Aber dicker werd ich trotzdem nicht!«

»Das ist gut zu wissen«, sagte ich, »das gibt Mut für einen selber, wenn man mal aufhören will.«

»Da sagst du was.« Raimund schaute sich wieder fröhlich um. »Wovon leben die eigentlich hier? Die leben doch nicht nur vom Eisverkauf, das läuft ja wohl nicht so gut hier!«

»Keine Ahnung, Raimund.«

»Und du nimmst gar nichts mehr? Überhaupt nichts? Immer nüchtern und so?«

»Ja.«

»Hast du auch eine Telefonnummer?«

»Ja klar. Ist aber eine WG, lass dich dann nicht abwimmeln.«

Ich gab ihm die Nummer. Ich hatte zwar das Gefühl, dass ein Anruf von Raimund Schulte die Lage verkomplizieren würde, Raimund Schulte und der BummBumm-Club und Berlin und Clean Cut 1 und das Kinderkurheim Elbauen und Hamburg-Altona, das passte nicht zusammen. Aber die Nummer gab ich ihm trotzdem.

Er musste dann auch los. »Ich bin Reiseneurotiker«, sagte er. »Sagt Ferdi immer, dass ich Reiseneurotiker bin, dann muss es ja wohl stimmen.«

»Ja«, sagte ich, »wenn Ferdi das sagt ...«

»Hau rein, Charlie, schön, dich mal wiedergesehen zu haben. Hab mich immer schon gefragt, was aus dir wohl geworden ist.«

»Naja, nichts Besonderes«, sagte ich.

»Machst du noch Kunst?«

»Nein.«

»Dann geh ich mal!«

Und dann war er weg. Ich hab für ihn mitgezahlt. Er hatte das vergessen. Das erste Mal seit fünf Jahren, dass ich Bier auf der Rechnung hatte!

2. Supervision

»Was ist los, Werner?«, sagte Klaus-Dieter. »Du siehst irgendwie geschafft aus.«

Werner hatte bis dahin während des Abendessens, das aus belegten Broten und Hagebuttentee ohne Zucker bestand, noch kein Wort gesagt, kein aufmunterndes und kein ermahnendes, kein scherzendes und kein drohendes Wort, er starrte nur vor sich hin und kaute mit leeren Augen an einem mit Corned Beef belegten Brot herum, genau wie Astrid, bei der das aber keinen wunderte, denn Astrid war Ex-Junkie, nicht aber Werner, Werner war Sozialpädagoge und erfolgreicher Unternehmer im, wie Gudrun es nannte, Sozialscheißbereich, da konnte man sich schon mal Sorgen machen, wenn so einer mit leeren Augen auf einer Corned-Beef-Stulle herummümmelte wie ein Tattergreis auf Valium.

»Was soll schon los sein?« Werner schaute in die Runde, auf mich, auf Klaus-Dieter, auf Astrid und schließlich auf Henning, den Uralt-Süffel, der auf die siebzig zuging und gar nichts aß, wahrscheinlich hatte er sein Gebiss nicht drin. Dann wanderte sein Blick zurück und blieb an mir hängen. »Du isst ja gar nichts, Karl Schmidt!«

»Du kannst das Pferd auf die Weide führen, Werner, aber du kannst es nicht zum Fressen zwingen«, sagte ich.

»Soso«, sagte Werner. »Warst du schon wieder im Romantica?«

»Kommst 'n darauf?« Ich nahm mir ein Salamibrot. Astrid machte immer Brote, wenn sie mit dem Abendessen dran war, und sie tat immer saure Gürkchen drauf, obwohl Werner dagegen war, »Solche Sperenzchen machen bloß abhängig«, sagte er dann, und keiner wusste, ob das ein Scherz oder doch irgendwie Teil einer Rückfallpräventionsstrategie war.

»Ich doch nicht«, sagte ich und wurde rot dabei, das war damals noch so, ich war ja noch nicht lange runter von den Pillen und dementsprechend labil, aber Werner bohrte nicht weiter nach, er war nicht er selbst, er nahm einen Schluck Hagebuttentee und klappte seine Stulle auf, um zu gucken, was drin war, Corned Beef und ein kleines, längs halbiertes Gürkchen, er nahm das Gürkchen in die Hand, hielt es hoch und steckte es kommentarlos in den Mund.

»Ich bin demnächst mal für eine Weile weg«, sagte er. »Ich muss mal raus. Ich brauch Supervision.«

»Ab wann?«, sagte Astrid.

»Ab nächste Woche«, sagte Werner.

»Für wie lange?«

»Drei Wochen.«

»Drei Wochen Supervision?«

»Quatsch. Ich hab *auch* mal Urlaub, Astrid Hagenauer, falls du schon mal was davon gehört hast, ich hab *auch* mal Urlaub, auch Leute wie *ich* kriegen mal Urlaub, falls das *neu* für dich ist.«

»Nein, ich weiß«, sagte Astrid. Ironie perlte an ihr ab wie Wasser an der Ente, sie hatte keinen Sinn dafür, so wie andere Leute nicht singen oder nicht Schach spielen können. »Aber du hattest Supervision gesagt und nicht Urlaub, da hab ich mich gewundert.«

»Wir kriegen nie Urlaub«, sagte Klaus-Dieter.

»Wieso kriegst du keinen Urlaub? Du hast doch neulich erst Urlaub gehabt!«, sagte Werner.

»Ja, von der Arbeit«, sagte Klaus-Dieter. »Aber nicht von Clean Cut.«

»Und wie soll so ein Urlaub von Clean Cut bei dir aussehen, Klaus-Dieter Hammer? Mit einem Beutel voll Klebstoff und der Tasche voll Hasch im Stadtpark eine Flasche Rotwein verhaften, oder was? Oder eine Butterfahrt nach Helgoland mit zollfreiem Schnapseinkauf?« Werner war offensichtlich verrückt geworden: Er ging auf Klaus-Dieter los!

»Nein, ich meine mal so wegfahren, sagen wir mal nach Mallorca oder so.«

»Ballermann 6 oder was? Am besten die ganze Mannschaft gleich Ballermann 6 oder was? Mit Schlagerkaraoke und Sangria aus Eimern oder wie?«

Klaus-Dieter war kurz vorm Heulen, er plinkerte mit den Augenlidern und knetete mit beiden Händen seine Ohrläppchen, deshalb versuchte ich Werner abzulenken, denn ein Abend, an dem Klaus-Dieter zu heulen anfing, war kein Feierabend, wenn bei Klaus-Dieter erstmal die Schleusen geöffnet waren, kam keiner vor Mitternacht ins Bett.

»Ich war im Romantica«, sagte ich. »Ich geb's zu. Aber nur auf einen Espresso ohne Zucker!«

Werner guckte mich an, aber nicht wie sonst, er war irgendwie desinteressiert. »Espresso ohne Zucker? Im Romantica? Wie bist du denn drauf?!«

»Weiß nicht«, sagte ich erleichtert, weil Klaus-Dieter mit dem Ohrläppchenkneten aufgehört hatte und überhaupt jetzt, wo *ich* der Arsch war, wieder ganz zufrieden aus der Wäsche schaute. »Hat sich so ergeben.«

»Wie oft habe ich euch gesagt, dass ... – ach leckt mich doch am Arsch, macht doch, was ihr wollt.«

»Wieso das denn jetzt?«, sagte Astrid. »Ich meine, das ist Clean Cut, da kann doch nicht einer, der da arbeitet, sowas sagen, so mit was ihr wollt und so, einfach leckt mich am Arsch, das geht doch nicht, wir können doch nicht einfach machen, was wir wollen!«

»Einer der da arbeitet? Einer der da arbeitet?« Werner kam nun doch etwas in Fahrt. »Ich hab Clean Cut erfunden, oder wer sonst etwa?« Er schaute grimmig in die Runde. »Oder wer sonst? Und mein Haus ist das hier auch! Ha, der da arbeitet!«

»Und bei wem hast du Supervision?« Klaus-Dieter stellte die Frage, aber er sah nicht aus, als ob es ihn interessierte. Er wollte nur mit Werner geredet haben, Werner war sein Stadtpark und sein Ballermann 6, ein Tag, an dem Werner mit ihm geredet hatte, war ein guter Tag für Klaus-Dieter.

»Das geht dich gar nichts an, du bist ja sowieso nicht dabei, wäre ja auch noch schöner.«

»Wer kommt denn, wenn du weg bist? Wer betreut uns denn dann?«, fragte Astrid.

»Gudrun.«

Ein Stöhnen ging durch die Runde. Das war geheuchelt, wir stöhnten nur, um Werner eine Freude zu machen. Gudrun war seine Ex-Frau und sie hing in Clean Cut mit drin und die Häuser, die Werner an Clean Cut, also quasi an sich selbst, vermietet hatte, gehörten ihr auch zur Hälfte, da war es nur recht und billig, wenn er wenigstens bei uns der Einzige war.

»Ach du Scheiße, Gudrun«, sagte ich und konnte sehen, wie Werner aufblühte. »Drei Wochen! Wie soll das denn gehen?«

»Sie muss die 2 und die 1 gleichzeitig machen, geht ja nicht anders«, sagte Werner heiter. »Tut mir auch leid für euch, aber es geht nicht anders, den Urlaub muss ich nehmen, sonst verfällt der, das ist kurz vor knapp. Und was getan werden muss, muss getan werden, da beißt die Maus keinen Faden ab.«

»Ja«, sagte Klaus-Dieter, »und wenn die Maus satt ist, schmeckt das Korn bitter.«

»Da sagst du was«, sagte Werner. Und Klaus-Dieter strahlte.

3. Wurmloch

Als ich einige Tage danach morgens aufstand, war alles vergessen und alles wie immer, ein ganz normaler Morgen, es war noch halb dunkel und wie immer saß Henning schon in der Küche und wartete darauf, endlich arbeiten zu dürfen, die Sadisten vom Amt wollten ihn nicht vor acht Uhr mit der Arbeit anfangen lassen, das war hart, das nagte an ihm, und so saß er um zehn nach sechs schon in der Küche und scharrte mit den Füßen, seine beste Zeit am Tag musste er auf diese Weise vertrödeln, der arme alte Schluckspecht. Wenigstens hatte er das Gebiss schon drin und konnte antworten, als ich »Guten Morgen« sagte, ansonsten hatten wir uns nicht viel zu sagen, er war morgens immer neidisch, weil ich schon losmusste, da redete er nicht gern mit mir, und wenn man, wie er, vom Amt den Job bekommen hatte, an jedem Tag, den der Herrgott werden ließ, den Strand von Övelgönne durchzuharken, dann hatte man genug Zeit, mit sich selbst zu sprechen, dann brauchte man morgens keinen Halb- oder Ex-Irren, der gerade die Pillen abgesetzt hatte, um sich Ansprache zu holen.

Ich machte mir also schweigend einen Nescafé und setzte mich zu ihm an den großen Tisch. Die Küche war das Beste an Clean Cut 1 und das Beste an der Küche war der Tisch, groß und alt und aus verwitterten Eichendielen war er und er verströmte im Licht der funzligen Lampe, die über ihm hing, ein Gefühl von Geborgenheit und zugleich Abenteuer, wie ein flämisches Gemälde aus dem 17. Jahrhundert, der alte, verwitterte Tisch, ein staubiger Lichtschleier darüber, ringsherum alles dunkel oder halbdunkel und im Lichte und am Tisch sitzend Henning, der runzlige, vom Baum des Alkoholismus geschüttelte Apfel, Werners ältester und liebster Kunde. Das war das Beste am frühen Aufstehen: dieses Bild im morgendlichen Dunkel.

Und dann klingelte das Telefon.

Clean Cut 1 war in einem Haus mit mehreren Etagen untergebracht, was jetzt gewaltiger klingt, als es war, es war Altona und nicht Berlin, Häuser in Altona sind eher klein und schmal, bei diesem gab es zwar drei Stockwerke, aber pro Stockwerk nur zwei Zimmer, und ganz oben war die Wohnung von Werner, der hatte sein eigenes Telefon, der Apparat für alle war im Flur des ersten Stocks, und als der nun klingelte, rannte ich vom Souterrain, wo die Küche war, nach oben und hob schnell ab, Henning war kein Konkurrent bei solchen Sachen, der lief nicht zum Telefon, für den war Telefonklingeln ein Problem anderer Leute, der Nächste, der bei Henning anrufen würde, war Gevatter Hein, und dem schlug er schon seit vielen Jahren durch Abstinenz ein Schnippchen.

Ich rannte also ans Telefon, es klingelte für mich, das wusste ich, ich glaube immer am Klingeln zu hören, dass es für mich ist, was natürlich esoterischer Quatschkram ist, aber irgendwie muss man ja durchs Leben kommen, und ganz ohne Esoterik geht es nicht, der Mensch lebt nicht vom Brot allein, und wenn man schon keine Drogen mehr nehmen darf und auch sonst ein paar Schrauben locker hat, dann kann ein bisschen Esoterik nicht schaden.

»Clean Cut 1, Schmidt.«

Niemand antwortete, aber man hörte im Hintergrund die Bassdrum, nicht so laut, wie wenn das Telefon direkt im Club gewesen wäre, was sollte es da auch, wie sollte man in einem Club, in dem die gute alte Bummbumm-Musik lief, telefonieren wollen, nein, es klang eher so, als ob das Bummbumm durch eine Wand kam, es dringen ja nur die tieferen Töne durch die Wände, das hatte mir Ferdi, der alte House-Guru, mal erzählt, der hatte dauernd solche Sachen auf Lager gehabt, es hatte etwas mit der Wellenlänge zu tun, »wenn die Longitudinalwelle länger ist als die Wand dick«, hatte er behauptet, »dann dringt die Welle durch, wenn nicht, wird sie reflektiert«, so hatte er das Phänomen erklärt, wieso man durch die Wände immer nur noch den Bass und die Bassdrum hört und das ganze Gefiepe und Gedudel eben schon nicht mehr, und sowas merkt man sich über ganze Jahre hinweg, während man zugleich drei Tage hintereinander im Baumarkt vergisst, die 50-mm-Spaxschrauben einzukaufen, obwohl sie ganz oben auf dem Zettel stehen, so ist das nun mal, wenn zu viele Synapsen verschmort sind, dachte ich, während ich dem Bummbumm und dem Gemurmel zuhörte, das sich in das Bummbumm hineinmischte, und dann nahm wohl jemand die Hand von der Sprechmuschel und rief zugleich: »Was soll ich ihn nochmal fragen?«, und das Bummbumm war schon erheblich lauter und auch fiepsiger jetzt, war es wohl die Hand und nicht die Wand gewesen, die da alles gedämpft hatte, falsch geraten, die ganze schöne Gedankenarbeit für nichts, und ich rief »Hallo« in die Muschel, aber gedämpft, im Zimmer neben dem Tischchen, auf dem das Telefon stand, schlief Astrid, die wollte ich auf keinen Fall wecken.

»Charlie?« Es war Raimund, keine Frage. Er klang

zwar etwas heiser, aber das war er im Club immer, er schrie ja so viel herum, wenn er sich amüsierte.

»Ja.«

»Charlie, bist du das?«

»Ja.«

»Kann dich nicht hören?«

»Dann mach doch mal die Musik leiser!«

»Haha, der war gut, immer der gute alte Charlie.«

»Ja, ich fand ihn auch gut.«

»Was?«

»Egal.«

»Hör mal, ich kann dich kaum verstehen, Charlie, ich hab nur eine Frage eben ...«

Wieder wurde die Musik gedämpft und dann wurde sie wieder lauter, da hatte jemand seine Hand oder die Sprechmuschel oder beides nicht richtig im Griff, und Raimund sagte in eine andere Richtung »Ach so«, und dann hörte ich einige Zeit nur Musik und ich verspürte ein seltsames Ziehen und der ganze Körper wollte durch die Telefonleitung kriechen und am anderen Ende im BummBumm Club, der alten Unsinnsbasis von Raimund und Ferdi, den Space-Kadetten des deutschen Clubwesens, aus der Sprechmuschel wieder rauskommen und gleich mitmachen, irgendwas trinken, Mineralwasser meinetwegen, und einfach nur dabei sein, nicht mal tanzen, tanzen war eh nicht so mein Ding, aber einfach dabei sein, abhängen, Unsinn reden.

»Charlie?«

»Ja.«

»Charlie, bist du da?«

»Ja klar.«

»Was ich fragen wollte, sagt Ferdi: Hast du einen Führerschein?«

»Ja.«

»Klasse 3?«

»Natürlich Klasse 3, was denn sonst?«

»Hör mal, alles klar, ich kann mich jetzt nicht mit dir unterhalten, ist zu laut hier, hast du also, ja?«

»Ja, hab ich.«

»Führerschein?«

»Ja.«

»Klasse 3?«

»Ja.«

»Alles klar.«

Und dann legte Raimund auf. Die Uhr auf dem Telefontischchen zeigte 6:18, und Raimund und Ferdi waren noch voll dabei. Und ich schon wieder. Das verwirrte mich: Hieß das nun, dass wir irgendwie eine Verbindung hatten, dass da sowas wie ein Wurmloch war zwischen dieser und der anderen Welt und 6:18 Uhr am Morgen die Zeit, an der das Wurmloch geöffnet wurde, so wie es sich immer in den Science-Fiction-Heftchen von Klaus-Dieter öffnete, er hatte mir mal ein paar davon geliehen, er las die Dinger tagaus, tagein, und immer taten sich irgendwelche Wurmlöcher auf, ein bisschen zu oft für meinen Geschmack, das müffelte nach verschwitzter Sublimierung, wenn man mich fragte, aber mich fragte ja keiner, außer Klaus-Dieter, und dem konnte man mit sowas nicht kommen, »prima Geschichte« war das Einzige, was Klaus-Dieter bei seinen Heftchen als Literaturkritik verkraften konnte.

Nun ja, jedenfalls war ich verwirrt, hatte aber keine Zeit, groß darüber nachzudenken, denn nun war Werner über mir, und das ist wörtlich zu verstehen, er kam die Treppe von oben herunter und auf mich nieder und zeterte dabei herum: »Wer ruft denn da jetzt an?«, und:

»Karl Schmidt, was ist los mit dir, irgendwas stimmt hier nicht!«, und ich: »Was soll denn jetzt nicht stimmen, Werner, da hat sich einer verwählt, ich meine, wer ruft denn schon so früh am Morgen bei uns an?«

»Das klang für mich aber gar nicht nach verwählt«, sagte Werner.

»Wieso, du hast doch gar nicht mit denen gesprochen!«

»Soso, waren das gleich mehrere? Was ist da los, Karl Schmidt?«

In diesem Moment öffnete sich Astrids Tür und sie stand im Türrahmen in einem gestreiften Pyjama und sagte: »Könnt ihr mal ruhig sein, ich glaub, ich spinne«, und Werner ging die Treppe wieder hoch, nicht aber ohne noch »Heute Abend Plenum, Karl Schmidt, und kein Bullshit!« über die Schulter zu rufen, der alte Sozpäd-Titan.

Mit dieser Ansage und aller gebotenen Verwirrung ging ich dann zur Arbeit.

4. Alligatorenfütterung

Zur Arbeit musste ich nach Othmarschen in das Kinderkurheim Elbauen, und obwohl ich einen Führerschein Klasse 3 hatte, wie nun auch Raimund wusste, hatte ich natürlich kein Auto, ein Hilfshausmeister in einem Kinderkurheim verdient das Geld nicht gerade säckeweise, und ich wusste auch nicht, ob Autobesitzen bei Clean Cut 1 überhaupt erlaubt war, Clean Cut 1 war kein Autofahrerding, das war mal klar, so wie Altona kein U-Bahn-Ding war, sie hatten ja überhaupt nur drei U-Bahnen in Hamburg und Altona war da nicht angeschlossen, und Othmarschen dann natürlich schon gleich dreimal nicht, Othmarschen war viel zu ländlich-sittlich für eine U-Bahn, aber genau richtig für ein Kinderkurheim, und wenn eine von den kleinen Knalltüten ausbüxen wollte, dann musste sie halt die S-Bahn nehmen, aus Othmarschen führte nur die S-Bahn raus und die nahm ich auch jeden Werktagmorgen, um reinzukommen, und oft auch noch an den Wochenenden, denn ich war nicht nur der Hilfshausmeister, ich war auch der Ersatztierpfleger, seit der alte Tierpfleger tot war, weil Rüdiger, der Hausmeister, als Vollalkoholiker für sowas weder Bock noch Nerven hatte, deshalb hatte ich das übernommen, so wie überhaupt alles von Rüdiger außer der Schlüsselgewalt und dem BAT-

Vertrag, die lagen bei ihm, aber das machte mir nichts, solange er mich in Ruhe arbeiten ließ. Und der Tierpfleger, auch der Ersatztierpfleger, genoss Respekt, das war mal sicher, jedenfalls bei den Affen und Kaninchen und den Nasenbären und den Schildkröten und dem ganzen anderen Gekreuch, das sich zu Tiertherapiezwecken dort versammelt hatte, aber zum Ausgleich hatte ein Ersatztierpfleger im Kinderkurheim Elbauen nie wirklich frei, auch an den Wochenenden nicht, eigentlich alles genau wie bei Werner und Clean Cut 1.

Und so, wie ich meine Halbdunkelkaffeemorgen mit Henning irgendwie mochte, so mochte ich auch die Tierfütterung, denn eins ist mal klar: Wer Tiere gefüttert hat, der hat schon mal etwas Gutes getan, und wenn man das jeden Tag als Erstes macht, dann ist kein Tag mehr umsonst, und so hatte ich das auch Werner erklärt, als der sich darüber beschweren wollte, dass man mir die Extraarbeit aufgedrückt hatte, er war kaum zu beruhigen gewesen, manchmal übertrieb er die Fürsorglichkeit, wir nannten das das Lady-Di-Syndrom, jedenfalls Klaus-Dieter und ich, daran war Astrid schuld, die machte sich schon lange immer Sorgen um Lady Di, weil die sich immer um alles kümmerte und nachts noch die Leute in den Krankenhäusern aufweckte, damit die auch wussten, dass Lady Di sich um sie kümmerte, das beeindruckte und bedrückte Astrid schwer, mehr jedenfalls als das gleiche Verhalten bei Werner, und deshalb sagten Klaus-Dieter und ich immer Lady-Di-Syndrom, wenn Werner die Sache übertrieb, nämlich um Astrid zu ärgern, die es hasste, wenn wir Werner und Lady Di auf eine Stufe stellten, für sie stand Lady Di weit über Werner, bei Klaus-Dieter war es genau umgekehrt, ich war da neutral, mir waren Werner und Lady Di genau gleich lieb.

Ich ging beim Kinderkurheim Elbauen hintenrum rein, weil ich dann niemandem begegnete, den Erziehern nicht, die um diese Zeit eintrudelten und die Kinder weckten, und auch nicht den frühen Vögeln unter den Lehrern, denn im Kinderkurheim wurde nicht nur therapiert, sondern auch gelehrt, die Schule ging hier schön weiter, weil die hundert jeweils schlimmsten Hamburger Schüler zwischen sechs und zehn Jahren, wenn sie hier ihre hundert Tage Behandlung bekamen, hinterher schulisch gesehen nicht noch weiter zurückhängen sollten als ohnehin schon, und das war nichts für mich, dieser Lehrer- und Erzieheranblick am frühen Morgen und dann eventuell auch noch Ärzte und Therapeuten, nein danke, danke, danke, aber auch danke, Mutter, für diesen schönen Job, denn meine Mutter hatte ihn mir besorgt, Werner war dagegen gewesen, schon wegen Alkoholikerchefhausmeister Rüdiger, aber meine Mutter war ein hohes Tier beim Senator für Soziales, und da hatte Werner nichts zu melden, da musste er als Schweinchen im Garten des sozialen Epikurs mal kurz ruhig sein und meine Mutter machen lassen, denn meine Mutter war befreundet mit Dr. Selge, und die war Psychiaterin und Chefin vom Kinderkurheim Elbauen, und so kam eins zum anderen und ich hierher, wo ich nun den Eingang hintenrum direkt in die Werkstatt nahm, das machte ich immer so, das war okay und allgemein anerkannt, ich hatte mir dafür einen eigenen Schlüssel besorgt und war schon so lange hier, dass auch Dr. Selge mich nicht mehr jeden Morgen sehen und von mir wissen wollte, ob ich den Weg mit der S-Bahn ganz alleine und ohne Ab- und Umwege und ohne Schweißausbrüche bewältigt hatte.

Ich mischte gerade den Babybrei für die beiden kleinen, böse aussehenden Affen, von denen niemand mehr wusste, welche Sorte sie waren, Namen hatten sie wohl, sie hießen Jimmy und Johnny, aber ihre Sorte war unbekannt, der alte Tierpfleger, Herr Munte, hatte das Wissen darum mit ins Grab genommen und sonst interessierte es keinen, Hauptsache einer gab ihnen das Futter und das war ich, sie bekamen immer Babybrei mit Bananenstücken drin und ab und zu Mehlwürmer, und manchmal tat ich ihnen die Mehlwürmer auch in den Babybrei, da fuhren sie drauf ab, die kleinen Leckermäuler, es war immer niedlich anzusehen, wie sie die Mehlwürmer da rauspulten, ich mischte also gerade den Babybrei für die beiden kleinen Primatenfreaks, als ich hinter den Säcken mit Heu und Streu und Futterkram, die in der Zooküche die Hälfte vom Platz einnahmen, ein Geräusch hörte, und ich hatte schon Angst, dass das vielleicht Ratten waren, als im selben Augenblick die Tür aufging und Hartmut, einer der Erzieher, reinschaute.

»Hast du einen von unseren Jungs gesehen?«

»Nein.«

»So ein kleiner …« Er zeigte, wie klein. »Ist schon angezogen. Ist weg. Die Penner vom Nachtdienst, die merken auch gar nichts!«

»Okay, wenn ich ihn sehe, was soll ich machen?«

»Ihn festhalten und eben anrufen. Nicht, dass der ausbüxt.«

Und dann war Hartmut wieder draußen.

»Du kannst rauskommen«, sagte ich zu den Säcken.

Es raschelte wieder, aber niemand kam raus. Vielleicht waren es doch Ratten. Ich nahm eine Schaufel, die in der Ecke stand, und hielt sie in der rechten Hand bereit, während ich mit links die Säcke umschichtete.

»Ihr scheiß Ratten, ich hau euch tot!«, rief ich.

Ratten im Zoo waren der größte anzunehmende Unfall,

die Kaninchen würden sich einscheißen oder getötet werden und die Affen würden ausflippen und Seuchen würden über den Zoo kommen und das ganze Futter würde angefressen, der alte Tierpfleger, Herr Munte, hatte da immer so Horrorgeschichten erzählt, von Rüdiger, dem Hausmeister, ganz zu schweigen, der hatte ihm nicht nur eifrig zugestimmt, Rüdiger hatte immer noch einen draufgesetzt; wenn bei Herrn Munte alle Kaninchen tot gewesen waren, dann waren es bei Rüdiger immer gleich die Kaninchen und die Schildkröten auch noch, und wenn bei Herrn Munte Seuchen über die Tiere kamen, dann brach bei Rüdiger auch noch gleich die Pest unter den Menschen aus, Rüdiger war ganz besessen von Ratten, der alte Wirkungstrinker, bloß keine Ratten, bloß keine Ratten, vielleicht war es auch das drohende Delirium tremens, das ihm Angst machte, bloß keine Ratten, bloß keine Ratten, ich hatte irgendwann nach dem Tod von Herrn Munte die Frühstückspause mit Rüdiger verweigert, weil ich es nicht mehr hören konnte, er hörte ja nicht etwa auf damit, als Herr Munte tot war und nicht mehr mitmachen konnte, im Gegenteil, er übernahm Herrn Muntes Part in dem ganzen Rattengequatsche gleich noch mit, das hatte sich irgendwann ins Groteske gesteigert, aber das war nun alles Geschichte, weil Rüdiger seine Schlüsselgewalt mittlerweile von zuhause ausübte und mich ansonsten die ganze Arbeit machen ließ, was mir verdammt recht war.

»Ihr scheiß Ratten, ich hau euch tot!«

»Nicht hauen.«

Nun kam er doch raus, ein kleiner, dünner Junge, vielleicht sieben Jahre alt. Er hielt die Hände über den Kopf. »Nicht hauen.«

»Keine Angst.« Ich atmete auf und stellte die Schaufel weg. Ich merkte, dass ich schwitzte. Ich holte den Tabak raus und drehte mit zitternden Händen erst einmal eine Zigarette. Der Kleine stand zwischen den herumgeräumten Säcken und schaute mir dabei zu.

»Ich dachte, du sollst mich festhalten und dann Hartmut anrufen!«, sagte er nach einer Weile.

»Das hättest du wohl gerne!«

»Nee ...« Er kam näher und beschaute sich den Babybrei, den ich für Jimmy und Johnny gemischt hatte. »Kann ich davon was haben?«

»Bist du schon vor dem Frühstück abgehauen, oder was?«

»Ich? Wieso abgehauen? Ich bin doch nicht abgehauen!« Er war kurz davor zu heulen, das konnte man sehen, die Augen kniff er zusammen und die Stimme kippte ins Weinerliche.

»Meinetwegen«, sagte ich. »Sei froh, dass noch keine Würmer drin sind!« Ich suchte ihm einen Löffel raus und wusch ihn ab. »Wo wolltest du denn hin?«

»Nach Hause«, sagte er und löffelte hastig den Babybrei weg. »Da sind ja Bananen drin.«

»Ja, der ist für die Affen. Alle glauben immer, dass die gerne Bananen essen.«

»Stimmt das denn nicht?«

»Mehlwürmer mögen sie lieber. Und Käfer. Fleisch überhaupt.«

»Und wieso gebt ihr ihnen dann Bananen?«

»Ist halt so«, sagte ich. »Weil's Affen sind. Und du? Warum bist du hier?«

»Ich bin auf Erholung hier. Und ich soll auch mehr essen. Dicker werden!«

Die Kinder waren gerade erst angekommen. Dreimal im Jahr kamen neue Kinder und blieben für hundert Tage, alle Probleme durcheinander, Legastheniker, Choleriker,

Verweigerer, Stotterer, die Hamburger Schulbehörde schickte sie dreimal im Jahr, immer hundert auf einmal, dazwischen wurde alles gründlich saubergemacht und desinfiziert.

»Erholung? Du hast doch bestimmt auch Scheiße in der Schule gebaut!«

»Ich doch nicht. Ich bin zur Erholung hier.«

»Und wieso willst du dann gleich wieder weg?«

»Ist doch scheiße hier. Total langweilig.«

»Ja, aber das Essen ist gut«, sagte ich. »Ich an deiner Stelle wäre erst nach dem Frühstück abgehauen.«

»Dann geht das schlecht, dann ist ja Hartmut immer da.«

Ich mischte neuen Babybrei an und tat gleich ein paar Mehlwürmer rein, damit er den nicht auch noch wollte. Er schaute interessiert zu.

»Fütterst du die Affen jetzt?«

»Ja. Du kannst zugucken. Du kennst das hier noch gar nicht, oder?«

»Nein, wir sind ja gerade erst angekommen.«

Jimmy und Johnny waren schon ganz außer sich, als wir zu ihnen kamen. Der Zoo hatte einen Innen- und einen Außenbereich, im Innenbereich waren die beiden Affen, die Alligatoren, die Kaninchen, die Schildkröten und ein großer Papageienvogel, der Geräusche machte wie ein altes Transistorradio. Ich öffnete eine kleine Tür in Jimmys und Johnnys Gehege und stellte ihnen den Brei mit den Mehlwürmern hin. Die beiden kleinen Dunkelmänner waren nur ungefähr zwanzig Zentimeter groß, aber sie konnten den Jungen nicht lange fesseln, die Alligatoren fand er besser.

»Sind die Krokodile echt?«, fragte er.

»Ja klar.«

»Aber die bewegen sich gar nicht.«

»Das sind wechselwarme Tiere. Die würden sich mehr bewegen, wenn's wärmer wäre.«

»Dann mach doch mal wärmer.«

»Geht nicht, dann drehen die auf und dafür ist nicht genügend Platz. Die kommen bald weg, weil sie so groß geworden sind. Die haben ja kaum noch Platz da drin.«

»Ach so.«

Die Alligatoren waren in einem mit dickem Glas eingefassten Reptilienbecken untergebracht. Innen am Glas war zusätzlich ein Gitter. Vorne konnte man das Glas öffnen und dann das Gitter hochheben, um sie zu füttern oder rauszuholen. Ich hatte eine Heidenangst vor den Viechern und die Tage, an denen man sie füttern musste, waren schlechte Tage.

»Und wie klein waren die früher?«

»Wenn die ankommen, sind die noch so klein …«, ich zeigte ihm mit den Händen, wie klein, »… und dann werden die hochgepäppelt.«

»Und wo kommen die dann hin?«

»Alligatorenfarm.«

»Und dann?«

»Keine Ahnung. Wahrscheinlich Handtaschen.«

»Hm …« Er schaute die Alligatoren weiter an und die Alligatoren blieben weiter regungslos sitzen. »Mach doch mal warm, damit die sich bewegen.«

»Das ist nicht gesagt, dass die sich dann bewegen. Die lauern doch auf Beute.«

»Was denn für Beute?«

»Sowas wie dich.«

Er lachte unsicher. »Ich bin doch viel zu groß für die.«

Er blieb an dem Alligatorentank stehen, während ich

die Kaninchen versorgte. Jimmy und Johnny holten sich einen runter und der Papagei piepste, flötete und brabbelte blechern vor sich hin, aber den Jungen interessierte das alles nicht, er stand genauso regungslos vor dem Alligatorenbecken, wie die Alligatoren darin herumlagen, wahrscheinlich kommunizierten die vier auf einer der esoterischen Wellenlängen, an die Astrid so fest glaubte.

»Wie heißt du eigentlich?«

Er antwortete nicht.

»Ole? Lasse? Björn?« Keine Reaktion. »Arne? Olaf? Knut?« Er antwortete nicht, da ging ich erstmal raus und kümmerte mich um die Draußentiere, die Nasenbären, den Marder, die Ziegen und die Schafe. Als ich wieder reinkam, stand er immer noch da.

»Hans-Peter«, sagte er, ohne die Augen von den Alligatoren zu lassen. »Ich heiße Hans-Peter. Aber irgendwann müssen die sich doch mal bewegen!«

»Pass mal auf, Hans-Peter«, sagte ich. »Nein, hierher gucken, guck mal kurz hierher, ich mach dir einen Vorschlag.«

»Was gibt's denn?«

»Hab ich doch gerade gesagt: Ich mach dir einen Vorschlag.«

»Was denn für einen Vorschlag?«

»Du darfst mit mir die Krokodile füttern. Dann bewegen die sich auch. Versprech ich dir. Aber du musst mir auch was versprechen: Wenn wir fertig sind, gehst du hoch und meldest dich bei Hartmut und entschuldigst dich.«

»Au Mann!«, quengelte er. »Hartmut ist voll scheiße.«

»Hartmut ist okay«, sagte ich. »Wenn Hartmut scheiße wäre, dann wüsste ich das.«

»Ach nee, und woher willst du das wissen?«

»Ich kenne ihn länger als du.«

»Au Mann …« Er sah wieder zu den Alligatoren.

»Überleg's dir!«

Ich ging in die Küche, machte mir einen Kaffee, rauchte eine und mischte noch einen Babybrei zusammen, dann kam er.

»Okay«, sagte er. »Und was kriegen die zu essen?«

»Versprochen?«

»Okay.«

»Versprochen? Sag versprochen!«

»Versprochen!«

»Pass auf!« Ich ging zum Kühlschrank und holte einen Fleischbrocken heraus, den ich am Vortag für die Nasenbären aufgetaut hatte, die Alligatoren waren eigentlich erst in den nächsten Tagen wieder dran.

»Hier ist das Fleisch, davon schneiden wir ein Stück ab und dann kommt das da drauf!«

Ich zeigte ihm den Besenstiel mit dem Nagel oben dran, den Rüdiger vor Jahren mal gebastelt hatte. »Muss man fest draufstecken, wenn das runterfällt, ist das blöd.« Ich schnitt eine Scheibe Fleisch ab, steckte sie auf den Nagel und ließ sie vor Hans-Peters Nase baumeln. »Und dann so hinhalten.«

Ich ging mit ihm zum Alligatorbecken und schob die Scheibe beiseite. Dann hob ich das dahinterliegende Gitter an und steckte das Stielende mit dem Fleisch in den Käfig und ließ das Gitter so weit es ging wieder runter. »Jetzt pass auf«, sagte ich zu Hans-Peter. »Die müssen glauben, dass das was Lebendes ist. Wenn sich das nicht bewegt, dann wollen die das nicht. Hast du kapiert?«

Er nickte.

»Da kann gar nichts passieren, du bist ja hier und dazwischen ist ja auch noch das Gitter.«

»Ja logisch.«

»Also nimmst du jetzt den Stock ...«, ich gab ihm das Ende des Besenstiels in die Hand, »und schiebst das jetzt so, ja so, genau, neben die Schnauze von dem Krokodil, und zwar so, dass das Krokodil das Fleisch auch sieht, okay? Brauchst keine Angst zu haben.«

»Ich hab keine Angst.«

»Brauchst du auch nicht zu haben.«

»Hab ich auch nicht.«

»Pass auf, und jetzt so wedeln! Aber vorsichtig, dass du ihn nicht verletzt.«

Hans-Peter konzentrierte sich und wedelte sachte mit dem Fleisch vor der Schnauze des zuoberst liegenden Alligators herum. »Genau so«, sagte ich. »Genau so.«

»Da passiert ja gar nichts. Warum reagiert der denn nicht?«

»Das geht nicht so schnell«, sagte ich. »Es ist ja zu kühl für ihn. Da braucht er ein bisschen Zeit. Vielleicht will er dich auch nur in Sicherheit wiegen, was weiß ich ...«

»Da passiert ja gar nichts«, wiederholte Hans-Peter und wedelte eifrig.

»Nicht zu doll!«, mahnte ich.

»Da schläft einem ja der Arm ein!«

»Weitermachen.« Ich trat einen Schritt zurück und begann zu schwitzen. Ich hasste die Alligatorenfütterung. Der Alligator, der ganz oben lag, tat wie ausgestopft.

»Da passiert ja gar nichts.«

»Keine Angst, da passiert schon noch was.«

»Da passiert ja ...«

Da schnappte der Alligator zu, in einem großen Zucken machte der ganze Körper samt Schwanz und allem eine Vierteldrehung und das Fleisch war weg und ich hoffte nur, dass Hans-Peter nicht mitbekommen hatte, wie ich zusammengezuckt war, aber der Kleine hatte genug mit seinem eigenen Schrecken zu tun, er schrie auf, sprang zurück und zog dabei den Besenstiel aus dem Käfig. Das Gitter klappte nach unten und er drehte sich zu mir herum. Ich hob beruhigend die Hände.

»Kein Grund zu erschrecken, das ist immer so.«

»Mann, hab ich mich erschrocken.«

»Musst du nicht, ist ganz normal. Der kann dir ja nichts tun, da ist ja immer noch das Gitter dazwischen – irgendwie.«

»Mann, hab ich mich erschrocken.«

»Okay, der hat genug. Jetzt den Nächsten.«

Hans-Peter guckte mich zweifelnd an, er war ganz blass geworden, der kleine Spargeltarzan. Dann betrachtete er wieder das Reptilienbecken. Die Lage der Alligatoren hatte sich verändert, der, der gefressen hatte, war jetzt ganz vorne und im Wasser, während die beiden anderen weiter hinten, wo das Land war, übereinanderlagen.

»Gleich den Nächsten füttern«, sagte ich.

»Mach du!« Hans-Peter hielt mir den Stock hin.

Ich ging in die Küche zum Fleisch, Hans-Peter folgte mir mit dem Stock. »Mach du.« Er klopfte mir mit dem Stock gegen die Hüfte. »Mach du.«

»Keine Lust mehr?«, sagte ich.

»Nee, mach du!«

»Willst du noch zugucken oder willst du gleich zu Hartmut hochgehen?«

»Die Schule fängt gleich an«, sagte er. »Ich geh da mal hin.«

»Aber erst Hartmut Bescheid sagen!«

»Au Mann …«

»Du hast es versprochen. Und Entschuldigung sagen.«

»Au Mann …«

»Du hast es versprochen.«

»Na gut …«

»Hier!« Ich hielt ihm den Brei hin, den ich gerade noch angerührt hatte. »Iss noch schnell was. Du sollst ja dicker werden!«

Er stopfte sich den Brei rein und dann ging er. Vielleicht zu Hartmut, vielleicht zur S-Bahn, wer konnte das wissen? Als sich die Tür hinter ihm schloss, war ich ein bisschen traurig.

Beim Alligatorenfüttern merkte ich immer, wie einsam ich war.

5. Schlumheimer für Arme

Kurz nach der Fütterung liefen in der Werkstatt die Anrufe ein. Die Gruppen riefen immer in der halben Stunde an, nachdem die Kinder in den Unterricht gegangen waren, dann machte immer einer von den Erziehern Kaffee und die anderen inspizierten die Räume, um zu notieren, was alles kaputt war, und dann tranken sie Kaffee und einer rief in der Werkstatt an. Seit Rüdiger nicht mehr mitspielte und ich mir meine Zeit selber einteilen konnte, versuchte ich, mein Kaffeemachen und Kaffeetrinken mit ihrem Kaffeemachen und Kaffeetrinken zu synchronisieren, aber die Kaffeemaschine, die Rüdiger mir hinterlassen hatte, brauchte eine Ewigkeit für ihren Job, ich hätte sie längst entkalken sollen, aber so läuft das, man repariert alles, was nicht bei drei auf dem Baum ist, Stühle, Toilettenspülungen, Kasperletheater, Heizungen, Rasenmäher und zerbrochene Bilderrahmen, aber die eigene Kaffeemaschine zu entkalken schiebt man immer weiter vor sich her. Wer weiß, was Dr. Selge dazu zu sagen gehabt hätte, sie war ja nicht nur Psychiaterin, sondern auch Psychoanalytikerin, als solche hätte sie sicher eine interessante Theorie dazu gehabt, aber bei mir war sie nur Psychiaterin, an mich war sie analysemäßig nicht rangekommen, nicht, dass sie es nicht versucht hätte, sie hatte ja schon meine Mutter analysiert, da wollte sie natürlich auch mal die Gegenseite durchchecken, aber ich hatte das abschmettern können: »Das wäre ja Parteienverrat«, hatte ich gesagt und sie darauf: »Ich bin Ärztin, kein Anwalt, was denken Sie?!«, als ob ich das nicht gewusst hätte, als Ärztin behandelte sie mich ja schon die ganze Zeit, seit ich aus Ochsenzoll raus war, daran hatte es keinen Weg vorbei gegeben, aber Analyse, nein danke, irgendwo musste auch mal Schluss sein, man kann doch nicht jemanden an seine Ödipuskomplexe lassen, der schon die eigene Mutter analysiert hat!

Jedenfalls liefen wie jeden Tag die Anrufe ein, während die Kaffeemaschine laut vor sich hin gurgelte. Das Telefon war gleich neben der Kaffeemaschine an der Wand verschraubt, deshalb waren das anstrengende Telefonate und die Reparaturzettel waren auch gerade alle, da war ein Besuch bei Frau Schmidt und ihrem Kopierer fällig, einen hatte ich noch ausgefüllt und dann erst gemerkt, dass es schon der vorletzte war, so beginnen Tage, an denen man auf die Idee kommen konnte, sein Leben neu zu gestalten, endlich alles anders zu machen, zum Beispiel morgens erst in die Werkstatt zu gehen und die Kaffeemaschine anzumachen und dann erst in den Zoo, um die Tiere zu füttern, denn das wäre natürlich auch möglich gewesen, dass man erst einmal Rüdigers verkalkte Röchelmaschine auf ihren langen Marsch schickte, bevor man sich in der Küche vom Zoo wie immer einen Nescafé mit demselben heißen Wasser machte, mit dem man auch den Babybrei für die Affen anrührte. Aber das hatte mir immer widerstrebt. Eine Kaffeemaschine in Gang zu setzen, um sich gleich darauf am anderen Ende des Kellers einen Nescafé zu machen, das hatte irgendwie was

Gieriges, Kaffeejunkiemäßiges, das hatte einen Hauch von Klaus-Dieter in seinen manischen Momenten, das roch nach Abhängigkeit und auch nach Doofheit, weil man all diese Verrenkungen ja nur machte, um nicht die Kaffeemaschine entkalken zu müssen, und wieso tat man das eigentlich nicht? Am Ende, wenn man mal ganz ehrlich zu sich selber war, was auch ohne Dr. Selges Seelenschredderei gehen musste, war es eine Frage der inneren Sicherheit: Rüdigers Kaffeemaschine entkalkt zu haben, das hätte dem Leben eine neue Qualität gegeben, jedenfalls den Anrufen aus den Gruppen, die hätte man dann schon mit einem Kaffee in der Hand, bei völliger Stille und in friedlicher Stimmung entgegengenommen, vielleicht untermalt von ein bisschen Vogelgezwitscher, das im Frühling durch die gekippten Kellerfenster eingedrungen wäre, und das wäre natürlich toll gewesen, aber die Nachteile lagen auf der Hand, denn wenn man mit dieser Art von Reform erst einmal anfing, dann war Polen offen, wie Henning, der ewige Hitlerjunge, es neulich in der Gruppe in einer Diskussion über die Gefahren von Geleebananen formuliert hatte, was Werner natürlich überhaupt nicht lustig gefunden und Henning auch gar nicht lustig gemeint hatte, so redete er halt, der alte Fähnleinführer, jedenfalls: wenn man erst einmal anfing, alles, aber auch wirklich alles im Leben einer Inspektion und Sanierung zu unterwerfen, wenn man ernsthaft sogar schon Sachen reparierte, die eigentlich noch halbwegs funktionierten, wenn auch röchelnd und sprotzend wie Rüdigers Kaffeemaschine, die ja im Grunde genommen nur den Zustand seiner Blutgefäße und das Geräusch seiner Atemwege nachbildete, dann standen auch andere Dinge zur Reformdebatte, über die man lieber nicht nachdenken wollte, auch wenn man es neuerdings wieder konnte, weil man die Pillen abgesetzt hatte, was sich allmählich bemerkbar machte.

Also waren die Anrufe aus den Gruppen auch an diesem Morgen schwer zu verstehen, die Kaffeemaschine gurgelte und brodelte und knackte, dass einem angst und bange werden konnte, aber sonst war eigentlich alles ganz okay und ich kam langsam auf andere, bessere Gedanken, die Anrufe aus den Gruppen brachten mich immer gut drauf, verstopfte Klos, kaputte Glühbirnen, herausgerissene Waschbecken, zerstörte Möbel, das waren gute Probleme, die man schnell und einfach lösen konnte, und dann waren alle dankbar und freuten sich, und solange sie mich brauchten, sagten die Erzieher, wenn sie anriefen, auch gerne alles dreimal, weil die Kaffeemaschine eben so laut war, und die Erzieher warteten auch gerne, bis ich endlich kam und mich kümmerte, es brachte ja nichts, wenn man sich wegen dem ersten verstopften Klo gleich mit dem Pümpel auf den Weg machte, nur damit sich die anderen Erzieher in der Zwischenzeit wegen neuen Glühbirnen oder sonstwas die Finger mit der Werkstattdurchwahl wundwählten, und dann musste ich ja auch noch warten, bis die Kaffeemaschine durch war und ich das schwarze Zeug, das sie produzierte, getrunken hatte, das gehörte zum Ablauf, war Teil der Kette verlässlicher Ereignisse, die meinen Tag unterteilten wie das gute alte Bummbumm den deutschen Dance.

An den ich schon lange nicht mehr gedacht hatte, wie ich dachte, als ich eine Stunde später die Gruppe vier verließ, in der linken Hand den Pümpel, schön abgespült, vom Spülwasser sogar noch tropfnass, aber trotzdem oder vielleicht sogar gerade deswegen von allen, die mir entgegenkamen, misstrauisch beäugt. Schon lange nicht mehr gedacht an den deutschen Dance, dachte ich, so hatte Ferdi ihn immer genannt, was irgendwie seltsam nach Siebzigerdisco und James Last klang, da hatte sich Raimund öfter mal dagegen verwahrt, dass Ferdi das, was Raimund meistens »unser Ding« oder »House« nannte, als deutschen Dance bezeichnete, »das ist doch Ilja-Richter-Scheiße«, hatte er dann immer gesagt, sie waren ein lustiges Paar gewesen, die beiden, jedenfalls den deutschen Dance hatte ich eigentlich schon ziemlich lange ziemlich gut verdrängt, aber das Telefonat mit Raimund hatte alles wieder hochgebracht, wie mir klar wurde, als ich Gruppe vier verließ und auf einmal merkte, dass ich ein Bummbumm vor mich hin flüsterte und dazu ein bisschen zuckte, Pümpel in der linken, kaputter Stuhl in der rechten Hand, irgendeiner von den kleinen Stumpfmeiern hatte einen Stuhl kaputtgemacht, nichts, was ein bisschen Ponal nicht aus der Welt schaffen konnte, das rechte vordere Bein war abgebrochen, das trug ich unter den linken Arm geklemmt, und in der Armbeuge des rechten Arms hatte ich auch noch den Einkaufskorb, in dem ich immer die Glühbirnen transportierte, der war jetzt aber, weil ich gerade mit allem durch war, leer, das musste wohl etwas komisch ausgesehen haben, Pümpel, Stuhlbein, Stuhl, Einkaufskorb, leises Bummbumm und dann das Zucken, es war wohl doch nicht nur der Pümpel, der Gabi und Heidrun, zwei Erzieherinnen von Gruppe acht, die mir entgegenkamen, so angewidert gucken ließ, die Erzieherinnen von Gruppe acht waren eher so Muttis, auf die ganz Kleinen ließen sie immer die Muttitypen los, wahrscheinlich brauchten sie das, die kleinen Heulsusen, Heimweh war bei ihnen schlimmer als Durst, genau wie bei mir, nur dass ich wegen dem Durst nicht nach Hause durfte, wie ich kurz und etwas albern dachte, als nun eben Gabi und Heidrun naserümpfend an mir vorbeigingen und der deutsche Dance, der ja nun wirklich für all das nichts konnte, mich in seiner Gewalt hatte, was mich gut draufbrachte, erstaunlicherweise, würde ich mal sagen, weil ich nämlich diesmal beim Gedanken an die ganze Bummbummigkeit überhaupt nicht mehr dieses Heimwehding verspürte, das mich sonst manchmal überkam und hier überhaupt allgegenwärtig war und wohl auch die kleinen Hooligans in Gruppe vier und anderswo immer dazu brachte, ihre Stühle zu zerdeppern oder das Klo zu verstopfen oder zu weinen oder wegzulaufen oder was immer sie so taten, um ihr Schicksal zu beklagen, jedenfalls hatte ich plötzlich gute Laune, vielleicht auch wegen der blöden Gesichter von Gabi und Heidrun, denn das hatte was, wenn einen zwei so Mutterkreuzlerinnen angewidert anstarrten, jedenfalls beschloss ich, gar nicht erst runterzulaufen und den Krempel in der Werkstatt abzuladen, sondern lieber gleich und sofort und samt Pümpel und Stuhl und Stuhlbein und Einkaufskorb zu Frau Schmidt zu gehen und mir sofort ihre Vorträge wegen Tipp-Ex-Preisen und Papierknappheit und was sonst noch immer so an Quatsch aus ihr rauskam, anzuhören, ich hatte einen mutigen Moment und solche Momente waren nicht so häufig in meinem Leben, dass ich diesen hier ungenutzt hätte verstreichen lassen können.

»Frau Schmidt, ich muss mal was kopieren«, sagte ich. Bei Frau Schmidt stand »ohne klopfen eintreten« an der Tür, da platzte man einfach rein, sie wollte es ja nicht anders. Ich hielt die beiden Reparaturformulare hoch, die ich noch hatte, das eine noch unbeschrieben, das andere schon ausgefüllt, und dazu schwenkte ich den Pümpel –

Stuhl, Stuhlbein und Einkaufskorb hatte ich vor der Tür gelassen, da standen sie nun als kleine Installation auf dem Flur, es hatte gleich ein bisschen nach Schlumheimer ausgesehen, wie der Embryo einer großen Schlumheimerinstallation, und der ist jetzt auch schon tot, hatte ich gedacht, nachdem ich das irgendwie schlumheimermäßig aufgetürmt hatte, der Stuhl stand ja auf seinen drei Beinen nicht mehr richtig, da musste man das erst ein bisschen arrangieren, aber den Pümpel hatte ich mit reingenommen, warum auch immer.

»Igitt, lassen Sie das draußen«, sagte Frau Schmidt und zeigte auf den Pümpel, sie hielt sich dabei sogar die Nase zu, das hatte schon wieder irgendwie Klasse, sie hasste mich zwar, aber jemand, der sich beim Anblick eines frischgewaschenen Pümpels die Nase zuhält, kann kein ganz schlechter Mensch sein, so jemand hat wenigstens Fantasie und Gestaltungskraft.

»Gern, ich hab nur Angst, dass mir den einer klaut«, sagte ich. »Da sind die alle ganz scharf drauf. Und dann müsste ich einen neuen kaufen, und dann beschweren Sie sich wieder, dass wir so viel Geld brauchen, Herr Wieczorek und ich.«

»Das Ding bleibt draußen, das kommt mir hier nicht rein«, sagte sie.

Also ging ich wieder raus und stellte den Pümpel zu Stuhl, Stuhlbein und Einkaufskorb dazu, aber der Pümpel passte nicht so gut da rein, mit Pümpel sah es nicht so gut aus wie ohne Pümpel, der Pümpel war arschklar over the top und machte mir den ganzen schönen Protoschlumheimer kaputt, ich musste erst noch einen Papierkorb dazustellen, dann ging es wieder, dann glich sich das irgendwie aus und ich konnte wieder zurück zu Frau Schmidt.

»Reparaturformulare«, rief ich im Hineinkommen, um

ihr gleich den Wind aus den Segeln zu nehmen, und dazu schwenkte ich die beiden Zettel, die ich noch hatte, »ich brauche neue Reparaturformulare!«

»Da ist der Kopierer«, sagte sie und sah dabei auf die elektrische Schreibmaschine, in die sie hineinhämmerte, was sie aus ihrem Kopfhörer eingeflüstert bekam, sie konnte das alles gleichzeitig, das eine sagen und was anderes dabei anhören und auch noch in ihre Maschine tippen, eine tolle Frau eigentlich, sie sah auch nicht schlecht aus, obwohl sie schon um die fünfzig war, irgendwie sexy, das kommt davon, dachte ich, wenn man die Pillen absetzt, es dauert nicht lange, dann kommt der Notstand und dann ist sogar Frau Schmidt sexy.

»Ich brauche aber Tipp-Ex«, sagte ich.

Sie hörte auf zu tippen und nahm entnervt ihren Kopfhörer ab.

»Was wollen Sie denn mit Tipp-Ex?«

»Ich muss das hier wegmachen«, sagte ich und zeigte auf die Schrift auf dem Reparaturzettel, den ich im Eifer des Gefechts schon vollgeschrieben gehabt hatte. »Ich brauche ja zwei davon, weil das doch DIN A5 ist und die Kopien DIN A4, dann muss ich ja zwei auf den Kopierer legen, und der eine ist schon vollgekritzelt, da brauch ich mal eben Tipp-Ex, ist doch logisch.«

»Logisch ist, wenn Sie den anderen, der noch leer ist, erst einmal kopieren, dann haben Sie zwei leere Formulare, die Sie auf den Kopierer legen können, und mit denen machen Sie dann die ganzen nächsten Kopien!« Sie setzte den Kopfhörer wieder auf und tippte weiter. Eine tolle Frau, keine Frage, aber auch böse, also ging ich zum Kopierer und tat, was sie mir vorgeschlagen hatte, man muss wissen, wann man verloren hat.

Ich war gerade fertig und wollte mich rausschleichen, zurück zu meinem Schlumheimer für Arme, als sich die Tür von Dr. Selges Büro öffnete und Dr. Selge, die Leiterin des Kinderkurheims Elbauen höchstselbst, in Frau Schmidts Vorzimmer kam. Ich wusste nicht genau, ob ich sie grüßen sollte, sie sah ja nicht zu mir her, sondern steuerte auf Frau Schmidt zu, »wer hereinkommt, grüßt«, heißt es, aber auch »der Mann grüßt zuerst« und »jung grüßt alt«, und eine Frau und alt war Dr. Selge, sie sah sogar noch ein wenig älter aus als sonst, irgendwie übernächtigt, und schweren Schritts steuerte sie auf Frau Schmidt zu, die immer weiter tippte und tippte, und ich raffte schnell meine Kopien zusammen und machte mich auf den Weg zur Tür, aber da hatte sie mich schon gesehen und rief: »Ach Karl, das trifft sich gut, bleiben Sie doch noch eben«, denn das war der Kompromiss gewesen, den sie seinerzeit, als ich ihr Patient und Angestellter wurde, für die Anrede gefunden hatte, sie wollte mich eigentlich duzen, weil sie mich als Kind schon gekannt hatte, sie war ja die beste Freundin meiner Mutter und wahrscheinlich auch der Grund dafür gewesen, dass meine Mutter mit mir damals nach Hamburg gezogen war, da war ich schon vierzehn gewesen und mein Vater gerade tot, jedenfalls kannte mich Dr. Selge, seit ich denken konnte, sie hatte wegen ihrer großen Freundschaft mit meiner Mutter auch vorher schon den Weg nach Bielefeld nie gescheut, ein gern gesehener Gast war sie in Ostwestfalen gewesen, deshalb hatte sie mich, als ich mit der lockeren Schraube in ihre psychiatrische Behandlung kam, zunächst hemmungslos angeduzt und ich hatte sie, um gar nicht erst das alte Tante-Marianne-Ding wieder anzufangen, gnadenlos zurückgesiezt und in die Ecke gedoktort, und am Ende hatte sie sich mit sich selbst darauf geeinigt, mich zu siezen und Karl zu nennen, die blödeste Lösung, wenn man erstmal drüber nachdenkt.

»Bleiben Sie bitte, ich möchte noch mit Ihnen sprechen, ich versuche Sie schon den ganzen Morgen zu erreichen, wo sind Sie denn gewesen?!«, sagte sie und nun schauten mich beide Frauen an, Frau Schmidt und Dr. Selge, es war ein bisschen wie mit Heidrun und Gabi, den Muttis von Gruppe acht, und ich hätte gerne den Pümpel wiedergehabt, um auch symbolisch die Kluft zwischen ihnen, den Macht- und Geistesmenschen, und mir, dem Mann von Tat und Faust oder jedenfalls dem, der die Scheiße wegschiebt und -saugt, zu unterstreichen, der Pümpel war ein starkes Symbol, zu stark wahrscheinlich für den kleinen Schlumheimer, er hatte die ganze Aufmerksamkeit aufgesaugt, deshalb der Papierkorb, eine Installation mit Pümpel konnte gar nicht groß genug sein, der Pümpel war in einer Installation sowas wie der Wermut im Martini-Cocktail, je weniger, desto besser, dachte ich, während ich darauf wartete, dass Dr. Selge ihren Kram mit Frau Schmidt in halblautem Ton durchgesprochen hatte, und je länger das dauerte, desto leiser wurde Dr. Selge, ein zischendes Tuscheln war das und sie guckten dabei immer öfter zu mir rüber, die trauten sich was, einen Halb- oder Ex-Irren oder was ich gerade für sie darstellte, so anzustarren, aber wahrscheinlich war bei Dr. Selge das Wort »Paranoia« nicht auf meinem Anamnesebogen angekreuzt!

»So Karl, und Sie könnten doch einfach mal eben mit mir in mein Büro kommen«, sagte Dr. Selge schließlich mit einem Blick auf mich. Seit ich sie nicht mehr Tante Marianne nannte, baute sie, wenn sie mit mir sprach, immer so komische Sätze, ich war sicher nicht ihr Wunschpatient, sie wollte wohl nur meiner Mutter eine beste Freundin sein, die alte Seelenklempnerseele. Ich folgte ihr in ihr Büro und schloss die Tür hinter mir und wir waren unter uns.

Irgendwie mochte ich an Dr. Selge, dass sie immer einen weißen Kittel anhatte, das hatte Stil und Klasse, es schaffte zugleich Distanz und Vertrauen, es war ein schönes Zeugnis dafür, dass sie eben doch mehr Psychiaterin als Analytikerin war, von Heimleiterin ganz zu schweigen, eine Couch hatte sie auch nicht in ihrem Büro, als Analytikerin war sie nur zu Hause unterwegs, im Hauptberuf teilte sie Pillen aus und legte Elektroden an die Schläfen, naja, Letzteres wohl nicht mehr, das war aus der Mode, und die meiste Zeit verbrachte sie wohl sowieso damit, das Kinderkurheim Elbauen stümperhaft zu verwalten, aber mir gefiel der Gedanke, dass sie insgeheim eine von diesen Horrorfilmpsychiatern war, so doktormabusemäßig, wie sie mit blutverschmiertem Kittel Schädel öffnete und darin herumfuhrwerkte und Frau Schmidt nebenbei qualmend elektroschockte, das war zwar ziemlicher Quatsch, aber es half einem über die Zeit hinweg, in der man in ihrem Büro abhängen und darauf warten musste, dass sie sich endlich an ihren Schreibtisch gesetzt hatte, einem endlich einen Stuhl angeboten hatte, endlich die nötige Akte aufgeschlagen hatte, endlich unter Seufzen und Stöhnen ein paar Seiten darin umgeblättert hatte, sich endlich die Brille abgenommen, die Augen gerieben und die Brille wieder aufgesetzt hatte, sie machte es gern spannend, denn gespannt war ich, da musste man sich nichts vormachen, dies war nicht eine der regelmäßigen Kontrollsitzungen, in denen sie meine Entwicklung ohne die Pillen kontrollierte, das musste nämlich »engmaschig«

geschehen, wie sie es immer nannte, »engmaschige Kontrolle des Verlaufs«, das war ihr Ding, aber dafür war es zu früh in der Woche, so engmaschig schossen die Verlaufskontrollpreußen dann doch nicht, »diese Substanzen bauen sich langsam ab, das dauert«, hatte Dr. Selge beim letzten Mal gesagt und wenn ich mich richtig erinnerte, war die nächste Verlaufskontrolle erst in zwei Tagen fällig. Es sah auch nicht so aus, als wollte sie mir gleich den Blutdruck messen und den ganzen anderen Kram machen, mit dem sie sonst immer die Verlaufskontrollsause eröffnete, sie hatte ja auch viel zu viel mit Augenreiben zu tun, das war nicht ihr Tag, das konnte man gleich sehen, nur äußerstes Pflichtgefühl hielt sie bei der Stange. Wahrscheinlich hatte sie vom Vortag noch einen sitzen, vielleicht hatte sie eine kleine Rotweinsitzung mit meiner Mutter unternommen, ihr Weinkeller war legendär, jedenfalls bei mir, eine meiner frühesten Kindheitserinnerungen war eine Unterhaltung meiner Eltern über den Weinkeller von Tante Marianne, und nun fing sie endlich an zu reden, mein Gott, inzwischen dürfte sogar Rüdigers Kaffeemaschine, die im Keller an ihrer zweiten Runde arbeitete, in die Zielgerade eingebogen sein.

»Das ist mir jetzt unangenehm, Karl, aber ich habe erst jetzt bemerkt, dass Sie noch vier Wochen Urlaub aus dem letzten Jahr übrig haben. Sie haben ja überhaupt keinen Urlaub genommen im letzten Jahr. Ich weiß gar nicht, wie Herr Wieczorek das übersehen konnte.«

Das war gelogen, sie wusste ganz genau, wie der liebe Rüdiger das übersehen konnte, er konnte es genauso übersehen, wie er alles andere übersehen konnte, das nicht auf Flaschen gezogen war.

»Das ist nach dem BAT, nach dem Sie ja hier eingestellt sind, eigentlich schon mal überhaupt nicht zulässig. Das sind zwanzig Urlaubstage, das ist ja Ihr ganzer Jahresurlaub!«

Sie sah mich erwartungsvoll an und ich nickte, um die Sache voranzubringen.

»Das geht natürlich nicht, dass Sie Ihren Urlaub nicht nehmen, und jetzt bin ich in einer schwierigen Lage, denn den müssen Sie jetzt gleich nehmen, weil es, das glaube ich jedenfalls, zwar in außergewöhnlichen Situationen die Möglichkeit gibt, dass ...« – sie redete weiter und ich hörte zu, ohne zu verstehen, und ihre Sätze wurden auch immer verschraubter, »... man einen Urlaubsanspruch in das darauffolgende Kalenderjahr verschiebt, aber das kann man nur insoweit verrechnen und nur so lange, als man die überschüssige Urlaubszeit dann ...« – das ging so weiter und weiter und meine Gedanken wanderten anderswohin, da konnte ich gar nichts dagegen tun, ich dachte zum Beispiel an das erste Jahr in Clean Cut 1 und in diesem Job hier, und wie ich damals Urlaub gehabt hatte, und wie ich in Clean Cut 1 herumgehangen hatte wie bestellt und nicht abgeholt, bis Werner mich schließlich für den Rest der Zeit und ab da jedes Jahr wieder in eine Reha-Klinik geschickt hatte, wo sie mich unter Kontrolle hatten und Sport treiben ließen, denn in den Heilstätten St. Magnus in der Lüneburger Heide hatten sie noch eine hohe Meinung von dem guten alten Mens-sana-in-corpore-sano-Ding, Gymnastik, Yoga, Dauerlauf, Wassertreten, Ballspiele, Hauptsache der Körper war beteiligt, das war schon beeindruckend in seiner geistlosen Konsequenz, das war so hartnäckig stumpf gewesen, dass es schon wieder gut gewesen war, aber nur als Idee, als Urlaub war es die Hölle gewesen, vielen Dank auch, Werner, du alte Sozialhaubitze – »... nur gut, dass wir endlich einen neuen Hausmeister bekommen.«

»Was?«

»Na, den neuen Hausmeister.«

»Was für einen neuen Hausmeister? Was ist denn mit Herrn Wieczorek?«

»Herr Wieczorek ist krank, lieber Karl, das habe ich doch eben gesagt, und das kann doch auch Ihnen nicht verborgen geblieben sein, dass Herr Wieczorek gesundheitliche Probleme, Sie haben doch die ganze Zeit die Arbeit für ihn mitgemacht, es ist ja nicht so, dass das hier nicht bemerkt wurde, wenngleich mir ja nie klar gewesen ist, dass …«

»Was denn für gesundheitliche Probleme?«, stellte ich mich doof.

»Das wissen Sie doch, und Sie wissen doch auch, dass ich Ihnen sowas nicht sagen darf, ich bin doch die Leiterin hier, und dann die Schweigepflicht, aber es kann ja nicht sein, dass Sie nicht wissen, was ich meine, Sie wissen doch, was ich meine, oder etwa nicht, kann es denn sein, dass Sie nicht …«

»Wann kommt denn der neue Hausmeister? Ich meine, egal eigentlich, ich könnte doch …« Ich fing an zu schwitzen. Das Letzte, was ich gebrauchen konnte, war ein neuer Hausmeister. Die letzten zwei Jahre war ich hier der Hausmeister gewesen, da konnten sie doch nicht einfach einen neuen Hausmeister einstellen, als wenn ich gar nicht da wäre.

»Ich habe doch« – ich wusste nicht, wie ich es sagen sollte, »ich könnte doch einfach, ich meine, ich könnte doch der neue Hausmeister sein, ich hab doch die ganze Zeit …« Ich brach ab, es war lächerlich und Dr. Selge lächelte nachsichtig und schüttelte den Kopf und schloss auch noch die Augen dabei, gütig, milde, verständnisvoll, die gute alte Tante Marianne, fehlte nur noch, dass sie eine

Tüte Salinos dabeihatte oder irgendeinen Hamburger Süßigkeitenfolklorequatsch, sie hatte oft so harte Bonbons mitgebracht, die hatten einen so dämlichen Namen gehabt, dass ich ihn als Kind vor Scham immer gleich wieder vergessen hatte.

»Das geht natürlich nicht, das ist natürlich nicht vorgesehen, das ist ja mit Wohnen im Hausmeisterhaus und mit den Schlüsseln und allem, das ist ja eine Sache der Qualifikation auch, das ist ja ...«

»Und was wird aus Herrn Wieczorek?«

»Herr Wieczorek ist sehr krank.«

»Ja schon, aber was wird aus ihm?«

»Er ist in ein Programm aufgenommen worden, wo man ihm hilft, mehr sage ich nicht, da sage ich eigentlich schon zu viel, der neue Hausmeister fängt nächste Woche schon an. Wir haben ja in den letzten Wochen schon nach einem gesucht, das hat sich ja alles schon seit langem angekündigt, wir konnten bloß nicht früher, also ohne dass wir, können Sie den neuen Hausmeister denn nächste Woche ein bisschen vertraut machen mit allem? Nur ein, zwei Tage? Danach müssen Sie dann aber in den Urlaub gehen, das kann man beim besten Willen nicht länger hinauszögern, was meinen Sie, was ich da für Schwierigkeiten kriege?!«

Sie machte eine kleine Pause, aber ich sagte nichts.

»Das ist ein ganz netter Mann, Sie werden sich sicher gut mit ihm verstehen, wir hatten viele Bewerber und das ist ein ganz netter Mann und um einen neuen Tierpfleger kümmere ich mich als Nächstes, ich habe das ja viel zu lange schleifen lassen, ich habe ja gar nicht gemerkt, dass Sie da ganz auf sich allein gestellt waren, am Ende bin ich wohl doch mehr Ärztin als Arbeitgeberin, also jedenfalls Leiterin, sicher, aber auch als Ärztin hätte ich da ja mal drauf achten können, warum haben Sie mir denn nicht erzählt, dass Sie das alles alleine machen? Und an den Wochenenden auch!«

»An den Wochenenden sind das ja bloß die Tiere, dass die gefüttert werden, und Herr Meining macht da ja auch noch mit, der macht ja auch Wochenenddienst.« Herr Meining war der Tiertherapeut, der löste mich jedes vierte Wochenende beim Tierfüttern ab, mehr war nicht drin gewesen, er hatte Familie, die war ihm heilig.

»Das ist ja höchste Zeit, ich habe das viel zu lange so laufen lassen, und das tut mir auch leid, ich habe mich da viel zu sehr auf Herrn Wieczorek verlassen, das geht ja nun wirklich nicht, dass Sie da für alle die Arbeit machen, auch das mit dem Tierpfleger, da kümmern wir uns als Nächstes drum, das ist ja schon lange überfällig.«

Sie schaute mich erwartungsvoll an, aber ich wusste nicht, was sie jetzt von mir hören wollte, die alte Verwaltungspfuscherin. Ein neuer Hausmeister, ein neuer Tierpfleger und Urlaub. Und alles, ohne mich zu fragen. Wenn das hier so läuft, dachte ich, wenn das hier so läuft, wenn das hier so läuft, wenn das hier so läuft, wenn das hier so läuft, dachte ich, wenn das hier so läuft, dann …

Dann was?

6. Sie haben dreißig Sekunden Zeit!

»Was soll denn *da* das Problem sein?« Es war Plenum und Werner war gut drauf. »Dann gehst du eben am Montag in Urlaub. Mach dich mal locker, Karl Schmidt!«

»Wie soll das denn *gehen*?«, gab ich zurück. Das war immer so beim Plenum, immer wenn ich ein Problem schilderte, spielte Werner es runter, ich der Hysteriker und Werner der Junge mit dem weißen Pferd, so waren die Rollen verteilt, aber ich musste beim Plenum irgendwas sagen, damit Werner nicht mit dem Anruf anfing, den ich am Morgen entgegengenommen hatte, eine Diskussion über Raimund und Ferdi wollte ich unbedingt vermeiden, die hatten sich verwählt und fertig, aber Werner war misstrauisch und die anderen warteten nur auf eine Gelegenheit, mich mal wieder richtig in die Mangel zu nehmen, da fing ich lieber selber mit einem Problem an, Probleme waren gut beim Plenum, Clean Cut 1 und seine Plenums oder Plena oder gar Plenata, wie Klaus-Dieter sie immer nannte, existierten ja nicht, weil alles so gut lief, mit einem »Alles easy« machte man sich beim Plenum keine Freunde, da kam man mit einem Problem schon besser an, und dann ich das Problem und Werner die Lösung, so lief das nun mal, oder, noch schlimmer: ich das Problem und das Plenum die Lösung, einer gegen alle, ich der böse Wolf und sie die drei kleinen Drogenschweinchen in ihren Häuschen aus Acidpapier, Hanfholz und Crackstein, das war die ultimative Demütigung.

»Wie soll das denn *nicht* gehen? Du gehst Montag auf Urlaub und fertig, so einfach ist das!« Werner lehnte sich zurück und drehte sich eine Zigarette.

»Aber Montag kommt doch der neue Hausmeister, den muss ich doch erst einweisen.«

»Ich hab dir einen Urlaubsplatz im St. Magnus besorgt, und das hab ich deiner Frau Doktor Selge auch gesagt.«

»Ja, das ist auch, ich meine, wieso hast du mir schon einen Platz besorgt? Woher hast du das denn ge*wusst* mit dem Urlaub? Das hat sie mir doch heute erst gesagt?!«

»Ich hab das nicht ge*wusst,* ich hab das *an*gerührt. Die Frau ist doch nicht bei Trost. Meint die, ich krieg das nicht mit, wenn einer von meinen Leuten ausgenutzt wird? Meint die, ich merk nicht, dass die deinen Urlaub verschlampt hat?« Er grinste und leckte dabei das Zigarettenpapier an. »Die glauben, bloß weil sie alle unter einer Decke stecken und direkt bei der Sozialbehörde angeflanscht sind, können sie uns hier auf der Nase rumtanzen, aber nicht mit mir. Doktor Selge, ha …!«

Er steckte sich die Zigarette in den Mund und zündete sie an. Auch die anderen hatten nun ihre Zigaretten fertig, Henning, Astrid und Klaus-Dieter drehten sich beim Plenum immer dann eine, wenn Werner sich eine drehte, sie liefen synchron, die vier Nussknacker, sie *zogen* sogar aufeinander abgestimmt an ihren Zigaretten, immer erst Werner, dann die anderen hinterher, ich wohnte jetzt seit über vier Jahren hier und war immer noch Außenseiter, schon weil ich beim Plenum beim Rauchen fertige Zigaretten rauchte, ich kaufte sie mir immer extra vor dem Plenum und jedesmal eine andere Sorte, nur um ein Zeichen zu setzen gegen die ewige Zigarettendreherei, die hatte immer was von therapeutischer Bastelstunde.

»Die Frau leitet einen öffentlichen Betrieb und hat überhaupt keine Ahnung, was im Rahmentarifvertrag steht«, machte Werner gutgelaunt weiter, »ist die krank oder was?!«

»Die ist Psychiaterin«, sagte ich, um ihn am Laufen zu halten.

»Ja, dann soll sie halt Schädel aufbohren oder was, aber keinen Betrieb des öffentlichen Dienstes leiten! Jedenfalls bist du ab Montag im St. Magnus für vier Wochen und aus die Maus, die holen dich am Bahnhof Uelzen ab, genau wie beim letzten Mal, ist alles schon organisiert, Fahrkarte hab ich auch schon gekauft.« Er streckte die Zungenspitze raus und zupfte mit Daumen und Ringfinger der rechten Hand einen Tabakkrümel weg. »Die wollte mir erst noch erzählen, ich dürfte das nicht, das müsste *sie* entscheiden, da hab ich ihr aber schön was erzählt, da kann sie noch so gute Verbindungen zur Behörde haben, Rahmentarifvertrag ist Rahmentarifvertrag. Außerdem hast du dreimal mehr Überstunden als erlaubt, die musst du demnächst auch noch abfeiern, wusstest du das eigentlich?«

»Wieso muss das denn so schnell gehen? Und wieso St. Magnus? Da hättest du mich doch mal fragen können! Und ich muss dem das doch noch mit dem Tierefüttern zeigen, was soll denn aus den Tieren werden?!«

»Die Friedhöfe sind voll von unverzichtbaren Leuten«, sagte Werner. »Guck mich an, ich fahr am Wochenende in Urlaub …«

»Ich dachte, erst Supervision«, sagte Klaus-Dieter.

»… und Supervision, ab Samstag bin ich weg, deshalb habe ich mich da auch noch schnell drum gekümmert, sowas kann man Gudrun nicht überlassen, wenn Gudrun erstmal mit sowas ...«

In diesem Moment klingelte das Telefon.

Werner verstummte und schaute mich an. Dann zog er an seiner Zigarette. Die anderen taten es ihm nach. Ich holte meine Gitanes Maïs raus, schob die kleine, elegante Schachtelschublade auf, entnahm ihr einen senfgelben Stengel und klopfte ihn auf dem Daumennagel fest, während das Telefon klingelte und alle mich anstarrten. Nach sechsmal Klingeln ging der Anrufbeantworter ran und alle konnten mithören, wie Werner mit seiner staatlich geprüften Sozialpädagogenstimme sagte: »Dies ist der automatische Anrufbeantworter der Selbsthilfe-Wohngemeinschaft Clean Cut 1: Sie können nach dem Signal eine Nachricht hinterlassen. Sie haben dafür dreißig Sekunden Zeit. Bitte vergessen Sie nicht, Ihre Telefonnummer und Ihren Namen zu hinterlassen, damit wir Sie zurückrufen können.«

Dann piepte es und die Stimme von Raimund Schulte quakte durch den Raum: »Ja, jetzt also, dreißig Sekunden, dreißig Sekunden finde ich eigentlich ein bisschen knapp, also hier ist Raimund, ich will eigentlich Charlie sprechen, aber er kann mich ja anrufen, er kann hier im Büro anrufen, hier ist jeden Tag einer ab zehn Uhr oder so, was weiß ich, wann die hier kommen, jedenfalls anrufen, ist eigentlich immer einer da, Moment eben, jetzt weiß ich die Nummer vom Büro hier gar nicht, Ferdi, hast du mal eben die Nummer ... – nein, die vom Büro ... – na von *diesem* Büro hier, welches Büro denn sonst, hast du noch ein anderes? Charlie, der soll hier zurückrufen, jetzt gib mir doch mal die Nummer, schnell, der Anrufbeant...«

Damit waren die dreißig Sekunden vorbei. Alle schauten mich an.

»Hat mal einer Feuer?«, fragte ich.

»Vielleicht sollte man darüber mal reden, *Charlie*«, sagte Werner eisig. »Sind das dieselben Leute wie die von heute Morgen?«

»Das war nur einer, Werner, das war Raimund Schulte, ein alter Kumpel aus Berlin.«

»Und woher hat der unsere Nummer, woher hat der die Nummer von Clean Cut 1, wenn der in Berlin wohnt?«

»Ich hab den neulich mal getroffen, zufällig.«

»Soso, zufällig. Und wo?«

Das Telefon klingelte wieder, und man konnte merken, wie alle mitzählten, man sah es ihren Gesichtern an, eins, zwei, drei, vier, fünf, sechs, dann ging wieder Werners Stimme los, der Anrufbeantworter war ein Riesending aus der Steinzeit der Telefonie, eine Art Tonbandmaschine mit zwei Bandsystemen, das eine spielte Werners Helferleinstimme ab und spulte danach zurück, das andere nahm die Anrufe auf. Man konnte beim Aufzeichnungssystem auch auf endlos stellen statt auf dreißig Sekunden, aber davon war Werner nach einem denkwürdigen Weihnachtsanruf von Klaus-Dieters Mutter abgekommen.

»Okay, also hier ist Raimund, ich geb mal an Ferdi weiter, mach du das doch, wenn du …« – »Hallo, hier Ferdi, die Nummer ist 030-xxx xx xx, das ist eine Nachricht von Ferdi und Raimund von BummBumm Records für Karl Schmidt, Achtung, Achtung, und er soll dringend mal anrufen, also die Nummer nochmal, 030-xxx xx xx, bitte dringend anrufen, Nachricht für Karl Schmidt, over und out, Ende, alles Roger.« Ein kleines, silberhelles Ferdilachen am Ende rundete das Meisterwerk ab. Im Raum war es still. Ich sagte schon deshalb nichts, weil ich dringend versuchen musste, die Telefonnummer im Kopf zu behalten. Alle guckten mich gespannt an. Ich konzentrierte mich auf die Nummer und sagte sie mir im Geiste wieder und wieder vor, die Vorwahl brauchte ich mir natürlich nicht zu merken, aber der Rest war knifflig, irgendwie schwierig, es war keine der mir geläufigen 612-, 618-, 691-Nummern aus Kreuzberg und auch keine der 7er-Nummern aus Schöneberg, wie man sie von früher gewohnt war, es war etwas mit 2 vorne, das war schwierig, jedenfalls sagte ich nichts und sie schauten mich an und dann sagte Werner was, aber ich hörte nicht zu, ich musste erst die Nummer sicher im Kopf haben, also erst 2, dann das aktuelle Jahr minus 2, dann mein Alter plus 2, dann das meiner Mutter, dann hatte ich es, erst die 2, dann das aktuelle Jahr minus 2, dann mein Alter plus 2, dann das Alter meiner Mutter, so ging's.

»Ich hab die neulich im Eiscafé getroffen, also einen von denen, das war reiner Zufall«, sagte ich.

»Was sind das denn für Leute? Und was ist Bumm-Bumm Records?« Werner schaute streng und die anderen schauten streng mit.

»Im Eiscafé hab ich ihn getroffen.«

»Was hast du *da* denn gemacht?! Wann überhaupt?«

»Naja neulich, weißt du doch, das ist ein paar Tage her.« Immer schön die 2, die 2 vorne, dann das Jahr minus 2 und dann mein Alter plus 2 und dann die Mutter, das war einfach, Hauptsache erst minus, dann plus, das durfte man nicht durcheinanderkriegen, von minus zu plus, und nach der ersten 2 erst das Jahr minus 2, dann mein Alter plus 2, dann das Alter der Mutter, immer schön die 2, außer bei der Mutter.

»Was hast du da denn gemacht?«

»Einen Eisbecher ›Monteverdi‹ gegessen, Werner, was denn sonst?!«

»Einen was?!«

»Einen Eisbecher ›Monteverdi‹. Aber ohne Eierlikör und ohne Maraschino-Kirsche, hab ich extra gesagt.«

Ein Seufzen ging durch die Runde. Werner zog aufgeregt an seiner Zigarette.

»Soso, das war also das, wo du angeblich nur einen Espresso ohne Zucker hattest, ja? Auch noch ge*logen.* Nicht nur da *hin,* auch noch ge*logen.* Wie oft haben wir darüber eigentlich schon geredet, dass das Romantica ...«

Ich hörte nicht mehr zu. Vorne die 2, dann das Jahr minus 2, dann mein Alter plus 2 und dann das Alter meiner Mutter.

Jetzt brauchte ich nur noch ein funktionierendes öffentliches Telefon.

7. Magical Mystery

Am nächsten Tag war schon Freitag, und ich erwog beim Tierefüttern schon allen Ernstes, vielleicht selber und von mir aus und ohne Aufforderung, also völlig unangemeldet und ungebeten zu Dr. Selge zu gehen und mit ihr quasi partnerschaftlich oder jedenfalls auf gleicher Augenhöhe und von Mensch zu Mensch zu klären, wie das nun alles werden sollte mit St. Magnus und der Tierfütterung und dem ganzen Scheiß. Besonders um Jimmy und Johnny, die beiden kleinen Affen, machte ich mir Sorgen, der einzige Knallkopf in dem ganzen Haus, der kurzfristig als Tierfütterer in Frage kam, war Herr Meining, der Tiertherapeut, und der ekelte sich vor Mehlwürmern, da würden dann erst einmal harte Zeiten für Jimmy und Johnny anbrechen, außerdem hasste er die Affen, weil sie sich vor den Kindern öfter mal einen runterholten, Herr Meining war nicht der Typ, der aus seinem Antisex-Herzen eine Mördergrube machte, er hatte schon die Kaninchen kastrieren lassen und die Ziegen hatte er nach Männchen und Weibchen getrennt halten wollen, aber da hatte Herr Munte bis zu seinem Tod dagegengehalten und bei mir hatte Herr Meining auch davon angefangen, da hatte ich ihm unter der Bedingung zugestimmt, dass er sich das Tierefüttern mit mir fifty-fifty teilte, danach war Ruhe gewesen.

Aber mit der Ruhe war es jetzt für Herrn Meining vorbei, das stand wohl mal fest, und die Frage war nur, ob ich alles laufenlassen oder mich bei Dr. Selge um die Sache kümmern, also gewissermaßen Verantwortung übernehmen sollte, was ich aber irgendwie nicht einsah, sie hatten mich nicht als neuen Hausmeister gewollt, da war ich ihnen keine Verantwortung schuldig, naja, jedenfalls nicht Dr. Selge, wohl aber Jimmy und Johnny, die konnten nichts dafür, verdammte Zwickmühle.

Das war ungefähr der Stand meiner Erwägungen, als ich nach dem Tierefüttern in die Werkstatt kam und das Telefon klingelte. Es war Dr. Selge selbst, und sie klang erstaunlich fröhlich.

»Lieber Karl«, flötete sie in die Muschel, »hätten Sie mal einen Moment Zeit, zu mir heraufzukommen?«

»Jetzt ist gerade schlecht«, sagte ich und löffelte Kaffee in Rüdigers alte Maschine, »jetzt ist ganz schlecht, jetzt rufen gleich die Gruppen an und melden ihre Reparaturen und so weiter und so fort, das ist jetzt die Zeit dafür, das ist morgens immer so.«

»Aber *dennoch*«, sagte Dr. Selge, »aber *dennoch,* ich möchte Sie *dennoch* bitten, eben mal zu mir hochzukommen, es ist *wirklich* wichtig, und es ist auch für Sie eine *angenehme* Entlastung.«

»Was?«

»Wie bitte?«

»Was ist auch für mich eine *angenehme* Entlastung?«

»Das können wir doch alles hier *oben* besprechen«, sagte sie. »Bitte kommen Sie *gleich,* es ist wichtig.«

Ich ging also hoch zu Dr. Selge.

»Da ist er ja«, rief Dr. Selge erfreut, als ich durch die Tür kam, »schauen Sie, Karl, das ist Herr Niemeyer«, und es war ein bisschen, als hätte sie etwas von den legalen

Uppern genommen, die sie wahrscheinlich irgendwo für ihre Patienten bereithielt, irgendwas Erfrischendes, nach vorne Bringendes, vielleicht revolutionäre neue Samples aus einer Vertreterprobe von Ciba Geigy oder Hoffmann-La Roche, so sah es für mich aus, als sie mich da so anstrahlte, sie grinste über beide Backen und hielt einen Arm ausgestreckt in Richtung Herr Niemeyer, einem auch sehr frischen, auch sehr gut gelaunten Mann in etwa meinem Alter, der mit Umhängetasche und im grauen Kittel neben ihr stand und lächelte und nickte wie ein Wackeldackel. »Herr Niemeyer ist extra schon heute gekommen, obwohl er erst in zwei Wochen offiziell hier anfängt und obwohl die Dienstwohnung, also das Haus von Herrn Wieczorek, obwohl das ja noch gar nicht frei ist, also obwohl ja Herr Wieczorek, egal, also ist er schon hier und er wird auch, Sie müssen ja Montag schon weg, so habe ich das mit dem Herrn Maier abgesprochen, das war dem ganz wichtig, dem Herrn Maier, naja, jedenfalls wird Herr Niemeyer für Sie die Urlaubsvertretung machen, schon bevor er hier eigentlich, offiziell ist Herr Wieczorek ja noch bis Ende ...«

Sie brach ab und schwenkte wie zur Erklärung einen ausgestreckten Arm wie ein Polizist, der einen Fahrradfahrer anhält. Werner, der bei ihr immer nur »der Herr Maier« hieß, musste ihr wohl ordentlich eingeheizt haben.

»Guten Tag«, sagte Herr Niemeyer und trat einen Schritt vor.

Ich schüttelte ihm die Hand, was sollte ich auch sonst tun? Herr Niemeyer war mein zukünftiger Vorgesetzter, und es war nicht zu hoffen, dass er sich von Anfang an rüdigergleich in seiner neuen Dienstwohnung verschanzen würde.

»Ich würde mich total freuen«, sagte Dr. Selge und nahm uns beide an der Schulter und schob uns sacht zur Tür, »wenn Sie sich gut verstehen und gleich heute richtig prima zusammenarbeiten würden, dann kann Herr – äh – Karl – äh – Schmidt Ihnen, Herr Niemeyer, gleich alles zeigen und Sie sind einigermaßen eingearbeitet und Herr Schmidt kann dann am Montag schon in Urlaub fahren, wie es ja wohl dem Herrn Maier zufolge unbedingt sein muss.«

Kaum standen wir auf dem Flur, sagte Herr Niemeyer: »Das ist nett, dass Sie mich einarbeiten, das wollte ich gleich mal sagen. Vielleicht sollten wir uns duzen? So unter Kollegen? Ich schlag das lieber gleich vor, ich bin ja der Ältere.«

»Wie alt sind Sie denn?«

»Dreiunddreißig, demnächst vierunddreißig«, sagte er. »Und Sie?«

Dreiunddreißig! Herr Niemeyer war jünger als ich. Sie hatten den Job einem gegeben, der jünger war als ich!

»Sechsunddreißig«, sagte ich. »Dann bin ich der Ältere.«

Wir gingen weiter, Herr Niemeyer sagte erst einmal nichts mehr. Als wir in der Werkstatt ankamen, klingelte dort das Telefon, war ja klar.

»Hier ist die Werkstatt«, sagte ich zu Herrn Niemeyer, zeigte auf einen Stuhl für ihn und nahm den Hörer vom Telefon ab. Während ich mit Anneliese von Gruppe sieben über ihre kaputten Stühle plauderte, machte sich Herr Niemeyer an der Kaffeemaschine zu schaffen, prüfte den Stand des Pulvers im Filter, füllte Wasser ein und machte sie an. Als er sah, dass ich ihn beobachtete, machte er eine Pantomime, die wohl bedeuten sollte, dass er nun Kaffee mache und ob das okay sei. Ich zuckte mit den Schultern.

Als ich auflegte, klingelte das Telefon gleich wieder. Ich nahm es ab, sagte »Einen Augenblick bitte«, und wandte mich an Herrn Niemeyer: »Herr Niemeyer«, rief ich über das Gurgeln und Knacken der Kaffeemaschine hinweg, »vielen Dank, dass Sie schon einmal Kaffee gemacht haben. Wir können nun folgendermaßen verfahren: Entweder nehmen Sie jetzt die ganzen Anrufe entgegen und notieren die Probleme, während ich mich schon einmal auf den Weg in Gruppe sieben mache, wo einige kaputte Stühle abzuholen sind, oder wir machen es genau umgekehrt, was wäre Ihnen lieber?«

»Ich bin da ganz neutral«, sagte Herr Niemeyer und lächelte dabei. »Wie es Ihnen lieber ist, Herr Schmidt, kein Problem.«

»Dann schlage ich vor, Herr Niemeyer, Sie gehen zu Gruppe sieben und holen von dort die beiden kaputten Stühle herunter, während ich hier weiter Zettel ausfülle. Wenn das Wichtigste erledigt ist, zeige ich Ihnen den Tierpark.«

»Das ist mir sehr recht, auf diese Weise kann ich mich gleich ein wenig bekanntmachen, Herr Schmidt«, sagte Herr Niemeyer und ging los.

»Moment«, rief ich, »wollen Sie nicht wissen, wo Gruppe sieben ist?«

»Im zweiten Stock«, sagte Herr Niemeyer, »da sind wir doch eben vorbeigekommen.«

Und dann war er weg. Als er wiederkam, hatte er zwei kaputte Stühle dabei und eine Flasche Essigessenz, die hatte er sich unterwegs »von einer sehr, sehr netten Reinemachefrau« ausgeliehen, um damit die Kaffeemaschine zu entkalken, da war er von selber draufgekommen, »natürlich nur, wenn Sie nichts dagegen haben, Herr Schmidt«, und ich sagte: »Warum sollte ich, das ist eine wunderbare

Idee, Herr Niemeyer«, und so entkalkte er erst einmal Rüdigers alte Knattergurke, während ich weiter Telefonate entgegennahm und Reparaturzettel ausfüllte.

»Stört es Sie, Herr Niemeyer, wenn ich ein wenig rauche?«, sagte ich irgendwann, was ein bisschen lächerlich war, weil ich ja schon die ganze Zeit eine nach der anderen gequalmt hatte.

»Nein, rauchen Sie, rauchen Sie«, sagte Herr Niemeyer, »ich rauche selber ganz gern mal ein Pfeifchen nach Feierabend«, und dann fand er ganz von alleine das Ponal Express und die Schraubzwingen und leimte die Stühle zusammen, als hätte er nie etwas anderes gemacht.

»Wir haben nun die Wahl«, sagte ich, als das Telefon irgendwann nicht mehr klingelte. »Wir können gemeinsam diese Reparaturen hier« – ich schwenkte die Reparaturzettel – »abarbeiten, oder ich bleibe noch ein bisschen hier und bewache das Telefon, während Sie schon einmal in die Gruppen gehen und gute Laune verbreiten, oder wir machen es umgekehrt, was denken Sie, Herr Niemeyer?«

»Das würde ich ganz Ihnen überlassen, Herr Schmidt«, sagte Herr Niemeyer und drehte eine Schraubzwinge fest. »Mit diesen Stühlen bin ich fertig, das muss jetzt nur noch trocknen. Wenn Sie wollen, übernehme ich die anderen Sachen auch und einer muss ja am Telefon bleiben, die Leute hier kennen Sie ja viel besser als mich, da ist es gewiss ratsam, wenn sie eine vertraute Stimme am Telefon vorfinden.«

»Da sagen Sie was, da sagen Sie was, Herr Niemeyer«, sagte ich. Herr Niemeyer saß mir aufmerksam gegenüber und lächelte und wackelte dabei pseudohospitalistisch mit dem Kopf. Henning hatte auch mal so eine Phase gehabt, bei der er viel mit dem Kopf gewackelt hatte, und ich hatte damals schon gedacht, dass das die nächste Eskalationsstufe auf seinem Weg ins kühle Grab wäre, aber Werner hatte ihn davon wieder abgekriegt, er hatte Henning einfach gesagt, wenn er nicht damit aufhöre, müsse er in Rente gehen, da war dann gleich Schluss gewesen.

»Ich gehe dann die Reparaturen erledigen«, sagte Herr Niemeyer, »darf ich mal?«, und dann nahm er mir die Reparaturzettel aus der Hand und blätterte sie durch, »Wasserhahn, Wasserhahn, Klo, Stuhl, Glühbirne, alles klar«, sagte er und kramte im Werkzeug und stellte sich eine kleine Ausrüstung für seine Reparaturexpedition zusammen, und ich wusste in diesem Moment, und das machte mich dann doch ein bisschen traurig, dass meine Tage im Kinderkurheim Elbauen gezählt waren.

»Ja, gehen Sie, dann lernen Sie die alle kennen«, sagte ich, »das ist gut, die Glühbirnen sind dahinten und die Dichtungsringe für die Wasserhähne sind alle in allen Größen in dieser Schachtel« – ich schob ihm die Box mit den Dichtungsringen hin, und dabei erinnerte ich mich daran, wie ich zusammen mit Rüdiger, der damals schon keinen Führerschein mehr gehabt hatte, zum Max Bahr in Altona gefahren war, um unter anderem diese Box zu kaufen, sie war aus Plastik und hatte viele kleine Unterteilungen, und wir hatten uns, Rüdiger und ich, darauf geeinigt, dass das die ideale Box für Dichtungsringe sei, ich hatte es jedenfalls gesagt und Rüdiger, der hier ja wohl nur noch Herr Wieczorek hieß und demnächst dann wohl in die Klapsmühle einchecken durfte, hatte genickt, er hatte schon damals nicht mehr viel gesagt, der arme Schluckspecht, eine Super-Dichtungsringbox war es jedenfalls und haltbar und sie war super bestückt, aber auch dieser Umstand wurde mir dadurch verleidet, dass Herr Niemeyer die Box jetzt strahlend und mit den Worten »Das ist ja eine praktische Sache!« entgegennahm und sie sogar noch mit dem Ärmel polierte, bevor er sie zu den anderen Werkzeugen tat und mit dem ganzen Geraffel durch die Tür verschwand.

Aber gut, dass er weg war, denn war es kurz nach zehn und laut Raimund Schultes Ansage war ja ab zehn immer einer bei den BummBumm-Leuten im Büro, was immer das dann für ein Büro sein sollte, der Bumm-Bumm Club hatte kein Büro gehabt, nur ein kleines Kabuff, in dem mit Geldscheinen und Koks hantiert und Dosenbier gelagert worden war, nun gut, ich würde es gleich herausfinden, dumm nur, dass ich für Ferngespräche vom Werkstattapparat Frau Schmidt zum Freischalten der Leitung und zum Notieren der Einheiten in einer Telefonliste brauchte, also rief ich Frau Schmidt an: »Frau Schmidt«, flötete ich in den Hörer, »ich muss mal ein Ferngespräch führen, könnten Sie mich mal eben dafür freischalten?«

»Meinetwegen, Herr Schmidt, aber dann müssen Sie das heute noch bezahlen, wir sind gehalten, die Telefonlisten nicht zu lange unabgerechnet zu lassen, und Sie sind ja nun wohl erstmal im Urlaub, habe ich gehört«, kam es eisig aus der Leitung zurück. Da oben hatten sie eine klare Meinung über mich, das war offensichtlich. Ich war der gesunkene Stern, Herr Niemeyer arschklar die neue Hoffnung, jetzt, wo sie Herrn Niemeyer hatten, brauchten sie mich nicht mehr so dringend, wahrscheinlich gar nicht mehr, da mussten sie ihren Hass nicht mehr im Zaum halten, so kam es mir in diesem Moment jedenfalls vor, so rauschte es durch meinen niemeyerverwirrten Kopf, und ich hatte keine Gegenstimme in petto.

»Ich würde es an Ihrer Stelle genauso halten, Frau Schmidt«, sagte ich. »Ich kann Ihnen das nicht verdenken.«

»Wie meinen Sie das? Das verstehe ich nicht. Was denn halten? Welche Stelle?«

»Vielen Dank schon mal für die Mühe, dieses Telefon für Ferngespräche freizuschalten«, trieb ich das Gespräch weiter voran. »Sie sind sehr freundlich.«

»Ist alles in Ordnung, Herr Schmidt?«

»Auf jeden Fall, Frau Schmidt.«

»Dann ist ja gut. Kommen Sie dann noch hoch und bezahlen?«

»Nach jedem Telefonat, Frau Schmidt.«

»Werden das mehrere?«

»Das kann sein, Frau Schmidt. Es geht um meinen Urlaub, ich muss da einige Dinge regeln.«

»Soso. Die Leitung ist jetzt frei.« Frau Schmidt legte auf.

Ich probierte die Nummer, die Ferdi aufs Band gesprochen hatte, ich hatte sie mir am Vorabend, als das Plenum endlich vorbei gewesen war, schnell mit einem Kugelschreiber auf den Oberarm gekritzelt. Und tatsächlich, Frau Schmidt sei Dank konnte ich bis nach Berlin durchwählen und auf der anderen Seite läutete es und es ging auch wirklich jemand ran.

»BummBumm Records, Basti.«

»Karl Schmidt hier. Ich würde gerne mal Raimund oder Ferdi sprechen.«

»Die sind nicht da.«

»Wann kommen die denn?«

In diesem Moment kam Herr Niemeyer wieder rein und deutete stumm auf die Stechbeitel, die über der Werkbank hingen. Ich trat so weit, wie es die Telefonschnur erlaubte, beiseite, um ihn da ranzulassen. Er nahm den 12- und den 16-mm-Stechbeitel von der Wand und ging damit wieder davon.

»Keine Ahnung«, sagte Basti.

»Wann kommen die denn immer so ins Büro?«

»Weiß nicht, das ist unregelmäßig, das weiß ich nicht, keine Ahnung.«

»Haben die eine Nachricht für mich hinterlassen? Für Karl Schmidt!«

»Hm, weiß nicht, wollten sie das?«

»Die haben mich gestern angerufen und gesagt, ich soll hier anrufen.«

»Ach so. Aber die sind nicht da.«

»Und keine Nachricht?«

»Ich frag mal.«

Ich hörte einige Zeit lang ein Gemurmel am anderen Ende. Gleichzeitig kam Herr Niemeyer wieder herein und sah mich telefonieren, woraufhin er sich einen Finger an den Mund hielt und auf Zehenspitzen näher hüpfte. Bei mir angekommen, wedelte er entschuldigend mit den Händen und suchte dann noch einige Sachen mehr zusammen: Schleifpapier, Schleifblock, Leim, Nägel, einen Holzhammer und zwei Schraubzwingen. Am anderen Ende war eine muntere Diskussion zugange.

»Nein, keine Nachricht«, sagte Basti endlich. »Nur für einen, der Charlie heißt.«

»Das bin ich. Charlie. Karl Schmidt.«

»Ehrlich?«

»Ja. Karl Schmidt.«

»Diese hier ist aber für Charlie.«

»Ja, Karl. Genannt Charlie. Auf Charlie wird keiner getauft, man heißt erst Karl und dann nennen einen die Leute irgendwann Charlie.«

»Versteh ich nicht.«

»Heißt du Basti?«

»Ja.«

»Und was steht in deinem Personalausweis?«

»Stratmann.«

»Vorname?«

»Sebastian. Ach so, ja klar.«

»Also, Basti, wie lautet die Nachricht von Ferdi und Raimund für Charlie?«

»Warte mal, ich kann die Schrift kaum lesen, ich glaube, das hat Raimund geschrieben, der *hat* aber auch eine Klaue, also warte mal …«

Wieder einige Zeit des Gemurmels. Dann: »Also, wir glauben, da steht: Charlie soll nach Berlin kommen, spätestens am Zwanzigsten, wichtig, Job, wir brauchen ihn dringend.«

»Wofür?«

»Keine Ahnung. Holger auch nicht. Holger schüttelt mit dem Kopf. Und sonst ist keiner da.«

»Okay, vielen Dank.«

Ich legte auf und schaute nach, wie viel Geld ich dabeihatte. Das waren mindestens drei Minuten Ferngespräch gewesen und die Einheit kostete zwanzig Pfennig, eigentlich ja zwölf, der Rest war wahrscheinlich für Dr. Selges Kaffeekasse oder die Sozialbehörde oder wen auch immer. Ich schätzte, dass für dieses Gespräch mit Basti etwa zehn Einheiten, also zwei Mark fällig waren, es war ein Wochentag und vor achtzehn Uhr, da ging sowas ins Geld. Ich hatte noch sechs Mark auf Tasche, da hatte ich noch etwa zwei Schüsse frei, so wie's aussah.

Ich ging hoch zu Frau Schmidt. Auf dem Weg zu ihr kam ich an Herrn Niemeyer vorbei, der unter den staunenden Blicken von zwei Erzieherinnen der Gruppe sieben Schraubzwingen an einem Türrahmen angebracht hatte und nun, als ich vorbeikam, den Leim abwischte, der zwischen den Klebeflächen, die er da live und vor Publikum zusammenpresste, herausquoll.

»Hallo Herr Schmidt!«, keuchte er.

»Hallo Herr Niemeyer, das ist eine schöne Arbeit, die Sie da machen, das ist wohlgeraten.«

»Ich dachte mir, ich helfe den beiden Deerns etwas.« Die beiden Deerns lächelten geschmeichelt, es waren Helga und Angela, Milchmädchen vom Lande, die der Wunsch, Erzieherinnen zu werden, in das Sündenbabel Othmarschen gespült hatte, wo man erst um acht Uhr abends die Bürgersteige hochklappte und sie manchmal Heimweh hatten, weil keine Kühe an den Straßenecken standen.

»Ich freue mich, dass Sie die niederdeutsche Sprache so gut beherrschen, Herr Niemeyer, das ist hier in Othmarschen durchaus populär.«

»Det heww ick mi decht«, sagte Herr Niemeyer ohne Scham und Hemmung. Ich machte, dass ich weiterkam.

»Das waren neun Einheiten, das wären dann eine Mark achtzig, Herr Schmidt«, begrüßte mich Frau Schmidt, als ich bei ihr durch die Tür kam.

»Ja, Frau Schmidt, ungefähr damit hatte ich gerechnet. Ich habe das Geld schon griffbereit!«

»Das will ich hoffen«, sagte Frau Schmidt. »Das ist nun mal so, das muss immer gleich bezahlt werden, sonst kommt man da in Kuddelmuddel.«

Wenn das hier ein Wettbewerb war, wer das dümmste Zeug reden konnte, dann war ich entschlossen, ihn zu gewinnen: »Aber immer«, sagte ich. »Sie haben die Quittung sicher schon fertig.«

»Was für eine Quittung? Von einer Quittung weiß ich nichts!«

»Aber Frau Schmidt, Sie wollen doch nicht im Ernst namens und gegen Leistung des Kinderkurheims Elbauen Geld kassieren und das dann nicht quittieren?!«

»Herr Schmidt, seit wann wollen Sie denn dafür eine Quittung? Ich trag das doch in eine Liste ein, da ist alles in Ordnung, Sie können doch mit so einer Quittung gar nichts anfangen!«

»Keine Zahlung ohne Quittung, Frau Schmidt, das ist so, denken Sie an Paragraf 14 Umsatzsteuergesetz!«

»Umsatzsteuer? Was hat denn die Umsatzsteuer damit zu tun? Wir sind doch eine gemeinnützige Einrichtung, eine Körperschaft öffentlichen Rechts, seit wann zahlen wir denn Umsatzsteuer?«

»Ja, Sie nicht in diesem Fall, Frau Schmidt, ich aber ja wohl.«

»Aber Sie sollen doch bloß die Telefonkosten erstatten! Da muss ich erstmal den Quittungsblock suchen.«

»Kein Problem. Ich habe Zeit. Hier sind die eine Mark achtzig.« Ich zählte ihr das Geld auf den Schreibtisch. »Die Quittung geht auch formlos, einfach auf der Schreibmaschine, das macht mir nichts, nur damit alles seine Ordnung hat, Frau Schmidt.«

»Ja, ja, warten Sie, ich hab's doch gleich«, sagte Frau Schmidt und wühlte derweil weiter nach dem Quittungsblock, und irgendwie tat sie mir plötzlich leid, weil sie so dämlich war, die böse Tippmamsell, die Quittungsgeschichte machte ihr richtig Angst.

»Schon gut, Frau Schmidt, es geht auch ohne Quittung«, sagte ich , »ich hab's mir überlegt, es geht zur Not auch ohne.«

»Wie, ohne«, sagte sie mit hochrotem Kopf. »Was denn nun? Eben haben Sie noch gesagt, Sie wollen eine Quittung! Das geht doch wohl nicht, dass Sie eine Quittung wollen und hier die Mücken scheu machen und dann plötzlich rein in die Kartoffeln, raus aus die Kartoffeln, wo gibt's denn sowas?!«

»Der eine so, der andere so, Frau Schmidt«, nahm ich wieder Fahrt auf, es nützte ja wohl nichts, mit der alten Angstbeißerin Mitleid zu haben, »da hat jeder seine eigene Meinung!«

»Das kann man ja wohl sagen. Ich trag das hier jetzt ein« – sie wedelte mit einer Liste –, »ich trag das gleich hier in der Liste ein und dann hat das alles seine Ordnung, da können Sie jeden fragen.«

»Ja, Frau Schmidt, eine Mark achtzig für neun Einheiten, ich merk's mir auch vorsichtshalber noch, nur wenn die Liste verloren geht …«

»Verloren? Wieso denn verloren?!«

»Ich muss dann nachher noch einmal telefonieren, aber besser, wenn Sie die jetzt schon mal verbuchen, nicht dass man da später durcheinanderkommt. Also nur, dass ich das nicht zweimal bezahlen muss!«

»Auf keinen Fall, wo denken Sie hin, ich schreibe das da jetzt rein, das ist doch klar, und hier geht doch nichts verloren, was ist das denn für eine …«

»Bis gleich, Frau Schmidt«, kürzte ich die Sache ab und ging raus.

Draußen sammelte ich Herrn Niemeyer ein und ging mit ihm in den Tierpark, um ihm alles zu zeigen. Er fütterte Jimmy und Johnny mit Mehlwürmern aus der bloßen Hand. »Das sind ja ganz liebe Kerlchen«, sagte er und Johnny, der kleine Verräter, ließ sich sogar von ihm streicheln. Ich hatte keine Lust mehr und erklärte Herrn Niemeyer, dass ich jetzt Rasen mähen würde. Er wollte mitkommen und den Rasenmäher kennenlernen, also nahm ich ihn mit und zeigte ihm den Rasenmäher und Herr Niemeyer prüfte gleich mal die Zündkerzen und meldete sich freiwillig für das Rasenmähen und damit hatte ich ihn erstmal von der Backe, denn das Kinderkurheim Elbauen ist an vielen Dingen knapp, an Planstellen etwa, nicht aber an Rasen, Rasen war das große Ding, er war überall und rundherum, so weit das Auge reichte, da würde ich erst einmal für längere Zeit nicht mehr seinen höflichen Atem im Nacken spüren.

Also ging ich alleine zurück in die Werkstatt und nahm einen Kaffee und der schmeckte nach Essig, ertappt, Herr Niemeyer, versagt, Essig im Kaffee, nur doof, dass *ich* den jetzt trinken musste und nicht er, er ratterte jetzt mit dem Rasenmäher über den Rasen, der, wie mir jetzt erst einfiel, eigentlich zum Mähen noch viel zu kurz war, sollte Herr Niemeyer in diesem Moment schon den zweiten Fehler des Tages begehen?

Egal, es war kurz vor zwölf, bald war Mittag, im Kinderkurheim Elbauen aß man früh und ich dachte mir, es sei das Beste, noch einmal bei Raimund und Ferdi anzurufen. Frau Schmidt stellte mich fast wortlos nach draußen durch.

»Hallo?« Es war eine Frauenstimme.

»Bin ich da richtig bei BummBumm?«

»Ja, was gibt's?«

»Hier ist Charlie, ist Raimund da? Oder Ferdi? »

»Weiß nicht, muss ich eben mal gucken, ich bin nur bei denen auf dem Label.« Sie rief etwas in den Raum. Dann: »Sie sind eben wieder weg, heißt es.«

»Kommen die nochmal wieder?«

»Warte mal, ich frag mal einen von den Spacken hier …«

Sie wurde laut und schrie irgendwelche Leute an, interessante Frau, dachte ich, dann war sie schon wieder am Rohr, und ihre Stimme war etwas heiserer als zuvor: »Die haben hier nur Idioten sitzen, ich geb dich mal weiter!«

»Hallo, hier ist Dave?!«

»Hallo, hier ist Charlie. Kommen Ferdi und Raimund noch mal wieder?«

»Nein, ich glaube nicht, die wollten was essen gehen.«

»Und danach kommen sie nicht wieder?«

»Nein, glaube ich nicht, die sahen ganz schön fertig aus.«

»Haben sie irgendwas gesagt? Wo sind denn Basti und Holger? Haben die Raimund und Ferdi gesagt, dass ich schon mal angerufen habe?«

»Die sind auch essen. Ich habe hier eine Nachricht für einen, der Schmidt heißt.«

»Das bin ich, Charlie.«

»Karl Schmidt steht hier.«

»Ja, das bin ich.«

»Also hier steht, du sollst unbedingt noch einmal anrufen, genau, das hat Raimund vorhin auch zu mir gesagt, jetzt fällt's mir wieder ein, also du sollst dir unbedingt nächste Woche Zeit nehmen und nochmal anrufen, hat Raimund gesagt, obwohl, warte mal, er hat ja auch noch das Funktelefon, vielleicht geht das ja, warte mal ...«

Dave legte den Hörer weg und dann war eine Zeitlang nichts und dann rief ich ein paar Mal »Hallo« in die Muschel und dann war wieder die Frauenstimme dran:

»Tut mir echt leid, das sind alles nur Vollidioten hier. Du bist also Charlie, ja?«

»Ja. Und wer bist du?«

»Rosa. Ich hab schon viel von dir gehört, Charlie.«

»Echt?«

»Naja, ein bisschen«, gab sie zu. »Vorhin.«

»Hast *du* vielleicht die Funktelefon-Nummer von Raimund?«, sagte ich.

»Von dem Quatschding, mit dem er immer rumläuft?

Das geht doch eh nie. Da ruft doch eh keiner an, das ist doch arschteuer! Ah, da kommt Dave zurück.«

Dave kam wieder in die Leitung: »Also ich finde die Nummer von dem Funktelefon jetzt nicht, ich ruf da nie an, sollen wir vom Büro auch nicht machen, das ist arschteuer.«

»Macht nichts, ich würde die Nummer trotzdem gerne haben.«

»Dann such ich nochmal.«

Und er war wieder weg. Dafür ging die Frau wieder ran.

»Vielleicht hab ich die Nummer, er hat sie mir mal gegeben, Moment eben, warte mal, ja hier.« Sie gab mir eine Nummer mit einer vierstelligen Vorwahl.

»Was ist das für eine komische Vorwahl?«, fragte ich.

»Ich glaube, das ist das neue Netz, das hat er neulich zu mir gesagt, ich hab jetzt das neue Netz, und dann musste ich mir die Nummer aufschreiben, da hat er mit dem Ding angegeben, wie wenn's sein Pimmel wär.«

»Ich versuch die Nummer mal.«

»Ja, aber das ist so dermaßen arschteuer ...!«

»Mal sehen. Kannst du ihnen einen Zettel hinlegen, dass ich angerufen habe?«

»Warum gibst du mir nicht einfach deine Nummer, ich würde sie aufschreiben, dann können die dich anrufen.«

»Das ist nicht so einfach. Weißt du, was die von mir wollen?«

»Irgendwas wegen Magical Mystery, glaube ich.«

»Was soll das denn sein?«, fragte ich verwirrt. In diesem Augenblick kam Herr Niemeyer wieder in die Werkstatt und blieb in meiner Nähe stehen.

»Das hat sich Raimund ausgedacht. Ich dachte, das kennt mittlerweile jeder«, sagte Rosa.

»Ich nicht. Ich hab keine Ahnung.«

»Tja … – ich leg den beiden einen Zettel hin, aber ich glaube nicht, dass das viel bringt.«

»Egal«, sagte ich. »Trotzdem vielen Dank.«

»Gern geschehen. Mach's gut, Charlie. Bis denn mal.« Und dann legte sie auf.

Herr Niemeyer schaute mich fragend an, sagte aber nichts.

»Herr Niemeyer«, sagte ich, »schon fertig mit Rasenmähen?«

»Das Benzin ist alle«, sagte Herr Niemeyer, »da ist auch nichts mehr in dem Geräteschuppen, in dem der Rasenmäher stand. Und eigentlich ist der Rasen auch noch ein bisschen zu kurz, es ist doch eigentlich noch zu früh im Jahr fürs Rasenmähen, vielleicht sollte man den lieber belüften, den Rasen.«

»Jetzt ist erst einmal Mittag, Herr Niemeyer«, sagte ich. »Wir machen Mittag immer um zwölf. Der Hausmeister isst in der Küche beim Koch und den Küchenleuten. Das geht bis dreizehn Uhr.«

»Und Sie?«

»Ich esse immer oben bei den Therapeuten und Lehrern«, sagte ich.

»Warum das denn?«, sagte Herr Niemeyer und legte die Stirn in Falten.

»Das war immer so.«

»Ach so«, sagte Herr Niemeyer. »Ich würde dann nach dem Essen den Rasen belüften wollen, der Boden ist ja total verdichtet, das ist nicht gut für den Rasen.«

»Wir haben aber keine Maschine für sowas«, sagte ich.

»Ich nehme die Grabgabel«, sagte Herr Niemeyer und zeigte auf eine vierzinkige Forke in der Ecke der Werkstatt. »Die ist genau richtig dafür.«

Ich sagte dazu nichts. Ich hatte keine Ahnung, wovon

der Mann sprach, und außerdem klingelte das Telefon. Es war Frau Schmidt.

»Das waren zwölf Einheiten«, sagte sie. »Die können Sie aber erst nach dem Mittag bezahlen, ich gehe jetzt nach Hause und bin erst um dreizehn Uhr wieder da.«

»Sehr gerne, Frau Schmidt«, sagte ich. »Nur eine Bitte hätte ich noch: Könnten Sie bitte das Telefon noch einmal freischalten?«

»Na gut, aber ich kann das erst nach dem Mittagessen abrechnen.«

»Es eilt mir nicht damit, Frau Schmidt«, sagte ich.

»Sie sind ein Scherzbold«, sagte sie, aber sie gab mir die Leitung frei.

»Wissen Sie, wo die Küche ist, Herr Niemeyer? Ich würde liebend gerne dort mit Ihnen hingehen und Sie vorstellen, habe aber vorher noch ein dringendes Telefonat zu erledigen.«

»Nicht nötig, Herr Schmidt, ich war vorhin schon dort und habe mich vorgestellt, Frau Dr. Selge war so freundlich, mich ein wenig herumzuführen.«

Ich winkte ihm nach, als er hinausging. Dann wählte ich Raimunds Funknummer. Er ging ran und meldete sich mit den Worten: »... verdammt, wo denn nun, ist das jetzt so, wenn schon mal einer, hier oder was, oder schon dran, hallo?!«

»Hallo Raimund, Karl hier.«

»Welcher Karl?«

»Charlie! Du wolltest, dass ich dich anrufe!«

»Charlie! Ich fass es nicht. Und du rufst auf dem Funkding an, das ist doch arschteuer!«

»Ich scheue keine Kosten, Raimund. Aber vielleicht sollte man sich dann mal beeilen!«

»Ach so, ja klar, also pass auf: Wir brauchen dich! Wir

haben ab nächste Woche Mittwoch da ein Ding laufen, das heißt Magical Mystery Tour.«

»War das nicht von den Beatles?«

»Genau, das ist ja genau das Ding, das haben die Beatles auch schon mal gemacht.«

»Was war das nochmal gewesen?«

»Das ist jetzt … omp … ziert.« Die Qualität des Gesprächs wurde schlechter. Nicht, dass Raimund leiser wurde oder es gerauscht hätte, im Gegenteil, es gab kein Rauschen bei diesem Gespräch, das war seltsam, wenn wir beide schwiegen, hatte ich gleich das Gefühl, die Verbindung sei gestört, weil es im Äther gar nicht rauschte, wahrscheinlich gab es keinen Äther bei den Dingern, unheimlich. Gottseidank schwieg Raimund nie lange. »Da ühr … je … u … eit«, sagte er nun, seine Stimme wurde regelrecht zerhackt.

»He Raimund«, rief ich.

» … art«, sagte Raimund. Dann war eine Zeitlang nichts zu hören, dann sagte er: »Jetzt besser so?«

»Ja.«

»Bin rausgegangen aus dem Laden.«

»Super, Raimund. Also Magical Mystery Tour«, brachte ich ihn zurück zum Thema.

»Ja, genau, wir brauchen dich da, Charlie. Ich mach's kurz, wer weiß, wann das Ding hier wieder abkackt, jedenfalls zweitausend Mark auf die Kralle, kein Ding.«

»Wie jetzt, wieso zweitausend Mark?«

»Für den Job. Dauert zehn Tage oder so, hab ich noch nicht zusammengerechnet.«

»Was für ein Job?«

»Wir brauchen einen, der sich um alles kümmert, der uns fährt und auf das Geld aufpasst und auf uns auch und dass wir weiterkommen und was weiß ich alles.«

»Und wieso ich?«

»Das war Ferdis Idee, weil du nichts nehmen darfst. Ich hab ihm erzählt, dass du nichts nehmen darfst. Oder war es doch meine Idee? Weiß ich nicht mehr. Du darfst doch nichts nehmen, das hab ich doch richtig verstanden, oder?«

»Ja, also nein, darf ich nicht.«

»Jedenfalls hatten wir dann die Idee, dass wenn du nichts nehmen darfst, dann bist du doch der ideale Mann dafür. Ich meine, wir können uns ja unmöglich von irgendeinem Verstrahlten durch die Gegend fahren lassen! Da kann ich ja gleich ... – was weiß ich, da kann ich ja gleich selber fahren oder so, ich meine, von unseren Leuten kann man da keinem trauen, die erzählen alles Mögliche und dann treffen sie sich auf dem Klo oder kaufen sich irgendeinen Scheiß an der Ecke oder kriegen was geschenkt oder saufen, weil's was umsonst gibt, vor allem die Hostis, wenn die was umsonst kriegen, und irgendwas gibt's ja immer umsonst, ich geb dir mal Ferdi ... – Ferdi, nimm du mal den Knochen, ich kann nicht mehr, du musst Charlie jetzt mal überzeugen, echt mal«, schrie er durch die Gegend, wahrscheinlich in das Restaurant hinein, aus dem heraus er gerade an die frische Funkluft getreten war, »warte«, sagte er zu mir, »bleib dran, Charlie, Ferdi steht schon auf, gleich ist er da, ich hab auch Hunger irgendwie, Ferdi kann das alles viel besser erklären, jedenfalls zwei Mille auf die Kralle, wenn du willst, auch die Hälfte im Voraus, ich vertrau dir, Ferdi, hier!«

»Charlie?«

»Hallo Ferdi.«

»Charlie, du musst uns helfen. Das mit den zwei Mille ist wahr. Kannst du nicht Montag nach Berlin kommen und dann ab Dienstag bei uns mitfahren?«

»Eigentlich ist das nicht so mein Ding, Ferdi. Ich bin raus aus dem Club-Ding. Ich geh da nicht mehr hin und so. Eigentlich dürfte ich nicht mal mit euch telefonieren.«

»Du machst es aber trotzdem, Charlie. Und hat es dir bis jetzt geschadet?«

»Ich bin für sowas nicht gebaut, Ferdi. Ich kann nicht einfach mit einer Gruppe von Verstrahlten durch die Gegend fahren und davon ausgehen, dass das gut geht, ich meine, dass ich da einfach so nüchtern bleibe.

»Wieso, wir sind doch abschreckende Beispiele!«

Ah, Ferdi! Ich verspürte wieder dieses Ziehen. Aber mit Angst dabei.

»Dann eben mehr als zweitausend«, sagte Ferdi.

»Zweitausend ist eh zu wenig. Egal, was ihr da vorhabt. Ist ja nicht so, dass ich das schon wirklich begriffen hätte.«

»Dreitausend.«

Ich musste nachdenken.

»Bist du noch dran, Charlie? Ich hasse dieses Funkding. Da weiß man nie, ob die Leitung noch steht.«

»Viertausend«, sagte ich und hoffte, den Spuk damit zu beenden.

»Easy«, sagte Ferdi. »Aber für viertausend musst du auch gut drauf sein. Ich hab keine Lust, da so 'n Partypuper dabeizuhaben.«

»Du kennst mich doch, Ferdi.«

»Ja, aber nicht nüchtern.«

Er gab mir die Adresse von ihrem Büro und fragte, wann ich kommen könnte.

»Wenn ich überhaupt komme, dann etwa Montag Mittag, Ferdi«, sagte ich.

»Geht's nicht früher? Sonntag?«

»Nein. Das geht nicht früher.«

»Easy. Dann Montag Mittag.«

»*Wenn* ich komme.«

»Magical Mystery«, sagte Ferdi. »Das ist genau der Punkt, Charlie: Magical Mystery. Da geht's schon los, Magical Mystery, sieh's mal so.«

»Ist das nicht eigentlich von den Beatles?«

»Ja, aber von uns auch, wir knüpfen da wieder an!«

»Dann ist ja gut«, sagte ich. »Aber ich muss da wirklich erst drüber nachdenken.«

»Entweder du bist da oder du bist nicht da«, sagte Ferdi. »Magical Mystery, Charlie.«

Nach dem Telefonat blieb ich für den Rest der Mittagspause in der Werkstatt sitzen. Ich hatte zwar Hunger, aber keine Lust auf den Speisesaal und die Therapeuten und Lehrer, die da jetzt saßen und aßen und für die ich der Freak mit dem Kittel war. Außerdem musste ich nachdenken. Als die Mittagspause vorbei war, ging ich zu Frau Schmidt, erwirkte einen Zahlungsaufschub für die zweiundfünfzig Einheiten, die ich mit Raimund und Ferdi vertelefoniert hatte, und sagte Dr. Selge, dass ich jetzt mit dem Abfeiern von Überstunden beginnen würde. Sie hatte keine Einwände.

Das Letzte, was ich sah, als ich das Gelände des Kinderkurheims Elbauen verließ, war Herr Niemeyer von hinten, wie er am äußersten Ende des Grundstücks stand und mit der Grabgabel in den Rasen stach.

8. Das dunkle Gefühl

Am Samstag wachte ich auf und da war es, das dunkle Gefühl, zwar nicht direkt über mir, aber im Zimmer, und es sah mir dabei zu, wie ich unter der Decke lag und mich nicht bewegte, brachte sich in Erinnerung, die alte Sau, zum ersten Mal seit ich die Pillen abgesetzt hatte, und seltsam war nur, dachte ich, als ich da so lag und mich nicht bewegte, dass ich so naiv gewesen war zu glauben, dass es nicht wiederkommen würde, wenn ich die Pillen absetzte, ganz schön blöd. Dr. Selge hatte es mir prophezeit und Werner hatte es mir prophezeit und ich hatte gelacht und »Lass gut sein« zu Werner gesagt. Zu Dr. Selge natürlich gar nichts, da hatte ich nur genickt, was sie nicht zu deuten gewusst hatte, die blöde Ziege.

Werner musste schon am Freitagabend was geahnt haben, er hatte mir einige komische Fragen gestellt beim außerordentlichen Plenum, das nur einberufen worden war, um seinen Abschied am nächsten, also diesem Morgen und die damit verbundene Übergabe an Gudrun vorzubereiten, und das waren natürlich doofe Fragen aus der »Was-ist-denn-bloß-los-mit-dir«-Spielklasse gewesen, der übliche »Wie-siehst-du-denn-aus«-Quatsch, dabei war ich eigentlich bloß müde gewesen, aber jetzt, am Morgen danach, als ich unter der Decke lag und das dunkle Gefühl im Raum war, irgendwo zwischen Sessel und Regal lauerte und mich dazu brachte, ganz still zu liegen und mir selbst beim Atmen zuzuhören, wurde mir klar, dass das nicht irgendeine Müdigkeit gewesen war, keine Müdigkeit von der Art, die einen dazu bringt, sich aufs Bett zu freuen, nicht die Sorte Müdigkeit, die Leute wie Herr Niemeyer geschenkt bekamen, nachdem sie einen ganzen Tag lang mit der Grabgabel im Rasen herumgestochert hatten, keine Müdigkeit, wie sie mich, wenn alles glattging, auch in der Lüneburger Heide nach einem Tag voller Sport und Wassertreten und frischer Luft und dem ganzen Scheiß erwarten würde, nein, eine solche Müdigkeit war es nicht gewesen am Freitagabend beim außerordentlichen Plenum, es war die andere Müdigkeit gewesen, die dunkle Müdigkeit, die so sehr den ganzen Körper im Griff hat, dass der Gedanke, sie mit Schlaf zu kurieren, lächerlich ist, als wolle man Hautkrebs mit Sonnencreme heilen oder was weiß ich, mit was man das vergleichen soll, eine Müdigkeit, die so überwältigend war, dass der Gedanke an den Tod keine Angst mehr machte, das war vielleicht das einzig Gute daran, wenn man sowas gut findet, es hat ja auch nicht jeder Angst vor dem Tod oder vielleicht doch, keine Ahnung, beim Plenum saß ich jedenfalls da und kämpfte dagegen an, saß also da mit weit aufgerissenen Augen und zugleich gesenktem Kopf, damit die anderen nichts mitkriegten, aber Werner, der alte Fuchs, kriegte natürlich doch was mit und schreckte mich mit seinen blöden Fragen immer wieder auf und ich hatte es immerhin durch das Plenum geschafft, ohne dass er mich auf irgendwas festnageln konnte, »Man wird ja wohl noch müde sein dürfen!« ist zwar nicht die beste Ausrede der Welt, aber ich kam gerade noch so damit durch, es war ja auch noch nicht die volle Lotte gewesen, sondern nur die halbe Miete der dunklen Müdigkeit, so wie ich jetzt, am Morgen danach, das dunkle Gefühl nicht direkt über mir, sondern nur in der Ecke des Zimmers verspürte, und ich spielte einige Zeit mit dem Gedanken, doch wieder mit den Pillen anzufangen, ich hatte ja eine Notfallpackung immer in der Nähe, eine in der einen Jacke, eine in der anderen Jacke, eine im Regal, eine im Nachttisch, aber das Gute oder Schlechte war, je nachdem, wie man es anschaute, dass die sowieso nicht gleich wirkten, dass also auch von ihnen keine schnelle Hilfe zu erwarten war, da konnte man genausogut noch ein bisschen damit warten und schauen, ob es nicht von selber wieder wegging, das dunkle Gefühl, etwas schnell Helfendes, ein schönes Hallowach, irgendeinen Kickstarter in Pillenform hatte mir keiner für diesen Fall verschrieben, da trauten sie einem nicht, hätte ich auch nicht gemacht an deren Stelle, und ich lag also am Samstagmorgen da und wusste, dass ich höchstens noch zehn Minuten hatte, bevor einer kommen würde, um zu gucken, warum ich nicht beim Frühstück war, denn es war schon die Zeit für das samstägliche gemeinsame Frühstück, bei dem Werner noch dabei sein wollte, bevor um Punkt elf dann Gudrun kommen und ihn ablösen sollte, und ich lag also da und wusste natürlich, dass mir das alles nichts mehr brachte, das gemeinsame Frühstück, die Plenums oder Plena oder was weiß ich, die Arbeit, Werner, die anderen, das war alles sinnlos, trostlos, zwecklos, das war *deren* Ding und ich war, wenn ich richtig überlegte, einfach und ganz und gar und vollständig und ohne Einschränkung *einsam,* es gab in Altona und Othmarschen keinen, der mich nicht mit anderen Augen sah als ich selbst, ich war Fürsorgefleisch für Werner und Gudrun, arroganter Sack für Klaus-Dieter, Henning und Astrid, Hiwi-Trottel für das Kinderkurheim Elbauen, Multitox-Wrack für den Gutachter von der Krankenkasse, Pillenjunkie für Dr. Selge und gescheitertes Kind für meine Mutter, und umgekehrt konnte ich mit diesen Leuten auch nichts anfangen, es waren ja alles Idioten, so dachte ich jedenfalls in diesem Moment, obwohl ich wusste, dass das jetzt undankbar war, weil sie mich letzten Endes alle zusammen gerettet hatten vor genau diesem dunklen Gefühl, das jetzt wieder in meinem Zimmer hockte und darauf wartete, dass ich das Falsche tat, und das mit ihnen, den anderen also, überhaupt nichts zu tun hatte, dessen Ursprung ganz woanders lag, aber ohne Zusammenhang hin, undankbar her, daran, dass Jimmy und Johnny meine einzigen Freunde in diesem Leben hier waren, änderte das gar nichts, und wer Jimmy und Johnny als Freunde hat, hat nicht viel, eine Handvoll Mehlwürmer und weg sind sie, und mir wurde, während ich dort lag, elender und elender und das dunkle Gefühl kam näher und näher und ich kramte schon im Nachtschränkchen, einem wackeligen Schrott aus dem Sozialamtsmöbellager, um die verdammten Pillen zu finden, da hatte sich einiges an Krimskrams und Büchern und sonstwas angestaut in dem scheiß Nachtschränkchen, da war ein kleiner Streifen Pillen schnell mal unauffindbar, jedenfalls erwischte ich mich dabei, wie ich schon nach den Pillen kramte, als mir noch etwas einfiel, was die Sache mit den Pillen vielleicht ersetzen konnte, und ich fing einfach mal an zu weinen.

Und das half dann auch ganz gut, so gut, dass ich, noch heulend und schniefend, aufstehen und mich anziehen konnte, und als ich angezogen war, wusch ich mir das Gesicht und ging zu Werners letztem Frühstück vor der Supervision.

»Ich wollte schon Henning schicken«, sagte Werner, als ich in die Küche kam. Sie saßen alle da und Henning, der heute mit dem Frühstücksdienst dran war, stand mit dampfender Kaffeekanne, einer Blechkanne, wie man sie eigentlich nur von früher aus Schullandheimen kannte, hinter Werner und goss ihm Kaffee ein, aber Werner achtete nicht darauf und stieß ihn an und Henning schüttete etwas Kaffee daneben und Werner sagte, ohne nachzudenken, »Pass doch auf!« und schob dann aber doch nach einem Blick in Hennings Gesicht Gottseidank ein »Ah, war meine Schuld!« nach, das war höchste Zeit gewesen, Henning war keiner, bei dem man dabei sein will, wenn er mit einer großen Kanne heißen Kaffees in den Händen die Fassung verliert. Werner war eindeutig nicht gut drauf, Supervision wohl eins von den Dingen, auf die sich einer wie Werner nicht freute, umso erstaunlicher, dass er sich überhaupt darauf eingelassen hatte, es musste wohl schon schlimm um ihn stehen, aber das kümmerte hier keinen, stattdessen starrten sie mich an, als ob ihnen niemals jemand gesagt hatte, dass man andere Menschen nicht anstarrte, weil sich das nicht gehörte oder was weiß ich, wahrscheinlich hatte ihnen das auch keiner gesagt.

»Wie siehst du denn aus«, sagte Werner. »Hast du geheult?«

»Heuschnupfen«, sagte ich. »Hatte über Nacht das Fenster auf, verdammte Birken.«

»Birken? Im April? Seit wann haben die im April was zu melden, die Birken?«

»Wenn's nicht die Birken sind, dann sind's die Schimmelpilzsporen.«

»Aber die kommen doch nicht durchs Fenster!«

»Wer weiß, Werner …!«

»Na gut.« Werner verlor die Lust an dem Quatsch. Ich

setzte mich hin und köpfte ein Ei, das vor meinem Frühstücksbrettchen stand. Es war weich. Ich setzte den oberen Teil wieder drauf, damit es nicht so schlimm aussah, während Werner sagte: »Passt auf, Leute, kein Streit mit Gudrun! Das ist nicht immer leicht, ich weiß, aber kein Streit mit Gudrun!«

Allgemeines Seufzen und Augenrollen. Alle mochten Gudrun und kamen prima mit ihr klar, aber das musste Werner ja nicht wissen.

»Ich verlass mich auf euch.«

»Ist ja gut«, sagte Astrid.

»Und du, Karl«, war er schon wieder bei mir, »du gehst Montag schön zum Bahnhof und nimmst den Zug nach Uelzen, den ich dir rausgeschrieben habe, nicht den davor und nicht den danach, die warten da auf dem Bahnhof auf dich.«

»Krieg ich hin, Werner.«

»Und keine Sperenzchen.«

»Auf keinen Fall.«

»Und iss ruhig mal was! Henning, gib ihm doch mal Kaffee!«

Henning kam zu mir und gab mir Kaffee. Das war auch irgendwie so eine Werner-Erfindung, bei Werner reichte es nicht, dass einer die Pflicht hatte, den Tisch zu decken, nein, bei Werner musste er dann auch noch den Kaffee einschenken, als ob es darauf ankäme, das ganze Elend der Hamburger Gastroszene sogar noch ins eigene Heim, ins ureigene Privatleben hineinzuverlängern, schön ist was anderes. Henning kam also zu mir rüber und pladderte mir Kaffee in die Tasse. Samstags gab's immer das gute Geschirr, Tasse und Untertasse mit Dekor von der Arbeiterwohlfahrt, das hatte ich Werner immer schon mal fragen wollen, wie er da eigentlich rangekommen war.

»Bist du sicher, dass alles in Ordnung ist?«

»Nein, Werner, es ist nicht alles in Ordnung. Ich habe total Heuschnupfen und darf keine Antihistamine nehmen, so sieht's doch schon mal aus, die wollte Dr. Selge mir nicht verschreiben.«

»Kannst du ja im Urlaub nochmal nach fragen«, sagte Werner. »Die können dir ja im St. Magnus was verschreiben.«

Ich glaubte meinen Ohren nicht zu trauen: Werner, der gnadenlose Medikamentenfeind, als Antihistaminpusher – er musste wirklich ausgebrannt sein, um so etwas über die Lippen zu bringen.

»Würde ich sowieso nicht nehmen«, sagte ich. Das Gespräch nahm eine komische Wendung. »Und wenn du sie mir persönlich hinhalten würdest, Werner.«

Es gab ein allgemeines Raunen. Astrid hob einen Teelöffel.

»Könnt ihr mal mit der Machoscheiße aufhören, das ist ja widerlich. Ich meine, was ist denn mit euch los?«

»Werner, ich hab dich lieb«, sagte ich aus einem plötzlichen, unerklärlichen Impuls heraus. »Das solltest du nie vergessen.«

»Na, na«, sagte Werner, der offensichtlich auch nicht ganz bei sich war, irgendwie einen labilen Eindruck machte, wenn man ihn genauer betrachtete, »lass gut sein. Ich glaube, ich geh jetzt auch mal. Die eine Stunde, bis Gudrun kommt, könnt ihr ja wohl auch ohne mich klarkommen. Ich hab für Gudrun einen Brief geschrieben, den hat Astrid. Astrid, du gibst den Brief an Gudrun!«

»Ja klar, Werner.«

»Macht's gut, Leute. Und macht keinen Scheiß!«

Werner stand auf und ging um den Tisch herum und gab jedem Einzelnen die Hand. Zu mir sagte er: »Mach keinen Scheiß in St. Magnus und nimm den Zug, den ich dir aufgeschrieben habe!«

»Alles klar, Werner!«

»Bleibt sitzen und esst weiter. Braucht mich keiner zur Tür zu bringen.«

Und dann ging er. Wir sahen ihm hinterher und als er weg war, ging Henning nochmal mit dem Kaffee rum.

9. Das Versprechen

Mit Gudrun ging das Wochenende vorbei wie nichts, es war dauernd etwas los, sie hatte zum Beispiel einen Putzfimmel, deshalb mussten wir am Samstag das ganze Haus, das Werner ihrer Ansicht nach niemals so hätte zurücklassen dürfen, noch gründlicher als sonst von oben bis unten putzen, und dann mussten wir am selben Tag noch trotz des Nieselregens runter an die Elbe und bis nach Teufelsbrück und zurück laufen, weil ihre Abneigung gegen Schmutz nur noch von ihrer Liebe zur frischen Luft übertroffen wurde. Am Sonntag ließ sie uns abstimmen, ob wir lieber im Jenisch-Park oder im Stadtpark picknicken wollten (»Wollt ihr schon wieder in den Jenisch-Park oder endlich auch mal in den Stadtpark?«), und außer mir waren natürlich alle für den Stadtpark gewesen, die alten Schleimbacken. Es war schönes Wetter und wir mussten den ganzen Weg bis zur S-Bahn-Station Bahrenfeld laufen, damit wir nicht mit der Junkie-Szene vom Bahnhof Altona konfrontiert wurden, damit hatte zwar nur Astrid ein Problem, dafür aber richtig, sie hatte striktes Bahnhof-Altona-Verbot, mitgefangen, mitgehangen, und dann bestimmte Gudrun, um ihn vom Meckern abzuhalten, auch noch Klaus-Dieter zum Anführer und Pfadfinder durch den S- und U-Bahn-Dschungel der Hamburg-Megalopole mit ihren ganzen drei U-Bahnen und fast mehr als drei S-Bahnen, und er brachte uns tatsächlich sicher zum Stadtpark, eine 1a-Klaus-Dieter-Leistung, die in Gudruns Augen auch dadurch nicht geschmälert wurde, dass die S1 sowohl in Bahrenfeld als auch am Stadtpark hält.

Wenn wenigstens nicht so schönes Wetter gewesen wäre, schönes Wetter machte mich in Hamburg immer traurig, kaum war die Sonne draußen in Hamburg, wurde ich traurig. Oder wenn es wenigstens nicht Gudrun gewesen wäre, oder nicht der Stadt-, sondern der Jenisch-Park, jedenfalls brachte mich der Sonntag endgültig aus dem Tritt, die anderen alle lustiglustig und picknickpicknick und schnatterschnatter, die freuten sich richtig, dass sie endlich mal mit Gudrun was anderes als sonst machen konnten und dass »alles so easy war mit der S-Bahn und so«, wie Klaus-Dieter es formulierte, und dann der schöne Stadtpark und »schade, dass das Freibad im April nicht aufhat«, wie Astrid sagte, die waren ganz bei sich und bei Clean Cut 1 und froh und glücklich, so weit ihnen das möglich war, nicht aber ich, vielleicht war es ja auch bloß das dunkle Gefühl, das noch immer irgendwo lauerte, jedenfalls fühlte ich mich noch fremder als sonst zwischen ihnen, und es gab nicht einmal die tröstende Aussicht auf eine Rückkehr zur Arbeit am nächsten Tag, sondern nur die Lüneburger Heide mit ihren St.-Magnus-Sportfreuden, und je länger der sonntägliche Freizeitspaß ging, desto trauriger wurde ich, so sehr, dass es schmerzte und ich kaum sprechen konnte, was aber keinem auffiel oder wenigstens nicht unangenehm, wahrscheinlich war es den anderen ganz recht, wenn ich mal die Schnauze hielt.

Also lag ich die meiste Zeit im Gras im Stadtpark, das trotz des guten Wetters ganz feucht war, und schaute zum Himmel, über den weiße Wolken jagten, und ich erinnerte mich daran, wie oft ich als Kind immer so im Gras gelegen und genau wie jetzt genau solche Wolken betrachtet hatte, und wie froh es mich gemacht hatte, sie da oben vorbeisegeln zu sehen, weiß und schön und strahlend und in Eile, immer weiter, einmal um die Erde herum und noch einmal und noch einmal, so hatte ich mir das vorgestellt, immer um die Erde herum und immer in Bewegung und niemals allein und immer ein bisschen anders und immer weiß und schön und strahlend.

Das war das Versprechen gewesen, dachte ich, als ich da neben den picknickenden Multitoxikern im Gras lag und die Wolken betrachtete.

Das war das Versprechen gewesen.

Am nächsten Morgen ging ich zum Bahnhof Altona. Gudrun verabschiedete mich mit den Worten, ich könne das ja wohl gut alleine schaffen, den Zug nach Uelzen könne ja wohl »jeder Döspaddel« kriegen, das hätten schon ganz andere geschafft, da brauche sie ja wohl nicht mitzukommen. Dabei hatte ich sie gar nicht darum gebeten, aber sie ging wohl zu Recht davon aus, dass Werner mitgegangen wäre, und da wollte sie wohl gleich mal ihren abweichenden, auf die Eigeninitiative und die Eigenverantwortlichkeit ihrer Schützlinge vertrauenden Standpunkt klarmachen. Sie war eine gute Seele, die alte Charityhaubitze, und ich verabschiedete mich von ihr mit einem schlechten Gewissen.

Der Bahnhof Altona war ein Sackbahnhof. Von ihm gingen alle Züge los und in ihm endeten alle Züge. Der nach Uelzen stand auf Gleis 12. Auf Gleis 10 stand der nach Berlin. Den nahm ich dann.

2. Teil
Mitte

10. Alles leer

Ich atmete erst auf, als wir hinter Büchen waren, also in der DDR oder dem, was davon noch übrig war, die Grenzkontrolle war ja weg, unfassbar eigentlich, dass die Uniformfreaks mit ihren aufklappbaren Umhängetäschchen nicht mehr ihre Formular- und Stempeloperette abzogen. Aber der Zug war noch so eine alte Reichsbahngurke und die Zuggeschwindigkeit stimmte auch noch, ab Büchen zuckelten wir mit dreißig Sachen über die Betonschwellen. Bis Büchen hatte ich noch Angst gehabt, dass ich es mir anders überlegen könnte, von Büchen aus hätte man noch einen Schienenbus nach Uelzen kriegen und die St.-Magnus-Sache durchziehen können, erst danach, als der DDR-Kram begann, der seit einigen Jahren ja wohl keiner mehr war, entspannte ich mich ein bisschen und ging in den Speisewagen, der immer noch Mitropa hieß und auch noch genauso aussah. Nach zwei Kännchen Kaffee und einer halben Schachtel Zigaretten hatte ich mich so weit beruhigt, dass ich aus dem Fenster gucken und darüber nachdenken konnte, was jetzt eigentlich Sache war. Viel kam dabei nicht heraus: Clean Cut 1 lag hinter mir, und alles, was mir noch blieb, war ein bisschen Geld bei der Haspa und ein Jobversprechen von zwei Ravern, die einen Club und ein Label betrieben und denen es offenbar gut genug ging, einem Klapsmühlenzausel wie mir viertausend Mark für zehn Tage Arbeit anzubieten.

Bis Wittenberge war das durchdacht, danach war alles leer. Die alten Sachen waren Vergangenheit und die Zukunft war offen. Keine Richtung, kein Plan. Das gefiel mir ganz gut.

11. Ihr Fahrplaner

Der Zug hielt in Nauen, und als er da wieder abfuhr, roch es schon irgendwie nach Berlin. Ich wurde unruhig, an Nauen konnte ich mich nicht erinnern, ich kannte das gar nicht, wusste gar nicht, wo das lag, aber es roch nach Berlin, als wir da rausfuhren, wobei riechen das falsche Wort ist, es war etwas Elektrisches, wahrscheinlich bloß Einbildung, eine Unruhe, die mich erfasste, jetzt geht's los, dachte ich, jetzt geht's los, aber viel ging da erstmal nicht, da kamen erst noch kleine Häuschen und kleine Straßen und dazwischen Felder und Gewerbe, das sah alles noch ziemlich nach Othmarschen aus, wenn auch in einer DDR-Version, also etwas abgeschabter, aber dann hörte das mit den Feldern und Wäldern ganz auf und wir fuhren nach Berlin rein, irgendwie Spandau oder sowas, und dann durch Charlottenburg und zwischen Kudamm und Kantstraße, und als wir uns dem Bahnhof Zoo näherten, kriegte ich Angst und überlegte, einfach sitzenzubleiben und gleich weiter bis Hauptbahnhof zu fahren, was immer das sein sollte, Hauptbahnhof, seit wann hatten die hier einen Hauptbahnhof, richtig schlau wurde man da nicht aus dem IC-Fahrplanblättchen, in dem ich die ganze Zeit zwischen Wittenberge und Nauen sinnlos herumgeblättert hatte, ein Umstand, dem ich wohl auch die Ahnung der Nähe Nauens zu Berlin zu verdanken hatte, wie mir jetzt auffiel, an dieser Ahnung war ja wohl nichts Mystisches und nichts Elektrisches gewesen, wenn man sich erstmal klarmachte, dass im Faltblatt »Ihr Fahrplaner«, das ich die ganze Zeit zwischen Wittenberge und Nauen völlig enthirnt von hinten nach vorne und von vorne nach hinten durchgeschmökert hatte, der Abstand zwischen Nauen und Berlin-Zoologischer Garten mit 34 km angegeben war, das war ja wohl das verdiente Ende jeder esoterischen elektrischen Vorahnungsbehauptung, aber Hauptbahnhof kam mir genauso esoterisch vor, deshalb fragte ich einen Schaffner, was es damit auf sich hatte, und der sagte nur »Ostbahnhof« und ging weiter, das sagte mir natürlich auch nichts, aber der Zug hielt laut »Ihr Fahrplaner« auch im Bahnhof Friedrichstraße, das fand ich gut, Bahnhof Friedrichstraße war ja nicht nur 1a-DDR-Scheiß, Bahnhof Friedrichstraße war schon der Bahnhof gewesen, auf dem die Oma und die Kusine auf Emil gewartet hatten, während Emil am Zoo ausgestiegen war, weil sie ihm sein Geld geklaut hatten, daran erinnerte ich mich noch, das ganze Emil-und-die-Detektive-Ding hatte mir als Kind immer gut gefallen, armer Emil, komplett beklaut, aber das konnte mir nicht passieren, mein Geld war noch da und meine Tasche auch und der Bahnhof Zoo konnte mich mal, ich hatte keine Lust auf den Bahnhof Zoo und das ganze Prä- und Post-Kudamm-Elend, und langsam fragte ich mich auch, wieso ich nicht früher auf die Idee gekommen war, mich mal ein bisschen damit zu beschäftigen, wo ich jetzt eigentlich hinmusste, ein bisschen geistige Leere zwischen Wittenberge und Nauen, nun gut, aber jetzt wurde es Zeit, den Informationsturbo einzulegen, also schlug ich die Adresse, die Ferdi mir am Telefon gegeben hatte, in meinem Stadtplan nach, ich kannte die Straße nicht, Sophienstraße, die lag im Osten, in der Nähe vom Marx-Engels-Platz, wie aus meinem alten Stadtplan hervorging, den ich die ganzen Jahre nicht weggeworfen hatte, und bei dem der Westen noch rot und der Osten blaugrau und dazwischen die Linie war, die die Mauer markierte.

Von der aber nicht mehr viel da war. Wir gurkten, nachdem wir den Bahnhof Zoo verlassen hatten, der nicht nur wegen Emil, Oma und Kusine, sondern auch wegen der Lage des Marx-Engels-Platzes die falsche Wahl gewesen wäre, langsam durch den Tiergarten und weiter in den Osten hinein und die Mauer war weg und das ganze Westgesummse dann auch bald und das kam mir gerade recht, ich hatte ja nicht umsonst Angst gehabt, gleich am Bahnhof Zoo in ein Déjà-vu-Ding reinzugeraten, man kann ja nicht fünf Jahre lang in Hamburg Klapsmühle und Reha und Drogen-WG gemacht haben und dann am Bahnhof Zoo aufschlagen, als wenn nichts gewesen wäre, dachte ich, und dann hielten wir auch schon im Bahnhof Friedrichstraße und ich stieg aus und kaufte mir im nächsten Zeitungsgeschäft einen neuen Stadtplan, aus dem auch gleich mal hervorging, dass der Marx-Engels-Platz jetzt Hackescher Markt hieß.

Bis zum Hackeschen Markt war es nur eine Station mit der S-Bahn und die Sophienstraße war nicht schwer zu finden. Sie sah verdächtig nach Hamburg-Altona aus, die Sophienstraße, kleine alte Häuschen mit zwei, drei Stockwerken, handtuchbreite Bürgersteige, Teestubengastroscheiß, das war fast schon Ottensen, nun gut, ich wollte in das Berlin, das ich nicht kannte, hier war es, und in einem von den Ottensenhäusern war BummBumm Records untergebracht, da hätte genausogut Clean Cut 1 dranstehen können, so altonamäßig sah das aus.

Ich rauchte erstmal eine, bevor ich klingelte.

12. Hosti Bros

»Charlie!«

Das Büro von BummBumm Records erstreckte sich über eine ganze Etage des Hauses, und ganz vorne saß gleich Ferdi an einem großen Schreibtisch, und er sprang auf und lief um den Schreibtisch herum und breitete die Arme aus und drückte mich, als ich hereinkam, was mich ein bisschen überraschte, ich konnte mich gar nicht daran erinnern, dass wir so gute Freunde gewesen waren, irgendwie Freunde ja, und das über zehn Jahre lang, bevor ich damals in die Klapse kam, und ja, wir hatten auch mal zusammen in einer Band gespielt, Glitterschnitter, eine jener Avantgardebands, wie sie in den frühen Achtzigern jeder mal gehabt hatte, Raimund Schlagzeuger, Ferdi Bassist und ich hatte Trennschleifer und Bohrmaschine bedient, das war bei Ausstellungseröffnungen und Avantgardefestivals ganz gut angekommen, aber von irgendwelchen Knuddeleien war mir nichts mehr in Erinnerung, vielleicht ist es das Alter, das ihn weich und sentimental macht, dachte ich, als er mit ausgebreiteten Armen auf mich zustürmte, er war ja nicht mehr der Jüngste, er war zwölf oder fünfzehn oder so Jahre älter als ich, demnach ging er jetzt stramm auf die fünfzig zu, vielleicht auch schon drüber, eigentlich unfassbar und man sah ihm das auch nicht an und vielleicht sollte man auch nicht immer alles hinterfragen, dachte ich, als er mich erst an sich drückte und dann von sich weghielt und sagte: »Du siehst aber gut aus, Charlie!«

»Nicht lügen, Ferdi, ich bin ziemlich fett geworden!«

»Ja, wahrscheinlich. Stell ab, setz dich.«

Er ließ sich wieder hinter seinem Schreibtisch nieder. Ich stellte meine Tasche ab und setzte mich auf die andere Seite, genau wie bei Dr. Selge.

»Wo ist Raimund, ist der auch da?«

»Nein, der doch nicht«, sagte Ferdi. Er trommelte mit den Fingern auf den Tisch. »Mann, Charlie, bist du also doch noch gekommen!«

»Wieso, hab ich doch gesagt: Montag Mittag.«

»Wir haben halb zwei, Charlie! Ich sitze hier seit zwölf wie auf Kohlen, wir brauchen dich doch!«

»Konnte ja nicht ahnen, dass der Zug von Hamburg immer noch so lange braucht«, sagte ich.

»Wann warst du denn das letzte Mal in Berlin?«

»Bevor ich in die Klapse kam, Ferdi.«

»Da stand ja noch die Mauer.«

»Ja, aber die fiel an dem Tag gerade.«

»Mann, Charlie ...« Ferdi dachte kurz nach. »Und bist du wieder okay?«

»Ja, einigermaßen.«

»Na dann ...« Er holte ein Päckchen Tabak aus der Brusttasche seines Hemds, faltete es auf und entnahm ihm mit spitzen Fingern einen Joint. »Hast du was dagegen, wenn ich den rauche?«

»Wär mir lieber, wenn nicht, Ferdi.«

Er steckte den Joint wieder in das Tabakpäckchen und drehte sich stattdessen eine Zigarette. »Aber Zigarette ist okay, ja?«

»Auf jeden Fall«, sagte ich. »Tabak ist das Heroin vom Trockendock!«

»Ha, der ist gut! Den merk ich mir! Und du warst nach dem Mauerfall nie wieder in Berlin? Wie gefällt dir denn der Osten jetzt so?«

»Alles super, Ferdi. Erinnert mich irgendwie an Altona. Oder Bielefeld. So kleine Häuser und so.«

»Hier ist viel passiert, Mann, guck dir nur mal unser Büro an.«

»Ja, das ist toll.« Ich drehte mich auf meinem Stuhl herum und sah ein bisschen in die Tiefe des Raums. Überall waren Regale mit Platten und CDs und Kartons und Akten und was weiß ich, und Poster und Wimpel und Goldene Schallplatten und Fotos und Postkarten hingen an den Wänden und ich zählte sechs Schreibtische, bis ich das Interesse verlor. Auf allen lag viel Zeug herum, so als ob hier wirklich gearbeitet wurde. Das war nicht das BummBumm Records, an das ich mich erinnerte. Das hatte im Bürokabuff vom BummBumm Club in eine Bananenkiste gepasst. Weiter hinten saßen auch noch zwei Leute herum, junge Männer, Anfang zwanzig, wie es schien. Sie schauten zu mir herüber, also winkte ich.

»Das sind Holger und Basti«, sagte Ferdi. »Kommt mal her und sagt Charlie Guten Tag!«, rief er nach hinten.

Holger und Basti kamen herüber und sagten Hallo. Sie sahen ganz nett aus und sehr jung und auch ein bisschen übernächtigt.

»Holger und Basti sind Praktikanten hier. Außerdem machen sie Musik, dann heißen sie Hosti Bros, wir haben vier Maxis mit ihnen gemacht«, Ferdis Stimme wurde laut und gespielt streng, »und drei sind gefloppt, das waren die einzigen Maxis in den letzten zwei Jahren, die weniger als

1000 Stück verkauft haben! Aber jetzt gerade ist die neue draußen, da sieht's ganz gut aus!«

Holger und Basti nickten und grinsten.

»Ansonsten«, fuhr Ferdi fort, »sind sie hier Praktikanten, damit sie das zur Not alles mit Arbeit wiedergutmachen können, und irgendwovon müssen sie ja auch leben, fürs Auflegen kriegen sie ja kaum was. Jedenfalls nicht bei uns im Club!«

Holger und Basti nickten.

»Aber das wird schon noch.«

»Ganz sicher«, sagte ich.

»Nun aber arbeiten!«, sagte Ferdi.

Holger und Basti gingen wieder an ihre Schreibtische.

»Das Haus hier gehört uns auch. Haben wir gekauft, wir mussten ja irgendwohin mit dem ganzen Geld!«

»Stark, Ferdi!«

»Warum gehen wir nicht raus ins Lala und dann essen wir was und ich erzähle dir alles.«

»Auf jeden Fall, Ferdi.«

Das Lala war irgendwas Asiatisches mit Suppen und so weiter, es war proppenvoll und die Leute aßen, als ob sie gleich wieder zur Arbeit müssten. Ferdi bestellte für uns beide eine Suppe, eine scharfe mit Nudeln drin, von der er meinte, dass sie besonders gut sei. Die wollte er dann unbedingt draußen essen. Es war zwar schönes Wetter, aber nicht besonders warm, es war ja noch April, und sie mussten uns draußen extra einen Tisch herrichten, aber Ferdi bestand darauf.

»Ich will sie ja nicht in Verlegenheit bringen, weil ich den Sticki bei ihnen drinnen rauche, das sollten sie eigentlich zu schätzen wissen«, sagte er, als wir endlich saßen und er sich den kleinen Joint anzündete. Dann sah er mich prüfend an. »Und du darfst gar nichts mehr, oder was?«

»Nein. Nur Zigaretten und Kaffee.«

»Wie ein Alki bist du mir nie vorgekommen, Charlie. Oder wie ein Junkie.«

»Wer weiß«, sagte ich. »Ich geh da lieber kein Risiko ein. Einmal durchdrehen reicht.«

»Wie war das denn so?«

»Kann ich dir nicht beschreiben, Ferdi.«

»Nur ein bisschen!«

»Stell dir vor, du bist in der Geisterbahn und das hört nie auf.«

»Aha …!«

In diesem Moment kam ein Mann mit der Suppe an den Tisch. Und es fing an zu regnen.

»Ich glaube, wir gehen mal lieber rein«, sagte Ferdi zu dem Mann mit den Suppen. »Wenn ich aufgeraucht habe. Die Suppe kann schon mal vorgehen.«

Der Mann nickte und ging mit der Suppe wieder rein. Ferdi zog noch ein paar Mal an seinem Sticki und dann gingen wir hinterher und setzten uns an unsere Suppenschalen.

Und dann begann Ferdi zu erzählen.

13. Ferdis Erzählung

»Du kannst dir das nicht vorstellen«, sagte Ferdi und hob dazu den Löffel. »Plötzlich riss der Himmel auf und es regnete Geld.«

»Muss toll sein«, sagte ich. Die Suppe war schwierig zu essen, die Nudeln lang und dick und die Löffel aus Porzellan, sie rutschten dauernd ab.

»Toll? Auf jeden Fall. Aber auch beängstigend, Charlie. Du musst für die Nudeln die Stäbchen nehmen. Jedenfalls hatten wir Beta Boy, eben konnte noch keiner was damit anfangen, vor allem die Journalisten nicht, Acid House, Detroit, keiner blickte durch, alle schrieben Techno mit drei k und was weiß ich was, und dann hatten wir Beta Boy und plötzlich ging das durch die Decke, wann war das …?«

»Das war, nachdem ich in die Klapse kam«, sagte ich.

»Der Mauerfall kam ja noch dazu, das war ja überhaupt der Hammer, plötzlich machen die da neben uns eine ganz neue Stadt auf und überall die leeren Gebäude, du glaubst ja nicht, was wir da mit Partys verdient haben, da sind wir einfach rein, später haben wir die für praktisch nichts gemietet, den neuen BummBumm haben wir auf zehn Jahre gepachtet, das ist wie geschenkt, Charlie, weißt du noch, der alte BummBumm, wie wir da mit der Miete zu kämpfen hatten?«

»Nein.«

»War aber so. Jedenfalls Beta Boy, also Hartmut, das Betalein, weißt du noch, der kleine Spacken, der immer genervt hat …«

»Ja, der hat wirklich beschissene Musik gemacht.«

»Ja. Jedenfalls war das das Ende von Faceless Techno und dem ganzen Quatsch. Beta Boy war der erste richtige Hit. Und der war bei uns!«

»Du meinst, Alpha Beta Gamma?«

»Ja, das war der Hit, Alpha Beta Gamma, alter Schwede, ich hab da lange drüber nachgedacht, und weißt du, warum das der erste Techno-Hit war?«

»Nein, warum?«

»Keine Ahnung. Das weiß keiner. Vielleicht wegen dem Einzähler.«

»Welcher Einzähler?«

»Plötzlich dieser Hit, und dann wussten alle Bescheid, du weißt doch, was ich meine, überall die Artikel über Techno, das neue Ding, aber auch Trance, House, Acid, Deep House, Detroit, jeden Tag gab's drei neue Richtungen und Bezeichnungen und kein Arsch blickte durch und jeder hatte Angst, zu irgendwas irgendwas zu sagen und alles immer so faceless Techno und es gibt keine Stars und so …«

»Du schweifst ab, Ferdi. Jetzt will ich wissen, was mit Beta Boy los war.«

»Wieso Beta Boy?«

»Warum Beta Boy der erste Hit war!«

»Ach so, das weiß ich doch nicht, ich weiß nur, wir kamen mit Beta Boy um die Ecke, das war kurz nachdem du weg warst, und keiner blickte durch, was ist denn nun dieses neue Ding, Techno, darf ich da Techno zu sagen oder bin ich dann uncool, weil es eigentlich House ist oder was, und dann Trance, ist das auch Techno, das trau ich mich gar nicht im Radio zu spielen, ich schreib das mal lieber mit drei k, Tekkkno, weil mir irgendeiner gesagt hat, dass man ...«

»Beta Boy!«, sagte ich, »Beta Boy, Ferdi!«

»Ach so, jedenfalls kommt dann Beta Boy bei uns mit Alpha Beta Gamma raus und gleich am Anfang, bevor es losgeht, ruft er doch auf dem Track ›Alpha Beta Gamma Techno!‹ und dann geht's los mit Bummbumm, verstehst du, Charlie? Wir sollten uns mal zwei Espressos bestellen, finde ich.«

Ferdi blickte sich suchend um und hob dabei zwei gespreizte Finger wie der abdankende Richard Nixon.

»Wieso bestellst du zwei Espressos, wenn du noch nicht einmal die Suppe aufgegessen hast?«

»Die dauern hier immer so lange, das ist jeden Tag dasselbe«, sagte Ferdi mit vollem Mund. »Und dann kommt ausgerechnet Beta Boy und ruft ›Alpha Beta Gamma Techno!‹ und ausgerechnet das wird dann der erste Radio-Technohit und der erste richtige Technohit überhaupt, tu dir das mal rein, ›Alpha Beta Gamma Techno‹, ich meine, so ein Stumpfsinn und das war unser erster Hit, das ist doch super!«

Ferdi legte den Löffel weg und ich auch und in diesem Moment kam auch der Mann mit den Espressos.

»Siehst du, super Timing«, sagte Ferdi. »Dabei hatten wir Beta Boy bloß rausgebracht, damit Betalein endlich Ruhe gibt, weil der immer so genervt hat. Und seine Schwester hatte was mit Raimund! Das kam noch erschwerend dazu, Raimund war ganz wild auf die, und die hat ihm gesagt, er muss das rausbringen, dann hat Raimund mich genervt und dann haben wir das gemacht. Der Vertrag war unterirdisch, ist ja klar, für sowas kriegt ja keiner einen guten Vertrag und dann geht das Ding durch die Decke und Halleluja, der Himmel geht auf und seitdem kommt das Geld runter, aber sowas von!«

Ferdi drehte sich eine Zigarette und ich drehte mir auch eine, es war ein bisschen wie mit Werner und dem Plenum und mir waren die fertigen Zigaretten ausgegangen.

»Wo war ich stehengeblieben?«, sagte Ferdi, als er mir Feuer gab.

»Himmel geht auf, Geld kommt runter.«

»Ach so, ja klar, aber ja nicht nur wegen Betalein, das war ja bloß der Kickoff, Charlie, der ist dann auch gleich zu Magnetic gegangen, der Arsch, aber danach ging alles durch die Decke, jede zweite Maxi ging gold, ach, was sage ich, jede Maxi ging gold, AFX, MFX, Gringo, Maja, sogar Raimund, sogar Raimunds Maxis gingen gold, da haben wir jedesmal eine Viertelmillion Maxis verkauft, dann kam Belinda mit diesem Schlagerding, das sie da verwurstet hatte, das war noch größer, Dreifachplatin, Charlie, dann Schöpfi mit Hallo Hillu und dann der ganze Gummistiefel-Techno, die Trance-Bretter, das war ja das Gute bei BummBumm, dass wir alles rausbringen konnten, wir hatten ja keinen inhaltlichen Ehrgeiz, wir wollten ja bloß Spaß, und Worldwide hat alles für uns vertrieben und wir haben Maxi um Maxi an die Wand geschippt und natürlich auch gleich CD-Maxis, als das dann aufkam, CD-Maxis haben ja nur die Idioten nicht gemacht, und dann auch Alben, wenn's gut lief, und mein Gott, Charlie, wir schippten das Zeug an die Wand und fast alles blieb hängen, normalerweise schippst du zehn Dinger an die Wand und eins bleibt hängen, aber nicht bei uns, da waren wir alle ganz oben, die Frankfurter, die Kölner, die Münchner, überall lief das wie geschmiert, dann die Parade, die Springtime, die ganzen Mega-Raves und alles volle Dröhnung Presse und Medien und Fernsehen, überall wurde BummBumm-Musik gespielt und vorher zum Draufkommen gehört und nachher zum Chillen und was weiß ich, überall unz, unz, unz, wie kam ich jetzt drauf?«

»Du wolltest irgendwie erzählen, was nach Beta Boy passiert ist.«

»Warum?«

»Weiß nicht, Ferdi, vielleicht um mal drüber zu reden.«

»Ja klar, du warst ja nicht dabei! Du musst das doch wissen! Und das ist immer noch so, ich rede hier in der Vergangenheit, aber das hält ja noch an, das Geld kommt von allen Seiten und Berlin ist der Mittelpunkt der Welt, verstehst du, von überall kommen die Leute nach Berlin!«

»Was ist mit Frankfurt?«, sagte ich, ich war ja nicht ganz von gestern. »Und Köln? Und München?«

»Ja klar, aber im Ausland, in der Welt, da kennen die vor allem Berlin, für die ist München Oktoberfest, aber Berlin ist Techno, die kommen von überall, was meinst du, mit wem wir im BummBumm Club jetzt die Geschäfte machen? Was da an Rave-Touristen unterwegs ist? Die kommen von überall, Berlin Techno Hauptstadt Rave Parade, was weiß ich, ha!« Er hob die Hände zum Himmel. »Aber das hat auch Schattenseiten, Charlie! Das ist auf die Dauer nicht gesund. Ich meine, jetzt ist wahrscheinlich der Höhepunkt erreicht, das ist wie bei Canetti, »Masse und Macht«, das Techno-Ding ist das Paradebeispiel für eine offene Masse, die wächst nur, solange sie wächst, wenn sie nicht mehr wächst, zerfällt sie, nur dass sie wächst, macht ihre Attraktivität aus, ich meine als Masse jetzt, verstehst du? Canetti, Charlie, Canetti, hast du doch auch gelesen!«

»Nein. Ich weiß nicht mal, wer das ist. Sowas liest doch nur du, Ferdi.« Ferdi war immer schon der Intellektuelle unter meinen Bekannten gewesen, oder wie eine Freundin von mir mal gesagt hatte: »Ferdi ist obenrum, Raimund ist untenrum!«

»Quatsch, das hat doch jeder gelesen. Was ich meine, ist: Es gibt Leute, die denken von hier bis zum nächsten Arsch, wie Magnetic und die ganzen Gurken, und es gibt Leute, die denken ein bisschen weiter und sorgen dafür, dass auch morgen noch Früchte vom Baum fallen, so sieht's aus!« Ferdi winkte wieder einen Kellner ran. »Ich will noch was essen, habt ihr noch was Süßes, dieses Zeug mit Mandeln, habt ihr das noch?«

Der Mann nickte. »Bring ich. Einmal? Zweimal?«

Ich schüttelte den Kopf. »Ich nehme noch einen Kaffee, aber einen verlängerten.«

Er ging wieder weg.

»Du solltest das aber mal probieren, das ist super«, sagte Ferdi. »Wo war ich nochmal stehengeblieben?«

»Früchte vom Baum.«

»Gut. Also pass auf: Das Problem ist doch, dass die Sache nur wachsen kann, wenn alle mitmachen können. Und so war es auch, weil wir alle bedient haben, die Journalisten, die Studenten, die Prolls, die Freaks, da war immer für jeden was dabei und alle konnten sich, wenn sie denn wollten, durch die ganzen Unter- und Subgruppen beim Dance, also konnten sich ... – aber andererseits, Charlie, pass jetzt auf, das ist ein schwieriges Thema, ich komme langsam ins Schleudern, also jedenfalls haben wir im Augenblick das Problem, dass die Sache an einen Punkt kommt, an dem ..., jetzt habe ich den Faden verloren, also die Sache war ja eigentlich sowas wie ein evolutionärer Glücksfall: Da kommt plötzlich eine Spezies daher und entwickelt sich so, dass sie super überleben kann, da steckt ja kein Plan dahinter, das ist eben ein Glücksfall, bei anderen Sachen, was weiß ich, da läuft das dann eben nicht so gut, nun bring mich nicht durcheinander, Charlie, ich will doch eigentlich nur sagen, wir sind an einem Punkt, da wird das so groß, dass das zu kalt wird, verstehst du? Bis jetzt hielt sich alles die Waage, die Gummistiefelprolls, die Schüler, die Studenten, die halbnackten Mädchen, die Freaks, die Medien, das hat alles zusammen funktioniert, aber wenn das noch weiter wächst, dann kommt das an einen Punkt, wo der innere Zusammenhalt kaputtgeht, wo das Wachstum in der Mitte dazu führt, dass es an den Rändern zerfällt, und dann wächst es eben nicht mehr, sondern stagniert, weil die Prolls der Sache ja nichts geben, sondern nur nehmen, außer Geld natürlich, das geben sie, aber inhaltlich wird die Sache doch an den Rändern am Laufen gehalten, verstehst du?«

»Nein.«

Jemand brachte Ferdi sein süßes Zeug mit den Mandeln und er löffelte es in sich hinein. »Erst einen Sticki und dann dieses Zeug hier, das ist besser als Mittagsschlaf, das macht frisch, ich sag's dir, Charlie! Wo war ich stehengeblieben?«

»Die Prolls können nichts geben außer Geld und wenn es an den Rändern nicht wächst …«

»Genau, das war's. Also: Die Sache wird dann kalt. Dann ist das Herz, die Seele weg, verstehst du? Weil die Leute, die den Kern der Sache bilden, an den Rand gedrängt werden, und dann gibt es in der Mitte nichts, was das Ding zusammenhält, und dann fällt das auseinander. Dann ist das irgendwann nur noch irgend so 'n Aufreiß- und Fickding für Spanner und Neuköllner Jogginganzugfreaks, kapierst du das?«

»Geht so. Was willst du denn damit eigentlich sagen, Ferdi?«

»Guck nur uns an: Mit uns hat doch die ganze Sache angefangen.«

»Naja«, gab ich zu bedenken, »da waren aber noch ein paar andere.«

»Wir hatten Beta Boy und Nadja und AFX und Schöpfi und, und ...« Ferdi wedelte mit den Händen in der Luft.

»Irgendwie sprichst du da ziemlich viel in der Vergangenheit, Ferdi. Du warst doch eigentlich immer so ein Hier-und-jetzt-Typ!«

»Die sind doch alle schon am Ende. Außer Schöpfi. Beta Boy, der Arsch, der undankbare, geht erst zu Magnetic, dann verklagt er uns Jahre später und dann fliegt er bei Magnetic auch noch raus und jetzt hat er sein eigenes Label und einen Deal mit High-Tech-Lo-Tech, ich meine, was soll das denn werden? Das will doch keiner mehr! Und Nadja und AFX sind doch Schnee von gestern, und MFX und Maja haben wir als totes Fleisch an Fleischhouse weiterverdealt, da kriegen wir jetzt einen Override von nichts und Stiefel und Frankie Highnoise und wie sie alle hießen, die sind irgendwann direkt zu World Wide gegangen, die Arschmaden, das sind doch alles Leichen auf Urlaub, die sind doch alle schon kaputt, außer Schöpfi, weil Schöpfi klug ist und immer schön bei uns geblieben ist und jetzt deshalb ja Kratzbombe, das neue Label, da haben wir nur neue Leute drauf, da muss man erstmal ein bisschen dran arbeiten, die ganze alte Hitgeneration ist doch praktisch totgefickt, das weißt du doch auch, ich meine, ehrlich mal, wer interessiert sich noch für House Helmi und die ganzen Knalltüten? Die sind doch alle durch ihre Hits verbrannt.«

»Euer Label läuft nicht mehr so gut oder was?«

»Quatsch, der Gummistiefelkram läuft doch weiter, hab ich dir unseren Kühlschrank gezeigt? Der ist bis obenhin voll mit Champagner. Jeden Montag, wenn die Charts kommen, wird der leergesoffen und am Dienstag schicken wir die Praktikanten los, neuen kaufen, so sieht's aus, Charlie, voll das dekadente Ding, ich hab da schon lange keinen Bock mehr drauf, das nervt doch alles nur noch. Ich meine, Geld, Geld, Geld ...«, Ferdi hob die Hände, »... das regnet doch rein. Wir wissen ja kaum, wohin damit. Wir haben sogar immer unsere Steuern bezahlt! Aber von den alten Leuten, Charlie, ist doch eigentlich nur noch Raimund dabei, da arbeite ich gerade dran, dass allen mal klar wird, dass DJ Schulti der eigentliche Techno-Pionier überhaupt ist, ich meine, der hat ja bei Glitterschnitter schon Techno gespielt, so sieht's doch aus.«

»Raimund? Hieß der nicht DJ Mundi?«

»Schon lange nicht mehr. Schulti mit Sahne. Drei Goldene. Und schon als Schlagzeuger bei Glitterschnitter, weißt du doch noch, immer BummBummBummBumm, Raimund war immer Dance und wird immer Dance sein, da lass ich nichts auf ihn kommen, lass uns mal Raimund finden, der ist sicher noch im BummBumm und chillt da mit den Mädchen rum. Dann erklär ich dir auch, warum ich mir das mit Magical Mystery ausgedacht habe, es geht um das Herz der Sache, Charlie, wir müssen das Herz der Sache wiederfinden! Magical Mystery. Das Ding mit der Liebe.«

»Das Ding mit der Liebe?«

»Ja! Liebe, Charlie! Sag ich doch die ganze Zeit, ich sag doch die ganze Zeit nichts anderes: Es geht um das Ding mit der Liebe!«

14. BummBumm Club

Ferdi zahlte und verließ mit mir den Laden. Draußen regnete es noch immer und die Touristen drängelten sich in Hauseingängen und bevölkerten die Außenbereiche der Cafés, beschirmt von Markisen und bestrahlt von Heizpilzen, die es hier im Überfluss gab, und ansonsten Bielefeld mit anderen Mitteln, wie es aussah, Bielefeld war als Vergleich treffender als Altona, dabei hatte ich es nur böse gemeint, als ich Bielefeld zu Ferdi gesagt hatte, aber der hatte sich ja sowieso nicht provozieren lassen, alter Achtundsechziger, der er war, wer Ferdi provozieren wollte, musste früher aufstehen als ich, aber der Vergleich war gut gewesen, etwa so musste Bielefeld kurz nach dem Krieg ausgesehen haben.

Wir überquerten eine große Straße und kamen an ein Gewerbegebäude von unbestimmtem Aussehen und unbestimmter Funktion, es stand zwischen den kleinen Häuserzeilen herum und störte die kaputte Gemütlichkeit und Ferdi sagte: »Das ist es, das ist das neue BummBumm!«

Wir gingen rein und kamen in einen Raum, der war kahl, nur Betonwände und ein paar Sitzmöbel vom Sperrmüll standen darin herum, und er war ziemlich dunkel, und dann gingen wir durch eine Türöffnung in noch einen

Raum und der war genauso dunkel und genauso kahl und genauso leer wie der erste, und dann gingen wir durch einen Raum, in dem standen einige Palmen herum und es gab eine Bar, die aus Spanplatten gebaut und mit Bambusstangen verkleidet war, an der es wohl, wenn sie besetzt war, Caipirinha für fünf Mark gab, das schien das Wichtigste zu sein, weil es gleich zweimal an die Bar und einmal an die Wand geschrieben war, und dann gingen wir in den nächsten Raum, in dem war eine Bühne und ein bisschen Bühnentechnik und dann gingen wir in den nächsten Raum und da hörte man dann schon langsam mal ein bisschen Dudeldudel, da wurde offensichtlich irgendwo noch ein bisschen Party gemacht, und dann kamen wir durch noch einen Raum, in dem waren alle Lichter an, also Wackellampen und so weiter, und deren Lichter kreiselten umeinander und mit und gegen die Richtung, in der sich die vielen Lichtflecken einer Kristallkugel durch den Raum arbeiteten, Wand hoch, Decke entlang, Wand runter, Fußboden usw., die Kristallkugel war dabei so groß, dass sie bei der niedrigen Decke fast auf Kopfhöhe endete, ich duckte mich, als wir darunter durchgingen, und dann kamen wir in einen Raum, der war leer und voller Schwarzlicht, und dann kamen wir in den Raum, in dem die Musik spielte, irgendein Ambientgedudel, und hinter dem DJ-Pult stand auch niemand, hier war der Schwung raus und es roch nach Bier und Zigaretten, gewürzt mit jenem säuerlichen Mischmaschgeruch aus Müll, Kotze und Schimmel, der einem in Gastrobetrieben immer anzeigt, dass es draußen schon wieder hell ist.

Raimund lag in der Ecke in einer Art Sitzmöbelgruppe aus Hartplastik. Er hob die Arme, als er uns kommen sah.

»Ferdi! Charlie! Ferdi bringt Charlie! Jetzt wird alles

gut!«, rief er. Neben ihm saßen noch drei Leute und schauten irritiert. »Charlie!«, rief Raimund wieder. Ich reichte ihm eine Hand, und er zog sich daran hoch. »Charlie!«

»Ist ja gut, Raimund!«

Er fiel mir um den Hals. Waren wir wirklich so gute Freunde gewesen? War ich hier wirklich so beliebt? War ich bloß durch die Zeit in der Klapse und die Medikamente und das Irresein gefühlskalt geworden und konnte oder wollte mich deshalb nicht mehr daran erinnern, dass wir uns früher dauernd umarmt hatten? War es so ein Absence-makes-the-heart-grow-fonder-Ding? Raimund strahlte mich an und ließ sich wieder auf sein Möbel fallen. Dann wandte er sich an die Frau neben sich.

»Rosa! Schau! Rosa! Schau!«

»Mach ich sowieso, Raimund!«, sagte sie.

»Das ist Charlie! Jetzt wird alles gut. Mit Charlie gibt's Magical Mystery.«

Rosa lächelte mich an. »Du bist das also!« Neben ihr saßen ein Mädchen und ein Junge, die waren höchstens zwanzig und sagten nichts und machten nichts, sie guckten einfach nur geradeaus und nickten mit dem Kopf. Es war wie an einer Bushaltestelle in St. Pauli.

»Raimund, altes Haus«, sagte ich. »Was ist das für ein schrottiges Gedudel?«

»Das ist Rosas neuer Track«, sagte Raimund. »Spielt sie mir gerade vor. Ich wollte, dass sie mir das im Club vorspielt.«

»Das ist super«, sagte ich, »klingt gut. Ist das Ambient jetzt? Ich kenn mich nicht mehr so aus!«

»Ja, aber mit mehr Beat«, sagte Raimund. »Und sperriger. Punkiger. Sowas nehmen wir bei der Magical-Mystery-Tour für die After-Hour- und Chillout-Sachen und so. Das bringen wir alles bei Kratzbombe raus, das ist das neue Label, das haben wir extra gegründet, damit da mal etwas mehr Niveau reinkommt!«

»Ich mach das mal lauter«, sagte Rosa und stand auf. »Ich brauch das nicht, dass ihr da reinquatscht!« Sie stand auf, ging zum DJ-Pult und drehte den Sound auf.

»Kratzbombe ist geil!«, schrie Raimund gegen den Sound an.

Ferdi kam von irgendwoher mit zwei Flaschen Cola, reichte mir eine und setzte sich neben Raimund. Ich setzte mich auf die andere Seite.

»Kratzbombe wird das neue Ding!«, rief Raimund. »Vor allem Rosa! Oder Hosti Bros! Und die beiden hier!« Er zeigte auf die Leute neben Rosa. »Das sind alles neue Acts bei Kratzbombe! Man muss auch an die Zukunft denken! Das wird mir zu kalt, wenn wir bei BummBumm nur noch Gummistiefeltechno raushauen, man darf nicht immer nur ans Geld denken, Charlie!«

»Da sagst du was, Raimund«, sagte ich. »Ferdi wollte mir auch schon das Ding mit der Liebe erklären.«

»Das ist wichtig«, sagte Raimund. »Das hat sich alles Ferdi ausgedacht, nur das mit Magical Mystery, das war meine Idee.«

»War das nicht eigentlich ein Ding von den Beatles?«

»Ich glaube, Rosa ist sauer, wir sollten jetzt erstmal den Track hören!«

Also hörten wir den Track, der war lang und hatte einen komischen Beat, natürlich Bumm auf alle vier, aber in einem seltsamen Sound, weich und trocken irgendwie, und als wir so zuhörten und ein bisschen mit dem Fuß wippten und Raimund ab und zu ein »Ja!« und »Super!« absonderte, setzte sich Rosa neben Ferdi und trank in Ruhe ihr Bier aus und dann war der Track auch durch und Ferdi sagte: »Ganz schön lang!« Aber Raimund sagte: »Das ist doch ein super Track, ich weiß gar nicht, was du hast, warum sollte der nicht lang sein, ich meine, wenn was gut ist, dann ist das halt lang, wie bist du denn drauf.«

»Was läuft hier?«, fragte Rosa. »Ist das so ein Guter-Cop-böser-Cop-Ding, oder was?«

»Nein, wir diskutieren ja nur.«

»Da gibt's nichts zu diskutieren. Ihr wolltet Chillout-Kram, jetzt habt ihr Chillout-Kram!«

»Das ist nun mal das Konzept, Rosa, dass wir das im Package anbieten und alles abdecken, da muss auch mal irgendeiner den Chillout-Kram machen, ist doch logisch. Wobei ich das irgendwie noch ganz schön ... – wie soll ich sagen? – unchillig finde, ehrlich mal.«

»Unchillig? Jetzt hör aber mal auf, Ferdi!«, sagte Raimund. »Das ist 1a-Kratzbombenkram, genau so habe ich mir das Kratzbombending immer vorgestellt, das wird Kratzbombe 008 wird das, da lass ich morgen schnell noch ein Dubplate machen und dann nehmen wir das mit auf die Magical Mystery Tour.«

»War die nicht von den Beatles?«, sagte ich. »Und ist das damals nicht irgendwie in die Hose gegangen?«

»Lasst uns mal was essen gehen«, sagte Raimund. »Ich hab Hunger, ich brauch was zu essen, ich hab seit zwölf Stunden oder so nichts mehr gegessen. Lass uns mal ins Lala gehen und eine schöne Suppe essen!«

15. Lala II

Zum Lala gingen alle mit, auch Rosa und die beiden Jugendlichen, die bis jetzt noch nichts gesagt hatten. Raimund stellte sie mir auf unserem Fußmarsch, bei dem er pausenlos redete, als Anja und Dubi vor, »die sind auch Praktikanten und die machen auch Musik, aber mehr so trancemäßig, aber mit so Kram dazu, so Instrumente, ich war erst nicht sicher, ob das was für uns ist, wenn dann Kratzbombe, habe ich zu Ferdi gesagt, ich meine, ehrlich mal, Charlie, warum sollen wir das nicht rausbringen, was Anja und Dubi machen, dafür haben wir doch Kratzbombe erfunden, da kann man sich doch mal locker machen, was soll denn dauernd diese Einengerei, alle immer nur hier ist mein Gemüsebeet, hier ist dein Gemüsebeet, was soll das, Charlie, das ist doch total borniert, da könnten jetzt bitte alle mal wieder mit aufhören, hör mir bloß auf damit, Charlie, auch Profile, immer abgrenzen hier, abgrenzen da, bloß nicht so wie der oder wie der sein, bloß kein Trancebrett auf unserem Label und der ganze Scheiß, was soll das, Charlie, ehrlich mal, Profile sind was für Reifen, Charlie, mit sowas brauchst du mir gar nicht erst zu kommen, Profile, was soll das sein, Profil?! Spinnt ihr alle, oder was, und dann das ganze Gerede von wegen Ausverkauf, Kommerz, sowas sagen doch nur Leute, die nicht begriffen haben, dass auch Geld ein Liebesbeweis ist, ich meine, geben wir denn nicht alle für Sachen, die uns am Herzen liegen, Geld aus …« – kurz gesagt: Es war der gute alte Raimund, der, bei dem alle Lampen an waren und der keine Stichworte brauchte, um unter Volldampf zu laufen, er meterte den ganzen Quatsch in einem Stück herunter, er zwitscherte uns sein Lied mit allen Strophen, der alte Ekstasevogel, während wir uns an auf den engen Gehwegen geparkten Autos vorbeiquetschten, löchrige Straßen überquerten und über Pfützen sprangen. Die Gehwege waren ziemlich uneben und kaputt und überall in den Senken waren Pfützen, »das muss alles noch gemacht werden, wir haben jetzt das Haus gekauft, wo BummBumm drin ist, und das daneben auch, ich weiß gar nicht, ich glaube, das kostet uns auch was, wenn die das machen, das wird dann auf die Hausbesitzer umgelegt oder sowas«, und es regnete noch immer »und trotzdem sind alle gut drauf, das ist ja das Ding bei Regen, dass man da eigentlich besser drauf ist als bei Sommer, alle freuen sich auf den Sommer und so, aber eigentlich sind sie alle bei Regen am besten drauf, ist auch für den Club besser, kann ja sein, dass die Brettertechnofreaks von Magnetic sich auf den Sommer freuen, die machen ja auch mit ihrem Freiluftquatsch die meiste Kohle …«, und Rosa hatte einen Schirm dabei und spannte ihn auf, »wo hast du denn den Schirm her, Rosa, mein Gott, wann habe ich das letzte Mal einen Schirm dabeigehabt, sowas verliert man doch gleich immer, vielleicht sollte man das mal machen, dass man einen Deal mit einer Firma macht, die dann die Leute bei irgendeinem Freiluftrave mit Schirmen versorgt, und dann steht da BummBumm drauf, das wäre der Hammer, die Penner von Magnetic machen wieder einen von ihren Gummistiefel-Freiluftraves und dann fängt's an zu regnen und plötzlich haben alle einen Regenschirm, auf dem BummBumm steht, aber wahrscheinlich wollen Raver keinen Regenschirm, was sind das schon für Raver, die einen Regenschirm wollen, eine Hand am Schirm und der Rest vom Körper ravt, wie soll das gehen? Die pieksen sich damit doch nur gegenseitig die Augen aus, wenn die mit Schirm raven! Ich meine, Rosa, ehrlich mal, was sind das für Raver, die einen Regenschirm haben?«

»Ich habe auch einen«, sagte Ferdi.

»Ja, aber zu Hause vergessen, wie es sich gehört«, trumpfte Raimund auf. »Während Rosa hier, die hat einen Regenschirm dabei, wieso überhaupt? Gestern hat es doch noch gar nicht geregnet. Und vorgestern auch nicht. Wann bist du denn gekommen, dass du einen Regenschirm dabeihast?«

»Ich bin heute Morgen um sieben aufgestanden und habe gefrühstückt und dann bin ich zu euch in den BummBumm gegangen«, sagte Rosa. »Du glaubst doch nicht, dass ich am Wochenende in euren Club gehe und da zwanzig Stunden oder was abhänge, nur um dir einen Track vorzuspielen!«

»Du bist heute Morgen um sieben Uhr aufgestanden?!«

»Ja klar. Ich geh doch nicht am Wochenende in den Club! Da kann ich mir ja gleich ›Tourist‹ auf die Stirn stempeln!«

»DU BIST HEUTE MORGEN UM SIEBEN UHR AUFGESTANDEN UND IN DEN BUMMBUMM GEGANGEN?!!«

»Ja logisch«, sagte sie ungerührt, »hab ich doch gesagt.«

»Man kann doch nicht morgens um sieben aufstehen und in den BummBumm gehen!!«

»Natürlich kann man das, das siehst du doch.«

»Das ist doch total krank! Da kommt man doch wenigstens Sonntagabend oder so, woher hast du denn gewusst, dass wir Montagfrüh noch da sind?«

»Ihr seid immer Montagfrüh noch da, das ist doch ganz normal.«

»Und wenn wir diesmal nicht so lange geblieben wären? Was dann?«

»Dann hätte ich dir das ein anderes Mal vorgespielt!«

»Aber dann hätte ich doch gemerkt, dass du gar nicht die ganze Zeit da warst.«

»Hast du so ja auch.«

»Diese jungen Leute!« Raimund schüttelte den Kopf. »Habt ihr denn gar keine Ehre mehr? Seid ihr überhaupt noch Raver?« Er wandte sich an mich. »Das ist die neue Generation, die sind total pragmatisch unterwegs. Die machen auch andere Musik als wir damals, nicht so oldschoolmäßig, auch mehr so indie, die sehen sich mehr als Rocker, Charlie! Das ist ja voll die Härte dadran. Ich meine, gab es für uns früher ein schlimmeres Schimpfwort als Rocker? Wenn wir irgendwas nicht sein wollten, dann ja wohl Rocker, das war ja wohl gerade die Idee von BummBumm, dass das elektronisch war und mit der ganzen Rock- und Gitarrenscheiße nichts mehr zu tun hatte. Und heute, da benutzen die schon wieder richtige Instrumente und so Scheiß, schlimm!!«

»*Wir* waren die ganze Zeit dabei«, sagte Dubi, »jedenfalls ab Samstag spät.«

»Ihr habt ja auch aufgelegt!«, sagte Raimund.

»Ja, aber egal!« Dubi ließ nicht locker. »*Wir* waren die ganze Zeit dabei.«

Wir kamen wieder zum Lala, Ferdi als Erster, er hielt uns anderen die Tür auf. »Das wäre ja auch noch schöner, wenn nicht mal mehr die Leute, die *auflegen,* dabei sind«, sagte er.

Raimund schüttelte nur den Kopf, während er mit uns auf denselben langen Tisch zusteuerte, an dem ich zuvor schon mit Ferdi gesessen hatte. »Ich will nichts mehr davon hören, ich bin sehr enttäuscht, Rosa!«

»So ein Quatsch«, sagte Rosa. »Wenn ihr wollt, dass ich euch eure Dreibuchstabenraver beschalle, dann müsst ihr mich ja bloß zum Auflegen buchen und das bezahlen, das machen die anderen Clubs ja auch. Ich nehme die Suppe mit den Nudeln, die scharfe«, sagte sie zu dem Mann vom Lala, der in diesem Augenblick dazukam. »Aber ohne so Pilze!«

»Da sind doch überhaupt keine Pilze drin!«, sagte der Mann.

»Ich nehme die auch«, sagte Raimund. »Und da sind keine Pilze drin?«

»Nein, aber ich kann euch da Pilze reinmachen.«

»Nicht für mich, bitte«, sagte Rosa.

»Vielleicht sollte man da mal Pilze reinmachen«, sagte Ferdi.

»Dann mach ich euch da Pilze rein«, sagte der Mann.

»Nicht für mich, bitte«, sagte Rosa.

Wir bestellten alle dieselbe Suppe, nur diesmal eben mit Pilzen, außer Rosa natürlich, die bestellte sie ohne Pilze. Ferdi zwinkerte mir beim Bestellen zu, was immer das heißen sollte, wahrscheinlich weil wir gerade erst gegessen hatten, was aber egal war, diese Suppen waren eindeutig mehr was für den hohlen Zahn, wie Herr Munte, der tote Tierpfleger, das immer genannt hatte, wenn ihm die Essensportionen zu klein gewesen waren, damals, als er noch lebte. Raimund ratterte derweil weiter auf allen Kolben: »Ich finde deinen Track übrigens gut, Rosa, auch wenn er nicht so chillig ist, wie wir uns das gedacht haben, weil das war doch eigentlich die Idee dabei, dass wir mit Kratzbombe eben nicht nur eine neue Art von Techno oder jedenfalls Elektro bringen, sondern die Chillouttracks gleich mitliefern, dass das alles aus einer Soundregion kommt irgendwie, jedenfalls alles vom selben Label, dass jeder alles macht, alle gleich sind, so Hippiekram eben, Charlie«, richtete er plötzlich das Wort an mich, »Charlie, du wolltest das doch wissen, das mit Magical Mystery!«

»Ja, und das mit der Liebe auch«, warf ich ein.

»Ja, Raimund, erklär das Charlie mal. Das ist auch für Anja und Dubi gut, damit die das auch gleich checken«, sagte Ferdi. »Ich hatte keine Lust da drauf, ihm das zu erklären, das war doch schließlich auch deine Idee, Raimund, Ehre, wem Ehre gebührt!«

»*Wir* haben aufgelegt«, sagte Dubi. »*Uns* braucht man gar nichts zu erklären.«

»Und ohne Geld«, sagte Anja und guckte dabei freundlich. Sie war klein und hübsch und ein bisschen pummelig, im Gegensatz zu Rosa, die eher dürr und knochig und ein bisschen der herbe Typ war.

»Ja, ohne Geld, aber das wird schon noch! Das werden wir euch schon noch lohnen im späteren Leben«, sagte Raimund fröhlich und nahm seine Suppe entgegen. »Wir werden immer gut von euch sprechen und denken und ihr dürft mit auf die Magical Mystery Tour und bei der Springtime dürft ihr auch spielen, da seid ihr mit im Kratzbombe-Set.«

»Echt? Bei der Springtime?«

»Ja, ich hab euch in Halle vier mit reingebucht, die Kratzbombe-Acts spielen alle in Halle vier, nur Schöpfi und Basti und Holger legen in Halle eins auf, Ferdi und ich natürlich sowieso, aber wir sind ja auch nicht Kratzbombe, jetzt guckt nicht so, das ging nicht anders, immerhin könnt ihr auflegen, das haben die von Magnetic schon durchgewunken. Obwohl euch keiner kennt. Das ist nur wegen der Flöte!« Raimund richtete das Wort an mich und hob dabei einen Vorhang Nudeln aus seiner Suppe: »Die beiden spielen richtig Musik, so mit der eine legt auf und Anja spielt Flöte.«

»Saxofon«, sagte Anja.

»Saxofon«, nickte Raimund. »Ist gerade fertig, das nehmen wir mit ins Merch!«

Ferdi verschluckte sich an seinem Essen, musste husten und sagte nach einiger Schulterklopferei zu Raimund: »Du wolltest ihm doch das mit Magical Mystery erklären! Charlie ist seit fünf Jahren raus, der blickt doch überhaupt nicht mehr durch!«

»Okay«, sagte Raimund, »jetzt mal nicht immer alle durcheinander. Erstmal hätte ich gerne dieses extrascharfe Zeug zum da Reinmachen, und dann erklär ich ihm das.«

»Da fällt mir noch ein, hast du eigentlich was zu wohnen hier, Charlie«, mischte sich Ferdi wieder ein.

»Nein«, sagte ich. »Das hätte ich dann als Nächstes gefragt, aber vielleicht sollte man das auch zuerst klären.«

»Du kannst bei mir wohnen«, sagte Raimund, »obwohl, da sind gerade die Handwerker in dem anderen Zimmer.«

»Welche Handwerker?«, sagte Ferdi. »Schon wieder?«

»So neue Typen, die renovieren gerade alles. Im Moment ist eigentlich nur mein Schlafzimmer okay, aber ich kann doch nicht mit Charlie in einem Zimmer wohnen, ich meine, bei aller Liebe, Charlie …!«

»Schon klar, Raimund, ich bin auch irgendwie dagegen«, sagte ich.

»Er kann ja bei mir wohnen«, sagte Rosa.

»Das ist nett«, sagte ich. »Aber nur, wenn's nichts ausmacht.«

»Bei mir ist gerade meine Mitbewohnerin ausgezogen«, sagte sie. »Und in dem Zimmer ist eine Matratze. Für eine Nacht wird's ja wohl gehen!«

»Auf jeden Fall«, sagte ich.

»Nur eine Nacht?«, sagte Raimund. »Geht das schon morgen los? Fahren wir morgen schon los?«

»Ja«, sagte Ferdi, »morgen ist Dienstag, Raimund, wir fahren Dienstag los, was hast du denn gedacht?!«

»Ich hab gar nichts gedacht, ich dachte, du organisierst das alles. Haben wir denn das Auto auch sicher?«

»Was weiß ich, ich hab das alles Dave übergeben, der sollte sich kümmern.«

»Ach du Scheiße, ich kann jetzt aber nicht gleich noch ins Büro gehen, ich bin seit sechsunddreißig Stunden auf den Beinen, Ferdi, gut, dass Charlie jetzt da ist, dann kann der sich gleich einarbeiten.«

Alle guckten mich an, als erwarteten sie einen Kommentar dazu.

»Kein Problem«, sagte ich. Und zu Rosa: »Wo wohnst du denn?«

»Gleich um die Ecke.«

»Rosa ist eine von unseren Mietern!«, sagte Raimund. »Die wohnt im Nachbarhaus. Das gehört uns auch. Wir kriegen das alles hin, das wird alles wie Christiania in Kopenhagen hier, Leben, Arbeiten, Wohnen, alles zusammen, voll das Hippieding, das kriegen wir genauso hin wie die in Christiania, ich hab da gerade was drüber gelesen, nur dass wir dann nicht Fahrräder bauen und Hasch verkaufen, wie die blöden Hippies da, sondern Bumm-Bumm und Spaß und Merchandisingkram.«

»Ist ja gut, Raimund«, sagte Ferdi. »Leg dich erstmal hin. Dave kommt gleich ins Büro und Charlie kommt auch, wir machen das schon.«

»Ich wollte aber erstmal Charlie noch die Sache mit dem Magical Mystery erklären.«

»Leg dich lieber hin, Raimund.«

»Ich kann jetzt irgendwie noch nicht schlafen, ich muss doch erstmal die Suppe hier aufessen. Und Charlie das mit dem Magical Mystery erklären.«

»Dann mach's aber auch.«

»Das hat Zeit«, wiegelte ich ab und meinte es auch so. Ich brauchte jetzt keine Erklärungen mehr, ich entspannte mich gerade wieder etwas und fing an, das alles zu mögen. Es war wie früher, aber irgendwie auch nicht. Und eins war mal klar: Hier konnte jeder mitmachen. Sogar ein alter Psychozausel wie ich, der seit fünf Jahren im Trockendock lag und bis eben noch Hilfshausmeister gewesen war.

Nur, dass ich müde war. Mir fehlte der Stoff aus Rüdigers alter Kaffeemaschine. Aber dann kam der Kellner vorbei und ich bestellte mir einen doppelten Espresso, das musste genügen.

16. Regen

Als wir aus dem Lala rauskamen, regnete es noch immer, es hatte sich eingeregnet, wie Rüdiger, der Hausmeister, immer gesagt hatte, Rüdiger war immer ein ziemlicher Regenfreak gewesen, bei Regen war er aufgeblüht, und so auch Raimund, der vor die Tür trat und als Erstes »Regen ist doch das einzig wahre Wetter« sagte, was so auch von Rüdiger hätte kommen können, Rüdiger war immer gleich beim ersten Regentropfen in Gummistiefeln und Ölzeug losgegangen und hatte irgendwelche Regenwürmer ausgegraben oder was es sonst an Quatschvorwänden gegeben hatte, bei Regen ins Freie zu gehen, er hatte das geliebt, den Geruch von nassem Gras und nassem Wald und all das, das war sein Ding gewesen, und Raimund war ähnlich gestrickt, wie es schien, nur dass es hier, in diesem halbverfallenen Bullerbü-Berlin, natürlich weder nasses Gras noch nassen Wald gab, hier roch es eher nach nassem Asphalt und immer noch ein bisschen nach nassem Osten, aber das war Raimund offensichtlich recht, er stellte sich gleich in den munter herunterplatschenden Regen und schaute in den Himmel und ließ sich das Wasser übers Gesicht laufen und sagte: »Das ist ein gutes Wetter, um sich erstmal ein bisschen hinzulegen!« Rosa spannte ihren Regenschirm auf, trat aus dem Eingangsbereich des Lala heraus und sagte zu mir: »Komm am besten erstmal mit und guck dir an, wo du wohnst!«

»Ja, mach das mal, Charlie«, sagte Ferdi und blieb im Eingangsbereich des Restaurants stehen, eng bei ihm Anja und Dubi, die skeptisch in das Wetter blinzelten. »Und dann kommst du ins Büro und los geht's! Ich geh auch gleich ins Büro, ich muss nur eben mit den beiden hier noch was besprechen.«

Ich ging also mit Rosa unter ihrem Regenschirm mit. Das war kein besonders großer Regenschirm und ich achtete darauf, dass ich sie nicht berührte, mir war das nicht ganz geheuer, in den letzten fünf Jahren war ich keiner Frau so nahe gekommen, nicht einmal Dr. Selge, wenn sie mir eine Spritze gab. Das Problem war nur, dass ich, wenn ich sie unter ihrem Regenschirm nicht berühren wollte, irgendwie schief laufen musste, also den Oberkörper beim Laufen nach links neigen, sonst wäre der Regenschirm ja nutzlos gewesen, weil die rechte Hälfte von Kopf und Schultern ja trotzdem vollgeregnet worden wäre, das war nicht bequem, so neben ihr herzulaufen, aber es ging auch nur kurz, dann schaute Rosa mich an und sagte »Halt mal!« und gab mir den Schirm.

Ich nahm also den Schirm mit der Linken und sie hakte sich bei mir unter und wir bogen Arm in Arm um die Ecke Richtung BummBumm Records und dessen Nachbarhaus, wo sie wohnte. Ich sagte nichts, sie sagte nichts, und so, wie sie sich bei mir eingehakt hatte, ging das mit dem Schirm ganz gut, sie war auch gar nicht dürr und knochig, wie ich am Anfang gedacht hatte, das fiel mir jetzt auf, als sie meinen Arm an sich drückte und ich sie unauffällig von der Seite betrachtete, dürr und knochig, ich wusste gar nicht, wie ich darauf gekommen war, ich musste sie mit Astrid verwechselt haben, ich hatte einfach gedacht, dass sie dürr und knochig ist, weil ich Astrids Bild auf sie draufprojiziert hatte, das war also das Ergebnis von fünf Jahren therapeutischer Wohngemeinschaft, dass man jetzt überall Astrid sah, das musste aufhören, das würde einem das ganze Geschlechterverhältnis verhageln, dachte ich, man muss überhaupt aufhören, dauernd in diesen Altonaer/Othmarschener Kategorien zu denken, schärfte ich mir ein, man muss Werners Macht brechen, dachte ich völlig unsinnig, nur um überhaupt in diesem Moment, in dem Rosa mich untergehakt hatte und wir friedlich nebeneinanderher gingen, etwas zu denken, das nichts mit dem, was gerade lief, zu tun hatte.

Was natürlich ein Fehler war, wie mir natürlich auch klar war. Entweder ist das, was gerade läuft, okay oder es ist nicht okay, und man kann nicht an irgendeinen sinnlosen, vergangenen Kram wie etwa Altona oder Othmarschen denken, nur um sich vom gerade laufenden Geschehen abzulenken, jedenfalls nicht absichtlich, verdammtes Über-Ich aber auch, dachte ich und musste lachen.

»Irgendwas lustig?«, sagte Rosa.

»Ja«, sagte ich.

»Das ist gut«, sagte sie. Ich wurde nicht schlau aus ihr. Sie hing an meinem Arm, als habe sie nie etwas anderes gemacht, als sei das schon seit Jahren bei Regen so üblich, ich den Schirm haltend, sie sich dranhängend, dabei fasste sie manchmal mit der Hand nach, so als sei sie abgerutscht, was wahrscheinlich auch ganz simpel der Fall war und auch kein Wunder bei der dicken, wasserabweisenden Jacke, die ich trug, ich hatte sie in einem Arbeitsbekleidungsgeschäft gekauft, das irgendwo in der Grauzone zwischen Bahrenfeld und Groß Flottbek gelegen hatte, ich hatte zwanzig Minuten lang mit Rüdiger um den Block kurven müssen, um es zu finden, Rüdiger hatte den Weg gewusst, aber den Überblick verloren, und als wir endlich den Laden gefunden hatten, hatte es in Strömen geregnet und ich hatte mir zusätzlich zum Hausmeisterkittel, den Rüdiger mir dort anpassen wollte, gleich noch diese Jacke gekauft, sie war hässlich gewesen und sie war hässlich geblieben, schmutzig schwarz und die Oberfläche irgendwie wachsartig imprägniert, wahrscheinlich für Schornsteinfeger oder Baupoliere oder was weiß ich gedacht, und es war eine Schande, mit so etwas durch die Gegend zu laufen, man müsste mal wieder ein bisschen Stil und Klasse entwickeln, dachte ich, während Rosa nach Schlüsseln kramte und mich in das kleine Haus hineinließ, in dem ihre Wohnung lag, und zwar im ersten Stock. »Vorsicht auf der Treppe«, sagte sie, als wir hinaufstiefelten, »die ist ungleichmäßig, ich bin hier schon tausendmal auf die Schnauze gefallen!«, und dann öffnete sie ihre Wohnung und zeigte mir mein Zimmer. Darin war eine Matratze, ein Schrank und ein Wäscheständer.

»Tut mir leid, sieht nicht so toll aus«, sagte sie, »meine Mitbewohnerin ist gerade ausgezogen.«

Ich stellte meine Tasche ab.

»Erst wollte sie unbedingt in Mitte wohnen, und dann ist sie mit irgend so einem Kerl nach Steglitz gezogen«, sagte sie.

»Nach Steglitz?«, sagte ich.

»Ja, nach Steglitz.«

Sie sagte das so, als sei das das Normalste der Welt, und stand in der Tür und sah mir dabei zu, wie ich in meiner Tasche, die eigentlich ein Seesack war, den ich mal in einem Anfall von nautischem Romantikschwachsinn in einem Schiffsausrüstungsgeschäft am Baumwall gekauft hatte, in das Rüdiger unbedingt gemusst hatte, um sich irgendwelche Messingbeschläge für sein Badezimmer zu kaufen, herumwühlte, denn ich hatte noch irgendwo eine Packung Tabak, die ich jetzt dringend brauchte, um weiter rauchen zu können, ich hatte auf all unseren Wegen kein einziges Tabakgeschäft gesehen, nur lauter Klimbimgeschäfte, aber geraucht werden musste, und zwar dringend.

Rosa sah mir beim Kramen zu, dann sagte sie: »Steglitz ... – ich weiß überhaupt nicht, wo das liegt, wo liegt das überhaupt?«

»Irgendwo im Süden«, sagte ich, »im Westen, also Westberlin, da fährt eine U-Bahn hin, die Linie 9.«

»Aha«, sagte sie. »Das mit der U-Bahn hat meine Mitbewohnerin auch gesagt, die blöde Kuh! Als ob das irgendwas zu bedeuten hätte.«

Von draußen trommelte der Regen an die Scheiben. Ich fand meinen Tabak und hielt ihn hoch. Rosa lächelte. Ich lächelte zurück und ging zur Arbeit.

17. Wer meckert, bleibt zu Hause

Als ich ins Büro kam, saß Ferdi an seinem Schreibtisch und Holger und Basti und einer, den ich nicht kannte, saßen dabei und sprachen auf ihn ein, und als ich durch die Tür trat, rief Ferdi, die Arme zum Himmel hebend: »Da ist er ja, Gottseidank! Leute, das ist Charlie, Charlie, setz dich her, erzähl uns was vom Leben da draußen!«

Ich nahm mir einen Stuhl und setzte mich dazu. »Okay, Ferdi«, sagte ich, »jetzt tu du mir lieber einen Gefallen und erzähl mal, worum es geht und was es mit Magical Mystery auf sich hat, aber ohne Liebe und so, die tragen wir alle im Herzen, das ist was für heute Abend und später.«

»Seht ihr«, sagte er zu seinen Leuten, »so geht das! Immer frisch drauflos, der Charlie!«

»Schon gut, Ferdi«, sagte ich. »Und jetzt die Fakten.«

»Wir gehen auf Tour!« Ferdi drehte sich eine Zigarette. »Alles wie früher, wie die Rockmusiker oder die Beatles oder Kommune 1 oder so.«

»Gingen die auf Tour?«

»Charlie, ehrlich mal, das interessiert doch kein Schwein, was die wirklich gemacht haben! Freie Liebe, Revolution, Sex: Wir wollen das Feeling, ich meine, schau mich an, ich bin über fünfzig, ich war dabei, 1968 war ich vierundzwanzig Jahre alt, und das war ganz schön grau und böse damals, aber heute? Von heute aus gesehen war das alles bunt und psychedelisch und Sommer der Liebe. Dabei war da gar nicht so viel Liebe, wie alle immer denken. Da war eigentlich ganz wenig Liebe, wenn man mal genau hinsah, ich sag's dir, ich hab da von Liebe nicht viel gemerkt, und ich war mittendrin. Und Revolution war auch nicht ganz so viel, wie alle immer tun. Aber das heißt ja nur, dass es zweimal 68 gibt, das, an das sich der kleine Ferdi, der damals nicht älter war als Dave heute, noch erinnern kann, und das, von dem heute alle reden! Und das wollen wir jetzt wieder machen, also diesmal in echt und wir sind dabei und läuten eine neue Ära ein, verstehst du? Irgendjemand muss doch mal damit anfangen, etwas Neues zu machen, Rave, Charlie, Rave, das ist doch nichts, was immer gleich bleiben kann, da muss man doch auch mal alles runderneuern!«

»Okay«, sagte ich, »es geht also um eine Tournee?«

»Genau. Wir gehen auf Tournee. Nächste Woche ist die Springtime in Essen. Da müssen wir sowieso hin. Wir fahren Dienstag los und gehen auf Tournee mit Sack und Pack und Knack und Back und wir nehmen alle Kratzbomben-Acts mit und wir fahren alle im gleichen Bus und halten in verschiedenen Städten in den Clubs und spielen da und dann fahren wir weiter. Ist doch super. Wie Magical Mystery. Was meinst du, was wir jetzt schon für Presse haben.«

»So viel nun auch wieder nicht«, sagte der, auf den Ferdi gezeigt hatte, als er Dave gesagt hatte. »Das sind doch nur die Rave Nation und die Dance und die Technotechno und die Headline, die Headline vor allem, aber sonst ...«

»Wo willst du denn sonst noch stehen, Dave? In der Bäckerblume, oder was? Wir sind Raver. Wir finden in den Rave-Magazinen statt. Und wir wenden uns an die

Ravegemeinde. Und wir haben die neue Kratzbombenbotschaft, und die ist Psychedelic und Liebe und dass man mal was Warmes zusammen macht und nicht immer nur was Kaltes! Willst du das einem von der Bäckerblume erklären, oder was? Oder diesen Typen von der Fleischerfachzeitung, wie heißt die nochmal?«

»Lukullus!«

»Danke, Dave.«

»Wieso kalt?«, sagte Holger. »Wieso was Kaltes zusammen machen? Wer macht denn was Kaltes zusammen?«

»Wie viele Leute kommen denn mit?«, warf ich ein.

»Das zählen wir gerade durch, also Dave hier, der macht ja die Promo, und Dave hat auch das Auto besorgt, also Dave und Anja und Dubi und ich und Raimund und die Hosti Bros, also Holger und Basti hier und Rosa natürlich, wegen den Chillout-Sachen, und Schöpfi natürlich, seit Hallo Hillu ist der doch ganz oben, hättest du auch nicht gedacht, was? Ausgerechnet Schöpfi, über den wir immer alle gelacht haben!«

»Ich weiß nicht mal, wer Schöpfi ist!«

»Du weißt nicht, wer Schöpfi ist? Du kennst Hallo Hillu nicht?«

»Natürlich kenne ich Hallo Hillu und ich kenne den Namen Schöpfi, aber den Typen selbst kenne ich nicht.«

»Doch, doch! Weißt du noch DJ Frankie der Waldspecht? Der ist das. Der ist seit vorletztem Jahr als Schöpfi unterwegs, und seit letztem Jahr macht der eine Goldene nach der anderen.«

»Ach der«, sagte ich. Ich erinnerte mich gut an DJ Frankie der Waldspecht, den wir auch Grandmaster Ohrenbluten genannt hatten, ich war oft genug dabei gewesen, wenn er eingesetzt wurde, um das alte BummBumm leerzuspielen.

»Du bist natürlich auch dabei«, sagte Ferdi. »Du musst das Auto fahren und dich um alles kümmern.«

»Ich kann das auch machen«, sagte Dave. »Ich hab das alles organisiert und das Auto klargemacht und die Clubs und die Presse und die Hotels, und das Auto hab ich klargemacht, so 'n Transporter von Mercedes, den kann ich gut fahren. Ich versteh immer noch nicht, warum ich das nicht alles machen kann.«

»Wieso willst du denn das Auto fahren, Dave?«, sagte Ferdi. »Ich bin doch nicht bekloppt und lass dich das Auto fahren!«

»Wieso denn nicht?«

»Weißt du noch, wie wir zur Winterparade gefahren sind, Dave?«

»Ja und?«

»Achthundert Mark Selbstbeteiligung.«

»Das wäre jedem passiert, das war doch total rutschig.«

»Und das Geld ist mir ja noch egal, aber wir mussten zwei Stunden in der Kälte auf die Polizei warten.«

»Das ist ja nun nicht meine Schuld.«

»Du wolltest aber unbedingt auf die Polizei warten. Obwohl wir eindeutig schuld waren. Der andere wäre auch damit einverstanden gewesen, die Adressen auszutauschen, Dave!«

»Da muss man auf die Bullen warten, das weiß doch jeder. Wenn du da nicht auf die Bullen wartest, dann kann der später behaupten, was der will, und du hast keinen Beweis mehr!«

»Wir waren schuld, Dave. Du bist auf den draufgefahren, obwohl wir Schneeketten dranhatten, das muss man sich mal vorstellen, und dann mussten wir zwei Stunden da rumhängen, weil du unbedingt auf die Bullen warten musstest, und alle haben ihre Drogen weggeworfen, aber die achthundert Mark Selbstbeteiligung mussten wir trotzdem zahlen, die waren sowieso weg, und ich hab dir das damals erklärt und ich erkläre dir das heute und du hast das damals nicht kapiert und du kapierst das heute auch nicht.« Er zündete sich einen Joint an. »Und deshalb ist Charlie dabei. Und wegen all dem anderen. Da muss man sich doch auch drum kümmern. Du bist doch sowieso immer irgendwann im Club und breit, oder willst du etwa nicht mit in den Club? Willst du nicht mit in den Club?«

»Natürlich will ich mit in den Club! Ich muss doch auflegen.«

»Na also. Das ist eben der Unterschied: Du willst in den Club und auflegen und Drogen nehmen und Charlie hier, der will das nicht!«

Alle guckten mich an. Ich zuckte mit den Schultern.

»Und wenn ich noch einmal dein Gemecker höre, bleibst du zu Hause, Dave. Wer meckert, fliegt, das wollte ich sowieso mal sagen, und gleich mal an alle: Wer jetzt noch meckert, bleibt zu Hause. Wir machen Magical Mystery, verdammt noch mal, und ja, Basti«, wandte er sich an Basti, »ich weiß, dass das bei den Beatles in die Hose ging, ich bin doppelt so alt wie du, ich war zweiundzwanzig oder dreiundzwanzig, als die Beatles das machten, und ich hab das damals nicht mal mitgekriegt, so sieht's aus, aber das hier, das geht nicht in die Hose, und das kriegen auch alle mit, weil das die Erneuerung des Raves wird, ihr Kleingeister, weil das das große Magical-Mystery-Ding wird, die ultimative Tournee, genau wie die Beatles das wollten, nur dass wir das diesmal richtig machen.«

»Ist doch scheiße, die Beatles«, sagte Basti.

»Vorsicht, Basti, was habe ich gesagt?!«, sagte Ferdi streng. »Wer meckert, bleibt zu Hause! So einfach ist das!

Seid froh, dass Raimund euch nicht hört, der würde ausflippen, der kann diese ganze Spaßbremsenscheiße überhaupt nicht ab! Das könnt ihr auch gleich Anja und Dubi nochmal sagen: Wer meckert oder keinen Bock hat, kann gleich hierbleiben. Wir brauchen da nur Leute, die gut drauf sind. Wer nicht gut drauf ist, kann gleich hierbleiben, so wie die da!« Er zeigte in den Raum hinein. Da saßen noch einzelne Leute an Schreibtischen und telefonierten und starrten in Computer. »Die müssen nämlich hierbleiben. Und die lecken sich alle Finger danach, mitzukommen, die sind gut drauf und zur Not nehme ich von denen einen mit und lass die irgendwas auflegen und bring die bei Kratzbombe raus, ist doch eh egal bei dem Mumpf, den ihr euch den ganzen Tag da immer zusammenschraubt!«

Er grinste zu mir herüber und zwinkerte mir zu. Das konnten alle anderen auch sehen, und sie schauten mich alle an.

»Starrt nicht Charlie so an, der ist schon in den Club gegangen, da wart ihr noch bei euren Vätern im Sack, der war bei Glitterschnitter der mit der Bohrmaschine, so sieht das aus, und jetzt geht ihr mal schön an eure Schreibtische und arbeitet, es ist noch viel zu tun, bis die Charts kommen.«

Holger, Basti und Dave standen auf und gingen davon.

»Ist doch alles nicht zu fassen«, sagte Ferdi und schaute ihnen dabei hinterher. »Da bietet man ihnen ein echtes Abenteuer, und die reden wie ein Haufen Rentner vor der Butterfahrt, Problem hier, Problem da, wie alt sind die eigentlich? Ich meine, wer ist denn hier der Fünfzigjährige?«

»Dann sollten wir das vielleicht mal in Ruhe durchsprechen, Ferdi«, sagte ich. »Ich hätte da schon noch ein paar Fragen.«

»Das ist gut, lass uns dafür aber rausgehen.« Ferdi schaute noch immer in den Raum hinein. »Ich glaube, die beobachten uns. Die trauen uns nicht. Die denken, wir hecken was aus.«

»Ich wollte eigentlich nur mal eben die Details durchgehen.«

»Ich weiß, ich weiß, aber nicht hier, die beobachten uns, scheiß Großraumbüro, das ist ja irgendwie auch wie in den Fifties, wie in so Filmen aus den Fifties, wo die da in so Großraumbüros, was weiß ich, Jack Lemmon oder was! Man müsste so Glaskabinen haben wie bei denen immer die Chefs, und dann zieht man so die Jalousien runter, dann können die einen nicht beobachten und mithören oder Lippenlesen oder was weiß ich.« Ferdi zog noch einmal am Joint und drückte ihn dann aus. »Lass uns woanders hingehen, die beobachten uns, ich glaub, ich krieg die Paranoia!«

Wir gingen raus. Draußen regnete es noch mehr als zuvor.

»Schau dir das an!«, sagte Ferdi. »Ich bleib aber nicht hier im Eingang stehen zum Reden, das hat irgendwie was von Straßenstrich, lass uns mal irgendwo hingehen.«

»Okay«, sagte ich.

»Am besten ins Lala! Ich hab auch Hunger«, sagte Ferdi.

Also gingen wir wieder ins Lala.

18. Lala III

Im Lala bestellten wir Suppe und dazu grünen Tee, weil Ferdi den empfahl, »das ist das Beste hier«, sagte er, und er wollte gleich einen längeren Vortrag über grünen Tee halten, er war schon bei Antioxidantien angelangt, bevor ich ihn stoppen konnte: »Lass gut sein, Ferdi, ich trinke den auch gerne, du musst mir das nicht extra erklären!«

»Schon klar«, sagte Ferdi, »das ist ja das Gute an dir, dass du nicht Raimund bist, dem muss man sowas immer extra erklären, sonst geht bei dem gar nichts.«

»Okay, Ferdi«, sagte ich, »also willst du, wenn ich das richtig verstanden habe, mit Rosa und Basti und Holger und Anja und Dubi und Dave und Schöpfi und dir und Raimund und mir auf Tour gehen, richtig?«

»Warte mal, irgendjemanden hast du vergessen«, sagte Ferdi. »Sigi. Kennst du noch Sigi? Die früher manchmal den Tresen gemacht hat?«

»Die blonde Sigi?«

»Ja. Die kommt auch noch mit. Die ist auch bei Kratzbombe, mit Sigi fing das Kratzbombending ja überhaupt erst an, die kam plötzlich mit so komischen Tracks an und dann hatte Raimund die Idee für Kratzbombe, da waren die beiden gerade zusammen, und Sigis erste Maxi wurde gleich Kratzbombe 001, da hatten wir noch gedacht, wir machen erstmal nur Vinyl auf Kratzbombe, nicht so prollig CD-Maxis wie auf BummBumm. Das sollte auch eher so weiblich sein. Naja, ist es auch. Außer Schöpfi natürlich und die Hosti Bros. Und Dubi, aber da ist ja wenigstens Anja dabei. Also eben mehr so fifty-fifty.«

»Okay. Und ist da schon alles vorbereitet?«

»Mach dir keine Sorgen, Charlie, relax. Du musst dich da nicht drum kümmern, das macht alles Dave, der Typ ist der totale Bürokrator, der gibt dir gleich, wenn wir wieder im Büro sind, garantiert einen Zettel, da steht alles drauf, und das muss dann nur noch abgearbeitet werden, das hab ich ihm jedenfalls gesagt, dass der so einen Zettel machen soll, aber das hätte ich ihm nicht sagen zu brauchen, das macht der sowieso, und wenn nur aus Gehässigkeit, wir brauchen dich ja für die Tour, weil wir Dave dafür nicht nehmen können, also nicht für die Tourleitung, weil den keiner leiden kann. Niemand mag den. Da kann ich dem während der Tour nichts zu sagen geben, das ist so einer, wenn du dem ein Amt gibst, dann lernst du ihn kennen, das ist wie bei der BVG, ehrlich mal, Charlie, der nervt alle nur und dann ist scheiß Stimmung und das Letzte, was wir bei Magical Mystery brauchen, ist scheiß Stimmung, ist ja klar, das ist ja die Idee dabei, also dabei, dass wir dich angeheuert haben, dass man einen hat, den alle respektieren und dem keiner blöd kommt, deshalb ja du. Du bist für die doch irgendwie der Rave-Veteran, Charlie, ein Überlebender aus alten Zeiten, irgendwie so eine Art Indiana Jones oder was weiß ich, weil du schon im alten BummBumm dabei warst und wie auch immer.«

»Und ihr zahlt mir viertausend Mark? Für ein paar Tage Arbeit?«

»Ja klar. Das ist nicht nur ein paar Tage Arbeit, Charlie. Das wird knüppelhart. Du hast ja keine Ahnung, wie die drauf sind, die Kleinen, die sind wie Hühner bei Gewitter!«

»Kann ich die Hälfte im Voraus haben?«

»Ja klar. Hab mich schon gewundert, warum du das nicht als Erstes gesagt hast.«

Er legte eine Bankkarte auf den Tisch. »Hier! Das ist eine Karte von der Sparkasse. Ich hab extra ein Konto bei der Sparkasse eröffnet und da Geld raufgetan, damit du was in der Hand hast.« Dann sagte er mir die Geheimnummer. »Aber schön merken, Charlie, ich vergess die jetzt. Das ist jetzt dein Konto. Da sind zehntausend Mark drauf, da kannst du dir ja gleich zweitausend von nehmen, wenn du willst. Oder was weiß ich, wie viel. Am Ende rechnest du dann ab. Und hier«, er legte einen Autoschlüssel neben die Karte, »ist der Schlüssel für das Auto. Das steht schon da vorne irgendwo in der Auguststraße, wahrscheinlich ist auch schon ein Strafzettel dran. Den Schlüssel habe ich mir von Dave schon mal geben lassen, damit der nicht noch groß damit rumfährt oder so.«

»Was genau soll ich denn jetzt eigentlich alles machen? Außer fahren, das kann ja wohl nicht alles sein!«

»Auf uns aufpassen, Charlie. Du sollst unser Babysitter sein.«

»Ich weiß nicht, Ferdi«, sagte ich, »irgendwie macht mich das stutzig, dass ihr mir viertausend Mark für sowas Banales gebt, ehrlich mal. Ich meine, kriegt man als Tourmanager so viel Geld?«

»Zehn Tage, das sind vierhundert Mark am Tag«, sagte Ferdi. »Das ist ja nicht gerade ein Hauptgewinn im Lotto, ehrlich mal! Und banal ... – da wäre ich jetzt mal ein bisschen vorsichtig!«

»Hm«, sagte ich.

»Charlie, fängst du jetzt auch schon so an?! Ich hab bald keine Lust mehr! Was ist denn los mit euch Leuten? Ich meine, wir wollten dir zweitausend geben und du hast viertausend gewollt und wir haben ja gesagt, wo ist denn da das Problem, Charlie? Nun freu dich doch mal und was weiß ich.«

»Okay«, sagte ich, »dann freu ich mich jetzt mal.«

»Das ist mein alter Charlie, den habe ich gewollt! Und jetzt lass uns mal rübergehen, noch ein bisschen was wegschaffen, bevor die Charts kommen.«

Raimund war plötzlich da. Er stand hinter Ferdi und hielt ihm die Augen zu. »Rate mal, wer hier ist?«, sagte er.

»Raimund, du wolltest doch ins Bett gehen!«, sagte Ferdi.

»Das war alles seine Idee«, sagte Raimund und setzte sich an den Tisch. »Das war Ferdis Idee mit dem, dass wir dich engagieren. Wir brauchen einen, der nüchtern ist, hat er gesagt. Als ob wir dauernd besoffen wären! Aber ich find's auch gut, Charlie!«

»Dann bin ich ja froh!«, sagte ich.

»Raimund, verdammt noch mal, du sollst doch ins Bett gehen«, sagte Ferdi. »Wir wollen doch morgen los, da musst du doch langsam auch mal heiaheia machen!«

»Ach was, ich hab den Freitag doch ausgelassen!« Raimund wandte sich an mich. »Freitagabend kümmert sich immer Ferdi um den Club. Aber nur, solange Ferdi noch durchhält, und Ferdi wird um drei schon immer müde, gut, dass wir noch Sigi und Müller haben! Die sind beim Club jetzt mit drin!«

»Raimund, hör mit dem Gelaber auf und geh ins Bett! Ich mach mir langsam Sorgen um ihn«, sagte Ferdi zu mir, während Raimund aufstand und einen Arm über dem Kopf schwenkte wie ein Schiffbrüchiger. Aus der Tiefe des Lala kam ein Kellner angelaufen. »So 'ne Suppe, so 'ne scharfe«, sagte Raimund und setzte sich wieder.

»Wie lange bist du jetzt wach, Raimund?«, fragte Ferdi.

»Hab ich doch gerade gesagt, seit Samstagabend oder was, was weiß ich, dreißig Stunden, sechsunddreißig, vierzig, ist doch kein Ding, Ferdi, jetzt spießer hier mal nicht so rum.«

»Schau dir mal Charlie hier an«, sagte Ferdi. »Der musste damals in die Klapsmühle. Wie lange warst du da wach gewesen, Charlie? Man sagte, du wärst drei Tage wach gewesen und dann in die Klapsmühle!«

»Ich weiß es nicht mehr, Ferdi.«

»Sowas weiß man doch noch!«

»Ich nicht, Ferdi. Das ist eine von den Sachen, die zum Irrewerden dazugehören, dass man sowas nicht mehr weiß.«

»Ich denke manchmal: Was ist mit Raimund? Was ist, wenn der jetzt auch irre wird? Da mach ich mir langsam echt Sorgen!«

»Hähä«, lachte Raimund und haute Ferdi auf den Rücken. »Ich hab dich lieb, Ferdi!«

»Ich dich auch, Raimund. Aber schau dir hier Charlie an, der kann dir was erzählen, der kann dir erzählen, wie gefährlich das ist.«

»Ich nehme den Job«, sagte ich. »Aber ich habe noch ein paar Bedingungen!«

»Okay, dann sag mal«, sagte Ferdi.

»Im Auto wird nicht gekifft. Jedenfalls nicht während der Fahrt.«

»Okay. Dann müssen wir aber manchmal auf dem Parkplatz halten. Was noch?«

»Ich muss nicht in die Clubs.«

»Moment mal, du musst uns da aber vielleicht reinbringen oder rausholen.«

»Reinbringen und rausholen ist okay, aber keiner kann von mir verlangen, in den Club zu gehen und mitzumachen oder so.«

»Hey, Charlie, wir sind hier doch nicht bei Nepper, Schlepper, Bauernfänger, was denkst du denn?!«

»Okay. Und ich will Hotel und Einzelzimmer, und zwar eins, wo man sein eigenes Klo hat. Kein Pension-Erika-Ding oder so. Und nicht privat oder so. Nicht so wie damals bei Glitterschnitter!«

»Wir haben alle Hotel, Charlie! Wir sind BummBumm Records, mein Gott, Charlie, wir sind reich, verdammt, meinst du, da gehen wir in irgend so 'ne Pension Erika?«

»Und kein Koks, wenn ich dabei bin. Ich will niemanden koksen sehen!«

»Mann, Charlie, wo kommst du denn her?« rief Raimund. »Koksen! Wer kokst denn schon noch?!«

»Ich wüsste schon einige«, sagte Ferdi.

»Auch keine E und was weiß ich. Versteh mich nicht falsch, Ferdi, mir ist egal, was ihr euch einpfeift, aber ich habe keine Lust, dabei zu sein, wenn ihr was nehmt, ich bin auf Reha, eigentlich lebenslang, ich darf den ganzen Scheiß nicht mehr nehmen«, ich begann zu schwitzen, während ich das sagte, es klang spießig und hausmeistermäßig, »also in meinem Beisein keine E und kein Koks und kein Speed und kein Acid, saufen ist okay, wobei, das muss ja im Auto nicht sein, aber egal, jedenfalls keine Drogen nehmen, ich kann nicht dabeisitzen, wenn ihr das nehmt, weil ich das nicht garantieren kann, ich meine, so wie, ich kann jedenfalls nicht dabei sein, ihr müsst das alles ohne mich nehmen und drinbehalten und was weiß ich, das ist ja nur, weil ich nicht weiß ...« – wie sollte ich es ihnen erklären?

Sie schauten mich schweigend an, leicht eingeschüchtert, wie es schien. Ich versuchte es mit einem Bild von Werner: »Wisst ihr, warum Leute Höhenangst haben?«

»Nö«, sagte Raimund und nahm seine Suppe entgegen.

Ferdi bestellte sich gleich auch noch eine. »Du auch eine?«, fragte er mich.

Ich nickte.

»Nö«, sagte Raimund, »hab ich auch irgendwie nicht, Höhenangst, ich glaube nicht, dass ich das hab!«

»Weil sie sich selbst nicht trauen. Die sehen den Abgrund, sagen wir mal, die stehen auf einem Dach, und wenn sie an den Rand gehen, trauen sie sich selber nicht, dass sie da nicht runterspringen, versteht ihr?«

»Logo, ist ja nicht schwer«, sagte Ferdi.

»Und so ist das mit dem Koksen, versteht ihr?«, beharrte ich.

»Ja logo, das ist doch ganz einfach, Charlie«, sagte Raimund. »Das ist doch überhaupt kein Problem, ich meine, was denkst du denn von uns, Charlie? Das finde ich jetzt irgendwie ein bisschen, also ich weiß nicht ...« Er schlürfte Ferdis Tee.

»Ich finde, er hat völlig recht«, sagte Ferdi zu Raimund. »Sigi hat schon gemeint, das würde überhaupt nicht gehen, dass wir Charlie mitnehmen, weil das für ihn viel zu riskant wäre, die war schon wieder so krankenschwestermäßig drauf neulich, aber trotzdem, wenn wir Charlie anheuern, dann ist er einer von uns, und da muss man sowas berücksichtigen, mal ein bisschen Rücksicht nehmen, wenn er dabei ist, das kann ja nicht so schwer sein!«

»Ja easy«, sagte Raimund. »Dann solltest du aber, wenn du dann doch mal im Club bist, vielleicht nicht unbedingt aufs Klo gehen, Charlie.«

»Keine Witze, Raimund«, sagte Ferdi. Und zu mir: »Außerdem wollen wir ja auch, dass du nichts nimmst.

Das ist ja die Idee dabei, dass einer nüchtern bleibt. Trinkst du eigentlich auch keinen Alkohol?«

»Überhaupt nicht«, sagte Raimund. »So bin ich ja drauf gekommen, dass Charlie unser Mann ist. Ich so Bier und er hatte nur einen Eisbecher, und er wollte kein Bier dazu.«

»Ich dachte, das war meine Idee!«, sagte Ferdi.

»Ist doch egal, Ferdi, ehrlich mal. Was hast du denn immer mit meins und deins, das ist doch egal, wir sind doch alle irgendwie auch Hippies und so!«

19. Kein Fluxi in Schrankenhusen-Borstel

»Siehst du, ich hab's dir doch gesagt«, sagte Ferdi, als er mit mir zusammen vor Daves Schreibtisch stand und Dave mir im Sitzen ein Bündel Zettel hinaufreichte. »Ich hab's dir doch gesagt, Dave hat dir garantiert einen Zettel gemacht. Jetzt sind es sogar ganz viele.«

Das Büro von BummBumm Records hatte sich ziemlich gefüllt und es kamen immer noch Leute dazu, Neuankömmlinge wurden umarmt, man klopfte sich auf die Schultern und irgendwo wurden Bierdosen geöffnet. Das Büro war größer, als ich gedacht hatte, es gab noch einen Teil weiter hinten, der hatte vorher im Dunkeln gelegen, jetzt war er beleuchtet, dort standen noch vier oder fünf Schreibtische mehr, an denen und auf denen jetzt auch noch Leute saßen. Von irgendwo kam leise, loungige Musik.

Ferdi bemerkte, wie mein Blick durch den Raum schweifte, und er sagte: »Das ist das beste Büro, das es gibt, das ist wie die scheiß Washington Post in dem Film mit Dustin Hoffman und dem anderen, wie heißt er noch? Wo die da so siebzigermäßig mit langen Haaren, jedenfalls Dustin Hoffman und Watergate, Deep Throat, der ganze Trash, so ein Büro wollte ich immer schon haben, auch so Haare wie Dustin Hoffmann, aber meine Haare sind zu dünn, kommt nur sowas bei raus«, Ferdi hob seine dünnen Haare links und rechts vom Kopf hoch und sah dabei aus wie die Christel von der Post.

Dave, der uns hinter seinem Schreibtisch sitzend die ganze Zeit von unten anstarrte, sagte: »Sonst noch was?«

»Ja, Dave, noch einiges«, sagte Ferdi. Er ließ seine Haare los, ging zum Nachbartisch, scheuchte ein paar Leute auf und kam mit zwei Stühlen wieder. Einen stellte er mir hin, in den anderen ließ er sich selber fallen.

»Ja, Dave«, sagte er, »jetzt machst du mal von dem Kram da« – er zeigte auf Daves Zettelbündel – »zwei Kopien und dann gehen wir das mal ganz in Ruhe durch.«

Dave starrte ihn an.

»Der Kopierer ist dahinten, Dave!«

Dave ging zum Kopierer und Ferdi zwinkerte mir zu. »Den jungen Leuten muss man ab und zu was auf die Mütze geben, sonst werden die nur frech, und Dave ist der Schlimmste, dabei ist der noch nicht mal Praktikant, den bezahlen wir sogar richtig. Aber jede Firma braucht so einen, der rumspießert und sich um den ganzen Nervkram kümmert, da brauchst du einen, der auf sowas Bock hat, und das haben nur so Typen wie Dave, und das weiß der ganz genau, auch wenn er noch so klein ist. Übrigens arschteuer, diese scheiß Kopierer. Wusstest du, dass die Wartungsverträge für solche Kopierer danach berechnet werden, wie viele Kopien man macht? Da ist so ein Zähler drin, und die Wartungsfirma kommt, sooft sie eben muss, und du zahlst die nicht für die Zeit, die sie dran zu tun hatten oder die Reparatur oder was, sondern nach der Anzahl von Kopien, die du machst. Je öfter das Ding kaputtgeht, desto günstiger ist das im Grunde, ja nicht nur, weil die dann für dieselbe Anzahl Kopien öfter kommen, ohne dass es mehr kostet, nein, dadurch, dass das

Ding kaputt ist, machst du ja auch weniger Kopien, dann musst du noch weniger an die bezahlen, tu dir das mal rein, Charlie!«

»Dann würdest du am meisten sparen, wenn das Ding immer kaputt wäre, Ferdi!«

»Genau!«

Dave kam wieder und setzte sich. Er hatte sein Originalzettelbündel in der einen Hand und zwei Stapel in der anderen Hand, die hatte er im rechten Winkel zueinander übereinandergelegt, wohl, damit nichts durcheinanderkam, das fiel mir sofort auf, das hing wahrscheinlich mit dem Hausmeisterjob zusammen, it takes one to catch one, wie der Engländer sagt. Dave setzte sich also, nahm aus einer Schublade seines Schreibtisches einen Heftklammerhefter und tackerte die beiden neuen Stapel Papiere zusammen – und nicht einmal, sondern jeweils dreimal an der linken Kante. Dann gab er eins an mich und eins an Ferdi. Dabei schaute er uns nicht an, er schaute etwas sehnsüchtig in eine Ecke rüber, in der einige Leute standen und sich Witze erzählten.

»Schau dir den Dave an, wie ein japanischer Sushikoch, wie diese japanischen Sushifreaks, wie in dem, wie heißt der Laden, wie im Suzuki High, da ist das so, wenn die dir das persönlich über die Theke reichen, was sie da zusammenschnippeln, dann gucken die auch immer so weg«, sagte Ferdi, »die Typen im Bademantel, die da die Messer halten, die gucken immer so zur Seite, wenn sie dir dein Maki mit Gurke oder Kaki mit Kraki oder was die da machen, wenn die dir das rüberreichen, dann gucken die dabei so weg, als ob du den bösen Blick hast, musst du mal drauf achten, Charlie ...« – er hatte ganz klar einen Laberflash, der alte Tütenkleber, während Dave die Augen verdrehte, »aber das ist nur bei denen so, die das zusammendrehen, diese Typen im Kimono, während die anderen, also die Kellner da, die machen das nicht, aber wenn du das vom Sushi-King persönlich über die Theke kriegst, weil du bei ihm da auf einem von diesen Thekenplätzen sitzt, dann guckt der weg, keine Ahnung, ob das ist, weil er sich überlegen oder unterlegen fühlt, oder ob sich das einfach so gehört, was weiß ich denn?!«

Ferdi lehnte sich zurück. Ich schaute mir die Papiere an, die Dave mir gegeben hatte.

»Das ist der Tourplan«, sagte Dave, »da steht alles drin.«

Ich blätterte weiter und wurde irgendwie nicht schlau daraus. Es waren alle möglichen Vertragskopien, allerdings von Verträgen, die auf eine halbe Seite draufpassten, manche mit Clubs, die lustige Briefköpfe hatten, ein Automietvertrag und irgendwelche Reservierungsbestätigungen, allesamt von Fluxi-Hotels.

»Was noch fehlt, ist das Deckblatt«, sagte Dave. »Das wollte ich gerade machen, das wäre dann die Übersicht, also die Tour-Übersicht, aber der Drucker ist irgendwie kaputt.«

»Dann sag doch mal, was draufstehen würde, Dave«, sagte Ferdi. »Dann kann Charlie sich das eben aufschreiben, und dann bist du von deinem ganzen Herrschaftswissen befreit.«

»Also ...« Dave lehnte sich vor und starrte in seinen Computerbildschirm. »Das geht los mit Bremen. Also morgen geht's nach Bremen, und zwar so, dass wir da so gegen ...«

Ich nahm mir schnell einen Stift von seinem Schreibtisch und schrieb auf der Rückseite eines der Zettel mit.

»... zwanzig Uhr ankommen, das ist dann Late-Checkin im Fluxi, das ist schon geklärt, und dann können wir noch ein bisschen warm up im Hotel oder um die Ecke und dann um zweiundzwanzig Uhr in den Club und ...

»Moment mal«, sagte ich. »Im Fluxi? Sind wir immer in Fluxi-Hotels?«

»Nicht in Schrankenhusen-Borstel«, sagte Dave. »In Schrankenhusen-Borstel gibt's kein Fluxi!«

»Fluxi-Hotels?«, sagte ich zu Ferdi. »Ist das nicht diese Billighotelkette?«

»Wir haben einen Deal mit denen«, sagte Ferdi. »Die sind gut. Die sind sauber und die gibt es überall, und wir haben einen Deal mit denen. Sonst rechnet sich das nicht.«

»Hm ... – also ehrlich, Ferdi, Magical Mystery im Fluxi-Hotel?«

»Komm schon, Charlie, hör doch auf, Fluxi-Hotels sind okay, das sind auch nicht die billigsten, auch nicht von den Ketten, die Go-Kart-Kette ist noch viel billiger, da gibt's nicht mal mehr Personal, Fluxi ist okay, ich schlaf immer in Fluxi-Hotels, die sind überall gleich, da ist Verlass drauf.«

»Sieht immer ein bisschen nach Plastik aus, wenn man drin ist«, sagte Dave miesepetrig. »Man denkt immer, man schläft in Tupperware.«

»Was weißt du denn, Dave?«, sagte Ferdi, »jetzt mach hier mal nicht einen auf Mann von Welt, du hast ja nicht mal 'ne Kreditkarte, dich würden sie ohne uns ins Fluxi nicht mal reinlassen.«

»In Schrankenhusen haben die kein Fluxi«, sagte Dave ungerührt, »da schlafen wir im Club.«

»Schrankenhusen?«, sagte ich. »So wie Schrank und dann Haus auf Plattdeutsch?«

»Und dann noch Borstel«, nickte Ferdi.

»Das ist mehr so auf dem Lande«, sagte Dave und

schaute dabei in seinen Computer. »Das ist ziemlich auf dem Lande, das ist da irgendwo in Schleswig-Holstein.«

»Schleswig-Holstein?« Ich schaute Ferdi an. »Schrankenhusen-Borstel? Und da gibt's einen Club für euch?«

»*Uns,* Charlie«, sagte Ferdi und hob dazu einen Zeigefinger. »Für *uns.* Nicht immer ich und ihr und so, für *uns*! Wir sind da alle zusammen drin. Magical Mystery, Charlie, ich meine, jetzt nicht immer so aggro, auch mal an den Spirit der Sache denken, das sind doch alles nur Äußerlichkeiten jetzt! Und natürlich. Natürlich gibt's da einen Club. Der heißt ...« – er blätterte in seinen Zetteln – »... irgendwas mit Auto, irgend so eine Automarke oder was, nee, warte, der heißt Bomber heißt der!«

»Bomber? Was wollen wir denn in einem Club, der Bomber heißt?«

»Der heißt nur so, Charlie, Herrgott, jetzt spießer doch hier nicht so rum, was willst du denn, wir stehen doch erst am Anfang, wir haben die Welt doch nicht gemacht, wir machen sie auch nicht besser, wir machen sie nur schöner, Charlie, und das ist eine Menge wert, und wenn die da ihre Clubs so nennen, das ist ein Versuch, Schrankenhusen-Borstel, das ist ein Versuch, jawohl.«

»Aha ...«

»Und zwar der Versuch, die Sache mal nach draußen zu tragen, Charlie. Magical Mystery! Das ist doch die Idee dabei, die Botschaft unter die Leute zu bringen. Kann ja sein, dass das eher so eine Gummistiefeldisco ist, was soll das denn auch sonst sein, ich meine Schrankenhusen-Borstel ...« Ferdi steckte sich einen kleinen Joint an, den er aus seiner Hemdtasche geholt hatte, »guck mal, was ich noch gefunden habe!«, sagte er, »also wenn wir Schrankenhusen-Borstel nicht machen, dann ist das doch alles keine Herausforderung mehr, ich meine, Bremen, okay, das ist nicht gerade eine Rave-Hochburg, aber guck dir doch mal den Rest an, Frankfurt, Köln, München, Hamburg, das ist doch easy going, das sind doch alles Kumpels, befreundete Labels, coole Clubs, genau wie das BummBumm, das ist doch alles schon Liebe und Friede, Freude, Eierkuchen, da können wir doch jeden einzeln mit Handschlag und Vornamen begrüßen, ich meine, okay, das bringt natürlich trotzdem was, weil das unser Kerngeschäft ist und man so im Gespräch bleibt und cool ist und was weiß ich, also so Promo, aber wo ist denn da die Herausforderung?! Das ist doch alles nur l'Art pour l'Art, wenn wir die Sache nicht auch in die unbekannten Teile der Welt hinaustragen, wenn wir nicht die weißen Flecken auf der Landkarte suchen, Charlie, dahin gehen, wo es wehtut, und die Botschaft unter die Leute bringen, die das noch nicht kennen, eine Sache, die sich nicht vergrößert, Charlie, die ist ja praktisch am Ende, das kannst du bei Canetti alles nachlesen, jedenfalls bei der offenen Masse, bei der offenen Masse ist das so, die wächst, weil sie wächst, und wenn sie nicht mehr wächst, zerfällt sie, und Rave ist eine offene Masse, das hat neulich Frido in Frankfurt auch gesagt, der hatte das auch gelesen, und die muss immer weiter wachsen, wie beim Pilotenspiel, jedenfalls ist das ein Versuchsballon, Charlie, wir bringen den Rave nach Schrankenhusen-Borstel, das ist ja als Überschrift schon genial, man könnte auch sagen: Wir reißen in Schrankenhusen-Borstel die Schranken ein, das ist doch voll der Hammer!«

»Da wohnen wir in dem Club, also die haben da auch so Zimmer«, sagte Dave.

»Und wenn wir Glück haben, taufen sie den Laden danach um, in Kratzbomber!«, sagte Ferdi.

»Also der Reihe nach«, sagte ich. »Wir fangen in Bremen an, wann fahren wir denn da los?«

»Ankunft zwanzig Uhr, also dann fahren wir wohl so um vierzehn Uhr los«, sagte Dave.

»Quatsch, das ist doch Quatsch«, sagte Ferdi, »nach Bremen brauchst du doch keine sechs Stunden, nach Bremen brauch ich höchstens vier Stunden, eher weniger.«

»Aber du fährst nicht«, sagte Dave. »Und ich auch nicht.«

»Fünfzehn Uhr reicht doch dicke!«, sagte Ferdi. »Zu früh ist auch schlechtes Timing, zu früh ist die peinlichste Form der Unpünktlichkeit!«

»Aber wir wollen doch sowieso erst einchecken …«

»Quatsch jetzt.« Ferdi wischte das mit einer Handbewegung weg, und zwar mit der, mit der er Dave seinen Joint reichte. »Hier, zieh erstmal, Dave, sonst halt ich dich nicht aus.«

Dave nahm den Joint und zog dran. Um uns herum kam Unruhe auf, die Leute erhoben sich von den Schreibtischen und versammelten sich weiter hinten um ein Faxgerät herum.

»Lass uns Schluss machen«, sagte Ferdi, »die Charts kommen. Du kannst das ja morgen früh noch ausdrucken, Dave. Wenn wir um drei Uhr nachmittags losfahren, dann kannst du ja morgen früh noch dran arbeiten.«

»Ich kann auch morgen Vormittag kommen«, sagte ich.

»Nicht nötig«, sagte Dave und sah dabei zu den anderen hinüber. »Ich mach das einfach fertig und dann übergebe ich dir das und gut ist. Dann geht mich das nichts mehr an!«

Ferdi stand auf. »Charlie kommt morgen Vormittag und schaut sich an, was du für ihn gemacht hast, Dave, so sieht's aus. Jetzt aber die Charts gucken.«

20. Bing

Ferdi stand auf und zog mich mit, ich wäre lieber sitzengeblieben und hätte mir das von Weitem angeschaut, die vielen Leute machten mich nervös, ich konnte mich nicht erinnern, wann ich zum letzten Mal außerhalb der Hamburger S-Bahn mit so vielen Leuten in einem Raum gewesen war, aber Ferdi zog mich ohne Gnade mit und warf sich ins Gewühl, da riss ich mich dann von ihm los, das war nichts für mich, hier mitten unter die Leute zu gehen, die jetzt Sachen wie »Was ist mit TXF« oder »Sind wir noch drin« riefen, während ich am Rand des sinnlosen Geschehens oder jedenfalls sinnlos am Rand des Geschehens stand wie ein Voyeur, während Ferdi sich zum Zentrum des Geschehens durchkämpfte, und dann schien mir dieses Am-Rand-Stehen ein Vorgeschmack auf das zu sein, was mich bei der Magical-Mystery-Tour erwartete, nämlich dabei zu sein ohne drin zu sein, mitzuhelfen ohne mitzumachen, was mich jetzt wieder an Schlumheimer erinnerte, *dabeisein ohne drinsein,* das war der Titel der ersten Schlumheimer-Installation gewesen, die ich je gesehen hatte, das war Ende der Siebziger gewesen, in der »Zone« in Westberlin, damals hatte er seinen Installationskram noch wahllos irgendwo ausgestellt, Hauptsache es gab Platz dafür und er konnte einigermaßen sicher sein, dass das, was er sich installationsmäßig so zusammenschusterte, für ein paar Wochen unbehelligt herumstehen würde, das alte Quatschgenie, mit den Bildern hatte er damals schon verdient, aber die Installationen, die Schlumheimer für mich immer gottgleich und unerreichbar gemacht hatten, standen noch einfach irgendwo herum und so auch diese, *dabeisein ohne drinsein,* das war schon toll gewesen, ein richtiges Aha-Erlebnis, Schlumheimers Installationen waren, wenn man selber Kunst machen wollte, das Ermutigendste und Inspirierendste, was es gab, sie waren einfach da wie gerade gelandete Aliens, die sich erst noch ein bisschen von der Reise ausruhen mussten, und man sah sie an und dachte, wie einfach das ist und wie toll aber auch, wie banal und wie unerreichbar gut, und man wusste, dass man bei sowas Tollem dabei sein wollte, und mir wurde ein bisschen wehmütig zumute, als ich zusah, wie Ferdi sich zum Faxgerät durchkämpfte, einem Mädchen, das dort mit Zetteln stand, diese aus den Händen riss, damit zum Kopierer, der gleich in der Nähe stand, ging und sie drauflegte, sich Kopien von den Zetteln machte und dann die Originale dem Nächstbesten, der neben ihm stand, in die Hände drückte und mit den Kopien zu mir zurückkam und mit mir und den Kopien, die er in der Hand über den Kopf hielt wie eine Trophäe beim Indianerspiel, zu seinem Schreibtisch zurückging, *dabeisein ohne drinsein*, das war meine erste Schlumheimer-Installation gewesen, und sie hatte genau die Energie versprüht, die auch hier den ganzen Raum erfüllte, *dabeisein ohne drinsein* war ein Versprechen gewesen, das ganze Leben betreffend, keine Ahnung, wie Schlumheimer das gemacht hatte, dass von einem Haufen aufeinandergeschichteter Stühle und Tische so eine Energie ausging, bloß Stühle und Tische, um die herum er im

Abstand von etwa zwei Metern mit Pylonen und rotweißem Flatterband eine Absperrung gezogen hatte wie um sicherzustellen, dass man sich nicht daran verbrannte, eine Absperrung, von der man nicht wirklich wissen konnte, ob sie zur Installation dazugehörte oder einfach nur eine Absperrung war wie im Museum, schließlich stand das Ding in der Zone, ich hatte ihn dazu mal befragt, das war heikel gewesen, er redete mit uns Kleinen ja nicht und wir trauten uns auch kaum, ihn anzusprechen, davon kam nur Ärger, entweder war er besoffen und kindisch oder verkatert und überheblich, jedenfalls hatte ich ihn mal in einem übermütigen Moment gefragt, ob das Absperrding nun fest dazugehörte oder nur für die Zone gemacht war, um die ganzen Penner da fernzuhalten, und er hatte gelacht und mich angeguckt, als ob ich bescheuert wäre, dabei hatte ich die Frage eigentlich ziemlich gut gefunden, man muss doch über sowas mal reden können, hatte ich gedacht, jedenfalls hatte Schlumheimer gelacht und mich angeguckt wie einen Deppen, und dann war er wortlos weitergegangen, der blöde Wichser, und später hatte er das Ding in Essen noch einmal ausgestellt, und ich hatte mir den Katalog besorgt, und siehe, die Absperrung war noch dabei, das hätte er doch sagen können, dass die fest dazugehörte, der Arsch.

Ferdi saß mittlerweile wieder hinter seinem Schreibtisch und am Nebentisch saß immer noch Dave und im Hintergrund wurde ein Kühlschrank aufgemacht, da holten die Leute Sektflaschen raus und gossen sich Papierbecher mit dem schaumigen Kram voll und stießen damit an und jemand drehte auch endlich mal die Bummbumm-Musik, die schon die ganze Zeit gelaufen war, lauter, und ich musste rufen, als ich fragte: »Wie sieht's aus, Ferdi?«

»Wir sind auf zwei, fünf, sechs, neun, fünfzehn und achtundzwanzig«, rief Ferdi. »Maischa, die alte Pottsau, ist immer noch der auf eins, ich hasse das! Aber rate mal, wer auf der Fünfzehn ist?«

»Woher soll ich das wissen?«

»Hosti Bros!« Er lachte. »Holger und Basti. Mit Hosti Brosti!«

Im Hintergrund nahm die Party Fahrt auf, analog zum Lauterwerden der Musik drehten auch die Gespräche auf, das ganze Haus bebte vom Bummbumm und es war auch nicht mehr so loungiges Zeug, das da gespielt wurde, irgendjemand hatte was anderes aufgelegt und noch lauter gemacht und die kleinen Spaßvögel zwitscherten lustig umeinander und ich hatte sie plötzlich, während ich sie betrachtete, ziemlich lieb, weiß auch nicht, wo das plötzlich herkam, ich kannte sie ja gar nicht.

Ferdi blätterte derweil in seinen Zetteln herum.

»Aber keine Alben«, rief er. »Einfach keine Alben. Die Leute von Magnetic können Alben, und die anderen auch alle, aber wir haben immer nur Singles und Compilations.« Ich beobachtete weiter die Party. Manche Leute umarmten sich, und sie stießen immer noch lautlos mit ihren Papierbechern an, einen sah ich, der dabei »bing« sagte, nicht dass ich es hörte, aber man sah es an seinem Mund, jedesmal, wenn er mit seinem Pappbecher mit irgendwem anstieß, dann sagte er »bing«, es war Holger von Hosti Bros. Er stieß mit den Leuten an und sagte »bing«. Irgendwie erinnerte mich das an den jungen Karl Schmidt, der hätte es genauso gemacht. Holger bingte sich durch die Leute, und dann fiel mir auf, dass er dabei immer zu uns rübergucke, und ich schaute schnell weg, das Letzte, was ich hier sein wollte, war ein Voyeur des Partyspaßes, ein Spanner beim Drogenkonsum anderer, wobei mir auffiel, dass ich überhaupt keine Lust hatte, jetzt ebenfalls Sekt zu trinken, das beruhigte mich dann doch, sonst hätte ich vielleicht auf Werner hören und schnell weglaufen müssen.

»Wir haben einfach keine Alben«, wiederholte Ferdi, »wir haben keine Alben, das ist ja auch der Grund für Kratzbombe, wir müssen das ganz neu aufstellen, Kratzbombe wird das Album-Label, darum haben wir da auch die Hosti Bros rübergeholt auf Kratzbombe, ich dachte, die beiden können einfach keine Hits, aber ich hab gedacht, da geht vielleicht was mit Alben, aber hier!« Er hielt mir seine Zettel hin. »Die sind noch nichtmal auf der *Warteliste* für die Albumcharts! Die sind noch nicht mal auf der *Warteliste* für die *Warteliste*!« Er lachte. »Stattdessen sind sie auf Platz fünfzehn der Single-Charts. Mit Hosti Brosti, die Spacken. Unglaublich! Und jetzt lass uns mal ein bisschen Party machen.« Er stand auf und diesmal folgte ich ihm ins Gewühl. Am Faxgerät war ordentlich was los, da wurden Basti und Holger gefeiert, und Ferdi stellte sich dazu und hielt den Leuten eine Ansprache über das Thema Singles und Alben und Hits und warum die Hosti Bros trotz Platz fünfzehn in den Single-Charts versagt hätten, »Komplettversager«, »totale Mauken«, das waren die Begriffe, die er verwendete, und es störte ihn dabei nicht im Mindesten, dass Holger und Basti dabeistanden. Und Holger und Basti störte es auch nicht, sie grinsten und nickten, während er das sagte, und als er ihnen sagte, dass sie nicht grinsen und nicken sollten bei sowas Ernstem, lachten sie ihn aus. Ich ging derweil zum Kühlschrank und schaute hinein. Er war voll mit Champagner, kein Sekt, nur Champagner, auch das Gemüsefach, nur in der Kühlschranktür gab es außerdem noch einen angebrochenen Tetrapak Milch und eine Tafel weiße Schokolade und im Eisfach war eine Flasche Wodka und eine Packung Schokoladeneis, aber nirgendwo Mineralwasser, keine Softdrinks, gar nichts. Ich nahm mir einen Pappbecher und füllte ihn mit Wasser. Als ich zu Ferdi zurückkam, stand Rosa bei ihm. Sie sah mich kommen und winkte. Sie hob ihren Pappbecher und wir stießen an.

»Bing«, sagte ich versuchsweise.

»Typisch BummBumm Records«, sagte sie. »Champagner trinken, aber zu faul zum Gläserspülen!«

»Ich versteh's«, sagte ich. Ich zeigte auf ein Bündel Zettel, das neben uns auf dem Kopierer lag. »Bist du auch in den Charts?«, sagte ich.

»Nie im Leben«, sagte sie. »Ich bring jetzt was bei Kratzbombe raus, aber nur, weil die keine CD-Maxis machen.«

»Bist du sicher?«, sagte ich.

»Von meinen Sachen nicht.«

»Dann ist ja gut«, sagte ich.

»Kratzbombe macht keine CDs, wenn der Künstler das nicht will«, sagte Ferdi. »Nur dass Rosa die Einzige ist, die das nicht will. Aber jedes Label braucht so einen! Wir können ja nicht alle nur Kommerzschweine sein.« Er lachte und ging weg.

»Ich glaub, ich geh jetzt was essen«, sagte Rosa. »Kommst du mit?«

»Ja, gerne«, sagte ich.

»Aber nicht schon wieder in den Suppenladen«, sagte sie.

»Ist mir recht«, sagte ich.

Als wir rausgingen, hakte sie mich unter, dabei hatte ich keinen Schirm und es regnete auch nicht mehr.

21. Backhendl

Rosa wollte zu einem kleinen Restaurant in der Nähe, sie sagte etwas von Backhendl und ob ich sowas mögen würde, und ich sagte »wer mag sowas nicht«, und sie sagte »Vegetarier vielleicht« und so ging das eine Zeitlang, ein freundliches Geblödel entspann sich zwischen uns, während wir durch die Straßen liefen, sie mit »auch mal was essen, was aus der Friteuse kommt«, ich mit »Folklore ist immer gut«, sie mit »sie sagen backen, aber sie meinen frittieren«, ich mit »das Hähnchen ist kein Napfkuchen«, und immer die schmalen Straßen entlang mit ihren kaputten, engen Gehwegen und kleinen Häuschen, die mich jetzt, wo es dunkel wurde, noch mehr an Bielefeld erinnerten, was mir ganz gut gefiel, vielleicht weil es eine so frühe Erinnerung war, Bielefeld war ja das verlorene Paradies meiner Kindheit, naja, jedenfalls hatte ich Bielefeld als Kind verloren und seitdem nicht wiedergesehen, das war hart gewesen, wir verließen Bielefeld damals, und das war es dann irgendwie gewesen mit der unschuldigen Kindheit, so erschien es mir jedenfalls in der Rückschau, und ähnlich diffus wie meine Erinnerung an meine Kindheit war auch die an Bielefeld, ich bin da ja nie wieder hingefahren, um so stärker jetzt das Déjà-vu-Erlebnis, das mich bielefeldmäßig überkam, und das mir irgendwie ein heimeliges Gefühl bescherte, jedenfalls bis zu dem Moment, an dem wir an eine große, mehrspurig in jede Richtung den Bielefeldquatsch durchschneidende Straße mit berlinmäßig großen Altbauten kamen, die allerdings zum Teil eingerüstet und zum Teil verfallen und zum Teil gleich ganz weggebombt waren; die überquerten wir und dahinter ging es dann gleich wieder bielefeldmäßig weiter, verwirrend, aber auch anrührend war das, irgendwie hatte ich plötzlich jedenfalls diesen akuten Anfall sentimentaler, ostwestfälischer Dorftrottelei, dem ich mich gerne hingab, weil sowas auch mal sein musste, wie ich erleichtert dachte, weil eine sentimentale Pseudo-Erinnerung an Bielefeld in meiner momentanen Verfassung wahrscheinlich besser war als ein Wiedersehen mit den Stätten meines früheren Wirkens bzw. Ravens bzw. Scheiterns in Kreuzberg und Schöneberg, mit den hohen alten Häusern, den breiten Gehwegen, Straßenschluchten und Gaslaternen und dem Urban-Krankenhaus, in dem alles geendet hatte. Als wir an einem Geldautomaten vorbeikamen, hielten wir kurz an und ich probierte Ferdis Sparkassenkarte aus. Sie funktionierte tadellos und ich holte mir gleich mal vierhundert Mark aus der Hauswand.

Der Laden, in den Rosa wollte, hieß »Zum Backhendl« und wir waren die einzigen Gäste. Wir setzten uns an einen Tisch und bestellten Backhendl, Rosa eins auf Wiener, ich eins auf steirische Art. Und dann saßen wir eine Zeitlang so herum und warteten und rauchten Zigaretten, bis sie irgendwann sagte: »Und du warst in der Klapsmühle?«

»Ja, das kann man so sagen.«

»Wegen Drogen?«

»Schwer zu sagen. Vielleicht. Da gingen die Meinungen auseinander.«

»Wieso, sowas weiß man doch …«

»Drogen nehmen viele Leute, aber nicht alle werden verrückt, also müssen es auch dann, wenn man Drogen genommen hat, nicht unbedingt die Drogen gewesen sein, die einen verrückt gemacht haben, meistens ist es doch so, dass man auch sonstwie noch einen Hau weghat, und das dann zusammen mit den Drogen dann, was weiß ich, dass man irgendwie halt das eine oder das andere, oder jedenfalls beides zusammen …« – ich begann zu schwitzen. Das war gefährliches Terrain. Sie hatten mich ziemlich früh als Multitox-Problemfall eingestuft, das ging schon im UKE los, kaum war ich da eingetroffen, schon war ich Multitoxfreak, aber manchmal glaubte ich, dass das nur aus Ratlosigkeit geschehen war, einen richtigen Entzug hatte ich ja nie durchmachen müssen, da ist es schon komisch, wenn man mit Klaus-Dieter und Astrid in einer Kategorie landet, da war die Psychiatrie wohl doch nicht ganz die exakte Wissenschaft, als die sie von den Dr. Selges dieser Welt gerne gesehen wurde, und bei der Multitoxsache hatte wohl auch meine Mutter ordentlich nachgeholfen, ich war zwar noch irre, aber nicht mehr völlig blöd gewesen, als ich in Ochsenzoll eingesessen hatte, und ich hatte von den Gesprächen meiner Mutter mit den behandelnden Ärzten dort mehr mitbekommen, als sie geahnt haben mussten, sonst hätten sie ja den ganzen Kram nicht so oft in meinem Beisein verhandelt, meine Mutter hatte jedenfalls dauernd von den Drogen angefangen, Drogen hier, Herr Doktor, Drogen dort, Herr Doktor, und später wurde mir klar, dass sie mich nur, wenn sie das Drogending nach vorne brachte, in einer der Clean-Cut-WGs dieser Welt unterbringen konnte, sie wollte mich lieber bei den Drogenfreaks untergebracht sehen und mir einen Drogen-Reha-Job bei Dr. Selge zuschustern, die gute alte Sozialbehördenmutti, als mich in einer WG für Halbbescheuerte oder in einem Heim mit ganz Irren vor die Hunde gehen zu lassen, und das war sicher nicht dumm gedacht, so ein Drogending hat da im Vergleich Vorteile und schaden kann's nicht, AA-Meetings oder Clean-Cut-Plenums oder Plena oder gar »Plenata«, wie Klaus-Dieter immer gesagt hatte, sind immer noch besser, als mit den Schizos abzuhängen und auf die Pillen und aufs Ende des Tages zu warten, und auch von der äußeren Anmutung her ist ein Drogensohn besser zu verkraften als ein Psychopathensohn, da beißt die Mutterherzmaus keinen Imagefaden ab, ein Drogensohn, bei dem sind ja wohl vor allem die Drogen schuld, ein Psychopathensohn, da steht auch gleich die Mutter schlecht da, und kaum war ich in Hamburg, also erst im UKE und später in Ochsenzoll, schon ging es mütterlicherseits nur noch Drogen hier, Drogen da, so sah ich das mittlerweile, wenn ich gründlich darüber nachdachte, und das ging hier, im »Zum Backhendl«, ganz gut, weil es zum einen ewig dauerte, bis das Essen kam, denn obwohl nicht viel los war und obwohl der Kellner, der unsere steirisch-wienerische Backhendlbestellung aufgenommen hatte, die ganze Zeit immer nur in der Nähe herumstand und aus dem Fenster schaute, wir also genauer gesagt die Einzigen in dem Laden waren, kam und kam das Essen nicht, und weil es zum anderen so war, dass ich Rosa gegenübersitzen und mitten im Satz abbrechen und über das Gesagte nachdenken konnte, ohne dass es peinlich war, sowas hatte ich noch nicht erlebt, sie ließ mich einfach in Ruhe nachdenken, fragte nicht, was los sei, wurde nicht unruhig, sie trank nur ihr Wasserglas aus, schaute sich ein bisschen im Lokal um und rauchte eine, ohne sich auch nur zu räuspern. Erstaunliche Frau.

»Schwer zu sagen«, begann ich schließlich von neuem. »Ich glaube nicht, dass es nur an den Drogen lag. Oder an der Drogenmischung, oder was es da sonst noch so an Meinungen gab. Okay, das Saufen hat auch nicht geholfen, aber ich weiß auch nicht, ob ich Alkoholiker war, das kann man wahrscheinlich so gar nicht sagen, auf jeden Fall gab es noch andere Sachen, die dazugekommen sind. Ich weiß eigentlich gar nicht, ob das mit dem Multitox …«

Ich kam wieder ins Grübeln, und das war auch gut so, denn wenn ich vorher gedacht hatte, dass die Multitoxsache vielleicht bloß eine unbewiesene Behauptung der ganzen Sozial- und Psychiatrieklempner aus dem Einflussgebiet meiner Mutter war, mit denen sie sich selbst beruhigen und den Diagnoseweg abkürzen wollten, weil der Drogenentzug nun mal die eierlegende Wollmilchsau der psychiatrischen Diagnose- und Therapiewelt war, zusammen mit Sport, Bastelstunden und happy hardcore Downerpillen, wenn ich das also so gesehen hatte, dann war das natürlich schon der erste Schritt auf dem Weg zurück zum ersten Bier des Tages und zum Warum-nicht-auch-mal-eine-Pille-wenn's-einem-danach-besser-geht, warum dann nicht doch bei der Party immer schön dabei sein und ein Sektchen auf die Charts kann nicht schaden und später eine Nase auf dem Frauenklo, denn das war natürlich auch richtig, dass das genau die Gedanken sind, diese Meine-Mutter-hat-sich-das-bloß-ausgedacht-mit-den-Drogen-Gedanken, die man sich als im Trockendock liegende Ex-Spaßguerilla so zurechtlegt, um einen schönen Grund zu haben, wieder mit allem anzufangen, was Freude macht und einem nicht bekommt, eine typische

Junkie-Strategie, wie sie Werner immer so findig ausgemacht und an den Pranger gestellt hatte, wenn einer im Plenum auf die Spur der Verschwörungstheorien und des Selbstmitleids ausscherte, das hatte immer was Religiöses gehabt, auch in der Drogentherapie gab es einen Teufel, der einem die sündigen Gedanken einflüsterte, und der kam nur selten durch die Vordertür, aber hinten, an der Kellertreppe, hatte immer Werner gestanden, vor allem bei Klaus-Dieter, der immer richtig Freude daran gehabt hatte, wenn Werner ihm bei dem ganzen Quatsch, den er auf den Plenums oder Plena oder eben, wie Klaus-Dieter selbst ja immer sagte, »Plenata«, wenn Werner ihm also bei dem ganzen Quatsch, der da immer so bei den Plenums aus ihm rausknatterte, mal wieder einen typischen sündigen Drogengedanken nachwies, ein Gedankenverbrechen nach Art des Hauses Clean Cut 1, und kaum, dass Werner ein »Da ist es ja wieder, da ist es ja wieder« anstimmte, um ihm gleich darauf genauestens nachzuweisen, dass er schon wieder dabei war, die Schuld auf die anderen und von sich selbst und seinem Drogending wegzuschieben, dass er geistig schon wieder auf der schiefen Bahn saß und im Begriff war, das Geländer loszulassen, strahlte er, also Klaus-Dieter, schon wieder über beide Backen und nickte und sagte Dinge wie: »Da sagst du was, Werner!« Es war Montagabend, fiel mir bei diesen Gedanken ein, und es war ungefähr die Zeit des Plenums in Altona. Und in St. Magnus machten sie wahrscheinlich gerade Wassertreten.

Im »Zum Backhendl« war jetzt aber die Zeit des Backhendls, irgendwo klingelte es und der Kellner riss sich vom Fenster, durch das er die ganze Zeit melancholisch auf die Straße gestarrt hatte, los und holte unser Essen, und als er wiederkam, hatte er in jeder Hand einen Teller mit einem Drahtkörbchen drauf und darin lagen irgendwelche Hähnchenteile.

»Wer hat das steirische?«, fragte er.

Ich meldete mich. Er stellte mir das eine Körbchen hin, Rosa das andere. Die Körbchen sahen genau gleich aus und die Hähnchenteile auch. Dann brachte er uns eine große Schüssel Kartoffelsalat und stellte sie in die Mitte.

»Das ist für euch beide«, sagte er, »die kommen beide mit Kartoffelsalat, das teilt ihr euch einfach mal schön.«

»Was ist der Unterschied?«, fragte ich.

»Wovon?«

»Was ist der Unterschied zwischen dem steirischen und dem Wiener Backhendl?«

»Das steirische Backhendl ist vom steirischen Huhn«, sagte der Kellner.

»Und das Wiener vom Wiener?«

»Nein, beim Wiener Backhendl kann das Huhn von irgendwo sein. Da muss das nicht aus Wien sein. Ich weiß gar nicht, ob die da Hühner haben in Wien, das ist ja mehr was für auf dem Lande.«

»Und das macht einen Unterschied?«, sagte Rosa.

»Keine Ahnung. Könnt ihr ja ausprobieren. Ihr habt ja die Möglichkeit, einen Vergleich vorzunehmen«, sagte der Kellner.

»Aus Österreich bist du aber nicht?!«, sagte ich auf gut Glück.

»Nein, ich bin aus Paderborn«, sagte er. »Das ist in Ostwestfalen.«

»Ich weiß«, sagte ich.

Er machte kurz den Mund auf, um noch was zu sagen, aber dabei fiel sein Blick auf Rosa, die ihn stirnrunzelnd ansah, da schwieg er und ging weg.

Rosa löffelte mir Kartoffelsalat auf den Teller.

»Also was jetzt?«, sagte sie. »Bist du wegen den Drogen irre geworden oder nicht?«

»Schwer zu sagen«, sagte ich und nahm eine Keule aus dem Körbchen. »Warum?«

»Nur so, wahrscheinlich egal«, sagte sie. »Obwohl andererseits«, fügte sie nach kurzem Nachdenken hinzu, »wenn du wegen Drogen irre geworden bist, dann kannst du das ja für die Zukunft vermeiden. Wenn sonst wie, dann ist das schon schwieriger.«

»Die Zukunft ist eine dumme Sau«, sagte ich. »Man weiß nie, womit sie als Nächstes um die Ecke kommt!«

»Ja. Ich glaube, das ist keine gute Idee, wenn wir jetzt irgendwas anfangen«, sagte sie und stapelte alle ihre Hähnchenteile auf dem Teller. »Es ist echt besser, wenn man sich erstmal noch ein bisschen näher kennenlernt.«

»Auf jeden Fall«, sagte ich.

22. Tourplan

Am nächsten Morgen wachte ich um neun Uhr auf. Es war sehr hell im Zimmer, am Fenster waren keine Gardinen. Ich zog mich an und ging leise aus der Wohnung. Rosa war nicht zu sehen. Sie hatte mir einen Schlüssel gegeben und auch für das Büro hatte ich von Ferdi einen bekommen, er hatte ihn Dave weggenommen mit den Worten: »Du kommst doch morgen sowieso nicht, Dave, du willst doch eh alles noch heute Abend erledigen!« Ich setzte mich an den Schreibtisch, den Ferdi mir mit den Worten »Hier, Woodstein!« zugewiesen hatte. Auf dem lag eine Schreibunterlage der Firma »Auto Porsche Jaguar Schrellste« bei der jedes Blatt vom Abreißpapier mit dem Werbespruch »Schnell, Schneller, Schrellste« bedruckt war. Die Zettelsammlung, die mir Dave am Abend zuvor gegeben hatte, und die ich selber am Abend, nachdem Ferdi mir diesen Schreibtisch zugewiesen hatte, auf die Schreibunterlage gelegt hatte, lag jetzt in einem Plastik-Ablagekörbchen, das jemand nach meinem Weggehen dazugestellt haben musste, das war ein bisschen gespenstisch. Auf der Schreibunterlage lag dagegen ein neues Papier, es trug die Überschrift: »MAGICAL MYSTERY: Tourplan«.

Ich suchte die Kaffeemaschine und machte erst einmal Kaffee. Sie röchelte wie die von Rüdiger, das beruhigte mich ein bisschen, denn so ganz allein war mir das Büro nicht geheuer, sie hatten da so Bewegungsmelder, die dafür sorgten, dass immer nur dort das Deckenlicht an war, wo man gerade stand, also ging das Licht auf dem Weg vom Schreibtisch zur Kaffeemaschine immer hinter mir aus und vor mir an, das war ziemlicher Science-Fiction-Quatsch und wahrscheinlich eine Idee von Raimund, sie verband zwei seiner Leidenschaften, Elektrospielzeug aus dem Fachhandel und Geldsparen, aber mich machte das nervös, es war wie in »2001 Odyssee im Weltraum« oder was weiß ich, in welchem Science-Fiction-Film man das nun wieder gesehen hatte, da gab es ja einige, und Klaus-Dieter hatte sie alle im örtlichen Off-Kino immer wieder geguckt und mich oft genug mitgeschleift. Deshalb blieb ich auch gleich mal schön bei der Kaffeemaschine stehen und wartete, dass sie mit ihrer Arbeit fertig wurde, das gab mir ein vertrautes Gefühl, und ich stand schön ruhig, denn wenn ich den Oberkörper zu sehr bewegte, änderte sich das Licht, die Kaffeemaschine lag genau auf der Grenze zweier Sensorfelder, schon ein leichter Hospitalismus brachte da die Magnetschalter in Wallung.

Als ich mit einem Kaffee an meinen Schreibtisch zurückkam, traute ich mich auch endlich, den Tourplan in die Hand zu nehmen. Er war die von Ferdi geforderte Konkretisierung der Lose-Zettel-Sammlung, das Deckblatt gewissermaßen, und das stand drauf:

MAGICAL MYSTERY: Tourplan

Dienstag, Bremen
Ankunft: 20 Uhr (Fluxi, LCI)
Abfahrt in Berlin: 14 Uhr ***(hier hatte jemand für mich mit einem roten Kugelschreiber zwei Ausrufezeichen danebengemalt und dahintergeschrieben:*** *»TREFFEN 13.30 UHR IM LALA, LG, FERDI«)*
Get In Club: 22 Uhr

Mittwoch, Bremen/Köln
Ende Club (geplant) 8 Uhr
late Check-out im Fluxi (bis 15 Uhr)
Abfahrt nach Köln: 16 Uhr
Ankunft Köln 22 Uhr (kein Hotel)
Club: 24 Uhr

Donnerstag, Köln
Ende Club (?) 14 Uhr
Hotel Check-in Köln: 14 Uhr (od. sp.)

Freitag, München
Abfahrt Köln: 8 Uhr (wahrsch.) (F/R)
Ankunft München: 16 Uhr
Check-In Fluxi USchlH (LCI?)
Club: 24 Uhr, Soundcheck usw.

Samstag, München
Club/Hotel (tba)
Hofbräuhaus tbc Tisch reserv. (Raimund!)??

Sonntag, München
Club/Hotel (?)
Club Ende: 15 Uhr (tba, ??)
Hotel

Montag: Off/Fahrtag/Hamburg
Abfahrt nach Hamburg, 8 Uhr (sp. tba)

Ankunft Hamburg, 20 Uhr
Fluxi LCI
Frankfurt??? (Ferdi, Raimund)

Dienstag: Hamburg/Schrankenhusen-Borstel
Hafenrundfahrt (Raimund) oder Barkassenfahrt ins Alte Land (Sigi!!)??
Fisch essen (Ferdi!!)?
Chillen
Fahrt nach Schrankenhusen-Borstel
Club 20 Uhr (!!?)
Übernachtung Bomber

Mittwoch: Hamburg
Fahrt nach Hamburg
Chillen
Fisch essen (Ferdi)???
Hafenrundfahrt (Raimund)???
Club Hamburg: ab 22 Uhr???
Club Ende???

Donnerstag: Essen/Springtime
Ankunft Essen: 18 Uhr (???)
Fluxi CI (LCI?)
Spargelessen (Raimund!!)
18 Uhr: get in Halle, Aufbau, Checken (FF), Springtime

Freitag: Springtime
Springtime bis (???)
Rückfahrt

Ich las das alles durch, und dann holte ich mir noch einen Kaffee und las es noch einmal durch, und dann klaute ich einen Stift vom Nachbartisch und unterstrich einige Dinge, die mir wichtig erschienen, und dann klaute ich mir vom Nachbartisch einen Heftklammer-Entklammerer und pulte mit seiner Hilfe die Heftklammern aus der Zettelsammlung, die Dave mir tags zuvor gegeben hatte, und dann sortierte ich die einzelnen Zettel nach Datum und ordnete sie den Tagen im Tourplan zu, also die Verträge mit den Clubs, die Fluxi-Hotelreservierungen usw., und dann heftete ich sie mit einem Klammergerät tageweise zusammen und stapelte das alles auf, und dann klaute ich vom Nachbartisch einen Locher und lochte alles und schob es auf einen Heftstreifen, sodass ein kleines Buch entstand, und als ich damit fertig war, ging ich los und suchte mir einen Aschenbecher, und dann rauchte ich eine und blätterte alles noch einmal durch und begriff, dass es hier aufs Begreifen nicht ankam, das war kein Tourplan im herkömmlichen Sinne, aber wieso auch, schließlich hieß die Tour Magical Mystery, da war Mut zur Lücke gefragt. Ich nahm die Papiere, schaltete die Kaffeemaschine und das Licht aus, schloss das Büro ab, ging in Rosas Wohnung und legte mich wieder hin.

23. Am Start

Als ich mit Rosa um halb zwei ins Lala kam, saßen da schon alle an einem langen Tisch und löffelten ihre Suppe: Raimund und Ferdi, Anja und Dubi, Holger und Basti, Dave, Schöpfi und Sigi, das blonde Gift aus dem alten BummBumm. Als Sigi mich sah, winkte sie und stand auf und breitete die Arme aus und rief: »Karl Schmidt! Das ist ja tollo! Karl Schmidt!«

Sie war klein und zierlich und niedlich, daran hatte sich in den fünf Jahren, in denen ich sie gesehen hatte, nichts geändert, und als ich sie in den Arm nahm, drückte sie mich ordentlich und strahlte mich an.

»Karl Schmidt! Und ich hab mir solche Sorgen gemacht!«

»Weswegen?«

»Wegen dir, Idiot. Lass dich ansehen!« Sie hielt mich prüfend von sich weg und drehte mich nach links und nach rechts wie ein T-Shirt, das sie auf Mottenlöcher untersuchte. »Fett bist du geworden. Noch fetter als ohnehin schon.«

»Das waren die Pillen, das wird schon, ich muss nur noch mehr rauchen!«

Sie lachte. »Immer noch der alte Spaßvogel. Ich dachte, du wärst für immer weg.«

»Ich auch.«

»Du hast mir gefehlt.«

»Du mir auch, Sigi!«

»Ich war zwischendurch sogar mal mit Raimund zusammen, kannst du dir sowas vorstellen?«

»Das stimmt«, sagte Raimund fröhlich. Ferdi stand auf und ruderte mit den Armen, wohl um einen Kellner auf sich aufmerksam zu machen.

»Und jetzt mache ich selber Musik, kannst du dir das vorstellen? Ich leg auch auf und so.«

»Super, Sigi.«

Ich setzte mich und Rosa setzte sich neben mich.

»Wollt ihr beide auch eine Suppe?«, rief Ferdi. »Ich versuch gerade den Kellner herzukriegen!«

»Auf jeden Fall«, sagte ich.

»Ich auch«, sagte Rosa.

»He Charlie«, rief Schöpfi, den früher immer alle Frankie genannt hatten, nur ich nicht, bei mir hatte er immer Specht geheißen, weil Frankie bei mir für Frank Lehmann reserviert gewesen war, den aber von den anderen BummBumm-Leuten damals keiner kannte. »He Charlie!«

»Hallo Specht!«

»Ich bin jetzt Schöpfi!«

»Ich weiß! Du bist der mit den Hits, hab ich gehört.«

»Hallo Hillu! Hallo Hillu!«

»Ich weiß, Schöpfi. Voll der Megahit!«

»Klar, Charlie. Ist doch klar. Kein Ding, das, Hallo Hillu, hätte ich jetzt gar nicht erwähnt, würde ich jetzt kein Ding draus machen, Hit, nicht Hit, ist doch ganz egal, ich mach da nichts draus!«

»Auf keinen, Specht!« Der Specht sah ein bisschen grau aus, der war jetzt auch schon über vierzig und dabei nicht klüger geworden, die alte Trashkanone. »Und? Freust du dich auf die Tour, Specht?«

»Ja klar, Mann. Du fährst, hab ich gehört.«

»Ich fahre, Specht. Oder soll ich Schöpfi sagen?«

»Specht, Schöpfi, ist doch ganz egal, Charlie, wie einer heißt, das ist doch ganz egal.«

»Super, Specht.«

»Ich heiße jetzt ja bloß Schöpfi bei allen, weil so viele mich erst seit Hallo Hillu kennen, kein Ding, Charlie, echt mal, freut mich auch, wenn einer mal wieder Specht sagt, ehrlich.«

»Dann bleib ich bei Specht, Schöpfi, ich bin zu alt, um mich noch umzugewöhnen.«

»Alt, Alter, sowas ist doch total egal, Mann, was hast du denn mit sowas?!«

»Man ist so alt, wie man sich fühlt, Specht.«

»Quatsch, Mann, man ist so alt, wie man ist, Charlie, so sieht's aus.«

»Auf jeden, Specht.«

»Die anderen sagen alle Schöpfi, aber das hat nichts zu bedeuten, mir ist das total egal, und wenn einer …«

»Mach mal den Kopf zu, Schöpfi«, sagte Ferdi. »Ich muss mich hier konzentrieren.« Er stand immer noch an seinem Platz und winkte noch immer nach einem Kellner.

»Warum das denn?«, sagte Schöpfi. »Warum denn konzentrieren? Seit wann muss man sich konzentrieren und dann müssen alle still sein, wir sind doch nicht in der Schule, Ferdi, ich meine, wir machen hier doch …«

»Damit der hier mal schnell noch eine Suppe für die beiden bringt!«, sagte Ferdi. »Wird Zeit, dass die noch eine Suppe kriegen, wir müssen doch gleich los.«

»Wieso, ich dachte Magical Mystery«, sagte Schöpfi.

»Da muss man das Ding doch auch mal auf sich zukommen lassen, sonst ist das doch gar nicht Magical Mystery!«

»In Bremen ist Late Check-in«, sagte Dave, »aber da will man doch nach so einer Fahrt auch noch ein bisschen chillen!«

»Was soll das denn für eine Magical Mystery sein, wenn man auf Termine achtet«, sagte Schöpfi und sah sich empört um. »Wir haben früher nie auf Termine geachtet, ich meine, ich dachte, das geht um Magical Mystery! Wie in den Siebzigern!«

»Sechzigern«, sagte Ferdi. »Wie in den Sechzigern, Schöpfi.«

»Sechziger, Siebziger, wie bist du denn drauf, Ferdi, sind wir hier bei den Buchhaltern, ich meine, Hallo Hillu, ich hätte niemals Hallo Hillu machen können, wenn ich so drauf gewesen wäre.«

»Ich krieg die einfach nicht dazu, dass die mal hergucken«, sagte Ferdi. »Da muss sich jetzt mal ein anderer um die Suppen kümmern.«

»Ich mach das«, sagte ich, »Ich mach das schon, Ferdi.«

»Gottseidank haben wir Charlie dabei«, sagte Ferdi und setzte sich wieder hin. »Guter Charlie! Hast du was dagegen, wenn Schöpfi während der Fahrt vorne sitzt und so den Beifahrer macht, Charlie?«

»Nein«, sagte ich. »Wie willst du deine Suppe?«, fragte ich Rosa.

»Ich hatte die mit Pilzen«, rief Schöpfi herüber. »Ich hatte die mit so Pilze drin. Die sind gut, die Pilze, die müsst ihr mal probieren, die tun da so Pilze rein.«

»Ich nehme auf jeden Fall die ohne Pilze«, sagte Rosa.

»Ich liebe Pilze«, sagte Schöpfi. »Die kommen aus dem Wald. Ich habe den Wald immer geliebt, ehrlich mal, den Grunewald, alles. Darum ja auch Frankie der Waldspecht!

Eigentlich hieß ich ja gar nicht Waldspecht, sondern nur Specht! Mit Nachnamen!«

»Wir wissen das«, sagte Ferdi sanft. »Ist alles easy, Schöpfi. Alles klar.«

»Was heißt schon wissen«, sagte Schöpfi, »Wissen ist nicht alles, ich meine, wie bist du denn drauf, Ferdi?!«

Ich stand auf und ging zur anderen Seite des Raums, wo eine Kasse stand, an der ein Mann stand, der woanders hinschaute.

»Zweimal Suppe, einmal mit, einmal ohne Pilze!«, sagte ich zu ihm.

Er zuckte zusammen und nickte.

24. Omelett

Irgendwann war die letzte Suppe gegessen und die letzte Schale grünen Tees getrunken und der letzte Joint vor Fahrtantritt von Ferdi für abgeraucht erklärt und wir gingen unter Raimunds Führung zum Auto, das in der Auguststraße stand, und das sagte Raimund auch die ganze Zeit, während er voranlief, »Auguststraße, Auguststraße«, so als wollte er mit dem Auguststraßen-Singsang sicherstellen, dass wir ihm auch ja folgten, und er rannte voraus und alle anderen mühsam hinterher, sie hatten außer ihren Reisetaschen und Reisekoffern auch noch Plattentaschen und Plattenkoffer dabei, da wurde gestöhnt und geächzt und geschnauft wie in St. Magnus beim Waldlauf.

Das Auto stand halb auf dem Bürgersteig und war ein Mercedes-Transporter von der Heuler-und-Müller-Autovermietung, den man mit einer Plastikhaube um ungefähr siebzig Zentimeter nach oben aufgestockt hatte, das sah ziemlich grotesk aus.

»Da!«, rief Raimund und zeigte auf das Auto. »Das ist der Hammer, Leute! Da oben kann man pennen, da können bis zu vier Leute drin pennen! Während der Fahrt!«

»Ich glaube nicht, dass das während der Fahrt erlaubt ist«, sagte Dave.

»Hör mal Dave«, sagte Ferdi, »was du glaubst, das interessiert hier keine Sau, das kannst du mir aber glauben!«

Raimund holte einen Autoschlüssel aus der Tasche und schüttelte ihn, als ob er klingeln könnte, dabei war es ja nur ein einzelner Autoschlüssel, und überreichte ihn dann mit großer Geste mir.

»Ich hab schon einen, Raimund«, sagte ich. »Von Ferdi bekommen!«

»Dann behalte ich den«, sagte Raimund und nahm ihn wieder an sich. »Zur Sicherheit.«

Ich holte meinen Schlüssel aus der Tasche und schloss das Auto auf und alle wollten ihr Gepäck hinten in das Auto packen, aber da war nicht viel Platz, es passte nur die Hälfte rein. Alle schauten mich an. »Wo sollen wir denn jetzt unser Gepäck hintun, Charlie?«, sagte Raimund. »Da ist ja kaum Platz. Da ist ja jetzt schon alles voll und wir haben gerade erstmal nur die Hälfte drin.«

Ich schaute in den Innenraum, wo die Sitzbänke waren. Dort saßen bereits Holger und Basti in der letzten Reihe und schauten aus dem Fenster.

»Ihr könnt noch Taschen unter die Sitzbänke tun«, sagte ich.

Dann stieg ich ein und schaute nach oben in die seltsame Aufbaukonstruktion. Da war eine Art flache Höhle, die mit kunstlederbezogenen, schwarzen Matratzen ausgelegt war.

»Und hier oben ist noch Platz«, rief ich. »Ihr könnt auch hier oben erstmal was reintun.«

»Nix, das brauchen wir zum Pennen!«, rief Raimund.

Ferdi, der die ganze Zeit noch gar nichts gesagt hatte, reichte mir seine Tasche und ich schob sie unter das Dach. »Jetzt hör mal auf, Raimund«, rief er dabei über die Schulter, »man muss auch mal loslassen können!

Nicht immer so ein Kontrollfreak sein, Raimund. Ich meine, jetzt sind wir seit einer halben Stunde offiziell auf Magical-Mystery-Tour und jetzt ist Charlie hier der Boss. Relax!«

Alle, die noch Taschen und Koffer hatten, gaben sie mir und ich schob sie oben unter das Dach. Anja hatte einen Instrumentenkoffer dabei. »Wieso ist das denn so eine riesige Flöte?«, sagte Ferdi, der während der Verladeprozedur dabeistand wie ein Vorarbeiter. »Ich hab mir so Flöten immer kleiner vorgestellt.«

»Saxofon«, sagte Anja. »Das ist ein Saxofon.«

»Ah!«, sagte Ferdi. »Wir dachten, Flöte.«

»Nein, Saxofon.«

»Ist doch egal«, sagte Raimund und kletterte ins Auto, »da merkt doch eh keiner den Unterschied.«

»O Mann«, sagte Anja. Sie öffnete die Beifahrertür und setzte sich nach vorne.

»Nein!«, rief Ferdi. »Da vorne kommt Schöpfi hin! Da vorne ist für Schöpfi reserviert.«

»Wieso, ist doch prima hier«, sagte Schöpfi und stieg hinten ein. »Ich setz mich hier schön neben Ferdi, oder nein, hier neben Dubi, das ist der Nachwuchs, und dann ziehen wir erstmal schön einen durch und bis hinter Spandau oder in der DDR oder was können wir schon ordentlich breit sein.«

»Wir haben nichts dabei«, rief Holger aus der hintersten Reihe. »Basti auch nicht! Ich dachte, wir sollten nichts mitnehmen?«

»Wer hat das denn gesagt?«, sagte Raimund.

»Ferdi!«

»Stimmt das, Ferdi?!«

Ich hörte nicht mehr zu, weil mir langsam dämmerte, dass es ein Problem gab. Alle Sitzplätze waren besetzt, nur der Fahrersitz nicht. Und bei mir auf dem Bürgersteig standen noch Dave und Rosa.

»Da ist kein Platz mehr im Auto!«, sagte Dave.

»Ja«, sagte ich. Ich zählte die Leute durch. Mich eingeschlossen waren wir zu elft, der Wagen hatte inklusive Fahrersitz nur neun Sitzplätze. »Es sind nur neun Sitzplätze. Meiner mit eingerechnet.«

»Hab ich ja gleich gesagt!«, sagte Dave.

»Das macht doch nichts!«, sagte Ferdi. »Dann rücken wir eben ein bisschen zusammen. Und oben«, er zeigte zur Wagendecke mit den Liegeplätzen, »ist doch auch noch Platz!«

»Nix«, sagte Dave und verschränkte die Arme. »Das wird nichts. Dafür ist das doch gar nicht zugelassen. Mehr als neun Leute geht gar nicht, dafür braucht man einen Personenbeförderungsschein, so sieht's aus!«

»Neun Leute, zehn Leute, wo ist da schon groß der Unterschied«, sagte Raimund, »was macht das schon?!«

»Nix«, kam es von Dave zurück. »Ich hab's ja gleich gesagt. Das wird nichts. Wenn Charlie hier fährt, dann wird das nichts, dann ist ja einer zu viel.«

»Okay, du meinst also, Charlie soll nicht mitfahren, oder was?« Ferdi lehnte sich vor und schaute Dave durch die geöffnete Seitentür ins Gesicht.

»Naja, er ist jedenfalls zu viel.«

»Aber wenn Charlie nicht mitfährt, Dave, dann ist immer noch einer zu viel. Wir sind doch elf Leute. Also wenn Charlie nicht mitfährt, dann sind es ja immer noch zehn.«

»Was?«, rief Raimund. »Ich hab nur zehn gezählt. Also mit Charlie jetzt!«

»Dann zähl nochmal nach«, sagte Ferdi. »Also, Dave, was schlägst du vor?«

»Dann muss eben noch einer hierbleiben«, sagte Dave trotzig.

»Genau, Dave. Also muss noch einer hierbleiben. Und wer soll das sein? Basti etwa?«

»Ich? Was ist mit mir?«, rief es von der letzten Bank.

Holger beugte sich vor. »Basti hat gefurzt«, sagte er. »Wie kriegt man hier das Fenster auf?«

»Basti ja wohl kaum, Dave«, sagte Ferdi grimmig. »Wenn Basti ausfällt, fällt Holger auch aus, und das wäre dann Magical Mystery ohne Hosti Bros. Und Hosti Bros ohne Magical Mystery. Wie soll das denn gehen? Die sollen doch in die Album-Charts!« Er drehte sich um und rief nach hinten in den Wagen: »Album-Charts!!« Holger und Basti hielten sich grinsend die Nase zu und nickten.

»Dann weiß ich auch nicht«, sagte Dave, »aber so geht es jedenfalls nicht.«

»Ich hab 'ne Idee«, sagte Ferdi. »Wenn Charlie nicht mitkommt, weil hier zu viele Leute sind für das eine Auto, dann kommst du auch nicht mit, Dave. Und wenn du nicht dabei bist, dann können wir ja wohl in Ruhe überlegen, ob wir Charlie nicht doch lieber mitnehmen, denn du bist ja wohl der Einzige, der hier ein Problem hat. Ich gehe jedenfalls gern auch freiwillig nach oben und leg mich dahin. Da oben ist übrigens immer ein Platz für mich und einer für Raimund reserviert, dass das gleich mal klar ist, wir sind die Ältesten und brauchen unseren Schlaf.«

»Ich dachte, im Alter braucht man nicht mehr so viel Schlaf«, sagte Dubi.

Alle starrten ihn an.

»Okay, dann ist das geklärt«, sagte Ferdi. »Hast du dein Gepäck schon im Auto, Dave?«

»Nein.«

»Dann tschüß!«

Ferdi schloss die Seitentür mit einem lauten Rums!

Dave schaute mich an, dann schaute er Rosa an, die noch draußen neben ihm stand. Rosa ging zur Beifahrerseite und zwängte sich neben Anja. Ich ging zur Fahrerseite, stieg ein, warf den Wagen an und fuhr los.

»Scheiße«, sagte Raimund, als Dave hinter uns in der Ferne verschwand, »das ist doch scheiße: Die Tour hat noch nicht richtig begonnen, und schon ist der Erste raus.«

»Das sehe ich anders«, sagte Ferdi, »das ist ein gutes Zeichen. Das ist ganz normaler Magical-Mystery-Alltag, Raimund, frag die Beatles. Man kann kein Omelett machen, ohne Eier zu zerschlagen, Raimund. Und man kann keine Gruppe zusammenschweißen, ohne einen rauszuwerfen. Und jetzt kein Wort mehr davon.«

»Fahren wir über Hannover oder über Hamburg nach Bremen?«, fragte ich und hielt an der Kreuzung Ackerstraße und Torstraße. Ich hatte mich auf beide Routen vorbereitet. »Das ist gleich lang!«

»Das musst jetzt alles du entscheiden«, sagte Ferdi. »Ich bin raus.«

»Richtung Hamburg gibt es an der Autobahn einen McDonald's«, rief Raimund. »Auf jeden Fall über Hamburg.«

»McDonald's ist gut«, sagte Ferdi, und dem Geruch nach zu schließen zündete er sich einen Joint an. »Diese Suppen sind ja nur was für den hohlen Zahn! Außerdem brauchen wir nach diesen negativen Vibes von Dave mal schnell was Gemeinschaftsstiftendes.«

»Was war denn mit Dave?«, fragte Schöpfi. »Wo ist der überhaupt?«

Keiner antwortete.

Ich bog rechts ab und nahm den Weg nach Hamburg.

3. Teil
Magical Mystery

25. Lolek und Bolek

Wir stießen nördlich von Pankow auf den Berliner Ring und fuhren von dort nach Nordwesten, Richtung Hamburg. Kurz hinter dem Autobahndreieck Havelland hörten wir komische Geräusche, ein Pfeifen und Zwitschern. Raimund klopfte mir beim Fahren von hinten auf die Schulter.

»Hörst du dieses Pfeifen und Zwitschern?«

»Ja.«

»Was könnte das sein? Nicht, dass der Wagen gleich explodiert oder was.«

»Das klingt nicht nach explodieren. Aber komisch ist es schon.«

Das Komischste an dem Geräusch war seine Unregelmäßigkeit. Es gab keinen Zusammenhang zum Motorgeräusch oder zu Lenkbewegungen oder zu Bodenwellen, von denen es hier jede Menge gab, alle halbe Sekunde hüpfte die ganze Mannschaft in die Höhe und wegen der kopflastigen Beladung schwankte der Wagen ziemlich stark, weshalb ich auch nur etwa achtzig Stundenkilometer schnell fuhr. Aber das Pfeif- und Zwitschergeräusch hatte mit alldem nichts zu tun, es pfiff mal so und mal so und zwitscherte hier und da und dort, wie es gerade lustig war, und Raimund tippte mir jetzt quasi unaufhörlich auf die Schulter, der alte Chefparanoiker, während ich versuchte, das Auto irgendwie in der Spur zu halten.

»Was kann das sein? Was kann das sein? Das wird ja immer schlimmer.«

»Raimund! Hör auf, mir beim Fahren auf die Schulter zu hauen, das nervt und ist gefährlich.«

»Halt mal lieber an«, sagte Ferdi, »wir müssen das checken.«

»Ich kann hier nicht einfach anhalten, wir müssen warten, bis ein Parkplatz kommt«, sagte ich.

Aber jetzt hatte Raimund mit seiner Paranoia schon den ganzen Wagen angesteckt, man konnte schon in der Lenkung spüren, wie unruhig sie alle wurden, und sie redeten durcheinander und zappelten herum, es war wie damals, als wir mit Clean Cut 1 und Clean Cut 2 zusammen einen Ausflug nach Hagenbeck gemacht hatten und Klaus-Dieter der Meinung gewesen war, dass es im Auto nach Alkohol röche – was es auch getan hatte, irgendwie war Scheibenwischwasser ausgelaufen – da war was los gewesen, Werner hatte das Auto sofort evakuiert und uns alle in die U-Bahn-Linie 2 gescheucht, damit wir in Bewegung blieben und nicht lange über den Alkoholgeruch nachdachten, und dann weiter nach Hagenbeck, was auch nur eine Art Clean Cut 1 für Tiere war, wie es Astrid in einem Anfall von Tierliebe und Selbstmitleid am Affengehege laut ausgesprochen hatte.

Diese Erinnerung machte mich dann auch irgendwie nervös und das Gezwitscher wurde immer schlimmer, es war wie das Brennen einer Lunte und alle waren ganz ruhig im Auto, hielten geradezu die Luft an, während es zwitscherte und flötete und flötete und zwitscherte, nur Raimund konnte natürlich nicht schweigen, er tippte mir immer weiter auf die Schulter und flüsterte: »Anhalten, anhalten«, so als ob ein Flüstern die Geister zurückhielte, die sich irgendwo in dem Pfeifen und Zwitschern versteckten, und ich kriegte auch langsam die Panik und Sigi rief: »Nun halt schon an, Karl Schmidt, du alter Parkplatzspießer!«, aber gerade in dem Moment gab es gar nichts zu halten, wir fuhren seit mehreren Kilometern in einem Baustellenbereich herum, der auch noch einige Kilometer weitergehen würde, da gab es nicht einmal einen Standstreifen, also sagte ich: »Schau mal aus dem Fenster, Sigi, und dann sag mir mal, wo ich anhalten soll.«

Alle drehten die Köpfe und schauten aus dem Fenster, so als ob sie wirklich helfen und einen Platz bestimmen könnten, nur Schöpfi nicht, Schöpfi stand auf, stellte sich auf seinen Sitzplatz und kletterte durch die Öffnung nach oben unters Wagendach. »Ich leg mich mal hin«, sagte er und war verschwunden.

»Gleich nach der Baustelle aber anhalten«, sagte Raimund. »Sofort nach der Baustelle, echt mal, Charlie.«

Dann stoppte das Gezwitscher und Geflöte und wir fuhren wortlos weiter durch die Baustelle, die einfach nicht enden wollte, und keiner bewegte sich, so als ob die geringste Bewegung das unheimliche Geräusch zurückbringen könnte, und dann kam endlich das Ende der Baustelle und zugleich ein Schild, das die Raststätte Linumer Bruch in fünf Kilometern ankündigte, und als ich fragte, ob wir bis dahin nicht weiterfahren sollten, weil wir dort easy anhalten könnten, begann das Pfeifen und Zwitschern von neuem und alle stöhnten auf und Sigi rief: »Nun halt schon an, du Raststättenspießer!«

Ich fuhr also auf den Randstreifen und stellte den Motor ab. Das Geräusch verstummte. »Sag ich doch, das ist das Auto!«, rief Ferdi.

Ich stieg aus und öffnete die Heckklappe, um das Warndreieck rauszunehmen, dabei fielen mir mehrere Koffer entgegen. Die anderen kletterten derweil aus dem Auto.

»Wir brauchen das Warndreieck«, rief Raimund gegen den Lärm der gerade wieder Fahrt aufnehmenden Autos, die eins nach dem anderen aus der Baustelle herausquollen wie in einem von Klaus-Dieters Heftchen die Sternenflottenschiffe aus den Wurmlöchern. »Bei sowas braucht man immer das Warndreieck, was willst du denn mit den Koffern?«, wandte er sich an mich.

»Das Warndreieck ist unter dem Fahrersitz«, rief Holger. »Ich weiß das, mein Vater hat auch so ein Auto, wir sind damit immer in den Urlaub gefahren.«

»Dann hol's doch mal«, sagte ich.

Holger lief zur Fahrertür, während ich die Koffer wieder einlud. Mittlerweile waren bis auf Schöpfi alle ausgestiegen und standen auf dem Randstreifen herum und sahen mir dabei zu, wie ich versuchte, die Tür des Autos wieder zuzubekommen und zugleich die Koffer zurückzuhalten.

»Das sieht gefährlich aus«, meinte Raimund, »pass bloß auf, Charlie, dass du dir nicht die Finger klemmst.«

In diesem Moment begann das Zwitschern wieder, aber sehr leise, kaum zu hören unter dem Rauschen der vorbeifahrenden Autos. Es kam offensichtlich aus dem Innenraum des Wagens.

»Alle ruhig mal!«, schrie Raimund. »Alle ruhig mal, da ist es wieder!«

»Das ist nicht der Motor«, sagte Basti. »Das kann nicht der Motor sein. Der läuft ja gar nicht mehr!«

»Seid doch mal ruhig!«

»Das ist auf keinen Fall der Motor«, sagte Holger und reichte mir ein zusammengefaltetes Warndreieck. »Ich glaube, ich weiß jetzt, warte mal!«

Er ging zurück ins Auto und kam mit einem kleinen Plastikkäfig, der oben einen Tragegriff hatte, wieder heraus. »Es sind die Meerschweinchen!«, rief er. »Shit, die hatte ich ja ganz vergessen!« Er öffnete den Käfig und nahm ein fettes, buntes Meerschweinchen heraus. Es spreizte die Beine, als er es durch die Öffnung zog. Durch die ganze Gruppe ging ein allgemeines Raunen und Dubi sagte: »Das ist aber niedlich!«

»Das andere ist noch drin«, sagte Holger. »Die gehören meiner kleinen Schwester, die ist gerade in einem Sprachcamp, da sollte ich drauf aufpassen, da habe ich sie mitgenommen.«

Er reichte sein Meerschweinchen Dubi und holte das andere aus dem Käfig und streichelte es.

»Holger!«, rief Ferdi streng. »Das ist hier Magical Mystery, verdammt! Seit wann macht man Magical Mystery mit Meerschweinchen?! Und dann auch noch gleich zwei!«

»Nun lass ihn doch mal«, sagte Raimund, »die sind ja echt niedlich!«

»Ich wusste nicht, was ich sonst mit denen machen sollte«, sagte Holger, »ich hatte ihr versprochen, dass ich auf die aufpasse, da hatte ich das mit der Tour gerade vergessen.«

Alle standen um Holger und Dubi herum und jeder streichelte einmal die Meerschweinchen. Ich stand mit dem Warndreieck dabei und schaute auf ihre Rücken. »Die müssen immer zu zweit sein«, hörte ich Dubi sagen. »Die dürfen nicht alleine sein. Wenn die alleine sind, sind sie traurig, das ist dann Tierquälerei!«

Dann stiegen alle wieder ein und wir fuhren weiter. Die Meerschweinchen nahm Holger auf den Schoß, »Nur bis zur Raststätte, damit die auch mal rauskommen!«

Sie hießen Lolek und Bolek.

26. Salat

Die Raststätte mit dem McDonald's kam nach einigen Kilometern. Lolek und Bolek kamen wieder in ihren Käfig und unter die hintere Rückbank, wo sie wieder zu pfeifen und zu zwitschern begannen. Ferdi bestand darauf, dass alle ihr Essen zum Mitnehmen holten, damit es schnell weitergehe. Ich hatte keinen Hunger und sagte, ich würde beim Auto bleiben und aufpassen, worauf auch immer. Rosa versprach, mir einen Kaffee mitzubringen. Als sie alle weg waren, saß ich alleine hinter dem Steuer, rauchte und schaute auf den Parkplatz. Unter der letzten Bank sangen Lolek und Bolek ihr Lied. Ich stieg aus, ging nach hinten und schaute mir die beiden näher an. Sie waren wirklich ziemlich niedlich und hatten kleine Ohren, die schlapp und gewellt am Kopf hingen wie alte Salatblätter. Der Käfig war klein und schmutzig. Ich verstand nichts von Meerschweinchen, aber sie erinnerten mich – von den Ohren einmal abgesehen – an die Kaninchen vom Kinderkurheim Elbauen. Sie hatten nicht viel Platz in ihrer Box und nicht viel zu fressen, nur ein bisschen Heu, und das war ziemlich eingepisst und eingeschissen. Ich tat sie wieder unter den Sitz, schloss den Wagen ab und ging zum McDonald's, um ihnen einen Salat zu kaufen.

27. Wo ist das Merch?

Als wir weiterfuhren, sagte Rosa irgendwann zwischen zwei Chicken McNuggets, von denen sie sich zwanzig Stück mit Anja teilte, sie Currysauce, Anja Barbecuesauce, jedenfalls sagte Rosa irgendwann zwischen zwei Chicken McNuggets: »Ich weiß nicht, ob das nicht auf Dauer ein bisschen eng wird hier vorne!«

Raimund, der hinter uns saß und sauer war, weil ihm aus seiner Pommestüte beim Einsteigen die Hälfte rausgefallen war, sagte mit erschöpfter, leidender Stimme, dass er sowieso müde sei und sich oben gleich mal hinlegen würde, sofern er bei all dem Gepäck und wo schon Schöpfi da oben lag, überhaupt noch Platz finden würde, »hier ist ja wohl alles wichtiger, als dass ein alter Mann mal sein müdes Haupt betten kann«.

Dann stand er auf, stellte sich auf seine Sitzbank und verschwand mit dem Kopf in der Öffnung. Dann hörte ich, wie er sagte: »Das geht ja noch!« Und dann kletterte er oben rein. Kaum lag er oben, hörte man sein Funktelefon klingeln. Er redete einige Zeit mit dem Ding, dann steckte er den Kopf aus der Öffnung und rief: »Holger, Basti, wo ist eigentlich das Merch?!«

»Haben wir vergessen«, sagte Basti. »Wollte ich dir eigentlich eben schon sagen, ist mir eben auch aufgefallen,

Raimund, das haben wir vergessen, wir wollten doch eigentlich noch mit dem Auto im Büro vorbeifahren und das einladen.«

»Ja, ja«, sagte Raimund eisig. »Das war nämlich eben Dave am Telefon. Wundert mich, dass das überhaupt geklingelt hat. Der hat nur irgendwas von Merch gesagt, dann war die Verbindung weg. Hier gibt's ja wohl überhaupt kein Netz. Jedenfalls ...« Er verstummte einen Moment und dachte nach. »Hast du gerade ›vergessen‹ gesagt, Basti?«

»Ja«, sagte Basti.

»Also wir haben die Meerschweinchen dabei, aber das Merch nicht, ja? Keine Platten, keine Shirts, keine CDs, gar nichts, oder was? Hab ich das richtig verstanden, Basti?«

»Ja«, sagte Basti, »hab ich ja gesagt: Das haben wir alles vergessen.«

Raimunds Telefon klingelte wieder. Raimund drückte darauf herum, sagte: »Ja?«, lauschte kurz und sagte dann: »Hä?« Dann lachte er. Dann sagte er: »Bis gleich, wir kommen!« Und zu uns: »Wir müssen zurück zu McDonald's, wir haben Schöpfi vergessen!«

28. Verzeih mir

Schöpfi saß im McDonald's bei Kaffee und einer Eistüte. Er winkte, als er mich hereinkommen sah.

»Mensch Charlie, wie läuft's denn immer so?!«

»Gut, dass du angerufen hast, Schöpfi, wir hätten das nicht bemerkt.«

»Ja, gut dass ich das Handy hab, hat sich das endlich gelohnt«, sagte er und hielt sein Mobiltelefon hoch, es war eins zum Zusammenklappen, wie er mir demonstrierte, er klappte es auf und zu und auf und zu: »So und so und so!«, sagte er dabei. »Auf und zu, auf und zu, und wenn man es zuklappt, hat man automatisch auch aufgelegt, da muss man keinen Knopf mehr drücken!«

»Das ist toll, Schöpfi.«

»Auf jeden, Charlie. Fahren wir jetzt gleich weiter?«

»Ja, die anderen warten im Auto.«

»Tut mir leid, wenn ich euch Umstände gemacht habe.«

»Meine Schuld, Schöpfi, ich hätte ja mal durchzählen können.«

»Ja, das stimmt! Ich glaub, ich leg mich gleich wieder hin, mir macht das nichts mit dem Kaffee, ich leg mich einfach wieder hin, ich war am Wochenende in Zürich, ich bin heute Morgen erst wiedergekommen, ich hab da aufgelegt.«

»Kein Problem, Schöpfi.«

»Das ist gut da oben drin, das schaukelt zwar ein bisschen, aber das Schaukeln ist sogar gut, weil man dabei gut einschläft. Deswegen war ich ja aufgewacht und bin hierhergegangen, weil das nicht mehr geschaukelt hat!«

»Schon klar, Schöpfi.«

Im Auto saßen alle brav auf ihren Plätzen, Raimund telefonierte lautstark und die anderen hörten ihm zu. Schöpfi kletterte auf den Platz neben ihm. Ich zählte zur Sicherheit noch einmal durch, machte die Tür zu und setzte mich hinters Steuer.

»Warte mal, Charlie, fahr noch nicht los, lass mich das eben noch klären, die Verbindung ist so schlecht, hier geht's gerade, ja, nee, Hans auf jeden Fall, wenn, dann Hans, sag ich doch, da brauchst du jetzt gar nicht frech zu werden, nein, du hast ja auch nicht dran gedacht, jetzt hör auf zu labern und ruf Hans an, der fährt heute noch, ja, kannst mitfahren, mir doch egal, jetzt ruf halt Hans an und dann kommst du eben mit dem mit, ist wahrscheinlich sicherer, ja, ja, nun hör schon auf, blablabla, ich hör überhaupt nicht mehr zu, wo sind wir hier, bei ›Verzeih mir‹ oder was? Ruf lieber Hans an, dann wird das auch was.« Raimund nahm das Telefon vom Ohr und drückte erregt darauf herum. »Wird der auch noch frech oder was?!«

»Kommt Dave jetzt wieder, oder was? Hast du Dave wieder auf die Tour geholt, oder was?«, sagte Ferdi.

»Was soll ich denn machen? Einer muss doch mit dem Zeug hinterherkommen!«

»Bist du irre? Dave wieder auf die Tour geholt? Mein Gott, der hat Dave wieder auf die Tour geholt!«

»Tut mir leid, ging nicht anders, er muss ja eh das Merch

einladen und ich hatte gerade eine schwache Minute, der hat sich entschuldigt und so.«

»Wieso entschuldigt, gerade hast du noch gesagt, dass er frech geworden ist.«

»Ja, aber nur, weil er sich dauernd entschuldigt hat. Der hat sich dauernd so aggromäßig entschuldigt, das hat vielleicht genervt, das ist irgendwie schon wieder voll offensiv ist das, wie der sich entschuldigt hat, ich weiß ja auch nicht.«

»Ich war so froh, dass der nicht dabei ist, und du holst den einfach wieder!« Ferdi seufzte.

»Was ist das denn jetzt hier mit dem blöden Knochen?!«, sagte Raimund und drückte weiter irgendwelche Tasten auf seinem Mobiltelefon. »Das geht irgendwie nicht aus, hört der jetzt vielleicht mit oder was?« Er legte das Handy ans Ohr. »Hallo, hallo?! Nee, der ist weg!«

»Meins ist zum Zuklappen«, sagte Schöpfi. »Wenn ich meins ausmachen will, dann muss ich das einfach nur zuklappen.«

»Ich will auch so eins zum Zuklappen«, sagte Raimund.

»Ich geh dann mal wieder nach oben«, sagte Schöpfi.

»Vielleicht sollten wir mal weiterfahren«, sagte Ferdi.

Ich startete den Motor und wir fuhren weiter. Seit wir losgefahren waren, waren fast zwei Stunden vergangen, es dämmerte schon, und wir hatten erst fünfzig Kilometer geschafft.

29. Transit

Wir fuhren also in die Dämmerung und auf Bremen zu beziehungsweise erstmal nach Hamburg und durch den alten Osten, der keiner mehr war, und ich legte tempomäßig eine Schippe drauf, soweit es jedenfalls die alte Transitautobahn und das etwas kopflastige Auto zuließen, und wir schaukelten röhrend und zwitschernd in die aufkommende Dunkelheit. Schöpfi und Raimund lagen oben unterm Dach und schliefen schon mal vor und auch der Rest der Leute wurde mit zunehmender Dämmerung immer ruhiger und als es dann richtig dunkel war, sagte keiner mehr was, und eine Zeitlang versuchte ich Rosa, die neben mir saß und rauchte und in die Dunkelheit starrte, damit zu unterhalten, dass ich ihr von früher erzählte und davon, wie diese Autobahn noch nicht fertig gewesen war und wie man dann in Westberlin in Spandau auf die Landstraße raus- und an den russischen Kasernen, die einst das olympische Dorf gewesen waren, vorbeigefahren war, und wie danach erst die Autobahn nach Hamburg begonnen hatte, und wie man dann vor Ludwigslust wieder runter- und auf die Landstraße musste, und in Ludwigslust dann links Schloss, rechts Kirche oder umgekehrt, ziemlich langweilig eigentlich, wie ich beim Erzählen fand, ich brach das irgendwann ab, das war nutzloses Wissen, eine

Anekdote ohne Pointe, eigentlich auch ohne jede Handlung, jedenfalls, was immer es war, Magical Mystery war es nicht, »das ist jetzt nicht besonders Magical Mystery«, sagte ich mitten im Satz, »das ist eher so Kalter Krieg, das hat mit Liebe nicht viel zu tun«, und Rosa lachte kurz auf und von hinten kam ein gedämpftes »Ich hör euch ganz genau« von Ferdi, »keine Scherze auf Kosten von Magical Mystery«, und mit dieser Ansage kam ein ordentlicher Schwall Haschischqualm nach vorne und ich musste das Fenster aufmachen, damit ich nicht kontaktstoned wurde, und dann sagte irgendwer, dass es nun aber kalt würde, und so ging die Zeit rum, langsam, aber egal, langweilig, aber okay, schaukelnd und verraucht, dunkel und röhrend, und ans Ankommen dachte ich gar nicht mehr, wegen mir hätte es ewig so weitergehen können.

30. Fluxi Hotell AB

Und das tat es auch. Wir fuhren und fuhren und dann kam ein Stau und dann noch einer und immer wieder Baustellen und erst kurz vor Bremen kam wieder Leben in die Bude, Raimund und Schöpfi kletterten von oben herunter und es gab eine Menge Geschimpfe, weil es nun wieder so eng wurde dahinten und dann wollten alle anhalten und aufs Klo und wir hielten an einer Raststätte und alle außer mir gingen aufs Klo und als sie zurückkamen, waren alle wieder munter und Dubi und Anja hatten ein paar Büchsen Bier gekauft und als wir in Bremen einliefen, waren alle Lampen an.

In Bremen lag das Fluxi-Hotel am Rande des Studentenviertels, am Rembertiring, wie ich mit Hilfe des Stadtplans herausgefunden hatte, den ich an der Raststätte gekauft hatte, während die anderen sich noch im Klo frischgemacht hatten, und während die sich nun fröhlich aufgekratzt darüber stritten, warum es in unserem Auto keinen CD-Spieler, sondern nur einen Kassettenrekorder gab und warum niemand auf die Idee gekommen war, mal ein paar Kassetten aufzunehmen, damit es ein bisschen gescheite Bummbumm-Musik zum Warm-up gab, »Ich meine, der ganze Wagen voller DJs und dann nicht einer, der mal auf so eine Idee kommt«, wie Ferdi sagte, »jedenfalls scheiß Dave, wie kann der ein Auto ohne CD-Spieler mieten«, musste ich diesen Rembertiring dreimal im Kreis fahren, um die Abfahrt zum Fluxi zu finden, und das gab ein lustiges Hallo, als die anderen merkten, dass wir im Kreis fuhren, sie waren schon so weit wiederhergestellt, dass ihnen eine kleine Kreisfahrt gerade recht kam, Basti und Holger riefen von hinten »Nochmal! Nochmal!«, also drehte ich eine vierte, eine Ehrenrunde, und sie jubelten, die kleinen Quatschmauken. Dann hielt ich mit Schwung vor dem Fluxi-Hotel und sie sprangen alle lustig aus dem Auto und rannten fröhlich schnatternd in die Lobby und warfen sich dort in die Sessel, wobei es eher eine Lobby von der kleineren Sorte war, eher ein Wartezimmer mit einem Tresen, und es waren auch nicht wirklich Sessel, in die man sich werfen, es waren eher festmontierte, rote Plastikschalen, auf die man sich platzieren konnte, also eher eine Mischung aus Wartezimmer und Bushaltestelle, und die Leute saßen auf ihren roten Schalensitzen und schauten mich erwartungsvoll an, als ich durch die Tür kam, und ebenso die Frau hinter dem Rezeptionstresen. Dubi verteilte Bierdosen und es knackte und zischte und schlürfte, als ich zu ihr hinging, um ihr zu sagen, wer wir waren und was wir wollten.

»Ich hatte Sie schon gar nicht mehr erwartet«, sagte die Frau. »Das ist jetzt ein bisschen Pech!«

»Wieso Pech?«, sagte ich. Ich ahnte nichts Gutes. Hinter mir rauchten sie und tranken Bier, aber ich fühlte auch, dass sie sich auf mich verließen, ich war verantwortlich, es war genauso, wie wenn Werner bei einem Clean-Cut-1-Ausflug die Karten bei Hagenbeck an der Kasse abholte, Pech war dabei nicht vorgesehen und es konnte doch wohl nicht sein, dass man schon beim ersten Eintritt in das erste

Fluxi-Hotel Pech hatte, was meinte die Frau damit, war die irre? Ich fühlte Panik aufsteigen wie eine Übelkeit, ich begann zu schwitzen, wieso Pech? Ich blätterte also hektisch in den Papieren, wenigstens hatte ich sie nach Tagen geordnet, also nach Tourtagen, das half jetzt. »Wieso nicht erwartet? Das ist doch Quatsch!« Ich fand das Fax vom Fluxi-Buchungsdienst, das Hotel in Bremen betreffend. »Hier steht's doch: feste Buchung, Late Check-in. Das ist doch wohl eindeutig.«

»Ja, aber Late Check-in ist bis zwanzig Uhr bei uns, jetzt ist es ja schon fast einundzwanzig Uhr«, sagte die dumme Nuss hinter dem Tresen, sie war höchstens so alt wie ich, wenn nicht sogar jünger, aber irgendwie kam sie mir vor wie meine Mutter!

»Was soll das denn heißen? Late Check-in ist Late Check-in, nicht Irgendwann-Nicht-Mehr-Check-in, was wollen Sie also? Wollen Sie uns ein schlechtes Gewissen machen oder was?«

»Nein, es ist nur so, dass in Bremen gerade Messe ist und deshalb nicht mehr alle Zimmer verfügbar sind.«

»Wie geht das denn? Hier steht feste Buchung! Wie können Sie Zimmer vergeben, die fest gebucht sind.«

Die Frau sah mich nicht an, während sie mit mir sprach, das war kein gutes Zeichen, außerdem machte es mich wütend. Hinter mir merkten sie nichts, es wurde gelacht und Bier geschlürft und Schöpfi erzählte irgendeinen Schwank aus seinem Leben und wurde dabei immer lauter, und was er sagte, mischte sich mit dem, was die Frau sagte, das machte mich noch nervöser, als ich ohnehin schon war: »Das ist schon richtig, dass da feste Buchung steht ... – ... hatten wir siebenundachtzigtausend Maxis verkauft damals schon und dann ... – ... aber das heißt ja nicht, dass ... – ... jedenfalls hatte Mark von

Grace The Groove an dem Tag nichts dabei ... – ... nicht weitervergeben werden kann, wenn Sie nicht auftauchen ... – ... und außerdem war Spacki an dem Tag als Erster an der Reihe und dann ... – ... jedenfalls gilt das nur bis zwanzig Uhr und Sie hatten fünf Doppelzimmer und ein Einzel... – ... auf jeden Fall kam einer, den Spacki kannte, schnell vorbei, aber der hatte ... – ... das heißt ja nicht, dass wir das Zimmer nicht trotzdem weitervergeben können, so ist das jedenfalls ... – ... das falsch verstanden und hatte stattdessen Speed dabei, aber so hartes Zeug ...«, und dann wurde es noch schlimmer, weil Schöpfi noch lauter wurde und die Frau noch leiser, sodass alles, was die beiden zu sagen hatten, zu einem einzigen Quatschbrei verschmolz, jedenfalls da, wo ich stand, oder jedenfalls für mich, weil ich mich nicht richtig auf einen von beiden konzentrieren konnte, »... und Mark von Grace The Groove war schon eingepennt, dann lag der da in der Backstage, die war hinterm Pult, da war so eine kleine Backstage, Sie müssen das verstehen, da ist gerade eine Messe und wir hatten gedacht, wenn Sie nicht mehr kommen, dann können wir die ja auch notfalls, weil da ja, jedenfalls lag der so da und der Typ hatte das Speed gebracht und Mark war ja gleich dran, das betrifft aber nicht alle Ihre Buchungen, also das betrifft eigentlich nur, und da waren so Strohhalme, die hatten da ein bisschen Catering und da waren so Strohhalme und Mark lag so da und schnarchte und wir hatten das Speed und die Strohhalme, das ist ja nur das Einzelzimmer und ein Doppelzimmer, die sind allerdings weg, die haben wir anderweitig vergeben, aber vier Doppelzimmer sind noch, und dann hat Spacki mit dem Strohhalm ein bisschen Speed bei Mark in die Nase geblasen ...« – Hinter mir war ein allgemeines ungläubiges Aufstöhnen zu hören, durchsetzt mit Ohs und Ahs und einem »Das kann doch nicht wahr sein!«, und das war eine so einhellige Empörung dahinten auf den Schalensitzen, dass auch die dumme Frau mit ihrer bekloppten Litanei aufhörte und die Magical-Mystery-Posse anstarrte, während Schöpfi einfach nicht zu stoppen war, der alte Waldspecht, »... also jedenfalls in die Nase geblasen, wie immer man das jetzt findet, ich meine, ich denke mir das ja nicht aus, jedenfalls Mark so hoch und dann ...«

»Können wir mal kurz Ruhe haben?!«, rief ich in den Raum und weil das Fluxi-Hotel von schalldämmenden Materialien nichts hielt, war auf dieser rhetorischen Frage ziemlich viel Hall drauf, wie damals, wenn Raimund bei Glitterschnitter mit dem Reverb-Knopf spielte, er hatte ja immer darauf bestanden, die Bassdrum und nur die Bassdrum über einen Gitarrenamp laufen zu lassen. »Das hält ja kein Schwein aus!«

»Danke«, sagte die Frau vom Fluxi.

»Von Ihnen auch«, sagte ich, »von Ihnen auch mal kurz Ruhe, jetzt sage ich mal was: Wir haben hier einen Deal mit dem Fluxi und wenn Sie uns verarschen wollen, dann werde ich aber verdammt sauer, wir haben Late Check-in und von zwanzig Uhr steht hier nichts, und das ist eine feste Buchung« – ich hatte keine Ahnung, was feste Buchung wirklich bedeutete, das war wahrscheinlich auch nur irgend so ein Dave-Scheiß, aber was soll's, dachte ich, jetzt ist mal ein bisschen Zeit zum Improvisieren, so wie damals bei Glitterschnitter – »und feste Buchung heißt, dass Sie uns das Geld trotzdem abgeknöpft hätten, hier steht ja auch die Kreditkartennummer, sehe ich gerade, Sie wollten also die Zimmer doppelt abkassieren, so sieht's aus, und jetzt will ich hier nichts mehr hören, jetzt wollen wir die Zimmer, sonst ruf ich die Buchungszentrale von Fluxi an und frag die mal, wie die das finden, dass Sie hier solche Nebengeschäfte machen.«

»Das sind keine Nebengeschäfte!«

»Das sind wohl Nebengeschäfte!«

»Das sind keine Nebengeschäfte!«

»Das sind wohl Nebengeschäfte!«

»Das sind keine Nebengeschäfte, was denken Sie denn?!«

Die Frau war kurz vorm Weinen und tat mir schon wieder ein bisschen leid, ein Gefühl, das ich in diesem Moment überhaupt nicht gebrauchen konnte, aber so ist das mit den Gefühlen, wenn man welche hat, sind es meist die falschen, jedenfalls standen wir eine Weile so da und sie kämpfte mit den Tränen und hinter mir waren alle ganz still, also musste ich ja wohl irgendwas tun, also sagte ich:

»Schon gut, dann eben keine Nebengeschäfte.«

Da schluckte die Frau ihre Tränen herunter und hatte gleich wieder Oberwasser, was immer das für Tränen gewesen waren, sie hatten nicht ganz die Bedeutung gehabt, die ich ihnen beigemessen hatte, und sie waren auch nicht wirklich geflossen, alle Wangen trocken und jetzt hatte die dumme Nuss gleich wieder Oberwasser und ab ging die Post: »Ich lasse mich nicht beleidigen, das habe ich nicht nötig, das brauch ich mir nicht gefallen zu lassen«, und hinter mir sagte Schöpfi: »Kriegen wir jetzt keine Zimmer?«, und da langte es mir und ich drehte mich zu den Kratzbomben um und sagte: »Okay, Leute, die Sache sieht so aus: Wir kriegen hier offensichtlich kein Zimmer, weil man unsere Zimmer vergeben hat, und zwar anderweitig, wie ich gehört habe …«

»Ich muss mir das nicht gefallen lassen«, fing die Frau hinter meinem Rücken wieder an.

»… und ich brauch mal eben dein Telefon, Raimund, und zwar jetzt gleich.«

Raimund kam zu mir und reichte mir das dicke Mobiltelefon, das die ganze Zeit seine Jacke ausgebeult hatte. »Da musst du die Nummer eintippen und dann hier drücken«, sagte er, »und wenn du fertig bist, dann wieder hier.«

Ich nahm das brikettförmige Teil und drehte mich damit zu der Frau hinterm Tresen um.

»So«, sagte ich, »dann wollen wir mal den Buchungsservice von Fluxi anrufen und fragen, was die dazu sagen!«

»Da können Sie gerne anrufen«, sagte die Frau. »Da können Sie gerne anrufen.«

»Das mache ich auch! Das wird die Leute vom Fluxi-Buchungsservice sicher interessieren, dass ihre Arbeit ganz umsonst ist, weil die Leute zwar bei ihnen buchen können, aber Leute wie Sie die Zimmer dann trotzdem anderweitig vergeben.«

Ich rückte mir das Papier vom Buchungsservice zurecht und begann die Nummer zu tippen, »so, so, so und so und so und so und dann hier drücken«, sagte ich, während die Frau mir interessiert zuguckte. Dann drückte ich die Taste und hielt mir das Teil ans Ohr. Es kam kein Geräusch. Nichts passierte. Dann piepte es dreimal kurz und dann passierte wieder nichts.

»Ja, guten Abend, Schmidt hier«, sagte ich, »ich rufe wegen einer Reservierung an, die …«

»Bitte«, sagte die Frau, »wir können uns doch einigen.«

»Moment eben«, sagte ich in das Telefon, »ja, die Verbindung ist schlecht, aber bleiben Sie eben dran, bitte!« Und zur Frau: »Haben Sie denn nun Zimmer?«

»Vier Doppelzimmer, mehr habe ich nicht mehr«, sagte sie. »Ich konnte doch nicht wissen …«

»Vier Doppelzimmer ist doch super«, sagte Raimund neben mir und zwinkerte der Frau zu. »Vier Doppelzimmer reicht doch, wir sind doch eh die meiste Zeit im Club!«

»Ich rufe gleich nochmal an«, sagte ich in den Hörer. Dann drückte ich auf den Auflegeknopf und sagte zu Raimund: »Geh zurück auf deinen Platz.«

»Und mein Handy?« Er streckte die Hand nach dem Telefon aus, er grabschte richtig danach, da hielt ich es hoch und er hüpfte hinterher wie ein Kind beim Wurstschnappen. Ich schob ihn weg.

»Das brauche ich vielleicht noch.«

Er drehte sich zu den anderen um, hob seine Bierdose und rief: »Auf Charlie, die alte Socke!«

Ich sagte zu der Frau: »Also vier Doppelzimmer! Und wie sollen wir da alle reinpassen?«

»Wir könnten Ihnen da vielleicht noch ein paar Betten reinstellen, ohne Aufpreis.«

»Ohne Aufpreis? Sie wollen mich wohl verarschen, ich ruf gleich wieder beim Fluxi-Buchungsservice an«, und so ging das weiter, der ganze Herrenmenschenscheiß rauf und runter, dazu wedelte ich warnend mit dem Mobiltelefon, ich hasste das, ich machte das nicht gerne, das hatte ich schon bei Rüdiger, dem Hausmeisterschluckspecht, gehasst, wenn er seine Herrenmenschenanfälle hatte und den Erziehern oder den Kindern irgendeinen Scheiß von wegen wie es angehen konnte, dass sie dauernd die Klos verstopften oder dass es das letzte Mal war, dass er diese Heizung jetzt wieder in der Wand verankerte oder was weiß ich was erzählt hatte, das ganze Ich-hab-Oberwasser-du-hast-verschissen-Spiel, nur eben hier mit »Ich ruf den Fluxi-Buchungsservice an« und »Wer leitet dieses Hotel eigentlich?« und was weiß ich, was mir da noch alles aus der guten alten Futterklappe purzelte, es war widerlich, und die Frau machte mich wütender und wütender dabei, denn das war ja das Schlimmste, dass sie mich durch ihr dauerndes Gequengel und Late-Check-in-Neudefinieren überhaupt erst dazu zwang, diesen Scheiß zu reden, nur damit sie nicht wieder Oberwasser bekam und mich mit ihren Zustellbettengebühren verarschte, und am Ende ging das so aus, dass wir die vier Doppelzimmer für den Preis von drei bekamen und ohne Aufpreis in drei Doppelzimmer Zustellbetten gestellt kriegten, obwohl wir nur zwei gebraucht hätten, weil Dave ja nicht mitgekommen war, aber dass wir nur zu zehnt waren, das durfte sie nicht wissen, schon der kleinste Anlass, wieder in die Offensive zu gehen, wäre von dieser Frau wieder gegen mich verwendet worden, und während ich auf diese Weise daran arbeitete, der Firma BummBumm Records hundert Mark oder irgend so einen Pipibetrag zu sparen und zugleich der Firma Fluxi Hotell AB klarzumachen, dass es wenigstens mit dem Late Check-out am nächsten Tag keine Probleme geben sollte, denn das hatte ich gerade noch rechtzeitig im Tourplan gesehen, dass da noch dieser Late Check-out war, und die Frau rollte mit den Augen, als ich damit anfing, was ich denn denken würde, das sei doch überhaupt kein Problem, und ich musste schon wieder mit dem Handy drohen, nur damit sie mal in ihren Unterlagen nachschaute, ob darin auch wirklich etwas mit Late Check-out und fünfzehn Uhr stand, damit es keine weiteren Überraschungen gab und immer so weiter und weiter und weiter, während hinter uns Dubi eine neue Runde Bier spendierte, hoch die Tassen, jetzt geht's los, wir wollen eigentlich gar nicht mehr auf die Zimmer, lasst uns doch gleich in den Club gehen, vielen Dank, ihr kleinen Spaßkapeiken! Gut nur, dass sie mit ihrem Geschnatter nicht nur mich, sondern viel mehr noch die Frau zermürbten, die gab mir die Meldezettel zum Späterausfüllen mit, sie hatte keine Lust mehr, aber so schnell wurde sie uns nicht los, wir mussten noch die Zimmerbelegung klären, und die Frage, wer mit wem auf welches Zimmer gehen sollte, war höchst kompliziert, besonders, was Anja und Dubi betraf, da gab es irgendein Problem, das ich bis heute nicht verstanden habe. Aber irgendwann war auch das erledigt und ich war mit Schöpfi und Dubi in ein Dreierzimmer eingeteilt. Ich meldete mich gleich freiwillig für das Zustellbett.

Die Fluxi Hotell AB war eine schwedische Hotelkette. Wohl deshalb stand bei den Aufzügen ein lebensgroßer Elch aus Stoff. Dubi nahm ihn mit in den Aufzug, deshalb passten Schöpfi und ich nicht mehr rein. Dubi und Anja winkten uns über den mannshohen Rücken des Elchs hinweg zu, während sich die Türen des Aufzugs langsam schlossen. Wir nahmen dann den nächsten.

31. Boot Camp

»Das wird kein großes Ding«, sagte Ferdi auf dem Weg zum Club. »Hauptsache, wir halten den Plan ein, dann kann auch nichts passieren.«

Dagegen war nichts zu sagen. Was mich beunruhigte, war, dass er das nun schon zum fünften Male sagte, die alte Unke, das hatte dann schon was von Pfeifen im dunklen Walde. Wir gingen voraus, Ferdi und ich, und mit einem kleinen Abstand kamen die anderen, die hatten jeder eine Plattentasche zu schleppen, nur Schöpfi hatte eine Kiste mit Rädern untendran, die er hinter sich herziehen konnte, und Anja hatte noch einen Instrumentenkoffer dabei, da war ihr Saxofon drin, das sie live spielen wollte, Dubi hatte die Platten für beide zu schleppen und ein kleines Keyboard zusätzlich um den Hals gehängt, und er keuchte noch lauter als alle anderen und irgendwann rief Rosa: »Nun wartet doch mal, wir können nicht so schnell!«

Ferdi und ich blieben stehen und warteten auf sie. »Ist es noch weit?«, fragte Ferdi.

»Keine Ahnung«, sagte ich und faltete den Stadtplan auseinander. Wir waren ins Studentenviertel gegangen und hatten uns verlaufen, peinlich aber wahr, ich kannte die Gegend zwar noch aus der Zeit, als ich hier mal mit

Freddie Lehmann gewesen war und seinen Bruder Frankie kennengelernt hatte, guter alter Frankie, was der jetzt wohl machte, aber das war lange her und ich erkannte nichts wieder, das war schon wieder so eine Altona-Kiste hier mit kleinen Häusern und kleinen, krummgebogenen Straßen, das war Ottensen galore und wir waren schon zweimal falsch abgebogen, das mit Freddie und Frankie Lehmann in Bremen, wie lange war das jetzt her, fünfzehn Jahre ungefähr, nicht zu fassen, kein Wunder, dass man sich da verlief, wer hat so ein gutes Ortsgedächtnis, ich jedenfalls nicht, das war schlecht, aber irgendwie auch gut, da war wenigstens keine Zeit für Frank-Lehmann-Sentimentalitäten, und während ich jetzt den Stadtplan auseinanderfaltete und die drei kleinen Straßen suchte, an deren Gabelung wir standen, stellten die anderen ihre Plattentaschen auf dem Gehweg ab und schimpften auf mich ein und ich kämpfte mit der bescheuerten Falkpatentfaltung und versuchte, mit dem Feuerzeug in der Hand die winzigen Straßen auseinanderzuhalten und die Stelle zu finden, an der Bauernstraße, Blumenstraße und Kreftingstraße aufeinandertrafen, »Von wegen nicht weit!«, »Ja, von wegen um die Ecke!«, »Ich dachte, du kennst dich aus!«, so schnatterten sie durcheinander, das nervte, aber es machte auch frisch, es war wie die Tasse Kaffee, die im Fluxi-Hotel nicht zu bekommen gewesen war, Kaffeemaschine kaputt oder sowas, »Wozu haben wir denn das Auto?«, »Entschuldigung mal, aber ab jetzt immer lieber fahren!«, »Mein Rücken!«, sie gackerten durcheinander wie Hühner bei Gewitter, bis Ferdi die Hände hob und sagte: »Hauptsache, wir halten den Plan ein, mal ein bisschen zusammenhalten jetzt, verdammt noch mal!«, da waren sie still und fingen an zu rauchen, das gab mir ein bisschen Ruhe für das Kartenstudium.

Wie sich herausstellte, mussten wir nur über die große Straße am Ende der Blumenstraße und dann war es nicht mehr weit, ein bisschen geradeaus, ein bisschen links-rechts und wir waren da oder wären da gewesen, denn als wir auf die große Straße, den Ostertorsteinweg, kamen, hatten alle Hunger und wir steuerten unter Raimunds Führung, der mit den Worten »Jetzt weiß ich auch wieder, jetzt weiß ich wieder, ich kenn mich hier auch aus!« voranpreschte, nach links auf eine große Kreuzung zu, die auch mir wieder bekannt vorkam und wo es »Gyros und so Zeug gibt, mit Kraut und so!«, wie Raimund rief, der zu rennen anfing, nachdem er das gesagt hatte, und der Rest der Herde im Schweinsgalopp hinter ihm her, sodass Ferdi und ich plötzlich ganz hinten waren.

»Hauptsache, wir halten den Plan ein«, sagte Ferdi.

Ich sagte: »Ferdi, was ist das mit dem Plan? Warum muss der unbedingt eingehalten werden?«

»Ich war dagegen, das sind hier so Leute, wo wir gleich spielen, das geht dann ewig oder was, außerdem ist das ein komischer Laden, das ist so ein Raimund-Ding, das musste unbedingt sein, auf jeden Fall Bremen, das sind so Kumpels von ihm oder jedenfalls denkt er das, wegen mir hätten wir das ruhig auslassen können, ich meine, hast du dir den Plan mal angesehen?!«

»Ja. Hab aber nicht alles verstanden.«

»Das hat keiner. Das ist ein weltweit neues Experiment, Rave als Rocktournee, könnte man sagen. Oder umgekehrt. Und das ist das Problem: Sowas klappt ja nur, wenn man den Plan einhält.«

Wir waren im Gyros-Imbiss angekommen und Raimund stand am Tresen, wo ein Mann mit einem ratternden Moulinex-Messer von einem Gyrosspieß Fleischfetzen heruntersäbelte und zusammen mit Krautsalat in aufgeschnittene

Schrippen stopfte, und Raimund nahm jede Gyrosschrippe einzeln mit beiden Händen entgegen wie ein Samuraischwert und reichte sie mit großer Geste weiter, »hier und hier und hier«, das ging so eine Weile und dann mampften wir alle Schrippen mit Gyros und Krautsalat, während Raimund uns einen Vortrag darüber hielt, dass das das Beste überhaupt sei und das Gyrosbrötchen eigentlich der Urdöner und dass alle gleich noch mal eins essen sollten.

Ferdi zog mich zur Seite, um mir weiter von seinen Sorgen zu erzählen: »Das ist ja alles gut und schön mit Magical Mystery, aber man muss auch den Plan einhalten, sonst läuft uns das völlig aus dem Ruder, das wollte ich mit dir sowieso noch mal besprechen, Charlie, du musst uns morgen früh um acht Uhr auf jeden Fall abholen und darfst nicht lockerlassen, am besten kommst du mit dem Auto und sperrst sie da alle wie du sie findest rein, bis du alle zusammenhast, mich auch, sonst schaffen wir das nicht, wir müssen doch alle noch chillen und pennen, bevor wir weiterfahren, diese Typen, die den Club machen, die sind gnadenlos, da sind auch ein paar Journalisten, da können wir uns nicht als Weicheier outen, die um acht Uhr morgens schon ins Bett gehen, nur weil es wieder hell wird oder was, das ist ja das Problem, das ist ja hier der Magical-Mystery-*Kick-off,* Charlie, ich meine, hier geht's los, ausgerechnet!«

»Verstehe ich nicht so richtig, Ferdi!«

»Das ist ein Image-Problem, Charlie, das läuft hier alles über Gigantic E, das sind so Macho-Raver, da sehen wir wie Spaßbremsen und Partypuper aus, wenn wir morgen früh schon gehen, verstehst du? Dabei ist bloß nicht genug Zeit auf dem Plan, aber erklär denen das mal! Wir hätten Bremen einen Tag früher machen müssen, bloß dass die auf Montagabend keinen Bock hatten, was weiß ich, warum, und in Köln haben wir ja nicht einmal ein Hotel, bevor wir in den Club gehen oder was.

»Ja, das wollte ich noch fragen«, sagte ich, »wo soll ich da in Köln eigentlich schlafen?«

»Das klären wir schon noch, aber jedenfalls ist das anstrengend, das geht nur, wenn wir morgen früh um acht alle da weggehen. Aber wie sieht das denn aus? Und wenn dann auch noch irgendwelche Journalisten dabei sind, dann steht die ganze Magical-Mystery-Sache gleich von Anfang an mit dem falschen Fuß auf, verstehst du?«

»Ja, das ist dann peinlich für euch!«

»Für uns, Charlie!«

»Okay, peinlich für uns.«

»Genau, deshalb brauchen wir einen, der den Arsch macht! Einen, der uns da koste was es wolle und zur Not auch gegen unseren Willen rausholt, so ledernackenmäßig, verstehst du?«

»Ich soll den Arsch machen und euren guten Raverruf retten, indem ich euch da morgen früh gewaltsam raushole?«

»Ja, so könnte man das sagen, wenn man es gerne direkt ausdrückt, Charlie.«

»Und was sagen die anderen dazu? Hast du ihnen gesagt, dass ich das auf deinen Wunsch mache?«

»Ja klar habe ich denen das gesagt, aber ich weiß nicht, ob die das kapiert haben, ist ja auch egal, die kommen doch gegen dich sowieso nicht an, Charlie. Nicht mal alle zusammen.«

»Willst du da eine Discoschlägerei, so gummistiefelmäßig, oder was?«

»Nein, sowas doch nicht. Okay, ich sag denen das noch mal.«

»Ich habe keine Lust, da jetzt schon voll der Arsch zu sein, Ferdi, ehrlich mal!«

»Hört mal alle zu!« Ferdi hob sein Gyrosbrötchen und im Imbiss wurden alle still, auch die, die nicht zu uns gehörten, das waren außer dem Gyrosmann noch zwei Junkies, die am Tresen standen und ihr Kleingeld sortierten.

»Hört mal alle zu: Morgen früh um acht ist das hier zu Ende, sonst schaffen wir Köln nicht, und Köln ist wichtiger als Hamburg ...«

»Bremen!«, warf ich ein.

»Bremen, ist ja egal, jedenfalls um acht Uhr muss Schluss sein und da müssen sich dann im Fluxi alle hinlegen und schlafen, damit wir rechtzeitig nach Köln kommen, und Charlie hier macht das klar, dass sich da auch alle dran halten und das ist voll auf meinen Wunsch, also er ist nicht der Arsch, wenn er sich morgen euch gegenüber wie ein Arsch benimmt.«

»Versteh ich nicht«, sagte Raimund.

»Siehst du«, sagte Ferdi zu mir. »Das meine ich. Und Raimund ist mein Partner und einer der Chefs oder was weiß ich.«

»Wir sollen morgen früh um acht alle mitkommen«, rief Schöpfi, »ist doch ganz einfach!«

»Schöpfi, mon amour!«, rief Ferdi. »Schöpfi, bei dir hat sich alles gelohnt, ehrlich mal, jede Minute, die ich dir gewidmet habe, hat sich gelohnt!«

Schöpfi lächelte geschmeichelt und hob eine Hand und winkte in die Runde.

»Ach so, das«, sagte Raimund. »Da hatten wir doch schon neulich drüber gesprochen, das ist doch klar. Da hätte ich übrigens noch eine Idee, jetzt wo wir Charlie dabeihaben: Wenn er morgen früh kommt, dann könnten wir uns doch alle ein bisschen widersetzen, dass das so extrahart rüberkommt, so Magical Mystery, aber als Boot Camp, ich hab da neulich sowas mal im Fernsehen gesehen, so mit ja Sir, jawohl Sir und so.«

»Nein«, sagte Ferdi, »kein Boot Camp, das ist doch krank, Raimund, jedenfalls wollte ich nur sagen, dass wir um acht alle mitgehen, echt mal.«

»Aber kommt das nicht ein bisschen spießig rüber?«, warf Rosa ein. »Ich meine, erst Magical Mystery und high sein frei sein und dann gehen alle um acht nach Hause?«

»Und wenn einer früher ins Hotel will?«, rief Basti. »Ist das hier so Mitmachfaschismus? Müssen wir immer zusammenbleiben oder was?«

»Das ist ja gerade der Widerspruch«, sagte Ferdi, »das ist ja gerade das Experiment, da sind ja schon die Beatles dran gescheitert, dass die so Freaks sein und gleichzeitig eine Tournee machen wollten, versteht ihr? Tournee ist eben so Gruppenscheiß und Mitmachfaschismus und alle gleichzeitig aufs Klo und was weiß ich was, aber beim Hippiefreak regiert die Liebe und die Freiheit, und das ist das Spannungsfeld, und Charlie kriegt das schon irgendwie hin. Und wenn einer vorher ins Hotel will, dann kann man das sowieso nicht ändern.«

Ich ging zum Tresen und ließ mir eine Cola geben. Ich öffnete die Colabüchse und nahm einen langen Schluck. Die anderen schauten mich erwartungsvoll an. Das war irgendwie rührend, wie sie da so standen, mit ihren Plattentaschen und Gyrosbrötchen.

»Wie sieht's aus, Charlie?«, sagte Ferdi.

»Kein Ding«, sagte ich. »Wer morgen früh um acht nicht mitkommt, kriegt den Arsch versohlt!«

Da freuten sie sich, die kleinen Partygranaten!

32. Der Junge mit dem weißen Pferd

Der Club war ziemlich klein und hatte keinen Namen draußen dran, er war im Souterrain eines kleinen Hauses mitten im Studentenviertel und er erinnerte mich an das *Hinterzimmer* in den Achtzigern, er hatte dieselbe trashige Sperrmülleinrichtung, und in einer Ecke ganz hinten gab es eine kleine Bühne für das DJ-Pult. Ich ging mit rein und kaum waren wir alle drin, war der Laden auch schon so gut wie voll, obwohl sonst keiner da war, nur zwei Leute vom Club, kein Wunder, es war ja auch erst halb elf oder so, aber Raimund wurde trotzdem nervös. »Was ist denn hier los, habt ihr die Plakate nicht geklebt oder was?«, sagte er, worauf die Leute vom Club nur sagten: »Hallo Raimund«, und dann gingen sie mit allen in die Backstage, damit sie dort ihre Taschen hinbringen konnten, nur Ferdi und ich blieben am Tresen und Ferdi ging hinter die Theke und holte dort zwei Flaschen Bier hervor und schob mir eine rüber. Es waren Flaschen mit Schnappverschluss und ich stellte meine ungeöffnet ab und steckte die Hände in die Jackentaschen, während Ferdi seine aufploppen ließ und mir zuprostete.

»Ich geh dann mal«, sagte ich zu Ferdi, »ihr kommt ab jetzt ja wohl alleine klar.«

»Ja, und hol uns hier morgen früh bloß raus, sonst schaffen wir Köln nicht, ehrlich mal!«

Aus dem hinteren Teil kam Gelächter und dann drang das erste Bummbumm nach vorne, mal lauter, mal leiser, wahrscheinlich eine Art Soundcheck. Höchste Zeit zu gehen; noch ein paar Minuten länger und ich würde die Bierflasche aufmachen, das war klar, ich merkte schon, wie die Lust, mich an den Tresen zu setzen und das Bier zu trinken und eine zu rauchen und einfach immer weiter sitzen zu bleiben und dabei zu sein, während alle immer lustiger wurden und Scheiß bauten, wie diese Lust also in mir aufstieg und auch gleich von überall die Stimmen mit den hilfreichen Argumenten kamen, die inneren Party People, die sofort loslegten, als der Gedanke, sich zu setzen und noch kurz zu bleiben, erstmal gedacht war, da standen sie gleich auf der Matte und legten los, denn das war ja Quatsch, wenn man schon mal hier war, dass man das nicht auch gleich noch ein bisschen auskostete, was war denn schon dabei, es musste ja nicht gleich Bier sein, es ginge ja auch erstmal eine Cola, mal nicht gleich das Kind mit dem Bade ausschütten, auch mal lockerlassen und überhaupt, wer weiß, ob ich überhaupt jemals ein Multitox gewesen war, und nur mal so eine halbe Stunde Bummbumm, solange noch keiner da ist, das kann ja wohl nicht das Problem sein, und Bier ist ja wohl sowieso noch nie das Problem gewesen, dann eben einfach mal Koks und Schnaps und Speed und E und all das weglassen, das kann ja wohl nicht so schwer sein, ist doch bloß das Multi das Problem beim Multitox, so kam es von allen Seiten, aber irgendwo war auch der gute alte Werner, der um sich schlug und die Party People in den Arsch trat und pausenlos »Aufhören, aufhören, zur Not einfach weglaufen« rief, der war auch nicht faul, der gute alte Werner, und ich dachte an den Witz, wo zwei Leute vor dem Richter stehen und jeder gibt ihm einen Umschlag, und in jedem Umschlag sind hundert Mark Schmiergeld drin und der Richter nimmt beide Umschläge und guckt rein und sagt: »Dann kann ich ja unparteiisch entscheiden!«, so ging es mir in diesem Moment auch, es stand unentschieden, mir gefielen die Party-People-Stimmen nicht besonders, ich wusste ja, dass sie unrecht hatten, aber ich hatte auch keine Lust, Werners Ermahnungen einfach so nachzugeben, es musste doch bessere Argumente fürs Gehen geben als nur, dass Werner wie immer recht hatte und dass ein Hierbleiben zu gefährlich war, das reichte nicht, das war mir zu negativ, es konnte ja nicht sein, dass man überhaupt keinen Spaß mehr im Leben hatte und von einem der Supervision unterworfenen Altonafreak auf ewig ferngesteuert wurde, und außerdem hatte ich keine Lust, alleine in die Nacht hinaus und zurück zum Fluxi-Hotel zu gehen, wo auf mich ein Zimmer mit Zustellbett und ein Elch warteten, und so stand ich da unentschlossen herum, bis es noch ein Argument gab, das mir gerade noch rechtzeitig einfiel, während ich da am Tresen stand mit dem geschlossenen Bier und den Händen in den Jackentaschen, ein Argument, das in letzter Minute um die Ecke kam, wie der Junge mit dem weißen Pferd, doof, aber hilfreich, nämlich das professionelle Argument, einfach professionell sein und den Job machen und deshalb jetzt gehen, so sah's aus, der Job war ja klar definiert, nüchtern bleiben und morgen früh um acht Uhr alle hier rausholen, dafür wurde ich bezahlt und nicht dafür, dass ich mit Ferdi am Tresen saß, deshalb sagte ich zu Ferdi, der fröhlich auf seinem Hocker kippelte und am Bier nuckelte: »Bis denn, Ferdi!«

»Mach's gut Charlie, hau rein.«

Aus der Tiefe des Raums kam Raimund angeflitzt. Er hielt sein Funktelefon hoch.

»Hätte ich fast vergessen«, rief er gegen die Bummbumm-Musik an, die plötzlich lauter wurde. »Hätte ich fast vergessen, Charlie, hier, der Knochen!« Er hielt mir das Telefon hin.

»Für mich?«

»Ja, nimm das. Falls was ist. Oder wir dich erreichen müssen. Ferdi hat auch eins.«

Ferdi nickte und zog ein Handy aus der Tasche. Es war eins wie das von Schöpfi, er hielt es hoch und klappte es auf und zu und rief: »Aber meins ist nicht aus der Steinzeit!«

Ich nahm Raimunds Knochen entgegen, er überreichte ihn mir mit ähnlich feierlicher Geste wie zuvor das Gyrosbrötchen. »Auf keinen Fall fallen lassen«, sagte er. »Das Ding war arschteuer.«

»Aber jetzt nicht mehr!«, sagte Ferdi. »Das alte Prollbrikett!«

»Ich habe aber Ferdis Nummer nicht«, sagte ich zu Raimund.

»Die ist da drin. Da sind zehn Kurzwahlspeicher drin, hier!« Raimund zeigte mir, welche Tastenkombinationen ich drücken musste, um Ferdis Nummer zu wählen.

»Und nicht fallen lassen!«

»Kein Ding, Raimund.«

Ich ging aus dem Club raus. Als die Tür hinter mir zufiel, war die Bummbumm-Musik weg. Ich schwitzte. Draußen nieselte es. Ich machte meine Jacke auf, verstaute das Handy in einer Innentasche und ging zurück zum Fluxi.

33. Elch Käfig nein

Beim Fluxi war jetzt jemand Neues hinter der Theke, ein pickliger junger Kerl mit Prinz-Eisenherz-Schnitt, der mich böse anschaute, als ich hereinkam, was in seinem Fall ein bisschen lächerlich aussah, wahrscheinlich hatte ihm die dumme Frau schon von mir erzählt, vielleicht hatten sie mich auch schon mit Bild auf die Liste der Fluxi-Feinde und dort ganz nach oben gesetzt, aber das war mir egal, ich war müde und deprimiert und wollte nur noch schlafen und am nächsten Morgen geweckt werden, also ging ich zu ihm hin und als er kurz so tat, als habe er mich nicht bemerkt, und stattdessen mit einem Lappen hinter seiner Theke alle möglichen Dinge abwischte, haute ich auf die Klingel, Liebe hin, Mystery her, dachte ich, aber als er auf mein Klingeln hin zusammenzuckte, der arme Stoffel, merkte ich, dass ich auf einem falschen, negativen Trip war, und riss mich ein bisschen zusammen.

»Es tut mir leid, was kann ich für Sie tun«, sagte der Mann, der sicher einige Jahre jünger war als ich, vielleicht sogar ein Lehrling, während er immer weiter herumwischte.

»Ich hätte gerne einen Weckruf um sieben Uhr«, sagte ich. »Morgen früh. Morgen früh um sieben.«

»Ja klar, Zimmernummer?«, sagte der Mann und schaute mich nicht an und wischte und wischte.

»163«, sagte ich.

»Sagen Sie«, sagte der Mann und hörte kurz mit dem Wischen auf, ohne mich deshalb anzusehen, »haben Sie vielleicht den Elch gesehen?«

»Den Elch? Welchen Elch?«

»Da stand neben dem Aufzug ein Elch und jetzt ist er weg.«

»Davon weiß ich nichts«, sagte ich. »Wie groß war der denn?«

»Der ist riesig«, sagte der Mann. Er guckte an mir vorbei und zeigte, wie riesig der Elch war, er hob dafür beide Arme, auch den mit dem Lappen. »Ein Riesenteil.«

»Und wie kann so einer wegkommen?« sagte ich.

»Den muss einer weggenommen haben«, sagte der Mann. »Aber alleine schafft man das nicht, jedenfalls nicht zur Tür raus, also schon gar nicht an uns vorbei, das würden wir merken, so groß, wie der ist.«

»Dann ist ja gut«, sagte ich. »Dann muss er ja noch irgendwo sein.«

»Ja, das haben wir auch gedacht. Und Sie haben nichts damit zu tun?«

»Ich? Nein.«

»Die sind arschteuer, die Dinger«, sagte der Mann, »die sind hier ziemlich aufgeregt wegen dem Elch.«

»Kann ich mir vorstellen. Ist sicher auch niedlich, so ein Elch«, sagte ich.

»Ich glaube, darum geht es denen nicht so«, sagte der Mann. »Niedlichkeit ist dabei nicht unbedingt das Wichtigste, das ist nicht so deren Ding.«

»Sie reden von Ihren Kollegen auf einmal in der dritten Person«, sagte ich. Das Gespräch begann mir zu gefallen. Der andere wischte wieder und hob dafür Heftklammergeräte, Locher, Radiergummi, Kugelschreiber und Schreibunterlage hoch und ich fragte mich, ob sie die Fluxi-Hotels nicht lieber in Freaki-Hotels umbenennen sollten.

»Die von der Tagschicht oder Wechselschicht sind nicht so wie wir von der Nachtschicht, wir machen ja immer nur Nachtschicht«, sagte der Mann.

»Wer ist wir?«, sagte ich. »Sind Sie viele?«

»Nur zwei, ich und mein Kollege«, sagte er, »aber der ist heute nicht da, wir wechseln uns immer ab, also wenn *ich* da bin, ist *er* natürlich nicht da und umgekehrt, ist ja logisch.«

»Auf jeden Fall«, sagte ich.

»Jedenfalls«, sagte er und hauchte auf eine kleine Spiegelfläche an einer Säule, die seinen Tresen begrenzte, dann wischte er sie ab und betrachtete sich oder sein Werk, wer wusste das schon, »jedenfalls sind die ganz schön aus dem Häuschen wegen dem Elch, und wenn ich den Elch hätte, dann würde ich den mal wieder freilassen.«

»Elche sind keine Tiere, die man dauerhaft in Gefangenschaft halten kann, ebensowenig wie Hirsche, glaube ich«, sagte ich. »Der Elch ist ein freiheitsliebender Geselle.«

»Genau!«

»Das ist auch der Unterschied zwischen Kaninchen und Hasen«, fuhr ich fort. »Hasen kann man, so wie Elche, nicht im Käfig halten, Kaninchen aber schon.«

»Da habe ich so noch nie drüber nachgedacht«, sagte der Mann und schaute weiter in seinen Spiegel.

»Meerschweinchen genauso«, sagte ich.

»Jetzt Käfig ja oder Käfig nein?«

»Käfig ja, darum sind sie ja so beliebt.«

»Auf jeden Fall«, sagte Prinz Eisenherz, der noch immer in den kleinen Spiegel schaute. Ich konnte sehen, dass es ihn in den Fingern juckte, sich einen Pickel auszudrücken. Stattdessen drehte er sich aber zu mir um und schaute mich an.

»Aber Elch Käfig nein!«, sagte er.

Dazu zwinkerte er verschwörerisch mit den Augen.

Ich ging nach oben und ins Zimmer. Das war mit seinen zwei Betten, dem Zustellbett und dem Elch gut gefüllt. Den Elch hatte Dubi im Badezimmer versteckt, als der Mann mit dem Zustellbett geklopft hatte, hochkant, weil er anders nicht hineingepasst hätte in die kleine Nasszelle. Nun stand er zwischen Zustellbett und Fenster und schaute mich an. Ich zog meine Jacke aus, klappte das Zustellbett zusammen, legte es auf eins der anderen Betten, zog den Elch zur Tür, öffnete sie und schaute hinaus. Es war niemand zu sehen. Ich zog den Elch, den man nicht tragen konnte, so schwer und sperrig war er, hinter mir her zum Lift, stellte ihn hochkant hinein und fuhr mit ihm hinunter ins Erdgeschoss. Als dort die Lifttüren aufgingen, stand der picklige Prinz Eisenherz davor.

»Schauen Sie«, sagte ich, »der Elch war im Lift.«

»So ein Schlingel«, sagte der Mann.

Ich stellte den Elch auf die Füße und zog ihn aus dem Lift heraus. »Wo hat er denn gestanden?«, fragte ich.

»Hier auf der rechten Seite.«

Ich stellte ihn dort ab. »Ein schönes Tier.«

»Und arschteuer«, sagte der Mann und streichelte dem Elch über den Rücken.

»Ich gehe dann mal auf mein Zimmer«, sagte ich.

»Gute Nacht«, sagte der Mann.

Auf dem Weg nach oben merkte ich, dass ich gute Laune hatte. Vielen Dank, Elch, vielen Dank, Prinz Eisenherz!

Aber auch: Vielen Dank, Dubi!

34. Faceless Techno

Als der Anruf kam, war ich noch ziemlich müde.

»Sie müssen mal kommen«, sagte der Nachtportier. »Es gibt hier ein Problem mit Ihren Zimmergenossen.«

Ich hatte zum Glück einen Pyjama an. Das war eine der Sachen, die man in Clean Cut 1 lernte: mit Pyjama ist besser als ohne Pyjama. Wenn nachts irgendwas war, einer Krawall machte wegen eines Wutanfalls oder schlechten Träumen, oder wenn man sich morgens auf dem Weg ins Bad begegnete, dann war es gut, einen Pyjama zu tragen, »Wohngemeinschaft heißt Pyjama«, sagte Werner immer, er schenkte uns die Pyjamas jedes Jahr zu Weihnachten, dem einen Flanell, dem anderen Viskose, dem einen kariert, dem anderen gestreift, nie bekamen zwei Leute denselben Pyjama, darauf achtete Werner, »Pyjamas kann man gar nicht genug haben«, sagte er, »das ist das wichtigste Kleidungsstück überhaupt«, auf diese Weise wurde in Clean Cut 1 jedes Zusammentreffen um die Schlafenszeit herum zu einer bunten Pyjamaparty und wir mussten uns nie gegenseitig in Unterhose oder T-Shirt oder gar nackt sehen.

Ich nahm also die Plastikkarte mit den Löchern drin, die sie einem im Fluxi als Schlüssel gaben, steckte sie in die

Brusttasche meines Pyjamas und ging hinaus in die Welt. Als sich im Erdgeschoss die Fahrstuhltür öffnete, standen dort auch schon Schöpfi und Dubi und der Elch und der Nachtportier mit dem komischen Haarschnitt. Dubi hatte die Arme um den Elch geschlungen.

»Charlie, alte Socke«, sagte Schöpfi. »Schicker Pyjama!«

»Was macht ihr denn hier? Ich denke, ihr seid im Club!«, sagte ich.

»Nee«, sagte Schöpfi, »ich hatte keinen Bock mehr. Das war da nicht gut. Außerdem war nicht viel los. So kann man nicht Party machen. Ich hab aufgelegt und dann hab ich gemacht, dass ich da wegkomme. Den da sollte ich mitnehmen.«

Er zeigte auf Dubi. Dubi zog am Elch. Der war mit einem Fahrradschloss an die Wand gekettet.

»Das bringt nichts, Dubi«, sagte ich.

Dubi reagierte nicht, er zog weiter am Elch, aber der Elch gab nicht nach.

»Was hat er denn?«, sagte ich zu Schöpfi.

»Der hat sich voll mit dieser Frau da gestritten«, sagte Schöpfi, »wie heißt die, Anja oder was, also die andere von den beiden, die sind voll aggro geworden und wollten nicht mehr auftreten und dann doch wieder, aber dann war Dubi schon so besoffen, dass er nicht mehr konnte, jedenfalls wollten die ihn nicht mehr ans Pult lassen, jetzt muss sie ihre Flöte alleine spielen.«

»Saxofon«, sagte Dubi keuchend und am Elch zerrend. »Saxofon.«

»Können Sie Ihren Kollegen nicht irgendwie mitnehmen?«, sagte der Nachtportier. »Wir müssen leise sein!«

»Komm mal mit, Dubi«, sagte ich. »Komm mal mit.« Ich nahm ihn vorsichtig am Arm. »Komm, wir gehen nach oben.«

»Aber bitte leise«, sagte der Portier. »Die anderen Gäste schlafen doch alle!«

Dubi entwand mir seinen Arm. »Nicht anfassen!«

»Nun komm schon, Dubi«, sagte ich. »Nun hilf mir doch mal, Schöpfi!«

Schöpfi ging zu Dubi und drehte ihm einen Arm auf den Rücken.

»Aua!«, sagte Dubi.

»Das ist ein Polizeigriff«, sagte Schöpfi. »Hat mir mal einer gezeigt, der war Bulle.«

»Schöpfi, du Sau, lass mich los!«

»Schöpfi?«, sagte der Nachtportier. »DJ Schöpfi? *Der* DJ Schöpfi?«

»Ja klar!«, sagte Schöpfi.

»Der mit Hallo Hillu?«

»Ja klar«, sagte Schöpfi.

»Können Sie mir was unterschreiben? Ich hole mal schnell einen Zettel.«

Der Nachtportier lief zu seinem Tresen. Schöpfi ließ Dubi los und kramte in seinen Taschen.

»Hat jemand einen Stift? Ich habe keinen Stift!«

Dubi rieb sich den Arm und fiel fast um. Ich hielt ihn schnell an der Schulter fest.

»Hallo Hillu kennt echt jede Sau«, sagte Schöpfi. »Dabei ist das gar nicht mal mein bester Track.«

»Ich kenn den auch«, sagte ich, »hatte bloß nicht gewusst, dass der von dir ist, Schöpfi. Also dass du Schöpfi bist. Wieso hast du dich umbenannt?«

»Naja, wir haben ja irgendwie auch eine Verpflichtung der Musik gegenüber, ich meine, faceless Techno und so weiter, müssen wir ja nicht drüber reden. War ich immer ein Anhänger von. Es geht nicht um den Einzelnen oder so, es geht doch um die Sache, der Einzelne ist doch nicht wichtig, das ganze Starding, ich war ja von Anfang an dagegen, ich wollte nie, dass mein Gesicht bekannt wird«, er redete sich jetzt warm, der alte Waldspecht, »und das mit dem Pop-Illu-Cover, das war Raimunds Ding, ich wollte das nicht, ich hatte das gar nicht gewusst, der hatte das eingefädelt, und ein Foto wollte ich eigentlich gar nicht machen, ich sagte, faceless Techno, keine Stars, keine Hits, hallo Leute, habt ihr das schon vergessen und so, faceless Techno, aber Raimund wollte unbedingt ein Foto machen, eben so für sich, als Andenken, hatte er gesagt ...«

Der Nachtportier kam mit Postkarten und einem Kugelschreiber von seinem Tresen zurück.

»Das sind ja Postkarten von Bremen!«, sagte Schöpfi. »Und darauf soll ich unterschreiben?«

»Ich hab gerade nichts anderes, Hauptsache Autogramm! Hier auch für meine Kumpels!«

Schöpfi unterschrieb auf einer Karte vom Bremer Rathaus und auf einer mit den Bremer Stadtmusikanten und auf einer mit einer Luftaufnahme vom Bremer Überseehafen. Währenddessen redete er weiter, und ich hielt immer schön Dubi fest, der wieder zum Elch wollte, »wieso Foto, hatte ich Raimund gefragt, wieso Foto, aber wer ist bei einem wie Raimund schon misstrauisch ...« – er hielt eine Postkarte mit einem Bild voller Pflanzen hoch, »... was ist da denn drauf?«

»Der Rhododendron-Park, der ist sehr schön«, sagte der Portier.

»Naja«, sagte Schöpfi und unterschrieb weiter, »das Foto war auch okay, aber ich meine, mit Gesicht auf dem Pop-Illu-Cover, das ist ja wohl kaum faceless Techno, aber das war ja noch nicht alles.«

Er gab dem Nachtportier die unterschriebenen Postkarten.

»Hier, reicht das so?«

»Sehr schön«, sagte der Nachtportier, »vielen Dank! Wo habt ihr denn heute aufgelegt?«

»Irgendwo da draußen«, sagte Schöpfi, »so ein kleiner Laden. Weiß nicht mal, wie der heißt. Wir sind doch gerade mit Magical Mystery unterwegs.«

»Magical Mystery? Hier in Bremen? Ich wusste gar nicht, dass das auch in Bremen ist!« Der picklige Prinz war ganz aufgeregt. »Da hat man ja gar nichts von mitgekriegt, sowas muss man doch wissen! Ihr müsst mal irgendwo hinkommen, wo man das auch mitkriegt, also vielleicht ins Stubi, das ist gleich um die Ecke, das wäre so 'n Laden, wo man das auch mitkriegt.«

»Stubi?«, sagte Schöpfi misstrauisch. »Da war ich noch nie. War aber schon oft in Bremen. Ist das so 'n Gummistiefelscheiß oder was?«

»Nein, das ist hier um die Ecke. Das ist gut da, bisschen altmodisch, aber da läuft auch Techno. Wer war denn heute noch dabei?«

»Die anderen kennt man nicht«, sagte Schöpfi, »Anja und Dubi hier, wie heißt ihr noch mal?«

»Odo und Rama Noise«, sagte Dubi.

»Genau«, sagte Schöpfi. »Das sind die mit dem Hit mit der Flöte.«

»Kenn ich nicht«, sagte der Nachtportier.

»Kommt diese Woche raus«, sagte Dubi. »Auf Kratzbombe!«

»Kratzbombe?!«, sagte der Portier. »Bist du auch bei Kratzbombe?«, wandte er sich an Schöpfi. »Ich dachte, Hallo Hillu ist auf BummBumm erschienen.«

»Leute«, sagte ich und hob die Hände, »wollen wir nicht mal lieber auf unsere Zimmer gehen?«

»Ich dachte, wir drei sind alle im selben Zimmer«, sagte Schöpfi.

»Ja. Aber ihr könnt auch hierbleiben, wenn ihr wollt«, sagte ich. »Ich gehe wieder hoch. Wie spät ist es überhaupt?«

»Drei Uhr gerade durch«, sagte der Portier. »Wir müssen leise sein.«

»Nun komm schon«, sagte ich zu Dubi und zog ihn Richtung Fahrstuhl.

»Nicht anfassen«, sagte Dubi. »Ich geh alleine, nicht anfassen.«

Ich ließ ihn los und öffnete den Fahrstuhl. Dubi stieg ein. »Und du, Schöpfi?«

»Ich glaub, ich geh noch mal weg, vielleicht hat der ja noch einen Tipp hier ...«, er zeigte auf den Portier.

Der Portier nickte. »Auf jeden Fall. In Bremen ist immer was los, ich kenn mich aus!«

»Wir haben zwar Late Check-out«, sagte ich mahnend, »aber um sechzehn Uhr ist Abfahrt, Schöpfi, dann musst du hier sein! Immer schön den Plan einhalten.«

Die Fahrstuhltür ging zu und der Fahrstuhl verschwand. Mit Dubi. Ich drückte hektisch auf den Knopf, aber der Fahrstuhl kam nicht zurück.

»Easy, Charlie, easy. Mach dich mal locker. Ich hab das Ende noch gar nicht erzählt«, sagte Schöpfi.

»Welches Ende?«

»Das mit dem Bild. Also das Beste war, dass ich also auf dem Pop-Illu-Cover war mit dem Bild, das Raimund da gemacht hatte, da hat er mich voll verarscht, das war ja schon ganz gut, aber dann hatte ich auf dem Bild auch noch ein weißes T-Shirt an, und da haben die von der Pop-Illu da ›Keine Macht den Drogen‹ reingemorpht, so fototechnisch. Ich meine, tu dir das mal rein! Voll hart! Aber irgendwie auch gut!«

»Ja«, stimmte ich zu. »Sechzehn Uhr, Schöpfi! Am besten ein bisschen früher!«

Der Fahrstuhl kam zurück. Die Tür ging auf. Dubi saß auf dem Boden und schlief. Ich ging hinein und drückte auf den Knopf für die erste Etage, aber die Tür ging nicht zu. Ich stand eine ganze Weile neben dem schlafenden Dubi, drückte immer mal wieder auf den Knopf und wartete, dass endlich die Tür zuging. Schöpfi und der Nachtportier schauten mir zu.

»Bis denn«, sagte ich.

»Alles klar«, sagte Schöpfi. »Hier, nimm die noch mit!« Er nahm eine Plattentasche und ein kleines Keyboard, die beim Elch standen, und reichte sie mir in den Fahrstuhl hinein. »Kannst du die noch mitnehmen? Ist sein Zeug.«

»Ja, easy«, sagte ich. Dann standen wir weiter so herum, ich mit Dubi und Plattentasche im Aufzug, die beiden davor.

»Das ist manchmal so, das dauert jetzt ein bisschen«, sagte der Portier. »Der Fahrstuhl ist nicht ganz astrein, glaube ich.«

»Sechzehn Uhr, Schöpfi«, sagte ich.

»Schon klar, Charlie!«

Dann ging endlich die Tür zu.

35. Kontaktstoned

Um sieben Uhr kam der Weckruf, aber ich hatte schon lange wachgelegen, als das Telefon klingelte, zum Glück war es ein Weckruf mit einer automatischen Ansage, da musste ich mit keinem reden. Irgendwo im Raum schnarchte Dubi leise vor sich hin und irgendwo im Raum war auch das dunkle Gefühl, und wenn ich wollte, konnte ich mir vorstellen, dass es das dunkle Gefühl war, das diese leisen röchelnden Geräusche machte, das gab der Sache wenigstens was Dramatisches, ansonsten war alles grau, innen wie außen, und ich hatte vor dem Weckruf dagelegen und mir nicht vorstellen können, jemals aufzustehen, aber liegenbleiben war auch die Hölle und da war das Telefon mit seinem automatischen Weckruf natürlich eine Erlösung, es zwang einen zum Aufstehen und man musste trotzdem mit keinem reden, nur eine Stimme vom Band wünschte einem einen guten Morgen, das hatte die nötige zwischenmenschliche Kälte und wenn man erstmal stand, war das ja schon die halbe Miete. Ich duschte und zog mich mechanisch an, manchmal ist Routine die letzte Rettung, »Zur Not einfach weitermachen!«, auch das war eine von Werners Weisheiten und nicht die schlechteste.

Ich ging runter zum Frühstücksraum und aß was, obwohl ich keinen Hunger hatte. Sie hatten ein Buffet mit Kram und Mampf, ich nahm mir irgendwelche blassen Wurst- und Käsescheiben und graues Brot und Butter und was weiß ich was, daraus bastelte ich mir ein Sandwich, das ich mit Tee runterspülte. Ein paar Salatblätter waren als Garnitur auf den Wurst- und Käseplatten drapiert, die nahm ich beim Rausgehen für die Meerschweinchen mit.

Als ich die Seitentür vom Auto öffnete, begrüßten mich Lolek und Bolek mit einem Zwitschern. Im ganzen Auto müffelte es nach Kinderzoo. Ich öffnete ihre Plastikbox und nahm sie beide heraus, das war gar nicht so einfach, die Biester streckten die Beine von sich und waren kaum durch die Öffnung zu kriegen. Ich setzte sie auf meinen Schoß und gab ihnen die Salatblätter. Sie mümmelten sie weg wie nichts, während ich sie ein bisschen streichelte. Dann nahm ich sie nacheinander hoch und checkte sie durch, so wie ich es von Herrn Munte bei den Kaninchen gelernt hatte, kurz bevor er ins Gras gebissen hatte, ich prüfte ihre Augen, ihre Krallen und ihr Fell, sie sahen ganz gesund aus, aber auf Dauer war der Käfig natürlich viel zu klein und jetzt auch total verdreckt, ich musste was Größeres finden und Heu und Streu und Trockenfutter und Gemüse und all das besorgen, das war schon mal gut, da war schon mal was zu tun. Als ich sie wieder unter dem Sitz verstaut hatte, ging es mir besser und ich konnte zum Club fahren.

Mit Hilfe des Stadtplans fand ich meinen Weg in die kleine Straße, in der der Club lag, und bei Tageslicht erkannte ich die Gegend auch besser wieder, das war altes Frankie-Lehmann-Terrain, das war fünfzehn Jahre her, und einerseits freute ich mich über die schöne Erinnerung, andererseits aber wollte ich eigentlich lieber nicht daran denken, weil da so viel dranhing, Frankie vor allem, aber auch Freddie, sein Bruder, die Kunst, die ganzen Hoffnungen damals und was für ein komischer Freak Frankie gewesen war, viel komischer als ich und ich war schon komisch gewesen und alles hatte irgendwie viel größer und bedeutender ausgesehen, als wir hier angekommen waren damals, Freddie und ich, weil Freddie irgendeine Ausstellung in einem Bremer Krankenhaus machen sollte und das mal vorchecken wollte und ich immer hinter Freddie her, der war mein anderes großes Vorbild gewesen, noch vor Schlumheimer oder jedenfalls gleichauf, so zu sein wie Freddie, mehr hatte ich eigentlich nie gewollt, aber am Ende hatte es nicht gereicht, für mich nicht und für Freddie auch nicht, Freddie ist ja auch nie wie Freddie gewesen, jedenfalls nicht wie der Freddie, den ich in ihm gesehen hatte, aber das hatte ich erst viel später kapiert und das Letzte, was ich von ihm gehört hatte, war, dass er in New York Heizungen repariert, und da lobe ich mir doch Schlumheimer, der ist wenigstens tot, da brennt nichts mehr an, der wird immer das bleiben, was er in meinen Augen war, das ist beruhigend, dachte ich, als ich nun doch an all das dachte und aus dem Auto stieg, das ich recht und schlecht hundert Meter vom Club entfernt eingeparkt hatte, das macht den Gedanken an den Tod irgendwie leichter, dass dann wenigstens nichts mehr schiefgehen kann, dachte ich, als ich auf den Club zustiefelte, Schlumheimer hatte rechtzeitig ausgecheckt und also auch in dieser Hinsicht alles richtig gemacht, wie überhaupt immer.

Die Tür zum Club war geschlossen und kein Lebenszeichen drang nach außen. Ich glaubte aber, wenn ich genau hinhörte, ein ganz leises Bummbumm zu hören, eigentlich war es nicht mal zu hören, nur in den Fußspitzen zu fühlen, aber so wie ich drauf war mit den nekrophilen Schlumheimergedanken und dem ganzen sentimentalen Quatsch mit Freddie und Frankie, war das vielleicht bloß Einbildung und damit schon der Vorbote von was Schlimmerem, erst kommt das dunkle Gefühl, dann sentimental werden, dann Bummbumm in den Fußspitzen fühlen, dann Stimmen hören, dann tanzen die Blumen und Blätter und dann hallo Ochsenzoll, da klingelte ich lieber, um die Sache zu verifizieren, ich klingelte und klingelte, aber keiner machte auf. In der Ferne lärmte eine Straßenbahn und oben auf dem Gehweg schlurften Leute vorbei, wahrscheinlich auf dem Weg zur Arbeit, aber hier unten, im Souterrain vor der Clubtür, tat sich gar nichts.

Ich nahm Raimunds Telefon aus der Jackentasche, was einige Zeit dauerte, es war so groß und klobig, dass es sich in der Tasche verkantet und verklemmt hatte, ich fummelte und fummelte und meine Jacke ging auch ein bisschen kaputt dabei, aber dann hatte ich den Knochen in der Hand und aktivierte Ferdis Nummer im Kurzwahlspeicher. Es tutete zwei, drei, vier Mal, dann war plötzlich Bummbumm-Musik zu hören und Stimmengeschrei und jemand rief: »Wem gehört das Ding hier? Geil!«, und dann: »Hallo, hallo?!«

»Ferdi?«

»Gib mal her, Finger weg! Hallo?«

»Ferdi?«

»Hallo, hallo? Wer spricht?« Es war Sigi.

»Charlie. Mach mal die Tür auf!«

»Welche Tür?«

»Die vom Club.«

»Wo ist die denn?«

»Wo du reingekommen bist, Sigi. Charlie hier. Wo ist Ferdi?«

»Charlie, was machst du denn hier?«

»Ich bin am Telefon, Sigi. Seid ihr im Club?«

»Natürlich.«

»Ich meine, seid ihr in dem Club, wo wir hinwollten?«

»Hä? Wie bist du denn drauf?«

»Mach mal die Tür auf, Sigi!«

»Moment!«

Die Tür ging auf und Sigi stand vor mir.

»Charlie, da bist du ja!«

»Hallo Sigi!«

»Charlie!« Sie breitete die Arme aus und schlang sie um meinen Hals. »Guter alter Charlie!«

Ich hob sie hoch und ging mit ihr in den Club. Als die Tür hinter uns zufiel, war es dunkel. Es gab eine zweite, dick gepolsterte Tür, die ich nur ertasten konnte, aber ich fand die Klinke nicht, diese Tür war mir zuvor auch gar nicht aufgefallen, wahrscheinlich hatte sie am Abend offengestanden, jetzt war sie verschlossen und wir standen im Dunkeln. Ich stellte Sigi ab, aber sie ließ meinen Hals nicht los und kicherte.

»Sigi, lass los!«

»Ach, Charlie! Du bist doch echt irgendwie ein ganz schön toller … – was weiß ich!«

»Schon gut, Sigi.«

»Kommst du jetzt, um uns abzuholen oder was?«

»Ja. Ich hab's doch versprochen!«

»Ach, Charlie!« Sie seufzte. »Ich finde ja echt, dass du ein bisschen fett geworden bist, aber du siehst trotzdem noch ganz gut aus, auch dass du so groß bist!«

»Groß war ich immer, Sigi«, sagte ich, während ich an der zweiten Tür, durch die leise die Musik drang, weiter die Klinke suchte. Schließlich nahm ich mein Feuerzeug zu Hilfe, während Sigi von hinten die Arme um meinen Bauch schlang und mich befummelte.

»Überall Fett!« Sie kicherte. »Aber auch Muskeln.«

»Sigi, hör auf mit dem Scheiß, wir sind hier nicht auf dem Viehmarkt!«

Ich fand die Klinke und drückte die Tür auf. Heiße Luft und Geschrei und über allem fette Bummbumm-Musik schlugen mir in einem Riesenschwall entgegen. Der Laden war mir sehr klein vorgekommen, als er leer gewesen war, jetzt, proppenvoll, war er riesig, ich kam so langsam voran, dass alles unendlich weit weg war, ich versuchte in den hinteren Teil zu kommen, zum DJ-Pult, und das war eine Weltreise, Sigi behielt ich gleich bei mir, ich nahm sie in den Arm und trug sie durch die Leute. Hier war eindeutig Party und ich merkte, wie das dunkle Gefühl und der sentimentale Scheiß in dem Gedränge aus mir rausgedrückt wurden wie Zahnpasta aus der Tube, mit jedem Schritt durch das Gewühl kriegte ich bessere Laune, es war Party und ich war mittendrin, sogar mit Frau im Arm, auch wenn es Sigi war, die alte Quatschmadam, egal, ich hatte sie plötzlich sehr lieb, was soll man machen, wenn Party ist, dann darf man nicht wählerisch sein, und das dachte Sigi wohl auch, denn sie knabberte an meinem Ohr, während ich sie durch die Leute Richtung DJ-Pult schob, und dann sagte sie: »Karl Schmidt, was machst du mit mir?!« Ich stellte sie ab, bevor die Sache außer Kontrolle geriet, ich war ja schon leicht kontaktstoned. Bis zum Pult waren es noch etwa drei Meter und am Pult standen Basti und Holger und legten auf und warfen dazu die Arme in die Luft.

»Komm, Charlie, wir trinken erstmal was!«, rief Sigi in mein Ohr.

»Ja, bleib mal einen Moment hier, ich komme gleich wieder!«

»Du alter Esel!«, rief sie und lachte.

»Bis gleich, Sigi!«

Unten an der Bühne stand Rosa.

»Weißt du, wo Ferdi und Raimund sind?!«

»Dahinten!« Sie zeigte auf eine Tür in der Nähe. »Da sind die drin!«

»Wir fahren dann bald!«, sagte ich.

»Ist mir recht«, sagte sie. »Aber nicht drängeln.« Ihre Haare kitzelten mich im Gesicht.

»Ich drängel nicht, ich nehm euch einfach mit«, sagte ich.

Sie nickte. Ich ging auf die kleine Bühne oder Erhöhung oder was immer das war, auf dem das DJ-Pult stand, und stellte mich zwischen Holger und Basti. Die ließen sich davon nicht stören und warfen weiter die Arme in die Luft und drehten sich um sich selbst, das war lustig anzusehen. Ich nahm beide in den Arm, drückte ihre Köpfe zusammen und sagte: »In fünf Minuten ist Schluss für euch. Fünf Minuten. Ab jetzt.« Sie guckten mich mit großen Augen an.

»Fünf Minuten.«

Das hatte ich von Hartmut, dem Erzieher, gelernt. »Du musst ihnen immer eine Vorwarnung geben«, hatte er mir mal bei einem Kaffee aus Rüdigers Kaffeemaschine gesagt. Er hatte eine neue Glühbirne gebraucht und sie selber abgeholt und bei der Gelegenheit einen Kaffee mitgetrunken und als ich jetzt über ihn nachdachte, so da oben stehend und mit Bastis und Holgers Köpfen in den Händen, war ich von einem Gefühl der Liebe und Dankbarkeit für ihn erfüllt, aber auch das war nur ein weiteres Symptom dafür, dass ich kontaktstoned war, »Du musst ihnen immer ein paar Minuten vorher Bescheid sagen, damit sie sich drauf einstellen können, am besten fünf Minuten«, hatte Hartmut gesagt, »fünf Minuten, aber dann auch einhalten, sonst schlecht!«

»Nur noch dieser Track«, sagte Holger.

»Fünf Minuten, Holger. Wie viele Tracks das auch immer sind.«

»Der geht nur noch eine Minute.«

»Fünf Minuten, Holger.«

»Der geht aber nur noch eine Minute. Das ist unser letzter!«

»Dann spiel halt noch einen. Ich bin in fünf Minuten wieder da!«

Dann ging ich auf der anderen Seite der Bühne runter und durch die Tür, die Rosa mir gezeigt hatte. Dahinter war ein kleines Büro mit einem kleinen Tisch, an dem saßen Ferdi und Raimund und einer, den ich nicht kannte. Auf dem Tisch waren Geldscheine und etwas Koks, das der, den ich nicht kannte, gerade wegrüsselte. Als ich durch die Tür kam, zuckten Raimund und Ferdi zusammen und drehten sich nach mir um. »Mensch Charlie, jetzt hast du mich aber erschrocken«, sagte Raimund.

»Erschreckt«, sagte Ferdi. »*Ich* hab mich erschrocken, aber *du* hast mich erschreckt. Mal Tüte Deutsch kaufen, Raimund! Außerdem hatte ich doch gesagt, du sollst abschließen!«

»Wir rechnen gerade ab«, sagte Raimund zu mir. »Soll ich dir das Geld mal gleich geben?«

»Was soll ich denn damit machen?«

»Auf die Bank bringen. Auf das Konto einzahlen, wo da die Karte von ist, die du hast«, sagte Ferdi.

»Selber Tüte Deutsch kaufen!«, sagte Raimund.

»Ja, gib mal her«, sagte ich.

»Ja, nimm das bloß weg, sonst baut Raimund da nur Scheiße mit. Bin froh, dass du da bist, Charlie!«

»Ja, her mit dem Geld. Passt auf, Leute, wir gehen jetzt. Ihr auch. Auto steht draußen.«

Ferdi schob die Geldscheine auf dem Tisch zusammen, machte ein Bündel draus und gab sie mir rüber. »Wir sind eigentlich gerade wieder frisch«, sagte er.

Ich zählte das Geld nach und steckte es ein. »Selber schuld«, sagte ich, »jetzt ist es acht Uhr und wir gehen. Aus die Maus!«

»Ich bin übrigens Heino«, sagte der Dritte am Tisch und winkte mir zu. »Hab schon gehört, dass du Charlie bist und die alle wegholst, die reden schon seit einer Stunde über nichts anderes, bald kommt Charlie hier, bald kommt Charlie da, irgendwie crazy.« Er lächelte schief. »Wenn ich dich jetzt so sehe, verstehe ich das.«

»Ja«, sagte ich, »vielen Dank. Ist das dein Laden?«

»Wir machen das zu dritt!«, sagte er.

»Hast du jemanden, der die Hosti-Bros-Jungs am Pult ablösen kann?«

»Weiß ich nicht, muss ich erstmal gucken.«

»Ja. In vier Minuten hole ich die da weg. Dann sollte jemand anderes da sein, sonst wird's langweilig.«

»Kein Ding«, sagte Heino. »ich mach das gleich selbst, hab ich jetzt eh Bock drauf, ich bin eh dran, glaube ich, wie spät ist es jetzt?«

»Acht.«

»Dann bin ich eh dran, warte mal, ich hab hier irgendwo den Zettel, das hat sich alles verschoben, eigentlich war ich um sechs dran, aber …«

»Super. Und kannst du mir einen Schlüssel geben? Für

die Eingangstür? Nur bis ich alle draußen habe? Kriegst du wieder.«

»Ja klar.« Er zog ein großes Schlüsselbund hervor und fummelte einen Schlüssel davon runter. »Aber wiedergeben, das ist mein einziger.«

»Auf jeden Fall«, sagte ich. »Dann kommt mal alle mit raus!«

»Ich hab's dir doch gesagt«, sagte Raimund zu Heino. »Voll das Ledernackending, das Charlie durchzieht.«

»Ja geil«, sagte Ferdi. »Voll Dissidenz ohne Chance. Magical Mystery!«

Sie umarmten beide Heino und folgten mir zum Pult. Als wir auf die Bühne stiegen, wackelte es ein bisschen und die Nadel sprang, aber das spielte keine Rolle, es bummbummte und die Leute zuckten und Holger war gerade damit beschäftigt, an einer Nebelmaschine herumzufummeln und den Raum zum Verschwinden zu bringen, während Basti eine neue Platte auflegte.

»Okay, Jungs, raus!«

»Warte, meine Platten!« Basti packte seine Platten ein. »Die da muss auch noch mit«, rief er und zeigte auf die Platte, die sich gerade auf dem Teller drehte. »Ohne die geh ich nicht weg, das ist mein neuer Lieblingstrack!«

»Wartet mal, ich hol mal eben meine Platten«, rief Heino und verschwand wieder in Richtung Büro.

»Und wir gehen jetzt«, sagte ich zu Raimund und Ferdi.

Ich nahm sie an der Schulter und schob sie hinter Holger vorbei zum Bühnenrand. Holger schaute kurz von der Nebelmaschine hoch.

»Holger, mitkommen!«

»Ich muss noch meine Platten einpacken!«

»Ich bin gleich wieder da!«

Ich schob Raimund und Ferdi von der Bühne runter.

»Komm, wir gehen!«, sagte ich zu Rosa.

»Meine Jacke ist noch in der Backstage. Und meine Tasche!«

»Meine Tasche auch«, rief Raimund.

»Dann mal los!«

Ich schob alle drei vor mir her durch die Menge. Sigi stand noch immer da, wo ich sie abgestellt hatte.

»Sigi, komm, wir gehen!«

Ich nahm Sigi bei der Hand und zog sie mit. In der Backstage suchten erstmal alle ihre Jacken und Plattentaschen, dann schob ich sie durch das dunkle Schleusensystem hinaus auf die Straße. Als die Tür zum Club zufiel schauten alle etwas blass und griesgrämig drein.

»Musste das denn sein?«, sagte Rosa. »Ich wollte eigentlich nochmal auflegen, als ich dran war, war ja noch kein Schwein dagewesen.«

»Tut mir leid«, sagte ich, »aber so war es verabredet!«

»Ich finde, Charlie ist ein Supertyp«, sagte Sigi.

»Nun hört mal mit Charlie auf, so super ist der gar nicht, das war alles meine Idee«, sagte Raimund. »Er macht ja nur, was ich ihm gesagt habe.«

»Und Holger und Basti? Und Anja?« Ferdi holte einen kleinen Joint aus seiner Jackentasche, zündete ihn an, nahm einen langen Zug und reichte ihn Raimund.

»Die hole ich gleich«, sagte ich. »Jetzt bringe ich euch erstmal zum Auto, dann könnt ihr euch da schon mal reinsetzen!«

»Super!«

Als die vier im Auto saßen, holte ich Lolek und Bolek aus ihrer Stinkebox. Es gab ein großes Hallo und Lolek und Bolek zwitscherten wie die Waldspechte, als ich sie Raimund und Ferdi auf den Schoß setzte.

»Passt mal auf die auf, dann müssen sie nicht in ihrem

Dreck sitzen. Und nicht weggehen. Ich bin gleich wieder da!«

Ich ging zurück zum Club. Zum Glück hatte ich den Schlüssel. Holger und Basti warteten schon mit ihren Plattenkoffern auf der anderen Seite der Tür.

»Wir wollten rauskommen, aber dann haben wir uns verlaufen«, sagte Basti.

»Das ist total dunkel hier«, sagte Holger. »Plötzlich standen wir im Dunkeln.«

»Ja, kommt mal mit!«

Ich brachte sie zum Auto. »Wisst ihr vielleicht, wo Anja ist?«, fragte ich sie auf dem Weg.

»In der Backstage war sie nicht«, sagte Holger. »Die hat sich voll mit Dubi gestritten, die haben gar nicht gespielt.«

»Trotzdem waren alle viel später dran als geplant«, ergänzte Basti. »Wenn die sich nicht gestritten hätten, wären wir gar nicht mehr drangekommen.«

»Echt auch mal Glück gehabt«, sagte Holger. »Nicht wie sonst.«

»Ja! Super Club! Bremen total geile Stadt! Waren wir noch nie!«

Wir kamen am Auto an.

»Schau mal, die Meerschweinchen!«, rief Holger, als ich die Seitentür aufmachte und Ferdi und Raimund die Meerschweinchen zur Begrüßung hochhoben. »Die hab ich ja ganz vergessen.«

»Mach dir keine Sorgen, ich kümmer mich um die Viecher«, sagte ich und schob die beiden ins Auto. »Aber wehe, ich komme gleich wieder und einer fehlt hier!«

»Voll das Ledernackending!«, sagte Raimund fröhlich. »Voll Arsch aufreißen!«

Ich schloss die Autotür und ging zurück in den Club. Als Erstes checkte ich die Backstage. Da stand ein Koffer, der aussah wie der Saxofon-Koffer, den Anja am Abend zuvor dabeigehabt hatte, aber um sicherzugehen, machte ich ihn auf und tatsächlich, es war ein Altsaxofon drin. Ich machte ihn wieder zu und ging durch die Leute, aber Anja konnte ich nirgends finden.

Ich ging wieder zurück zum Auto. Sigi schlief, Rosa rauchte und die vier Jungs streichelten die Meerschweinchen.

»Weiß einer, wo Anja sein könnte? Hat sie einer zuletzt gesehen?«

»O nee, können wir mal fahren?!«, sagte Raimund. »Wir können doch nicht auf jemanden warten, der nicht da ist!«

»Wann habt ihr sie zum letzten Mal gesehen?«

»Nun lass sie doch, sie ist doch über achtzehn.«

»Ich hab sie zum letzten Mal vor ein paar Stunden gesehen«, sagte Rosa, »da war sie in der Backstage und hat geheult, wegen Dubi.«

»Ach du Scheiße, stell dir mal vor, da heult eine wegen Dubi.«

»Halt doch die Schnauze, Raimund Schulte, du blöder Sack.«

»Easy!«, rief Ferdi. »Immer schön nur die Liebe reinlassen, Leute. Magical Mystery! Ich finde aber, wir sollten jetzt fahren, das nervt hier draußen, das ist kalt und hässlich und ich hab Hunger, schön Fluxi-Hotelfrühstück jetzt!«

»Dann würde ich aber vorsichtshalber das Saxofon mitnehmen. Das steht da noch in der Backstage.«

»Und wenn sie wiederkommt und das ist nicht mehr da? Dann kriegt sie doch voll den Schreck«, sagte Rosa.

»Ich mach einen Zettel hin. Bin gleich wieder da!«

Als ich die zweite Tür zum Club öffnete, stand Schöpfi dort am Tresen und schrieb einer Frau mit Kugelschreiber etwas auf ihren Unterarm.

»Schöpfi, was machst du denn hier?«

»Der Typ vom Hotel hat mir diese Adresse gegeben. Konnte ja nicht ahnen, dass das derselbe Club ist. Konnte ja nicht ahnen, dass hier noch was abgeht, bis vorhin war hier doch total tote Hose. So!« Er strahlte die Frau an, die Frau strahlte ihren Unterarm an. »Das muss reichen.«

»Danke«, sagte die Frau und ging weg.

»Hast du vielleicht Anja gesehen, Schöpfi?«

»Ist alles nicht mehr wie früher«, sagte Schöpfi und sah der Frau hinterher.

»Wir fahren gleich, kommst du mit?«

»Ja, das bringt doch alles nichts!«

»Dann bleib mal hier stehen und warte auf mich, ich nehm dich mit!«

Ich ging in die Backstage und nahm den Saxofonkoffer. Ein Plattenkoffer war nirgends zu sehen.

Ich hatte einige Zettel und einen Kugelschreiber in der Tasche. Ich nahm einen der Zettel, es war ein Reparaturschein aus dem Kinderheim, schrieb eine Nachricht an Anja auf die Rückseite und legte ihn dahin, wo der Saxofonkoffer gestanden hatte. Dann ging ich raus, nahm Schöpfi, der melancholisch an der Theke lehnte und in die Menge guckte, bei der Hand und verließ mit ihm den Club.

36. Zeit

Im Fluxi wollten alle erstmal zum Frühstück, außer Schöpfi, der wollte ins Bett, er habe schon gefrühstückt, sagte er, und er wollte, dass ich mitkomme und ihm sein Bett zeige, nicht dass es später Probleme gebe, er wolle sich auf keinen Fall in das falsche Bett legen, und es brachte gar nichts, dass ich ihm mehrmals versicherte, dass es da keine Probleme geben könne, weil mein Bett das Zustellbett war und in einem anderen Bett Dubi lag und schnarchte, er also sein Bett, das dann ganz klar kein Zustellbett und ohne Dubi sein müsse, gar nicht verfehlen könne, ihm war das alles, wie er mehrfach sagte, »nicht geheuer, so mit drei Mann in einem Zimmer«, da wollte er auf Nummer sicher gehen, und weil ich nun schon mal mitkam, trug ich ihm auch gleich seinen Plattenkoffer hinterher, bei dem die Räder auf seinem Heimweg mit Dubi irgendwie kaputtgegangen waren, was ihn extrem nervte, wie er mehrmals wiederholte, wie er überhaupt jetzt, im fahlen Licht des Morgens, einen abgeschabten und gereizten Eindruck machte und auf alles schimpfte, was nicht rechtzeitig in Deckung ging, der Elch am Fahrstuhl war schlecht, das Fluxi sowieso, Bremen auch, die ganze Technosache im Grunde total abgefuckt, alles Idioten überall, so ging das die ganze Zeit. Als wir im Fahrstuhl waren und er damit anfing, dass der Fahrstuhlfirmenname Flohr Otis ja nun wohl der letzte Scheiß sei, sagte ich zu ihm: »Wenn du nicht gleich die Klappe hältst, Frank Specht, dann knall ich dir eine.«

Er schaute mich überrascht an. »Echt mal?«

»Auf jeden Fall.«

»Stark!«

Im ersten Stock öffnete ich das Zimmer, drückte ihm seinen Koffer in die Hand und wollte gerade wieder gehen, als er sagte: »Siehst du, hab ich ja gesagt.«

Ich schaute ins Zimmer. Im einen Bett lag Dubi und schnarchte, im anderen Bett lag Anja und schnarchte und frei war nur das Zustellbett.

»Ich nehm alles zurück, Schöpfi.«

»Wo soll ich denn jetzt schlafen?«

»Du könntest natürlich das Zustellbett nehmen. Da hab ich aber schon drin geschlafen.«

»Irgendwie hätte ich schon lieber ein Bett mit frischem Bettzeug.«

»Ja, versteh ich.«

»Lass uns mal zu den anderen gehen.«

Wir gingen runter in den Frühstücksraum. Dort saßen Holger, Basti, Raimund, Ferdi, Sigi und Rosa um einen runden Tisch herum, schlürften Kaffee und starrten den Frühstücksmampf an, den sie sich auf ihre Teller getan hatten. Wir setzten uns dazu und gossen uns Kaffee aus einer Thermoskanne ein.

»Ihr sollt nicht so viel Kaffee trinken«, sagte Ferdi. »Das gilt für alle außer Charlie. Wenn ihr so viel Kaffee trinkt, könnt ihr doch überhaupt nicht schlafen. Der Plan sieht aber vor, dass ihr gleich schlaft, weil wir in Köln sofort in den Club gehen, da gibt's vorher kein Hotel, wollt ihr alle bloß im Auto schlafen oder was?

Da kriegt man doch voll den steifen Nacken von, was soll das denn?«

»Jetzt hör aber mal auf, Ferdi«, sagte Raimund, »wir sind hier doch nicht in der Jugendfreizeit.«

»Ich schlafe, wann ich will, und ich trinke Kaffee, wann ich will«, sagte Rosa. »Ihr habt wohl den Arsch offen.«

»Denk an meine Worte, wenn du in Köln auf dem Zahnfleisch gehst!«, sagte Ferdi.

Sigi fing an zu weinen.

»Was hast du denn, Sigi?«

»Weiß auch nicht.« Sie schaute zu mir rüber. »Ach Karl«, sagte sie. »Ach Karl.«

»Was gibt's, Sigi?«

»Weiß auch nicht. Du bist immer so ... Das ist alles so ...«

»Schon okay, Sigi«, sagte ich. Sie nickte. In die Runde sagte ich: »Anja ist wieder da. Sie liegt oben in Schöpfis Bett. Wo soll Schöpfi denn jetzt schlafen?«

»Anja schläft eigentlich bei mir«, sagte Rosa. »Aber da kannst du nicht pennen«, fügte sie an Schöpfi gewandt hinzu.

»Ich könnte doch ...«

»Nein!«

»Aber ich mach ja auch ...«

»Nein!«

»Schöpfi kann mein Bett haben«, sagte ich, »aber dann braucht er neues Bettzeug, dann tausche ich einfach das Bettzeug aus, das ist nur fair, ich nehme das frische Zeug von Anjas Bett und tue das auf mein Bett beziehungsweise Schöpfis Bett und tue mein Bettzeug dann auf Anjas Bett oder was weiß ich, kompliziert.«

»Easy, Charlie«, sagte Ferdi. »Immer ganz easy, das wird schon.«

»Ich könnte dir helfen«, sagte Schöpfi.
»Nein, bleib mal sitzen, ich mach das schon«, sagte ich.
»Ich komm mit hoch«, sagte Rosa, »mich deprimiert das hier!«

Auf dem Weg zu ihrem Zimmer sagte sie: »Und du? Du hast dann ja überhaupt kein Bett mehr oder was?«
»Ich hab ja schon geschlafen. Ich bleibe wach und kümmer mich um die Meerschweinchen.«
»Wenn du dich trotzdem hinlegen willst, dann kannst du das ruhig bei mir im Zimmer machen, damit hab ich kein Problem, nur mit Schöpfi, den will ich da nicht haben, der ist mir irgendwie zu slick. Und du musst ja irgendwo bleiben, wann fahren wir?«
»Um vier Uhr.«
»O Mann, das sind noch …« – sie schaute auf ihre Uhr – »… sieben Stunden. Wie willst du denn sieben Stunden ohne Zimmer in dieser Stadt bei diesem Wetter rumbringen?«
»Kein Problem. Ich hab noch ordentlich zu tun.«
In ihrem Zimmer nahm ich Kissen, Bettdecke und Laken vom zweiten Bett und brachte sie in das andere Zimmer. Dort bezog ich damit das Zustellbett und brachte Kissen, Decke und Laken vom Zustellbett in das Zimmer von Rosa. Als ich klopfte, machte sie im Pyjama auf.
»Ich bring das nur eben hierher, damit das keine Verwirrung bei den Fluxileuten gibt.«
»Immer schön korrekt, ja?«
»Auf jeden Fall.«
Ich tat die Sachen auf das freie Bett.
»Ich bezieh das dann«, sagte sie, »für den Fall, dass du dich doch noch hinlegen willst.«
»Du musst das doch nicht machen!«

»Wieso, wenn du das für Schöpfi machst, kann ich das doch auch für dich machen.«

Ich bezog die Matratze mit dem Laken und legte dann Kissen und Decke obendrauf.

»Schon gemacht.«

»Bring mal lieber auch deine anderen Sachen rüber, wer weiß, was die da drüben noch alles anstellen.«

»Vielleicht später.«

»Ja«, sagte sie. »Ich leg mich dann mal hin.«

»Ja, gute Nacht«, sagte ich und ging zur Tür. »Schlaf gut.«

»Was machst du denn jetzt alles?«

»Ich kümmere mich erstmal um die Meerschweinchen. Und um das Auto.«

»Na dann viel Spaß.«

»Werd ich haben.«

»Du kannst dich ruhig da hinlegen, ich meine später. Wenn du willst. Ich tu dir nichts.«

»Klar.«

»Sieht so aus, als würden wir dauernd zusammenwohnen.«

»Ja.«

Ich ging wieder hinunter zum Frühstücksraum. Auf dem Weg kam mir Schöpfi entgegen. Er hob eine Hand zum Gruß wie ein Indianer im Film und zwinkerte mir dabei zu.

»Hähä, ihr beide … Ich hab nichts gesehen.«

»Schon gut, Schöpfi!«

Im Frühstücksraum waren alle weg bis auf Sigi. Ich goss mir noch einen Kaffee ein.

»Mensch, Charlie, altes Pferd!«

»Mensch, Sigi! Wo schläfst du eigentlich?«

»Das willst du wohl wissen?«

»Nein, ja, aber nicht so, wie du denkst, Sigi.«

»Soso, wie denke ich denn?«

»Alles klar, Sigi. Wir fahren um sechzehn Uhr los.«

»Brauchst gar nicht einen auf superschlau machen, Charlie. Ich durchschau dich schon lange.«

Ich trank schnell meinen Kaffee aus und stand auf.

»Bis später, Sigi.«

»Ich durchschau dich schon lange, Karl Schmidt!«

Ich ging aus dem Fluxi raus und fuhr mit dem Auto weg. Am Abend zuvor war mir am Autobahnzubringer eine Tankstelle aufgefallen, die hatte ich mir gemerkt, zu der wollte ich jetzt hin. Denn das war eine der Regeln, die ich von Rüdiger, dem Hausmeisterholiker von Othmarschen, gelernt hatte: Nie fragen, außer an Tankstellen. An den Tankstellen wissen sie alles, daran hatte er fest geglaubt, und als wir einmal nach Maschen in ein Gewerbegebiet mussten wegen irgendeinem Scheiß für den Tierpark und wir uns prompt verfahren hatten, hatte er mit mir um zehn Mark gewettet, dass sie uns an der nächsten Tankstelle weiterhelfen würden, und er hatte gewonnen.

Die Tankstelle am Autobahnzubringer war dann weiter weg, als ich in Erinnerung hatte, ich war schon fast wieder draußen aus der Stadt, als sie endlich kam, und neben ihr war ein McDonald's. Dort trank ich erst einmal einen Kaffee, um das richtige Arbeitstags- und Rüdigergefühl aufkommen zu lassen, dann tankte ich an der Tankstelle den Wagen voll, checkte den Reifendruck und das Öl, füllte Wasser für die Scheibenwischanlage nach, und als ich mit alldem fertig war, war es 10.30 Uhr.

Ich fragte den Tankwart nach dem nächsten Zoogeschäft und er verwies mich auf ein nahe gelegenes Einkaufszentrum, und dort unterhielt ich mich erst einmal lange mit der Verkäuferin über Meerschweinchen, bevor ich für Lolek und Bolek einen großen, doppelstöckigen Käfig kaufte, nicht ohne zwischendurch in einem Werkzeuggeschäft einen Zollstock gekauft und damit ausgemessen zu haben, ob der auch hinten ins Auto reinpassen würde. Der Käfig hatte eine Rampe, auf der die beiden rauf- und runterlaufen konnten, das war auch gut für die Abnutzung ihrer Krallen, die Rampe hatte dafür extra einen besonders rauen, sandpapierhaften Belag, wie die Frau mir erklärte. Außerdem kaufte ich Streu, Heu, Nippelflaschen, zwei Heuraufen, zwei Futternäpfe, Trockenfutter und eine Abdeckung, unter der die paranoiden Nagerfreaks verschwinden und sich sicher fühlen konnten. Ich ging mit dem ganzen Geraffel zum Auto und baute im hinteren Teil des Wagens, hinter der letzten Sitzreihe, wo bisher die Koffer gewesen waren, unter den misstrauischen Blicken vorbeilaufender Rentner ein Meerschweinchenparadies auf, bedeckte den Boden mit Streu, füllte Heu in die Raufen und Trockenfutter in die Näpfe und setzte Lolek und Bolek in ihr neues Heim. Dann ging ich zurück in das Einkaufszentrum und in einen Supermarkt, wo ich eine Flasche stilles Mineralwasser kaufte, außerdem Karotten, Stangensellerie, Fenchel, Chicorée und Römersalat. Damit ging ich zurück zum Parkplatz. Ich befüllte die Nippelflaschen mit dem Wasser und warf einiges von dem Salatzeug in die obere Etage vom Schweinchenschloss. Dann ging ich zurück zum Zoogeschäft und kaufte eine Schaufel und einen Eimer für später, wenn ich den Käfig würde saubermachen müssen. Außerdem drehte mir die Frau noch einen kleinen Noppenball, einen Nagestein, einen Beutel getrockneten Löwenzahn und zwei Meerschweinchenleinengeschirre mit Leinen an, die, wie sie sagte, garantiert nichts mit Tierquälerei zu tun hätten. Das brachte ich alles ins Auto, bevor ich noch einmal zum Supermarkt ging und einen Beutel Dreißig-Liter-Mülltüten holte, die würde ich ja auch noch brauchen. Als ich damit zurück am Auto war, war es 11.30 Uhr und immer noch viereinhalb Stunden bis zur Abfahrt nach Köln, da musste man jetzt durch oder, wie Rüdiger in seinen letzten guten Tagen immer so gern gesagt hatte: Hauptsache nicht mit den Händen in den Hosentaschen erwischen lassen!

Ich ging also zurück ins Einkaufszentrum und in die dortige Sparkassenfiliale. Dort zählte ich noch einmal das Geld nach, das Raimund mir am Morgen gegeben hatte, und zahlte es aufs Konto ein. Dann fuhr ich ins Studentenviertel und ging dort in eine Eisdiele, die mir am Morgen auf dem Weg zum Club aufgefallen war. Ich ließ mir einen Kaffee geben, holte meine ganzen Quittungen und Belege und einen Reparaturzettel vom Kinderheim aus der Jacke und machte auf dessen Rückseite eine vorläufige Buchführung mit Kontobuch und Kassenbuch und was weiß ich nicht noch allem, alles sehr rüdigerhaft mit krakeligen Buchstaben und freihändigen Tabellenlinien und so weiter, ich nahm mir vor, später ein Heft dafür zu kaufen. Als ich damit fertig war, war es 12.15 Uhr. Ich trank noch einen Kaffee und blätterte in einer Zeitung namens »Weser Kurier«, aber ich merkte schon bald, wie sich beim Lesen dieser dann doch sehr für Bremen und die Bremer gemachten Zeitung das dunkle Gefühl anschlich, mit jedem Artikel über die Renovierung eines Einkaufszentrums oder die Pläne für eine Umgestaltung der Fahrradwege kam es näher, bis es direkt hinter dem Zeitungspapier lauerte, ich spürte, wie es mir den Atem abschnürte und die Panik kalt den Nacken hochkroch, ich musste da raus, Eisdiele mit »Weser Kurier« war definitiv das falsche Ding, also ging ich um die Ecke in eine Pizzeria und aß eine »Pizza Lupara« mit Knoblauch und Tintenfischringen, und dazu trank ich eine große Cola, um wachzubleiben, denn das war mir schon klargeworden, dass ich mein übliches kleines Nickerchen, das ich in der Regel im Sitzen in Rüdigers altem Schaukelstuhl im Kinderzoo durchzog, seit Herr Munte bei den Gänseblümchen lag, jedenfalls am heutigen Tag würde abschreiben können, und als ich damit durch war, war es noch keine dreizehn Uhr und mir fiel absolut nichts mehr ein, was ich hätte machen können, außer mir ein kleines Heft und einen neuen Kugelschreiber für die Buchführung zu kaufen, was ich dann auch gleich tat, in einem Schreibwarenladen, an dem ich auf dem Weg zum Auto vorbeikam, das dauerte natürlich, ich trödelte am Regal mit den Schulheften herum, bis eine misstrauische Verkäuferin mich fragte, was ich denn um Himmels willen bloß so lange suchen würde, was ihnen denn in ihrem Sortiment bloß fehlen würde, dass ich so ratlos vor den Schulheften stehen könnte, eine Unverschämtheit eigentlich, die ich mit den Worten »DIN-A6-Heftchen mit Karos, aber ohne abgerundete Ecken« parierte, was die Sache nur unwesentlich hinauszögerte, schließlich ging auch dieser Arbeitsschritt seinem Ende entgegen und nach der anschließenden Übertragung meiner vorläufigen Reparaturzettelbuchführung in das gekaufte Heft inklusive dem zusätzlichen Verbuchen der Kosten für ebendieses Heft, zwei Handlungen, die ich in einem kleinen Omacafé in der Nähe vornahm, wozu ich auch noch zwei Tassen Filterkaffee, den sie dort noch kannten, zu mir nahm, war ich fix und fertig mit allem, gab es absolut nichts mehr zu tun, nicht einmal mehr vorgeschobene Ersatzhandlungen zu verrichten, dabei waren es noch zwei und eine dreiviertel

Stunde bis zur Abfahrt nach Köln und ich war dann doch, während ich mir im Omacafé am zweiten Kaffee, der definitiv nicht mehr funktionierte, der mich nicht mehr dafür entschuldigen konnte, dort noch immer zu sitzen, bei dem es mir schon, während er gerade erst gebracht wurde, die Kehle zuschnürte, weil ich eigentlich nur noch raus- und weiter und irgendwie weg von dem wollte, was mich von innen heraus zu zerreißen drohte, sodass ich mir die Zunge verbrannte, als ich ihn hastig austrank, denn hier machten sie nicht nur Filterkaffee, sie wussten sogar, wie man ihn heiß in eine Tasse kriegte, immerhin, jedenfalls war ich dann doch, während mir die Schmerzen im Mund für kurze Zeit Erleichterung brachten, weil sie mich ablenkten von dem dunklen Ding, jedenfalls war ich dann doch nicht mehr ganz so überzeugt, dass es richtig gewesen war, St. Magnus auszulassen, jetzt, wo ich merkte, wie sehr ich mich nach Bewegung sehnte, um mit ihr das dunkle Gefühl zu verscheuchen, das nun nicht mehr hinter der Zeitung oder in einer Ecke des Raumes saß, sondern ganz klar in den Knochen, in den Beinen vor allem, die ich, während ich an dem kochend heißen Kaffee schlürfte und mir den Mund dabei verletzte, um die Stuhlbeine geschlungen hatte, so fest, dass ich merkte, wie diese Stuhlbeine langsam nachgaben und abzubrechen drohten, und ich sah mich schon mit einem dreibeinigen Stuhl unterm Arsch zwischen die Omas kippen und dabei dachte ich, dass Sport jetzt wahrscheinlich wirklich eine Lösung sein könnte, eine Sehnsucht nach Bewegung überkam mich, ein Drang, das dunkle Gefühl irgendwie durch Bewegung aus den Knochen zu schütteln, was mich gleich mal an St. Magnus und den dortigen Sportfanatismus erinnerte, Werner war ja kein Idiot, Werner kannte seine Pappenheimer, Werner wusste, wo einer wie ich hinmusste, wenn er

Urlaub hatte, und ich sah zu, dass ich zahlte und die Beine vom Stuhl löste und aufstand und mitsamt Heft und Quittungen und Buchführung rauskam aus der Schwarzwälderkirschtortenhölle.

Nachdem ich das Omacafé verlassen hatte, ging es wieder einigermaßen, das dachte ich jedenfalls zuerst, es war halb zwei, und es regnete und ein anständiger Wind pfiff um die Ecke, als ich Richtung Auto ging, aber falsch, wie ich nach einiger Zeit merkte, ich hatte die Richtung völlig verpeilt und war einfach durch den Regen und gegen den Wind die große Straße entlanggegangen, auf der die Straßenbahn fuhr, ich hatte sie wohl mit einer ähnlichen Straße in Bielefeld verwechselt und darüber vergessen, dass ich zum Auto wollte, so erklärte ich mir das, ich hatte jedenfalls ganz klar ein Bielefeldgefühl zu dieser Straße und hatte irgendwohin gewollt, wusste aber, als ich merkte, dass ich auf dem falschen Dampfer war, nicht mehr, wo das gewesen sein sollte, die Lage war kritisch, ganz klar eine kritische Lage, so hatte Astrid das mal genannt, als sie beim Plenum davon erzählt hatte, wie sie völlig mechanisch und ohne nachzudenken, einfach nur aus einem Gewohnheitsflash heraus Heroin am Bahnhof Altona gekauft hatte, kritische Lage, sowas hatte ich jetzt auch, als ich auf der großen Straßenbahnstraße stand und nicht mehr genau wusste, wo das Auto war, und also schon mit dem Gedanken spielte, zurück zum Omacafé zu gehen und von dort aus noch einmal neu anzufangen, und dann merkte ich, dass ich am ganzen Körper zu zittern begonnen hatte, die Sache wurde also schlimmer und irgendwas musste ich tun, einfach nur weiter durch dieses Studentenviertel, das hier, wo ich jetzt stand, gar nicht mehr nach Studentenviertel aussah, wie weit war ich eigentlich gelaufen, ich war bei einer Art Park oder was, Grünanlagen, was weiß ich, da führte jetzt die Straßenbahnstraße durch, wenn das überhaupt noch die gleiche Straßenbahnstraße war, also jedenfalls einfach diese Straße weiter hinunterzulaufen kam nicht infrage, das war prekär, wenn nicht gar kritisch im astridschen Sinne und außerdem wurde der Regen stärker, wenn ich jetzt völlig durchnässt wurde, wo sollte ich dann meine Klamotten wechseln, vor Anja, Dubi und Schöpfi in Zimmer 163 oder vor der pyjamabekleideten Rosa in Zimmer 148, das Wasser kam vom Himmel runter, als ob einer den Hahn aufgedreht hatte, und ich stellte mich beim nächstbesten Haus unter, einem klassizistischen, weißen Gebäude mit säulengetragenem Vordach, dort stand ich und schaute auf die ungeheuren Wassermengen, die da von oben heruntergerauscht kamen und den Blick auf die andere Straßenseite verwischten, durch den Regen sah alles auf der anderen Straßenseite aus wie in einem Bild von Achim Klumm, den ich ja nie besonders gemocht hatte, wie mir einfiel, als ich mir das so ansah, bei Klumm war ich immer voll dagegen gewesen, aber jetzt, als ich so über die Straße sah, wusste ich nicht mehr genau, warum.

Das Dach, unter dem ich stand, gehörte zur Bremer Kunsthalle, wie ich erst bemerkte, als ich wieder einigermaßen bei Sinnen war. Es war Viertel vor zwei, und um vier war Abfahrt nach Köln, und der Regen hörte nicht auf. Also tat ich etwas, was ich in den letzten Jahren absichtlich vermieden hatte, obwohl Werner mich immer wieder dazu ermuntert hatte, nämlich in ein Museum zu gehen oder jedenfalls in eine Ausstellung oder so, dazu hatte Werner mich immer überreden wollen, so sehr, dass er das immer gleich als Ausflug für alle festgelegt hatte, so Altonaer Museum statt Hagenbeck oder was, das war sein Anliegen gewesen, mich da irgendwie hinzukriegen, das hatte er dauernd versucht, so wie er mich auch immer zum Basteln hatte ermuntern wollen, was genauso ausgeschlossen gewesen war, man kann nicht als Künstler aufhören und dann mit dem Basteln anfangen, so hatte ich das immer gesehen und man kann nicht als Künstler aufhören und damit abschließen und ein für alle Mal das ganze Kunstding aufgeben und dann lustig in die Hamburger Kunsthalle oder das Altonaer Museum für Kunst und Kulturgeschichte gehen und sich da ansehen, wie andere Typen vor und während und nach einem frisch, fromm, fröhlich, frei damit weitergemacht hatten, so ging das nicht, ich hatte Angst vor was weiß ich was, dass ich da neidisch wurde vielleicht, nein, nicht neidisch, auch nicht einfach nur traurig, schlimmer als das, es war auch nicht bloß das Wiedererkennen der ganzen Niederlage, es war mehr als das, es war wie wenn Astrid in den Bahnhof Altona ging, ich hatte Angst davor, rückfällig zu werden, und da konnte Werner tausendmal sagen, dass die Kunst ja nun wohl nicht schuld sein konnte, dass ich da ja wohl ganz klar die Verantwortung abwälzen wollte, das war zu einfach, Werner verstand das nicht, und ich, wenn ich ehrlich war, verstand das irgendwie auch nicht, aber ich hatte mich immer dagegen gewehrt, von Werner in sowas reingezogen zu werden und mir auf sein Betreiben im Altonaer Museum den Kram von anderen anzugucken, in der Kunstsache konnte Werner nicht mitreden, da war er nun wirklich nicht kompetent, und Gottseidank hatte ich irgendwann die Idee gehabt, Werner an eine seiner Regeln zu erinnern, die lautete: »Wenn du kein gutes Gefühl bei etwas hast, dann lass es lieber!«, da hatte er dann damit aufgehört, und jetzt also die Bremer Kunsthalle, ich war ausgerechnet unter dem Vordach der Bremer Kunsthalle gelandet und hatte zwei Stunden Zeit totzuschlagen und irgendwie war's mir dann auch egal, vielleicht haben sie ja auch etwas, wo man einen Kaffee kriegt, dachte ich und ging rein und kaufte mir eine Karte für ihre aktuelle Ausstellung, die hieß irgendwas mit Worpswede und noch was und dann ging ich da durch und bremste mich dabei regelrecht aus, zwang mich gewaltsam, das Tempo rauszunehmen und die Bilder zu betrachten, und ich betrachtete und betrachtete und siehe, da ging nichts, das sagte mir alles gar nichts, das war erleichternd und enttäuschend zugleich, so wie wenn man nach längerer Zeit wieder mit dem Rauchen anfängt und dann merkt, dass es nicht ganz das große Ding ist, als das es einem in der Zeit, in der man damit aufgehört hatte, erschienen war, und ich wollte es nicht glauben, war ich denn wirklich schon so sehr abgestumpft? Waren das die Spätfolgen der Tabletten? War ich wirklich so ein flacher Hausmeisterstiesel geworden, dass ich an diesen ganzen Bildern von Bäuerinnen und Moortümpeln und krummen Birken an geraden Wegen oder was immer sie da alles gemalt hatten, vorbeigehen und völlig abgestumpft und leer an nichts anderes als ans Zeittotschlagen und wo man einen Kaffee herbekam denken konnte? War ich wirklich ein Drogenwrack? Hatte ich mir im guten alten Hirn ein paar Synapsen zu viel weggeschmurgelt? Sicher, es war Ölmalerei, nicht gerade mein Ding, sie hatten auch ein paar Skulpturen dazugestellt, aber die waren wirklich doof, das sah man gleich, da musste ich mir nichts vorwerfen, das war höchstens Kunsthandwerk, das Zeug, wie sie es in den fünfziger Jahren vor jeder Grundschule aufgestellt hatten, aber dass auch alles andere, aber auch wirklich alles andere auch so egal war, das irritierte mich dann doch, das war hier doch das Kunstding, es konnte doch unmöglich sein, dass ich das wirklich alles, alles schlecht fand! Ich setzte mich auf eine Bank in der Mitte des Raumes, in dem ich gerade war, und glotzte grübelnd auf das Bild gegenüber, das einen kleinen Jungen zeigte, der einen Apfel in der Hand hielt, und alles irgendwie schief und grob gemalt, ich weiß nicht, von wem, ich war zu müde, um aufzustehen und auf dem kleinen Schild daneben nachzugucken, jedenfalls schaute ich den kleinen Jungen an und der kleine Junge schaute auf seinen Apfel, und dann schaute ich auch auf den Apfel und dann wieder auf den Jungen und das ging ziemlich lange so. Und je länger ich da saß und auf das Bild und den Jungen und den Apfel schaute, während der Junge immer weiter auf den Apfel schaute, desto mehr mochte ich den Jungen, er hatte es nicht leicht, das konnte man sehen, er war wohl ein Bauernjunge und barfuß und 19. Jahrhundert und was weiß ich nicht alles, die Stube, in der er stand, war eine von armen Leuten aus dem 19. Jahrhundert, wie ich sie aus dem Museumsdorf Detmold kannte, da war ich als kleiner Junge mal gewesen, mit meinen Eltern, und ich hatte ungefähr das Alter von dem Jungen gehabt, und dieser Junge schaute also den Apfel an und fand den Apfel offensichtlich gut und stand da und blieb da und wenn er ein reales Vorbild gehabt haben sollte, einen wirklichen Jungen in Worpswede, dann war der mittlerweile tot, aber der hier nicht, der blieb da und schaute auf den Apfel, und ich spürte, dass ich labil wurde und kurz vorm Heulen war. Ich riss mich gerade noch rechtzeitig zusammen und stand auf und ging.

Als ich draußen war, hatte es aufgehört zu regnen und es war Viertel nach drei. Zeit für eine Rückkehr ins Fluxi. Zeit für die Fahrt nach Köln.

37. Nazischeiße

»Vielleicht sollten wir zu den Externsteinen fahren«, sagte Schöpfi, als wir an Osnabrück vorbeikamen. Er schaute dabei oben aus dem Dachraum, für den Raimund irgendwo hinter Oldenburg den Namen »Komabrett« gefunden hatte, während er die Koffer und Taschen, die wir in Bremen oben in eben dieses Komabrett hineingestopft hatten, weil Lolek und Bolek mit ihrem neuen Riesenkäfig den Kofferraum jetzt ganz für sich brauchten, alle wieder herausgeräumt hatte, weil er »auch mal aufs Komabrett« wolle, »und nicht immer nur Schöpfi«, wie er hinzugefügt hatte, Schöpfi war schon vor Erreichen der Autobahn in Bremen dort oben verschwunden und jetzt, anderthalb Stunden später, auf der Höhe von Osnabrück, war Schöpfi wach und schaute aus dem Komabrett heraus in meinen Nacken, ich konnte sein Gesicht groß und rosig im Rückspiegel sehen.

»Hat Raimund gerade gesagt! Externsteine! Die sollen ja das deutsche Stonehenge sein. Raimund meint, so magicalmysterymäßig würde das voll reinhauen, kleine Exkursion zu den Externsteinen.«

Rosa saß zusammen mit Sigi, die an ihrer Schulter schlief, neben mir.

»Das ist Nazischeiße«, sagte sie.

»Ach so«, sagte Schöpfi. Und ins Innere des Komabretts hinein wiederholte er: »Das ist Nazischeiße, Raimund.«

»Dann lieber nicht«, sagte Raimund.

38. Der kleine Samstag

Als wir in Köln am Club hielten, war es zehn Uhr abends und ich war sehr müde. Im Club war schon ordentlich was los, weil, wie der Typ sagte, der uns alle begrüßte und Sigi und Raimund und Schöpfi sogar umarmte und uns in den Club und im Club durch die Leute hindurch im Gänsemarsch in eine Art Büro führte, »Mittwoch bei uns in Köln der kleine Samstag« sei und darum »auch die Leute, die morgen früh rausmüssen, jetzt schon mal Party« machen wollten, weshalb er uns schon sehnsüchtig erwartet habe, die große BummBummKratzbombenspezialnacht, als die er uns angekündigt hatte, sei ein großer Hit, da sei er selber überrascht, wie er sagte, alle wollten Kratzbombe und BummBumm, das mache ihn selber ganz froh und auch stolz und ob nicht irgendwer gleich mal auflegen könne, bald müssten wahrscheinlich viele nach Hause, weil die richtigen Raver zwar sicher später noch kämen, aber der Mittwoch eben auch der kleine Samstag sei und viele deshalb zwar abends ausgingen, nur eben nur so bis elf oder zwölf, und wenigstens Odo und Rama Noise, also Anja und Dubi, auf die er sich schon die ganze Zeit gefreut habe, wegen dem Hit mit der Flöte, ob die dann nicht wenigstens eben gleich mal spielen könnten, also wenigstens den Hit mit der Flöte, das sei sicher auch für den Merch-Umsatz gut, und die Merch-Leute von uns seien auch schon hier, sagte er, die seien schon vor einer Stunde gekommen und würden sich nur noch eben in der DJ-Wohnung frischmachen, ihr Merchandising hätten sie hiergelassen, hier im Büro, dahinten stehe es, und der Typ zeigte auf einen großen Haufen Kartons, die in einer Ecke des Büros aufgestapelt waren, ein Exemplar von »Ballon, Ballon – der Hit mit der Flöte« habe er sich gleich mal schenken lassen, das sei ja wohl der Hammer, und zehn Exemplare von den Magical-Mystery-Shirts habe er sich auch schon reserviert, obwohl er ein Shirt mit »Bumm-BummKratzbombenspezialnacht Köln« noch besser gefunden hätte, und dann könne ja auch Schöpfi gleich danach mal auflegen, auf den warteten ja auch alle und Anja rief irgendwann: »Moment mal!«, um den Redefluss des Typen vom Club, der Alex hieß, zu stoppen, denn sie war mittlerweile an die Kartons gegangen und hatte sie durchwühlt und stand nun mit einer CD-Maxi in der Hand uns allen, die wir, noch eingeschüchtert von Alex' Redeschwall, schweigend mit unseren Plattentaschen und -koffern herumstanden, gegenüber und hatte ein zornesrotes Gesicht, »Moment mal! Jetzt reicht's, Raimund Schulte!«

»Wieso denn immer ich?«

»Wieso habt ihr das mit ›Der Hit mit der Flöte‹ bestickert? Ich meine, wie blöd kann man eigentlich sein??!« Anja hielt ihren Saxofonkoffer hoch. »Sieht so eine Flöte aus?«

»Ja, das ist blöd mit dem Sticker«, gab Raimund zu. »Wir hätten natürlich ›Der Hit mit dem Saxofon‹ draufschreiben können. Aber das Problem war, dass alle schon ›Der Hit mit der Flöte‹ gesagt haben, da haben wir das einfach mal so übernommen.«

»Wer soll das denn gesagt haben?«

»Na alle, wir und so, ich dachte immer Flöte, was weiß ich denn, das hat sich so eingebürgert, ich meine, du hast uns den doch nicht live vorgespielt, den Track, ich dachte immer, das wär 'ne Flöte.«

»Das war nie 'ne Flöte, das war im Leben keine Flöte, das war immer Saxofon!«

»Nun mach dich mal locker, Anja«, sagte Ferdi. »Das ist doch egal. Alle sagen jetzt ›Ballon, Ballon – der Hit mit der Flöte‹, dann ist es doch auch besser, wenn das so auf dem Sticker steht!«

»Das klingt auch besser«, warf Raimund ein.

»Niemand sagt ›Ballon Ballon – der Hit mit der Flöte‹ außer euch, das ist doch totaler Quatsch …«

»Also, ich dachte immer Flöte«, unterbrach Alex, der Mann vom Club. »Wollt ihr nicht einfach schon mal was trinken, eben ein Bier, ein Kölsch vielleicht, wir haben jetzt auch Kölsch hier, die Leute trinken das gern, wenn die so afterworkmäßig hier reinkommen, dann wollen die immer Kölsch, gerade am Mittwoch, das ist ja bei uns in Köln der kleine Samstag, jedenfalls muss jetzt mal einer spielen.«

»Ihr seid doch alle totale Banausen!«

»Jetzt entspann dich mal, Anja«, sagte Ferdi. »Tut uns ja auch leid. Dann müssen wir die eben neu bestickern, bei der nächsten Auslieferung bestickern wir die einfach alle neu, da lassen wir einfach von einem Praktikanten neue Sticker draufmachen, Specki oder was weiß ich, wer dann gerade da ist, jetzt sind die erstmal mit Flöte ausgeliefert, das ist jetzt eben so.«

»Wenn die wenigstens nicht auch noch hier beim Merchandising so bestickert wären«, mischte sich Dubi ein. »Das ist doch total peinlich, wenn wir hier mit Saxofon spielen und dann verkaufen wir das mit ›Der Hit mit der Flöte‹!«

»Quatsch«, sagte Ferdi, »jetzt hört doch mal auf, ihr beiden, wir sind hier doch nicht auf der Musikschule, das merkt doch keiner, und wenn schon, das interessiert doch keine Sau!«

»Irgendjemand von euch muss jetzt mal auflegen, ich geh dann mit hoch und kündige das an«, sagte Alex.

»Nein!«, rief Raimund. »Nein, Alex, nicht ankündigen. Ich geh selber und leg auf, aber nicht ankündigen, nicht so Gummistiefelscheiß, mal ein bisschen Niveau jetzt.«

»Wo ist denn die DJ-Wohnung?«, sagte ich. »Ich muss dahin, ich muss mich mal hinlegen.«

»Hinlegen?«, sagte Alex, der Mann vom Club. »Hinlegen? Jetzt? Am Mittwochabend?!« Darüber musste er erst nachdenken, bevor er weiterredete: »Ich brauch übrigens auch einen von euch, der bei der Tür mitmacht, ich hab heute nicht viele Leute da, also zum Arbeiten, und eigentlich ist vereinbart, dass ihr die Tür macht.«

»Das können doch Holger und Basti machen«, schlug Ferdi vor. »Holger und Basti, geht ihr mal mit Alex zur Kasse, dann soll der euch gleich alles zeigen. Und ich geh mit Charlie hier mal eben nach oben und schau nach Dave und Hans, wenn die da oben sind, und Raimund legt mal auf und der Rest kann ja was essen gehen oder was weiß ich.«

»Ich brauch mal ein bisschen Geld«, sagte Rosa.

»Geld kriegst du von Charlie, der hat das Geld.«

»Dann komm ich erstmal mit in die Wohnung.«

Ferdi kannte den Weg, er ging mit mir und Rosa über einen Hof und hinten herum wieder ins Gebäude hinein und eine Treppe hoch und in die DJ-Wohnung, die direkt über dem Club lag. Durch den Fußboden drang das fröhliche Bummbumm des kleinen Samstags. In der Küche standen Dave und ein Typ, den ich nicht kannte, das musste wohl Hans sein. Er hatte einen Karton auf den Küchentisch gestellt und hielt einen bemalten Leinwandfetzen ins Licht, als wir hereinkamen.

»Hans, alte Socke«, sagte Ferdi fröhlich. »Hast du ordentlich was zusammengeschmiert?«

»Ja klar«, sagte Hans.

»Für die Lounge«, sagte Ferdi triumphierend. »Für die Lounge! Da werden die anderen aber Augen machen!«

Wir stellten uns dazu und besahen den Leinwandlappen, den er hochhielt. Er war vielleicht dreißig mal zwanzig Zentimeter groß, und Hans hatte mit Öl das Wort »Bumm« draufgemalt. »Davon habe ich vier«, sagte er, »die kann man kombinieren. So hintereinanderhängen. Dann gibt das viermal Bumm. Also BummBummBummBumm!«

»Super«, sagte Ferdi.

»Hallo Leute«, sagte Dave.

»Hallo Dave«, sagte Ferdi. »Willst du nicht mal das Merch aufbauen?«

Ich ging aus der Küche und schaute mich um. Rosa kam mit.

»Kannst du mir Geld geben?«, sagte sie zu mir.

»Klar, wie viel denn?«

»Weiß nicht, ein paar hundert Mark vielleicht, wer weiß, wann man wieder was kriegt.«

»Kein Problem.«

Wir gingen durch die Zimmer. Es waren drei, und in jedem war ein breites Bett, ein Schrank, ein Tisch und eine Stehlampe. Ich stellte meine Tasche in einem der Zimmer ab und gab Rosa dreihundert Mark.

»Danke«, sagte sie und tippte mir auf die Schulter. Dann ging sie und schloss die Tür hinter sich. Ich legte mich aufs Bett und schlief ein.

39. Gelb

Als ich aufwachte, war es mitten in der Nacht, meine Uhr zeigte auf kurz nach drei und ich lag angezogen im Bett. Durch das Fenster kam gelbes Licht. Autos waren nicht zu hören, nur ein Zug ganz in der Ferne und ganz leise. Ich brauchte einige Zeit, um zu begreifen, wo ich war. Aber wo war das Bummbumm? Neben mir lag jemand im Bett und schnarchte leise. Wo war das Bummbumm? Je länger ich dort auf dem Rücken lag und an die Decke starrte, von der das gelbe Licht zurückgeworfen wurde, das durchs Fenster kam, desto rätselhafter wurde die Sache. Wo war das Bummbumm? Es war doch erst drei Uhr? Neben mir seufzte es und der Schnarcher drehte sich um. Es war Rosa, auch sie in voller Montur statt im Pyjama. Aber wo war das Bummbumm? Das Bummbumm durfte niemals aufhören, so hatte Ferdi früher immer gesagt, damals, als der BummBumm Club noch in Schöneberg gewesen war, er hatte sogar mal eine Zeitung gemacht, den »BummBumm-Express«, »zur ideologischen Unterfütterung«, wie er gesagt hatte, »man kann in Deutschland nichts machen, ohne ideologische Unterfütterung«, hatte er jedem erzählt, mehrere Nächte lang, er immer voll drauf und immer alle Lampen an und immer voller Theorien, und oben über den Titel der Zeitung hatte er als Motto geschrieben: »Das Bummbumm darf niemals aufhören!!«, das war eine lustige Zeit gewesen, lustig und kaputt, eine bessere Kombination gibt es nicht, dachte ich, während ich an die gelbe Decke starrte, ein komisches Gelb war das, komisch, aber gut, man hätte sich damals mehr mit Farben beschäftigen sollen, das war sicher einer meiner Fehler als Künstler gewesen, dachte ich, dass ich so verbohrt und gegen die Malerei gewesen war, sogar Schlumheimer hatte manchmal Bilder gemalt, schlechte zwar, aber was soll's, Hauptsache lustig und kaputt, das war das Wichtigste, und ich fragte mich, ob das jetzt auch wieder so war, ob die Magical-Mystery-Tour in ihrer BummBumm-Version lustig und kaputt oder nur eins von beidem oder gar nichts davon war – schwer zu sagen, dachte ich, während in der Ferne wieder ein Zug durchrauschte, was waren das für Züge um drei Uhr morgens, das konnten ja nur Güterzüge sein oder ein Nachtzug nach Paris und für einen kurzen Moment spielte ich mit dem Gedanken, noch einmal durchzubrennen, die Kohle zu nehmen und mich in einen solchen Nachtzug zu legen, aber dann dachte ich: Was soll das denn bringen?!

Rosa seufzte und grunzte. Ich drehte den Kopf zur Seite und schaute ihr eine Weile beim Schlafen zu. Dann schaute ich wieder auf das gelbe Licht an der Decke und schlief ein und kurz bevor ich einschlief, hatte ich für einen kurzen Moment das Gefühl, glücklich zu sein.

40. Krisengespräch

Am nächsten Morgen wachte ich um kurz vor halb sieben auf. Rosa schlief tief und fest, sie schnarchte nicht einmal mehr. Draußen dämmerte es. Ich stand auf und ging in die Küche. Sie hatten da eine Kaffeemaschine und eine angebrochene Packung Kaffee und Filter, aber der Anblick der leeren Küche mit ihrem kalten Staub deprimierte mich und ich beschloss, lieber nach draußen und unter die Leute zu gehen. In der Wohnungstür steckte innen ein Schlüssel, den zog ich ab und nahm ihn mit.

Draußen war viel los, überall Autos und Leute auf dem Weg zur Arbeit, wir waren in einer Art gemischtem Industrie- und Wohngebiet und ich fand eine Bäckerei, es war eine türkische, das war schon mal gut, da gab es, das wusste ich aus Altona, am ehesten noch richtigen Filterkaffee im Rüdigerstyle, etwas zu stark, etwas oxidiert und mit schillernder, bläulicher Oberfläche, nichts von dem schaumigen Scheiß, den viele jetzt aus ihren neu angeschafften Espresso-Gastro-Vollautomaten rauspressten, sondern guter alter deutscher Büro- und Werkstattkaffeeschrott, der einen aggressiv und stumpf zugleich machte, Kaffee, den man nur mit Zigarette trinken und drinbehalten konnte. So einen brauchte ich jetzt, wenn auch Werner immer gelästert hatte, dass ich irgendwann auch mal mit den Ersatzdrogen Schluss machen müsste, »Solange du wie ein Baby das immergleiche orale Ritual brauchst, wirst du nie außer Gefahr sein!«, hatte er einmal zu mir gesagt und sich damit selbst widersprochen, nämlich der goldenen Werner-Regel: »Es erwischt immer den, der denkt, er sei außer Gefahr!«

Ich also rein in die türkische Bäckerei und holte mir einen Kaffee und wer saß hinten in der Ecke im Halbdunkel und trug dabei noch Sonnenbrille? Raimund Schulte und Ferdinand Müller. Sie sahen mich nicht und als ich mit meinem Kaffee an ihren Tisch trat und einen Schatten auf sie warf, zuckten sie zusammen.

»Mein Gott, Charlie! Schleichst dich hier so an! Da krieg ich ja 'nen Herzkasper!«

»Charlie, alte Socke!«

Ich setzte mich zu ihnen und schlürfte meinen Kaffee. »Wie sieht's aus, Jungs?«

»Mensch, Charlie, so ein Scheiß, ich sag's dir ...!« Raimund zog die Nase hoch und seufzte. »Ich kann dir sagen ...!«

»Gut, dass du da bist, Charlie«, sagte Ferdi, »wir haben gerade so eine Art Krisensitzung, da kommst du gerade richtig, wir müssen irgendwas tun, diese ganze Magical-Mystery-Scheiße läuft aus dem Ruder, in was für einem Land leben wir eigentlich, also echt mal?!!«

Ich dachte erst, dass das eine rhetorische Frage sein sollte, aber die beiden guckten mich mit ihren Sonnenbrillen erwartungsvoll an, also sagte ich nach einer Weile: »Deutschland.«

»Da sagst du was, ehrlich mal, Charlie!«

»Ich hab sowieso gleich gesagt, wir sollten auch mal

was außerhalb machen«, sagte Raimund und hielt mir seine Zigarettenschachtel hin, »man hätte doch gut was in Belgien machen können, das ist hier gleich um die Ecke, das hätte der Sache einen internationaleren Touch gegeben.«

»Ach hör doch mal auf, Raimund, Deutschland ist doch gar nicht das Problem!«, sagte Ferdi.

»Dann eben Köln.«

»Köln ist auch nicht das Problem. Köln kann überhaupt kein Problem sein«, sagte Ferdi. »Wie soll Köln denn ein Problem sein, das geht doch gar nicht!«

»Dann hätten wir Köln eben nicht mit dem blöden Alex machen dürfen. Alex ist das Problem! Wir hätten das mit den Leuten von Solid Groove machen sollen.«

»Die wollten uns nicht, Raimund, wie oft soll ich das noch sagen?! Die finden uns scheiße!« Ferdi wandte sich an mich. »Ich sag's dir, Charlie: Die Sache geht nicht mehr lange gut, die springen uns alle ab, die murren schon, Schöpfi vor allem, der sagt schon so Sachen wie nach Hause gehen und so!«

»Der ist doch irre, nach allem, was wir für ihn getan haben! Ich hol uns mal ein paar von diesen Zuckerdingern da!« Raimund stand auf und hielt sich am Tisch fest. »Wollt ihr auch einen Tee?«

»Nein, aber noch so einen Kaffee vielleicht«, sagte Ferdi.

»Du solltest auch mal lieber so einen Tee trinken«, sagte Raimund. »Das ist besser für die Pumpe und so.«

»Meine Pumpe ist 1a, Raimund«, sagte Ferdi. »Es ist das Gemüt, das langsam krank wird!«

»Versteh ich«, sagte Raimund. Er ging ein paar Schritte und stellte sich hinten an die Schlange, die sich in der Bäckerei in der Zwischenzeit gebildet hatte.

»Das geht nicht mehr lange gut«, sagte Ferdi. »Gestern voll die Katastrophe. Weiß gar nicht, wie wir das überstehen sollen, wird Zeit, dass wir ins Fluxi kommen.«

»Warum sind wir denn eigentlich nicht im Fluxi?«

»Weil Ferdi einen Anfall von Spontangeiz hatte«, rief Raimund von seinem Platz in der Schlange herüber. »Irgendwann kommt bei Ferdi immer noch der alte Student raus, demnächst nimmt er sich Stullen mit in den Club!«

Jetzt schaute der ganze Laden zu uns rüber.

»Ach Quatsch!«, rief Ferdi.

»Neulich hatte er im Büro einen Henkelmann dabei!«

»Blödsinn, das war nur, weil die mir den zum Geburtstag geschenkt hatten, ich wollte bloß kein Spielverderber sein.«

»Echt?«, sagte ich. »Ein Henkelmann? Sowas gibt's noch?«

»Bei Handgemacht«, rief Raimund. »Du weißt schon, die immer den ganzen alten Qualitätsscheiß haben. Hatten wir ihm zum Geburtstag geschenkt. Er kam sogar am nächsten Tag damit zur Arbeit. Mit was drin!«

»Jetzt hört doch mal mit dem Henkelmann auf. Ich habe gerade versucht, Charlie was zu erklären.«

»Okay«, sagte ich, »also warum sind wir nicht im Fluxi?«

»Das hätte doch eigentlich gar keinen Sinn ergeben! Wir mussten hier doch gleich in den Club und wenn man erstmal im Club ist, kann man doch wohl bis vierzehn Uhr durchhalten und dann erst im Fluxi einchecken, das ist doch ganz normal, das würde jeder so machen!«

»Kassler mit Bohnen und Kartoffeln. So sieht's aus«, rief Raimund herüber. »Ferdi hatte Kassler mit Bohnen und Kartoffeln in seinem Henkelmann.«

»Jetzt hör doch mal mit dem scheiß Henkelmann auf,

Raimund! Jedenfalls weiß ich überhaupt nicht, was mit Alex los ist, der war doch früher nicht so!«

»Das ist der neue Club, der hat Alex verändert. Da hat er viel reingesteckt, und dann so ein No-Drugs-Publikum da, das waren ja überhaupt keine Raver, das waren nur so After-Work-Freaks. Ich hab doch gleich gesagt, wir sollten das mit den Leuten von Solid Groove machen.«

»Ein für alle Mal, Raimund«, rief Ferdi erregt, und die anderen Leute in der Bäckerei zuckten zusammen, »die wollten uns nicht! Ich hab doch mit Henning geredet, der wollte uns nicht, und Dingsda, Hank Noise, wie heißt der nochmal richtig?«

»Matthias Irgendwas«, rief Raimund.

»Genau, der wollte uns auch nicht. Die finden uns scheiße, jedenfalls haben sie gesagt, Magical Mystery ist Beatles-Scheiße. Die hatten das überhaupt nicht kapiert, also hör auf, immer wieder von denen anzufangen, Raimund, die finden, dass wir Kommerzscheiße sind.«

»Seit wann ist das denn schon wieder falsch?«

»Die sind irgendwie dagegen. Und dann von wegen Schöpfi ist Schlager oder was! Das haben die ernsthaft gesagt. Dabei haben die Guter Mond gemacht und das ganze Natascha-Ding, was soll das denn dann wohl gewesen sein? Die haben doch gar nichts kapiert!«, rief Ferdi erregt. Und fügte, an mich gewandt, hinzu: »Jedenfalls war das gestern voll daneben, ich hätte das von Alex nicht gedacht, ich kenne den seit zehn Jahren, plötzlich macht er das Licht an, der lässt die Hosti Bros nicht mal zu Ende spielen, ich denk noch, was ist denn mit dem los, wir waren alle noch voll gut drauf und der macht um zwei das Licht an und alle raus und so!«

»Aber der Merch-Umsatz war gut«, rief Raimund.

»Das ist das Gute bei den werktätigen Prolls«, rief

Ferdi zurück, »wenn so Prolls mit Arbeit im Club sind, dann kaufen die jeden Scheiß.«

In der Bäckerei kam Unruhe auf.

»Setz dich mal wieder hin, Raimund, ich hol mal den Kaffee und den Tee.« Ich stand auf und nahm Raimunds Platz ein.

»Das ist nicht nötig«, sagte Raimund.

»Doch klar«, sagte ich, »du warst die ganze Nacht auf den Beinen, Raimund, du hast dir deinen Feierabend verdient!«

»Da sagst du was! Hol auch ein paar von den Zuckerdingern, ich brauch das jetzt!«

Er setzte sich wieder hin. Als ich mit einem kleinen Tablett mit Tee und Kaffee und einigen Gebäckteilen wieder an den Tisch kam, war er eingeschlafen.

»Guck dir den an«, sagte Ferdi. »Der ist sensibel, der arme Kerl. Hätte ihm das mit dem, dass die uns nicht wollten, gar nicht sagen dürfen. Der nimmt sich das voll zu Herzen. Der findet Solid Groove doch so gut, und dann sowas. Sind in der scheiß Wohnung überm Club noch Betten frei?«

»Keine Ahnung. Wird schon irgendwie gehen.«

»Da müssen wir ihn gleich mal hinbringen.«

»Wird schon gehen.«

Wir schwiegen eine Weile. Ferdi rührte in seinem Kaffee und mümmelte an einem mit Zuckerstreuseln überzogenen Kringel.

»Ist alles eine Image-Frage. Hallo Hillu nehmen sie einem übel, aber wenn die Magnetic-Leute ihr Umtaumta-Zeug in die Welt pusten, dann sagt keiner was. Schöpfi finden sie scheiße, aber Klonkman mit seinem Gummistiefeldreck ist okay.«

»Ist doch scheißegal!«

»Natürlich ist das egal. Aber irgendwie auch nicht. Geld ist nicht alles, Charlie!«

»Wem sagst du das!«

»Genau. Jedenfalls habe ich keine Lust, dass Magical Mystery zum Schlechtelaunerave wird. Das soll lustig sein. Und davon soll auch was übrigbleiben. Für die Nachwelt! Pass auf, die Sache ist so: Hans soll jetzt mal eine Videokamera nehmen und alles filmen, wegen mir auch mit Ton, ist mir ja egal, obwohl ich eigentlich stumm besser finde, das ist irgendwie mehr so vintage, so superachtmäßig, und dann wird alles irgendwie gefilmt, aber dann müssen wir auch mal was Lustiges zusammen machen, alle irgendwie.«

»Das dürfte doch kein Problem sein«, sagte ich.

»Irgendwas mit Deutschland. Das ist auch für das Ausland gut. Und wir können das für die Videos benutzen, später mal, dann schneiden wir das in alles Mögliche rein. Und einer muss immer ein Schild mit Magical Mystery haben und das ab und zu in die Kamera halten und so.«

»Gute Idee, Ferdi.«

»Wir können ja gleich in München anfangen. Oder hier in Köln. In München wollen wir eh ins Hofbräuhaus gehen, das wird super für die Videos später, das kennt jeder auf der ganzen Welt und da geht dann das Magical-Mystery-Ding ab, was meinst du?«

»Warum dann nicht auch gleich den Kölner Dom, Ferdi?«, sagte ich zum Spaß.

»Gute Idee«, sagte Ferdi. »Den kennen sie auch überall. Auf der ganzen Welt. Aber mehr so von außen, dann müssen wir da was von außen machen. So Magical Mystery, aber mit Deutschland und so Symbolen und Architektur und was weiß ich. Und gefilmt mit so Heimvideokameras, wie von der deutschen Hausfrau irgendwie.«

»Gute Idee«, sagte ich, um ihn aufzumuntern.

»Das hat dann auch gleich so einen Aktionskunsttouch«, sagte Ferdi. »War das nicht mal dein Ding, Charlie? Hast du sowas früher nicht mal gemacht?«

»Installationen, Ferdi, keine Aktionen. Aktionen waren eher so H.R.s Ding, weißt du noch? Kennst du auch, der hat immer so Aktionen gemacht.«

»H.R., genau, was macht der eigentlich mittlerweile?«

»Der ist tot, Ferdi.«

»Ach du Scheiße!«

Und dann brachten wir Raimund ins Bett.

41. Allein in Köln

Als wir um vierzehn Uhr im Fluxi eincheckten, fehlten die Hosti Bros, Schöpfi, Dave und Hans, wobei die letzten beiden sowieso privat übernachten sollten. Ich bekam ein Zimmer für mich allein und die Kölner-Dom-Aktion fiel ins Wasser. Ich fragte Rosa, ob sie mit mir später ins Museum gehen wolle, aber sie hatte schon irgendwas anderes vor. Um das Auto und die Meerschweinchen hatte ich mich am Vormittag schon gekümmert, das Auto hatte ich sogar durch eine Waschanlage gefahren, innen aufgeräumt und gesaugt und dann die Meerschweinchen beruhigt, die das ordentlich aufgeregt hatte. Es war also bis zum nächsten Morgen um acht Uhr nichts mehr zu tun, deshalb legte ich mich noch kurz aufs Ohr und ging dann ins Museum Ludwig und stellte mich dort eine halbe Stunde vor ein Bild von Schwarzenberg, das ich früher sehr gemocht hatte, aber das brachte nichts, weder im Guten noch im Schlechten. Ich nahm mir vor, die Kunst nicht mehr zu Therapiezwecken zu missbrauchen, schließlich hatte ich ja auch bei den Bastelgruppen nicht mitgemacht. Das half: Ich entdeckte beim Rausgehen in einer Ecke einen Schlumheimer und freute mich. Es war nur eine kleine Arbeit, ein Stuhl mit einem Eimer drauf, ich blieb nicht lange davor stehen, die Freude hielt aber lange vor. Am Abend ging ich allein ins Kino und sah mir einen Film mit vielen Toten an. Am Ende war ich froh, dass wenigstens der Held überlebt hatte, und mit diesem Gefühl der Erleichterung ging ich ins Bett.

42. Schotterbett

Ich träumt [illegible] mit Helena, einer griechischen B [illegible] in Berlin gewohnt hatte, das war M [illegible] ewesen, die hatte ich also seit etwa z [illegible] ehr gesehen und Genaueres weiß ich nicht mehr über den Traum, nur dass er sehr interessant gewesen war und ich mich gefreut hatte, Helena wiederzusehen, und dass Helena und Rosa sehr gute Freundinnen gewesen waren, und dass die Feuerwehrsirene, die von draußen in unser Zimmer drang, genau wie das Gedudel von Raimunds Funktelefon klang, »Möchte mal wissen, wo das so brennt und wieso die nicht weiterfahren!«, hatte Helena mit ihrem reizvollen griechischen Akzent geknarzt und Rosa hatte »Vielleicht brennt das ja bei uns!« gesagt und ich hatte noch versucht abzuwiegeln mit »Das würden wir ja wohl riechen!«, aber dann bin ich aufgewacht und es war das Funktelefon, es lag am anderen Ende des Raumes auf dem Teppich, ich hatte es dort an sein Ladegerät angeschlossen und es dudelte munter vor sich hin, also tappte ich im Dunkeln durch das Zimmer, stieß mir die Knie und musste erst einen Lichtschalter finden, damit ich bei dem Telefon nicht auf den falschen Knopf drückte, denn irgendwas Dringendes würde es schon sein, da machte ich mir keine Illusionen.

»Charlie? Charlie? Charlie?«

»Ja, Raimund, was liegt an?«

»Hör mal, ich hab hier Schöpfis Telefon, mit dem ruf ich an.«

»Okay, Raimund. Deins hab ja auch ich, so gesehen …«

»Genau, deshalb habe ich Schöpfis Telefon, gut, dass der dabei ist.«

»Auf jeden Fall, Raimund. Was liegt denn an?«

»Pass auf, wir sind hier irgendwo in Köln und das Auto ist auf der Straßenbahnschiene irgendwie und wir sind jetzt alle um die Ecke, weil das ein bisschen heikel ist, du weißt schon, was ich meine.«

»Nicht so richtig.«

»Also wir wollten eigentlich noch auf so eine Party, die Schöpfi klargemacht hatte, und dann sind wir alle ins Auto …«

»Wo hattet ihr denn den Schlüssel her?«

»Ich hatte doch noch den zweiten Schlüssel, jedenfalls steht das jetzt da auf den Straßenbahnschienen und man kriegt das da nicht mehr runter, und noch hat das keiner gesehen, aber wenn irgendwann die Straßenbahn kommt oder die Bullen das sehen, dann ist das doch Fahrerflucht oder was …«

»Wieso steht das auf der Straßenbahnschiene?«

»Wir hatten es eilig, also weil wir ins Krankenhaus wollten, der hat so geschrien, der Basti, und …«

»Wieso hat der geschrien?«

»Dem hatte einer die Hand in der Tür eingeklemmt, in der Tür von dem Auto. Jedenfalls können wir jetzt nicht mehr dahin, wenn einer von uns da jetzt hingeht, dann ist der ja der Fahrer und dann Drogenkontrolle und was weiß ich, Alkohol, was die da alles machen, das können wir doch gar nicht riskieren. Außerdem haben wir die Papiere nicht und ich meinen Führerschein auch nicht dabei. Das ging um die Ecke, das Taxi ist vorausgefahren …«

»Welches Taxi?«

»Wir wussten ja nicht, wo ein Krankenhaus ist, da haben wir ein Taxi angehalten und das ist dann vorausgefahren und wir hinterher.«

»Warum habt ihr denn dann nicht Basti in das Taxi gesetzt, hätte er doch damit ins Krankenhaus …«

»Haben wir ja, aber erst später, also jetzt, weil ja unser Auto auf den Schienen ist. Also Basti ist jetzt weg, jedenfalls ist der blöde Taxifahrer so schnell um die Ecke und wir hinter ihm her, aber der war so schnell, dass wir dann weiter geradeaus, und da war dann nur noch für die Straßenbahn, also keine Straße mehr, nur noch das Schotterbett mit den Schienen und da ist jetzt das Auto drauf. Also ich glaube, im Augenblick kommt noch keine Straßenbahn, aber das ist ziemlich dunkel da, ich mach mir Sorgen, wenn da die Straßenbahn um die Ecke kommt, da sind ja auch die Meerschweinchen hinten drin.«

»Bist du gefahren, Raimund?«

»Ich sag nicht, wer gefahren ist, Charlie.«

»Natürlich bist du gefahren, wieso willst du das nicht sagen, ich bin doch nicht die Bullen?«

»Mann, Charlie, das ist ein Funktelefon, wer weiß, ob die Dinger abgehört werden, das ist doch alles total einfach abzuhören, da braucht doch bloß einer, da muss man schon aufpassen, und jetzt hör mal auf, mich hier zu löchern, wir brauchen dich, du musst jetzt mal kommen, wir brauchen einen, der die Bullen ruft und den Abschleppdienst und der der Fahrer war und so. Und wenn die das Ding vorher sehen, dann denken die, das war Fahrerflucht, dann wird das ganz übel für dich, deshalb schnell!«

»Gib mal die Adresse.«

Er nannte mir zwei Straßennamen, da stünde er an der Ecke und hätte alles im Blick.

Ich zog mich an und ging zur Fluxi-Rezeption, weckte den Nachtportier und ließ mir ein Taxi rufen. Ich hatte einen Stadtplan von Köln, auf dem suchte ich mir eine Straße in der Nähe der Stelle, die Raimund mir gesagt hatte, und ließ mich vom Taxi dort hinbringen. Den Rest ging ich zu Fuß. Raimund verbarg sich im Eingang eines Waschsalons und fror. Sonst war niemand zu sehen. Fünfzig Meter weiter stand das Auto im Schotterbett der Straßenbahn. Es war halb vier Uhr morgens.

»Wo sind die anderen, Raimund?«

»Holger ist mit Basti mitgefahren und Schöpfi und Rosa und Hans und Dave sind schon mal vorgegangen auf die Party.«

»Zu Fuß oder mit dem Taxi?«

»Zu Fuß, das ist hier wohl irgendwie in der Nähe. Das Auto ist hin. Das kriegt man da von alleine nicht mehr runter, wir haben schon alles versucht!«

»Hat es schon jemand entdeckt? Was ist mit dem Taxifahrer, der euch vorausgefahren ist?«

»Der sagt nichts. Der ist doch auch schuld, so wie ich das sehe!«

»Dann hau jetzt ab, Raimund. Weißt du, wo die Party ist?«

»Nee, das wollte ich noch fragen, hast du einen Stadtplan oder sowas?«

Ich gab ihm meinen Stadtplan.

»Ich weiß aber die Adresse nicht.«

»Ich auch nicht, Raimund.«

»Wie soll ich denn jetzt da hinkommen?«

»Wir könnten Schöpfi anrufen.«

»Geht nicht, sein Telefon habe ja ich.« Raimund hielt Schöpfis Klapptelefon hoch.

»Dann ab ins Fluxi, Raimund. Ist sowieso besser. Morgen früh um acht Uhr geht's weiter.«

»Das klappt doch eh nicht.«

»Und ob, Raimund. Hau jetzt ab.«

»Wie soll ich denn jetzt ins Fluxi kommen?«

»Geh da vorne lang und rechts rum und auf die große Straße, da muss irgendwo ein Taxistand sein. Oder es kommt ein Taxi vorbei.«

»Und wenn kein Taxi kommt?«

»Dann geh da auf der großen Straße links runter und immer geradeaus, dann bist du in einer halben Stunde am Fluxi, das kommt irgendwann auf der linken Seite.«

»Du bist echt ein Held, Charlie!«

»Du auch, Raimund!«

Dann ging er. Ich sah ihm nach, wie er um die Ecke trottete. Dann ging ich zum Auto. Ein Vorderrad war seltsam geknickt, wahrscheinlich war die Aufhängung gebrochen. Lolek und Bolek zwitscherten aufgeregt, als ich den Kofferraum öffnete. Ich nahm das Warndreieck, das dort vom letzten Mal noch lag, und baute es weiter vorne auf den Schienen auf. Dann stellte ich das Warnlicht an und wählte die Notrufnummer der Polizei.

43. Zugvögel

Die Bullen kamen nach zehn Minuten und lachten und riefen einen Abschleppdienst und die Straßenbahnbetriebe an. Dann gaben sie mir ein zweites Warndreieck für die andere Straßenbahnrichtung, nur für den Fall, dass von dort eine Straßenbahn kommen sollte, man wisse ja nie und so weiter. Dann kam auch wirklich eine Werkstattstraßenbahn auf Betriebsfahrt um die Ecke, der Fahrer hielt vor dem Warndreieck an, stieg aus und lachte mit. Dann kam ein Riesenbergungsfahrzeug mit einem Riesenkran und der Fahrer stieg aus, lachte, brachte das Ding so nah wie möglich ans Schotterbett und hob den Wagen von den Gleisen und auf seine Ladefläche. Ich wollte mitfahren, aber die Bullen hatten andere Pläne mit mir, ich hatte beim Röhrchenpusten keine auffälligen Ergebnisse gehabt, deshalb fuhren sie mit mir auf die Wache und holten einen Arzt und zapften mir Blut ab und nahmen eine Haarprobe und ließen mich mit geschlossenen Augen geradeauslaufen und auf einem Bein stehen und den ganzen Scheiß. Als das alles nichts brachte, schienen sie dann doch erleichtert, sie mochten mich wohl ganz gerne, jedenfalls taten sie so, als sie mich zur Sache vernahmen, wie ich das bloß hingekriegt habe mit dem Auto und dem Schotterbett und so weiter und so fort, sie machten einen auf Bewunderung, aber ich stellte mich blöd wie zu den schlimmsten Zeiten von Werners Plenums oder Plena oder gar »Plenata«, wie Klaus-Dieter immer gesagt hatte, das waren die Anfangszeiten gewesen, als sie mich dauernd zu meinem Drogenverhalten ausgefragt hatten, vor allem Werner, der nicht hatte glauben wollen, dass ich wirklich ein Multitoxfreak und damit für Clean Cut 1 qualifiziert war, verglichen mit Werner waren die Bullen Waisenknaben, denn während Werner mir das Blödstellen nie abgenommen hatte, gaben die Bullen ziemlich schnell auf und fanden sich damit ab, dass ich um drei Uhr morgens noch alleine mit dem Auto unterwegs gewesen war, weil ich kein Kleingeld für den Zigarettenautomaten gehabt hatte, und dann auf der Suche nach einer Tankstelle von der großen Straße abgekommen und in der kleinen Nebenstraße aufs Schotterbett gebrettert war. Mit dem Rest blieb ich hart an der Wahrheit, nämlich dass ich im Fluxi wohnte und der Chauffeur einer Truppe von DJs war, die Deutschland bereisten. Als sie Namen wissen wollten, sagte ich ihnen, sie könnten das alles wahrscheinlich im RaveOn nachlesen, da wäre sicher was über die Tour drin, die im übrigen Magical Mystery hieße, worauf sie sagten, Magical Mystery, das käme ihnen bekannt vor. Dann fuhren sie mich zur Werkstatt, weil ich ihnen sagte, dass ich mir Sorgen um die Meerschweinchen mache, vom Auto ganz zu schweigen, das verstanden sie, sie waren tierlieb, der eine hatte einen Hund und der andere hatte mal einen Hund gehabt. Es waren zwei nette Knallköpfe und beide hatten Schnurrbärte.

Tierlieb war auch der Werkstattmann, der hatte die Meerschweinchen nicht nur schon entdeckt, der hatte ihnen auch schon was zu essen gegeben und ihren Käfig saubergemacht, der sei ja völlig verdreckt gewesen, »Kein Wunder, die scheißen ja immer alles voll«, er habe als Kind selber welche gehabt, und darüber hinaus habe er festgestellt, dass dies und das und jenes in der Radaufhängung hin war und irgendwelche Lenkstangen, Pleuel-, Beuel- oder sonstigen Dinger und Seilzüge und was weiß ich denn, auch, und dass er erst Ersatzteile kriegen müsse, und die kämen zwar schnell, weil's ein Mercedes sei, »aber die können auch nicht zaubern«, die Teile würden kommen, keine Panik, 24-Stunden-Werkstatt, kein Problem, nur teuer und vor Samstag keine Chance, wenig Leute da gerade, zwei im Urlaub, einer davon sogar Flitterwochen, gut dass wenigstens der Karneval vorbei sei, er sei im Augenblick aber trotzdem ganz alleine, also Samstag im Laufe des Tages möglich, aber teuer, »die können auch nicht zaubern«, so ging das immer weiter und im Kreis herum, es hatte ein bisschen was von Ochsenzoll am Nachmittag! Ich zückte irgendwann die Karte, gab ihm eine Anzahlung und legte noch zwanzig Mark in bar für die Meerschweinchenpflege obendrauf. Als ich ging, hielt er Lolek im Arm und streichelte ihn, da wusste ich die beiden Nagerfreaks in guten Händen.

Als ich ins Hotel kam, war es schon halb sieben, und ich ging gleich zu Ferdi, der machte im Jogginganzug auf, weil er zur Entgiftung ein paar Runden laufen wollte, das mache er immer, sagte er. Bei ihm im Bett lag Sigi unter der Decke und tat, als schliefe sie, während Ferdi die nötigen Entscheidungen fällte. Die sahen so aus, dass die ganze Truppe außer Dave und Hans mit dem Zug nach München fahren, Dave und Hans mit dem Auto das Merch mitnehmen und ich in Köln auf die Reparatur des Sprinters warten und damit nachkommen sollte.

»Irgendwie ist das ja schön hippiesk, aber andererseits auch ganz schön doof«, fasste Ferdi den Stand der Dinge zusammen, »jetzt fliegt uns die ganze schöne Magical-Mystery-Sache um die Ohren. Sowas geht doch nur, wenn man irgendwie zusammenbleibt!«

»Bei den Beatles ging auch alles schief«, sagte ich.

»Ja, aber das ist jetzt kein Trost«, sagte Ferdi. »Im Gegenteil.«

Ich ging zur Rezeption, um mein Zimmer um einen Tag zu verlängern. Dann half ich Ferdi, die Leute zusammenzutrommeln, was einige Zeit dauerte. Frierend, übermüdet und sich mit Taschen und Plattenkoffern abmühend, ließen sie sich von Ferdi und mir wie eine verwirrte Schar Hühner in die Straßenbahn treiben, die hier zugleich auch U-Bahn war. Mit der sollten sie zum Hauptbahnhof, Ferdi hatte sich geweigert, Taxis zu bezahlen, »Seid froh, dass ihr nicht zu Fuß nach München laufen müsst!«, hatte er gesagt. Raimund war die ganze Zeit ungewöhnlich schweigsam. Das Einzige, was er hin und wieder sagte, war: »Wir hätten auf die Frankfurter hören sollen!«

44. Die Stimme von Clean Cut 1

Ich legte mich für einige Stunden hin. Als ich aufwachte, schien die Sonne, und durch das Fenster des Fluxis wehte ein warmer Wind den Straßenlärm herein. Ich stand auf, duschte und ging hinunter. Im Fluxi gab's keinen Kaffee, also ging ich auf die Straße und marschierte Richtung Innenstadt. Es war ein schöner Frühlingstag und die Leute auf der Straße machten einen fröhlichen, aufgeräumten Eindruck, und als ich in den kleineren Straßen der Innenstadt, wo es viele Galerien und Kunstbuchhandlungen und so weiter gab, angekommen war, ging ich in das nächstbeste Kneipen-, Café-, Galeriedingsbums, das mir vor die Füße kam. Kaum hatte ich mich gesetzt und einen Kaffee bekommen, klingelte das Mobiltelefon. Bis ich es aus meiner Jackentasche gepult hatte, hassten mich alle Leute im Laden, sie schüttelten die Köpfe und stöhnten. Was immer auch Raimund sich mit seinem Telefon an Prestigegewinn versprach, hier war es nicht zu kriegen, hier war der Funktelefonbesitzer ganz klar ein Freak, und zwar ein unsympathischer. Ich drückte so schnell es ging den grünen Knopf und hielt mir das Ding ans Ohr.

»Ja?«, sagte ich gedämpft.

»Ist da Raimund Schulte?« Es war eine Männerstimme.

»Nein.«

»Wer ist denn da?«

»Die Frage ist falsch gestellt«, sagte ich leise, es konnten ja alle mithören, in dem Laden hatten sie nicht einmal Musik, nur die elektrische Kaffeemühle, die sie hier parallel zur Espressomaschine betrieben, die machte ab und zu einen entlastenden Krach.

»Ich kann Sie schlecht verstehen, wer spricht denn da?«, sagte der Mann. Seine Stimme kam mir bekannt vor, aber richtig deuten konnte ich sie nicht, der Sound war blechern und es gab immer wieder Aussetzer in der Verbindung.

»Nein, umgekehrt, wer spricht denn da bei *Ihnen*?!«

»Ich ruf nochmal an«, sagte der Mann und legte auf.

Ich bekam einen Kaffee und trank ihn und irgendwann kam ich drauf: Es war die Stimme von Werner Maier gewesen, die Stimme von Clean Cut 1.

45. Schöne Grüße

Ich versuchte, schnell zu bezahlen und rauszukommen aus dem Café-, Kneipen-, Galeriedings, in dem ich saß, bevor Werner wieder anrief, aber die Frau, die bediente, war eine von der ›Ich-bin-auf-der-Arbeit-und-nicht-auf-der-Flucht‹-Sorte, und je mehr ich herumzappelte und nach ihr winkte und mein Portemonnaie hochhielt und mit den Fingern bedeutete, dass ich zahlen wollte, desto weiter sah sie von mir weg in eine bessere Parallelwelt oder was weiß ich wohin sie schaute, die rheinische Frohnatur, also selber schuld, wenn das Funktelefon noch einmal in ihrem Laden sein hässliches Lied abspielte, mir doch wurscht, und so kam es auch, düdelüdelü, ich glaube, es war »Für Elise«, so hieß das Lied, oder war es der Flohwalzer? Egal, ich ließ es noch ein bisschen dudeln, bevor ich dranging, und das allgemeine Geraune, Stuhlgeschuckere und Gestöhne, das es begleitete, kommentierte ich mit einem lauten »Noch einen Kaffee bitte!«, bevor ich den grünen Knopf drückte und mich laut und deutlich mit »Raimund Schulte« meldete.

»Hä? Wieso Raimund Schulte? Der sitzt doch neben mir!«

»Rosa, bist du das?«

»Ja. Wieso sagst du Raimund Schulte? Du bist doch Charlie, oder nicht?«

»Ja. Raimund Schulte sag ich nur zur Sicherheit. Falls einer anruft, mit dem ich nicht reden will.«

»Ach so.« Sie schwieg einen Moment. »Ganz schön exzentrisch!«

»Ja.«

»Egal. Ich wollte eigentlich nur mal Danke sagen, weil du das mit dem Auto auf dich genommen hast. Fiel mir eben erst ein, dass ich mich noch gar nicht bedankt habe, weil ich ja auch dabei war.«

»Hast du das Auto gefahren?«

»Nein, das war Raimund gewesen. Ich war die, die Basti die Hand in der Tür eingeklemmt hat.«

»Ach so, Basti und seine Hand«, sagte ich. »Wie geht's da denn so, ich meine ihm, also Basti jetzt?«

»Ist nichts gebrochen, nur geprellt, aber er sagt, er muss jetzt einhändig auflegen. Aber er hat ja auch noch Holger, dann haben die ja zusammen immer noch ein Gehirn und drei Hände! Jedenfalls vielen Dank, das wollte ich mal sagen. Hätte nicht jeder getan. Meinen die anderen auch. Schöne Grüße.«

»Ist nicht schlimm. Nur ein bisschen Geldstrafe und die Reparatur, das geht alles auf Kratzbombe!«

»Ja. Aber jetzt musst du da alleine in Köln rumhängen, das ist doch sicher auch blöd.«

»Ja, ich wäre lieber mit nach München gefahren«, gab ich zu. »Man muss immer in Bewegung bleiben, sonst ist das irgendwie nicht so richtig ...« – ich wusste nicht, wie ich's beschreiben sollte – »... nicht so richtig Magical Mystery oder so.«

»Ja, eigentlich sollten wir alle immer zusammenbleiben.«

»Ich bin ja bald wieder da«, sagte ich. »Und uns bleibt ja immer noch Schrankenhusen-Borstel!«

Sie lachte. Dann sagte sie: »Wir gehen morgen Abend alle ins Hofbräuhaus. Schaffst du es bis dahin?«

»Mal sehen, schön wär's.«

Bei ihr wurde im Hintergrund herumgerufen.

»Wir sind gleich da«, sagte sie. »Und Ferdi will sein Telefon wiederhaben. Schöne Grüße von Raimund und allen, und du sollst schnell nachkommen!«

Dann war die Verbindung unterbrochen. Ich blickte auf und in das Gesicht der Kellnerin.

»Willst du jetzt einen Kaffee, oder bezahlen?«

»Wie du willst!«, sagte ich. Mir war ganz warm ums Herz.

46. Mechanik und Statik

Das Telefon flötete wieder sein Lied, als ich gerade in einem Laden stand, in dem sie neue und antiquarische Kunstkataloge verkauften, im Schaufenster hatten sie ein Schild mit dem Versprechen: »Kunstkataloge: Was wir nicht haben, besorgen wir!«, aufgestellt, das hatte mich reingelockt. Drinnen war es eher unübersichtlich, aber irgendwann kam ich hinter das System und kämpfte mich durch den Wust von Katalogen, die teils aufrecht in Regale gestellt, teils in Stapeln davor aufgeschichtet waren, bis zu Sch und Schlumheimer durch, irgendwo musste man ja anfangen, und ich nahm mir vor, nicht weiter nach rechts zu schauen, wo es mit dem Alphabet von Schlumheimer aus weiterging, immer schön Tunnelblick auf Schlumheimer, das sollte mein Motto sein, es war eine Menge Schlumheimer am Start und ich fing an, in einem der Schlumheimerdinger zu blättern, es war der Katalog einer Berliner Ausstellung von 1979, da war er gerade abgegangen wie Schmidts Katze, der gute alte Schlumheimer, und ich war gerade nach Berlin gekommen, weg von Mutter und hin zu Schlumheimer, Harvestehude nein, Mauerstadt ja, so war's gekommen, und Schlumheimer damals schon für mich der gute alte Quatschguru, und als ich mir den Katalog gerade so anguckte und darauf achtete, dass die Augen im Regal ansonsten nicht weiter nach rechts wanderten, meldete sich das Telefon, düdelüdelüdelüdelüüh, es war eindeutig »Für Elise«, der Flohwalzer war es jedenfalls nicht, ich also das Ding wieder aus der Jacke gefummelt und ans Ohr gehalten: »Schulte!«

»Ja, ich bin's wieder, Maier, ich hätte gerne Karl Schmidt gesprochen.«

»Der ist nicht da.«

»Du kannst durch die Nase reden, bis du schwarz geworden bist, Karl Schmidt, ich erkenne deine Stimme!«

Ich ließ mich nicht beirren, zumal es Quatsch war, was er sagte, die Wahrheit war ja, dass ich mir die Nase zuhielt, was ja nun genau das Gegenteil von Durch-die-Nasereden war, aber das konnte ich natürlich nicht sagen.

»Hören Sie«, sagte ich streng, »ich weiß nicht, was Sie von Charlie wollen, aber der ist gerade nicht in der Nähe und beleidigen lasse ich mich nicht.«

»Soso«, sagte Werner. »Und wann ist er mal in der Nähe, der liebe *Charlie*?«

»Der ist in Köln, wir sind in München«, sagte ich. »Der hat noch in Köln zu tun.«

»Und was macht der da? Und wo ist der da?«

»Hören Sie«, sagte ich streng, »ich versuche gerade, meinen Schnupfen auszukurieren, ich wollte gerade ein Dampfbad mit Kamille nehmen, das ist schon aufgegossen und das wird jetzt kalt, also wollen wir das vielleicht abkürzen: Ich kenne Sie nicht und ich gebe Ihnen keine Auskunft über egal wen, Sie alte Sozpäd-Kapeike.«

»Ha, bist du das doch, Karl Schmidt, jetzt hast du dich selbst verraten, da kannst du mir erzählen, was du willst, das ist doch typisch dein dummes Gequatsche! Und jetzt hör mal zu, früher oder später wirst du mit mir reden müssen, am besten früher, so kommst du mir nicht davon, einfach abhauen ist nicht, das sag ich dir gleich. Am besten kommst du mal gleich zurück und erzählst alles. Oder St. Magnus erstmal, wenn die dich da noch nehmen!«

»Ich weiß nicht, wovon Sie reden!«

»Na gut, spielen wir das so weiter«, sagte Werner und ich sah ihn regelrecht vor mir, wie er da den guten alten Werner-weiß-Bescheid-Plenumszeigefinger hin- und herwedelte, »machen wir ruhig hier einen auf doof, aber tun Sie mir bitte einen Gefallen, lieber *Herr Schulte:* Sagen Sie *Charlie,* wenn Sie ihn wiedersehen, und ich bin sicher, das wird bald sein, sagen Sie ihm also, er kann sich jederzeit bei mir melden! Ich hab zwar nicht so ein Telefon wie Sie, *Herr Schulte,* aber der liebe *Charlie* kann mich ja zu Hause erreichen, sagen Sie ihm das, zu Hause, er wird ja wohl noch wissen, wo das ist. Und wie da die Nummer geht. Ich habe ihn noch nicht abgeschrieben, er kann jederzeit anrufen und er kann jederzeit zurückkommen, nüchtern oder breit, das ist mir wurscht, oder er kann auch nicht zurückkommen, meinetwegen, aber er soll vorher wenigstens noch einmal mit mir geredet haben, die feige Sau.«

»Das ist ein bisschen viel, was ich ihm da sagen soll, ich glaube nicht, dass ich mir das alles merken kann. Können Sie ihm keinen Brief schreiben?«

»Wohin denn?«

»Was weiß ich, Sie wissen doch immer alles, dann werden Sie das schon noch rauskriegen. Wo haben Sie eigentlich diese Nummer her?«

»Ich hab bei so Idioten in Berlin angerufen, die haben mir weitergeholfen, *Herr Schulte*!«

»Soso«, sagte ich und wusste nicht mehr weiter. Irgendwie fehlte mir der alte Zausel und ich freute mich, seine Stimme zu hören, aber er tat mir auch ein bisschen leid, dieses Gespräch erinnerte mich auf unangenehme Weise daran, wie meine Mutter damals in eine Kneipe im Karolinenviertel gekommen war und gewollt hatte, dass ich mit ihr nach Hause kam, und wie ich ihr vor der versammelten Punker-Mannschaft eine Abfuhr erteilt hatte, da war ich achtzehn gewesen, und wie sie sich dann immer weiter zum Horst gemacht und dem Wirt mit der Polizei und sonst was gedroht hatte, und der hatte sie ausgelacht, das war traurig gewesen, und ein bisschen traurig wurde ich jetzt auch und ich wollte schon sagen »Okay, Werner, du alte Betreuungshaubitze, lass uns reden«, da fing er wieder an und sagte: »Aber das ist kein Charity-Ding, das können Sie ihm sagen, dem *Charlie,* wenn Sie ihn sehen, *Herr Schulte,* das ist nicht, weil er mir leidtut, oder weil ich sentimental bin, ich sehe es bloß als meine verdammte Pflicht an, wenigstens einmal noch mit ihm geredet zu haben, haut der einfach ab, der *Charlie*!«

»Ich habe gerade nichts zum Mitschreiben«, sagte ich und dabei wanderte mein Blick nach rechts zu den Schmidts im Regal, und da waren viele, viele Kataloge, es heißen ja auch viele Leute Schmidt, da sind dann auch viele Künstler dabei, das ist ja logisch, und dann sah ich einen Katalog, der war gleich mehrmals da, Rücken an Rücken, alle gleich, und der hieß »Karl Schmidt – Mechanik und Statik, Galerie Wiesenberg«, das war der Knesebeckstraßen-Katalog, den ich nie gesehen hatte, den hatte Wiesenberg damals zur Vernissage fertig haben wollen und ich kam direkt vorher in die Klapse, so sah's aus, und durch diesen Anblick wurde ich ziemlich abgelenkt von dem Gespräch mit Werner, er quakte noch einige Zeit was aus dem Knochen und ich immer so »jaja«, während ich in die Knie ging und den Kopf verdrehte und mir diese Rücken anguckte, »Karl Schmidt – Mechanik und Statik,

Galerie Wiesenberg«, nicht zu fassen, so hatten wir das damals wirklich genannt, Mechanik und Statik, das kam mir jetzt ein bisschen albern vor, zu technisch und zu arbeitsmäßig, eigentlich wollte man ja gar nicht arbeiten, man wollte ja Kunst machen, und über die Typen mit ihrem Arbeitsbegriff hatten wir immer gelacht, wir wollten spielen und nicht arbeiten, wenn wir hätten arbeiten wollen, wären wir ja keine Künstler geworden, so hatten wir das damals gesehen, aber in der Knesebeckstraße hatten sie immer noch das Lied von der Kunst als Arbeit gesungen, selbst Ende der achtziger Jahre noch, wahrscheinlich bis zum heutigen Tage! Ich zog einen der Kataloge heraus und sah mein Bild vorne drauf, im Anzug mit Acetylenschneidbrenner mit Flamme an und vor einem Stahlobjekt posierend, sinnlos in die Kamera grinsend, irgendwie großartig, aber auch großartig dämlich.

»Werner«, sagte ich ohne nachzudenken ins Telefon, »ich hab jetzt keine Zeit für dich. Ich ruf später wieder an.«

»Moment mal«, sagte Werner, »warte mal ...« Ich drückte ihn weg.

Dann betrachtete ich in Ruhe das Bild. Ich war gut drauf gewesen damals. Nicht der Hellste, aber gut drauf. Ich sah aus wie einer, den nichts erschüttern kann, dabei kam ich nur wenige Wochen nach dem Foto in die Klapse, wie passte das zusammen?

Ich konnte mich von dem Bild nicht losreißen, es war schwarz-weiß, so wie alles damals, irgendwie hatte die Welt vor dem Mauerfall in meiner Erinnerung keine Farben, wir hatten in einem Schwarz-Weiß-Film gelebt, wir waren nicht durch Straßen, sondern durch Kulissen gelaufen und wir hatten auch nicht einfach gelebt, wir hatten Leben *gespielt*, und egal ob wir müde, wach, verkatert, fröhlich, verliebt, traurig, deprimiert gewesen waren, das war alles Teil einer größeren Sache gewesen, noch die blödeste Arbeit, das langweiligste Besäufnis, das mühsamste Geldverdienen, die hilfloseste Kunst, die hässlichste Wohnung, der kälteste Winter, die quälendste Krankheit waren etwas Besonderes und kostbar und Teil eines großen Ganzen gewesen, eines Spiels, eines Films, und wir darin unsterblich, und so sah ich auf dem Bild auch aus, unsterblich wie einer, der in Drachenblut gebadet hatte und dessen eine verwundbare Stelle niemand kannte, nicht einmal er selbst, und während ich darüber nachdachte und über mich und die anderen staunte, weil wir so großartig gewesen waren, und da also blöd herumstand in einer Kölner Kunstbuchhandlung, in der linken Hand ein Yuppie-Telefon, in der rechten einen alten Katalog haltend und mit den Tränen kämpfend, klingelte oder jedenfalls düdelte das Telefon wieder, und ich drückte mit einem geschickten Daumen auf den grünen Knopf und hielt es mir ans Ohr und es war wieder Werner und er sagte: »Glaub bloß nicht, *Charlie,* dass du einfach auflegen kannst, bloß weil du so ein albernes Funktelefon hast!«

»Kann ich wohl«, sagte ich.

»Kannst du nicht«, sagte Werner.

»Naja«, sagte ich, »eigentlich ist es nicht auflegen, es ist eher wegdrücken!«

Ich drückte ihn weg und stellte das Telefon aus. Das war ja das Gute an diesen Dingern, dass man sie ausschalten konnte. Ich hatte Leute in den Siebzigern gekannt, die ihr Telefon in den Kühlschrank gestellt hatten, weil man es damals noch nicht mal ausstöpseln oder wenigstens leiser stellen konnte. Bei diesem Ding gab es einen Knopf, und wenn man länger draufdrückte, ging es aus. Fantastisch!

Ich kaufte einen Katalog und ließ ihn mir in eine undurchsichtige Tüte packen, damit ich nicht dauernd draufgucken musste. Draußen schien die Sonne. Ich ging einen Kaffee trinken und rauchen, mehr konnte ich im Moment nicht tun.

47. Michael und Monika

Als ich am nächsten Morgen in die Werkstatt kam, war der Wagen noch auf der Hebebühne und das vordere linke Rad ab. Darunter stand der Mann und schraubte an irgendwas herum. In der Nähe standen zwei Kinder, keine Ahnung, wie alt die waren, klein irgendwie, aber nicht zu klein, ein Junge und ein Mädchen, die hielten jeder eins der Meerschweinchen im Arm und streichelten an ihnen herum.

»Gut, dass Sie da sind«, sagte der Mann.

»Ich dachte, Sie sind fertig«, sagte ich. »Am Telefon haben Sie gesagt, dass Sie fertig sind.«

»Nein, dass Sie schon mal kommen können, das habe ich gesagt«, sagte der Mann und hob unterstreichend seinen Schraubenzieher. »Ich bin hier ganz alleine und die Kinder haben heute keine Schule und ich dachte, Sie wollen vielleicht zur Beschleunigung der Sache ein bisschen helfen und die Kinder beobachten, die machen mich immer nervös, wenn sie in der Werkstatt sind, da komm ich zu nix. Ich wollte eigentlich, dass sie im Büro bleiben und ihre Hausaufgaben machen, aber die haben überhaupt nichts aufgekriegt! Und jetzt ist auch noch der letzte von meinen Leuten krank, wie soll man so eine 24-Stunden-Werkstatt am Laufen halten?«

»Gibt's hier auch Kaffee?«, sagte ich und ging zu den Kindern hinüber.

»Kaffee wäre toll«, meinte der Werkstattmann und verschwand unter dem Auto. »Was Sie brauchen, finden Sie im Büro, da ist eine Maschine und Kaffee und Filter und Tassen auch.«

»Wie heißt ihr denn so?«, sagte ich zu den Kindern, um das Eis zu brechen, aber die beachteten mich nicht, sie streichelten die Meerschweinchen und schauten nicht einmal hoch dabei.

»Ist ja auch egal«, sagte ich. »Die beiden heißen jedenfalls Lolek und Bolek. Wo ist denn jetzt ihr Käfig, ist der noch im Auto?«

»Der ist im Büro«, rief der Mann. »Der muss noch saubergemacht werden. Die Kinder heißen Michael und Monika.«

»Michael und Monika«, sagte ich, »das ist ja fast so gut wie Lolek und Bolek.«

»Lolek und Bolek sind doch Namen aus dem Fernsehen!«, sagte das Mädchen, ohne von Lolek aufzuschauen. Lolek hing schlaff auf ihrem Arm und stellte sich tot, der arme kleine Nagertrottel.

»Michael und Monika auch«, sagte ich. »Und jetzt kommt mal mit ins Büro, wir müssen den Käfig saubermachen.«

»Ich auch?«, fragte Michael.

»Du auch!«

»Warum machst du das nicht alleine?«

»Ich muss Kaffee machen.«

»Geht ruhig mit ihm mit«, rief der Vater, »der tut euch nichts, der macht nur Kaffee.«

Die beiden folgten mir ins Büro und ich brachte die Kaffeemaschine in Gang, während sie die Meerschweinchen auf dem Schreibtisch herumlaufen ließen. Dann machte ich den Käfig sauber und ließ die Kinder den Beutel mit der alten Streu zum Müllcontainer tragen. Dann setzten wir Lolek und Bolek in ihren Käfig und schauten ihnen ein bisschen beim Fressen zu, während die Kaffeemaschine sich zu alldem so dermaßen einen abgurgelte, dass man heimwehkrank werden konnte.

»Wohin willst du denn fahren?«, fragte der Junge, während er Lolek ein Stück Stangensellerie zum Knabbern hinhielt. »Mein Vater hat gesagt, dass du es eilig hast. Und dass er deswegen heute arbeiten muss.«

»Nach München. Und dann nach Hamburg«, sagte ich. »Und dann nach Schrankenhusen-Borstel. Und dann nach Essen.«

»Warum das denn?«

»Ich fahr Leute rum. Das ist gerade mein Job.«

»Und wieso hast du dann die Meerschweinchen dabei?«, fragte das Mädchen.

»Die gehören dazu«, sagte ich. »Ich bringe jetzt mal eurem Vater einen Kaffee!«

Ich brachte eine Tasse Kaffee zum Auto. Der Mann schraubte gerade mit einem Pressluftschrauber das Rad wieder fest.

»Danke, danke«, sagte er. »Den trinke ich, wenn er abgekühlt ist. Wo wollen Sie heute noch hin?«

»Nach München.«

»Dann sollten Sie über Bonn fahren und immer schön auf dieser Seite vom Rhein bleiben und dann über Karlsruhe und Stuttgart nach München.« Er ließ das Auto herunter, es quietschte beim Aufsetzen. »Und nach fünfzig Kilometern sollten Sie die Radmuttern nachziehen. Ist zwar unnötig, aber ich muss Ihnen das sagen, sonst bin ich noch schuld, wenn was passiert!« Er wischte sich die

Hände mit einem Lappen ab. »So, noch eben die Rechnung und dann ist Wochenende.«

Er ging mit mir ins Büro, wo die Kinder wieder die Meerschweinchen streichelten.

»Wir haben die nochmal rausgenommen, die wollten das so«, sagte der Junge.

»Die kommen gleich wieder ins Auto«, sagte sein Vater, »ihr könnt denen schon mal Auf Wiedersehen sagen.«

Ich unterschrieb hier und da und dort und bekam eine Rechnung und ließ die Sparkassenkarte sprechen. Dann schüttelten wir uns die Hand.

»Viel Glück«, sagte der Werkstattmann. »Und Vorsicht bei Straßenbahnschienen.«

»Ja, vielen Dank«, sagte ich.

Die Kinder brachten den Meerschweinchenkäfig zum Auto: Sie holten einen kleinen Rollwagen, stellten den Käfig drauf und rollten das Ding so langsam und vorsichtig zum Auto wie einen Atomsprengkopf. Dort hoben ihr Vater und ich den Käfig mit den Kleintierspacken in den Kofferraum und machten die Tür hinter ihnen zu.

»Ich will auch so welche«, sagte der Junge.

»Wenn du zehn bist«, sagte der Vater. »Vorher nicht!« Und zu mir sagte er: »Nehmen Sie doch noch einen Kaffee für die Fahrt mit!«

Ich sagte: »Nicht nötig!«, aber da war er schon im Büro verschwunden und kam gleich darauf mit einem Porzellanbecher voller Kaffee wieder, den stellte er mir aufs Armaturenbrett. »Geschenk des Hauses«, sagte er. »Und schön vorsichtig fahren. Immer so, dass nichts aus dem Becher schwappt. Auch ohne Becher!«

Er überreichte mir den Schlüssel. »Am besten fahren Sie mal kurz um den Block, ich bin noch zehn Minuten hier, zum Aufräumen, wenn Sie in zehn Minuten nicht zurück sind, gehe ich davon aus, dass alles in Ordnung ist. Achten Sie vor allem darauf, ob er nach links oder nach rechts zieht. Mal Lenkrad kurz loslassen. Und Radmuttern nachziehen nicht vergessen. Etwa auf der Höhe von Bonn!«

Ich fuhr ein bisschen durch das Gewerbegebiet, in dem die Werkstatt lag, und zwischendurch ließ ich immer mal kurz das Lenkrad los und mal schien mir der Wagen ein bisschen nach links und mal ein bisschen nach rechts zu ziehen, also war wohl irgendwie alles in Ordnung. Als ich wieder zur Werkstatt kam, war sie verschlossen. Am Tor hing ein Schild: »Wochenende«, gleich neben dem mit »24-Stunden-Werkstatt«.

Ich studierte die Karte und schlug den Weg Richtung Bonn ein. Es fing zu regnen an. Hinter mir zwitscherten Lolek und Bolek. Ich schlürfte den Kaffee aus dem geschenkten Becher, auf dem »Ibiza« stand. Der Scheibenwischer quietschte. Auf dem Armaturenbrett lag eine Kassette, keine Ahnung, wo die hergekommen war, ich legte sie ein und es war BummBumm-Musik drauf und sie klang wie die, die Rosa in dem leeren Club gespielt hatte, als ich sie zum ersten Mal gesehen hatte. Und auf der Kassette stand, mit Buntstift draufgekritzelt, »RM«. Rosa Meier? Rosa Müller? Rosas Mixtape? Hauptsache Rosa, dachte ich und fuhr auf die Autobahn.

48. Astrid

Nach etwa fünfzig Kilometern Fahrt fuhr ich auf einen Parkplatz, um die Radmuttern vorne links nachzuziehen, wie es der Mann von der Werkstatt gesagt hatte, und genau wie von ihm prophezeit brachte das gar nichts, sie saßen so fest, wie man es sich nur wünschen konnte. Ich drückte die Radabdeckung wieder in ihre Halterung, wischte mir die Hände an der Hose ab und schaute auf die Uhr, es war kurz vor elf an einem Samstagmorgen, um diese Zeit waren bei Clean Cut 1 alle mit Saubermachen beschäftigt und ich überlegte, ob ich nicht doch Werner anrufen und ihm sagen sollte, dass es mir gut ging und dass ich nicht breit war und dass er sich keine Sorgen machen solle, irgendwie hatte ich ihn ja doch gern, und dann dachte ich, dass wahrscheinlich Astrid rangehen würde, weil sie ja gleich neben dem Telefon wohnte, und das schreckte mich erstmal ab, aber dann dachte ich, was soll's, wenn man Angst vor Astrid am Telefon hat, wenn sie einen sogar im Rheinland noch schreckt, dann kann man auch gleich aufgeben und nach St. Magnus fahren, also holte ich den Knochen raus und rief in der Clean Cut 1 an und tatsächlich ging Astrid ans Telefon.

»Ist Herr Maier zu sprechen?«

»Wer spricht?«

»Schmidt, ich möchte bitte Herrn Maier sprechen.«

»Der ist gerade nicht da, worum geht es denn?«

»Wann kommt er denn wieder?«

»Der ist noch im Urlaub. Aber *Frau* Maier ist da.«

»Nein danke, das bringt nichts.«

»Bist du das, Karl?«

»Karl? Welcher Karl?«

»Sind Sie nicht Karl Schmidt?«

»Nein, Schmidt ja, aber *Charlie* Schmidt.«

»Ach so. Also wollen Sie Frau Maier jetzt sprechen? Die ist hier zuständig, solange Herr Maier weg ist!«

»Nein danke, ich rufe später noch mal an.«

»Wieso später? Was soll das denn bringen?«

»Na später eben. Ich ruf später nochmal an.«

»Später ist der auch nicht da, der ist doch im Urlaub, das hab ich Ihnen doch eben gerade gesagt oder etwa nicht? Etwa nicht?« Man konnte hören, wie bei Astrid die Telefonistinnenfassade abbröckelte und die alte Hassnatter wieder rauskam. »Ich habe doch gesagt, dass der im Urlaub ist, und mehrmals, oder etwa nicht?«

»Ich meine doch: später im Jahr, blöde Ziege!«

»Karl, bist du das? Wusste ich's …«

Ich drückte sie weg. Werner hatte Urlaub, das hatte ich ganz vergessen. Aber wieso hatte er dann gewusst, dass ich nicht in St. Magnus war? Hatten die St.-Magnus-Leute ihn im Urlaub angerufen? Oder auf der Supervision, wo immer die nun wieder war? Oder Gudrun? Hatte Gudrun eine Telefonnummer von ihm im Urlaub? Für Notfälle? War ich ein Notfall? Hatten sie auch meine Mutter angerufen? Und wieso hatte er gesagt, ich könne ihn bei Clean Cut 1 anrufen, wenn er in Wirklichkeit gar nicht da war? War er hinter mir her?

Ich spürte, wie langsam die Paranoia hochkam. Ich tat das einzig Mögliche: Ich fuhr weiter. Der letzte Ort, so hoffte ich, wo sie mich suchen würden, war das Hofbräuhaus in München.

49. Eins, zwei, gsuffa!

Als ich beim Hofbräuhaus ankam, war es schon ziemlich spät, kurz vor München war ich in einen Stau hineingeraten, das hatte Zeit gekostet, aber am schwierigsten war es gewesen, das Hofbräuhaus überhaupt zu finden, ich hatte ja keine genaue Adresse, im Tourplan stand keine und Anrufe bei Ferdi und Schöpfi brachten auch nichts, die gingen nicht ans Telefon, und die Leute auf der Straße zu fragen war auch sinnlos, viele wussten gar nichts vom Hofbräuhaus, manche sagten was von »Innenstadt« und einer faselte was von »Beim Tal, in der Nähe vom Tal!«, womit ich schon mal gar nichts anfangen konnte, und so gondelte ich immer weiter nach München hinein und fragte die Leute und einer sagte »Viktualienmarkt!« und einer »Fußgängerzone« und schließlich fand ich den Viktualienmarkt und stellte dort das Auto ab und fragte mich zu Fuß weiter durch, da ging's dann plötzlich, ich brauchte nur in eine Wurstkneipe am Viktualienmarkt hineinzugehen und nach dem Hofbräuhaus zu fragen, da wussten sie dann gleich Bescheid, am Ende bringt es eben immer nur der Gastronom oder der Tankstellenpächter, so sieht's aus.

Es war also nach acht und draußen schon dunkel, als ich endlich im Hofbräuhaus ankam, und als ich in den

Saal kam, spielte eine Blaskapelle und gerade als ich eintrat, sprangen alle auf und schwenkten die Bierkrüge und sangen »eins, zwei, gsuffa« in allen Akzenten aller Herren Länder und ich entdeckte auch gleich meine Leute, sie standen mit einigen anderen, die ich nicht kannte, an einem sehr langen Tisch in der Nähe der Blasmusikkapelle und warfen Arme und Brezeln in die Luft und lachten und was nicht noch alles, da war alles klar, da lief die Partymaschine schon wieder reibungslos und wie geschmiert – oder noch immer, wer konnte das schon wissen, denn so gut, wie sie körpersprachlich drauf waren, so verwelkt sahen sie andererseits in den Gesichtern aus und als sie mich sahen, stießen sie sich an und zeigten auf mich und Rosa winkte und zeigte auf einen Platz neben sich, von dem sie im selben Moment jemanden zur Seite schubste, es war Basti von den Hosti Bros und Basti taumelte zur Seite und auf Holger drauf, sodass auch der weiterrückte und so ging das immer weiter, einer schob den anderen weg und dann war Platz für mich und auf dem Weg dahin klopften mir alle, an denen ich mich vorbeidrängelte, auf die Schulter, bevor sie sich wieder hinsetzten, denn mit »eins, zwei, gsuffa« war es schon wieder vorbei und nun wurde was anderes gespielt, das ich nicht kannte, anders als Basti, der laut mitsang, irgendwas von Edelweiß und du so heiß, er kannte den ganzen Text, Wort für Wort, und dann kam auch schon ein Kellner und fragte, was ich trinken wolle.

»Apfelschorle«, sagte ich.

»Groß oder klein?«

»Groß! Und bitte in so einem Glas, wie es die anderen auch haben, in so einem Bierglas!«

»Eh klar!«, sagte er und ging weg.

Schöpfi saß mir gegenüber und prostete mir zu, ich

winkte zurück. Basti hielt mir seinen Bierkrug unter die Nase und grinste mich an, ich grinste auch und schob den Bierkrug zur Seite und Basti trank ihn aus. Er trank mit links, seine rechte Hand steckte in einem schmutzigweißen Verband.

Rosa sagte: »Wie geht's dir? Alles in Ordnung?«

»Ja, das Auto ist wieder in Ordnung!«

»Du hast uns gefehlt«, sagte sie.

»Ihr mir auch«, sagte ich. Sie sah mich an, ich sah sie an und wer weiß, was ich noch gesagt hätte, wenn in dem Augenblick nicht einer, der neben Schöpfi und mir gegenübersaß und den ich nicht kannte, sich vorgebeugt und gefragt hätte: »Ja sag einmal, wer bist denn du?«

»Ich bin Charlie, ich bin der, der das große Auto fährt«, rief ich ihm zu. Die Kapelle spielte den Refrain, daran zu erkennen, dass jetzt beide sangen, Holger und Basti, und dabei schunkelten sie.

Rosa lachte und sagte: »Schau dir die an!«

Der neben Schöpfi saß, beugte sich noch weiter vor und rief: »Aber das habe ich doch gar nicht gefragt, was du fährst, wie bist du denn drauf? Hier kann doch ein jeder machen, was er will! Ich wollte wissen, wer du bist, nicht, was du machst!« Er war richtig empört. »Ich wollte doch nur wissen, wer du bist! Hier muss sich niemand rechtfertigen! Wir sind doch hier bei keiner Sekte!«

»Krieg dich ein, Flapsi«, sagte Schöpfi. »Das ist Charlie, der hat das nicht so gemeint!«

»Was jetzt?«, schrie ich, denn die Bläser neben uns legten noch eine Schippe drauf – und Basti auch – »Fahre ich etwa nicht das Auto?«

Schöpfi machte hinter Flapsis Rücken abwiegelnde Zeichen, Basti hob derweil seinen jetzt leeren Bierkrug und hielt ihn mir hin, Rosa stieß mich unter dem Tisch mit dem Fuß an und von hinten reichte mir der Kellner meine Apfelschorle über die Schulter. Sie hatte oben ordentlich Schaum drauf, nicht ganz den richtigen Schaum, etwas großporiger, aber immerhin, die Jungs hier kannten ihre Pappenheimer. Ich roch zur Sicherheit noch einmal dran, ob es auch wirklich Apfelschorle war, dann stieß ich mit Basti an und Basti sagte etwas, das man nicht verstehen konnte. Er hatte seine Gesichtszüge nicht mehr ganz unter Kontrolle. Er trank noch einmal einen tiefen Schluck aus dem Glas, in dem nichts mehr drin war, was ihn aber nicht zu stören schien. Raimund stand plötzlich hinter mir und stützte sich auf meine Schulter auf.

»Charlie, alte Socke, alles im Lack?«

»Aber immer, Raimund!«

»Ist das eigentlich Bier, was du da trinkst?«

»Nein, Apfelschorle.«

»Dann ist ja gut. Dachte schon! Das ist übrigens Flapsi hier!« Er zeigte auf den Mann neben Schöpfi. »Flapsi macht Elektro 4000 und außerdem gehört ihm das Edelweiß, das ist sein Club, da müssen wir nachher alle wieder hin. Oder jedenfalls erstmal ich und die Hostis und dann Rosa auch, glaube ich, Rosa, hast du gestern eigentlich aufgelegt?«

»Nein. Außer Schöpfi hat noch keiner aufgelegt!«

Flapsi streckte einen Zeigefinger aus und zeigte damit auf mich. »Ich hab das überhaupt nicht gefragt mit dem Auto!«, sagte er. »Dass das mal klar ist!« Er war unruhig, seine Augen wanderten mal hier- und mal dorthin und er knirschte beim Reden mit den Zähnen. »Wir brauchen hier gute Laune, gute Laune, gute Laune!« Wieder machte Schöpfi hinter ihm Zeichen, streichelte ihm pantomimisch über den Kopf und was weiß ich nicht alles.

Ich sah vorsichtshalber woandershin. Weiter unten saß

Ferdi und klopfte zum Takt der Blasmusik mit der Hand auf den Tisch, während er mit der anderen Hand seinen Bierkrug zum Mund führte. Als er sah, dass ich ihn beobachtete, wedelte er lächelnd mit dem Bierkrug. Ich hob meine Apfelschorle und prostete ihm zu. Er stand auf und kam herüber.

»Ist das Bier?«

»Nein, Apfelschorle.«

»Dachte schon!«

»Alles easy, Ferdi.«

In diesem Moment rief Holger: »Ach du Scheiße«, weil Basti aufstand, sich vornüberbeugte und einen großen Schwall auf den Tisch kotzte. Alle anderen sprangen auch auf.

»Ach du Scheiße«, sagte auch Ferdi, sonst sagte keiner was. Alle standen nur um den vollgekotzten Tisch herum und dazu spielte die Blaskapelle. Basti schwankte, und ich griff ihm hinten in die Jacke, damit er nicht vornüberfiel. Er würgte weiter und hustete, vielleicht versuchte er auch nur, weiter mitzusingen, es klang jedenfalls nicht gut, es versprach nur Schlechtes, was er da an Geräuschen von sich gab, und ich überlegte, ob ich ihn vom Tisch wegziehen sollte, aber das hätte ja alles nur schlimmer gemacht, der Tisch war ja schon versaut, die Stühle drum herum noch nicht und es sah nicht so aus, als ob schon alles aus Basti rausgekommen wäre, und ihn in diesem Zustand rauszutragen war auch keine gute Idee, dann hätte er wahrscheinlich eine längere Kotzspur bis zur Tür gelegt, also hielt ich ihn erstmal nur an seiner Jacke fest und beobachtete den weiteren Gang der Dinge, während die anderen immer weiter zurückwichen und die Blaskapelle immer weiter spielte, jedenfalls standen Basti und ich irgendwann allein an dem Tisch und die anderen in einiger

Entfernung drum herum und immer die Blasmusik dazu, und dann kamen zwei Kellner, der mit der Apfelschorle und ein Kollege von ihm, und der Apfelschorlekellner sagte: »Der muss hier raus, gleich kommt die Security.«

»Kein Problem«, sagte ich, »ich bring ihn gleich raus, lass uns noch kurz warten, sonst kotzt er euch den ganzen Weg voll!«

»Gleich kommt die Security, der muss schnell raus.«

»Nun warte doch mal kurz!«

Jetzt kamen zwei Frauen in Kittelschürzen dazu, die hatten Eimer, Wischlappen, Gummihandschuhe, das ganze Programm. »Können wir da mal ran bitte?!«, rief eine von ihnen.

»Moment noch!«, rief ich. Basti schwankte hin und her. Die Blaskapelle machte gerade eine Pause und es war ganz still im Hofbräuhaus und wir hatten alle nur Augen für Basti und warteten gespannt, was er wohl als Nächstes tat.

Basti tat erst einmal gar nichts. Er schloss den Mund, atmete tief und zischend durch die Nase ein, hielt die Luft an und schaute sich um.

Dann fing er wieder an zu singen. Ein Lied, das nur er verstand, aber ganz eindeutig ein Lied.

»Gleich kommt die Security!«, sagte der Kellner.

Ich legte Bastis linken Arm um meine Schulter und schleifte ihn raus, während er immer weiter sang. Die Blaskapelle blieb stumm, er hatte das ganze Publikum für sich. Zu Ferdi rief ich: »Ich bringe ihn ins Fluxi, dann komme ich wieder!« Ferdi nickte und hob beide Daumen. Die Frauen fingen an, den Tisch sauberzumachen. Die Blaskapelle spielte ein neues Lied. Basti sang sein altes weiter.

50. Die Zombie-Armee

Die frische Luft tat Basti ganz gut, er ließ sich zwar weiter von mir mitschleifen statt selbst zu laufen, aber sein Gesang wurde kräftiger und auch verständlicher, es ging in seinem Lied um einen jungen Mann, der seine Braut und seinen Sohn sehen wollte und die dann aber auf der Totenbahr fand, wobei er an der Zeile »Lieschen lag mit ihrem Söhnchen auf der Totenbahr« irgendwie hängenblieb wie eine Schallplatte, die einen dicken Kratzer hat, und das nervte dann doch ziemlich, deshalb sagte ich ihm, dass ich ihn, wenn er nicht die Schnauze hielte, in den Rinnstein werfen würde, und dass er sich schämen solle, so einen Scheiß zu singen, und wo er das überhaupt herhabe, was ich aber nicht etwa aus Interesse fragte, sondern in der Hoffnung, dass er über den Versuch, mir darauf zu antworten, das Singen vergessen würde, und so war es auch, er stotterte sich irgendwas zusammen, das darlegen sollte, warum es gerade für die Hosti Bros als elektronische Musiker, die auch ein DJ-Team waren, wichtig war, »sich mit Liedern, sich mit Liedern, sich mit Liedern, also jedenfalls mit Liedern ...«, und dann schlief er ein, was das Mitschleifen erschwerte. Gottseidank war er eher mager und klein, also das genaue Gegenteil von mir, und ich nahm ihn mühelos und legte ihn mir über die Schulter, und zwar so, wie es mir Frankie mal gezeigt hatte, das war jetzt aber ewig her, zehn, fünfzehn Jahre, Frankie, die alte Socke, wir hätten ihn nicht dauernd Herr Lehmann nennen sollen, dachte ich, als ich Basti im Gamstragegriff, so hatte Frankie das genannt, er hatte das in der Armee gelernt, als ich also Basti im Gamstragegriff quer über den Viktualienmarkt trug, was hier irgendwie nicht weiter auffiel, schon der singende Basti war kein großer Eyecatcher gewesen, als Gams auf der Schulter war er praktisch unsichtbar, das imponierte mir, die waren wohl einiges gewohnt, die Münchner.

Ich legte ihn auf die Rückbank und da schnarchte er dann vor sich hin, während ich uns zum Fluxi fuhr, das zwar Fluxi Maxx Munich 2 hieß, deshalb aber noch lange nicht in München lag, sondern in Unterschleißheim, das war oben im Norden, und der Weg dahin war weit, ich brauchte über eine halbe Stunde. Als wir endlich angekommen waren, legte ich mir einen Arm von ihm um die Schulter und zerrte ihn so aufrecht es ging ins Hotel und lehnte ihn gegen den Tresen und haute auf die Klingel und schon kam jemand herbei.

»Ich bin Karl Schmidt, da muss für mich ein Zimmer gebucht sein, auf BummBumm Records oder Kratzbombe.«

»Moment, Moment ...« Es war ein junger Typ, er sah ein bisschen wie ein Student aus, er hatte auch ein Buch in der Hand und als er es aufgeklappt hinlegte, um in seinen Computer hineinzutippen, konnte ich den Titel erkennen, es war Golo Manns »Deutsche Geschichte des 19. und 20. Jahrhunderts«, eindeutig ein Sonderling, der Fluxi-Mann, wahrscheinlich Geschichtsstudent, »... so, hier, das stimmt, Sie wurden von Herrn Müller, Ferdinand, eingecheckt auf Zimmer Nr. 105, das ist ein Einzelzimmer«, bla, bla, der Mann kramte und kramte in seinem Computer herum und währenddessen rutschte Basti mir langsam zu Boden, was würde Golo Mann dazu sagen? Als ich endlich meine Plastiklochkarte für die Fluxi-Zimmertür bekommen hatte und Basti schon ganz auf dem Boden lag, sagte ich: »Und dann hab ich den noch hier, das ist ein Kollege, das ist Basti, also der heißt wahrscheinlich Sebastian oder was, der ist hier auch eingebucht, der müsste mal auf sein Zimmer und sich ein bisschen erholen.«

Der Historikerfreak guckte über seinen Tresen hinweg auf Basti und sagte: »Aber der ist jetzt nicht krank oder sowas? Soll ich einen Krankenwagen holen?«

»Nein, der ist bloß blau«, sagte ich, »der war im Hofbräuhaus und hat das wohl nicht so gut vertragen.«

»Wussten Sie, dass da die NSDAP gegründet wurde?«, sagte der Portier und guckte wieder in seinen Computer.

»Nein«, sagte ich. »Ich nehme auch mal an, das hängen die nicht so an die große Glocke.«

»Wer weiß«, sagte der Mann, »wer weiß! Sebastian mit Vornamen oder mit Nachnamen?«

»Vornamen, nehme ich an, es ist Basti von den Hosti Bros!«

»Echt?« Er beugte sich wieder über den Tresen und schaute sich Basti an. »So sieht der also aus.«

»*Sie* kennen die Hosti Bros?«, sagte ich.

»Natürlich, die haben doch gerade einen Hit, Hosti-Brosti, aber die sind natürlich jetzt nicht so direkt gesichtsbekannt, würde ich mal sagen, eher so faceless-techno-mäßig unterwegs.«

Nicht zu fassen. Ein Raver. Stellten die für die Nachtschichten in den Fluxi-Hotels immer Raver ein?

»Hier habe ich einen Sebastian Stratmann«, sagte der Mann jetzt, »der ist zusammen mit Holger Przybilla auf einem Zimmer.«

»Das ist er, Basti, Holger, Hosti, Hosti Bros, alles klar, da müsste ich dann den Schlüssel mal haben, dann bring ich ihn da rein.«

»Kann ich nicht machen, tut mir leid. Müsste ich erst seinen Ausweis sehen oder so. Oder dass er mir seinen Namen selber sagt oder so.«

»Wieso, wir wissen doch, dass er Sebastian Stratmann ist.«

»Das ist nur eine Vermutung. Ich kenne ihn ja nicht persönlich, auch nicht vom Gesicht her, das sind ja die Letzten, die die Fahne noch hochhalten.«

»Welche Fahne denn jetzt?«

»Na, die Faceless-Techno-Fahne!«

»Soso, und das finden Sie jetzt gut oder nicht so gut?«

»Das finde ich gut.«

»Aber jetzt gerade verwenden Sie es gegen ihn, so sieht's aus!«

»Ja, stimmt.« Er dachte kurz nach. »Aber da kann ich nichts machen. Vielleicht hat er ja einen Ausweis dabei!« Er deutete auffordernd mit dem Kinn auf Basti, der sich in diesem Moment auf dem Boden umdrehte und grunzte.

»Ich kann doch nicht einfach seine Sachen durchsuchen. Das geht ja wohl irgendwie auch nicht, sowas mach ich nicht, einen hilflosen Mann durchsuchen. Außerdem kann *ich* Ihnen doch sagen, dass das Sebastian Stratmann ist.«

»Das funktioniert als Security-Check aber nur, wenn Sie das zuerst und ohne Hilfe sagen. Und mit der Zimmernummer zusammen. Nicht, wenn ich Ihnen das vorher erzähle. Dann ist das ja witzlos.«

»Aber das ist doch Scheiße!«

»Klar ist das Scheiße. Aber noch mehr Scheiße wäre das, wenn ich Sie den jetzt auf ein Zimmer legen lasse im Vertrauen darauf, dass das a) Basti von den Hosti Bros und b) Basti von den Hosti Bros mit Sebastian Stratmann auf Zimmer 110 identisch ist, und sich dann später ergibt, dass der richtige Sebastian Stratmann gar nicht zu Hosti Bros gehört und in sein Zimmer kommt und in seinem Bett einen vorfindet, der sich im Hofbräuhaus betrunken hat.«

»Und nun?«

»Weiß auch nicht. Wollen Sie denn schon ins Bett?«

»Nein, ich gehe nochmal weg.«

»Dann legen Sie den doch erst einmal bei sich aufs Zimmer.«

»Ja, das ist wahrscheinlich das Beste. Hier liegenlassen wäre ja nun schlecht.«

»Das wäre gar nicht gut.«

Ich bückte mich, fasste Basti unter die Achseln, zog ihn halb hoch und schleifte ihn so zum Fahrstuhl. Im ersten Stock brachte ich ihn auf Zimmer Nr. 105 und legte ihn dort in mein Bett.

Auf der Rückfahrt zum Hofbräuhaus zwitscherten die Meerschweinchen wie verrückt und ich merkte, wie das dunkle Gefühl kalt in mir hochkroch, das kam ganz plötzlich, eben war noch alles tippitoppi gewesen, um es mit Raimund zu sagen, oder jedenfalls irgendwie okay oder jedenfalls nicht ganz so schlimm, und plötzlich die Hölle und keine Ahnung, was dahintersteckte, es waren nicht die Meerschweinchen und es war nicht Basti, es war nicht Magical Mystery und es war nicht das Fluxi, es war nicht das Auto und es war nicht Raimund, es war nicht das

Hofbräuhaus und es war nicht München und es war nicht der Portier, ich ging alles durch, es war nicht die Einsamkeit, es war nicht meine Mutter und nicht Werner und nicht die Sehnsucht nach früher, außer vielleicht die Sehnsucht nach früher, an diesen Gedanken klammerte ich mich wie ein Ertrinkender an ein Stück Treibholz, früher, früher, wann war das gewesen, wie war das gewesen, ich versuchte krampfhaft diesen Gedanken nicht loszulassen, wann das wohl gewesen war, ob es das überhaupt einmal gegeben hatte, eine frühere Zeit, in der ich das dunkle Gefühl noch nicht gekannt hatte, und ich konzentrierte und konzentrierte mich und die Meerschweinchen zwitscherten und zwitscherten immer lauter, und ich überlegte und überlegte, wann das gewesen sein könnte, als Kind vielleicht? In Bielefeld? Das waren natürlich Quatschüberlegungen, die angesichts dessen, was mit mir gerade passierte, völlig belanglos waren, aber ich wollte und konnte nicht lockerlassen, ich hielt mich an dem Gedanken fest, dass es irgendwann einmal anders gewesen sein musste, und ich redete mir ein, dass es nur darauf ankam, herauszufinden, wann das gewesen war und wo das gewesen war und vor allem, wie *ich* damals gewesen war und wie ich gelebt und gedacht hatte, denn, und das war der Gedanke, an den ich mich klammerte, wenn ich das einmal herausfand, dann müsste ich vielleicht nur irgendwie wieder so draufkommen oder so denken oder dieselben Tricks wie damals anwenden, was immer das für Tricks auch gewesen sein mochten, um wieder okay zu werden, um diese Kälte, dieses nackte Grauen loszuwerden, das die Beine hochkroch und direkt körperlich wehtat, das einen sich krümmen und die Luft anhalten und die Bauchmuskeln anspannen ließ, wie wenn man von einem dieser Jahrmarktsdinger hin- und hergeschleudert wurde, und das war mittlerweile so schlimm geworden, dass das Konzentrieren auf diese eine Frage, ob und wenn ja wann ich dieses Gefühl einmal nicht gekannt oder wenigstens vergessen gehabt hatte, zur Überlebensfrage wurde, zum Einzigen, das mich davon abhielt, auf der Autobahn, auf der ich mit den immer lauter zwitschernden Meerschweinchen Richtung Hofbräuhaus dahinknatterte, nach rechts rüberzuziehen und der Sache am nächsten Brückenpfeiler ein Ende zu machen, und ich kam nicht drauf und kam nicht drauf, aber ich hielt mich damit so lange hin, ich hielt mich damit so lange über Wasser, dass ich es mit dem letzten bisschen Energie auf einen Parkplatz schaffte, ich also da rauf und den Motor abgestellt und alles was dann noch zu hören war, waren das Rauschen der Autobahn und das Zwitschern von Lolek und Bolek, die kein bisschen leiser wurden, die waren außer Rand und Band, waren sie vielleicht kontaktstoned? Kontaktdepressiv? Hatten sie eine Verbindung mit mir über die vierte Dimension, über ein Psychowurmloch, das sich in Unterschleißheim aufgetan hatte? Ich versuchte einigermaßen gleichmäßig zu atmen, und als das nicht ging, öffnete ich die Tür, lief raus und auf eine an den Parkplatz angrenzende Wiese, um durch Bewegung wieder okay zu werden, und so hüpfte und taumelte ich da ein bisschen herum, das muss ziemlich lächerlich ausgesehen haben, und ich sah weiter weg das Auto auf dem Parkplatz, innen erleuchtet, weil ich die Tür aufgelassen hatte, und ich setzte mich schließlich auf die feuchte Wiese, es war kalt, aber das Gras unter meinen Händen hatte etwas Beruhigendes, ich verkrallte die Hände darin und die Feuchtigkeit kroch in meine Hose und war lästig und das Empfinden dieser lästigen Feuchtigkeit und Kälte half mir ein bisschen und selbst hier, in der Ferne, hörte ich die Meerschweinchen zwitschern oder eher quietschen, noch durch das Rauschen der Autos auf der Autobahn hindurch, oder bildete ich mir das nur ein? Ich war auf einmal todmüde und das dunkle Gefühl war genauso plötzlich wieder weg, wie es gekommen war, verschwunden wie eine Armee Zombies, die durch einen hindurchmarschiert und einfach weitergezogen war, so hatte Klaus-Dieter das einmal beschrieben, daran erinnerte ich mich jetzt, guter alter Klaus-Dieter, das war ein guter Vergleich gewesen. Ich stand auf und klopfte mir die Hose ab, am Arsch alles durchnässt, aber das störte mich nicht, ich hatte ja im Auto meinen Mantel, der würde das später verdecken. Das Gras war ziemlich lang. Ich rupfte einige Handvoll davon aus und brachte sie den Meerschweinchen.

51. Endstation Holger

Im Hofbräuhaus waren von meinen Leuten noch Raimund, Ferdi, Sigi, Rosa, Holger und der Typ vom örtlichen Club da, als ich wiederkam, die anderen waren verschwunden und auf ihren Plätze saßen spanischsprechende Leute, die lustig Bierkrüge schwenkten und »jawoll« und »Fräulein« und »eins, zwei, gsuffa« durcheinanderriefen und nur widerwillig ein wenig zusammenrückten, als ich mich neben Rosa quetschte.

»Und? Wie geht's ihm?«, sagte Rosa.

»Der schläft jetzt friedlich. Aber in meinem Zimmer. In sein eigenes wollten sie mich ihn nicht reinbringen lassen, wegen Security und so.«

»Kapier ich nicht.«

Ich erklärte es ihr, und ihr gefiel die Geschichte von mir und dem Fluxi-Mann und den Fluxi-Securityregeln, sie lachte und lachte und lachte und hielt sich dabei an meiner Schulter fest, das war ein bisschen übertrieben, aber es gefiel mir ganz gut, besser lachen als weinen, dachte ich und bestellte noch eine Apfelschorle.

»Der Fluxi-Mann kannte sogar Hosti Bros, weil sie den Hit haben«, sagte ich.

»Was? Haben die Hosti Bros einen Hit?«, sagte sie zu Holger.

Holger grinste und hob seinen Bierkrug! »Ja klar! HostiBrosti! Diese Woche Platz 15 und nächste Woche gehen wir locker Top Ten, hat Ferdi gesagt!«

Rosa wandte sich an Raimund: »Stimmt das?«

»Klar! Warst du denn am Montag nicht dabei, als die Charts kamen?«

»Da hab ich wohl nicht aufgepasst.«

»Wir haben vorhin im Hotel nochmal die Zahlen gekriegt. Von HostiBrosti schippen wir am Tag drei- bis fünftausend Einheiten!«

»LPs?«, sagte Rosa.

»Nein. Wieso LPs? Maxis. Vor allem CD-Maxis!«

»Schande!«

Rosa lehnte sich auf ihrer Bank zurück und kaute auf ihrer Unterlippe.

»Ist halt so«, sagte Ferdi. »Schau mal, Rosa, wenn du keine CD-Maxis machst, dann kannst du auch keine großen Stückzahlen verkaufen.«

»Schande!«

»Ich bin auch ein alter Hippie«, sagte Ferdi, »aber so läuft das nun mal. Ich bin jedenfalls froh, dass wir HostiBrosti noch nicht bei Kratzbombe und dann nur als Vinyl rausgebracht haben, das war eure letzte Chance gewesen, Holger, weißt du das eigentlich? Danach Kratzbombenghetto oder gleich gedroppt, wo ist überhaupt Basti?«

»Wieso, der ist doch im Hotel, der hat doch vorhin gekotzt!«

»Ach so, stimmt ja, wieso kotzt der überhaupt?«

»Der war besoffen.«

»Wie kann der besoffen sein? Ich denke, ihr kokst da die ganze Zeit oder was, wieso ist der dann besoffen von dem bisschen Bier?«

»Ich glaube, das war mehr so Speed, was wir da genommen hatten.«

»Dann wird man doch erst recht nicht besoffen, wenn man Speed genommen hat, was ist denn los mit euch?«

»Ich glaube, das wirkt nicht mehr so.«

»Was soll das denn heißen? Ich habe euch doch noch vor zwei Stunden zusammen aufs Klo gehen sehen, was habt ihr denn da gemacht, Schminktipps ausgetauscht?«

»Nein. Aber Basti hat das Bier halt nicht vertragen. Und irgendwie war das auch nichts Richtiges, was wir da hatten, das hatte uns einer in Bremen verkauft, keine Ahnung, der sah eigentlich ganz nett aus.«

»Und jetzt ist HostiBrosti nächste Woche in den Top Ten und ihr beide könnt nicht einmal in München auftreten, oder was?«

»Was?« Nun wurde der Mann vom Edelweiß, an dessen Namen ich mich schon nicht mehr erinnern konnte, plötzlich munter, bisher hatte er nur in sein Bierglas geschaut und sich dabei ein Auge zugehalten, warum auch immer, aber nun wurde er wieder munter: »Wie jetzt, nicht auftreten, ich meine, was ist das denn?! Was ist denn nun los?«

»Ich kann ja alleine auflegen!«, sagte Holger trotzig. »Scheiß doch auf Basti!«

»Am Arsch«, rief Ferdi. »Wie heißt ihr denn, Hosti Einzelkind? Holger allein zu Haus? Endstation Holger? Oder was?«

»Wieso, wir sind doch nur als Hosti Bros DJ Team angekündigt, das kann doch alles sein, Hauptsache, das läuft irgendwie …«

»Weißt du«, sagte Ferdi und nahm einen langen Schluck Bier, »weißt du, Holger, was die Wahrheit ist? Die Wahrheit ist, dass es im Augenblick ganz scheißegal ist, ob du oder Basti oder sonstwer als Hosti Bros oder Hosti Bros DJ Team auftritt, weil nämlich kein Schwein weiß, wie ihr ausseht, solange es nur zwei, ich wiederhole, genau zwei Leute sind, die da oben stehen! Das ist der Punkt. Zwei. Nicht einer und nicht drei. Zwei, Holger! Männlich. Nicht zu alt, nicht zu jung. Der eine ist dann Basti, der andere Holger. Und wenn Basti zu doof zum Biertrinken ist, dann muss eben ein anderer da hoch.«

»Und wer?«

»Ich bau doch nicht die ganze Zeit an den Hosti Bros rum und bring die mit meinem Label ...«

»Unser Label«, warf Raimund ein.

»... unserem Label nach vorne und dann haben die endlich mal einen Hit und vielleicht ein bisschen Promo und nachher kommt einer vom RaveOn und ihr seid nicht da!«

»Das geht nicht«, sagte der Mann vom Club, der, wie ich mich jetzt wieder erinnerte, Flapsi hieß, »das geht halt überhaupt nicht. Die Hosti Bros sind doch gesetzt, die müssen doch auftreten, das ist doch ein Team, ein Duo ist das!«

»Easy Flapsi, du bist ja nur neidisch«, sagte Ferdi. »Also, Holger, du gehst da nachher hin und legst auf und spielst euren Kram und einer muss den Basti machen.«

»Dann mach *du* das doch«, sagte Holger trotzig. »Mach du das doch, wenn du so schlau bist, Ferdi, geh doch am besten gleich mit Raimund da hoch, dann seid ihr die Hosti Bros oder was?«

»Ich habe gesagt nicht zu alt, nicht zu jung, Holger. Guck mich doch mal an! Ich bin fünfzig, du Depp! Außerdem kommt das noch so weit, dass ich mich da zum Horst mache, zum Hosti, hähä, da musst du dir schon einen anderen suchen, und Raimund legt selber auf, du willst doch nicht, dass der im RaveOn schreibt, dass Schulti mit Sahne jetzt bei Hosti Bros dabei ist, oder dass Hosti Bros ein Seitenprojekt von Raimund Schulte ist oder was?«

»Ja und nun?«, sagte Holger.

»Ich kann's auch nicht machen«, sagte Flapsi, »ist eh klar, denke ich mal!«

»Ich schon mal gar nicht!«, sagte Rosa.

Dann guckten alle mich an.

52. Im Dunkeln

Eigentlich war es ganz einfach, jedenfalls am Anfang, wir kamen in den Club, der sich in einer alten Fabrikhalle am Rande von München befand, umringt von anderen Amüsierschuppen aller Art und Größe, in denen und zwischen denen Tausende von besoffenen Dorfdödeln im Schlamm herumstolperten und einen auf Samstagnacht in der großen Stadt machten, es war eindrucksvoll, mit welcher Konsequenz man das hier ghettoisiert hatte, ein riesengroßer, eingehegter Dorfbums war das, sie nannten es Kunstpark, das fand ich mutig, aber noch mutiger fand ich die beiden Türsteher vom Edelweiß, die die dort unablässig anbrandenden Gummistiefelhorden, die aus den anderen Vergnügungsbunkern heraus sturzbesoffen und mit gutgelauntem Aggro auf die Straße torkelten und von dort wieder zurück in irgendwelche anderen Spaßfabriken strömten, von den eigentlichen Ravern oder jedenfalls den den deutschen Dance suchenden Freunden elektronischer Musik und moderner Drogen trennten und zurückwiesen, wir mussten das kurz mitansehen, weil sich die Hintertür, durch die Flapsi uns in seinen Club hineinbringen wollte, nicht aufschließen lassen wollte, Flapsi probierte alle seine Schlüssel, und das waren fast so viele wie die von Rüdiger, dem Schnapshausmeister von Othmarschen, zweimal durch, bis er aufgab und uns vorne herum ins Edelweiß führte, wo eine lange Schlange von Leuten herumstand und beim Einlass eine unablässige Streitschweinerei am Laufen war, das ganze klassische Du-nicht-warum-denn-nicht-weil-ich's-sage-Arschloch-Programm, an dem vorbei uns Flapsi in den Club schleuste, das war also der einfache Teil gewesen, erstmal in die Backstage und ich noch leicht im Zweifel, ob das wirklich eine gute Idee gewesen war, an diesem Abend für Hosti Bros den Basti zu machen, nicht, dass ich Angst vor dem Gehampel hinter den Plattentellern hatte, das machte mir nichts, das hatte ich früher, in der guten alten Zeit im alten Bumm-Bumm, oft gemacht, einfach da oben stehen und mit dem Arsch wackeln, wo soll da das Problem sein, außer das Drogenproblem natürlich, denn voll drauf sein und hinter Plattentellern mit dem Arsch wackeln, das kann jeder, aber stocknüchtern kurz nach einem Besuch von der Zombie-Armee und dementsprechend labil im Oberstübchen sieht das schon anders aus, Freunde, wobei auch hier das Arschwackelprogramm ja nicht das wirkliche Problem war, eher schon wie ich die Zeit bis dahin totschlagen sollte, das konnte für einen, der nicht saufen und auch sonst nichts nehmen durfte, schon gefährlich werden, jetzt sollte erstmal Sigi auflegen, dann Anja und Dubi, von denen keiner wusste, wo sie gerade waren, dann Raimund, dann Rosa, nur Schöpfi hatte heute Abend frei, stattdessen die Hosti Bros das große Ding, die mit dem Hit, »Samstagabend, da braucht man doch einen Hit«, hatte Flapsi gesagt, »auch im Edelweiß, sogar im Edelweiß, gerade im Edelweiß!«, hatte er gesagt und Arschwackeln war für mich natürlich kein Problem, eigentlich auch lustig, wenn ein großer, fetter Psychofreak aus dem Trockendock einen kleinen, dünnen Bier- und Speedversager hinter den Plattentellern darstellte, faceless Techno, here we come, aber wenn ich ehrlich war, und das gelang mir schon kaum noch, als ich im Club war, weil ich sofort kontaktstoned wurde, das ging hier ganz schnell und es war auch ein feiner Club, die Leute gut drauf, nett, jung, schön, und wenn sie mal nicht so jung und nicht so schön waren, waren sie wenigstens nett, außer Sigi, sie war die Einzige, die mir an diesem Abend doof kam, indem sie an mir vorbei zum Auflegen ging und sich im Vorbeigehen an mein Ohr beugte, denn ich saß mit einer Limo in der Backstage an der Tür und rührte mich nicht vom Fleck, die Lage war zu heikel und das Kontaktstoned-Ding zu heavy, die Backstage war klein, da war nicht viel drin, zwei Sofas, ein Stuhl, ein Kühlschrank, sie ging also an mir vorbei und sagte in mein Ohr: »Karl Schmidt, du Arsch, ich weiß genau, was du vorhast!«, jedenfalls wenn ich ehrlich war, was mir wie gesagt hier nicht mehr so leichtfiel, wie ich da in der Backstage auf dem Stuhl saß und durch die einen Spalt weit geöffnete Tür den Leuten zuguckte, aber so, dass sie mich nicht sahen, weil ich das Licht in der Backstage ausgemacht hatte, es war ja, nachdem Sigi nun raus war, außer mir keiner mehr in der Backstage, jedenfalls wenn ich ehrlich war, musste ich zugeben, dass ich bloß zugesagt hatte, bei dem Hosti-Bros-Ding mitzumachen, weil ich Angst vor der Rückfahrt ins Fluxi Maxx Munich 2 in Unterschleißheim gehabt hatte, Angst davor, wieder über die Autobahn zu brackern und womöglich noch einmal in den schwarzen Strudel zu kommen, wie Henning das mal genannt hatte, das war eines der seltenen Male gewesen, dass Henning gesprochen hatte, er wurde ja bei den Plenums oder Plena oder »Plenata«, wie Klaus-Dieter immer gesagt hatte, ziemlich geschont, er wurde ja nie zur Rede gestellt, er war ja der Clean-Cut-1-Hausheilige, die Sphinx von Altona, der Dalai Lama von Övelgönne, und er hatte das mit dem schwarzen Strudel auch ganz überraschend und wohl nur deshalb gesagt, um auf das Bild von der Zombie-Armee von Klaus-Dieter noch einen draufzusetzen, was natürlich nicht geklappt hatte, Zombie-Armee schlägt schwarzen Strudel, Sphinx hin, Dalai Lama her, das ist nun mal so, jedenfalls hatte ich einfach nur Angst vor dieser Rückfahrt und vor dem Alleinsein gehabt, und dass Basti auf meinem Zimmer schlief, hatte die Sache ja auch nicht besser gemacht, da ließ man sich schon mal zum DJ-Darsteller machen, und Holger hatte gesagt »Alles easy« und was nicht alles, den hatten sie schnell überzeugt, der wollte mich jetzt unbedingt dabeihaben, und nun war es vielleicht halb zwölf und ich in der dunklen Backstage und die Tür einen Spalt weit offen und Sigi schon am Auflegen und ich wollte eigentlich nur eins: dabei sein und ein Bier trinken. Und ich wusste, dass ich heute Abend das eine ohne das andere nicht kriegen würde, und ich wusste auch, dass das eine Bier nicht lange allein bleiben würde, ich wusste, dass das jetzt die Nagelprobe war: War es möglich, da rauszugehen und dabei zu sein und kein Bier zu trinken? Nein, das war nicht möglich. War es dann sinnvoll, hier drinzubleiben und an einer Limonade zu nuckeln? Was würde Werner sagen? Auf jeden Fall, würde Werner sagen, auf jeden Fall ist es besser, drinzubleiben und an der Limonade zu nuckeln, aber noch besser wäre jetzt weglaufen, das würde Werner sagen, aber zum Weglaufen bliebe mir nur noch Unterschleißheim und wenn das hier der Regen war, dann war Unterschleißheim die Traufe, das war mal sicher, und so saß ich da im Dunkeln, eine Viertelstunde, eine halbe Stunde, und draußen der Club und die Leute und das BummBumm und die Party und ich in der Mini-Backstage und das heimlich betrachtend, bis irgendwann Rosa kam und die Tür aufmachte und sagte: »Hier sitzt du also herum! Und im Dunkeln!«

»Naja«, sagte ich, um Haltung bemüht, »es ist die Backstage, ich warte auf meinen Auftritt!«

Sie lachte. »Da kannst du aber lange warten.« Sie setzte sich aufs Sofa. »Bist du gern im Dunkeln?«

»Geht so«, sagte ich.

»Ich bin erst um halb zwei dran und ihr kommt erst danach, also nicht vor drei Uhr, aber das verschiebt sich ja sowieso noch, also wird's wahrscheinlich vier oder so, willst du so lange im Dunkeln sitzen?«

»Keine Ahnung, warum nicht?«

»Und da rausgucken?«

»Gibt Schlimmeres.«

»Warum kommst du nicht mit raus und wir trinken was?«

»Ich darf nichts trinken, jedenfalls nichts Richtiges.«

»Wie ist das eigentlich so, wenn man verrückt ist? Ich meine, du warst doch richtig so in der Klapse oder was?«

»Ja.«

»Also wie?«

»Ist das nicht ein bisschen forsch als Frage? Und hatten wir das nicht neulich schon beim Backhendl?«

»Neulich ging es um Drogen.« Sie dachte kurz nach. »Naja, und ich dachte, wenn doch sowieso alle wissen, dass du in der Klapse warst, dann könnte man doch ruhig mal fragen, wie das so war!«

»In Ochsenzoll hatten wir einen, der war aus dem Osten, der sagte immer Klapper statt Klapse. Der lief den ganzen Tag durch die Gegend und sagte immer nur: ›Jetzt bin ich in der Klapper!‹ Der konnte das gar nicht glauben. Klapper finde ich besser, so als Wort.«

»Jaja«, sagte sie. »Aber wie ist das denn, wenn man verrückt ist? Und kannst du mal die Tür zumachen? Das nervt, ich meine, wenn man schon im Dunkeln sitzt, dann auch richtig, finde ich.«

Ich machte die Tür zu und ging zum Kühlschrank, der die einzige Lichtquelle war, es war einer mit durchsichtiger Tür und schwachblauer Beleuchtung und obendran einer beleuchteten Bierreklame, in deren Schein konnte man sehen, wie Rosa auf dem Sofa saß und mich beobachtete. Ich nahm mir eine Limonade und wollte schon wieder zur Tür gehen, als sie sagte: »Warum setzt du dich nicht aufs Sofa? An der Tür bringt das doch nichts, wenn die zu ist!«

»Auch wieder wahr«, sagte ich.

»Aber hier aufs Sofa, nicht auf das andere«, sagte sie und klopfte neben sich auf das Polster.

Ich ließ mich neben ihr nieder, irgendwie beiläufig und im Abstand angemessen. Ich merkte, dass ich zu schwitzen begann. Ich hätte vielleicht doch ins Fluxi Maxx Munich 2 fahren sollen, dachte ich, die Dinge gerieten außer Kontrolle, es war wie in einem lecken Boot zu sitzen und das Wasser kam schneller rein als man es mit dem Eimer rausschütten konnte, aber man gab natürlich trotzdem nicht auf, und so ratterte halt der gute alte Brain weiter und weiter, obwohl alles keinen Zweck mehr hatte, kein Wunder, dass ich schwitzte.

»Eigentlich ganz nett so«, sagte Rosa.

»Ja«, sagte ich.

»Trotzdem würde ich das gerne mal wissen«, sagte sie. »Kannst du dich denn überhaupt daran erinnern, wie du verrückt warst? Und wie hat sich das überhaupt geäußert? Ich meine, irgendwann muss doch einer entschieden haben, dich in die Klapse zu bringen.«

»Ich finde Klapper deshalb besser«, sagte ich, »weil Klapper nicht so endgültig klingt, Klapse klingt nach ›Klappe zu, Affe tot‹, Klapper klingt nach Spaß und Scheiße bauen und klappern gehört zum Handwerk, aber auch nach Schrauben, die locker sind, und deswegen klappert das, und nach …« Ich merkte, dass ich mich etwas zu sehr in den Quatsch hineinsteigerte, deshalb brach ich ab.

Sie nahm einen langen Schluck aus ihrer Flasche und sagte: »Okay. Und wie ist das jetzt, wenn man verrückt ist? Kann man sich da hinterher dran erinnern? Hast du irres Zeug gefaselt und so?«

»Ja. Sonst hätte es ja keiner gemerkt. Irres Zeug gefaselt und Quatsch gemacht und geweint und nicht mehr klargekommen und so.«

»Und ist das okay?«

»Nein. Das ist nicht okay. Das ist schlimm.«

»Ja, aber wie ist das genau? Merkt man da noch alles?«

Ich schwieg und dachte nach. Und sie schwieg auch. Und ich dachte nach und sie schwieg und ich dachte nach und sie schwieg und ich dachte nach und sie schwieg, das war toll! Ich liebte sie dafür, dass das einfach so ging. Und ich wollte ihr eine ehrliche Antwort geben, aber ich wollte nicht, dass diese Antwort weinerlich oder so pseudoharterknochenmäßig rüberkam, deshalb dachte ich weiter nach und sie schwieg und ich dachte nach und sie schwieg, und so saßen wir im Dunkeln herum und durch die Tür kam gedämpft das Bummbumm und irgendwann hörte ich mit dem Nachdenken auf und sagte: »Okay, hast du schon mal geträumt, dass du in so einem Schleuderding auf dem Jahrmarkt bist, Hamburger Dom oder so, also so eine Krake oder etwas Ähnliches, und dann wirst du da so herumgeschleudert und dann gibt's das ja im Traum, dass die Gondel, in der du drinsitzt, abreißt und du fliegst damit durch die Luft und du weißt, gleich schlägst du auf, okay? Schon mal sowas geträumt?«

»Sowas Ähnliches«, sagte sie.

»Man wacht dann natürlich immer im letzten Moment auf«, sagte ich, »also direkt vor dem Aufprall, ist ja klar, den Aufprall kann man ja nicht träumen, glaube ich.«

»Käme drauf an«, sagte sie, »wer weiß!«

»Und jetzt ist da dieser letzte Moment, okay? Also die Gondel ist abgerissen und gleich trifft sie auf und du sitzt drin und weißt, dass es jetzt vorbei ist, dass du verloren bist, und dieser Moment ist ganz kurz und dann wachst du auf.«

»Oder du schlägst auf«, sagte sie. »Manchmal passiert ja sowas wirklich, ich meine im richtigen Leben, da geht sowas schon mal kaputt und dann ist das ziemliches Pech, wenn du da drinsitzt.«

»Genau«, sagte ich verwirrt. »Und dieser Moment, wo du merkst, dass die Gondel abgerissen ist und bevor sie aufschlägt, stell dir das mal nicht als Moment vor, sondern als Dauerzustand, der Magen krampft sich zusammen und du duckst dich in dich rein und eine unendliche Angst fährt dir in die Glieder und das bleibt so die ganze Zeit, kannst du dir das vorstellen?«

»Geht so«, sagte sie. »Eigentlich nicht.«

»Aber so ist das, Tag und Nacht, Tag und Nacht, Tag und Nacht. Und jetzt stell dir vor, in so einem Zustand erwartet einer von dir, dass du bei Grün über die Ampel gehst oder auf die Frage, wie spät es ist, eine vernünftige Antwort gibst oder weißt, wie man Geld auf der Bank einzahlt oder Guten Morgen sagt, glaubst du, du könntest das bringen? Während du dich die ganze Zeit auf den Aufprall vorbereitest, jede Sekunde, die ganze Zeit, Tag und Nacht?«

»Und so ist das?«

»Nein, es ist eigentlich viel schlimmer«, gab ich zu. »Das ist nur ein schwacher Vergleich, um zu erklären, dass es Zustände gibt, in denen niemand mehr eine vernünftige Antwort auf die Frage geben kann, warum er heute nicht zur Arbeit geht oder ob draußen die Sonne scheint. Wo man dann wirr reden und komische Sachen machen *muss*!«

»Aha …« Sie trank aus ihrer Flasche und dachte nach, und ich schwieg und sie dachte nach und ich schwieg und sie dachte nach und ich schwieg und von draußen kam das Bummbumm mit all seinen Nebengeräuschen, Keyboardgedudel und was weiß ich nicht, dazu der allgemeine Lärm aus Gespräch und Schreierei und Flaschenklirren und Füßegetrappel und Juchzern und Seufzern und woraus sich sonst noch der Hintergrundsound zusammensetzte, der zu einem guten Bummbumm dazugehörte. Und Rosa und ich im Dunkeln auf der Couch wie zwei Leute, die mal kurz Pause hatten.

Irgendwann boxte sie mich leicht an die Schulter und sagte: »Hier kann jeden Moment einer reinkommen, das ist dir schon klar, oder?«

Ich sagte: »Ja«, und schon ging die Tür auf und Schöpfi kam rein. Er knipste das Licht an, sah uns beide dort sitzen, sagte: »Oho! Ich sehe euch beide!«

Dann zwinkerte er erst mit dem einen, dann mit dem anderen Auge und hob dazu beide Daumen. »Ich sehe euch ganz genau. Aber ich sag nichts. Ich will nur ein Bier.« Er ging zum Kühlschrank und nahm sich eine Flasche Bier raus. »Gibt's hier auch Getränkemarken für den Tresen? Kann mich gar nicht erinnern, wie das gestern war. Naja, euch beide hab ich nicht gesehen, ich sag's den anderen, da war nichts.«

Dann machte er das Licht aus und ging wieder raus.

»Das hab ich gemeint«, sagte Rosa.

»Schon klar«, sagte ich.

Und dann küssten wir uns.

»Vielleicht sollten wir ins Hotel fahren«, sagte Rosa.

»Das ist aber weit«, sagte ich. »Das ist in Unterschleißheim!«

»Ist doch egal«, sagte sie. »Wir haben jede Menge Zeit!«

Und dann fuhren wir ins Hotel.

53. Schmitt mit Doppel-t

Als wir zum Club zurückfuhren, war es halb drei. Wir dröhnten durch die Nacht, und nachdem Rosa eine ganze Weile auf die Straße geguckt und geschwiegen hatte, drehte sie irgendwann den Kopf zu mir und sagte: »Aber wir müssen jetzt nicht ein großes Ding daraus machen, oder?«

»Auf keinen Fall«, sagte ich.

»Ich meine, nicht gleich zusammenziehen oder so.«

»Nein, das ist nicht nötig«, sagte ich.

»Obwohl ich es gut finde, dass wir ins Hotel gefahren sind.«

»Auf jeden Fall«, sagte ich.

»Es ist ja nur so«, sagte sie, »dass man, wenn man dann wieder unterwegs zum Club ist, dass man dann ja auch mal was klären muss.«

»Da ist was dran!«

»Ob das jetzt teuer wird?«

»Der Alarm?«, fragte ich.

Wir hatten hinterher eine geraucht und dabei nicht daran gedacht, dass Rosas Zimmer auf der Fluxi-Spezial-Nichtraucheretage war und deshalb ein Rauchmelder an der Decke angebracht, und der war losgegangen und dann hatte der Portier vor der Tür gestanden.

»Ja, das könnte ganz schön teuer werden«, sagte sie.

»Ich weiß nicht, ob die Feuerwehr schon unterwegs war«, sagte ich. »Und was sowas dann kostet.«

»Der hat gesagt, die Feuerwehr würde automatisch kommen.«

»Dann wird's wohl teuer«, sagte ich.

»Eigentlich eine gute Geschichte«, sagte sie.

»Finde ich auch.«

»Könnte man später seinen Enkelkindern erzählen.«

»Das wäre sicher romantisch«, sagte ich.

»Auf jeden Fall dürfte man das nur dann den Enkelkindern erzählen, wenn die von uns beiden sind. Sonst wäre das der falsche Move«, sagte sie. »Die müsste man dann schon zusammen haben.«

»Ja, das stimmt. Das gibt sonst böses Blut«, sagte ich.

»Müsste man sonst den Deckel draufhalten.«

»Wäre dann geheim.«

»Aber schade um die schöne Geschichte!«

»Auf jeden Fall«, sagte ich.

»Sowas würde man schon gerne den kleinen Kindern erzählen. Auch wenn sie's vielleicht gar nicht hören wollen.«

»Darauf kann man dann keine Rücksicht nehmen«, stimmte ich zu.

»Aber wir müssen das jetzt nicht in allen Einzelheiten klären, oder?«, sagte sie. »Wir können das doch alles später noch genau planen, oder?«

»Ja klar, jetzt geht das nicht, jetzt müssen wir arbeiten«, sagte ich, »jetzt muss erstmal was auf den Plattenteller. Wir sind schließlich Profis!«

»Das finde ich ja gerade so gut an dir«, sagte sie, »dass du so ein Profi bist.«

»Das freut mich«, sagte ich. »Ich finde das an dir auch gut.«

»Dass ich ein Profi bin?«

»Ja.«

»Das ist ein schönes kollegiales Kompliment, Herr Schmidt.«

»Ja. Aber wie heißt du eigentlich mit Nachnamen?«

»Wieso weißt du das nicht, du bist doch hier irgendwie der Manager oder so.«

»Ich fülle die Meldezettel nicht aus, das macht ihr doch immer selber. Und im Tourplan steht auch nichts. Das ist alles ziemlich faceless und nameless hier.«

»Aber du musst doch wenigstens eine Liste haben oder sowas.«

»Nein. Wie heißt du denn nun mit Nachnamen?«

»Auch Schmitt, mit Doppel-t!«

»Wie ist das denn so mit Doppel-t? Das wollte ich immer schon mal wissen. Stell ich mir nervig vor!«

»Ich find's gut!«, sagte sie.

»Das ist die Hauptsache«, sagte ich.

Und so ging das noch einige Zeit weiter. Hinten zwitscherten die Meerschweinchen. Ich nahm mir vor, sie bald mal wieder zu füttern.

54. Das Peter-Prinzip

»So Leute, jetzt aber hoch da!«, brüllte Raimund über das Bummbumm hinweg und haute mir auf den Rücken. »Hosti Bros forever, ihr Freaks, und wehe, wenn ihr wieder versagt, dann war das das letzte Mal!«

Ich schaute Holger fragend an. »Wieso wieder?«, rief ich in sein Ohr.

»Das sagt er immer«, rief Holger zurück. Er nahm seinen Koffer und stieg auf das Podest mit dem DJ-Pult. Ich ging hinterher. Oben stand Rosa und zeigte auf den rechten Plattenteller, der war leer. Holger stellte seinen Koffer ab, machte ihn auf, fummelte eine Platte heraus und legte sie auf, überblendete von Rosas auf seine Platte, Rosa nahm ihre vom Teller, packte sie ein, klappte ihren Koffer zu und hängte ihn sich an die Schulter. Dann zwängte sie sich an mir vorbei, es war eng dort oben, und sie sagte, als ihr Kopf meinem Kopf am nächsten war: »Viel Spaß, Profi!«

Ich wusste gleich, dass das jetzt schwierig werden würde. Holger fummelte mit Reglern, Platten und Kopfhörern herum und viele Leute schauten uns an und zuckten ein bisschen dabei, und ich wusste, so kontaktstoned konnte ich gar nicht sein, dass das funktionieren würde, die Leute schauten mich also an und ich stand offensichtlich einfach nur Holger im Wege, kein Mensch konnte ernsthaft auf die Idee kommen, dass das jetzt die Hosti Bros waren, der eine legt auf, der andere steht doof rum, das kann es nicht sein, ich beobachtete also Holger bei seinem Gefummel und nickte dazu mit dem Kopf, was sollte ich sonst machen, der eine legt auf, der andere sieht ihm dabei zu und nickt, warum nicht, Hauptsache Musik und deutscher Dance und Bummbumm, und ich nickte und nickte mit dem Kopf, was anderes hatte ich auch früher nie gemacht, Arschwackeln war nur drin gewesen, wenn ich ganz viel genommen hatte, und auch das war dann sicher nicht schön gewesen, ich war immer ein legendär schlechter Tänzer, das ganze Tanzding hatte mich ja auch nie interessiert, ich fand beim Bummbumm immer nur das Drumherum gut, die Haltung, den Spaß, die Blödelei, die Drogen, das Vergessen von allem, das Durchmachen, das Unsinnreden, den ganzen Scheiß, und insofern hatten sie mich hier, hinter dem DJ-Pult neben Holger, peterprinzipmäßig an den Punkt meiner höchsten Inkompetenz befördert, hier war ja wohl ganz klar der Ort im Raum, an dem ich definitiv nichts zu suchen hatte, und ich nickte und nickte zum Bummbumm, bis mir der Nacken schmerzte, aber aufhören konnte ich damit nicht, was hätte ich dann machen sollen, ohne Nicken blöd danebenstehen ist ja noch bescheuerter als mit Nicken, lieber der Wackeldackel des deutschen Dance sein als ein Langweiler vor dem Herrn, und je blöder ich mir vorkam, desto mehr wurde mir die Sache schließlich auch egal, bis ich irgendwann dachte, dass es doch eigentlich eine coole Sache sei, so neben Holger zu stehen und zu nicken, bis die Rübe abfällt, und Holger ließ auch nichts anbrennen, er spielte ziemlich bald seinen großen Hosti-

Bros-Hit HostiBrosti, den ich natürlich niemals erkannt hätte, wenn er die Maxi nicht hochgehalten und mir »Das ist der Hit! Das ist HostiBrosti!« zugerufen hätte, und dann rief er noch: »Jetzt geht's ab!«, und legte die Platte auf, natürlich Bummbummkram wie alles andere, die Musik war für mich eigentlich auch immer gleich, Techno, House, Trance, Ambient, das war doch alles eins, Hauptsache Bummbumm, also ich mit wachsender Begeisterung immer weiter nickend und Holger legt den Hit auf, »Jetzt geht's ab!«, rief er noch und blendete über auf HostiBrosti und die Leute erkannten das tatsächlich und jubelten sofort, als das Intro kam, und als dann das Bummbumm einsetzte, jubelten sie noch mehr und warfen die Arme in die Luft und hüpften umeinander und was weiß ich nicht alles, und das war so ein schöner, erhabener Anblick und Holger sah so stolz aus, die waren alle so glücklich und unbeschwert, dass mir das Herz überging vor Liebe, eine staunende Liebe war das, wie die das hingekriegt hatten, sowas aus dem Boden zu stampfen, die Raimunds und Ferdis dieser Welt, dass jetzt diese ganzen Leute einfach kommen und sich so freuen konnten über so einen prolligen Schweinetrack wie HostiBrosti, dargeboten von einem so unbedarften Spacken und Meerschweinchenfreak wie Holger, der sich einfach nur freute und Freude verbreitete, der ganz und gar glücklich die Faust in die Luft stieß und komplett eins zu eins sein Leben genoss, das war so schön und so rein und so ohne Arg und Hintersinn, dass auch ich einfach mal die Arme in die Luft warf, und dann riss es mich mit und ich tat das einzig Wahre: Ich drehte mich um und wackelte mit meinem fetten Riesenarsch Richtung Publikum, das war es ja wohl, weswegen ich hier war, faceless Techno, mein Gesicht kriegst du nicht, aber meinen Arsch kannst du haben!

55. Prollhouse

Ich hatte eigentlich gedacht, dass die anderen nach dem Hosti-Bros-Auftritt alle ins Fluxi Maxx Munich 2 fahren würden, sie hatten ja schon im Hofbräuhaus einen ziemlich abgefuckten Eindruck auf mich gemacht, sogar Rosa hatte geklagt, dass ihr das alles zu viel wurde und ihre Batterien alle seien und was man sonst noch so sagt, wenn man keinen Bock mehr hat, aber davon konnte nach dem Hosti-Bros-Auftritt plötzlich keine Rede mehr sein, alle wollten noch bleiben, jedenfalls behauptete Raimund das und Ferdi nickte dazu und Flapsi, der örtliche Clubfreak, regte sich richtig auf, als ich fragte, wie es mit der Rückfahrt aussehe, ob ich wahnsinnig sei, es sei doch gerade so schön und alles hätte doch gerade erst angefangen und Rosa war nirgends zu sehen und Dave und Hans, die nun auch im Club waren und sich nicht einmal mehr die Mühe machten, T-Shirts zu verkaufen, waren auch voll empört, ob ich irre sei, die beiden kleinen Arschkanonen, also ich der Einzige, der nach dem Hosti-Bros-Ding ins Bett wollte, zwar angenehm leer im Oberstübchen, aber auch todmüde, glücklicherweise, wie ich fand, denn natürlich war auch ich euphorisch und wenn ich nicht zugleich so müde gewesen wäre, wäre ich vielleicht doch noch ans Saufen gekommen, so aber legte ich mich in die Backstage und schlief gleich ein und wachte morgens gegen zehn Uhr auf einem der Sofas auf, im Mantel und schwitzend und überall das Bummbumm und über mir Rosas Gesicht und sie ziemlich blass.

»Du musst uns jetzt mal ins Hotel fahren!«

Ich brauchte einige Sekunden, um zu begreifen, was mit »du« und »uns« und »Hotel« gemeint war, ich hatte etwas mit meiner Mutter und Klaus-Dieter geträumt, die beiden hatten über mich gelacht, aber es war nicht böse gemeint gewesen und ich hatte mitgelacht, immerhin! Als ich einigermaßen klar war, sagte ich: »Ist irgendwas passiert? Geht's dir nicht gut?«

»Nein, ich bin okay, nur ein bisschen müde, aber Raimund und Ferdi haben sich gestritten und sind jetzt sauer und ich glaube, jetzt reicht's mal!«

Ich stand auf, nahm eine Cola aus dem Kühlschrank und ging dann mit Rosa hinaus in die Partywelt. Es war nicht mehr viel los, Dave stand hinter dem Mischpult und fummelte mit Platten herum, irgendjemand hatte viel Nebel verteilt, aber es waren kaum noch Leute da, die Luft war raus, irgendwo sah ich Anja und Dubi sitzen und schlafen und am Tresen stand Raimund am einen Ende und trank einen Whisky und Ferdi stand am anderen Ende mit Flapsi und trank Bier. Ich ging zu Raimund.

»Raimund, was geht ab? Was ist los? Seid ihr noch frisch?«

»Lass uns abhauen, Charlie, ich hab die Schnauze voll, die spinnen doch alle.«

»Das klingt verbittert, wie du das sagst, Raimund, was ist passiert?«

»Frag die beiden Penner da drüben, was los ist!«

Ich ging zu Ferdi und Flapsi hinüber.

»Hallo Leute, was ist los?«

»Was soll schon los sein«, sagte Ferdi. »Raimund hat mal wieder seine fünf Minuten, das ist los.«

»Wollt ihr auch ins Fluxi? Oder wollt ihr noch hierbleiben?«

»Fluxi? Was soll ich denn im Fluxi?«, sagte Flapsi. »Ich meine, was ist das denn für eine Frage, wir sind doch in München oder etwa nicht, wie kannst du mich denn dann ...« Er brach ab und trank Bier und rülpste.

»Ich geh nicht ins Auto mit dem, wenn der so drauf ist!« Ferdi zeigte auf Raimund. »Will der ins Fluxi oder was?«

»Ja, Raimund will ins Fluxi und Rosa auch. Ich frag mal die anderen, die ich noch finde, und der Rest kann ja nachkommen, ist das okay?«

»Sag Raimund, er soll sich mal wieder einkriegen, sonst steig ich nicht in ein Auto mit dem, der ist ja voll aggro, da hab ich Angst vor, wenn der so drauf ist!«

Ich ging zu Raimund hinüber. »Ferdi sagt, du sollst dich mal wieder einkriegen.«

»Der spinnt doch. Dieser beknackte Flapsi sagt, Hosti Bros wären prollig, und Ferdi, der Arsch, sagt auch noch ja dazu!«

»Ja, schlimm«, sagte ich.

»So geht das nicht! Holger ist mein Kumpel und Basti auch und ich hab die bei BummBumm reingebracht und einen Hit haben sie auch und das kann ja wohl nicht sein, dass einer sagt, die wären prollig, und dann nickt Ferdi dazu, ich meine, wenn die sowas mitkriegen, die gehen doch gleich woandershin, was weiß ich, Magnetic oder was, das könnte ich sogar verstehen, da würde ich auch zu Magnetic gehen!«

»Wollen wir dann mal fahren?«

»Du kannst denen mal sagen, dass sie sich entschuldigen sollen.«

»Bei dir oder bei Hosti Bros?«

»Bei beiden.«

Ich ging zu Ferdi und Flapsi.

»Raimund sagt, ihr sollt euch entschuldigen.«

»Wieso das denn?«

»Weil ihr zu Hosti Bros prollig gesagt habt.«

»Ich habe gar nicht prollig gesagt«, sagte Flapsi, »ich habe nur gesagt, dass das halt so Prollhouse ist, was die machen, also für mich ist das ganz klar eine Kategorie, ganz wertfrei.«

»So hatte ich das auch verstanden«, sagte Ferdi. »Das war nicht negativ gemeint.«

»Raimund meint aber wohl!«

»Dann tut mir das leid.«

»Das musst du ihm selber sagen. Geh doch eben rüber und sag's ihm«, schlug ich vor.

»Der soll selber kommen, dann entschuldige ich mich.«

Ich ging wieder zu Raimund.

»Ferdi will sich entschuldigen.«

»Dann soll er herkommen.«

»Er meint, du sollst rüberkommen.«

»Ich geh doch nicht da rüber, wenn er sich entschuldigen will, das ergibt doch keinen Sinn. Wenn er sich bei mir entschuldigen will, dann muss er auch herkommen!«

Ich ging wieder zu Ferdi.

»Er meint, du sollst zu ihm kommen und nicht er zu dir. Du sollst dich entschuldigen, deshalb sollst du auch hingehen.«

»Und was ist mit mir? Soll ich mich nicht entschuldigen?«, fragte Flapsi.

»Das sollte man vielleicht erstmal klären«, sagte Ferdi.

Ich also wieder zurück zu Raimund. Der hatte sich gerade einen neuen Whisky geben lassen.

»Raimund, soll Flapsi sich auch entschuldigen?«

»Der soll bleiben, wo er ist, der Penner.«

Ich ging wieder zurück.

»Du sollst bleiben, wo du bist«, sagte ich zu Flapsi. »Du sollst dich nicht entschuldigen.«

»Ich will aber«, sagte Flapsi. »Das kann ja nicht sein, dass Ferdi sich entschuldigen darf und ich darf mich nicht entschuldigen, das ist ja unerhört!«

»Ich entschuldige mich nur, wenn Flapsi sich auch entschuldigt«, sagte Ferdi.

Ich ging wieder zu Raimund.

»Ferdi entschuldigt sich nur, wenn Flapsi sich auch entschuldigt!«

»Ist das jetzt aus Solidarität mit Flapsi oder irgendwie gegen Flapsi gemeint?«

»Keine Ahnung, schwer zu sagen«, sagte ich.

Raimund kippte den Whisky runter und zog die Nase hoch. Dann kratzte er sich am Kopf. Dann räusperte er sich. Dann schaute er mich an.

»Was nun? Gegen Flapsi oder für Flapsi?«

»Was weiß ich denn, Raimund. Keine Ahnung. Ist das wichtig?«

»Das ist der Unterschied zwischen sein und nicht sein, Charlie.«

»Jetzt hör mal auf, Raimund! Hör auf mit dem Scheiß! Lass uns ins Fluxi fahren, echt mal! So kann man nicht Magical Mystery machen, ich meine: Liebe, Psychedelic, Hippie, so Sachen, da kannst du doch hier nicht so ein Brett fahren!«

»Wer fährt hier ein Brett? Und wer hat sich die Magical-Mystery-Sache denn überhaupt ausgedacht?!«

»Weiß nicht, da hört man mal dieses, mal jenes, Raimund. Im Zweifel die Beatles!«

»Die sollen sich entschuldigen.«

Ich ging wieder rüber. »Okay, Ferdi, jetzt geht da beide rüber und entschuldigt euch, dass ihr das gesagt habt, das mit dem … – was hattet ihr noch mal gesagt?«

»Prollhouse!«

»Fängt der schon wieder an!« Raimund war mir gefolgt. »Fängt der schon wieder an!«

Mir reichte es jetzt, es war wie in Clean Cut 1!

»Passt auf, Leute, wenn ihr euch jetzt nicht zusammenreißt«, sagte ich im Werner-Sound, »dann müssen da alle drunter leiden. Dann fällt das auf die ganze Gruppe zurück. Dann gibt's keine Rückfahrt ins Hotel oder wenn, dann eine ohne alle, also nur mit einem Teil der Leute und dann zerfällt die Gruppe und die Magical-Mystery-Sache scheitert und dann habt ihr euch das selbst zuzuschreiben.«

Darauf schwiegen alle eine Weile. Dann sagte Flapsi: »Ist denn dieses Magical-Mystery-Ding bei den Beatles nicht auch gescheitert?«

»Entschuldige dich lieber«, sagte ich.

»Okay«, sagte Flapsi, »tut mir leid, ich hab's doch positiv gemeint.«

»Okay«, sagte Raimund.

»Du auch, Ferdi«, sagte ich.

Aber Ferdi war eingeschlafen.

56. Frühling Galore

Ich hatte mir für den freien Tag einiges vorgenommen, aber die anderen mussten sich ausschlafen, so stand es im Plan, und als ich sie da graugesichtig und mit hängenden Schultern und unter der Last ihrer Plattenkoffer stöhnend in das Fluxi Maxx Munich 2 in Unterschleißheim wanken sah, war mir klar, dass sie das auch brauchten. Nur Basti nicht, der lag in meinem Zimmer auf dem Bett und schaute fern, irgendwas für Kinder.

»He Charlie«, rief er fröhlich, »bin gerade aufgewacht, hast du mich hier gestern hergebracht?«

»Ehrensache, Basti. Du hast das Hofbräuhaus vollgekotzt!«

»Ja, ich erinnere mich«, sagte er. »Ich hoffe mal, Holger ist jetzt nicht sauer oder so.«

»Keine Ahnung«, sagte ich, »aber ich musste deinen Platz im Hosti-Bros-DJ-Team einnehmen, damit zwei da oben stehen.«

»Echt? Du hast einen auf mich gemacht?«

»Ja, ich war das Basti-Double. Die anderen wollten das so.«

»Holger auch?«

»Ja, der auch.«

»Mit dem muss ich mal reden!«

»Am besten gleich«, sagte ich, »solange er noch wach ist. Er ist jetzt auf eurem Zimmer.«

»Shit«, sagte er. »Ist das hier nicht unser Zimmer?«

»Nein«, sagte ich, »das ist ein Einzelzimmer, Basti.«

»Ja, stimmt, klar, logisch. Hab mich schon gewundert.« Er stand auf. »Ich geh mal rüber und schau nach, was mit ihm los ist. Da muss man ja mal drüber reden. Wer muss sich denn jetzt entschuldigen, er oder ich?«

»Du.«

Mein Plan für den Tag sah unter anderem vor, dass ich zu einem Gartencenter fuhr, das auch am Sonntag aufhatte, und dort Sachen für die Meerschweinchen kaufte. Ich wälzte an der Rezeption die Gelben Seiten und telefonierte mit Raimunds Knochen durch die Gegend, bis ich so ein Gartencenter gefunden hatte, das war ganz in der Nähe und das Wetter war gut, das konnte ein schöner kleiner Ausflug werden, zu schön für meinen Geschmack, das war das Problem, sowas erinnerte einen dann gleich wieder an die Sonntagsausflüge von Clean Cut 1 und das war nicht gut, wenn man dabei ganz allein und obendrein obenrum nicht ganz beieinander war, denn so blöd diese Clean-Cut-1-Sonntagsausflüge auch immer gewesen waren, man war da nie allein gewesen, und auch wenn die anderen ein Haufen Blödmänner waren, allein ist allein und nicht allein ist nicht allein und deshalb hatte ich, wenn schon nicht Angst, so doch jedenfalls keine Lust darauf, das war mir nicht geheuer, so alleine bei schönem Wetter durch Oberbayern zu gondeln und dabei Heimweh nach Altona zu kriegen, das war heikel, da wollte ich lieber noch ein bisschen Zeit schinden und auf schlechteres Wetter warten, also blieb ich erst einmal im Hotel und trank auf meinem Zimmer einen Kaffee und dann gleich noch einen, es gab dafür einen Automaten, das Fluxi Maxx Munich 2 machte aus Kaffee kein großes Ding, das alte Vertreterschließfach, Automat in der Lobby und gut ist, und der Portier wechselte einem dafür Geldscheine in Münzen.

Nach dem zweiten Kaffee war ich etwas fickerig, es war an der Zeit, aus dem Quark zu kommen, zugleich war aber draußen noch immer der Schönes-Wetter-blauer-Himmel-Terror zugange und mir graute vor den Sonntagsfahrern und Spaziergängern und Ausflüglergruppen, die mir überall begegnen und mir unter die Nase reiben würden, was für ein Sozialversagerfreak ich war. Da traf es sich gut, dass Basti an die Tür klopfte.

»Was soll ich denn jetzt machen?«, fragte er. »Holger pennt, den hab ich gar nicht wach gekriegt. Und das ist ja voll öde hier, hast du mal aus dem Fenster gesehen? Voll so Gute Nacht Fuchs, Gute Nacht Hase.«

»Ich fahr ins Gartencenter, du kannst ja mitkommen«, sagte ich.

»Gartencenter, was willst du da denn?«

»Ich hab keine Streu und kein Heu mehr für die Meerschweinchen, und heute ist Sonntag.«

»Und sowas haben die im Gartencenter?«

»Manchmal, hoffe ich jedenfalls. Und wenn nicht, dann haben sie Stroh, das kann man anstelle von Streu nehmen. Und dann kaufe ich ihnen irgendwelche Pflanzen zum Knabbern, das könnte lustig werden.«

»Da komm ich mit!«

»Okay, gehen wir«, sagte ich. Ich nahm meine Jacke, als das Hoteltelefon klingelte. Es war Rosa. »Ich kann nicht einschlafen«, sagte sie. »Geht irgendwie nicht, obwohl ich müde bin. Und hier fällt mir die Decke auf den Kopf. Das ist ja am Arsch der Welt hier!«

»Ich bin gerade mit Basti auf dem Weg zum Gartencenter, komm doch mit!«

»Was für ein Gartencenter?«

»Eins, das am Sonntag aufhat. Irgendwo auf dem Lande.«

»Ich wollte eigentlich lieber nichts mit dir machen, Karl Schmidt, sonst wird das noch was Ernstes«, sagte sie, »ich meine, gestern, das war ja nur so Sex zum Spaß, aber wenn man jetzt schon zusammen ins Gartencenter fährt, dann wird's ernst, das ist ja wie zu Ikea fahren, da ist man ja schon so gut wie verheiratet! Ich kann das im Augenblick nicht gebrauchen, das Letzte, was ich jetzt brauche, ist ein fester Freund oder sowas.«

»Basti ist auch dabei«, sagte ich. »Wir kaufen nur Sachen für die Meerschweinchen. Es wäre bloß ein Ausflug. Ein Gartencenter ist kein Standesamt, Rosa!«

»Bist du sicher?«

»Basti ist dabei, der passt auf uns auf.«

»Ich hatte eigentlich nicht angerufen, um mit dir irgendwas zu unternehmen, ich wollte nur mal mit jemandem reden, die anderen schlafen ja alle.«

»Das ist schön gesagt. Also was nun?«

»Was wollt ihr denn für die Meerschweinchen im Gartencenter kaufen? Einen Rasenmäher?«

»Keine Ahnung, vielleicht Stroh und Heu und so Kram halt. Außerdem wollte ich noch an die Tankstelle und den Wagen frischmachen.«

»Das klingt ja aufregend.«

»Ja. Ist schönes Wetter draußen.«

»Aber ich will keinen Sex oder so.«

»Ich sag's Basti. Wir treffen uns unten.«

Draußen war Frühling Galore und die Bäume hielten ihre Blätter in den warmen Wind und die Blümelein standen auf den Wiesen und nickten mit den Köpfchen und der ganze andere Kommliebermaiundmachefaschismus. Basti und Rosa nahmen sich jeder ein Meerschweinchen und streichelten es und im Kassettenrekorder lief die Kassette mit der Bummbumm-Musik, die aber wohl doch nicht von Rosa war, »RM«, das sei nicht sie, sagte sie, während sie rauchte und das Meerschweinchen streichelte, und Basti meinte, es könnte auch Raimunds Mix heißen, und die Tracks darauf seien ja wohl ziemlicher Trancemüll, und so fuhren wir zu Trancemüllklängen übers Land, erst zur Tankstelle, einen Deutschlandplan kaufen, das hatte ich schon die ganze Zeit machen wollen, und dann noch einen Detailplan von Oberbayern für den Weg nach Neu-Kippenberg, das war der Ort mit dem geöffneten Gartencenter, und einen Tankstellenkaffee für Basti, der dringend einen brauchte, und dann kauften wir noch Einwegrasierer für Holger, die wollte Basti ihm als Friedensangebot schenken, und wir überredeten ihn, noch eine Dose Rasierschaum draufzulegen, zur Sicherheit. Dann fuhren wir nach Neu-Kippenberg, wo das Gartencenter schon wieder geschlossen hatte, aber ein Biergarten hatte geöffnet und wir also Bier und Apfelschorle und Rettich und Schweinebraten und danach auf einen Flohmarkt, wo sich Rosa einen Schäferhund aus Keramik kaufte, und dann fanden wir einen Bauern, der uns ein bisschen Stroh und Heu für die Meerschweinchen gab, und wir machten ihnen ihren Stall sauber und gaben ihnen Stroh und Heu und neues Wasser und Salat aus dem Biergarten und wir sammelten noch etwas Löwenzahn für sie auf einer Wiese und danach fuhren wir Richtung Berge, die bei diesem sonnigen Wetter ganz nah zu sein schienen, was sie aber nicht waren, man fuhr und fuhr auf den Landstraßen, denn es war kein Tag für Autobahnen, wie Rosa sagte, immer schön Landstraße, sagte sie, und die Berge kamen nicht näher, es war ein bisschen wie mit dieser Magical-Mystery-Tour, die immer weiter und weiter ging und genauso sinnlos wie großartig war und deren Ende nicht näher kam, genau wie eben diese Berge, die keiner gewollt hatte, die das aber überhaupt nicht interessierte, alles wie Raimund und Ferdi, sagte ich zu den beiden anderen, und Basti sagte, dass er das nicht verstünde, das sei jetzt ein etwas krauses Statement, und Rosa sagte, wir sollten darauf achten, dass sie auf keinen Fall einschlief, sonst würde sie am nächsten Morgen um drei oder sowas aufwachen und das in Unterschleißheim, Horror, dann könne sie für nichts mehr garantieren, und irgendwann kamen wir dann doch unten an den Bergen an und die Straße schlängelte sich hinein und hinein und wir immer weiter bis an eine Bergwand, an der man mit der Seilbahn auf den Gipfel fahren konnte, und das taten wir und dann stolperten wir dort durch den Schnee und fielen dauernd hin, weil wir natürlich die ganz falschen Schuhe anhatten, und dann hatten sie da oben eine Hütte mit Gastro, wo Rosa sich wegen ihrer Angst vor der Seilbahn-Rückfahrt einen Kirsch nach dem anderen reinkippte und ich sie darum beneidete, denn auch ich hatte mir auf der Fahrt nach oben fast in die Hose geschissen vor Angst, aber ich blieb sauber auf der Kaffeespur, und irgendwann fuhren wir wieder runter mit der Seilbahn, was dann gar nicht mehr so schlimm war, und dann zurück Richtung Unterschleißheim und immer schön auf der Landstraße, Rosa las die Karte, damit sie nicht einschlief, aber sie war zu betrunken dazu, also fuhren wir kreuz und quer und Basti sagte, dass es Zeit fürs Abendessen sei, und wir rein in ein Wirtshaus und wieder Bier und Apfelschorle und Schweinebraten und Haxe und Krautsalat und was weiß ich nicht, was noch für Folklorekram sie da auftischten, es war echtes Frankie-Lehmann-Essen, der hatte sowas immer geliebt, schade, dass der nicht dabei war, und ich dachte einen Moment lang, dass das jetzt einer der schönsten Tage war, die ich seit langem erlebt hatte, vielleicht einer der schönsten Tage überhaupt, ich musste jedenfalls verdammt lange zurückdenken, um darauf zu kommen, wann ich zum letzten Mal einen so schönen Tag erlebt hatte, es war irgendwann zur Bielefelder Zeit gewesen und mein Vater und meine Mutter waren mit mir irgendwo hingefahren, keine Ahnung, wohin genau und was wir da gemacht hatten, irgendwas mit Wald und Fluss und Picknick, aber ich erinnerte mich, dass ich damals dasselbe Gefühl gehabt hatte wie jetzt, und es hatte mich, auch daran erinnerte ich mich noch, damals ganz traurig gemacht, weil ich gleich gedacht hatte, dass es wahrscheinlich nie wieder so schön werden würde, keine Ahnung, wie ich damals darauf gekommen war, und diese Erinnerung machte mich jetzt auch wieder traurig, und damit war der schöne Tag schon wieder irgendwie nicht ganz so schön, das kommt davon, wenn man zurückdenkt und Vergleiche anstellt, das kommt davon, wenn man sich dauernd erinnert, das kommt davon, wenn man, bloß weil man immer noch im selben Körper steckt, alles, was dieser Körper irgendwann erlebt hat, mit allem anderen sonst noch Erlebten zusammenrührt und das dann begutachtet und durchdenkt und bewertet und verarbeitet und was weiß ich nicht alles – das kommt davon! Und kein Wunder, dass man dann auch gerne Bier und Obstschnäpse trinken würde, und am besten viel und immer weiter und weiter: Weil man dann endlich damit aufhören könnte und einfach nur da wäre und alles wäre gut.

Aber nicht für mich. Für mich gab es Schweinebraten und Apfelschorle und Krautsalat, das musste reichen, während Basti und Rosa mit jedem Bier lustiger und lustiger wurden, und für einen Moment spielte ich mit dem Gedanken, sie zu bitten, mir nicht die ganze Zeit einen vorzusaufen, aber dann dachte ich, dass das genau das Falsche, dass das genau das Spaßbremsending wäre, das einem die ganze Abstinenzsause erst wirklich verleiden würde, weil man, wenn man mit sowas erst einmal anfing, genausogut gleich wieder in die Clean-Cut-1-Ghettos dieser Welt zurückkehren konnte, und ich war froh, dass mir das rechtzeitig einfiel, und dann bestellte ich ihnen noch je einen Schnaps und mir eine Apfelschorle und dachte, dass es doch irgendwie gerade gut war, dass sie so unbeschwert saufen konnten, weil es ja einen gab, der auf sie aufpasste und sie nach Hause fahren konnte, und als sie auf der Rückfahrt einschliefen, drehte ich die Bummbumm-Musik lauter und nahm die Autobahn, damit sie möglichst schnell in ihre Betten kamen!

57. Das Gipfeltreffen

»Wir hätten auf euch hören sollen«, sagte Raimund, und er sagte es nicht zum ersten Mal an diesem Nachmittag. »Ich habe die ganzen letzten Tage immer wieder gesagt: Wir hätten auf die Frankfurter hören sollen.« Dazu hob er ein Glas mit Apfelwein und stieß mit Spaka HNO und Frido an, dass es schepperte. Wir waren in der Apfelwein-Kneipe »Zur alten Eiche« in Frankfurt-Sachsenhausen, Raimund hatte das mit seinem Funktelefon von der Autobahn aus organisiert, »Wir müssen die Frankfurter treffen, sonst ist das nicht Magical Mystery«, hatte er zu Ferdi gesagt, weil Ferdi lieber »die Straße wie Spaghetti fressen« wollte, er hatte oben im Komabrett gelegen und auf Raimund hinuntergeschaut, während sie sich darüber gestritten hatten, Ferdi fühlte sich »nicht so nach den Frankfurtern«, wie er sagte, er wollte bloß noch ankommen, aber die anderen, die auch ziemlich schlapp im Auto herumhingen und schon bei Ingolstadt die erste Pause hatten machen wollen, waren auf Raimunds Seite gewesen, »Bloß mal raus hier!« und »Nicht immer Autobahn!«, hatten Dubi und Anja gerufen, und Basti und Holger, die als Einzige zwar schwach, aber gutgelaunt mit dem Kopf zum Mixtape nickten, das auf Autoreverse hin- und herlief und für das keiner verantwortlich sein wollte, »Dann hat es wohl der Storch gebracht!«, hatte Raimund gesagt, bevor er sich mit Ferdi über die Frage, ob wir nach Frankfurt hineinfahren sollten, in die Wolle gekriegt hatte, Basti und Holger jedenfalls riefen »Frankfurt, Frankfurt, geil die Leute vom JLH«, sie sprachen das englisch aus, und da hatte Ferdi, der sich »irgendwie wie ausgekotzt« fühlte und eigentlich im Auto liegenbleiben und sich ausruhen wollte, nachgeben müssen, aber er hatte zur Bedingung gemacht, dass man wenigstens Dave und Hans nicht Bescheid gab, die hätten ihm gerade noch gefehlt, und so waren wir also in der Alten Eiche gelandet bei Fleischgerichten, die »Schäufelchen« und »Leiterchen« hießen und die uns Frido und Spaka HNO, die beiden Frankfurter, auf die wir Raimund zufolge hätten hören sollen, wärmstens ans Herz gelegt hatten, ebenso wie den Apfelwein, von dem alle schon ordentlich was intus hatten, wenigstens nahmen sie ihn mit Mineralwasser, also gespritzt, bis auf Schöpfi, der ihn pur aus dem Krug in sein Glas schüttete, gegen alle Warnungen der Frankfurter, auf die wir hätten hören sollen, Raimund wurde nicht müde, das immer und immer wieder zu sagen und dabei mit abgenagten Leiterchen-Knochen zu winken, während Ferdi müde dabeisaß und an einem Kaffee nippte und sauer war, weil er und nicht ich bei der Getränkebestellung einen Rüffel bekommen hatte, denn er hatte, »wider besseres Wissen«, wie die Frankfurter ihm vorgehalten hatten, »Er kennt doch die Alte Eiche!«, Bier gewollt, und der Kellner, der Frido immer zärtlich auf den Kopf patschte, wenn er an ihm vorbeikam, hatte ihn hämisch ausgelacht und ihm gesagt, wenn er Bier wolle, dann solle er doch in eine Bierkneipe gehen, und Frido und Spaka HNO hatten mitgelacht und jetzt sagte Ferdi gar nichts mehr, aber Raimund sprach zum Ausgleich für zwei, wenngleich er dabei etwas monothematisch unterwegs war, der alte Dampfplauderer, denn im Wesentlichen sagte er nur immer und immer wieder, dass er immer schon gesagt habe, dass wir auf die Frankfurter hätten hören sollen, und sogar Frido und Spaka HNO, die sich anfangs darüber gefreut hatten, zeigten jetzt erste Ermüdungserscheinungen.

Und müde war auch ich, ich hätte gerne ein kleines Nickerchen gemacht vor der noch vor uns liegenden Überwindung der Deutschen Mittelgebirgsschwelle, Kasseler Berge und so weiter, das war das andere große Thema von Raimund gewesen, die Deutsche Mittelgebirgsschwelle und dass es nur einen Weg von Süd nach Nord gebe, sie zu vermeiden, und das sei immer am Rhein entlang, wir aber ja von München Richtung Hamburg unterwegs, wo wir vor unserer Weiterfahrt nach Schrankenhusen-Borstel ins Fluxi Budget Harbor Nobistor Hamburg einchecken und ausruhen sollten nach der langen Fahrt, Deutsche Mittelgebirgsschwelle und dass es mit dem Auto immer schlimm sei, da drüberzufahren, egal ob Kasseler Berge oder Frankenwald, und natürlich, dass wir auf die Frankfurter hätten hören sollen, das war alles, was Raimund an diesem Tag auf der Pfanne hatte, die anderen sagten dazu und auch sonst überhaupt gar nichts mehr, zerstörte Seelen irgendwie, der freie Tag in Unterschleißheim hatte sie ausgelaugt, Ferdi trank seinen Kaffee, die anderen ihren sauer gespritzten Apfelwein und ich einen »Apfelsaft gespritzt«, wie ich es zur großen Zufriedenheit des Kellners aus der Karte abgelesen hatte, Apfelsaft gespritzt, damit war man hier kein Außenseiter, es sah nicht nur aus wie das, was die anderen tranken, es schmeckte auch so, das behaupteten jedenfalls die anderen, deshalb achtete ich auch peinlich genau darauf, dass es zu keinen Gläserverwechslungen kam und mir nicht irgendeiner von den anderen aus dem falschen Krug was nachgoss, meinen Bembel bewachte ich eifersüchtig, den hatte ich immer im Griff, feine Geste, dass sie mir den gegeben hatten, »Dann habe ich weniger Arbeit«, hatte der Kellner gesagt und ich natürlich dankbar, irgendwie nicht draußen zu stehen, auch einen Bembel zu haben, aber nun auch Vorsicht, ich hatte ja nicht fünf Jahre lang die Plenums oder Plena oder »Plenata«, wie Klaus-Dieter sie immer genannt hatte, von Clean Cut 1 mitgemacht, nur um ausgerechnet hier durch eine Bembelverwechslung alles zunichtezumachen, aber müde war ich auch, und ich hätte gerne ein Schläfchen gemacht, ich hatte schlecht geschlafen in der letzten Nacht in Unterschleißheim, nachdem ich Rosa und Schöpfi zu ihren Zimmern gebracht hatte, sehr schlecht geschlafen hatte ich, warum auch immer, es war doch so ein schöner Tag gewesen, wahrscheinlich einfach nicht genug Arbeit oder weil alles verrutscht war, Tag, Nacht, wer weiß das schon.

»Ja geil, Raimund«, sagte Frido nun und hob abermals sein Glas. »Aber was genau hatten wir denn noch mal gesagt?«

»Weiß nicht, das musst du doch wissen.«

»Nein, das musst du wissen, Raimund, weil du ja immer sagst, dass ihr auf uns hättet hören sollen!«

»Ach so, das! Dass das anstrengend wird und vielleicht keine so gute Idee ist mit der Tour und so.«

»Das haben wir gesagt?«

»Du nicht«, sagte Spaka HNO, »aber ich.«

»Aber du wohnst in Offenbach«, sagte Frido. »Dann kann er doch nicht sagen, dass die Frankfurter recht hatten, wenn es ein Offenbacher war, der was gesagt hat. Falls Offenbacher überhaupt was zu sagen haben!«

»Ja sicher«, sagte Spaka HNO. »Aber Offenbach ist ja auch das Beste überhaupt.«

»Jaja«, sagte Frido, »aber warum sitzen wir dann in Frankfurt in der Alten Eiche?«

»Warum nicht? Nach Offenbach ist Frankfurt ja auch das Zweitbeste!«

»Es ist genau umgekehrt!«, sagte Frido freundlich. »Das siehst du schon daran, dass die Alte Eiche in Frankfurt ist und nicht in Offenbach. Außerdem, was soll das schon heißen, anstrengend?«, nahm er das eigentliche Thema wieder auf. »Was ist anstrengend?«

»Das Magical-Mystery-Ding, jetzt hör doch mal zu, Frido! Und ich hab ja nicht nur gesagt, dass das anstrengend wird. Ich habe gesagt ...« Spaka HNO nahm einen großen Schluck Apfelwein und sah sich zufrieden um, ob auch alle zuhörten. Er war ein dicker, freundlicher Typ, ich kannte ihn von früher, aus dem alten BummBumm, da war er manchmal hingekommen und hatte aufgelegt, einen ziemlichen Brettersound, brachial geradezu, das hatte man ihm wahrlich nicht angesehen, dass er so einen harten Sound am Start hatte, und ansonsten war er ein Partytier der Sonderklasse gewesen, mit ihm hatte kaum einer mithalten können, außer mir natürlich, »... ich habe gesagt, dass man die Dinge nicht vermischen soll. Tournee, das ist was für Rocker, habe ich gesagt, und wenn man sowas als DJ-Truppe macht, dann funktioniert das nicht. Diese Rocktypen, die treten abends zwei Stunden auf und dann werden die wieder eingepackt und weitergefahren, das ist easy. Die pennen den ganzen Tag oder nehmen Drogen oder was und nach zwei Stunden auf der Bühne sind die durch und gehen ins Hotel. Außerdem nehmen die keine Drogen mehr, das sind doch jetzt alles Weicheier. Aber du kannst nicht zwei Wochen lang durchraven, das läuft nicht, das bringt einen doch irgendwann um. Ich meine, schaut euch doch mal an, ihr seht doch scheiße aus!«

»Aber wir raven doch gar nicht zwei Wochen durch«, sagte Raimund. »Wir haben doch auch freie Tage. Heute zum Beispiel. Und gestern!«

»Ja, aber das ist ja noch schlimmer«, sagte Spaka HNO. »Freie Tage, das bricht so einer Tournee das Genick, da kannst du jeden Rocker fragen. Man soll die Sachen nicht vermischen, Raimund. Der Rocker geht auf Tournee und der Raver legt am Wochenende auf, so sieht's aus.«

»Vielleicht sollte Ferdi mal was dazu sagen«, sagte Raimund. »Ferdi, sag du doch mal was?!«

»Ich hätte auch gerne so einen Apfelwein«, sagte Ferdi. »Aber pur.«

»Sag ich doch!«, sagte Schöpfi.

»Ich hol dir ein Glas«, sagte Raimund und stand auf. »Ich geh rüber und hol dir ein Glas. Aber dann musst du auch mal was dazu sagen, ich kann das nicht, das ganze theoretische Zeug.«

»Da bin ich aber mal gespannt«, sagte Frido. Raimund ging derweil in die Tiefe der Gaststätte, um den Kellner zu suchen. Von draußen fiel das fahle Tageslicht durch die Butzenscheiben und verwandelte das staubige Innere der Alten Eiche in eine gelbe Unterwasserwelt, und darin wie gemalt an einem langen Tisch die beiden Frankfurter und wir, die BummBumm-Leute, ein schönes Tableau war das in diesem unwirklichen Licht, dazu Raimund, der zurückkommend kurz vor seinem Stuhl stehend innehielt und Ferdi auffordernd ansah, der gerade seinen Kaffee mit weit in den Nacken geworfenem Kopf austrank, es hätte auch ein flämisches Gemälde aus dem 17. Jahrhundert sein können, Titel vielleicht »Der Kaffeetrinker« oder »Raver beim Apfelwein« oder »Das Gipfeltreffen«, und das gefiel mir natürlich, das versöhnte mich mit meiner Müdigkeit und der stumpfen Idiotie der Apfelsafttrinkerei, und alle warteten nun auf Ferdi, auch Holger und Basti und Rosa und Sigi und Anja und Dubi, sie waren alle aus ihrer Lethargie erwacht und schauten erwartungsvoll auf Ferdi, der seine Tasse auf die Untertasse stellte und von sich wegschob, gerade rechtzeitig, um das Glas von Raimund entgegenzunehmen und sich da hinein von Frido aus einem großen Bembel Apfelwein eingießen zu lassen. Er nahm einen Schluck, dann noch einen, ließ das Getränk im Mund herumrollen, schluckte es herunter, schaute nach links, schaute nach rechts, und dann sagte er:

»Ich finde es schade, dass wir nicht bei euch im JLH spielen durften, das mal gleich vorweg, Spaka, ich war enttäuscht und ich bin es noch! Magical Mystery wäre gut bei euch gelaufen und eigentlich kann man keine Ravetour machen, ohne nach Frankfurt zu kommen. Und ich war deswegen sauer auf euch und bin es noch und eigentlich wollte ich heute gar nicht hierherkommen. Na gut, andererseits ist das mit diesem Äppelwoi-Kram und den Schäufelchen und den Leiterchen eine gute Sache und ihr liegt auf dem halben Wege zwischen München und Hamburg. Aber ich muss mal eins sagen: Es ist nicht richtig, dass ihr, bloß weil ihr ein schlechtes Gewissen habt, jetzt mit so fadenscheinigen Argumenten um die Ecke kommt von wegen Raver machen dies, Rocker machen das, das ist doch alles nur vorgeschobener Scheiß. Die Wahrheit ist doch, dass ihr arrogant seid, und Arroganz hat auch immer was mit Angst zu tun. Ihr glaubt, oder ihr behauptet jedenfalls immer zu glauben, wir hätten das alles neu erfunden und dass es da keinen Zusammenhang gibt zwischen unserem Ding und allem, was früher mal lief, sagen wir mal: den Beatles und diesem Magical-Mystery-Ding, das bei ihnen voll in die Hose ging, so wie bei uns ja irgendwie auch, aber auch irgendwie nicht, denn ehrlich mal, man kann ja sagen, dass Magical Mystery bei den Beatles in die Hosen ging, aber dabei kam ein Film raus und eine Platte und da sind nicht die schlechtesten Lieder von den Beatles drauf. Aber ich weiß schon«, Ferdi hob eine Hand, um jede mögliche Unterbrechung im Keim zu ersticken, »ich weiß schon, das hat ja mit uns alles nichts zu tun, weil wir ja das große neue Ding sind und so, aber das ist nur die halbe Wahrheit, weil nämlich alles irgendwo einen Halt braucht, auch und gerade das Neue, denn neu an sich ist keine große Sache, Spaka, der heiße Scheiß von heute ist der kalte Scheiß von morgen, und wenn wir den Leuten nichts geben, woran sie sich innerlich aufrichten können, dann wird von uns nichts bleiben, und deshalb haben wir instinktiv immer dieses psychedelische Hippie-Ding am Start gehabt, von Anfang an, viel mehr, als wir selbst immer wahrhaben wollten, nimm nur die äußerlichen Sachen, den Nebel, das Stroboskop, die Drogen, das Partyding, wir haben uns immer an diesem Liebesding hochgezogen und das nicht nur bei der Parade und nicht nur wegen E und dem allem, und so wenig wir das Liebesding als Erste am Start hatten, so wenig haben wir den Dance, die Popmusik, die Drogen, die Party oder was auch immer erfunden, und wenn die Tatsache, dass ich ein alter Sack bin, dazu gut ist, dass ich euch das mal in Erinnerung rufen kann, dann bin ich froh, und dass wir das nicht erfunden haben, ist keine Schande, das heißt nämlich nicht, dass wir nicht neu sind. Wir sind neu und wir sind toll und Millionen Leute lieben das oder fahren drauf ab oder laufen mit oder was weiß ich denn, wir sind die neuen Rock'n'Roller, denn wir nehmen die Drogen und machen Party und lassen es krachen, während die Rocktypen alle nur noch Veganer und so Straight-Edge-Typen sind, die essen Müsli und sagen Fleisch ist Mord, sogar Schäufelchen und Leiterchen, und was die an Party und an Drogen und an Spaß in den Sechzigern hatten, das ist heute bei uns und das ist großartig. Aber wir sollten nicht blöd sein: Wenn wir der Sache nicht auch noch andere Inhalte geben, dann fällt das irgendwann wieder in sich zusammen. Was auch nicht so schlimm wäre. Was wahrscheinlich sowieso irgendwann passiert, weil das jedem großen Ding irgendwann passiert. Aber dann möchte ich, dass wenigstens ein paar Leute übrig bleiben und sich erinnern und sagen können: Ich habe damals die Hosti Bros auf der Magical-Mystery-Sause von Kratzbombe gesehen, da gingen sie gerade das erste Mal ab und Kratzbombe war noch ganz neu und das war ein komischer Abend und eigentlich war Basti breit und Charlie hier stand auf der Bühne, aber das habe ich damals noch nicht gewusst, weil ja keiner wusste, wie Hosti Bros aussehen. Das sollen die sagen können. Und dann sollen die, die das hören, sagen: Echt, du hast das gesehen? Du warst dabei? Bei der Magical-Mystery-Katastrophe von Kratzbombe? Und dann können die nicken und sagen: Ja, ich war dabei und das war toll, weil wir jung waren und doof und weil wir Spaß hatten und Basti hat ins Hofbräuhaus gekotzt. So sieht's aus. Und weil ihr uns nicht wolltet, fahren wir jetzt morgen von Hamburg nach Schrankenhusen-Borstel und gehen da in das Herz der Finsternis, in eine echte Schweine-Dorfdisco mit Lichtorgel und Güllebauern und allem Scheiß, und da halten wir die Fahne hoch und dann wird es vielleicht in zehn Jahren einen geben, der sagen wird: Ich war dabei, als Kratzbombe damals ihr Magical-Mystery-Ding in Schrankenhusen-Borstel abgezogen haben, und das war voll krank, weil da nur zehn Leute waren, und alle wollten eigentlich Klonkman oder sonst einen Gummistiefelscheiß hören, was weiß ich, was da so läuft, Eurotrash wahrscheinlich, Haddaway oder so Schlagerstampf, aber die Typen von Kratzbombe haben voll ihr Ding durchgezogen, weil die was zu sagen hatten, und ihre Nachricht war Bumm-Bumm und Schöpfi und Hosti Bros und ›Der Hit mit der Flöte‹ und das alles, das war irgendwie toll. Und ihr werdet euch schämen, weil ihr nicht dabei wart!«

Ferdi hatte fertiggesprochen und drehte sich eine Zigarette. Alle anderen waren still und schauten auf Spaka HNO und Frido, vor allem auf Spaka HNO, und nach kurzem Nachdenken schaute Spaka HNO ebenso wie zuvor Ferdi nach links und rechts den Tisch hinunter und dann grinste er breit und hob sein Apfelwein-Glas und hielt es Ferdi hin und die beiden stießen an und Spaka HNO sagte laut und deutlich: »Ich liebe dich, Ferdi!«

Da hoben alle ihre Gläser und riefen »Auf Ferdi!« und stießen mit ihrem Apfelwein auf ihn an, ich natürlich auch, ich war genauso stolz auf ihn wie die anderen, und Ferdi wurde ein bisschen rot und alle schnatterten durcheinander und waren fröhlich und ich auch, das war ansteckend, und alle bekamen eine gesundere Gesichtsfarbe, das lag sicher auch am Apfelwein, und die nächste Runde tranken ihn alle ungespritzt und ich zog mit und nahm den Apfelsaft auch pur und wurde kontaktstoned wie nur irgendwas, und so saßen wir dort und redeten über dies und das und irgendwann fasste ich mir ein Herz und stellte Frido, der neben mir saß, eine Frage, die ich eigentlich schon damals, als ich Spaka HNO im alten BummBumm gesehen hatte, stellen wollte: »Sag mal Frido, was heißt eigentlich bei Spaka das HNO?«

»Hals, Nasen, Ohren natürlich«, sagte Frido. »Er ist doch aus Offenbach.«

58. Exit Lolek

Kurz vor Hamburg, am Maschener Kreuz, mussten wir an der Raststätte halten, weil Schöpfi und Holger und Dubi noch einmal unbedingt aufs Klo mussten, und Anja und Rosa und Sigi gingen gleich mit, was kaufen und vielleicht auch mal aufs Klo, wer weiß, und kaum waren sie weg, entschlossen sich Basti und Raimund, hinterherzugehen und nachzugucken, was die da so vorhatten, und so saß ich praktisch alleine im Auto, nur Ferdi lag oben auf dem Komabrett und schlief, und ich freute mich darauf, dass der Tag bald vorbei sein würde und ich ins Fluxi Budget Harbor Nobistor Hamburg einchecken und mich hinlegen konnte, mit allem anderen war ich durch, egal ob grüner Tee (Raststätte Kassler Berge), schwarzer Kaffee (Raststätte Klangheim), Kakao mit Sahne (Raststätte Niederburgen), Ananas in Stücken, frisch (Empfehlung von Ferdi »zur Entgiftung«, Raststätte Postenbüttel), Currywurst (Empfehlung von Raimund, »Ess ich hier immer!«, Raststätte Zweiklang), Hustenbonbons (Raststätte Froberge) oder Fernfahrerteller extra (Raststätte Freiwilde), ich hatte mein Konsumentenleben für diesen Tag gelebt und war mittlerweile so müde und zermürbt und abgenervt von den seit ihrer Frankfurter Apfelweinerfahrung immer noch fröhlicher werdenden Knalltüten hinter und neben mir, dass ich mich schon jetzt, im Schein gelber Parkplatzleuchten, eingerahmt von Lastwagen und Wohnmobilen, gerne hingelegt hätte, jedenfalls beneidete ich in diesem Moment Ferdi, dessen Schnarchen leise durch das Einstiegslock des Komabretts zu mir herunterschwebte.

Die Erste, die zurückkam, war Rosa, und als ich sie näherkommen sah, schämte ich mich ein bisschen für meine schlechten Gedanken, jedenfalls, was Rosa betraf, du warst nicht gemeint, Rosa, dachte ich, du bist keine Knalltüte, du bist okay, und wenn doch Knalltüte, dann eine gute, und schon von weitem schwenkte Rosa wie zum Beweis ein paar Salatblätter, die hatte sie wohl für Lolek und Bolek ergattert, denn als sie am Wagen ankam, ging sie gleich nach hinten und öffnete die rückwärtige Tür.

»O«, hörte ich sie rufen. »O Gott, Charlie, komm mal schnell.«

Ich stieg aus und ging zu ihr nach hinten. Sie zeigte auf den Käfig.

»Schau mal, der rührt sich nicht.«

Lolek lag auf dem Käfigboden und rührte sich allerdings nicht. Bolek stand dabei und mümmelte ohne Begeisterung an einem Salatblatt.

Ich steckte die Hand in den Käfig und holte Lolek raus. Er war tot. Ich hielt ihn in der Hand und wusste nicht weiter.

»Was soll ich denn jetzt tun?«, fragte ich ratlos. »Zurücklegen?«

»Nein, das wäre ja fies!« Rosa nahm Bolek aus dem Käfig und streichelte ihn. Bolek fiepte ein bisschen, aber das tat er ja immer.

»Aber irgendwo muss er ja hin. Ich kann ihn ja nicht

wegschmeißen, bevor wenigstens Holger zurück ist, das wäre irgendwie nicht richtig«, gab ich zu bedenken.

»Da kommt er ja!«, sagte Rosa. Holger, Basti und Raimund kamen durch die Nacht getänzelt, sie waren gut drauf, das war mal sicher.

»Holger, komm mal«, rief ich.

Sie kamen alle drei herüber.

»Hier«, sagte ich, und hielt Holger den toten Lolek hin. »Der ist tot.«

»O Scheiße, Mann«, sagte Holger und nahm mir den toten Lolek aus der Hand. Er hielt ihn sich in dem trüben, orangenen Licht vor die Augen und streichelte ihn ein bisschen. »O Mann«, sagte er, und seine Stimme klang zittrig. »Scheiße.«

»Tut mir leid«, sagte ich.

»Schau dir das an«, sagte Raimund. »Ist der einfach tot! Wie schnell sowas geht! Der war doch noch ganz munter vorhin!«

»Woher willst du das wissen?«, sagte Basti.

»Ich hab mir die vorhin mal angeguckt, bei der anderen Raststätte.«

»Hast du dem irgendwas zu fressen gegeben?«, sagte Basti.

Holger streichelte immer weiter den kleinen Lolek und drehte ihn hin und her und schaute ihm in die toten Augen.

»Wieso sollte ich dem was zu fressen gegeben haben, Basti? Was ist das überhaupt für eine Frage?«

»So einer stirbt doch nicht einfach so«, sagte Basti. »Da hat dem doch irgendeiner was Falsches zu fressen gegeben.«

»Ich hab dem gar nichts gegeben. Wie bist du denn drauf?! Außerdem wissen diese Tiere doch ganz genau, was sie fressen dürfen und was nicht. Hast du doch neulich selber erzählt, dass er zum Beispiel die Karotte gefressen hat, die Petersilienwurzel aber nicht. Hast du selber gesagt!«

»Ich habe gesagt, dass man ihnen den Lauch nicht geben darf, der da bei dem Suppengrün dabei war. Das habe ich gesagt! Du wolltest denen den Lauch auch noch geben, so sieht's aus, Raimund! Da kann man schon mal nachfragen, wenn der tot ist, ob du dem vielleicht irgendwas Falsches gegeben hast!«

»Ich finde das nicht in Ordnung, dass du hier so einen Aggro reinbringst, Basti«, sagte Raimund. »Das ist ziemlich uncool jetzt, da hab ich keinen Bock drauf.«

»So einer stirbt doch nicht einfach so«, sagte Basti.

»Doch«, sagte Holger, während er Lolek weiter streichelte. »Die beiden sind schon ziemlich alt. Acht Jahre oder so, ich hab die mit zwölf bekommen.«

»Wieso du? Ich dachte, die sind von deiner Schwester!«, sagte ich.

»Nein, ja, ich hatte ihr die geschenkt, als ich zu Hause ausgezogen bin«, sagte er. »Ich dachte, die sind besser bei meiner kleinen Schwester aufgehoben. Aber eigentlich sind sie natürlich meine, ich meine, man darf doch was nicht weiterverschenken, was man selber geschenkt bekommen hat, ich hab das nur so gesagt, damit sie sich kümmert. Und jetzt ist der Erste schon tot. So schnell geht das.« Jetzt liefen richtige Tränen seine Wangen hinunter.

»Ja«, sagte Raimund, »daran merkt man, dass irgendwie die Kindheit vorbei ist.«

Alle schauten ihn an. Er hob abwehrend die Hände. »Ich mein ja bloß.«

Holger gab mir den toten Lolek zurück und wischte sich mit der Hand die Tränen aus dem Gesicht. Dann holte er ein gebrauchtes Tempotaschentuch aus der Hosentasche und schnaubte hinein.

»Vorsicht, du hast doch jetzt Leichengift an den Händen«, sagte Basti. »Du solltest dir erstmal die Hände waschen gehen!«

»Quatsch«, sagte Holger.

»Klar«, sagte Basti. »Da kann man von draufgehen.«

»Soso«, sagte ich. »Und ich? Bei mir ist das egal, oder was?«

»Ihr müsst euch die Hände waschen. Mein Vater ist Arzt!«

»O Mann«, sagte Holger und schaute auf seine Hände.

Jetzt kamen auch noch Dubi, Anja und Sigi dazu.

»Was ist denn los?«, wollte Sigi wissen.

»Das Meerschweinchen ist tot«, sagte Rosa.

»Hab ich mir schon gedacht, dass das nicht gutgeht«, sagte Sigi.

»Das ist ganz schlecht«, sagte Dubi. »Die dürfen doch auf keinen Fall allein sein! Dann gehen die ein. Oder werden jedenfalls traurig. Die dürfen auf keinen Fall allein sein. Das gilt als Tierquälerei, wenn die allein sind. Die müssen immer mindestens zu zweit sein.«

»Wusste ich gar nicht«, sagte Holger. »Das haben die mir damals nicht gesagt.«

»Vielleicht wusste man das damals noch nicht«, sagte Dubi, »aber die müssen immer mit anderen zusammen sein.«

»Was sollen wir denn jetzt machen?« sagte Holger verzweifelt und hielt dabei seine Hände in die Höhe wie ein Chirurg, der auf die Gummihandschuhe wartet.

»Vielleicht sollten wir erstmal Lolek begraben«, sagte ich und hielt ihn hoch. »Oder willst du ihn mitnehmen, Holger?«

»Nein, den müssen wir begraben.«

»Aber wo denn?« Ich schaute mich um. Um uns herum standen LKWs und Wohnmobile und es gab zwar gelegentlich kleine Beete auf Verkehrsinseln zwischen den Parkplatzabschnitten, aber die waren dicht mit dornigen Büschen bepflanzt.

»Also mitnehmen können wir den auf keinen Fall, das ist ja irgendwie eklig », sagte Sigi.

»Hat jemand eine Schaufel?«, fragte Raimund.

Keiner meldete sich.

»Hab ich mir schon gedacht. Was meinst du denn, Holger?«

»Keine Ahnung, ich hab damit doch keine Erfahrung, begraben, also ich würde schon ein Loch buddeln, aber was bringt das?«

»Sollen wir ihn einfach in einen Mülleimer schmeißen?«

Holger kämpfte mit den Tränen. »Ich weiß nicht«, presste er hervor. »Das ist doch irgendwie scheiße!«

»Ich frag mal Ferdi«, sagte Raimund. »Ferdi muss das mal entscheiden, okay?«

Holger nickte.

»Was Ferdi sagt, wird gemacht, okay?«

Holger nickte. Und alle anderen auch.

Raimund verschwand im Auto. Nach einer Weile kam er wieder.

»Ferdi sagt: Wegschmeißen.«

»Das ist irgendwie fies«, sagte Rosa.

»Ja, sagt Ferdi auch. Das klingt fies, sagt Ferdi, aber Meerschweinchen brauchen keine feierliche Bestattung, sie selber würden es auch nicht anders machen.«

»Was ist das denn für eine bescheuerte Argumentation.«

»Die Meerschweinchen würden ihn einfach liegenlassen, sagt Ferdi«, sagte Raimund, »deshalb sollte man ihn, wenn man ihn nicht liegenlassen kann, meerschweinchengerecht wegschmeißen.«

»Das hat Ferdi gesagt?«

»Das hat Ferdi gesagt.«

»Na dann …«

Wir packten Lolek in eine Tüte und warfen ihn in den nächsten Mülleimer. Dann gingen Holger und ich uns die Hände waschen. Bis wir zurück waren, ging es ihm schon wieder besser. Die anderen standen immer noch vor dem Auto und streichelten am armen kleinen Bolek herum.

»Und mit dem hier?«, sagte Rosa. »Was machen wir mit dem hier?«

»Man könnte ein neues Meerschweinchen kaufen, dann wären es wieder zwei«, schlug Dubi vor.

»Ach scheiße, und dann stirbt Bolek und dann habe ich wieder nur eins, ich meine, wenn Lolek jetzt an Altersschwäche gestorben ist, dann hat Bolek auch nicht mehr lange«, sagte Holger.

Sigi fing an zu weinen.

»Was ist denn mit dir los, Sigi?«, sagte Raimund.

»Du bist doch voll der Arsch, Raimund!«

»Also bitte, jetzt reiß dich mal zusammen, Sigi, ich meine, wie bist du denn drauf?! Was ist denn hier überhaupt los? Ich meine, freut euch doch lieber, dass Bolek noch am Leben ist, auch mal das Positive sehen!«

»Ja, aber wir brauchen ein zweites Meerschweinchen«, ließ Dubi nicht locker. »Sonst ist das Tierquälerei. Oder warte mal: …« Er hob einen Zeigefinger. »Wir kaufen einfach zwei neue Meerschweinchen. So junge Meerschweinchen. Dann kann Bolek in Ruhe sterben und die anderen beiden können einfach weitermachen.«

»Dann habe ich ja immer und ewig Meerschweinchen am Hals«, sagte Holger. »Ich kann doch nicht mein Leben lang immer wieder Meerschweinchen dazukaufen, da kannst du ja ewig warten, dass die genau gleichzeitig sterben, das ist doch Quatsch!«

»Dann weiß ich auch nicht«, sagte Dubi. »Auf jeden Fall ist das Tierquälerei. Da muss jetzt auch immer einer bei dem dabeibleiben, den darf man jetzt nicht alleine lassen, das sind ganz gesellige Tiere sind das.«

»Ich nehme ihn bis Hamburg erstmal so mit«, sagte Rosa.

»Ja, oder ich«, sagte Anja, »ich nehme den auch mal gerne. Der Arme!«

»Ich habe eine Idee«, sagte Raimund. »Wir bringen ihn auf einen Kinderbauernhof. Die haben doch immer so Meerschweinchen und Kaninchen und so.«

»Nicht alle«, sagte Dubi, der mir langsam auf die Nerven ging. »Nicht Meerschweinchen. Die meisten haben nur Kaninchen. Eigentlich sind Meerschweinchen ja keine Bauernhoftiere. Oft nehmen die keine Meerschweinchen!«

»Was ist los mit dir, Dubi?«, sagte Raimund. »Bist du heimlich im Tierschutzbund? Bist du so ein Tierschutzbund-Raver?«

»Meine Mutter arbeitet auf einem Kinderbauernhof«, sagte Dubi.

»Ich weiß, was wir machen können«, sagte ich. »Ich weiß, wo wir ihn hinbringen können.«

»Der gute alte Charlie«, sagte Raimund. »Wohin denn?«

»Ich habe in Hamburg eine Connection«, sagte ich. »Zu einem Kinderzoo in Othmarschen!«

59. Die Satanshexe vom Piz Palü

»Und da hast du mal gearbeitet?!« Raimund starrte durch das Autofenster in den Regen und den hinter dem Regen verschwimmenden Eingang vom Kinderkurheim Elbauen. »Ganz schön idyllisch.«

»Ja«, sagte ich. Ich hielt Holger einen Einkaufsbeutel aus Baumwolle hin, den ich am Vormittag in einem Schnäppchenmarkt für eine Mark gekauft hatte, und er legte Bolek mit beiden Händen vorsichtig hinein. Dann nahm ich das Buch, das ich mir für den Notfall von Dubi geliehen hatte, und steckte es in die Innentasche meiner Jacke.

»Viel Glück«, sagte Rosa.

Ich stieg aus und ging über die Straße zum Kinderheim. Ich wollte hintenrum reingehen, gleich durch die Werkstatt zum Zoo, Bolek integrieren und auf demselben Wege wieder abhauen, aber daraus wurde nichts, der Hintereingang war abgeschlossen, das war neu, wahrscheinlich eine Reform, die Herr Niemeyer vorgenommen hatte. Dumm nur, dass ich meinen Schlüssel nicht dabeihatte. Ich ging zurück und um das Haus herum zum Vordereingang. Und auch hier gab es eine Überraschung: Hartmut, der Erzieher, saß im kleinen Kabuff am Eingang und bewachte ihn.

»Hallo Hartmut!«

»Hallo Karl! Was machst du denn hier?«

»Ich hab was vergessen.«

»Ich dachte, du hast Urlaub.«

»Ja, bin gleich wieder weg.«

Ich lief die Treppen hinunter. Im Zoo waren die Tiere ziemlich aufgeregt, als ich reinkam. Jimmy und Johnny, die beiden Affen, fegten durch ihren Käfig, als ob sie auf Speed wären, und der Papagei plapperte blechern wie ein gestörter Langwellensender. Ich ging auf die Knie und öffnete den Zwergkaninchenkäfig, der unter dem Affengehege eingebaut war, und setzte Bolek hinein. Er flüchtete sofort in eine Ecke des Käfigs, während die Zwergkaninchen ihn neugierig beobachteten. Bolek fiepte und die Kaninchen rückten ihm langsam auf die Pelle.

»Was machst du denn da mit dem Kaninchen?«

Ich zuckte zusammen. Es war der kleine Junge, der mir damals beim Krokodilfüttern geholfen hatte.

»Ich bringe hier ein Meerschweinchen hin, damit es sich nicht einsam fühlt. Die dürfen nicht allein sein.«

»Aber hier sind doch gar keine Meerschweinchen.«

»Ich weiß, aber ich dachte, ich könnte ihn zu den Kaninchen stecken.«

»Nein, das geht nicht«, sagte der Junge, der, wie ich mich jetzt erinnerte, Hans-Peter hieß. »Ich hab mal im Fernsehen was über Meerschweinchen gesehen, das war so für Kinder gewesen, da haben die gesagt, das geht nicht mit anderen Tieren, nur mit Meerschweinchen. Sonst haben die Angst.«

Ich nahm Bolek wieder aus dem Käfig heraus. Es sah dort nicht gut für ihn aus, er war von den Kaninchen regelrecht umzingelt.

»Bist du sicher, dass der Film über Meerschweinchen ging?«

»Aber klar! Man soll die auch nicht streicheln! Und wenn die dabei so Geräusche machen, dann ist das wegen Todesangst!«

»Ja, was mach ich denn dann jetzt?«, sagte ich ratlos. »Und was machst *du* überhaupt hier? Habt ihr jetzt nicht Mittagessen?«

»Ich hatte keinen Hunger. Ich wollte mal zu den Tieren.«

»Weiß Hartmut, dass du hier bist?«

»Der doch nicht! Der steht doch Wache am Eingang!«

»Was mach ich denn jetzt mit dem Meerschweinchen?«, sagte ich.

»Lass das doch einfach hier, dann müssen die ein zweites Meerschweinchen anschaffen«, sagte Hans-Peter. »Ich kann denen ja sagen, dass die nicht allein sein dürfen, dann schaffen die noch eins an. Ist doch ganz einfach.«

»Wem willst du das sagen?«

»Hartmut.«

»Und wie willst du Hartmut erklären, dass du weißt, dass hier ein Meerschweinchen ist?«

»Die haben jetzt einen neuen Tierpfleger.«

»Aber du hast meine Frage nicht beantwortet.«

»Ich krieg das schon hin!« Der Junge streckte die Hände aus und ich legte ihm Bolek hinein. »Wir tun den einfach hier …«, er ging zu einem kleinen Karton, der in der Ecke lag, und setzte Bolek hinein, »… einfach hier rein und stellen ihn auf den Tisch da, dann finden die den.«

»Aber die wissen, dass ich hier runtergegangen bin. Dann wissen sie auch, dass ich ihn hergebracht habe«, sagte ich.

»Na und? Hast du ja auch«, sagte Hans-Peter.

»Stimmt auch wieder«, sagte ich.

»Ich sag denen, wie die das machen sollen, ich sag das zu Hartmut und der kümmert sich drum.«

»Hm …« Ich war nicht überzeugt.

»Du musst den Leuten auch mal vertrauen«, sagte Hans-Peter. »Wenn du den Leuten nicht vertraust, dann kommst du auf Dauer im Leben nicht klar!«

Ich lachte. »Hast du das von Hartmut?«

»Nein, hab ich mir selber ausgedacht!«

»Okay«, sagte ich, »ich vertrau dir. Du machst das schon. Der heißt übrigens Bolek.«

»Was ist das denn für ein komischer Name.«

»Können nicht alle Hans-Peter heißen.«

Ich schüttelte ihm ernsthaft und fest die Hand zum Zeichen meines Vertrauens und ging raus. Am Eingang stand Hartmut mit Dr. Selge zusammen und sie waren in ein Gespräch vertieft. Ich versuchte, mich unauffällig vorbeizuschleichen.

»Herr Karl, was verschafft uns denn die Ehre?!« Das war ungewöhnlich sarkastisch. Das war nicht die einfühlsame Psychiaterin, das war jetzt die Heimleiterin, die da sprach!

»Ich habe ein Buch in der Werkstatt vergessen«, sagte ich und zog Dubis Buch aus der Jacke und hielt es hoch. »Das hat mir im Urlaub sehr gefehlt. Ich wollte unbedingt wissen, wie es ausgeht.«

»Die Satanshexe vom Piz Palü«, las Dr. Selge vor. »Das klingt ja vielversprechend.«

»Ja, es ist sehr spannend«, sagte ich.

»Sollten Sie nicht im Urlaub irgendwo in der Lüneburger Heide sein?«

»Woher wissen Sie das, Dr. Selge?«

»Ich habe mit Herrn Maier darüber gesprochen. Der hat mich angerufen und mir komische Fragen gestellt, und dabei hat er so etwas gesagt. Dass Sie eigentlich in der Lüneburger Heide sein sollen.«

»Da gehen Züge hin und her«, sagte ich, »von Uelzen und von Lüneburg, da ist man schneller in Hamburg als Sie von Pinneberg mit dem Auto, Dr. Selge.«

»Ihre Mutter hat mich auch angerufen. Ob ich wüsste, wo Sie sind. Sie hat sich Sorgen gemacht. Herr Maier hatte sie auch angerufen.«

»Tja, dann grüßen Sie meine Mutter mal schön, wenn Sie mal wieder mit ihr sprechen, Dr. Selge.«

»Was machen Sie bloß? Sind Sie sicher, dass Sie das Richtige tun?«

Hartmut war es sichtlich unangenehm, dem Gespräch beizuwohnen, er knetete die ganze Zeit seine Hände und guckte an die Decke und nach links und rechts und kratzte seine Nase und was sonst noch alles, man wurde schon vom Hingucken nervös.

Jetzt sagte er: »Ich würde dann auch gerne mal was essen gehen, Dr. Selge.«

»Ja, ich bleibe solange hier«, sagte Dr. Selge. Und zu mir sagte sie, während Hartmut sich von dannen trollte: »Wir haben jetzt ein bisschen mehr Sicherheitsbewusstsein hier, das war nötig.«

»Ja, das ist gut«, sagte ich. »Ich geh dann mal.«

»Sie haben meine Frage nicht beantwortet, Karl.«

»Das stimmt, Dr. Selge.«

»Und?«

»Ich bin nicht sicher, dass ich das Richtige tue, Dr. Selge. Ich bin nie sicher, dass ich das Richtige tue. Ich weiß sowas immer erst hinterher.«

»Aha«, sagte Dr. Selge. »Das ist aber als Statement nicht ganz so bescheiden, wie Sie denken, Karl.«

»Kann sein«, sagte ich.

»Ihre Mutter macht sich große Sorgen. Die ist durch das Telefonat mit Herrn Maier sehr beunruhigt.«

»Das sollte sie nicht sein«, sagte ich.

»Wollen Sie sie nicht mal anrufen?«

»Klar, warum nicht«, sagte ich.

»Wollen wir das nicht gleich zusammen machen? Wir können doch eben in mein Büro gehen.«

»Nein, ich habe dafür jetzt keine Zeit«, sagte ich. »Ich bin verabredet. Ich habe auch ein eigenes Telefon.« Ich holte den Knochen aus der Jackentasche. »Schauen Sie, das ist ein Mobiltelefon. Wenn ich also meine Mutter anrufen will, kann ich das jederzeit tun.«

»Kann man da auch anrufen?«

»Ja, aber dazu brauchen Sie die Nummer.«

»Wollen Sie mir die nicht geben? Dann kann Ihre Mutter Sie anrufen.«

»Nein, das ist nicht nötig, ich rufe sie selber an, kein Problem. Grüßen Sie sie schön von mir und sagen Sie ihr bitte, dass alles in Ordnung ist.«

»Ihre Mutter macht sich wirklich Sorgen, Karl.«

»Ja, ich rufe sie an.«

»Geben Sie mir doch die Nummer!«

»Keine Zeit, Dr. Selge, die ist auch lang und ich weiß sie nicht auswendig. Da gibt es auch eine spezielle Vorwahl.«

»Ich würde mir die aufschreiben.«

»Fragen Sie einfach Herrn Maier«, sagte ich, wohl wissend, wie sehr sich die beiden hassten. Aber wenn Werner schon von sich aus die ungeliebten Hilfstruppen in Stellung brachte, dann sollte er sich auch ruhig von ihnen belästigen lassen, fand ich.

»Na gut. Kann ich sonst noch was für Sie tun?«

»Nein, alles gut, Dr. Selge.«

Als ich ins Auto einstieg, gab es ein großes Hallo. Nur Holger saß apathisch herum und starrte aus dem Fenster ins Othmarschener Nichts.

»Und jetzt?«, sagte ich zu Raimund, der vorne saß. »Schrankenhusen-Borstel?«

»Nein, zu früh«, sagte Raimund. »Ich hab Angst vor Schrankenhusen-Borstel. Ferdi will auch vorher noch mit allen Fisch essen gehen. In Hamburg. Außerdem müssen wir Holger ein Bier besorgen, der ist so traurig wegen dem Schwein.«

»Wo will Ferdi denn Fisch essen gehen?«

»Keine Ahnung, er liegt oben und schaut gerade im Gault Millau nach. Irgendwas mit mindestens fünfzehn Kochmützen, sagt er.« Raimund stand auf, kletterte nach hinten, steckte den Kopf ins Komabrett und redete mit Ferdi. Dann kam er wieder nach vorne. »Bavaria Blick«, sagte er. »Bernhard-Noocht-Straße.«

»Ich ruf die mal an«, sagte ich. »Tisch für zehn Leute?«

»Zwölf«, sagte Raimund. »Mach zwölf. Dave und Hans kommen auch noch.«

60. Rotbarsch-Konferenz in Friedas Fischbratküche

Vom Bavaria Blick mussten wir erfahren, dass es erst um 18 Uhr öffnete, deshalb wichen wir nach einigem Herumfragen und weil Ferdi »jetzt auch keinen Bock mehr auf die Gault-Millau-Scheiße« hatte, in ein Restaurant namens »Friedas Fischbratküche« aus, wo sich alle bei Backfisch, Pommes und Bier wieder in Form brachten bis an den Punkt, wo sie vor jedem Schluck mit den Bierflaschen über den Tisch hinweg anstießen und sich gegenseitig Unsinn in die Ohren schrien, aber es war kein relaxtes Schreien, es war eine Spannung darin, die sich parallel zur guten Laune immer weiter aufbaute, das hatte was Hysterisches, es war Angst im Spiel, Schrankenhusen-Borstel war ihnen offensichtlich nicht geheuer, »Gummistiefel, ich sage nur Gummistiefel«, rief Hans, der Künstler, der mit Dave dazugestoßen war, immer wieder, während er mit einem Kugelschreiber kleine Bilder auf die Papiertischdecke malte, die Tischdecke jeweils drumherum abriss, die Fetzen signierte und reihum verschenkte, auch ich bekam einen, es war ein kleiner Hund drauf, und Raimund, der das Zentrum der ganzen Schrankenhusen-Borstel-Paranoia war, die sich immer mehr in die backfisch- und bierbedingte Euphorie mischte und die das ganze Geschehen für einen Außenstehenden wie mich etwas gruselig erscheinen ließ, Raimund jedenfalls steigerte sich bei aller guten Laune irgendwann so sehr in das Schrankenhusen-Borstel-schlechte-Vorahnung-Ding hinein, dass er schließlich laut in die Runde rief: »Und wenn wir einfach nicht hinfahren?!«, woraufhin alle verstummten, denn er hatte das ausgesprochen, was alle anderen die ganze Zeit schon gedacht hatten, Schrankenhusen-Borstel musste weg, das war die allgemeine Stimmung, oder »Schrankenhusen-Borstel go home«, wie Dubi es seit einiger Zeit pausenlos und nur für mich hörbar in sich hineinmurmelte, aber nun war auch er verstummt und starrte Raimund an. Und Raimund kannte nun kein Zurück mehr: »Mal ehrlich, ich meine, wer hat denn wirklich Bock auf Schrankenhusen-Borstel? Und ein Fluxi gibt's da auch nicht, nur so Bauernbetten oder was, und was ist, wenn da nur so Güllebauern kommen, so Dreibuchstaben-Raver, die streifen sich dann die Gülle von den Stiefeln ab und kommen da vom Rübenfeld direkt in die Dorfdisco und dann soll ich da den ›Hit mit der Flöte‹ verheizen, oder was?«

»Saxofon!«, sagte Anja lustlos.

»Anja, ein für alle Mal: Es ist ein Saxofon, ich weiß das! Aber das Ding heißt nun einmal der ›Hit mit der Flöte‹ und dann ist das auch einer, ich kann jetzt echt keine Musikschuldiskussion hier gebrauchen, wir sind hier doch nicht in Rockistenhausen!«

»Jetzt lass mal gut sein, Raimund«, sagte Ferdi vom Kopfende des Tischs. Und er hielt dazu ein Stück Rotbarsch im Bierteig mit seiner Gabel in die Luft, ich wusste, dass es Rotbarsch war, weil Ferdi vorher lang und breit erklärt hatte, dass nur Rotbarsch im Bierteig okay sei, Kabeljau und »der ganze andere Fischkram« dagegen nicht, wenn Bierteig, dann Rotbarsch, hatte Ferdi uns eingeschärft, »dann geht's zur Not auch mal ohne Gault Millau und Kochmützen«. Jetzt jedenfalls hielt er ein Stück von seinem Rotbarsch in die Luft und ich konnte sehen und auch den Blick nicht davon abwenden, wie der Bierteig auf der dem Erdboden zugewandten Seite langsam dunkler wurde, bis sich ein Tropfen Öl materialisierte und herunterfiel, während Ferdi uns die Leviten las: »Ihr könnt gerne alle hierbleiben, aber dann seid ihr nicht mehr cool, dann seid ihr nur noch Arschlöcher. Schrankenhusen-Borstel ist scheiße, klar, was denn sonst, aber das ist die Königsdisziplin, das ist Magical Mystery, wie ich es verstehe: Dass man dahin geht, wo es wehtut, um die Message zu verbreiten, so sieht's aus. Dass man in die Dorfdisco geht und dann spielen da die HostiBros und kann ja sein, dass dann keiner tanzt oder keiner kommt oder beides, auf jeden Fall aber haben wir dann das Licht nach Schrankenhusen-Borstel gebracht, und wenn da nur ein Jugendlicher ist, nur einer, der sich freut, dass endlich mal nicht Ü-30-Party ist oder Schaumparty oder was, und der da hingeht, weil er von uns gehört hat und später sagt: »Da waren diese coolen Typen, die keiner verstanden hat, aber ich fand die toll!«, dann haben wir mehr erreicht, als wenn wir tausendmal im JLH in Frankfurt spielen, Leute. Dann haben die Leute in Schrankenhusen-Borstel mal aus erster Hand erfahren, worum es geht beim deutschen Dance, und nicht immer nur irgendwelche Artikel in ihren Käseblättern drüber gelesen, wo die Techno mit drei k in der Mitte schreiben und man immer nur die Bilder von den Mädchentitten bei der Loveparade sieht, Himmelarschundzwirn noch mal. Wenn ihr Hippies sein wollt, dann müsst ihr auch mal ein bisschen was dafür tun! Und was ist denn überhaupt die Alternative? Hier sitzenbleiben? Noch ein freier Tag? Da können wir ja gleich alle wieder nach Berlin fahren! Oder gleich nach Essen und da dann auf die Springtime warten wie ein paar Rentner im Altersheim auf Kaffee und Kuchen! Das ist doch stumpf!«

Nun schwiegen alle betreten und nuckelten an ihren Bierflaschen. Ferdi mampfte derweil zufrieden seinen Rotbarsch. Dann fügte er hinzu: »Ich glaube, ich hätte den Fisch mit Kartoffelsalat nehmen sollen und nicht mit Fritten. Beim Kartoffelsalat ist mehr Säure drin, das hilft beim Verdauen.« Dann guckte er nacheinander jeden am Tisch ganz genau an, auch mich: »Und ist hier nun einer, der nicht nach Schrankenhusen-Borstel will?«

»Ich finde das scheiße«, sagte Dave. »Das ist doch so ein reines Machoding, wo du uns zeigen willst, wer hier das Sagen hat, Ferdi!«

»Ja«, sagte Ferdi. »Kann sein. Aber wer soll sonst das Sagen haben? Du?«

»Raimund!«, sagte Dave.

Nun schauten alle zu Raimund. Raimund nahm, wie um Bedenkzeit herauszuschinden, einen langen Schluck aus seiner Bierflasche. Dann sagte er: »Wir machen das, was Ferdi sagt, weil Ferdi und ich sind die Chefs und Ferdi hat recht.«

»Aber du hast doch …«, begann Dave.

»Ja, aber ich hatte Unrecht«, sagte Raimund. »Wenn man Magical Mystery macht, dann kann man nicht einfach nur dahin fahren, wo eh alles easy ist.«

»Ist es doch gar nicht!«

»Ist es doch. Bis jetzt hat noch niemand gesagt: ›Was soll der Scheiß?‹« Raimund blickte sich triumphierend um und es war klar, dass ihm diese Erkenntnis gerade erst gekommen war. »Niemand hat bis jetzt gesagt: ›Das habe ich mir aber anders vorgestellt‹. Oder ›scheiß Tekkkno‹ oder so. Hat noch keiner gesagt. Und keiner hat mit Bierflaschen geworfen.«

»Verstehe ich nicht«, sagte Dave.

»Das ist mir schon klar, dass du das nicht verstehst, Dave«, sagte Raimund. »Deshalb machen wir ja auch das, was Ferdi sagt, und nicht das, was du sagst!«

Er hob seine Bierflasche und prostete Ferdi zu! Ferdi sagte, wie um abzuwiegeln: »Auf keinen Fall dürfen wir da aber zu früh auftauchen. Schrankenhusen-Borstel heißt: Schnell rein, schnell raus. Und okay, wegen Übernachtung: Ich schlage vor, wir buchen einfach das Fluxi hier in Hamburg weiter, dann müssen wir da nicht pennen. Das sollten wir noch eben klären. Und dann noch ein bisschen in Hamburg bleiben, da haben wir jetzt noch jede Menge Zeit.«

»Und was machen wir in Hamburg?«, fragte Rosa.

»Mal Charlie fragen«, sagte Ferdi. »Du hast doch hier gewohnt, Charlie! Was kann man machen, wenn man hier noch ein paar Stunden totschlagen will?«

»Das ist einfach«, sagte ich. »Hafenrundfahrt!«

61. Marcel Marceau

Natürlich hätte ich auch Hagenbeck sagen können oder auf den Turm vom Michel gehen oder Teufelsbrück oder Stadtpark oder was weiß ich für einen Scheiß, es war ganz gutes Wetter, vielleicht hätte man auch ein paar Ruderboote an der Außenalster mieten können oder es war gerade Dom in Hamburg, es war ja irgendwie immer Dom, so war es mir jedenfalls in den letzten fünf Jahren in dieser Stadt vorgekommen, aber das waren alles Sachen, die ich mit den anderen von Clean Cut 1 schon tausendmal an den sinnlosen Sonntagen bei Sonnenschein und Regen, bei Wind und Wetter, sommers wie winters gemacht hatte, das hätte mich deprimiert, den gleichen Kram mit den kleinen Rave-Strolchen noch einmal zu machen und ich dabei der Werner, der die Leute in die Ruderboote verteilt oder an den Tieren vorbeischeucht, das war eine schlimme Vorstellung, deshalb Hafenrundfahrt, denn Hafenrundfahrt war etwas, was Werner immer abgelehnt hatte, »da können wir auch gleich einen Partybus mit Schnapsbar mieten«, hatte er immer gesagt, und es reizte mich natürlich, das jetzt gleich mal auszutesten, das als eine von diesen Wernerwarnungen zu nehmen, denen man sich stellen musste, ich hatte das Hofbräuhaus und die Äppelwoi-Kneipe und sogar den München-Gig mit Holger überlebt, ohne was genommen zu haben, vom Eiscafé »La Romantica« ganz zu schweigen, da brauchte ich vor einer Hafenrundfahrt keine Angst zu haben, dachte ich, im Gegenteil, es war ein bisschen wie ein Spiel, ein Psychofernschach, das ich mit Werner spielte, obwohl, Fernschach, das klingt nach Nachdenken und Kontrolle und Intelligenz, dabei war es wohl doch eher ein Hindernisparcoursquatsch wie früher in Spiel ohne Grenzen, wo die Vollidioten auf Stelzen durch Schlamm waten und dabei wassergefüllten, aus Kanonen abgeschossenen Ballons ausweichen mussten, Karl Schmidt gegen die Drogenwelt der Normalos und der Raver, ein Sperrfeuer der alkoholischen und kokainistischen Verlockungen, so sah ich das, als ich die Hafenrundfahrt vorschlug, und ich kam mir ziemlich heldenhaft dabei vor, das war ein bisschen hochmütig und auch voreilig, das muss ich zugeben und die kleinen Sünden straft der liebe Gott sofort, wie Klaus-Dieter, der alte Spruchweisheitenautomat, gesagt hätte, denn als wir schließlich und endlich, nach einem längeren telefonischen Hin und Her mit dem Fluxi Budget Harbor Nobistor Hamburg, in dessen Verlauf wir erreichten, dass wir unsere gerade verlassenen Zimmer für einen weiteren Tag behielten und wir also jederzeit wiederkommen konnten, als wir also nach alldem schließlich und endlich, dirigiert von einem der Anreißer auf den Landungsbrücken, den schwankenden Schwimmanleger betraten, an dem unsere Hafenrundfahrts-Barkasse lag, hatte ich in genau dem Moment, wo ich zum ersten Mal mit beiden Beinen auf dem leicht schwankenden Anleger stand, der von den Wellen, die für einen Fluss ganz schön groß waren, ordentlich hin und her wackelte, hatte ich also genau in dem Moment eine Art Flash und ich kam mir, vielleicht wegen dem schwankenden Boden und dem starken, kalten Wind und der Sonne, die alles aus einem blauen Himmel heraus beschien, über den weiße Wolken jagten, ich kam mir also in dem Moment plötzlich unfassbar frei vor, so frei, dass ich mich nicht mehr bewegen konnte, weil der Gedanke, so frei zu sein, mich sofort völlig lähmte, es gab so viele Sachen, die ich seit Jahren nicht tun durfte und auch nicht getan hatte, dass ich jetzt, wo ich diese unglaubliche Freiheit verspürte, überhaupt nicht wusste, was ich jetzt machen sollte, und das Problem war natürlich, dass mir erst einmal gar nichts einfiel, deshalb konnte ich mich nicht mehr bewegen, ich stand auf dem Schwimmponton, ratlos, der gute alte Brain ein wild kreiselnder Kompass, der keine magnetischen Feldlinien mehr hatte, und ich fühlte, dass es undenkbar war, hier jetzt einfach weiterzumachen, womit auch immer, ich musste erst die Lücke in meinem Denken, die da unversehens aufgeklafft war, mit einem neuen Plan füllen, eine Richtung finden, in die ich gehen konnte, nachdenken, nachdenken, nachdenken, ich blieb also einfach stehen, während die anderen, die hinter mir gewesen waren, an mir vorbei auf die Barkasse latschten und ihre Tickets, die wir oben, auf festem Boden noch, gekauft hatten, abreißen ließen und an Bord einen Tisch besetzten und schon mal was zu trinken bestellten, während ich breitbeinig und mit den Wellen mich leicht wiegend auf dem Schwimmanleger stand und stand und stand und immer mehr Leute an mir vorbeiliefen, und ich sah, wie Raimund in der Kajüte verschwand und mit einem Arm voll Flaschenbier wieder herauskam und es verteilte und wie sie anstießen und tranken, und dann stand Rosa auf und ging von Bord und zu mir her und fasste mich am Arm und sagte: »Alles okay?«

»Jaja«, sagte ich. Die Berührung am Arm hatte den Zauber gebrochen, sie war etwas Handfestes und plötzlich hatten die Dinge wieder eine Richtung, nämlich die, in die sie mich am Arm hinter sich herzog und ich ging mit und setzte mich zu den anderen an den Tisch und jemand rief »Mensch, Charlie, was ist denn los?«, und ich sagte: »Musste kurz nachdenken!«, und das reichte ihnen allen als Erklärung natürlich voll aus, Nachdenken, wegen sowas kann man schon mal in eine Schockstarre geraten, kein Ding das, Hallihallohallöchen, hoch die Tassen bzw. die Flaschen, und plötzlich hatte ich eine Bierflasche in der Hand und ich weiß auch gar nicht, ob mir die einer da hineingedrückt hatte oder ob ich sie mir selbst aus dem Flaschengewirr auf dem Barkassentisch herausgesucht hatte, aber vollmechanisch stieß ich mit den anderen an und hob sie gerade zum Mund, als ich, auf die gute alte Karl-Schmidt-Weise beim Ansetzen der Flasche den Kopf langsam nach hinten biegend, oben an Land, auf uns heruntergückend und mit offenem Mund mich anstarrend, Klaus-Dieter sah.

Und genau so, mit Klaus-Dieter im Blick, trank ich meinen ersten Schluck Bier nach fünf Jahren.

Es traf mich wie ein Schock, ich hatte ja gar nicht darauf geachtet, was ich tat, und als das Bier in den Mund lief, kam sofort die Angst, zugleich aber auch die Verwunderung darüber, dass es nicht so schmeckte, wie ich es in Erinnerung hatte, es war nicht das kühle, erfrischende, den Durst löschende Spaßgetränk, es kam mir vor wie eine dickflüssige, süßlich-bittere Suppe, und zugleich sah ich den Mund von Klaus-Dieter noch weiter aufgehen, Klaus-Dieter hatte den endgültigen, ultimativen Clean-Cut-1-Schreckensmoment live mitbekommen: Einer hatte wieder angefangen, einer war wieder drauf.

Ich wedelte mit dem Zeigefinger in seine Richtung, immer hin und her, wie um »nein, nein, nein, Missverständnis!« zu sagen und spuckte das Bier über Bord, gottseidank saß ich so, dass hinter mir gleich das Wasser war. Klaus-Dieter konnte dieses Überbordspucken leider nur von hinten sehen, ich musste mich dazu ja umdrehen, aber ich hoffte mal, dass er es mitgekriegt hatte, dann wedelte ich wieder verneinend mit dem Finger, zeigte auf die Bierflasche, zeigte auf meinen Mund, schüttelte ganz klar ablehnend den Kopf, zuckte mit den Schultern, es war die reinste Marcel-Marceau-Scheiße, aber auf Speed, die ich da abzog, nur um den guten alten Klaus-Dieter zu beruhigen, der dastand und mich mit offenem Mund anglotzte, in der einen Hand ein Fischbrötchen und die Tasche, mit der er immer zur Arbeit ging, nach Spackenart diagonal über Brust und Schulter hängend, na gut, das war jetzt modern, so gesehen hatte sich bei ihm die Spackenbeharrlichkeit ausgezahlt, das war ihm auch zu gönnen, aber jetzt begann er schwer zu atmen, zu hyperventilieren, sein Mund schnappte auf und zu und dann rief er etwas, was aber, weil in diesem Moment der Motor der Barkasse angeworfen wurde, nicht zu verstehen war, und ich machte mit der offenen Hand eine beruhigende, leicht winkende Handbewegung und Klaus-Dieter winkte zurück, das rührte mich und ich stellte mit großer Geste die angebrochene Flasche wieder zurück auf den Tisch zu den anderen und zeigte auf mich und dann auf die Kajüte und machte dann Handbewegungen, die das Trinken einer Tasse Kaffee darstellten, also die imaginäre Tasse mit drei Fingern am imaginären Henkel von der imaginären Untertasse nehmen, dabei den kleinen Finger abspreizen, Tasse zum Mund führen, Tasse wieder absetzen, dann zeigte ich wieder auf die Kajüte und stand auf und ging dahin und verschwand in der Kajüte, wo ich mir bei einer Frau, die dort einen Kiosk betrieb, eine Tasse Kaffee geben ließ, mit der ich wieder ans Deck trat, schwankend dabei und hin- und herrollend und breitbeinig gehend wie ein alter Seebär, aber mit Kaffeetasse, so kam ich wieder hervor, denn die Barkasse legte jetzt ab und schlingerte dabei und langsam verschwand Klaus-Dieter und ich hielt die Kaffeetasse hoch und winkte zugleich mit der anderen Hand und Klaus-Dieter winkte auch und dann war er außer Sicht. Und dann begann das ganze Hummel-Hummel-Mors-Mors-Folkloreprogramm mit Speicherstadt und Gezeitenschleusen und Schiffen und Festmachern und Stückgut und Container und Ahoi und Gute Reise und hoch die Tassen und ich mittendrin, das ganze Schiff eine einzige Schaukel- und Becherei und ich immer schön prost Käffchen und die ganze Zeit ging mir nur eine Frage im Kopf herum: War das wirklich Klaus-Dieter gewesen? Konnte es wirklich sein, dass Klaus-Dieter mich gerettet hatte? Der gute alte Klaus-Dieter? Klaus-Dieter Hammer, der Multitoxfreak von Ottensen? Irgendwann, wir waren gerade in einem riesigen Hafenbecken zwischen riesigen Schiffen unterwegs, Container, Hochsee, trallala, merkte ich, dass Rosa mich beobachtete. Sie saß zwei Leute weiter, mir schräg gegenüber. Ich hob eine Hand und winkte. Sie lächelte und winkte zurück. Ich stand auf und holte mir noch einen Kaffee.

62. Der Schimmelreiter

Auf der Fahrt nach Schrankenhusen-Borstel, zu der es dann, wie sehr manche auch versuchten, sie hinauszuzögern, am Nachmittag doch noch kam, auf der Fahrt nach Schrankenhusen-Borstel kam dann auch die Paranoia und ich wusste nicht, ob sie jetzt direkt oder indirekt alkoholbedingt war, ob also die Berührung der Zungenpapillen mit Alkohol, obwohl ich davon weder besoffen noch scharf aufs Weitertrinken geworden war, nicht trotzdem über den physischen Alkoholreaktionsapparat oder wie man das nennen soll, jedenfalls also physisch bedingt die Paranoia schon in diesen geringen Mengen auslösen konnte oder ob nicht umgekehrt die ewigen Ermahnungen und Warnungen von Werner, Gudrun und den anderen Clean-Cut-1-Leuten, gerade auch die schlimmen Rückfallerfahrungsberichte von Henning und Astrid und Klaus-Dieter, die ja in der Arena der Drogenerfahrungen schon so manche Extra- und Ehrenrunde gedreht hatten, ob also eine quasi vernunftgeborene Angst die Paranoia überhaupt erst anschob, denn angeschoben wurde die Paranoia, das ist mal sicher: Je weiter wir von Hamburg weg- und je näher wir auf Schrankenhusen-Borstel zufuhren, desto mehr schaukelte die Paranoia sich hoch, stieg höher und höher wie das Wasser vor dem Deich beim Schimmelreiter, so kam es mir vor, so sah ich das, während wir immer weiter in das schleswig-holsteinische Quatschland hineinfuhren, ich musste angesichts der trostlos schönen Landschaft zwischen den Meeren zwangsläufig an den Schimmelreiter, den Deichgrafen denken, schlimm war das, da war ich nicht scharf drauf, Schimmelreiter, das hatte ziemlich böse geendet, und schon hinter Pinneberg war mir klar, dass es mir nicht besser ergehen würde als ihm, ich hatte mich in die Bierfluten geworfen wie einst der Deichgraf sich in die hereinstürzenden Wassermassen, ich hatte mich dem Deutschen Dance geopfert, und die, die mich hätten retten können, hatte ich enttäuscht und verschmäht, so sah's aus, und während draußen der Wind über die Wiesen und Weiden fegte, dass der kopflastige Komabrettwagen bockte und schwankte wie ein besoffenes Pferd, wurde die Paranoia schlimmer und schlimmer, ich traute mir selbst nicht mehr, ich wurde zum Monster meines eigenen Paranoia-Albtraums, ich war nicht mehr nur der Deichgraf, der Scheiße gebaut hatte, wiewohl in der besten Absicht, nein, ich war zugleich auch die Bauernmeute, die ihm misstraute und übelwollte, Paranoia bei gespaltener Persönlichkeit, eine üble Mischung, und dieses Sichselbst-nicht-Trauen wurde dadurch nur noch schlimmer, als beim Bier-im-Mund-Haben ja überhaupt keine Wirkung eingetreten war, außer einem bisschen Schreck und einem leichten Ekel, was eigentlich beruhigend hätte sein müssen, was aber natürlich irgendwo hinten im Hirnkasten gleich das kleine Was-soll's-Teufelchen weckte, das schon die ganze Hafenrundfahrt hindurch leise, aber vernehmlich »Ich hab's ja gesagt: Alkohol hatte gar nichts damit zu tun!« in mein inneres Ohr geflüstert hatte, während ich Kaffee um Kaffee getrunken und wieder ausgepisst und mir ansonsten alle Mühe gegeben hatte, mir nichts anmerken zu lassen, o wei o wei!

Aber irgendwann ging es von der Autobahn runter und ich beruhigte mich, indem ich mir ein paar scharfe Regeln auferlegte, wir juckelten eine Landstraße hinunter, festgeklemmt zwischen allerlei LKWs und Treckern und Güllewagen, und ich traf stumm und mich selbst verdonnernd Maßnahme um Maßnahme, kein Club-Betreten mehr, sofortige Entsorgung aller Bierflaschen- und sonstigen Alkohol- und Drogenreste im Auto direkt nach der Ankunft in Schrankenhusen-Borstel, sofortiges Schlafenlegen im Komabrett und vor allem: keine Hafenrundfahrten mehr, nie, never ever! Werner, der alte Regelvirtuose, er hätte seine Freude an mir gehabt!

Wir gelangten an das Ortsschild von Schrankenhusen-Borstel gegen sieben Uhr abends. Als ich einen Einheimischen, einen alten Mann mit Landserkappe und Zigarre, nach dem Weg zur Discothek »Bomber« fragte, sagte der: »Bomber? In Borstel!« Woraus ich schloss, dass wir in Schrankenhusen waren. Ich weiß nicht, warum, aber das half: Die Paranoia war weg, wir fuhren durch Schrankenhusen in Richtung Borstel und Paranoia Fehlanzeige, auch sonst lebten im Auto, nun, wo Schrankenhusen-Borstel endlich in Gestalt einiger Bauernhöfe konkret wurde, die sich stinkend unter einem grauen Dämmerhimmel duckten, alle wieder auf, die ersten Biere wurden geöffnet, die ersten Witze über Gummistiefeldiscopublikum wurden hervorgekramt und ich glaubte auch, von ganz hinten einige Schniefgeräusche zu hören, da wurden jetzt überall, gerade wie auf den Bauernhöfen ringsum, die Lichter angeknipst.

Die Discothek »Bomber« war ein umgebauter großer Stall inmitten weiter Felder, auf denen irgendein undefinierbares Grünzeug wuchs. Der Parkplatz war riesig und ziemlich leer, es standen nur einige Mercedes-Transporter herum, genau wie unsere, nur dass die kein Komabrett hatten. Vor dem Eingang stand ein Mann und rauchte. Als wir auf den Parkplatz einbogen, winkte er, und als ich parkte, kam er ans Auto.

»Ich habe schon auf euch gewartet«, sagte er zu mir, als ich die Scheibe runterkurbelte. »Heute ist doch Mittwoch. Ich dachte, wir fangen um sechs an!«

»In Köln ist der Mittwoch der kleine Samstag«, sagte ich und daraufhin johlten sie hinter mir und klatschten mit den Händen ab.

»Bravo, Charlie«, rief Basti.

»Wir kommen raus«, rief Ferdi, der vorne saß, über mich hinweg zum Fenster hinaus. »Wir kommen raus, kann gleich losgehen.« Und nach hinten gewandt sagte er: »Denkt dran, Leute: Magical Mystery. Wir sind die mit dem Magical Mystery und das bringen wir hierher, klar? Egal wann, egal wie. Mal ein bisschen zusammenreißen. Wir sind BummBumm, wir sind Hippies und wir bringen das Licht!«

Er stieg aus und öffnete die Schiebetür. »Das wird sicher lustig!«

Stöhnend, ächzend und plappernd quälten sich alle aus dem Auto und schleppten ihre Plattentaschen zum Eingang vom »Bomber«. Rosa drehte sich noch einmal um und winkte, ich solle mitkommen. Ich winkte zurück und schüttelte dabei den Kopf.

Dann nahm ich eine Mülltüte und räumte alle Flaschen, leere oder volle, aus dem Auto und warf sie in einen Mülleimer in der Nähe. Dann setzte ich mich hinters Steuer und rauchte eine. Dann noch eine. Es wurde langsam dunkel. Ich machte ein bisschen Musik an und schaute der Welt dabei zu, wie sie sich unter Bummbumm-Klängen selbst das Licht abdrehte. Ich hatte Durst. Dann hatte ich Hunger. Aber ich blieb eisern im Auto. Kein Catering, keine Backstage, keine Getränkebons für mich. Als es endlich richtig dunkel war und Fuchs und Hase sich Gute Nacht sagten, legte ich mich oben aufs Komabrett und schaute durch eine durchsichtige Dachluke in den Himmel. Ich war todmüde, aber schlafen konnte ich nicht, ich schaute in den Himmel, in dem die Wolken aufrissen und einzelne Sterne kurz aufblitzten und dann wieder verschwanden, da oben war viel Wind und viel Bewegung und hier unten auch, das Auto schwankte unter Böen, die mal von hier, mal von dort zu kommen schienen und immer wieder kurz aufheulten, wenn sie das Auto zausten und wie Gespenster weiterjagten, und ich fühlte mich einsam, aber es war keine unangenehme Einsamkeit, keine, die einem die Luft abschnürt und das dunkle Gefühl reinlässt, ich hatte ja die Windböen und das Schwanken des Autos und die gelegentlichen Sterne und eine Zigarette hatte ich auch noch, und ich drückte die Dachluke auf einer Seite nach oben, wodurch das Heulen des Windes stärker wurde und ich zusehen konnte, wie der Rauch der Zigarette durch die Öffnung gesaugt wurde und sich mit den Wolken am Himmel vermischte, bis ich so müde war, dass ich die brennende Kippe an die Dachluke hielt, wo sie vom Unterdruck hinausgesaugt wurde, eine kleine, funkensprühende Sternschnuppe, und ich schloss die Augen und schlief ein und träumte von Barkassen und Bier und großen Containerschiffen, die Kaffee geladen hatten für eine Überseefahrt nach Altona oder, wie in meinem Traum der Kapitän zu mir sagte: »Nach Alkoholtona.«

63. Frag nicht!

Ich wachte davon auf, dass sich jemand auf mich legte. Es war Rosa, sie roch nach Alkohol und rüttelte an mir herum. »Wach auf, Charlie, und gib mir einen Kuss!«

»Wie läuft's denn so?«

»Frag nicht, küss mich!«

Ich küsste sie, und der Kuss schmeckte nach Alkohol, süß und gefährlich, und wir fummelten aneinander herum, obwohl das in dem engen Komabrett und voll angezogen, wie wir nun mal waren, nicht viel brachte, vorausgesetzt, man neigte, was das Fummeln betraf, zu einer »teleologischen Herangehensweise«, so hatte Erwin Kächele, der alte Diskursgastronom, das mal genannt, in längst vergangener Zeit, da war er mal im Notstand gewesen, nun gut, im Notstand, wer war das nicht, wer da frei von Notstand ist, der werfe den ersten Stein, nicht aber Rosa, denn die mühte sich eifrig, während draußen noch immer der Wind heulte und nicht klar war, ob nun der Wind oder unsere unkoordinierten Fummelaktivitäten das Auto so zum Schwanken brachten, sie zerrte an meinem T-Shirt in einer Weise, dass man nicht wusste, ob sie es zerreißen oder ausziehen wollte, wahrscheinlich egal, aber bevor sich die Sache auf die eine oder andere Art entschied, ging unten schon die Tür auf und wir hörten Stimmen, »Scheiße« und »Was machen wir denn jetzt?«, also hörten wir auf mit der Fummelei und stellten uns schlafend, und da guckte auch schon Bastis Kopf durch den Komabretteinstieg und er rief: »He, Leute, ist da oben noch Platz? Wir sind fertig und würden gerne schlafen, bis wir abfahren.«

Und schon kam Basti hereingeklettert ins Komabrett, »Wo ist denn hier wer?«, sagte er.

»Hau ab, du Sau«, sagte Rosa und Basti kicherte und sagte: »Ach Rosa, du auch hier!«, und dann kroch er ins hintere Teil des Komabretts, wo er sich zu unseren Füßen querlegte und zusammenrollte wie ein Tier beim Winterschlaf.

»Und ich?«, rief Holger, der jetzt ebenfalls nach oben kam. »Ich will da auch irgendwie rein.« Er legte sich neben uns und streckte sich aus und trat dabei Basti in die Rippen und der schimpfte und Rosa sagte »Ich halt's nicht aus!« und ließ sich durch die Komabrettöffnung auf die darunterliegende Sitzbank fallen und ich hinterher, ich musste aufpassen, nicht auf sie draufzutreten, weil sie gleich unterhalb der Komabrettöffnung sitzen blieb und sich die Haare richtete, und dabei sah ich, dass auf der hintersten Bank schon Anja und Dubi saßen und schliefen, Arm in Arm, halb zur Seite gekippt. Kaum war ich unten und auf der mittleren Sitzbank, auf der Rosa saß, angelangt, drückte sie mir noch einen Kuss auf den Mund; dann schob sie mich weg, streckte sich auf der Bank aus und schlief ein.

Ich setzte mich hinter das Steuer und zündete mir eine Zigarette an und schaute in die Nacht. Es war erst ein Uhr. Die Tür der Discothek ging auf und drei Rollstuhlfahrer kamen herausgerollt, bei ihnen war noch ein Fußgänger, der hielt ihnen die Tür auf und lief dann voraus zu zwei Transportern, die weiter unten auf dem Parkplatz standen. Bei einem davon öffnete er die Hecktüren und klappte eine Rampe aus. Dann schob er die Rollstuhlfahrer nacheinander die Rampe hinauf in das Auto, klappte die Rampe wieder ein, schloss die Hecktüren, setzte sich auf den Fahrersitz und fuhr davon. Kurze Zeit später kamen Schöpfi und Sigi aus der Disco. Sie staksten breitbeinig und sich mit ihren Plattentaschen abmühend zu dem anderen Transporter, probierten bei ihm die Türen aus und schauten durch die Fenster. Ich stieg aus und rief: »Hierher, Leute!«

»Ich dachte schon!«, rief Sigi, als sie bei mir ankam, in den Wind. »Ich dachte schon, du hättest dich einfach verpisst.«

»Charlie doch nicht«, sagte Schöpfi. Er öffnete die Schiebetür und stieg ein und warf sie hinter sich zu.

»Arsch«, sagte Sigi, und es war nicht klar, ob sie damit mich oder Schöpfi meinte. Dann öffnete sie die Beifahrertür und setzte sich nach vorne. Ich stieg auch wieder ein. Sigi starrte auf den Parkplatz und sagte nichts.

»Hör mal, Sigi«, sagte ich, » ich würde schon gerne mal wissen, wie ihr beide es hinkriegt, dass ihr einen weißen Transporter mit Rollstuhlschild hintendran mit einem blauen Transporter mit Komabrett verwechselt.«

»Wir hatten das Rollstuhlschild nicht gesehen«, rief Schöpfi von hinten, »das war alles meine Schuld, ich bin gleich auf das andere Auto los, ich dachte, das wäre ganz klar unser Auto, nicht schimpfen, Charlie!« Er steckte den Kopf nach oben ins Komabrett. »Was ist denn hier los?«, hörte ich ihn gedämpft rufen. »Rückt mal ein bisschen, ich bin müde.« Dann kletterte er nach oben, und der Wagen schwankte.

Sigi starrte währenddessen durch die Windschutzscheibe hinaus in die Nacht.

»Wie war's denn so?«, sagte ich.

Sigi grunzte. Dann sagte sie: »Hast du mal eine Kippe?«

»Tabak«, sagte ich.

»Sieht dir ähnlich!«

Ich reichte ihr meinen Tabak rüber. »Sag mal, Sigi, was hast du eigentlich gegen mich? Das ist doch nicht wegen damals, oder?«

»Was damals?«

»Na damals. So vor sechs Jahren oder wann das war. Da stand noch die Mauer.«

»Wieso sollte ich wegen der Mauer auf dich sauer sein.«

»Nein, ich meine das mit dem, also wo wir da mal ...«

»Nein, haben wir nicht!«

»Nicht?«

»Nein! Denk gar nicht erst dran. Hat's nie gegeben!«

»Ich dachte aber ...«

»Nein. Da war nichts, Karl Schmidt.«

»Dann ist ja alles im Lack, Sigi.«

»Aber immer! Ich bin nur scheiße drauf, das ist alles.«

»Wieso?«

»Das musst du nicht wissen, Charlie. Nimm's einfach nicht persönlich. Hat nichts mit dir zu tun. Guck mal da!«

Die Discotür ging auf und drei Leute in Rollstühlen kamen herausgerollt. Diese aber rollten nicht selber, wie die drei zuvor, sondern sie wurden geschoben, ihre Rollstühle waren auch viel größer und ihre Benutzer lagen mehr darin, als dass sie saßen, und geschoben wurden sie von Raimund, Ferdi und einer Frau. Auf den Rollstühlen, die Ferdi und Raimund schoben, lagen auch ihre Plattenkoffer, festgehalten von den Leuten darin. Sie rollten zu dem letzten anderen Transporter und Ferdi und Raimund halfen beim Einladen der Rollstühle, und als alles getan und festgezurrt und die Plattenkoffer zurückgenommen und die Rollstuhlleute verabschiedet und die Türen geschlossen waren, schüttelten sie der Frau noch die Hand und kamen zu uns herüber.

»Ich geh mal nach hinten zu Anja und Dubi«, sagte Sigi und kletterte über den Beifahrersitz nach hinten. Raimund und Ferdi öffneten die Beifahrertür und setzten sich neben mich.

»Frag nicht«, sagte Raimund zu mir, als er einstieg.

»Ich fand's eigentlich mal ganz ...«, sagte Ferdi, aber Raimund unterbrach ihn: »Kein Wort, Ferdi. Ich will keinen Streit. Ich will, dass BummBumm Records lebt und blüht und gedeiht, und deshalb will ich jetzt keinen Streit mit dir, Ferdi.«

»Du hast das einfach nicht richtig ...«

»Nein, Ferdi, danke. Aber nein. Sag nichts!«

»Ich fahr dann mal«, sagte ich.

»Ja, bitte«, sagte Raimund.

»Ich fand's eigentlich ...«

»Kein Wort! Schwamm drüber, Ferdi!«

»Ich fand's aber ...«

»Kein Wort.«

»Okay.«

Ferdi stand auf, kletterte über den Sitz und stieg schweigend hoch ins Komabrett. Ich startete den Motor und wartete noch ein bisschen, bis er sich da oben arrangiert hatte. Dann fuhr ich los.

64. Bolek returns!

Als ich später am Morgen, kurz bevor sie im Fluxi Budget Harbor Nobistor Hamburg das Buffet abräumten, in den Frühstücksraum kam, saßen da Raimund und Ferdi schon an einem Tisch und schauten ziemlich blöd aus der Wäsche, nichts mit hoch die Tassen, Stimmung und komm doch her, Charlie, setz dich dazu, erzähl was vom Leben, im Gegenteil, sie sahen mich gar nicht, saßen nur mit versteinerten Mienen da, hielten ihre Kaffeetassen vor die Münder und schauten in verschiedene Richtungen, es sah grotesk aus, wie zwei Leute, die in einem Partyspiel die Wörter »schlechtgelaunt« und »Streit« darstellen sollten, und da ich selber nicht besonders gut drauf war, wollte ich mir mit meinem Fluxi-Frühstücksschweinkram schon einen Tisch für mich allein suchen, aber dann trat ich mich selbst in den Arsch und setzte mich zu ihnen, es war eine Frage von Ehre und Pflicht, die ganze Magical-Mystery-Sause war ja offensichtlich an einem toten Punkt angekommen, das war mir schon auf der Rückfahrt von Schrankenhusen-Borstel klargeworden, wo alle entweder geschlafen oder geschwiegen und sich, als wir am Fluxi angekommen waren, wortlos in ihre Zimmer getrollt hatten, was für eine scheiß Spielart von Magical Mystery sollte das wohl sein? Und jetzt saßen die beiden großen alten Männer des deutschen BummBumm an einem Tisch und redeten nicht mehr miteinander, das konnte ich nicht zulassen, vielleicht war es Hochmut, aber ich dachte in dem Moment, in dem ich mit einem Teller voller Schmelzkäse, Schlimmer-Augen-Wurst und Schweine-des-Meeres-Räucherlachs auf sie zusteuerte, dass es nur einen gab, der die Sache wieder einrenken konnte, und der war ich, und schon setzte ich mich mit einem schwunghaften »Hallo Jungs« dazu.

Sie antworteten nicht, sondern schlürften nur synchron an ihrem Fluxi-Kaffee, von dem auch ich mir erst einmal aus einer weißen Thermoskanne etwas eingoss.

»Was ist los?«, sagte ich. »Was ist los mit euch? Seid ihr irgendwie auf dem Horrortrip, so hippiemäßig?«

»Pah«, sagte Raimund. »Kann's nicht mehr hören.«

»Ich sag gar nichts mehr«, sagte Ferdi. »Wird ja doch nur alles gegen einen verwendet!«

»Als ob!«, sagte Raimund.

»Hört mal, Jungs«, sagte ich. »Wir sind hier zusammen auf Tour. Ich bin deshalb extra nicht nach St. Magnus gefahren, ich weiß, ihr kennt St. Magnus nicht, aber da kann man den ganzen Tag Sport machen und abhängen und reden und was weiß ich, das wäre eigentlich mein Urlaub gewesen, aber was habe ich gemacht? Ich habe auf euch gehört und bin mit euch mitgefahren. Und das ohne Genehmigung, also ohne das mit meinem Betreuer abzusprechen. Dadurch verliere ich vielleicht meinen Platz in der Drogen-WG und meinen Job und was weiß ich nicht alles, und ihr habt mir versprochen, dass wir hier Magical Mystery machen und den deutschen Dance nach vorne bringen und dass die Liebe regieren wird. Und jetzt wird das hier geklärt, sonst komme ich nämlich auch scheiße drauf und ich glaube nicht, dass ihr das miterleben wollt, wenn ich scheiße draufkomme, ehrlich mal!«

»Wird niemand gezwungen, scheiße drauf zu sein«, sagte Ferdi. »Ich weiß überhaupt nicht, wo das Problem ist!«

»Da haben wir doch schon das Problem, Ferdi!«, sagte Raimund. »Du schleppst die Leute nach Schrankenhusen-Schnickschnack und zwingst sie, da aufzulegen, und dann weißt du noch nicht mal, wo das Problem ist!«

»Ich habe überhaupt niemanden gezwungen aufzulegen! Ihr hättet ja wieder gehen können, wenn's euch nicht gefallen hat.«

»Da war alles voll mit den Rollstuhlfahrern, da kann doch keiner wieder gehen, wie soll das denn gehen?!«

»Raimund, wir sind BummBumm Records, wir sind Kratzbombe, wir machen Magical Mystery und dann willst du nicht auflegen, weil da Rollstuhlfahrer sind? Wie bist du denn drauf?«

»Das war die monatliche Rollstuhl-Disco, Ferdi! Du hast uns auf die monatliche Rollstuhl-Disco im Bomber in Schrankenhusen-Scheißdreck gebucht, Ferdi! Und sag jetzt nicht wir, du warst der Einzige, der nach Quatschenhusen wollte, Ferdi. Alle anderen haben gesagt, dass wir das auslassen sollen! So sieht's aus!«

»Und ich hab recht gehabt! Das war doch okay! Ich hatte zwar gedacht, das geht da mehr so gummistiefelmäßig ab und wir legen uns mal so richtig mit den Bauern an, aber da muss man eben auch mal flexibel sein, das ist doch gerade das Magical-Mystery-Ding, dass da auch mal Sachen passieren, mit denen man nie gerechnet hat. Ich meine, kennst du irgendeinen, der schon mal bei einem Dorfdisco-Abend für Behinderte und Nichtbehinderte ...«

»Welche Nichtbehinderten? Du etwa? ›Crossover Night‹ hieß das bei denen! ›Crossover Night‹. Tu dir das mal rein!«

»Ja und? Dagegen ist doch nichts zu sagen! Ich meine, wir wären doch voll die arroganten Ärsche, wenn wir das nicht, ich meine, wir dachten, da sind so Bauern und Güllewagen und Schlägereien und Billigspeed, und dann haben die da Rollstuhl-Abend, das ist doch ganz klar Magical Mystery, ich meine, die Magnetic-Leute machen die Springtime, das kann jeder, das ist sowieso das neue Gummistiefel, aber wir voll auf dem Lande und dann Behindertendisco, ich meine, das ist doch Magical Mystery total!«

»Wenn ihr euch nicht sofort vertragt und die Hand gebt, hau ich euch!«, sagte ich.

Mein Funktelefon dudelte. Ich fummelte es aus der Jacke, während die beiden sich die Hand gaben.

»Ja?«

»Karl?«

»Ja.«

»Gudrun hier!«

»Gudrun!«

»Ja, Gudrun!« Das klang streng. »Ich muss mal mit dir reden!«

»Ich hab das Bier nicht getrunken, das war ein Versehen, ich hab's gleich wieder ausgespuckt, gleich ins Hafenbecken, da war nichts, das war nur ein Versehen!«

»Wieso Bier? Was für ein Bier denn jetzt?«

»Wegen Klaus-Dieter.«

»Bier wegen Klaus-Dieter? Hör mal, Karl, das kannst du alles mit Werner abkaspern, wenn er wieder da ist, okay? Das macht ihr alles schön auf dem Plenum ab, er kommt morgen schon wieder, dann melde dich bitte bei ihm, dem ist jetzt der ganze Urlaub versaut, weil du da diese Sperenzchen machst. Da hättest du ruhig mal ein bisschen Rücksicht nehmen können.«

»Das ging nicht anders, Gudrun. Ich konnte das nicht mit St. Magnus. St. Magnus hätte mich fertiggemacht. Ich habe im Grunde genommen nur das gemacht, was Werner immer gesagt hat: Zur Not weglaufen!«

»Wenn das deine Erklärung ist für den Scheiß, den du angestellt hast, dann wünsche ich dir viel Glück! Aber deswegen rufe ich nicht an.«

»Was gibt's denn? Wie geht's euch überhaupt so?«

»Deswegen rufe ich auch nicht an, Karl, ich bin nicht deine Mutter.«

»Nein, da sagst du was!«

»Es ist wegen dem Meerschweinchen. Ich wollte vorhin gerade aus dem Haus, da kam hier so ein Typ von deinem Kinderheim, Herr Niemeyer, der hatte ein Meerschweinchen dabei. Das hättest du gestern bei denen vergessen, hat er gesagt.«

»O weh!«

»Ich hab das jetzt hier. In einem Karton. Ich weiß ja nicht, was du da für kranke Dinger am Laufen hast, aber wenn du … – wo bist du überhaupt?«

»Schrankenhusen-Borstel«, log ich auf die Schnelle, es war das Erstbeste, das mir einfiel.

»Kenne ich«, sagte Gudrun. »Das ist in Schleswig-Holstein, da habe ich mal mit Behinderten gearbeitet. Das ist nicht weit, da gebe ich dir eine Stunde, Karl Schmidt, genau eine Stunde ab jetzt, dann bist du hier und nimmst das Tier mit, sonst vergesse ich mich!«

»Kein Problem, ich hol ihn ab«, sagte ich.

»Eine Stunde!«, sagte Gudrun und legte auf.

Raimund und Ferdi sahen mich neugierig an.

»Tja«, sagte ich. »Bolek ist zurück auf der Magical Mystery Tour!«

»Bolek?«

»Ja, jetzt sind wir bald wieder alle zusammen«, sagte ich.

Dann ging ich zum Auto, um den Meerschweinchenkäfig wieder herzurichten. Gut, dass ich den noch nicht weggeworfen hatte.

65. Geniale Frau

Als ich klingelte, machte Gudrun mit einem Schuhkarton in der Hand auf, da war Bolek drin. Er machte mit den Füßen, mit denen er auf der Pappe nicht richtig vorankam, ein scharrendes Geräusch, und er fiepte auch ein bisschen.

»Hier!«, sagte Gudrun. Sie hielt mir den Karton hin. »Ich hab ihm etwas Salat gegeben.«

»Das ist gut«, sagte ich und nahm ihr die Schachtel aus der Hand. Bolek kriegte die Panik von dem Geschaukel und versuchte, sich unter den Salat zu wühlen. Ich streichelte ihn vorsichtig.

»Bist du sicher, dass alles in Ordnung ist?«, sagte Gudrun und schaute nicht mich, sondern Ferdi und Raimund an, die hinter mir standen und über meine Schulter in den Karton und auf Bolek schauten.

»Der gute alte Lolek«, sagte Ferdi.

»Bolek«, sagte ich. »Lolek ist doch tot!«

Raimund und Ferdi waren mir seit Gudruns Anruf nicht mehr von der Seite gewichen, sie hatten mir beim Herrichten des Käfigs geholfen, zu zweit im Hotel die Wasserflasche aufgefüllt und waren mit in eine Zoohandlung gefahren, um nochmal Streu und Heu zu kaufen, und dort hatten sie auch ein Gespräch mit dem Zoohändler angefangen und ihn über die Möglichkeiten ausgefragt, für den toten Lolek einen gleichaltrigen Ersatz aufzutreiben, und dabei hatten sie immer auf mich geschielt, ob ich auch zufrieden war. Ich fühlte mich wie ein Scheidungskind zu Weihnachten.

»Was seid ihr denn für Typen?«, sagte Gudrun. Und zu mir: »Sind das deine Leibwächter oder sind das so Sektenheinis, die dich bewachen?«

»Das sind Raimund und Ferdi«, sagte ich. »Raimund und Ferdi, das ist Gudrun.«

Raimund und Ferdi hoben die Hände und grüßten.

»Hallo!«, sagten sie.

»Hallo auch euch«, sagte Gudrun.

»Du bist also Gudrun, ja super, wir haben schon viel von dir gehört«, sagte Raimund.

»Ich nicht«, sagte Ferdi.

»Wohl. Aber nur Gutes«, sagte Raimund.

»Ich würde euch ja einen Kaffee anbieten und mich mit euch unterhalten«, sagte Gudrun, »aber ich hab's eilig.«

»Bist du eine von den Drogies oder bist du eine von den Betreuerinnen?«, sagte Ferdi. »Ich frage aus einem bestimmten Grund!«

»Eine von den Betreuerinnen.«

»Ich hab da nämlich eine Frage«, sagte Ferdi und hob einen Zeigefinger wie ein Schüler. »Wenn ihr mal so schlechte Laune in der Truppe habt, was macht ihr dann? Ich meine so an Sonntagen oder so? Wo kann man denn hier mal was unternehmen? Wir waren jetzt schon Fisch essen und Hafenrundfahrt, aber wir brauchen für heute auch nochmal irgendwas, was alle zusammenschweißt, du weißt schon!«

»Was ist das für eine komische Sekte?«, sagte Gudrun zu mir. »Sind das die Adventisten der guten Laune?«

Ich musste lachen. Ich hatte gar nicht gewusst, dass Gudrun auch für Witze gut war.

»Das sind die Chefs von BummBumm Records«, sagte ich. »Wir machen gerade eine Magical Mystery Tour!«

»War die nicht von den Beatles?«, sagte Gudrun. Sie nahm eine Jacke von der Garderobe, zog die Tür zu und schloss ab. »Naja, ich bin jedenfalls froh, wenn Werner wieder da ist. Hättest du die ganze Nummer nicht abziehen können, wenn ich wieder weg bin? Werner ruft dauernd an und ist total gestresst. Die ganze schöne Supervision war umsonst, wenn du mich fragst, und vom Urlaub hat er auch nichts. Das ist deine Schuld, Karl Schmidt. Deine ganz alleine. Kannst du nicht mal mit ihm reden?«

»Wie denn?«, sagte ich. »Er ruft ja nicht mehr an!«

»Was ja wohl kein Wunder ist!«

»Kann ich mal Lolek haben?«, sagte Raimund und streckte die Hände aus. Ich gab ihm den Schuhkarton.

»Wo wollt ihr denn jetzt hin?«, sagte Gudrun. »Wie lange geht denn euer Magical-Mystery-Quatsch noch?«

»Heute Abend legen wir in Hamburg auf, und dann fahren wir noch auf die Springtime«, sagte Raimund.

»Soso. Und was ist das?«

»Springtime! Der große Rave! Essen! In Essen! In der Ruhr-Emscher-Halle. Der Rave. Die Springtime!«

»Wir bringen Charlie heil wieder zurück«, sagte Ferdi. »Keine Angst. Wir passen auf ihn auf.«

»Ich verstehe nur Bahnhof«, sagte Gudrun, »und das kann auch ruhig so bleiben. Du wirst schon wissen, was du tust, Karl. Nur Werner tut mir leid. Werner hat das nicht verdient!«

»Ich rede mit ihm«, sagte ich.

»Versprochen?«

»Ja!«

»Okay!« Gudrun strich sich eine Haarsträhne aus der Stirn, die der Wind aus ihrer Pferdeschwanzfrisur gelöst hatte. Es wehte in Hamburg, dass die Hosenbeine knatterten. Bolek scharrte in seiner Schachtel mit den Füßen.

»Ich hatte noch die Frage«, sagte Ferdi.

»Welche Frage?«

»Was man noch so machen kann, wenn man den Tag rumbringen will. Und wenn man schon Fisch essen war und eine Hafenrundfahrt gemacht hat.«

»Hafenrundfahrt und Fisch essen?«, sagte Gudrun. »Das ist doch gut. Macht das doch einfach noch einmal! Ihr seid doch so Tekkno-Typen, ihr macht doch sowieso immer dasselbe, da könnt ihr auch nochmal auf die Barkasse gehen. Und Fisch essen ist gesund!«

»Techno bitte«, sagte Raimund. »Wir sagen Techno, nicht Tekkno.«

»Ich dachte, das heißt immer Tekkno«, sagte Gudrun. »Mit drei k oder so.«

»Bei anderen vielleicht, aber bei uns nicht! Wir sagen immer Techno!«, sagte Ferdi.

»Dann sage ich ab jetzt auch immer Techno«, sagte Gudrun. »Ihr seid ja lustige Vögel.«

»Ja, und da musst du uns erst mal sehen, wenn wir in Form sind«, sagte Raimund. »Heute ist ja eher so die Luft raus!«

»Lieber nicht«, sagte Gudrun.

»Gute Idee, das mit der Hafenrundfahrt«, sagte Ferdi. »Einfach noch einmal dasselbe machen. Das ist genau das, worauf man nicht kommt, was aber total logisch ist: Einfach noch einmal dasselbe machen.«

»Sag ich doch«, sagte Gudrun. »Da steht ihr Technotypen doch drauf!«

Und damit ging sie. Wir schauten ihr nach und lauschten dazu dem Heulen des Windes, der um die Altonaer Hausecken wirbelte.

»Geniale Frau«, sagte Ferdi. »Einfach dasselbe noch einmal machen – wie klug ist das denn?!«

»Ich weiß nicht«, sagte Raimund. »Vielleicht ein bisschen viel Wind heute für eine Hafenrundfahrt. Mir ist gestern schon schlecht geworden.«

»Mal sehen«, sagte Ferdi. »Jetzt erstmal ein neues Meerschweinchen holen. Nennen wir das dann auch Bolek?«

»Aber immer«, sagte Raimund.

66. Poppenbüttel

»Ich bin gegen Bolek«, sagte Rosa, »das ist doch makaber, dann tut man doch so, als ob diese Meerschweinchen total austauschbar wären. Wir werden doch wohl noch in der Lage sein, uns einen neuen Namen für ein Meerschweinchen auszudenken!«

»Finde ich auch«, sagte Holger. »Bolek geht auf keinen Fall.«

»Bolek geht schon deshalb nicht«, sagte ich, »weil Bolek noch lebt!«

Wir waren wieder alle zusammen, aber statt noch eine Hafenrundfahrt zu machen, wie Ferdi eigentlich gewollt hatte, waren wir auf dem Weg nach Poppenbüttel, um ein neues Meerschweinchen zu besorgen, denn Ferdi sollte, wie Raimund es nannte, »mal lieber den Kopf unten und den Ball flach halten, denk an Schrankenhusen-Quatschel«, und alle hatten dem zugestimmt, »nie wieder Hafenrundfahrt« hatte Schöpfi gerufen, und alles, was Ferdi noch hatte anbringen können, war ein mauliges »Aber wenigstens hinterher nochmal Fisch essen« gewesen, was Raimund mit einem gönnerhaften »Vielleicht, mal sehen, wenn du brav bist, Ferdi« beschieden hatte, und so, wie sich die Fahrt nach Poppenbüttel hinzog, war schon mal klar, dass es ein spätes Fischessen werden würde, Hamburg hörte und hörte einfach nicht auf, wir fuhren und fuhren und fuhren durch Knatterwind und Regen einem Poppenbüttel entgegen, das lange Zeit nicht näherkommen wollte, und dort angekommen kurvten wir, immer schön den Stadtplan zurate ziehend, kreuz und quer durch die Vorstadthölle auf der Suche nach einer Straße namens »Grotenkniepen«, die nicht einfach zu finden war, jedenfalls nicht für uns, eine »Wagenladung verpeilter Raver, die von einem Halbirren gefahren« wurde, so hatte Sigi das in einem Anfall schlechter Laune genannt, als wir gerade das dritte Mal an der Kreuzung Henningstwiete und Kakenfleet landeten und der Stadtplan für das weitere Vorgehen von Basti an Raimund wechselte, der, wie er sagte, »der verdammten Folkloresauerei hier mal ein Ende machen« wollte. Schließlich klappte das auch und wir gelangten an ein Haus mit der richtigen Grotenkniepennummer und Raimund sagte zu Ferdi, dass es nun Ferdis verdammte Schrankenhusen-Wiedergutmachungspflicht sei, mit den anderen zusammen in das Haus zu gehen und ja nicht ohne ein Meerschweinchen wieder herauszukommen, wobei ich zu bedenken gab, dass man mit dem Züchter ja auch darüber verhandeln könne, ob er nicht lieber Bolek zu sich nehmen wolle, dann wäre Bolek ja nie wieder allein und könne dort sein Gnadenbrot kriegen, aber da war Holger dann dagegen, er wollte sich nicht noch einmal von Bolek trennen, beim letzten Mal habe er das schon fünf Minuten später bereut, irgendwie sei Bolek ja auch ein Stück Lebensgeschichte, und ich hielt ab da lieber die Klappe und ging auch nicht mit rein, ebensowenig wie Raimund, der zwar alle anderen mit den Worten: »Nun aber mal ein bisschen gemeinschaftliche Aktion, tut es für Bolek!«, aus dem Auto und in das Haus mit dem Meerschweinchenzüchter scheuchte, selber aber auf dem Beifahrersitz sitzenblieb. Und als er sah, dass sich Anja und Dubi auf der hintersten Rückbank versteckt hatten, wurde er grob und sagte, wer nicht mit zum Meerschweinchenholen gehe, würde später auch keinen Fisch bekommen, und als Anja erwiderte, dass sie Vegetarierin sei, konterte er das mit den Worten, sie solle das Meerschweinchen ja auch nicht essen, sondern aussuchen helfen, woraufhin die beiden widerwillig das Auto verließen und den anderen durch die Gartenpforte des Meerschweinchenzüchterhauses hinterherliefen.

»Endlich«, sagte Raimund, als wir allein waren. »Wollte mal in Ruhe mit dir reden, Charlie. Das ist doch alles scheiße!«

»Was alles?«, sagte ich.

»Na alles. Vor allem Schrankenhusen-Dingsda! Ich wollte mal in Ruhe mit dir reden, Charlie. Schau dir den an!« Schöpfi kam durch die Gartenpforte und lief den Grotenkniepen in die andere Richtung hinunter, weg vom Auto. »Wo der wohl hinwill? Heute ist echt der Wurm drin, die sind ja drauf wie Hühner bei Gewitter!«

Ich hörte mir das an und dachte mir nichts dabei, ich war einfach nur froh, dass alle wieder zusammen waren, in Schrankenhusen-Borstel hatte ich mich ziemlich allein gefühlt und mich noch den ganzen Morgen geärgert, dass ich die Sache mit den Rollstuhlfahrern nicht mit eigenen Augen gesehen hatte, das hätte ich gerne miterlebt, nicht aber Raimund: »Schrankenhusen-Borstel, grausam! Ferdi baut ab, da müssen wir doch nicht drüber reden. Schau dir den mal an, der wird doch alt. Der geht ja schon wie ein alter Mann und dann die dünnen Beine!«

»Was haben denn dünne Beine damit zu tun?«

»Das sind irgendwie so Altmännerbeine!«

»Jetzt hör aber mal auf.«

»Und hast du gemerkt, wie Sigi drauf ist?«

»Ja klar«, sagte ich, »die meckert mich immer so an. Ich frag mich schon die ganze Zeit, was ich ihr eigentlich getan habe!«

»Das musst du doch wissen, sowas weiß man doch.«

»Das Einzige, was ich weiß, ist, dass wir vor Jahren mal Sex hatten«, gab ich zu, »aber das ist ja schon ewig her.«

»Wann denn?«

»Weiß nicht mehr, irgendwann in den Achtzigern. Aber so schlecht war das eigentlich gar nicht, und deshalb ist man doch nicht …«

»Quatsch«, sagte Raimund, »wegen Sex in den Achtzigern ist man doch nicht sauer auf einen! Was soll daran denn falsch sein? Außerdem ist sie zu allen gleich scheiße. Sie kann ja nicht mit jedem was gehabt haben. Oder doch? Ich glaube auf jeden Fall, sie hat was mit Ferdi, sie guckt ihn immer so an oder nee, besser: sie guckt ihn immer extra *nicht* an. Und redet auch nie mit ihm. Und wir werden immer alle von ihr ausgeschimpft, nur Ferdi nicht, mit dem redet sie gar nicht. Ich glaube, da läuft was.«

»Kann sein.«

»Ich glaube, da läuft was, und Ferdi will das geheim halten, wegen mir!«

»Wieso wegen dir?«

»Weil ich mit Sigi mal zusammen war, und jetzt hat sie was mit Ferdi, und Ferdi will nicht, dass das zwischen uns steht, also zwischen ihm und mir jetzt, also dass das Folgen hat für BummBumm, und darum können sie zu ihrer Liebe nicht stehen, darum müssen sie sie geheimhalten, nur der Mond ist Zeuge und so, voll der Kitschroman! Voll das Goldene Blatt!«

»Bist du denn eifersüchtig?«

»Ich doch nicht!« Raimund steckte sich eine Zigarette an. »Das ist doch alles Groschenromanscheiße!«

»Und was soll das dann?«

»Mein ich ja: Ferdi wird alt. Guck dir nur seine Beine an, wie der läuft, wie ein alter Mann, so o-beinig und so unelastisch, der ist schon über fünfzig, wusstest du das?«

»Ja. Merkt man ihm aber eigentlich nicht an.«

»Du musst nur auf die Beine achten.« Raimund schaute aus dem Fenster und rauchte wie wild. »Nur auf die Beine achten.«

»Habt ihr euch denn jetzt wieder vertragen?«

»Ja, Hand gegeben, warst du doch dabei. Und er hat sich entschuldigt. Für Schrankenhusen-Borstel. Immerhin!«

»Ich finde das nicht richtig, Raimund. Wegen sowas sollte man sich nicht entschuldigen müssen.«

»Entweder sind wir Hippies, dann hätte er auf die Mehrheit hören sollen, oder wir sind keine Hippies, dann ist das auch nicht Magical Mystery.«

»Sehe ich anders. Das ist doch gerade Magical Mystery, ich meine, ihr geht auf so eine Tour und fahrt zu einer Dorfdisco und dann legt ihr da für Rollstuhlfahrer den BummBumm-Sound auf, das ist doch …«

»Kratzbombe. Eigentlich sollte das ein Kratzbomben-Ding sein, aber das hat doch bis jetzt überhaupt nicht funktioniert, das ist doch noch bei niemandem angekommen, Kratzbombe nicht und Magical Mystery eigentlich auch nicht, das ist ja auch so ein Problem. Weil keine richtige Promo gelaufen ist.«

»Dann wird sich das eben herumsprechen!«

»Da spricht sich nicht viel herum. Heute noch Hamburg und morgen dann die Springtime, das war's dann, mit dem Magical-Mystery-Ding können wir höchstens auf der Springtime angeben, aber was da erzählt wird, hat doch eh nichts zu bedeuten!« Raimund stopfte seine Zigarette in den Aschenbecher. »Bei der Springtime zählen nur harte Fakten: Wer's bringt und wer's nicht bringt. Die scheißen auf Magical Mystery. Weißt du eigentlich, dass Ferdi Dave gefeuert hat?«

»Wieso?«

»Weil er nicht nach Schrankenhusen-Borstel gefahren ist. Der ist einfach mit Hans in Hamburg geblieben und hat Party gemacht, da hat Ferdi Hans von Schrankenhusen-Borstel aus angerufen und der ging im Fisch-Club an sein Handy, der Depp! Und das Erste, was er gesagt hat, war: Du willst sicher Dave sprechen. Da war natürlich alles klar! Und Ferdi schmeißt ihn gleich am Telefon noch raus. Kann man nichts machen. Ich kann ihm bei sowas nicht in den Rücken fallen. Aber das ist doch Altersstarrsinn! Wegen Schrankenhusen-Borstel!«

»Und Hans?«

»Hans kann er ja nicht feuern. Außerdem macht der uns die Lounge. Der hängt da die Lappen auf. Wir sind die einzige Lounge, wo einer Kunst aufhängt. Das ist doch Ferdis großes Ding, Hans ist doch voll sein Liebling!« Raimund schwieg und dachte nach. »Jedenfalls ist Dave jetzt weg. Und wir brauchen einen, der Daves Arbeit macht.«

»Wieso Daves Arbeit, was soll das denn für Arbeit sein?«

»Bis jetzt war das nicht so wichtig, aber bei der Springtime, da sollte Dave sich um die ganze Gastro kümmern.«

»Welche Gastro?«

»Du kennst die Springtime überhaupt nicht, oder?«

»Nein.«

»Mann, Charlie, das ist in der Ruhr-Emscher-Halle.

Weißt du eigentlich, wie groß die ist? Die ist riesig. Da kommen über zwanzigtausend Leute. Das macht Magnetic, die haben sich das ausgedacht.«

»Ja gut, aber dann muss Dave doch wohl nicht für alle die Gastro machen!«

»Nein. Aber alle coolen Labels, jedenfalls die, die Geld haben, haben doch da ihre Lounges. Wir auch. Die kann man mieten. Das sind so ’ne Art Kneipen, so Logen, die sehen innen aus wie Prollkneipen, aber du kannst durch so Fenster in die Halle gucken und die auch aufmachen. Und wir sagen natürlich nicht Loge, wir sagen Lounge!«

Er machte eine kurze Pause und sah mich erwartungsvoll an, also sagte ich: »Okay.«

»Und dann mit Bier und so«, fuhr Raimund fort. »Und alle müssen mithelfen, Bierzapfen und so, vor allem die Praktikanten, ist ja klar, Bier umsonst für alle, die reinkommen, also nur die coolen Leute, die von den anderen Labels und so, das ist dann sowas wie eine Mega-Backstage, da sind alle, die da auflegen, und die Label-Leute und was weiß ich wer noch. Und einer muss sich da um alles kümmern, bei uns in der BummBumm-Lounge jetzt, also alle müssen mithelfen, aber einer muss sich kümmern, dass genug Bier da ist und dass neues Bier geliefert wird und dass keiner Scheiß baut und was weiß ich nicht alles, und einer muss doch auf die kleinen Mauken achten, sonst laufen die doch total aus dem Ruder!«

»Und das sollte Dave machen?«

»Ja klar, der ist doch so ein Spießer! Der hätte das dann schon irgendwie hingekriegt, der ist ja sogar auf Drogen noch voll der Klarsichthüllenfreak, weißt du doch.«

»Und jetzt sucht ihr einen neuen Klarsichthüllenfreak?«

»Ach was, du bist doch kein Klarsichthüllenfreak,

Charlie. Aber du bist Charlie, ich meine, wenn einer sowas drauf hat, dann ja wohl du. Und nüchtern bist du auch noch. Du bist da genau der richtige Mann für, Charlie. Viel besser als Dave. Guck dir die an!«

Draußen kamen die anderen im Gänsemarsch durch die Gartenpforte, und ganz vorne war Holger, der trug eine Happy-Meal-Schachtel von McDonald's und kämpfte sich damit gegen den Wind zum Auto.

»Guck dir die an! Haben die sich da einen Cheeseburger geholt oder was?« Raimund lachte.

Holger ging ans Heck des Autos, wo Bolek in seinem Käfig wohnte. Er öffnete die Hecktür.

»He Leute«, rief er zu uns herein. »Wir haben eins gekriegt. Und wir haben auch schon einen Namen dafür.«

»Na super«, sagte Raimund.

»Springtime«, rief Holger, während alle anderen sich hinter ihm drängelten, um Zeuge der großen Meerschweinchen-Begegnung zu werden. »Es heißt Springtime.«

»Siehst du«, sagte Raimund. »Da hast du's: Sie nennen es Springtime, die undankbaren Mauken. Als ob sie bei Magnetic auf dem Label wären!«

»Wie hätten sie es denn nennen sollen?«, sagte ich.

»Kratzbombe natürlich! Oder BummBumm.« Raimund dachte kurz nach. »Oder wenigstens Magical Mystery!«

4. Teil
Springtime

67. Es geht los

Als wir am nächsten Tag die A 1 Richtung Ruhrgebiet und Essen und Springtime hinunterbretterten, nieselte es und zugleich war es warm und stickig und Ferdi saß neben mir und rauchte einen Joint nach dem anderen, der alte Wirkungskiffer, die anderen dösten in seltsam verrenkten Posen auf den Sitzbänken oder lagen im Komabrett und schnarchten und Ferdi sagte irgendwann aus dem Nichts heraus: »Sie haben es nicht verstanden und daran wird es kaputtgehen. Hast du mal Canetti gelesen, Charlie?«

»Nicht Canetti, Ferdi, nicht schon wieder Canetti, das hatten wir doch schon, das ist doch ...«

»Die Sache wird zerfallen«, unterbrach er mich. »Zerfallen, wie sie gewachsen ist, genauso schnell und genauso planlos, irgendwann werden wir uns umdrehen und es ist keiner mehr da! Sicher, die Leute werden noch nach Technotracks tanzen, in den Gummistiefeldiscos, auf die Gummistiefelweise, und wir werden weiter Geld verdienen, jedenfalls als DJs, Leute wie Raimund und Schöpfi sowieso, vielleicht auch die Hosti Bros, weil sie einen Namen haben und weil sie weltweit unterwegs sein werden, und die Leute werden die Musik noch als Mainstream-Hintergrundgeräusch wahrnehmen und sie werden sich auch noch ein paar neue Stars basteln, die dann auch noch ganz ordentlich Platten verkaufen, aber dann ist das so normal wie heute Schlager oder Rockmusik, dann ist das große Ding vorbei, dann ist die Luft raus, dann ist das alles Museum, dann sind wir alle Dinosaurier, so Monsters of Rock, dann sind wir die Oldie-Freaks, die Dinge haben ihre Zeit, Charlie, und irgendwann ist die Zeit vorbei.«

»Ja gut, Ferdi«, sagte ich. »das hast du schon öfter gesagt, und ich höre es immer wieder gerne, aber was soll's? Dann ist die Zeit vorbei, okay, dann war's das eben!«

»Ja, aber *was* war es dann? Das ist doch die Frage, Charlie: *Was*? Ich meine ...«, Ferdi wischte sich die Augen aus, langsam und gründlich, »scheiß Rauch«, sagte er, »und müde bin ich auch, aber mal ehrlich, Charlie: Was? Ich meine, ich liebe das! Ich liebe diese Musik und ich liebe diesen Lebensstil und ich liebe es, wenn man doof und schlau und lustig zugleich ist und alle nur Scheiße bauen und trotzdem alles richtig machen, und ich liebe die Hosti Bros mit ihrem Trancegebretter und ihrer Naivität und Sigi mit ihrem knatterigen Partyparty-Auflegen, das BummBumm-Label, den Charts-Trash und das Geld und die ganze Unbedarftheit, ich meine, guck dir doch mal Anja und Dubi an, meinst du etwa, ich könnte eine Flöte nicht von einem Saxofon unterscheiden? Raimund vielleicht nicht, aber ich kann das! Aber als Hit mit der Flöte ist das viel lustiger, weil es falsch ist und keiner das merkt! Wir machen alles so, als ob wir es zum ersten Mal machen, es ist immer wieder neu und es ist immer wieder das Gleiche und immer auch nicht das Gleiche und wenn wir Der Hit mit der Flöte sagen, dann ist das richtig und gut und lustig, weil wir keine Ahnung haben und andererseits eben doch, weil wir auf die Musikschule scheißen und auf den ganzen anderen Scheiß auch, aber andererseits wissen wir natürlich Bescheid, ich meine, die

Sechziger, meinst du ernsthaft, das ging wirklich um Politik? Ich meine, Ho Chi Minh, meinst du ernsthaft, irgendeiner von den ganzen Ho-Chi-Minh-Rufern hatte Bock darauf, in Nordvietnam ins Arbeitslager zu kommen? Ich jedenfalls nicht. Wir waren einerseits doof und andererseits nicht, verstehst du? So wie die Beatles mit ihrem Guru und dem ganzen Kram. Das ist das, was die Sachen sexy macht, dass man zugleich jung ist und doof und trotzdem schlauer als alle anderen. Und heute sagen dieselben Leute immer, es wäre ihnen damals nur um Politik und die Verbesserung der Welt gegangen, aber das ist doch lächerlich, das ist ja nicht mal die Hälfte der Wahrheit, Sommer der Liebe, lange Haare, Rockmusik, Kiffen, freier Sex, Nacktbaden, das gehörte alles dazu, die Sache hatte immer eine ernste und eine unernste Seite, verstehst du? Ich meine, die Leute schüttelten den Kopf über uns und hassten uns und erklärten uns für blöd und wir schüttelten den Kopf über sie und hassten sie und erklärten sie für blöd und heute …« Er zog an seinem Joint und hielt ihn mir hin. »Jetzt habe ich den Faden verloren!«

»Nein danke«, sagte ich. »Und jetzt tu mir mal einen Gefallen, Ferdi, und vergiss den Scheiß mit den Sechzigern, das wird langsam öde, dass du immer wieder damit anfängst. Das bringt doch nichts, wenn du jetzt hier Magical Mystery machst, bloß weil du irgendwas reparieren willst, was in den Sechzigern deiner Meinung nach schiefgelaufen ist.«

»Quatsch«, sagte Ferdi, »ich doch nicht! Ich versuche doch nur, an die Zukunft zu denken. Ich will nicht, dass das irgendwann aufhört und dann bleibt nichts übrig, außer dass die sagen, das wäre so, was weiß ich, Hedonismus oder so ein Scheiß gewesen, und das ist so sicher wie das Amen in der Kirche, dass das irgendwann aufhört, weil demnächst kommt dann der neue heiße Scheiß um die Ecke und dann sind wir alle nur noch Veteranen wie die ganzen Achtundsechziger, ich meine, guck dir die doch mal an, die sind alle in meinem Alter, und die tun schon so wie früher die alten Säcke, die immer die Hosen hochgekrempelt und ihren Knieschuss aus Stalingrad gezeigt haben. Für die ist das Leben doch schon vorbei. Die erzählen doch nur noch von früher!«

»Du aber auch, Ferdi. Ich meine, warum lässt du die Dinge nicht einfach so, wie sie sind?! Lass doch das ganze Rave- und Technoding einfach mal laufen, das ist doch die Idee dabei.«

»Du verstehst es auch nicht.« Ferdi schüttelte den Kopf. »Natürlich lass ich das laufen. Aber ich will, …« Er starrte aus dem Fenster, zog an seinem Joint und hielt ihn mir dann wieder hin.

»Nein danke, Ferdi!«

Ferdi seufzte. »Ich will, dass irgendwas bleibt.«

»Nein«, sagte ich. »Irgendwas bleibt immer, das brauchst du gar nicht zu wollen, Ferdi. Das hast du doch gerade selbst gesagt. In Wirklichkeit willst du bestimmen, *was* bleibt. Du bist ein Kontrollfreak, Ferdi. Du glaubst, du kannst das Ding so steuern, dass du die Kontrolle darüber hast, was davon übrigbleibt.«

»Ach, das Ding steuern …« Er drückte den Joint im Aschenbecher aus und warf den Stummel aus dem Fenster. »Warte nur, bis du die Springtime gesehen hast. Das ist unglaublich! Das können nicht mal die Magnetic-Leute noch steuern. Das läuft alles von alleine. Aber ich will, dass ein Label wie BummBumm noch was anderes am Laufen hat als immer nur Geld, Geld, Geld und noch mehr Platten, das kann doch nicht alles sein! Ich meine, wir schippen die Maxis raus wie blöd und dauernd diese Goldverleihungen. Wo ist denn da die Herausforderung … – was ist denn jetzt los?!«

Während wir geredet hatten, war der Verkehr um uns herum immer dichter und immer langsamer geworden und jetzt standen wir mitten im Stau. Um uns herum kurbelten die Leute ihre Scheiben runter und so auch wir und von überall drangen die asynchronen Signale vieler Bummbumms zu uns herüber und herein und wenn man genauer hinsah, entdeckte man überall die Autos mit den Ravern drin, sie waren überall und alle voll besetzt und es kamen Arme aus den Fenstern, die im jeweiligen Takt mitzuckten, und als gar nichts mehr voranging, wurden Autotüren geöffnet und die Leute kamen heraus und liefen zwischen den Wagen herum und klopften auf die Dächer von anderen Autos und Ferdi drehte die Bummbumm-Kassette, die die ganze Zeit leise vor sich hin gelaufen war, auf volle Lautstärke, dass alle im Auto aufwachten und Raimund und Schöpfi von oben durch die Luke guckten. Basti und Holger öffneten die Schiebetür und liefen auf die Straße und schwenkten die Arme oder wie man das nennen sollte, was sie da so machten, und Schöpfi gleich hinterher und dann fielen sich die ersten Leute da draußen in die Arme und dann ging es im Schritttempo weiter und die, die draußen waren, liefen zwischen den Autos weiter mit und zuckten dabei und klopften auf Autodächer und von überall kam Gehupe, von dem man nicht wusste, ob es Sympathie- oder Hassgehupe war, es wurde jedenfalls immer mehr und die Autos wurden auch wieder schneller und dann kamen Basti und Holger und Schöpfi in das Auto gehechtet und Holger schloss die Tür und wir nahmen Fahrt auf.

»Es geht los«, schrie Schöpfi gegen das dumpfe Kassetten-Bummbumm an, das den Wagen von innen zu sprengen drohte. »Es geht los!«

Dabei waren wir erst kurz vor dem Kamener Kreuz!

68. Tradition Spargelessen vs. Tradition Fischessen

Für die letzten fünfzig Kilometer bis zur Ruhr-Emscher-Halle in Essen brauchten wir anderthalb Stunden, und je näher wir der Stadt und der Halle kamen, desto größer wurde natürlich auch die Raverdichte, irgendwann waren um uns herum nur noch Autos mit Bummbumm-Beschallung und nickenden Köpfen und heruntergekurbelten Scheiben und wippenden Armen und bei uns im Auto wurden alle immer aufgeregter und zeigten und zappelten und plapperten durcheinander, nur Ferdi nicht, der saß mit verschränkten Armen neben mir und schwieg lächelnd und nickend vor sich hin, wenn er nicht gerade einen durchzog, und als Raimund sich neben ihn setzte und ihm auf die Schulter klopfte und »Mensch, Ferdi, gleich geht's los!« sagte, zog er an seinem Joint und stellte kurz die Bummbumm-Kassette leiser, nur um für jedermann hörbar zu entgegnen: »Raimund, keine Verbrüderungen jetzt!«, woraufhin Raimund meinte, es sei doch alles geklärt und er habe Ferdis Entschuldigung doch angenommen, was Ferdi mit den Worten »Von einer Entschuldigung weiß ich nichts!« erwiderte, und einen kurzen Moment wurde es ganz still im Auto, auch hinten, alle hatten natürlich die Ohren gespitzt und Sigi rief: »Was ist denn los da vorne?!«, worauf Ferdi nur mit den Schultern zuckte und die Musik so laut drehte, dass die Scheiben zitterten, und dann krochen wir weiter Richtung Essen durch irgendwelche Städte und Straßen und irgendwann merkte ich, wie mir die Paranoia hochkam, meine Hände schwitzten so sehr, dass sie kaum noch das Steuer halten konnten, glücklicherweise gab es nichts mehr zu lenken, wir waren in Essen angelangt und auf den letzten paar hundert Metern zur Halle ging gar nichts mehr und ich wollte nur noch aus dem Auto raus und die Musikdröhnung im Auto machte es nicht besser, nichts gegen die gute alte Bummbumm-Musik, aber sie kann auch ein 1a-Paranoia-Verstärker sein, und die Musik runterzudrehen kam natürlich nicht in Frage, ich also schön die Hände vom Steuer genommen und an der Hose abgewischt und Ferdi nur so lächelnd und kiffend und ich fragte mich, ob ich vielleicht kontaktstoned war und Ferdis Hasch jetzt meine Paranoia anschob und ob es bei Ferdi vielleicht genauso aussah, ob also die Paranoia, die bei mir langsam aber sicher Oberwasser kriegte, nur eine Zwillingsschwester von einer ähnlichen Paranoia bei Ferdi war, denn Ferdi lächelte nicht mehr, er kiffte und kiffte zwar, aber er lächelte nicht, genauer gesagt guckte er ziemlich schlechtgelaunt, wenn nicht gar panisch aus der Wäsche, und vielleicht war es auch umgekehrt, vielleicht ging die Urparanoia von mir aus und Ferdi war bei mir kontaktparanoid, vielleicht ging die Sache auch im Dreieck, sein Hasch brachte mir die Paranoia und ich steckte ihn wiederum damit an, so dachte ich hin und her, was man halt so tut, wenn man sich von der Paranoia ablenken will, denn wenn die Paranoia erstmal anmarschiert, ist einem ja jeder Ablenkungsgedanke recht, und Ferdi, das war mal klar, war auch nicht glücklich, als wir da mitten in Essen im Stau steckten wie der Stiel im Eis, er drückte den Joint aus und öffnete sein Hemd, er trug ja als Einziger immer Hemden, der gute alte Ferdi, und immer bis oben zugeknöpft, das war schon ganz früher so gewesen, als wir noch zusammen in der Band gespielt hatten, immer Hemd an, nie T-Shirt oder sowas und das Hemd immer bis ganz oben zugeknöpft, der alte Zwangscharakter, und jetzt passierte also etwas, das ich noch nie zuvor gesehen hatte, Ferdi machte den obersten Knopf seines Hemds auf und dann sagte er: »Lass uns mal gucken, dass wir hier aus der Scheiße rauskommen, das nervt doch!«, und ich nahm den Anfahrtsplan, da war ein fotokopiertes Stück Stadtplan dabei, in das sie mit dickem Edding eine schwarze Linie für die Anfahrt zur Halle und zum Hotel hineingemalt hatten, so dick, dass man die dazugehörigen Straßennamen natürlich nicht mehr lesen konnte, sehr sinnig, aber die Querstraßennamen eben schon, deshalb reimte ich mir irgendwie zusammen, wo wir waren, und bog in eine Seitenstraße ab und versuchte es durch ein Wohngebiet hindurch, links, rechts, links, Sackgasse, Einbahnstraße, rechts, Einbahnstraße, links, rechts, bis wir wieder auf die Straße kamen, von der wir ursprünglich abgebogen waren, nur ein paar Meter weiter hinten, und die Autos standen dort lustig herum und die Raver waren ausgestiegen und tranken Sportgetränke und Bier und johlten und zuckten und da waren wir nun und Ferdi sagte: »Wie weit noch, das kann doch nicht mehr weit sein?!«, und ich sagte: »Höchstens ein paar hundert Meter!«, und Raimund sagte: »Dann gehen wir eben zu Fuß, sonst kriegen wir das nicht mehr rechtzeitig auf die Reihe mit dem Spargelessen!«, und so fuhr ich wieder zurück in das beknackte Wohngebiet und suchte nach einem halbwegs anständigen, jedenfalls nicht gemeingefährlichen Parkplatz, was einige Zeit dauerte, zumal wir nicht die Einzigen waren, die auf diese Idee gekommen waren, doch dann klappte es irgendwie und gerade noch rechtzeitig, denn Ferdi war schon ziemlich mit den Nerven runter und schrie, als ich den Wagen irgendwo hineingequetscht hatte, wo es wahrscheinlich Geld kosten, aber wenigstens zu keinen Abschleppereien kommen würde, Ferdi also schrie: »Alle raus, und weg vom Auto, bevor die Bullen kommen!«, und er sprang aus dem Auto und lief los und alle anderen hinterher, aber Raimund brüllte ganz laut: »Halt! Taschen mitnehmen!«, und sie beruhigten sich und holten ihre Sachen unter den Sitzen hervor und vom Komabrett herunter, während ich solange den Meerschweinchenkäfig versorgte und gegen die Sonne, die jetzt herausgekommen war, mit Alufolie abdeckte.

Auf dem Weg zum Fluxi Messe Ruhr-Emscher-Halle Essen, das direkt neben der Halle stand, der unsere Gruppe mit viel Gestöhne und Gemecker entgegenstrebte, fragte ich Raimund, was nun eigentlich Sache sei, und er sagte: »Erst mal Spargelessen, da freu ich mich am meisten drauf, immer zur Springtime ess ich das erste Mal Spargel im Jahr!«, und Ferdi, der gleich hinter uns lief, sagte: »Aber diesmal nicht, Raimund, die anderen meinetwegen, aber wir nicht, wir müssen uns um die Lounge kümmern, ich meine, guck mal auf die Uhr!«, und Raimund protestierte, weil das Spargelessen zur Springtime bei BummBumm Tradition sei, und Ferdi sagte nur »Tradition, da scheiß ich drauf, da haben wir keine Zeit für, Raimund!«, und Raimund wurde ganz hysterisch und rief laut und immer weiterlaufend, dass er die Schnauze voll davon habe, dass Ferdi hier jetzt einen auf Chef mache und ihm, Raimund, Arbeit reindrücke, nur um ihm das Spargelessen und damit den ganzen Spaß kaputtzumachen, und Ferdi sagte, dass Raimund sich das ja auch mal früher hätte überlegen können, denn die Sache mit dem Fischessen direkt vor dem Auflegen im Fischclub in Hamburg hätte Raimund dann mal lieber nicht sabotieren und verspotten sollen, denn wenn einer Tradition Spargelessen will, dann darf er Tradition Fischessen nicht verspotten, es sei Raimund ja wohl auch total scheißegal gewesen, dass ein Fischessen für ihn, Ferdi, immer und grundsätzlich Pflicht war, bevor er im Fischclub auflegte, dabei sei das auch sprachlich logisch, weil es ja auch Fischclub heiße, im Gegensatz zu Springtime und Spargelessen, es heiße nämlich aus gutem Grund Springtime und eben gerade nicht Spargeltime, und Ferdi blieb stehen und wir dann auch alle, und Ferdi keuchte und schwitzte, so wie wir alle, und um uns herum liefen die Leute Richtung Ruhr-Emscher-Halle und manche hatten Ghettoblaster dabei, aus denen Bummbumm-Musik kam, und manche schauten uns neugierig an, aber wir hatten genug mit uns selbst zu tun, denn nun erwiderte Raimund, dass er dann aber schon mal ganz pragmatisch fragen wolle, wieso er denn bitte mitkommen solle in die Lounge, um alles fertigzumachen, wenn dafür doch wohl eigentlich Dave vorgesehen gewesen sei, den Ferdi aber rausgeschmissen habe, und zwar ganz alleine und ohne Absprache, und wenn Ferdi nun also der Meinung gewesen sei, dass Dave nicht gebraucht würde und Raimund vor Daves Entlassung auch nicht gefragt werden müsse, dann könne Ferdi nun ja wohl auch schön mal alles alleine vorbereiten, denn in den letzten Jahren sei es eben immer so gewesen, dass Dave und Ferdi alles vorbereitet hätten, Raimund aber mit den anderen beim Spargelessen war, Springtime hin, Spargeltime her, Spargelessen vor der Springtime, das sei ja wohl auch Corporate Identity, und dann blieb dieses Wort Corporate Identity in all seiner Blödheit in der Luft hängen, denn Raimund war fertig und Ferdi wusste offensichtlich nicht, was er dazu sagen sollte, und das war dann der Moment, in dem ich mich genötigt sah, einzugreifen, denn ich merkte, dass das hier sonst nicht gut enden würde, also sagte ich, dass ich mit Ferdi in die Halle und in die Lounge gehen würde, um alles vorzubereiten, und Raimund in der Zwischenzeit sein Spargelessen durchziehen könne.

»Aber«, sagte ich zu Raimund, »wenn ihr beide mal wieder in Hamburg seid, musst du mit Ferdi Fisch essen gehen!«

Darauf konnten sich die beiden einigen.

69. Lasst hundert Blumen blühen

Völlig erschöpft kamen wir beim Fluxi an, es wuchs aus einem Anbau der Ruhr-Emscher-Halle heraus wie ein amorphes Geschwür und es gab eigens dafür eine Extrazufahrt, die weiträumig gesperrt worden war, wie uns der Portier, als wir eincheckten, wortreich und stolz erklärte. Das frustrierte Raimund, »Das fängt ja gut an!«, sagte er ein ums andere Mal und ermunterte den Portier damit nur zu immer neuen Erklärungen. Ferdi hatte es eilig, deshalb brachte ich nach der Eincheckprozedur schnell meine Sachen aufs Zimmer, das für mich wie ein alter vertrauter Freund war, es war genau wie das in Hamburg und das in Unterschleißheim und das in Bremen auch, ich wurde richtig sentimental, als ich es sah, das gute alte Fluxi-Einzelzimmer, ich stellte meine Tasche ab, atmete tief durch und wäre gern dageblieben, naja, Gewohnheit, die alte Sau, sie lässt einen nicht im Stich.

Ferdi wartete schon ungeduldig an der Rezeption auf mich und bei ihm standen einige Leute, Hans und Leute von anderen Labels, die Ferdi mir hektisch vorstellte, hier der und der von Magnetic, da die und die von Knatter Records und so weiter und so fort und ich immer nur Hallohallojasuper, ich wurde nervös, Ferdis Hektik war ansteckend, da hatte ich keinen Sinn für das Anknüpfen neuer Bekanntschaften und Ferdi brach das auch gleich wieder ab, »Wir gehen mal rüber, bis denn, haut rein!«, rief er und lief mit mir los und Hans hinterher, er trug einen Karton vor dem Bauch, in dem die bemalten Leinenlappen lagen, die ich in Köln schon gesehen hatte, und ich fragte, ob ich ihm helfen solle, aber er sagte nein, das sei eine Frage der Ehre, bloß dass er das Gaffa Tape vergessen habe, das sei bitter, da müsse man dann mal gucken, da könne ich ihm vielleicht später doch noch helfen blablabla, und so liefen wir zu dritt durch den Verbindungsbau vom Fluxi zur Halle und Hans redete immer weiter über das Gaffa Tape, ohne das nun gar nichts ginge, und wir gelangten in den äußeren Ring der Halle, in dem die Leute im Tageslicht im Kreis liefen, alle im Uhrzeigersinn und alle auf der Suche nach irgendwas, während von hinter der Wand aus der Halle das Bummbumm herausdrang wie aus einem Maschinenraum. Ferdi führte uns einige Treppen hoch zu einem zweiten und dann einem dritten Ring, und der war für das allgemeine Publikum gesperrt, wir mussten die Ausweise, die Ferdi an der Rezeption verteilt hatte, vorzeigen, um überhaupt auf die Treppe dahin zu kommen. Von diesem oberen Ring gingen die Lounges ab, »Da wollen wir doch gleich mal sehen«, sagte Ferdi und studierte die Nummern über einigen Türen und schloss dann die Nummer 12 auf und dahinter roch es säuerlich nach Bier und kaltem Rauch wie in jeder normalen Eckkneipe, und so sah der Raum auch aus, es war ein Festival der Hässlichkeit, ein Furniermöbel-, Linoleum-, Ziegelwand- und Terrakottafliesen-Albtraum, aber auf einer Seite waren große Fenster und die gaben den Blick frei in die Halle und das Erste, was Ferdi machte, war, zu einem der Fenster zu gehen und es aufzuschieben und rauszugucken, und Hans und ich hinterher, und so schauten wir eine Weile auf die große Fläche in der Mitte der Halle, in der es langsam losging, es waren schon Leute da unten, vielleicht ein paar tausend, das war in dieser Halle nicht viel, und die zuckten sich schon mal in Fahrt und es waberte und blitzte und bummbummte und Ferdi schrie gegen das Bummbumm, das direkt und wörtlich frischen Wind in die muffige Sportlerkneipe brachte, weil mit jedem Beat ein Schwall Raverluft zu uns hereinwehte, Ferdi schrie jedenfalls gegen das Bummbumm an: »Wartet nur, bis das richtig voll ist!« Dann schob er die Scheibe wieder zu und sah sich um.

»Okay«, sagte er, »das sieht scheiße aus. Zeig mal, was du am Start hast, Hans!«

»Ich brauche aber Gaffa Tape«, sagte Hans. »Oder was Ähnliches. Hab ich vergessen.«

»Jetzt zeig schon!« sagte Ferdi.

»Ich geh mal Gaffa Tape suchen«, sagte ich, denn irgendwie wollte ich nicht dabei sein, wenn Hans seine Bilder bzw. Lappen oder wie man das nennen sollte, zeigte, das hatte ich schon immer schlimm gefunden, darunter hatte ich, als ich noch selber mit Kunst zugange war, am meisten gelitten, dieser Moment, wo man einem, der dazu was sagen sollte, einer, von dem man was wollte oder was auch immer, wenn man so einem also aus irgendeinem Abhängigkeitsding heraus sein Werk zeigte, das hatte mich immer fertiggemacht, weil selbst die, die es gut meinten und das Werk mochten, immer das Falsche sagten, naja, jedenfalls sah ich zu, dass ich nicht dabei war, wenn Hans Ferdi seine Lappen zeigte, also ging ich hinaus aus der BummBumm-Lounge und schaute mich draußen ein bisschen um.

Es war noch nicht viel los, aber ich sah ein paar Leute, die Polohemden trugen, auf denen »Event Gastro Essen« stand, und einen davon sprach ich an und fragte ihn, ob er mir ein bisschen Gaffa Tape leihen könne, falls er sowas habe, und ob er mir außerdem schon mal erklären könne, wie das hier mit dem Bier für die Lounges liefe, und er war ein netter Kerl und erklärte mir alles und lief derweil mit mir herum und fragte überall für mich nach Gaffa, bis mir jemand in Loge 8, der Lounge von Magnetic, eine Rolle Gaffa schenkte, er gab es mir mit den Worten »Für BummBumm tu ich doch alles!«, und damit ging ich zurück zur BummBumm-Lounge, wo Hans mittlerweile auf allen möglichen Stühlen und Tischen und auch auf dem Boden seine Lappen ausgebreitet hatte und Ferdi sich mit den Händen durch die Haare fuhr und nicht glücklich aussah.

»Natürlich Magical Mystery!«, sagte er gerade, als ich dazukam. »Was denn sonst? Ich meine, das mit dem viermal Bumm ist in Ordnung und die Dynamitstangen sind auch okay, aber was hat das mit Magical Mystery zu tun?«

»Hör mal, ich bin kein Schildermaler«, sagte Hans, »ich dachte, wir machen hier die BummBumm-Lounge, da hab ich …«

»Hans!«, sagte Ferdi streng und hielt dabei einen Lappen hoch, auf dem ein Hund eine Dynamitstange apportierte. Darüber war das Wort »Bumm« gepinselt. »Du warst doch mit uns unterwegs! Wir haben doch die ganze Zeit Magical Mystery gemacht! Da ist doch klar, dass das auch das Motto für unsere Lounge ist! Wir haben doch darüber gesprochen! Sogar in Köln noch! Du wolltest dir doch was überlegen wegen Magical Mystery!«

»Magical Mystery? Das ist doch von den Beatles«, sagte

der Magnetic-Mann, der mir das Gaffa geliehen hatte und der in diesem Moment dazukam. Er lachte und haute zugleich Ferdi auf den Rücken. »Wie oft haben die Leute das schon zu dir gesagt, Ferdi? In den letzten zwei Wochen jetzt? Ich hab über euch ja wilde Dinge gehört.«

»Nicht so oft, wie man denken würde«, sagte Ferdi. »Das mit den Beatles haben eigentlich nur wenige gesagt, man wundert sich. Kennst du Charlie? Das ist Charlie, das ist Shorty von Magnetic.«

»Jaja«, sagte ich. »Vorhin schon gesehen.«

»Karl Schmidt«, sagte Shorty. »Jetzt weiß ich wieder! Du bist Karl Schmidt! Ich habe damals deine Kisten bei Haut der Stadt gesehen, das war neunundsiebzig oder achtzig oder so. Die waren super. Ohne Scheiß.«

»Ja«, sagte ich. »Fand ich auch!«

»Aber mal ehrlich, Ferdi, Magical Mystery, ist das nicht ein bisschen sehr retro?«, wechselte Shorty wieder das Thema.

»Euer Motto ist doch noch viel mehr retro«, sagte Ferdi. »Was ist das denn für ein Springtime-Motto, Lasst hundert Blumen blühen?! Ich meine, das ist aus den Fünfzigern, Shorty! Und von Mao!«

»Echt?« Shorty war ehrlich überrascht. »Shit, das war Barbaras Idee, ich dachte, das ist so ein Frauenscheiß!«

»Und ich dachte, du wärst so ein großer Intellektueller, Shorty«, sagte Ferdi. »Seit wann prüfst du sowas nicht nach?«

»Hatte keine Zeit, ich war die ganze Zeit unterwegs«, sagte Shorty. »Um die Springtime hat sich diesmal Barbara gekümmert. Wieso Mao?«

»Was weiß ich, das war halt so«, sagte Ferdi. »So, und nun zu dir«, sagte er und drehte sich zu Hans um. »Häng du das mal schön auf, während ich mich mit Charlie hier um das Bier und die Becher kümmere und was weiß ich nicht alles, mein Gott, gleich kommen die ganzen Leute!«

»Das mit dem Bier habe ich schon klargemacht«, sagte ich. »Ich hab einen Gastromann gesprochen. Du musst dem nachher nur irgendwie bestätigen, dass ich das quittieren darf, dann kann ich mich für den Rest des Abends darum kümmern, der bringt gleich schon mal ein paar Fässer vorbei.«

»Ein paar Fässer?«, sagte Ferdi. »Letztes Mal hatten wir zehn, und am Ende waren alle sauer, weil nichts mehr da war, da waren die Gastrotypen plötzlich weg, da mussten wir zu Magnetic rüber, peinlich!«

»Und ob«, sagte Shorty, »Magical Mystery, Ferdi!«

Hans nahm die Rolle Gaffa Tape, riss einzelne Stücke davon ab und klebte sie sich lose an den Arm. Dann ging er mit seinen Lappen herum und heftete sie überall an die Wand.

»Ich glaub's nicht«, sagte Ferdi. »Ich glaub's nicht. Ist der die ganze Zeit mit uns unterwegs und hat nur Bummbumm gemacht und nichts mit Magical Mystery!«

Ich sagte nichts. Ich schaute Hans hinterher und war neidisch. Ich hätte Ferdi gerne ein Magical-Mystery-Kunstding gemacht, wenn es das war, was er wollte. Alles, was ich gebraucht hätte, wären ein kaputter Stuhl, ein abgebrochenes Stuhlbein, ein Einkaufskorb voller Glühbirnen und ein Klosauger gewesen. Und ein paar Pylone und Flatterband. Aber ich war nicht der Künstler, Hans war der Künstler. Und der hängte jetzt gerade vier Lappen nebeneinander, auf denen »Bumm« stand.

70. Werner in the house

Bald darauf kam das Bier, Martin, so hieß mein neuer Kumpel von Event Gastro Essen, brachte es mit einem dieser Gabelstapler-Hubwagen, die man wohl Ameise nennt, er tat das jedenfalls, Ameise hier, Ameise da, »ich muss mal mit der Ameise auf die andere Seite«, »kann man das für die Ameise mal eben wegstellen«, unter derlei Gerede fuhr er eine Europalette mit sechs Fässern in die Bumm-Bumm-Lounge hinein, half mir eins davon anzuschließen und zeigte mir, wie die Zapfanlage funktionierte, nicht, dass ich es nicht früher mal gewusst hätte, aber ich hatte es vergessen oder verdrängt, ich hatte auch immer lieber in Flaschenbierbars gearbeitet, aber hier in der Ruhr-Emscher-Halle waren Flaschen natürlich verboten und Gläser auch, deshalb hatte mir Martin von der Event Gastro Essen auch gleich noch ein paar Riesenstapel Plastikbecher mitgebracht, die gehörten zu einem Pfandsystem, das an diesem Tag in der Halle nicht galt, die Springtime hatte ihre eigenen Pfandsystembecher am Start und auf diesen hier war Werbung für eine Sportklamottenmarke. Kaum war das Bier angeschlossen und kaum hatten wir angefangen, mit dem Schaum herumzupanschen, der am Anfang immer aus dem Zapfhahn kommt, standen auch schon Leute um mich herum, »Ausgerechnet Bummbumm haben das erste Bier!«, sagte einer, den ich nicht sah, ich musste dauernd auf die Becher gucken, die ich vollpanschte und die mir von Ferdi unter stetigem Reden aus den Händen gerissen wurden, Ferdi ging ganz in einer jovialen Gastgeberrolle auf, indem er die halb mit Schaum gefüllten Becher verteilte und unaufhörlich vor sich hin redete, »Da ist ja überhaupt nichts drin, na sowas, nun nimm schon! … Nun mach doch mal, Charlie! … Ich glaub, ich mach mir da mal was rein! … du auch wieder hier, Shorty, soso, Wiedergutmachung! …«, so redete er in einem fort, hätte man mehr Zeit zum Nachdenken gehabt, es wäre einem peinlich gewesen, aber so zapfte und zapfte ich und Ferdi immer weiter: »… Mach doch mal einer das Fenster auf, man hört ja kaum was, ah, Hosti Bros are in the house, schau an, langsam geht's los, da sind ja unsere Spargelesser … natürlich ist da erstmal bloß Schaum, was willst du?!«

Dann stand plötzlich Werner vor mir und stach mir mit dem Zeigefinger auf die Brust.

»Na, Sportsfreund, krieg ich auch mal ein Bier?«

»Werner! Was machst du denn hier?«

»Nimm das hier«, sagte Ferdi und drückte Werner einen halbvollen Bierbecher in die Hand. »Ist der beste Becher, den ich habe, aber gepitcht!« Er lachte und haute Werner auf die Schulter.

»Freund von dir?«, fragte Werner mich.

»Ja«, sagte ich. »Das ist Ferdi, das ist Werner!«

»Werner?«, sagte Ferdi. »Haben wir uns schon mal irgendwo gesehen?«

»Nein«, sagte Werner. »Aber du bist von BummBumm, oder?«

»Ja natürlich. Ich bin doch Ferdi.«

»Ich weiß, DJ Ferdi, kenne ich«, sagte Werner. »Und wo ist Schulti?«

»Raimund? Der muss da auch irgendwo sein«, sagte Ferdi. »Legst du nachher auch auf?«

»Werner ist von Clean Cut 1«, sagte ich.

»Clean Cut 1? Ist das nicht das neue Label von Magnetic?«

»Nein, das ist die Wohngemeinschaft in Hamburg, wo ich gewohnt habe«, sagte ich. »Du weißt doch, wo wir neulich das Meerschweinchen abgeholt haben.«

»In Poppenbüttel?«

»Nein, in Altona, das erste Meerschweinchen, nicht das zweite. Da, wo wir die Frau getroffen haben.«

»Ah, die Frau«, sagte Ferdi schwärmerisch. »Gudrun!« Er klopfte Werner auf die Schulter. »Klasse Frau. Die würde ich sofort heiraten!« Er stieß mit seinem Bierbecher an den von Werner. Werner sah auf seinen Bierbecher und dann auf Ferdi, dann wieder auf seinen Bierbecher. »Hast du da was reingetan?«

»Ein bisschen Koksain«, sagte Ferdi.

»Ja am Arsch«, sagte Werner und nahm einen Schluck. »Da glaub ich doch kein Wort von. Gudrun kannst du ansonsten gerne heiraten, die ist wieder frei!« Er stellte seinen Becher ab. »Ich muss mal mit dir reden, Karl Schmidt, ist ja wohl klar, oder?«

»Ja, komm doch eben mit.«

Martin, der Mann von der Event Gastro Essen, hatte mir auch einige Flaschen Mineralwasser und ein Pfund Kaffee und Kaffeefilter mitgebracht, damit ging ich zu einem Tresen weiter hinten an der Wand, hinter dem eine Kaffeemaschine stand. Werner folgte mir. »Diese Musik, wie hältst du das aus?«, schrie er über das Bummbumm hinweg, das aus der Halle hereindröhnte. Ich öffnete einen Wasserhahn im Spülbecken und ließ das Wasser eine Weile laufen, wer wusste schon, wie lange das in der

Leitung gestanden hatte. Dann brachte ich die Kaffeemaschine zum Laufen. Werner setzte sich auf einen Hocker auf der anderen Seite des Tresens und sah mir dabei zu.

»Diese Musik, wie haltet ihr das aus?!«, wiederholte er.

»Wir mögen sie«, sagte ich. »Wie bist du überhaupt reingekommen, Werner? Ich dachte, hier oben ist nur für Leute mit so einem Ausweis!« Ich hielt den Ausweis hoch, den sie am Treppenaufgang für den dritten Ring kontrolliert hatten.

»Ha!«, sagte Werner. »Ich habe das hier!« Er hob einen Mitgliedsausweis vom Roten Kreuz hoch. »Und das hier!« Er fummelte einen Ausweis vom Arbeitersamariterbund aus seiner Jacke. »Und dann habe ich noch irgendwo einen vom Paritätischen Wohlfahrtsverband! Du hast ja keine Ahnung, wo man damit überall reinkommt!«

»Na sauber, Werner. Und woher wusstest du, wo ich bin?«

»Das wusste ich schon die ganze Zeit. Ich hab doch schon vor Tagen in Berlin angerufen, bei den Bumm-Bumm-Typen, und dann hab ich mir dieses Käseblatt gekauft, RaveOn, und da stand drin, wo ihr überall unterwegs seid, so von wegen Magical Mystery! Das ist doch von den Beatles geklaut, schämt ihr euch gar nicht? Aber egal, eigentlich wollte ich dich in Hamburg abfangen, aber dann dachte ich mir, warum nicht noch ein paar Tage Urlaub machen und mir das hier in Essen mal angucken, du hast mir meinen Urlaub ja schon genug versaut!« Er schaute den Bierbecher an, der vor ihm stand, und schob ihn dann weg. »Schmeckt komisch«, sagte er. Und zu mir: »Mal ehrlich: Was soll der Scheiß, Karl? Musste das denn sein?«

»Ging nicht anders, Werner.«

»Am Arsch, ging nicht anders! Du glaubst doch wohl

nicht, dass du solche Dinger machen kannst und dann einfach wieder zurückkommen oder was?«

»Ich will ja gar nicht zurück.«

»Wo willst du denn hin?«

»Mal sehen. Ich gehe wieder nach Berlin.«

»Klaus-Dieter hat gesagt, er hätte dich beim Biertrinken gesehen.«

»Klaus-Dieter redet Unsinn. Das war alkoholfreies Bier!«

»Alkoholfrei? Das heißt gar nichts! Das ist bloß das letzte falsche Bier vor dem ersten richtigen. Das ist schon wieder der erste Kreis der Hölle, Karl. Und was soll das hier werden? Willst du in Zukunft wieder in Kneipen arbeiten?«

»Ich will überhaupt nicht in Kneipen arbeiten.«

»Was dann?«

»Keine Ahnung. Aber ins Kinderheim gehe ich nicht mehr zurück. Und zu Clean Cut auch nicht.«

»Du glaubst wohl, du hast das alles im Griff, oder was? Weil du jetzt zwei Wochen oder noch nicht mal zwei Wochen irgendwie klargekommen bist! Aber ich sage dir mal was, Karl: Das wird immer gefährlicher! Wenn du erstmal denkst, dass dir nichts mehr passieren kann, dann bist du wirklich in Gefahr. Wenn du denkst, die Schraube wäre wieder fest drin, dann wird's wirklich gefährlich!«

Die Kaffeemaschine war fertig. Ich nahm den Becher von Werner, kippte ihn aus, spülte ihn durch und füllte mir Kaffee rein. »Willst du auch Kaffee, Werner?«

»Nein. Wir sind hier doch nicht bei den anonymen Alkoholikern! Ich will lieber ein Bier. Wieso hast du das weggekippt?«

»Du hast gesagt, das schmeckt komisch!«

»Na und?«

»Außerdem, seit wann trinkst du Bier, wenn einer von uns dabei ist?«

»Du bist keiner mehr von uns. Und ich trinke Bier, so viel ich will. Vor allem, wenn ich Urlaub habe. Ich darf das nämlich, Karl Schmidt. Aber du nicht! Wie willst du auf Dauer damit klarkommen, wenn dich das bei mir schon stört?«

»Stört mich ja gar nicht.«

»Soso, stört dich nicht. Ist ja das Allerneuste! Als Nächstes kommt dann: ›Vielleicht bin ich ja gar kein Multitox!‹«

»Wer weiß. Außerdem wäre ich mit dem Bier vorsichtig, Werner. Vielleicht hat Ferdi ja wirklich Koks reingetan.«

»Am Arsch. Und wenn schon. Ich bin nicht in diesen Beruf gegangen, weil ich selber das Problem habe, Karl Schmidt. Leute wie du haben das Problem. Wo war ich vorhin eigentlich stehengeblieben?«

»Schraube wieder fest drin, gefährlich.«

»Schraube wieder fest drin, genau: Viele von euch glauben, weil sie bloß einmal irre waren und dann wieder rausgekommen sind, wäre die Schraube wieder fest drin und alles wäre wieder gut. Aber die Schraube ist nicht gelockert worden, sie wurde überdreht, Karl Schmidt. Und wenn die Schraube einmal überdreht wurde, dann sitzt sie nie mehr fest drin. Wenn ein Unterhemd einmal ausgeleiert ist, dann schlabbert das für immer!«

»Moment mal, Werner, wieso denn jetzt plötzlich Unterhemd? Ich dachte Schraube!«

»Bin ich im Urlaub draufgekommen, frag nicht!«

»Schraube ist besser. Die Schraube, die einmal überdreht wurde und nie wieder richtig fest sitzt – damit kann ich als Hausmeister was anfangen.«

»Hilfshausmeister, Karl Schmidt! Ex-Hilfshausmeister!«

»Seit wann lernt ihr in der Supervision, die Leute klein zu machen, Werner?!«

Werner stand wortlos auf, ging zu Ferdi und der Bierzapfanlage, die ja mitten im Raum stand, warum auch immer, ich meine, warum hatten sie ihre blöde Zapfanlage nicht hier am Tresen, aber egal, Werner ging jedenfalls seelenruhig zu Ferdi und der Zapfanlage und ließ sich dort von Ferdi ein Bier geben, Ferdi teilte noch immer das Bier höchstpersönlich aus, während Holger jetzt zapfte und Raimund irgendwelchen Leuten was in die Ohren schrie, die Lounge füllte sich immer mehr, die Party kam in Fahrt, zur Halle hin waren alle Fenster aufgeschoben und Basti und Dubi reichten irgendwelchen Leuten, die da draußen auf den Rängen der Halle saßen, Bierbecher raus. Ferdi wechselte mit Werner noch ein paar Worte, dann sahen die beiden zu mir herüber und lachten. Ich wendete mich ab und füllte meinen Becher mit noch mehr Kaffee.

»Ich sag dir mal was!« Werner kam zurück und kletterte wieder auf den Hocker. »Ich sag dir mal was!« Er nahm einen tiefen Schluck. »Ah, das tut gut. Ja, da guckst du, Karl Schmidt. Dass der gute alte Werner dir hier auf der Springtime was vortrinkt. Nicht schlecht, was? Weißt du, ich sag dir mal was ...«

»Nun sag's aber auch, Werner, nicht immer diese Ankündigungen und dann diese Kunstpausen und Abschweifungen, das nervt, das ist irgendwie Laberflash, das ist nicht der Werner, den ich kenne!«

»Du kennst überhaupt keinen Werner, Karl Schmidt. Wen du kennst, das ist Werner Maier, der Clean Cut aufgebaut hat und da Leute wie dich betreut, den kennst du. Und ich sag dir mal was!«

»Ja, Werner. Aber jetzt sag's auch!«

»Okay, also: Ich bin mir nicht sicher, ob du wirklich ein Drogenproblem hast, Karl Schmidt. Verstehst du? Das kann niemand wissen, nicht mal du selbst. Manchmal glaube ich, dass deine Mutter das nur so wollte und dass diese blöde Frau Doktor da, Doktor Selge, also dass die das so hingebogen haben, damit du bei Clean Cut reinkommst. Bei den Unterlagen von Ochsenzoll steht was von ›möglicherweise auch ursächlich: Drogenabusus‹, aber genau so sieht's aus: Möglicherweise, Karl Schmidt.«

Wir schwiegen eine Weile.

»Und nun, Karl Schmidt? Was nun?«, sagte Werner schließlich und lächelte grimmig. »Was wirst du damit anfangen, dass ich dir das gesagt habe? Wirst du es riskieren? Ich meine, guck dich doch um, Karl, alle amüsieren sich, alle trinken ein Bierchen oder auch zwei, wahrscheinlich sind bei den meisten schon ein paar Pillen im Spiel, ein Näschen Koks hier, ein bisschen Speed da, warum sollst du da immer nur Kaffee trinken? Du bist vor fünf Jahren einmal irre geworden, na und?!«

»Leck mich, Werner, meinst du, ich bin doof? Meinst du, ich falle auf den Scheiß rein? Meinst du, ich habe Angst, dass ich jetzt ans Saufen komme, oder was? Wenn du meinst, dass ich dich nicht kenne: Hast du dir dann mal überlegt, dass du mich vielleicht genauso wenig kennst?«

Werner starrte mich an. Dann schlaffte er plötzlich ab. »Ist ja auch egal«, sagte er. »Ich finde das aber scheiße, Karl. Irgendwie feige. Ich meine, wenn du nicht mehr bei uns wohnen willst, warum kommst du dann nicht aufs Plenum und sagst es allen? Was ist mit Astrid, Klaus-Dieter und Henning? Meinst du, denen ist das egal? Haben wir nicht fast fünf Jahre mit dir zusammengewohnt? Hätten wir dann nicht wenigstens ein Recht auf eine Erklärung? Wie hast du dir das gedacht? Willst du dir deine Restklamotten mit der Post schicken lassen oder wie?«

»Keine Ahnung. Ich weiß ja noch nicht, wohin«, sagte ich.

»Und was ist eigentlich mit deiner Mutter? Was sagt die eigentlich dazu? Hat die nicht das Aufenthaltsbestimmungsrecht für dich?«

»Nein. Ich wurde nie entmündigt. Ich hab ja, als ich irre war, nie Ärger gemacht. Ich hab alles gemacht, was man von mir wollte, Ochsenzoll, Eppendorf, Clean Cut, ich hab mich ja nie gewehrt.«

»Ganz schön schlau«, sagte Werner.

»Wie man's nimmt«, sagte ich. »War nicht schlau gemeint. War nur so.«

»Du wirst nie in Sicherheit sein«, sagte Werner. »Das sollte dir klar sein.«

»Wer ist das schon? Das gilt für jeden, Werner, auch für dich. Und in Clean Cut 1 war ich auch nicht in Sicherheit!«

»Nein, aber sicherer als hier, das steht ja wohl mal fest. Und als du uns brauchtest, waren wir für dich da, Karl Schmidt, und das war dir recht, da kannst du über Clean Cut 1 lästern, wie du willst, als du uns brauchtest, waren wir da. Deshalb solltest du, wenn du kein totaler Arsch bist, wenigstens noch einmal aufs Plenum kommen und mit uns reden. Und glaub bloß nicht, dass wir dich dann überreden, dass du bleibst. Ich glaube, die anderen würden sich sogar freuen, wenn du das irgendwie bei uns rausschaffst. Halten wird dich keiner. Es gibt genug andere, die einen Platz bei uns viel eher brauchen als du!«

»Dann ist ja gut!«

»Pass bloß auf dich auf, Karl.«

»Mach ich.«

»Zur Not weglaufen!«

»Hab ich ja gerade gemacht!«

»Bis Ende Mai kannst du noch bei uns wohnen. Nur für wenn du noch keine neue Wohnung hast. Nicht, dass du da unter die Brücke musst.«

»Ist okay, Werner.«

Wir sagten eine Weile nichts und nippten an unseren Getränken. Dann stand Werner auf.

»Ich geh mich mal ein bisschen umgucken!«

»Alles klar, Werner. Soll ich dir einen Ausweis für hier oben besorgen? Hier gibt's das Bier immer umsonst.«

»Nein danke, ich komme überall rein. Höchstens das Geld für die Eintrittskarte könntest du mir wiedergeben. siebzig Mark, ich glaub, ich spinne!«

»Hab ich nicht übrig, Werner. Musst du bei Clean Cut 1 in die Bücher tun.«

»Da wird mir Gudrun schön was erzählen.«

»Verbuch's als Weiterbildung.«

»Auch 'ne Idee!« Er stand auf, räusperte sich mehrmals und schüttelte die Glieder aus. »Pass auf dich auf, Karl Schmidt!«

»Du auch, Werner Maier. Ich hab dich lieb!«

»Das fehlte mir noch!«

Dann ging er davon, der alte Feldforscher.

71. Halle 4

Eine Stunde später war ich am Bierzapfen und die Party in der Lounge hatte ihre feste Form und Größe erreicht, es kamen Leute, es gingen Leute, das Bier floss aus der Zapfanlage und die Worte flossen aus den Mündern und aus der Halle kam die Musik herein und unterteilte die Zeit in Beats, es war ein endloser Strom aus Menschen, Gelaber, Bier und Bummbumm, auf dem die Lounge durch die Zeit schwamm, und ich lustig kontaktstoned und an der Zapfanlage fleißig mittendrin, ich hatte gerade das dritte Fass angeschlossen und spielte das Lied vom Schaum, als Raimund zu mir kam und mich fragte, ob ich die Hosti Bros gesehen hätte. Hatte ich nicht, und das machte ihn nervös und ich sollte ihm helfen, sie zu finden, also bat ich Sigi, die in der Nähe stand, die Bierzapffahne von Bumm-Bumm Records hochzuhalten, und suchte mit Raimund die Lounge nach den Hosti Bros ab, aber in der Lounge waren sie nicht und in den anderen Lounges waren sie auch nicht und draußen, vor den Lounges, im dritten Ring, waren sie auch nicht und jenseits des dritten Rings war eigentlich jede Hoffnung, sie zu finden, verloren, da draußen waren zwanzigtausend Leute, da war nichts mehr zu machen. Aber dann kam Anja zu Raimund und fragte ihn, wo sie denn jetzt hinmüssten, sie und Dubi, also Odo und

Rama Noise, sie wären doch gleich mit Spielen dran, und Raimund, der mittlerweile völlig runter mit den Nerven war, brüllte sie an, ob sie wüsste, wo die Hosti Bros seien, und Anja sagte, na klar, die seien schon mal losgegangen, die seien doch auch gleich dran und sie seien mit Dubi schon mal vorgegangen, aber sie, Anja, habe extra auf Raimund gewartet, um ihm Bescheid zu sagen, dass die anderen schon mal losgegangen seien, und Raimund schrie zurück, zu welcher Halle sie denn dann gegangen seien, und Anja meinte verwirrt, ob es denn mehrere gebe, das habe sie gar nicht gewusst, und Raimund sagte: »Los jetzt, jetzt aber schnell!«, und wir stürmten los, Raimund vorneweg und Anja mit ihrem Saxofon und ich mit ihrem Plattenkoffer, der verdammt schwer war, hinterher, und wir stürmten die Treppen hinunter und warfen uns in das Gewühl der Leute, die, nun nicht mehr im Tages-, sondern in einem Zwielicht aus Dämmerung und Neon, mit bleichen Gesichtern und blinzelnden Augen die Halle auf ihrem Ringstrom umkreisten. Wir ließen uns unter Raimunds Führung ein Stück mittreiben und steuerten dabei nach innen, auf die Halle zu, bis wir einen Eingang erreichten, an dem Security-Leute unsere Pässe sehen wollten, bevor sie uns durchließen, und hinter diesem Eingang lag der eigentliche Backstagebereich und die sehr hohe Bühne für die DJs, zu der eine steile Treppe hinaufführte, und am Fuße dieser Treppe standen Security-Leute und Holger, Basti und Dubi, die mit ihnen redeten, so gut sie das noch konnten, Basti schwankte und hielt sich an Dubi fest. Zu den Tanzenden im Innenbereich der Halle hin waren Heras-Gitter mit Sichtblenden aufgestellt, aber oben standen die Leute auf den Rängen und bewegten sich und die konnte man sehen und die Musik war laut und kompakt und wummerte wie ein monströses Tier, das hinter den Sichtblenden lag und Schläge in alle Richtungen austeilte, und Raimund stürmte zu den Hosti Bros und den Security-Leuten und brüllte herum und zeigte auf seine Uhr, und dann kam einer dazu, den umarmte Raimund und redete dann auf ihn ein und der andere nickte und zeigte auf seine Uhr und Raimund nickte und zeigte auf seine Uhr und ich stand die ganze Zeit zwei Meter entfernt und verstand kein Wort, neben mir Anja, ratlos mit ihrem Saxofonkoffer in der Hand, sie schaute nach oben in die Ränge und auf Raimund und die Leute und auf die Bühne und sie war bleich im Gesicht, das konnte man selbst bei dem bunten Licht und den Strobos genau erkennen, sie war leichenblass, und dann sah sie mich an und schüttelte den Kopf, aber dann kam Raimund und er hielt Dubi am Arm und gab uns ein Zeichen, ihm zu folgen, und so gingen wir mit ihm nach draußen vor die Tür.

»Was ist los, Raimund?«, fragte ich.

»Pass auf«, sagte Raimund, »ich muss gleich wieder rein und mich um die Hostis kümmern, die sind total besoffen, die wollen die da nicht hochlassen, ich muss die irgendwie wieder nüchtern kriegen, die müssen doch auflegen! Du musst Anja und Dubi jetzt mal in Halle 4 bringen, da ist die Elektro-Stage, sieh zu, dass du sie da ablieferst, Scheiße, diese blöden Mauken, jetzt haben sie einen Hit und performen nicht!«

»Du kriegst das schon hin, Raimund«, sagte ich.

»Hoffentlich. Hier ist ein Plan!« Raimund drückte mir einen Zettel in die Hand. »Da ist der Weg zu Halle 4 drauf. Du bringst sie da persönlich hin, die sind um neun Uhr dran, ihr habt nur noch zwanzig Minuten.«

»So weit kann die doch nicht weg sein!«

»Hast du eine Ahnung!«, sagte Raimund. Dann ging er in die Halle zurück.

Ich studierte den Plan und es dauerte einige Zeit, bis ich ihn verstanden hatte. Dann sagte ich Anja und Dubi, dass sie mir folgen sollten, und ging ich mit ihnen immer an der Betoninnenwand des Laufrings entlang gegen den Uhrzeigersinn um die Halle herum bis Eingang 2.4 und dort mit ihnen in die Halle und dann gleich rechts herum immer an der Wand lang, bis wir an eine Treppe kamen, die nach unten zu einem Durchgang führte, und den liefen wir hinunter und entlang und am Ende wieder hoch, und da war dann Halle 4, wo nicht viel los war, genauer gesagt fast nichts, einige Leute saßen auf dem Fußboden, einige lehnten an der Wand und zwanzig Leute taumelten ein bisschen herum, während auf einer kleinen Bühne einer einen Computer bediente und dazu sang, ich wollte es erst nicht glauben, er sang so lala und brummbrumm und ich dachte schon, dass das vielleicht auch aus seinem Computer kam, aber dann sah ich, dass er wirklich sang, nur ohne Text, es war eher so Vokalkunst oder wie man das nun nennen soll, und dann bemerkte ich, dass er noch einen Kumpel im Hintergrund hatte, der auch noch auf Simmons-Drums, die ich eigentlich für ausgestorben gehalten hatte, haute und damit den Beat bereicherte, und das alles erinnerte mich ganz schön an Glitterschnitter, die Band von Ferdi, Raimund und mir, und zwar an die Phase, als wir Gabi aus Neukölln als Sängerin dabeigehabt hatten, auch Gabi hatte keinen Text gebraucht, um singen zu können, und Raimund immer schön alle viere auf der Bassdrum, der alte Technopionier, aber für sentimentale Erinnerungen war nicht viel Zeit, es war fünf Minuten vor neun und ich musste Kontakt aufnehmen, also ging ich zu einem Mann mit Springtime-Shirt, der links von der Bühne an einem Gitter stand, und zeigte meinen Ausweis und auf Dubi und Anja, die die ganze Zeit an mir drangeblieben waren wie der Teufel an der armen Seele, es fehlte nur, dass einer von ihnen meine Hand nahm.

»Die sind gleich dran«, rief ich gegen das Gesinge an, »das sind Odo und Rama Noise!«

Der Springtime-Mann nickte, schaute auf einen Zettel, nickte wieder und öffnete das Gitter für uns. Wir schlüpften durch und waren hinter der Bühne. Der Mann folgte uns und stiefelte eine Treppe zur Bühne hoch, bis er halb oben war und über den Rand gucken konnte. Dort machte er dem Simmons-Drums-Trommler ein Zeichen, bei dem er sich mit der Hand die Kehle durchschnitt und dabei den Unterkiefer vorschob, und dann winkte er einem, der am Bühnenrand an einem DJ-Mischpult stand, und der nickte und legte schon mal eine Platte auf, und als die Gruppe, die »Haiku Express« hieß, wie ich einem Ablaufplan entnahm, der vor meiner Nase an eine Bühnenverstrebung genagelt war, ihr Ding beendete, übernahm er die Sache und sorgte dafür, dass das eher dünne Bummbumm, das in dieser Halle gepflegt wurde, niemals aufhörte.

Der Mann gab uns ein Zeichen, dass wir nun auf die Bühne könnten, und ich machte zu Anja und Dubi, die mich beide verunsichert anguckten, eine schaufelnde Armbewegung Richtung Bühnentreppe, und als sie immer noch nicht reagierten, schubste ich beide zur Treppe und schob sie auf die ersten Stufen.

»Was ist los mit denen?«, kam eine Stimme von hinten. Es war Ferdi.

»Das wird schon, Ferdi«, sagte ich.

»Viel Glück, ihr beiden«, rief Ferdi und winkte Anja und Dubi hinterher, die plötzlich ganz schnell die Treppe hinaufliefen. »Und wenn ihr's nicht bringt, könnt ihr nächstes Jahr gleich in der Rollstuhldisco bleiben!« Er lachte. »Komm«, sagte er zu mir, »wir gehen sie ein bisschen angucken! Erinnert mich irgendwie an Glitterschnitter hier, mit richtig Instrumenten und so!«

Wir verließen den Bühnenbereich und stellten uns in die Halle und sahen dabei zu, wie Anja und Dubi sich auf der Bühne einrichteten: Dubi klappte seinen Plattenkoffer auf und kramte darin herum, Anja brachte mit Hilfe eines Technikers ein Mikrofon für ihr Saxofon in Stellung und dann übernahm Dubi das Mischpult von dem Pausen-DJ und machte gleich irgendeinen Fehler, der zu einem Moment der Stille führte, in dem er hektisch und mit hochrotem Kopf herumfummelte und ich hören konnte, dass mein Funktelefon klingelte.

»Hallo?!«

»Ist Ferdi bei dir?« Es war Raimund.

»Ja.«

»Der soll mal kommen. Schnell. Du auch. Ich brauch hier Hilfe!«

»Womit?«

Dubis Bemühungen hatten Erfolg und der Bummbumm-Motor sprang wieder an. Raimund war schon wieder weg. Ich nahm Ferdi am Arm und rief in sein Ohr, was Raimund gesagt hatte. Er schüttelte den Kopf und zeigte auf die Bühne. »Ich will das sehen!«

»Aber er hat gesagt, dass er uns braucht!«

»Der soll mal lieber nicht so viel koksen, der muss nachher noch auflegen! Wird schwer, wenn er jetzt schon keine Nerven mehr hat!«

»Ich geh mal hin«, sagte ich.

»Ja, schöne Grüße«, sagte er und nahm einen Schluck aus seinem Bierbecher.

72. Am Arsch die Räuber

Als ich aus dem Durchgang von Halle 4 heraus in die große Halle kam, legte da gerade ein einzelner Typ irgendein Trancegedudel auf und reckte dazu die ganze Zeit die Faust in die Luft und rief irgendeinen Kram, den keiner verstand, und ich drängelte und schlängelte mich so schnell wie möglich quer durch die Halle zur DJ-Absperrung und zeigte meinen Ausweis, und da war dann auch schon Raimund und bei ihm waren Holger und Basti, und Raimund hatte Basti am Wickel und schüttelte ihn und Basti war ziemlich teilnahmslos unterwegs, und Holger stand daneben und schüttelte den Kopf, und als ich dazukam, sagte Raimund: »Der scheiß Ferdi mit seinem scheiß Koksbier!«, und ich sagte: »Was hat Koksbier damit zu tun, Koksbier macht einen doch nicht besoffen!«, und Raimund sagte: »Aber wenn man sechs oder sieben davon trinkt und dann das Koks irgendwann nicht mehr wirkt, dann eben doch!«, und ich sagte: »Wieso, das Problem haben doch hier alle, dass die Drogen irgendwann nicht mehr wirken, wieso soll das jetzt Ferdis Schuld sein?«, und Raimund schrie: »Jetzt hör auf, hier so Ferdi-Diskussionen anzufangen, wir müssen den wieder fit kriegen, sonst lassen die den nicht nach oben!«, und wie um seine Aussage zu bezeugen kam in diesem Moment sein Kumpel dazu und sagte: »Ich geb euch noch fünf Minuten, Raimund!«, und Raimund sagte: »Kein Problem!«, und zu Basti sagte er: »Jetzt reiß dich zusammen, Basti, komm nochmal mit!«, und Basti gab ihm seine Hand und torkelte hinter ihm her, ein bisschen wie Hänsel und Gretel im Wald sah das aus, wie sie so davondackelten, wahrscheinlich zum nächsten Klo. Ich besah mir derweil Holger scharf, denn so richtig fit kam der mir auch noch nicht vor.

»Holger, wie steht's? Kommst du klar?«

»Aber logo, Mann!«, sagte er, und nun sah ich, dass er nicht besoffen war oder zugekokst oder was weiß ich was, jedenfalls nicht nur, sondern auch und vor allem high von Euphorie, seine Augen waren klar und strahlend und er stieg auf die dritte oder vierte Treppenstufe, um über das Heras-Gitter auf die Menge im Parkett gucken zu können, und als einer von den Security-Leuten kam und ihn bat, da wieder runterzugehen, ging er grinsend wieder runter und schaute mit dem Kopf im Nacken auf die Tausende von Leuten, die oben in den Rängen standen und zuckten oder auch saßen und guckten oder was immer die da alle machten, es war schon ein tolles Bild, das muss ich zugeben, ich guckte mit und fand das auch super, obwohl der Quatschkopf, der gerade auflegte, ja nun ein ziemlich billiges Gummistiefeltrancebrett hinlegte, das war mal sicher, aber das machte es nur noch besser, weil die Leute nämlich nicht so gummistiefelig drauf waren, dass sie nun volle Pulle darauf abfuhren, am Arsch die Räuber, die Stimmung war okay, aber keiner fuhr auf den Scheiß ab, das wäre ja wohl auch noch schöner gewesen, da brauchte es schon sowas wie die Hosti Bros, damit die abgingen, da war ich mir jetzt ganz sicher, aber vor das Erscheinen der Hostibrüder hatte der liebe Gott das Nüchternwerden von Basti gesetzt und ich wollte lieber gar nicht darüber nachdenken, was Raimund gerade mit ihm anstellte, und Holger hatte seinen Kumpel wohl schon abgeschrieben, denn er hörte jetzt mit der Glotzerei auf und schrie in mein Ohr: »Wenn Basti nicht wiederkommt, dann musst du mit nach oben kommen, wir können das Set auf keinen Fall sausen lassen«, und ich sagte und das war mein voller Ernst: »Nicht mal tot, Holger!«, und als er fragte, warum, sagte ich ihm, dass die Hosti Bros sein und Bastis Ding seien und nicht mein Ding und wenn sie es hier nicht klarkriegten, mal ihr Ding sauber durchzuziehen, dann könnten sie auch gleich kacken gehen und bräuchten nächstes Jahr gar nicht erst wiederzukommen, und er sagte: »Du klingst schon wie Raimund!«, und kaum hatte er das gesagt, waren Raimund und Basti auch schon wieder da und Basti sah einigermaßen frisch aus, er hielt sich gut auf den Beinen und schaute sich mit wachen, glasigen Augen um, ein bisschen zu wach und zu glasig für meinen Geschmack, aber mein Geschmack interessierte hier keine Sau und das war auch besser so!

Raimund nahm Holger links und Basti rechts an die Hand wie ein Ringrichter die Boxer und ging mit ihnen an den Fuß der Treppe und sorgte für freie Bahn, und wie ein Ringrichter schaute auch der Typ, der das Sagen hatte, Basti in die Augen und sprach ihn an und Basti nickte und sagte was und nahm aus eigener Kraft seinen Plattenkoffer auf, der am Fuß der Treppe stand, und der Typ von der Springtime nickte und ließ die beiden durch und Raimund wollte mitgehen, aber der Typ hielt ihn zurück und die beiden kletterten und kletterten nach oben, höher und höher, und Raimund schrie den beiden hinterher: »Und wenn ihr's diesmal nicht bringt, seid ihr nächstes Jahr nicht mehr dabei!«

Dann sah Raimund mich und hob die Hand und ich brauchte einen Moment, um zu kapieren, dass er so eine peinliche Abklatsch-High-Five-Sause machen wollte, also tat ich ihm den Gefallen und er lachte und ich lachte mit und dann hörten wir oben die ersten Takte von Hosti Brosti und die Leute erkannten das Intro und sie kreischten vereinzelt und als die Bassdrum einsetzte, jubelten sie, dass die ganze Betonschüssel wackelte, und Raimund fiel mir in die Arme und ich drückte ihn kräftig und hob ihn hoch und stellte ihn wieder hin und war richtig stolz auf meine Jungs!

73. Schwache Phase

Gegen eins hatte ich eine schwache Phase, sie erwischte mich mitten in einem Gespräch, wenn man es denn so nennen will, was ich mit Basti und Schöpfi da am Laufen hatte, eigentlich stand ich bloß zwischen den beiden und sie klopften sich die ganze Zeit auf die Schulter, Schöpfi ganz der Elder Statesman, Basti der Neue mit dem Hit, so hatte das Schöpfi irgendwann auf Elderstatesmanart genannt und Basti hatte gestrahlt und Schöpfi eine Zeitlang damit vollgeschleimt, wie sehr gerade Hallo Hillu immer schon seine Inspiration gewesen sei, so ging das die ganze Zeit, und immer wenn ich gerade gehen wollte, wandten sie sich mit einer Oder-meinst-du-nicht-auch-dass-Frage an mich, um mich bei der Stange zu halten, sie brauchten mich wohl als Zuhörer, aber sie waren mittlerweile schon so kokainistisch unterwegs, dass für einen, der da nicht mithalten konnte, also für genau und eigentlich nur mich, die Gesprächsluft immer dünner und dünner wurde, und ich war im Laufe der Quatschsonate aus Kompliment und Gegenkompliment, die sie immer weiter und mit wachsender Begeisterung aufführten, immer mehr Richtung Wand und schließlich sogar hinter den Pseudotresen ausgewichen und hatte begonnen, mir da einen Kaffee auf der Maschine klarzumachen, aber sie hinterher und immer schön an mir dran, weiß der Geier, wieso die gerade mich dabeihaben wollten, die gedopten Euphoriezausel, und nun, noch bei ihnen in der Laberzange und drauf konzentriert, dass die Kaffeemaschine ihre Pflicht erfüllte, erwischte mich die schwache Phase, ich war plötzlich todmüde und wusste überhaupt nicht mehr, was ich hier eigentlich tat, Basti, Schöpfi, Bummbumm, Geschrei, Rauch, Bier, was tu ich hier, ich zwinkerte mit den Augen, weil sich ein Schleier vor alles legte, und ich versuchte, mir mit einem Finger die Ohren freizubohren, weil das Bummbumm auf einmal nur noch wie durch Watte kam, und ich dachte darüber nach, mir einen Stuhl zu suchen, auf den ich mich mal kurz setzen konnte, denn die Knochen waren wie aus Blei, die Glieder wie zerschlagen, die Muskeln schmerzten, Schlaf, Schlaf, Schlaf, dachte ich, Schlaf oder Koks, nur nicht mehr rauchen und kein Kaffee mehr, aber Wasser, Wasser, und ich suchte unter dem Waschbecken, in dem Sigi gerade Pfandbecher abspülte, eine Flasche Mineralwasser, ich war sicher, dass ich ein paar Flaschen dort für mich gebunkert hatte, aber da war nichts mehr, also nahm ich Sigi einen Becher ab, füllte ihn mit Leitungswasser und trank ihn leer und dann noch einen und Sigi sagte »Alles okay, Charlie?«, und ich sagte »Ja, aber ich brauch mal 'ne Pause«, und sie sagte »Ich auch!«, und ich nickte und mir fiel das kleine Kabuff ein, für das ich einen Schlüssel bekommen hatte und in dem ich die Bierfässer verstaut hatte, die waren jetzt alle leer, das letzte hatten wir vor einer Viertelstunde angestochen und der Typ von der Event Gastro Essen war nicht mehr wiedergekommen, und wenn ich nicht so müde gewesen wäre, hätte ich mich auf den Weg gemacht, den Mann zu finden, aber jetzt hatte mich die schwache Phase erwischt und ich sah in der Nähe einen Stuhl an der Wand stehen, auf dem ein Haufen Jacken lagen, die warf ich auf den Boden, ging mit dem Stuhl zu dem kleinen Kabuff, schloss es auf, machte das Licht an, stellte den Stuhl zwischen die Bierfässer, schloss die Tür von innen ab und setzte mich hin.

Nur mal kurz ausruhen, dachte ich. Nur mal kurz die Augen schließen!

74. Der alte Eierdieb

Die Tür ging auf und Werner kam rein.

»Ich dachte eigentlich, ich hätte abgeschlossen!«, sagte ich überrascht.

»Abgeschlossen, am Arsch«, rief Werner. »Komm mit, wir müssen zu Ferdi.«

»Seid ihr jetzt schon so gute Freunde, dass ihr per du und Vornamen seid, Werner?«

»Ich bin mit allen per du und Vornamen«, sagte Werner. »Das ist jeder, der einen Nachnamen wie Maier hat.«

»Ja«, sagte ich, »ich weiß, was du meinst. Aber würde man per Sie sein, wenn man Przybilla hieße?«

»Auf jeden«, sagte Werner.

»Das ist eine für dich untypische Antwort«, sagte ich. »Ich kenne einen, der tatsächlich Przybilla heißt, und der …«

»Rück mal«, sagte Werner. Ich rückte etwas beiseite und er setzte sich auf die andere Stuhlhälfte.

»Mach die Tür zu«, sagte ich, »sonst kommen die anderen auch noch alle rein. Wo war ich stehengeblieben?«

»Przybilla«, sagte Werner und schloss die Tür. »Wieso ist hier eigentlich Licht drin, sollte man das Licht nicht ausmachen, wenn man schlafen will?«

»Wir sind hier nicht bei Clean Cut 1«, sagte ich. »Und schließ mal ab.«

Werner schloss die Tür ab.

»Der heißt Przybilla, aber sie nennen ihn Hosti Brosti.«

»Nicht schlecht«, sagte Werner. »Das könnte aber auch Vor- und Nachname sein. So gesehen wäre er dann namenstechnisch nur vom Regen in die Traufe gekommen. Aber ich wollte eigentlich was anderes sagen.«

»Hosti Brosti ist aber voll der Hit«, sagte ich. »Da geht's oben auf und es regnet rein.«

»Na sauber.« Werner sah sich ein bisschen um. »Komische Kabine hier«, sagte er, »und warum sind die Fässer alle noch voll.«

»Die sind nicht voll«, sagte ich.

»Klar sind die voll«, sagte Werner.

»Die sind nicht voll«, sagte ich.

»Klar sind die voll«, sagte Werner, »die sind sowas von voll, guck doch hier, ich bin doch nicht blöd, ich habe doch alles dabei!«

Er hatte einen Apparat in der Hand, der bestand aus einem Rohr und obendran waren eine Druckpatrone und ein Wasserhahn und alle möglichen Schrauben und Flansche und Rohrschellen und Rohre und Schläuche angebracht, es sah ziemlich kompliziert aus.

»Hier!«, sagte Werner. Er beugte sich vor und stach mit dem kurzen Rohr des Apparats auf das ihm nächststehende Fass ein. Es gab ein klopfendes Geräusch.

»Was soll das denn werden?«, fragte ich.

»Man muss nur die weiche Stelle finden«, sagte Werner und stach weiter auf das Fass ein, und jedesmal das klopfende Geräusch.

»Ha!« Werner wurde immer wilder, er stach und stach

auf das Fass ein wie ein Freak aus einem Mantel-und-Degen-Film.

»Werner, hör auf damit, die klopfen schon, die Fässer!«

Aber Werner hatte die weiche Stelle gefunden und das Rohr drang mit einem klappernden Geräusch bis zum Anschlag ins Fass ein. »Jetzt regnet's gleich rein«, sagte er triumphierend. »Jetzt dreh ich euch den Hahn auf, ihr Jammerlappen!« Er begann, an dem Hahn zu drehen, zugleich wurde das Klopfgeräusch lauter und jemand drückte die Klinke herunter.

»Ist da einer drin?«, rief jemand. »Charlie, bist du dadrin?«

Dann wummerte es, wie wenn sich jemand gegen die Tür warf.

»Jetzt dreh ich euch den Hahn auf«, wiederholte Werner, und er drehte und drehte am Hahn, aber es kam kein Bier raus. »Das ist enttäuschend«, sagte er.

»Ja«, sagte ich. Ich drehte den Schlüssel um und öffnete die Tür und Ferdi kam hereingeflogen, direkt auf mich drauf.

»Hoppla«, rief er. »Was machst du denn hier drin? Und warum machst du nicht auf?«

»Wo ist Werner hin?«, fragte ich verwirrt.

»Welcher Werner?«

»Ich muss eingeschlafen sein.«

»Kein Problem, aber wir brauchen neues Bier.«

Ich guckte auf meine Uhr. Es war kurz vor halb zwei.

»Hier drin ist alles alle, Ferdi, und der Typ von der Gastro ist nicht wiedergekommen.«

»Dann müssen wir den suchen. Da kommt nur noch Gesprotzel aus dem Fass, ich weiß gar nicht, wo ich jetzt das Koks reinbröseln soll.« Er lachte. Lange und ausdauernd.

»Ich mach das«, sagte ich. Ich hatte ein schlechtes Gewissen. Ich hätte nach dem Gastrotypen suchen müssen! »Bleib du hier und mach gute Laune, ich besorg uns Bier.«

»Hier? Wie soll ich hier drin denn gute Laune machen?« Ferdi lachte schon wieder, er hatte eindeutig eine hysterische Phase, der alte Glitterschnitter.

Ich machte das Licht im Kabuff aus und er folgte mir nach draußen. In der BummBumm-Lounge herrschte Aufbruchstimmung, so viel war mal sicher, ich sah überall Leute ihre Becher austrinken, abstellen und gehen. Basti kletterte aus dem Fenster und plumpste zwischen die Sitzreihen auf den Rängen.

»Schau dir das an, die gehen alle!« sagte Ferdi. »Das ist doch peinlich. Das ist nur, weil's hier kein Bier mehr gibt. Schöpfi spielt gerade da draußen, stell dir vor, wenn der wiederkommt und hier ist keiner mehr in der Lounge, das ist ja schrecklich, wie soll man so Party machen?«

»Ich besorg Bier!«

»Ja, beeil dich.«

Ich ging hinaus und durch die anderen Lounges. Alle hatten noch Bier, nur wir nicht. Von der Event Gastro Essen war niemand zu entdecken. In der Lounge von Magnetic war die Hölle los, alle möglichen Leute, die ich vorher bei uns gesehen hatte, und auch Sigi, Raimund, Dubi, Anja, Rosa und Hans belagerten hier die Biertankstellen, denn bei Magnetic hatten sie gleich drei davon. Ich schaute mich um. Die Lounge von Magnetic war zwar größer als unsere, aber fast baugleich, und auch hier hatten sie einen sinnlosen Tresen und in der Nähe davon eine Tür und ich sah jemanden mit einem Bierfass auf der Schulter dort hineingehen und kurze Zeit später ein Bierfass hinter sich herschleifend wieder herauskommen.

Ich ging zurück zu unserer Lounge und ins Kabuff und holte ein leeres Fass heraus. In unserer Lounge waren jetzt nur noch Ferdi und Holger, die gemeinsam aus einem Becher Bier tranken und dabei aus dem Fenster in die Halle schauten, in der Schöpfi auflegte und die Party ihrem Höhepunkt entgegenwaberte, es war ein bizarrer Anblick, wie in einem Science-Fiction-Film, überall auf den Rängen die Leute, stehend und zuckend, und überall das Licht und der Sound, der alles umfasste und steuerte und beseelte. Als ich mit dem Fass aus dem Kabuff kam, bemerkte Ferdi mich und kam zu mir rüber.

»Ist das ein volles Fass?«

»Nein.« Ich sagte ihm, was ich vorhatte, und er war begeistert. »Wir helfen dir! Keine Widerrede. Holger auch, aber erst austrinken!« Holger war einverstanden und dann tranken die beiden erstmal ganz in Ruhe ihr Bier gemeinsam und brüderlich aus, Schluck für Schluck. Ich stellte das Fass solange ab und trank etwas von dem Kaffee, der in der Maschine hinter dem Tresen vor sich hin oxidierte, und währenddessen berieten wir uns. Der Plan war, dass ich zum Kabuff von Magnetic gehen und ein leeres gegen ein volles Fass austauschen würde. Ferdi und Holger würden mir dabei den Rücken freihalten und jeden, der in der Nähe war, irgendwie ablenken.

»Aber wenn die Tür abgeschlossen ist, dann wird's schwierig«, sagte ich.

»Abgeschlossen? Bei Magnetic? Nie im Leben«, sagte Ferdi. »Die sind doch so naiv!«

Ich nahm das leere Fass in die Hand und wir gingen los. Als wir zur Magnetic-Lounge kamen, nahm ich das Fass auf die Schulter, damit es noch amtlicher aussah, und so spazierten wir hinein ins Gewühl. Ich wollte gleich zum Kabuff und die Sache hinter mich bringen, aber

Ferdi wollte erstmal ein Bier für sich und eins für Holger, »Nicht immer aus einem Becher trinken, das ist unhygienisch«, sagte er, »das Bier werden wir sowieso brauchen, zum Ablenken, ich hab da eine Taktik!«, und er lief los ins Gewühl, das Bier zu holen, und Holger gleich hinterher. Ich stellte das Fass ab und lehnte mich so unauffällig wie möglich an eine Wand und wartete auf die beiden. Ich rauchte eine Zigarette. Dann noch eine. Und dann noch eine. Die beiden kamen nicht wieder.

»Karl, bist du das? Karl Schmidt?«

Es war Erwin Kächele. Er stand vor mir und schaute zu mir rauf, er hatte sich nicht groß verändert in den letzten fünf Jahren, ein bisschen verhutzelter war er geworden, das kleine Schwabenmännlein, aber ansonsten ganz klar der gute alte Erwin Kächele.

»Erwin, was machst du denn hier?«

»Das würde ich aber mal lieber dich fragen, Kerle! Ich dachte, du bist in Bielefeld!«

»Nein, Hamburg.«

»Ich dachte, du bist irgendwie in Bonnies Ranch oder so. Also in der Bielefelder Version.«

»Nein, Hamburg Ochsenzoll war ich. Und UKE.«

»Und was machst du dann hier?«

»Ich arbeite hier. Für BummBumm.«

»BummBumm? Sind das nicht die mit Schöpfi?«

»Ja. Und mit den Hosti Bros. Und Kratzbombenlabel und so.«

»Kratzbombe? Kenne ich nicht. Habe mit denen nicht so viel zu tun, wir machen vor allem für Magnetic.«

»Wer ist wir? Und was macht ihr?«

»Gastro. Wir machen doch Gastro. Frank und ich.«

»Frank Lehmann?«

»Ja, Herr Lehmann. Wir haben eine Firma, Rave Gastro Berlin, wir machen Gastro bei Raves. Darum der Name. Aber hier in Essen nicht. Hier machen wir nur die Lounge für Magnetic. Zum Spaß!«

»Ist Frankie hier auch irgendwo?«

»Ja, aber der ist gerade rüber ins Hotel gegangen, der legt sich kurz hin. Kommt um vier wieder. Ist das dein Fass oder eins von unseren?«

»Das ist von BummBumm, also aus unserer Lounge. Das wollte ich eigentlich wegstellen, aber dann hab ich Ferdi gesucht und es aus Versehen mitgenommen.«

»Bist du sicher, dass du wieder in Ordnung bist, Karl?«

»Ja. Schön dich zu sehen, Erwin.«

»Finde ich auch. Mensch, Karl ...« Er verstummte und schaute mich mit großen Augen an. »Hätte ich nicht gedacht, dass ich dich nochmal wiedersehe. Ich dachte, dich hätte es voll erwischt. Man hat ja auch nichts mehr gehört von dir, Kerle.«

»Ja, das war ein schneller Abgang.«

»Du musst unbedingt auf Frankie warten, der kommt um vier wieder. Der wird Augen machen!«

In diesem Moment kamen Ferdi und Holger dazu. Sie hatten jeder ein Bier dabei. »Bier mit Koks«, rief Ferdi und freute sich. Er und Holger stießen an.

»Ferdi, das ist Erwin«, sagte ich. »Der macht bei Magnetic die Gastro, das Bier und all das!«

»Super«, sagte Ferdi. »Wir können jetzt loslegen.«

»Warte eben noch«, sagte ich und gab Ferdi Zeichen mit den Augen, verdrehte sie und zwinkerte und was weiß ich nicht alles.

»Ja, pass auf«, ließ sich Ferdi nicht aufhalten, »also wir haben hier Bier mit Koks, und wenn einer kommt und gucken will, was du machst, oder wenn einer Fragen stellt, dann sagen wir ihm, dass wir Bier mit Koks haben und ob er mal trinken will.«

»Das ist deine Taktik?«, sagte ich. »Deswegen habe ich auf dich gewartet?«

»Ja, ist doch super!«

»Was habt ihr denn vor?«, fragte Erwin.

Ich trat hinter ihn und schüttelte den Kopf und zeigte auf das Fass dabei und legte einen Finger an die Lippen, aber Ferdi war nicht zu bremsen.

»Wir wollen denen von Magnetic ein Fass Bier klauen«, sagte er. »Wir haben drüben keins mehr.«

»Ach so«, sagte Erwin. »Karl Schmidt, du alter Eierdieb! Immer noch derselbe Kindskopf!« Er klang ganz gerührt.

»Ja«, gab ich zu, »das war der Plan. Ich wollte mit dem leeren Fass zu eurem Lager und es gegen ein volles eintauschen.«

»Soso«, sagte Erwin. »Aber was, wenn da abgeschlossen ist?«

»Ha, abgeschlossen!«, lachte Ferdi ihn aus. »Da ist doch nie und nimmer abgeschlossen, dazu sind die von Magnetic doch viel zu naiv.«

»Das stimmt«, sagte Erwin. »Hört mal, ich würde euch ja ein Fass schenken, aber das ist nicht mein Bier, da müsstet ihr einen von Magnetic fragen, vielleicht Volker oder Shorty.«

»Shorty würde uns wahrscheinlich eins geben«, sagte Ferdi, »aber wo ist da der sportliche Effekt?«

»Guter Punkt. Aber mal ehrlich, wenn ihr bei uns Bier klaut, dann müsst ihr das drüben bei euch anschließen und das selber ausschenken, das nervt doch, warum bleibt ihr nicht lieber bei uns und trinkt hier mit?«

»Gute Idee«, sagte Ferdi. »Da hättest du auch mal drauf

kommen können, Charlie!« Er hielt Erwin seinen Bierbecher hin. »Hier, trink mal Bier mit Koks!«

»Bier mit Koks?« sagte Erwin. »Wer's glaubt, wird selig!« Er nahm einen tiefen Schluck und sagte zu mir: »Bist du jetzt in Bielefeld?«

»Nein, Hamburg«, sagte ich. »Aber nicht mehr lange. Oder vielleicht gar nicht mehr. Schwer zu sagen.«

»Kommst du wieder nach Berlin?«

»Ja«, sagte ich. »Ich glaube schon!«

»Das wäre toll«, sagte Erwin. »Du musst dich melden, wenn du Hilfe brauchst. Hauptsache, du bist wieder okay! Ich muss dann mal weiter, ich muss das Bierlager abschließen.« Dann ging er weg.

»Ich glaub, ich mach noch ein bisschen Bier auf mein Koks«, sagte Ferdi und ging zurück ins Gewühl und Holger hinterher.

Ich ging mit dem Fass zurück in die BummBumm-Lounge. Da war niemand mehr. Ich schloss das Fass im Kabuff ein, schob die Fenster zur Halle zu, nahm einen Edding und suchte einen Zettel. Als ich keinen fand, nahm ich einen der Bumm-Lappen von Hans und drehte ihn um. Auf die Rückseite schrieb ich: »Wir sind bei Magnetic!« und malte einen Pfeil dazu. Den heftete ich mit Gaffa an die Tür der Lounge und zog sie zu. Ich sah auf die Uhr. Es war erst zwei und ich hatte Feierabend. Und noch zwei Stunden, bis Frankie wiederkam. In die Magnetic-Lounge traute ich mich nicht zurück, das war mir zu gefährlich. Und ich war todmüde. »Zur Not weglaufen«, hatte Werner gesagt. Ich ging die Treppe hinunter und in den Ringstrom und ließ mich von ihm einmal fast um die ganze Halle treiben, bis ich zum Verbindungsgang kam, der zum Fluxi führte. In den bog ich ein und lief so schnell ich konnte ins Hotel. An der Rezeption bat ich sie darum, mich um Viertel vor vier zu wecken, dann ging ich aufs gute alte Fluxi-Zimmer und legte mich in vollen Klamotten ins gute alte Fluxi-Bett.

75. Am Ende des Tunnels

Ich lag also auf dem Fluxi-Bett und wollte schlafen, aber es ging nicht. Das Bummbumm der großen Party drang leise durch die Betonwände und erinnerte mich daran, dass da draußen Leute waren, die sich amüsierten, die tanzten, Drogen nahmen, sich betranken, knutschten, fummelten, Sex hatten, Platten auflegten, Unsinn redeten und was weiß ich nicht alles, während ich im guten alten Fluxi-Bett lag und nicht schlafen konnte und außerdem das Gefühl hatte, etwas vergessen zu haben, es hatte etwas mit Erwins Frage zu tun, damit, ob ich nun nach Berlin kommen oder in Hamburg bleiben wolle, denn natürlich wollte ich nach Berlin, aber warum hatte ich dann so vage geantwortet, warum hatte ich mich um noch gar nichts gekümmert, warum hatte ich nicht wenigstens Ferdi mal gefragt, ob er was zu wohnen für mich hatte, oder gar Erwin Kächele, wie oft hatte ich früher bei ihm gewohnt oder durch ihn was zu wohnen gefunden, dabei wurde das doch nun, wo mein Job für BummBumm fast vorbei und die Springtime-BummBumm-Lounge geschlossen war und also die ganze Magical-Mystery-Sause und damit auch die Fluxi-Beheimatung ihrem Ende entgegengingen, ganz schön dringlich und ich konnte mir beim besten Willen nicht einreden, dass ich eben ein cooler Typ war, der voll im Hier und Jetzt lebte und erstmal alles auf sich zukommen ließ, nein, der war ich nicht, es war eher so, dass irgendwas fehlte, irgendwas war noch nicht klar, und so lag ich also da auf dem guten alten Fluxi-Bett und konnte nicht schlafen, ich dachte nach und dachte nach und durch die Wände drang leise das gute alte Bummbumm und redete mir ein, dass die Antwort irgendwo da draußen war, und je länger ich dort lag, desto mehr sehnte ich mich dahin zurück, wo das große Bummbumm-Herz schlug, dahin wo, da war ich mir sicher, die Antwort war, was immer die dann war, hier, im Fluxi-Bett, wusste ich ja nicht einmal die Frage, nur dass ich etwas vergessen hatte, im Fluxi-Bett ging es nicht weiter, also stand ich auf und wusch mir Gesicht und Hände und machte mich zurück auf den Weg zur Springtime, wo, wie ich müde und irgendwie innerlich verkitscht zu denken mich nicht hindern konnte, mein Schicksal auf mich wartete.

Aber als ich aus dem Fluxi-Tunnel heraus in den Ringstrom kam, war alles aus. Ich kam nicht hinüber, ich traute mich nicht einmal hinein in den Ringstrom, ich sah die ganzen Leute und kriegte einen Flash, ich hielt am Ausgang des Fluxi-Tunnels an und die Paranoia kam über mich wie ein Schlag auf den Schädel, da war kein Herankriechen und kein Anschleichen und kein langsames Sichaufbauen von Paranoia mehr, da war einfach dieser Schlag und die Paranoia war da und schloss mich von allen Seiten ein wie eine eiserne Jungfrau, ich hatte so eine mal in einem Mittelaltermuseumsquatsch mit meinen Eltern gesehen, das war bei einem dieser Ausflüge gewesen, und genau so, wie ich mir damals vorgestellt hatte, dass es wohl wäre, wenn man in eine solche eiserne Jungfrau gesteckt und die dann zugeklappt würde, genau so fühlte ich mich in diesem Moment, ich konnte mich nicht mehr bewegen, nicht einmal so weit, dass es dafür gereicht hätte, sich an die nächste Wand zu lehnen, ich stand am Ende des Fluxi-Tunnels und schaute die Leute an, die da dicht an dicht gepackt an mir vorbeiströmten mit bleichen Gesichtern und durchgeschwitzten Klamotten und bunten Haaren und freakigen Outfits und was weiß ich, ich sah also diese Leute und ein Weitergehen war unmöglich und ich wusste zugleich, dass ich auch nicht mehr zurück ins Fluxi gehen konnte, denn wenn ich jetzt ins Fluxi zurückging, wäre das die ultimative Niederlage gewesen, zurück ins Fluxi-Bett war auch zurück nach Hamburg und zurück in die Clean Cut 1, und ich schaute mich um, während ich dort stand und nicht vor- und nicht zurückkonnte, ich drehte den Kopf zur Seite, nach links, nach rechts, nur weg von den vielen Leuten, die alle ganz schön abgefuckt aussahen, die Körper verwohnt, die Gesichter abgespannt und stumpf, wahrscheinlich war es das Neonlicht und der Moment der Abschlaffung, den sich die Leute außerhalb der großen Halle gönnten, aber ich konnte den Kopf zur Seite drehen und weg von den Leuten und einfach auf das letzte Stück der Fluxi-Tunnelwand blicken und ich weiß nicht, was die Leute vom Fluxi oder von der Ruhr-Emscher-Halle sich dabei gedacht hatten, aber sie hatten nun mal diese Farbe für den Sichtbetonanstrich in diesem Tunnel ausgesucht, deren Anblick mich jetzt insofern weiterbrachte, als ich auf einmal ganz genau wusste, was ich vergessen hatte und was ich auf jeden Fall tun musste: Rosa finden und mit ihr reden.

Und ich gab mir einen Ruck und riss mich zusammen und schaffte vollendete Tatsachen, so wie früher, wenn man im Freibad auf dem Fünfmeterbrett stand und natürlich nicht springen wollte, wie denn auch, wer war denn so irre, von sowas runterzuspringen, und dann zwang man sich selbst, indem man einfach den einen Schritt weitermachte, und dann fiel man, und so machte ich auch jetzt einen Schritt vor und stürzte mich mit geschlossenen Augen in den Menschenstrom und ließ mich mittreiben, und so wie man im Freibad, wenn man ins Wasser eintauchte, die Luft anhielt, so hielt auch ich die Luft an, bis ich die nächste Treppe erreicht hatte, die mich raus aus dem Gewühl und nach oben führte.

76. Rosa

Als ich schließlich oben ankam, war es etwa drei Uhr und die BummBumm-Lounge nicht die einzige, der das Bier ausgegangen war, die Magnetic-Lounge war so voll, dass ich die Leute beiseiteschieben musste, um hineinzukommen. Ich entdeckte Werner und Schöpfi und Raimund und Ferdi und winkte ihnen zu, während ich mich durch das Gedränge schob und dabei mit Bier bekleckert wurde, denn es war so voll, dass die Leute ihre Becher oft hoch über den Köpfen hielten, wodurch es unaufhörlich Bier regnete, wenn man durch sie hindurchpflügte. Ich fand Rosa in einer hinteren Ecke, sie stand dort mit einem Bier und nippte daran, und als sie mich kommen sah, lächelte sie und winkte mit einer Hand.

»Du hast nichts zu trinken«, sagte sie, als ich bei ihr war.

»Nein«, sagte ich. »Kein Bier für mich. Ich darf doch keins.«

»Das hier ist mit Koks, sagt Ferdi«, sagte sie und zeigte auf ihren Becher. »Hat er mir geschenkt. Da glaub ich aber kein Wort von.«

»Ja, das ist Ferdis Ding«, sagte ich. »Das hat er früher schon immer gemacht.«

»Ich bin erst um sechs Uhr mit Auflegen dran. Ich

wollte mich eigentlich vorher nochmal hinlegen, aber irgendwie geht das nicht«, sagte sie. »Ich kann hier irgendwie nicht weggehen.«

»Ich weiß«, sagte ich. »Ich war gerade im Hotel, aber ich konnte nicht schlafen. Das geht nicht, wenn man die Musik noch durch die Wände hört. Nicht weil sie so laut ist, sondern weil sie da ist und man das hört, und dann will man dabei sein!«

»Irgend sowas«, sagte sie.

»Wo sollst du denn um sechs Uhr auflegen?«, fragte ich.

»Halle 4«, sagte sie. »Keine Ahnung, wo das ist.«

»Ich weiß das«, sagte ich. »Ich war da schon mit Anja und Dubi. Ich kann dich hinbringen.«

»Das ist aber noch ein paar Stunden hin«, sagte sie. »Wie sollen wir das so lange durchhalten?«

»Keine Ahnung!«

Hinter mir war die Fensterfront und Rosa schaute jetzt an mir vorbei und hinaus in die Halle.

»Das sieht toll aus«, sagte sie.

»Ja«, sagte ich.

Sie schob eins von den Fenstern auf und wir stellten uns nebeneinander und schauten zusammen raus. Das Bummbumm, das hereinkam, wehte uns die Haare zurück.

»Ich muss dich mal was fragen!«, rief ich in ihr Ohr.

Sie nickte.

»Ich muss mir jetzt überlegen, ob ich in Hamburg bleibe oder nach Berlin ziehen soll. Okay?«

»Ja klar. Und das ist die Frage?«

»Ja, nein, also die Frage ist ...« Ich wusste nicht, wie ich's sagen sollte. »Die Frage ist ...« Rosa guckte mich neugierig an, sagte aber nichts. »Die Frage ist ...«, rief ich hilflos gegen das Bummbumm an.

Rosa schob das Fenster zu. »Ich finde, jetzt solltest du aber schon mal sagen, was die Frage ist«, sagte sie.

»Also die Frage ist: Wenn ich nach Berlin gehen würde, würdest du das gut finden?«

»Ja.«

»Also du würdest da nicht etwa denken, dass ...«

»Nein!« Rosa steckte sich eine Zigarette an, zog einmal daran und hielt sie mir hin. »Hier! Rauchen darfst du ja wohl!«

»Ja, danke!«

Sie steckte sich eine für sich selbst an.

»Ich meine ...«, fing ich wieder an.

»Schon klar«, sagte sie. »Alles okay.«

Wir rauchten eine Zeitlang und dann sagte sie: »Vielleicht sollten wir noch ein bisschen ins Hotel gehen«, sagte sie. »Sechs Uhr ist noch so lange hin.«

»Ja klar«, sagte ich.

»Weißt du den Weg zum Hotel? Ich habe ihn vergessen.«

»Ja, erstmal müssen wir raus hier!«

»Das hätte ich auch noch gewusst!«

Wir gingen hinaus und auf der Treppe nach unten nahm sie mich an der Hand. »Ich hab Angst vor dem Gewühl da«, sagte sie und zeigte auf den Ringstrom. »Dass ich dich da verliere. Ich weiß ja den Weg nicht.«

»Eigentlich wäre es nur ein Stück rechts herum und dann gleich in den rosa Tunnel«, sagte ich, »aber einfacher ist es wahrscheinlich mit dem Strom, also links herum und einmal fast ganz um die Halle.«

»Das kommt mir bescheuert vor«, sagte sie. Wir waren unten angekommen und sie preschte vor und zog mich rechts herum und gegen den Strom der Leute und drängelte sich mit mir im Schlepptau da durch, aber niemand schimpfte oder wehrte sich, als er von Rosa beiseitegeschoben wurde, die meisten Leute machten sogar von selber Platz.

»Mit dir macht das Spaß«, sagte sie und drehte sich dabei zu mir um. »Du bist so groß und stark, da haben die alle Angst vor!«

»Glaube ich nicht«, sagte ich, »ich sehe doch so harmlos aus!«

»Harmlos am Arsch«, sagte sie, und dann kamen wir an den Tunnel.

»Hier geht's zum Fluxi«, sagte ich, und wir machten eine kurze Pause, in der sie mich gegen die rosagestrichene Fluxitunnelwand schob und küsste.

»Gehen wir zu dir oder zu mir?«, fragte sie.

»Die Zimmer im Fluxi sind alle gleich gut«, sagte ich.

»Dann gehen wir zu mir«, sagte sie. »Ich habe einen Wecker dabei!«

77. Open End

Als ich aufwachte, war es draußen hell, so viel konnte man durch das kleine Fenster erkennen, das zur Halle hinüberzeigte. Rosa lag neben mir und machte ein Auge auf, als ich mich aufsetzte. Der Wecker, den sie sich extra auf halb sechs gestellt hatte, zeigte auf Viertel vor elf.

»Du hast verschlafen«, sagte ich.

»Am Arsch verschlafen«, sagte sie. »Ich bin schon wieder zurück. Halle 4! Das war vielleicht ein Scheiß! Da waren bloß Leute, die pennen wollten. Die haben sich da hingeschleppt und sind eingepennt!«

»Warum hast du mich nicht geweckt? Ich wollte doch mitkommen.«

»Du warst nicht wach zu kriegen. Außerdem musst du frisch sein, du musst uns ja nach Hause fahren. Wann fahren wir eigentlich?«

»Keine Ahnung«, sagte ich. Ich stand auf und ging ans Fenster. Bei der Halle hatten sie alle Ein- und Ausgänge aufgemacht und überall kamen dünne Ströme von Leuten durch die Türen, manche tänzelten, manche torkelten und hielten sich aneinander fest, aber die meisten liefen wie auf rohen Eiern, irgendwie o-beinig und kaputt, manche lachten. Der Platz vor der Halle war voller Müll und weiter hinten sah man schon Leute in orangenen Klamotten.

Aber aus der Halle selbst kam immer noch das gute alte Bummbumm. Ich zog mich an.

»Ich geh schnell in die Halle und schau nach, wie's da aussieht.«

»Aber wiederkommen!«, rief Rosa aus dem Bett heraus. »Nicht mich hier liegenlassen!«

»Versprochen!« Ich hängte mir meinen Pass um den Hals und lief los.

»Nicht ohne mich fahren!«, rief sie mir hinterher.

78. Schreck

Der Ringstrom war weg, die Halle blutete einfach nur noch nach allen Seiten aus, so kam es mir vor, die Leute liefen raus aus der Halle und gleich zum nächsten Ausgang und an vielen Stellen saßen und lagen sie auch und schliefen und es stank nach Bier und Kotze und Red Bull und zwischen den Schlafenden suchten Leute nach Pfandbechern. Ich ging ein Stück durch die große Halle, in der waren die Ränge leer bis auf ein paar Leute, die hier und da zusammengesackt auf den Stühlen kauerten, aber ganz unten, im Innenraum, war noch was los, die verbliebenen Leute ballten sich vor der DJ-Kanzel und machten wacker weiter.

In der Magnetic-Lounge waren Sigi, Raimund, Ferdi, Shorty von Magnetic, Werner und Erwin. Erwin stand an einer Bierzapfanlage und die anderen um ihn herum. Ich stellte mich dazu.

»Hallo Jungs!«

»Na *Charlie,* alles in Ordnung bei dir?«, fragte Werner und hob mir zuprostend einen Bierbecher.

»Aber immer, Werner. Und bei dir?«

»Ich hab Urlaub, *Charlie.* Und bei der Supervision kam raus, dass ich mal lockerlassen soll.«

»Lockerlassen? Du? Was soll das denn bringen?«

»Ist besser für mich!«

»Mir geht's nicht so gut«, sagte Ferdi.

»Wundert mich gar nicht«, sagte Werner.

»Mir geht's echt nicht so gut«, sagte Ferdi. Er war blass und schwitzte und er hatte Panik in den Augen. »Ich glaube, ich kriege einen Herzinfarkt.«

»Ach du Scheiße«, sagte Raimund.

»Wie kommst du denn darauf?«, fragte Werner. Er stellte sich vor Ferdi und schaute ihn sich genau an.

»Mir geht's schlecht, und ich kann auch den rechten Arm schlecht heben.«

»Wenn's der rechte Arm ist, dann ist es kein Herzinfarkt«, sagte Raimund. »Wenn du den rechten Arm nicht heben kannst, ist das nicht schlimm!«

»Ich meine ja den linken«, sagte Ferdi. »Den linken Arm. Ich kann den linken Arm nicht richtig heben.« Er hob den linken Arm, aber nur auf halbe Höhe, dann ließ er ihn wieder fallen. »Und mir ist schlecht.«

»Ich hol mal Wasser«, sagte ich. Ich nahm einen Bierbecher und lief damit zum nächsten Spülbecken und füllte ihn mit Wasser. Als ich zu den anderen zurückkam, saß Ferdi auf einem Stuhl und alle standen um ihn herum und Werner sah ihn besorgt an, hob sein Augenlid, fühlte seinen Puls, nahm mir das Wasser ab, gab Ferdi davon was zu trinken und sagte: »Du musst sofort ins Krankenhaus. Da sollte man nichts riskieren.«

»Alles klar«, sagte Ferdi und trank von dem Wasser. Dann kotzte er es wieder aus.

»Der muss hier raus, wo sind denn die nächsten Sanitäter?«, rief Werner. »Hier muss doch irgendwo ein Sanitätsdienst sein.«

»Ich hab unten welche gesehen«, sagte ich, »als ich reingekommen bin. Die standen da und rauchten!«

»Ich weiß«, sagte Raimund. »Die haben da so Zimmer, wo sie die Leute behandeln.«

»Mein Gott, nun bringt ihn doch endlich da hin!«, rief Sigi. »Ihr quatscht immer nur!«

»Bring ihn doch selber runter, blöde Kuh!«, sagte Raimund.

»Bitte nicht streiten«, sagte Ferdi mit leiser Stimme. »Mir geht's echt nicht gut. Und ich kann den linken Arm nicht heben!«

»Kannst du laufen?«, fragte Werner.

»Nein. Weiß nicht. Nein. Nicht so gern!«

»Dann muss Karl dich tragen! Der ist am stärksten.« Er sah mich von oben bis unten an. »Und am dicksten!«

»Vielen Dank, Werner!«, sagte ich. Ich nahm Ferdi hoch und trug ihn auf den Armen wie einen verwundeten Kameraden. »Nun aber schnell!«

Wir gingen alle zusammen runter, Werner hielt mich an der Schulter fest und dirigierte mich ein bisschen, bis ich schließlich mit Ferdi an der Schwelle des Sanitätszimmers stand. Das war auch höchste Zeit, denn Ferdi war zwar nicht der Größte und auch sicher nicht der Schwerste, aber der, der sich am schwersten von allen machen konnte, war er auf jeden Fall, und als ich ihn gebeten hatte, sich doch bitte auch mal an meinem Hals festzuhalten, hatte er mir vorwurfsvoll entgegengehalten, dass er den linken Arm nicht bewegen könne, das tue so weh, wenn er den bewege. Vor dem Sanitätszimmer stand ein Sanitäter und rauchte.

»Was hat er denn?«, fragte er.

»Verdacht auf Herzinfarkt«, sagte Werner und schwenkte dazu seinen Rotkreuzausweis.

»Wie alt?«

»Fünfzig«, sagte Ferdi.

»Na dann ... !«, sagte der Sanitäter und trat seine Zigarette aus. »Dann wollen wir mal.«

Ich trug Ferdi auf sein Geheiß in das Zimmer und legte ihn dort auf eine Liege. Ein Mann, auf dessen T-Shirt »Notarzt« stand, stand von einem Stuhl, auf dem er geschlafen hatte, auf und blinzelte ihn an.

»Was hat er denn?«

»Verdacht auf Herzinfarkt«, sagte der Sanitäter.

»Wo fehlt's denn?«, sagte der Arzt zu Ferdi.

»Mir ist schlecht und ich habe Beklemmungen und ich kann den linken Arm nicht heben.«

»Na, dann wollen wir mal«, sagte der Notarzt. »Können mal bitte alle rausgehen, die nicht direkt mit ihm verwandt sind? Oder ihn liebhaben? Also einer oder eine kann hierbleiben, der Rest muss raus!«

»Raimund bleibt da«, sagte ich. »Oder willst du, Sigi?«

»Ich? Nee, lieber nicht!«, sagte Sigi.

»Ich lieber auch nicht!«, sagte Raimund.

»Die sollen alle abhauen«, sagte Ferdi.

Wir gingen alle raus und warteten und rauchten erstmal eine. Nach ein paar Minuten ging die Tür auf und Ferdi kam raus.

»Wie sieht's aus, Ferdi?«

»Geht mir schon wieder besser.«

»War kein Herzinfarkt?«

»Der meint nein. Mir geht's auch schon wieder besser.«

»Und das mit dem linken Arm?«

»Ja, der wollte mich abhören und da hab ich das Hemd ausgezogen und da ist voll der blaue Fleck an der Schulter hier!« Ferdi zeigte auf seine linke Schulter. »Wegen wie ich da von der steilen Treppe gefallen bin, als ich vom Set kam. Hatte ich ganz vergessen. Voll die Prellung. Das tut total weh!«

»Gott sei Dank«, sagte Raimund.

»Das kannst du wohl sagen«, sagte Ferdi. »Ganz schöner Schreck!«

»Das kann man wohl sagen«, sagte Sigi.

»Okay«, sagte ich. »Wird Zeit, dass wir nach Hause fahren.«

»Ja«, sagte Shorty von Magnetic. »Macht's gut, Leute. War schön, dass ihr da wart!«

»Wir fanden's auch gut, Shorty«, sagte Raimund.

»Immer wieder gern«, sagte Shorty. »Auf euch ist Verlass, Leute!«

»Klar, Shorty«, sagte Ferdi, »das war 'ne super Springtime!«

»Ohne euch wäre das alles doch bloß Gummistiefelscheiß«, sagte Shorty.

»Da sagst du was«, sagte Raimund.

»Okay«, wiederholte ich. »Wird Zeit, dass wir nach Hause fahren, Leute.«

»Mach's gut, Karl.«

»Mach's gut, Werner. Ich komm nochmal vorbei.«

»Mach's gut Ferdi! Mach's gut, Raimund. Und du auch«, sagte Shorty.

»Sigi. Ich heiße Sigi!«

»Mach's gut, Shorty, schön war's!« sagte Raimund.

»Wollen wir dann mal gehen?«, sagte ich.

»Echt 'ne super Springtime! Ihr Magnetic-Leute habt's echt drauf!«, sagte Raimund.

»Halle 4 war scheiße!«, sagte Sigi.

»Nicht jetzt, Sigi! Jetzt machen wir hier gerade Friede, Freude, Eierkuchen!«

»Na gut, Halle 4 war super!«

»Ich trink noch ein Bier«, sagte Shorty.

»Ich bin dabei«, sagte Werner.

Die beiden gingen zusammen weg.

»Das ist das Problem mit den Magnetic-Leuten«, sagte Raimund. »Die sind so ehrgeizig! Die wollen immer die Letzten sein!«

79. Magical Mystery

Das wurde dann noch ein langer Tag. Irgendwann waren alle im Auto und sicher festgeschnallt oder im Komabrett verstaut und wir fuhren los und dann war natürlich überall Stau und dann gehörte uns natürlich auch jede Raststätte zwischen dem Kamener Kreuz und Dreilinden. Als wir in Berlin einrauschten, war es schon dunkel und alle außer mir schliefen. Wir kamen über den Westen rein, Avus, Funkturm, ICC, das gute alte Bulettenberlin, und als wir die Kantstraße Richtung Savignyplatz und Zoo hinunterbretterten, kriegte ich einen akuten Anfall von schlechter Laune, das war schon nah am dunklen Gefühl, ich hatte überhaupt keine Lust auf Berlin, das deprimierte mich alles plötzlich so sehr, es kann doch nicht sein, dachte ich, dass man nach fünf Jahren einfach wieder in dieselbe Stadt zurückzieht, als ob nichts gewesen wäre, man kann, dachte ich, doch sowieso überhaupt nicht in dieselbe Stadt zurückziehen, das geht nicht, dachte ich, wenn man einmal weggegangen ist, dann gibt es keinen Weg mehr zurück, und mir wurde ganz kribbelig und ich kriegte die Panik, weil ich das Gefühl hatte, einen riesigen Fehler gemacht zu haben, und je länger wir die Kantstraße hinunterfuhren, umso schlimmer wurde es, aber dann wachte Rosa auf und sagte mir, wie ich fahren musste, um nach Mitte und zur Sophienstraße zu kommen, und da begriff ich erst wieder, dass sie ja direkt neben der alten noch eine neue Stadt aufgemacht hatten, in der ich noch einmal von vorne anfangen konnte.

Inhalt

Altona

Mitte

Magical Mystery

Springtime

Sven Regener, Meine Jahre mit Hamburg-Heiner.
Logbücher. Taschenbuch

»Der Profi-Nörgler Hamburg-Heiner erscheint in dieser Form des modernen Tagebuchromans als eine Art Hans Moser des Internetzeitalters!« *Süddeutsche Zeitung*

»Dialoge, die wohl zu den absurdesten und witzigsten der deutschen Gegenwartsliteratur gehören« *Frankfurter Allgemeine Zeitung*

»Ein gutes Buch für müßige Abende mit einem Sixpack Becks und einem Album von Element of Crime auf dem CD-Spieler« *WAZ*

www.kiwi-verlag.de